HEYNE
BÜCHER

## CHRONIKEN DER ZUKUNFT:

**Band 1:**

| | |
|---|---|
| Robert Silverberg | Die Sterne rücken näher |
| John Brunner | Die Pioniere von Sigma Draconis |
| C. J. Cherryh | Brüder der Erde |

DM 7,80 – Best.-Nr. 06/1001

**Band 2:**

| | |
|---|---|
| Robert A. Heinlein | Revolte auf Luna |
| Ben Bova | Die dunklen Wüsten des Titan |
| Poul Anderson | Das letzte Sternenschiff |

DM 7,80 – Best.-Nr. 06/1002

**Band 3:**

| | |
|---|---|
| John Brunner | Die Zeitsonde |
| Brian W. Aldiss | Feinde aus dem Kosmos |
| Robert Silverberg | Kinder der Retorte |

DM 7,80 – Best.-Nr. 06/1003

**Band 4:**

| | |
|---|---|
| Chad Oliver | Die Affenstation |
| Philip José Farmer | Die Irrfahrten des Mr. Green |
| John Brunner | Bürger der Galaxis |

DM 7,80 – Best.-Nr. 06/1004

**Band 5:**

| | |
|---|---|
| A. E. van Vogt | Kinder von morgen |
| Robert Silverberg | Der Gesang der Neuronen |
| Philip José Farmer | Der Steingott erwacht |

DM 7,80 – Best.-Nr. 06/1005

**Band 6:**

| | |
|---|---|
| Philip José Farmer | Das Tor der Zeit |
| Chad Oliver | Das große Warten |
| Robert Silverberg | Macht über Leben und Tod |

DM 7,80 – Best.-Nr. 06/1006

# CHRONIKEN DER ZUKUNFT

Band 1

herausgegeben
von
Wolfgang Jeschke

Mit freundlicher Unterstützung
von Philip Morris

WILHELM HEYNE VERLAG
MÜNCHEN

HEYNE-BUCH Nr. 06/1001
im Wilhelm Heyne Verlag, München

Redaktion: Wolfgang Jeschke

Printed in Germany 1984
Umschlagbild: John Harris
Umschlaggestaltung: TBWA, Frankfurt,
im Auftrag von Philip Morris
Satz: Schaber, Wels
Druck und Bindung: Pressedruck, Augsburg

ISBN 3-453-31147-7

# INHALT

ROBERT SILVERBERG

# Die Sterne rücken näher

Von Robert Silverberg erschienen in der Reihe
HEYNE SCIENCE FICTION & FANTASY:

Gast aus der Zukunft · 06/3193-94
Das heilige Atom · 06/3224
Die Sterne rücken näher · 06/3248
Die Seelenbank · 06/3256
Exil im Kosmos · 06/3269
Schwingen der Nacht · 06/3274 erneut: 06/3929
Dimension 12 · 06/3309
Die Mysterien von Belzagor · 06/3345
Der Gesang der Neuronen · 06/3392
Kinder der Retorte · 06/3441
Es stirbt in mir · 06/3445
Ein glücklicher Tag im Jahr 2381 · 06/3477
Der Seher · 06/3590
Schadrach im Feuerofen · 06/3626
Mit den Toten geboren · 06/3644

DIE STERNE RÜCKEN NÄHER
erschien ursprünglich als HEYNE-BUCH Nr. 06/3248
Titel der amerikanischen Originalausgabe:
STARMAN'S QUEST
Deutsche Übersetzung: Leni Sobez

## PROLOG

Der Lexman-Raumantrieb veränderte nicht nur die Geschichte der Menschheit, sondern prägte maßgeblich die soziokulturelle Entwicklung der Erde. Was wäre erst mit dem Cavour-Hyperdrive zu erreichen gewesen, hätte man ihn je praktisch verwerten können?

Der Cavour-Hyperdrive wäre wohl der großartigste wissenschaftliche Fortschritt der ganzen Ära, könnte man ihn in die Tat umsetzen. Er würde eine Revolution des gesamten Transportwesens bewirken. Mit dem heute angewandten Lexman-Raumantrieb erreicht man Alpha Centauri, die nächstgelegene Sonne mit bewohnbaren Planeten, in viereinhalb Jahren. Mit dem Cavour-Hyperdrive dagegen wäre, ließe er sich praktisch verwirklichen, eine solche Strecke in wenigen Tagen zurückzulegen.

Leider war James Hudson Cavour einer jener tragischen, selbstzerstörerischen Menschen, deren Persönlichkeit den Wert ihrer Arbeit zunichte macht. Ein einsamer, rechthaberischer, dogmatischer Mann, ein Wirrkopf in den Augen der meisten Menschen, zog sich völlig von den Menschen zurück, um seinen Hyperdrive zu entwickeln. Seine selbstgewählte Einsamkeit durchbrach er nur gelegentlich einmal zur Ankündigung, er sei auf dem besten Weg zum Erfolg.

Im Jahr 2570 gab Cavour ein absolut rätselhaftes Bulletin heraus, das besagte, er habe sein Ziel erreicht oder stehe unmittelbar davor. Unfreundliche Menschen taten es als Hirngespinst ab. Aber nun spielte es keine Rolle mehr, welche Auslegung die richtige war, denn kein Mensch hörte mehr etwas von J. H. Cavour.

Aber eine kleine Gruppe von Menschen ließ sich in der Überzeugung nicht beirren, er habe tatsächlich einen Raumantrieb entwickelt, der Überlichtgeschwindigkeit ermöglichte, so daß die Menschheit in unglaublich kurzer Zeit unglaublich weite Räume überbrücken und zu den Sternen reisen konnte. Sie wurden ausgelacht, und die Sterne waren und blieben weit entfernte, kaum erreichbare Objekte.

Nicht ganz unerreichbar. Der Lexman-Raumantrieb bewies es.

Nach Jahrzehnten der Entwicklung setzten Lexman und seine Gefährten im Jahre 2337 ihren Ionenantrieb ein. Dieser ermöglichte es den Menschen, die theoretische Geschwindigkeitsgrenze des Universums, die Lichtgeschwindigkeit, zwar nicht ganz zu erreichen, aber ihr in etwa nahezukommen. Zum erstenmal waren damit die Sterne in die Reichweite der Menschen gerückt.

Aber selbst bei dieser phantastischen Geschwindigkeit dauerte eine Reise zum nächsten Stern mit kurzem Aufenthalt und der Rückkehr zur Erde neun Jahre. Bellatrix, ein weiter entfernter Stern, erforderte zweihundertfünfzehn Jahre, und dazu kam dann noch die Rückreise. Trotzdem war es ein ungeheurer Fortschritt, denn mit den alten Raumantrieben hatte man schon zum Pluto viele Monate gebraucht, und an Reisen zu den Sternen hatte man nicht einmal zu denken gewagt.

Der Lexman-Raumantrieb bewirkte grundlegende Änderungen. Er schenkte der Menschheit die Sterne. Fremde Wesen besuchten die Erde, fremde Produkte und Sprachen wurden eingeführt.

Ein Faktor konnte dabei allerdings nicht übersehen werden; er ergab sich zwangsläufig bei Reisegeschwindigkeiten knapp unterhalb der Lichtgeschwindigkeit – die Fitzgerald-Kontraktion. An Bord der großen Sternenschiffe, die durch die Leere des unendlichen Raumes pflügten, schrumpfte die Zeit. Die Hin- und Rückfahrt nach Alpha Centauri dauerte für die Schiffsbesatzungen nur sechs Wochen.

Die Ergebnisse waren kurios, in einigen Fällen sogar tragisch. Eine um sechs Wochen gealterte Mannschaft kehrte auf eine um neun Jahre gealterte Erde zurück. Sitten und Gebräuche hatten sich verändert, neue Slangworte machten die Sprache beinahe unverständlich.

Die natürliche Folge davon war die Entwicklung einer eigenen Gilde der Raumfahrer, jener Männer, die ihr Leben damit verbrachten, von Sonne zu Sonne zu »springen«, die praktisch nichts mehr gemein hatten mit den an den Planeten gebundenen Menschen. Raumfahrer und Erdbewohner – die unerbittlichen mathematischen Gesetze der Fitzgerald-Kontraktion trennten sie und machten sie fast zu Feinden.

Jahrhunderte vergingen, und die vom Lexman-Raumantrieb verursachten Veränderungen prägten sich immer mehr aus. Nur ein Raumantrieb, der die Lichtgeschwindigkeit überschritt, konnte die immer breiter werdende Kluft zwischen Raumfahrern und Erdenmenschen überbrücken, aber der Überlichtgeschwindigkeits-Raumantrieb blieb ebenso ein Traum der Menschheit, wie er es in den Tagen von James Hudson Cavour gewesen war.

Sociocultural Dynamics
Leonid Hallman
London, 3876

# 1

Der Morgenalarm – vier harte Gongschläge – verhallte. Überall in der *Walhalla,* dem großen Sternenschiff, ließen sich die Mannschaftsangehörigen aus ihren Kojen rollen, um einen neuen Tag zu beginnen. Das riesige Schiff war, während sie schliefen, durch die endlose Raumnacht gerast und hatte sie ihrer Mutterwelt, der Erde, näher gebracht. Die *Walhalla* kehrte von einer Reise nach Alpha Centauri zurück.

Aber ein Mann an Bord des Sternenschiffes hatte nicht auf den Morgenalarm gewartet. Für Alan Donnell hatte der Tag schon einige Stunden früher begonnen. Aufgeregt war er aus seiner Kabine im Bugteil des Schiffes geschlüpft, wo die unverheirateten Mannschaftsangehörigen wohnten, und zum Hauptsichtschirm geeilt, um den großen grünen Planeten zu sehen, der langsam größer wurde.

Er war ein großer, rothaariger, langbeiniger, fast magerer Junge. Heute war sein siebzehnter Geburtstag.

Alan stellte die Bildschärfe nach und bekam nun die Erde ganz klar herein. Er versuchte die Kontinente auszumachen und sich seiner frühen Geschichtsstunden zu erinnern.

*Das dort muß Südamerika sein,* stellte er fest, nachdem er den Gedanken, es könne sich um Afrika handeln, verworfen hatte. Dem Umriß nach waren beide Kontinente einander sehr ähnlich, und wenn man so viele andere Welten sah, fiel es einem nicht allzu leicht, sie auseinanderzuhalten. *Natürlich, Südamerika. Und der Kontinent darüber ist also Nordamerika. Dort bin ich geboren.*

Dann war der Morgenalarm fällig, die vier Gongschläge, die Alan immer so deutete: *Zeit! Tag! Auf! Los!* Oder auch: *Auf-zur-Ar-beit!* Allmählich wurde es im Sternenschiff lebendig. Alan nahm sein Zählgerät, eine Art Kalender, aus der Tasche und wollte eben den neuen Tag einstellen, als sich eine Hand auf seine Schulter legte.

»Guten Morgen, mein Sohn.«

Alan drehte sich um. Der große schlanke Kapitän der *Walhalla* stand hinter ihm, sein Vater. »Guten Morgen, Captain.«

Captain Donnell musterte ihn neugierig. »Du bist schon eine ganze Weile auf, Alan, das weiß ich. Ist etwas nicht in Ordnung?«

»Ich konnte nicht schlafen«, antwortete Alan.

»Du scheinst dir über etwas Gedanken zu machen.«

»Nein, Vater. Bestimmt nicht.« Das war gelogen, und in seiner Verwirrung beschäftigte er sich mit dem Kalender in seiner Hand. Er drückte den Knopf; das Register begann zu schnurren und drehte sich. Die Ziffern wechselten. Die schwarzen Ziffern auf dem gelben Grund wechselten von Jahr 16 Tag 365 zu Jahr 17 Tag 1.

Klickend blieben die Ziffern stehen. »Heute ist dein Geburtstag, nicht wahr?« stellte der Captain fest. »Ich wünsche dir viel Glück dazu.«

»Oh, vielen Dank, Vater. Weißt du, es wird großartig sein, einmal einen Geburtstag auf der Erde zu feiern.«

Der Captain nickte. »Es ist immer gut, wieder einmal nach Hause zu kommen, auch wenn wir bald wieder abreisen müssen. Und nun ist es das erstemal, daß du deinen Geburtstag auf deiner Heimatwelt feierst, Alan – seit dreihundert Jahren.«

*Dreihundert?* überlegte Alan und grinste breit. Nein, keine dreihundert in Wahrheit. »Du weißt doch, das stimmt nicht ganz, Vater«, erwiderte Alan. »Keine dreihundert. Nur siebzehn.« Er sah hinaus auf die grüne, sich langsam drehende Erdkugel.

»Wenn du auf der Erde bist, dann tue genau das, was die Erdbewohner tun«, sagte der Captain. »Das ist ein uralter Rat. Die Computerdokumentation besagt, daß du im Jahr 3576 geboren bist. Manchmal vergesse ich darauf. Wenn du aber einen Erdenbewohner nach dem Jahr fragst, in dem wir jetzt leben, dann wird er sagen, wir haben jetzt 3876. Und von 3576 bis 3876 sind, wie du weißt, dreihundert Jahre, oder nicht?« Das Fältchennetz um seine Augen verdichtete sich.

»Vater, jetzt hör aber auf, mir mit Spitzfindigkeiten zu kommen!« protestierte Alan lachend; er hielt ihm seinen Kalender entgegen. »Es ist doch unwichtig, was die Computerdokumentation sagt. Hier heißt es: Jahr 17, Tag 1, und das gilt für mich. Wer kümmert sich schon darum, welches Jahr auf der Erde ist? *Das* hier ist meine Welt, Vater.«

»Ich weiß es, Alan.«

Sie verließen zusammen den Hauptschirm. Es war Frühstückszeit, und die zweiten Gongs hallten durch das Schiff. »Ich habe dich nur ein bißchen geneckt, mein Junge. Aber weißt du, mit diesen Dingen mußt du dich herumschlagen, sobald du die Raumfahrerenklave verlassen willst – so wie dein Bruder es getan hat.«

Alan runzelte die Brauen, und sein Magen krampfte sich zusammen. Ihm wäre es lieber gewesen, dieses unerfreuliche Thema wäre überhaupt nicht erwähnt worden. »Glaubst du«, fragte er, »es gibt eine Möglichkeit, daß Steve zurückkommt, solange wir diesmal auf der Erde sind? Bleiben wir lange genug im Hafen, daß er uns finden könnte?«

Captain Donnells Gesicht verdüsterte sich. »Wir werden etwa eine Woche auf der Erde sein«, erklärte er fast ein wenig barsch. »Die Zeit müßte reichen, wenn Steve wieder zu uns stoßen will. Ich glaube aber nicht, daß er daran denkt. Ich weiß auch gar nicht recht, ob ich ihn noch zurückhaben will.«

Er blieb vor der Tür seiner Privatkabine mit der hübschen Einlegearbeit stehen und legte eine Hand auf die Daumenplatte, die das Schloß öffnete. Den Mund hatte er zu einem schmalen Strich zusammengekniffen. »Und vergiß nicht, Alan«, sagte er. »Steve ist jetzt nicht mehr dein Zwillingsbruder. Du bist erst siebzehn, und er ist inzwischen fast sechsundzwanzig geworden. Er wird niemals wieder dein Zwillingsbruder sein.«

Der Captain schlug seinem Sohn aufmunternd auf die Schulter. »Jetzt geh zum Essen, Alan. Wir alle haben heute unendlich viel zu tun.«

Er wandte sich ab und betrat seine Kabine.

Alan ging den breiten Korridor des Schiffes entlang zur Messehalle in Sektion C und dachte über seinen Bruder nach. Es war erst sechs Wochen her, seit Steve sich entschlossen hatte, das Schiff zu verlassen; das geschah, als die *Walhalla* zu ihrer letzten Zwischenlandung auf die Erde gekommen war.

Der Fahrplan der *Walhalla* hatte einen Aufenthalt von zwei Tagen für die Erde vorgesehen; anschließend sollten sie mit einer Ladung Kolonisten nach Alpha C IV im System Alpha Centauri reisen. Die Fahrpläne von Sternenschiffen liegen immer lange vorher fest, und oft werden die Buchungen von der *Galactic Trade Commission* schon zehn Jahre und mehr vor dem tatsächlichen Abflugtermin vorgenommen.

Die Startzeit der *Walhalla* kam immer näher, aber Steve hatte sich aus der Raumenklave, in der sich die Raumfahrer während ihrer Liegezeiten auf der Erde aufhalten, noch nicht zurückgemeldet.

Alan erinnerte sich noch aller Einzelheiten ganz genau. Captain Donnell hatte zum Appell aufgerufen, um sicher zu sein, daß alle Mitglieder der Mannschaft an Bord waren. Das war eine unumgängliche Notwendigkeit; falls jemand zufällig zurückgelassen wurde, war er auf immer von seinen Freunden und Familienangehörigen getrennt.

Er war beim Namen *Donnell, Steve* angelangt. Keine Antwort. Captain Donnell rief den Namen ein zweites Mal, dann noch einmal. Gespanntes Schweigen herrschte im Gemeinschaftsraum des Sternenschiffes, in dem die ganze Mannschaft versammelt war.

Endlich zwang sich Alan dazu, das Schweigen zu brechen. »Er ist nicht hier, Vater. Und er wird auch nicht zurückkommen«, fügte er zögernd hinzu. Und dann mußte er seinem Vater die ganze Geschichte dieses aggressiven, ungebärdigen Zwillingsbruders erklären, seinen Plan, zu desertieren und ihn, Alan, ebenfalls zum Verlassen der *Walhalla* zu überreden.

Steve hatte es satt gehabt, von einem Stern zum anderen zu rasen. Er hatte es satt gehabt, Kolonisten von einem Planeten zu einem anderen zu bringen, ohne je länger als nur ein paar Tage auf dem Boden eines Planeten zu verbringen.

Auch Alan hatte es gelegentlich satt, und jedem einzelnen von den anderen ging es von Zeit zu Zeit ebenso. Aber Alan war nicht so rebellisch wie sein Zwillingsbruder, und deshalb war er Steve auch nicht gefolgt.

Alan erinnerte sich der grimmigen Miene seines Vaters, als er seiner Geschichte zuhörte. Captain Donnells Reaktion war absolut typisch gewesen: Er hatte genickt, das Mannschaftsbuch zugeschlagen und sich zu Art Kandin umgewandt; Art war Erster Offizier der *Walhalla* und deren stellvertretender Kommandant.

»Du kannst den Namen Steve Donnell von der Mannschaftsliste streichen«, hatte er den Offizier angeschnauzt. »Alle anderen Mannschaftsangehörigen sind an Bord. Zum Ablegen vorbereiten.«

Innerhalb der nächsten Stunde hatten die Jets des Planetenantriebs der *Walhalla* das riesige Schiff von der Erde abgehoben. Die Reise ging zum Alpha Centauri, einem Stern in viereinhalb Lichtjahren Entfernung. Für die Hin- und Rückreise vergingen für die *Walhalla* nur sechs Wochen.

Während dieser sechs Wochen vergingen auf der Erde mehr als neun Jahre.

Alan Donnell war siebzehn Jahre alt.

Sein Zwillingsbruder Steve war jetzt sechsundzwanzig.

»Glück auf, Alan!« rief eine hohe Stimme, als er an den blaugestrichenen Handgriffen des Schwerkraftdecks entlangeilte.

Verblüfft sah er auf und schniefte verächtlich, als er die Ruferin erkannte – Judy Collier, ein mageres vierzehnjähriges Mädchen mit strähnigem Haar. Vor fünf Schiffsjahren war Judys Familie zur Schiffsmannschaft gestoßen. Für die alten Raumhasen war die Familie Collier noch eine Gruppe von Neulingen. Die Familien blieben auch auf dem Schiff fast immer eine in sich geschlossene Einheit, aber die Colliers hatten sich recht gut eingefügt.

»Gehst du frühstücken?« rief sie.

»Klar«, antwortete Alan und ging weiter den mit Plastikschaum belegten Korridor entlang. Sie trippelte einen Schritt oder zwei hinter ihm drein.

»Du hast doch heute Geburtstag, nicht wahr?«

»Stimmt«, sagte Alan kurz angebunden. Er ärgerte sich, weil ihm Judy in letzter Zeit dauernd über den Weg lief, und besonders auf dieser letzten Reise nach Alpha C war sie ihm kaum mehr von der Seite gewichen und hatte ihn unaufhörlich mit Fragen bombardiert. Sie ist ein dummes kleines Ding, dachte Alan wütend.

»Herzlichen Glückwunsch zum Geburtstag«, sagte sie und kicherte. »Darf ich dir einen Kuß geben?«

»Nein!« erwiderte Alan. »Verschwinde lieber, oder ich hetze Rat auf dich.«

»Oh, das kleine Biest fürchte ich nicht«, erklärte sie. »Warte nur, eines Tages stopfe ich das Ungeziefer in den Abfallschacht ... Autsch!«

»Überlege dir, wen du Ungeziefer nennst«, ließ sich eine zirpende Stimme vom Fußboden her vernehmen.

Alan sah hinunter. Rat, sein Schoßtierchen und Gefährte, kauerte neben Judy am Boden und funkelte das Mädchen aus winzigen roten Augen böse an. Der nackte Fußknöchel des Mädchens wies ein stecknadelkopfgroßes Blutströpfchen auf. »Er hat mich gebissen!« beklagte sich Judy und tat, als wolle sie das kleine Ding zertreten. Aber Rat wich blitzschnell aus und kletterte dann an seinem Herrn und Meister hinauf, um seinen gewohnten Platz auf dessen Schulter einzunehmen.

Judy stampfte mit dem Fuß, drohte Rat und lief zur Messehalle. Lachend folgte ihr Alan und nahm seinen Platz am Tisch der ledigen Männer ein.

»Danke schön, Kamerad«, flüsterte er der kleinen Kreatur auf seiner Schulter zu. »Die Kleine wird allmählich ziemlich lästig.«

»Das dachte ich mir«, antwortete Rat mit zirpender Stimme. »Und wie sie mich angesehen hat! Nein, das gefällt mir ganz entschieden nicht. Sie würde es tatsächlich fertigbringen, mich in einen Abfallschacht zu stopfen.«

»Keine Angst, mein Lieber. Wenn sie je etwas dergleichen versuchen sollte, sorge ich persönlich dafür, daß sie unmittelbar nach dir in den gleichen Schacht gestopft wird.«

»Mir wird das kaum etwas nützen«, stellte Rat düster fest, als Alans Frühstück auf dem Plastikförderband von der Küche heranrollte.

Alan lachte und griff nach dem Tablett mit dem dampfenden Frühstück. Er goß ein wenig von seinem Synthorangensaft in ein winziges Pfännchen, schob es Rat zu und begann zu essen.

Rat stammte von Bellatrix VII, einer stürmischen Welt von Erdgröße, die um den hellen Stern der Orionkonstellation kreiste. Er gehörte zu den drei intelligenten Rassen, die sich den Planeten mit einer kleinen Kolonie Erdmenschen teilten.

Die *Walhalla* hatte die lange Reise zur Sonne Bellatrix, 215 Lichtjahre von der Erde entfernt, kurz vor Alans Geburt gemacht. Captain Donnell hatte die Freundschaft des kleinen Wesens gewonnen und es mit zum Schiff zurückgebracht, als die *Walhalla* wieder zur Erde aufbrechen mußte.

Rat war des Captains Liebling gewesen, und Alan hatte das kleine Tierchen an seinem zehnten Geburtstag von ihm zum Geschenk bekommen. Mit Steve war Rat nie sehr gut ausgekommen, und öfter als einmal war es zu Streit zwischen den Zwillingen gekommen.

»Rat« war ein passender Name für das winzige, blau-purpurne Nagetierchen mit seinen kleinen Perlaugen und dem schuppigen Ringelschwanz. Die Sprache der Terraner sprach Rat deutlich und sehr gut, und auch sonst war er ein intelligenter, loyaler und sehr liebenswerter Gefährte.

Schweigend aßen sie. Alan hatte die Schüssel mit der Proteinmischung etwa zur Hälfte geleert, als Art Kandin ihm gegenüber seinen Platz einnahm. Der Erste Offizier der *Walhalla* war ein großer Mann mit dicklichem Gesicht, dem die schwierige Arbeit oblag, die knappen, oft recht rätselhaften Kommandos von Alans Vater in Taten umzusetzen.

»Glück auf, Alan. Und alles Gute zum Geburtstag.«

»Danke, Art. Aber wie kommt es, daß du jetzt nichts zu tun hast? Ich dachte doch, du hättest heute zu schuften wie ein Staubgräber vom Mars, gerade heute. Wer setzt denn den Landeumlauf, wenn du hier bist?«

»Oh, das ist längst erledigt«, erklärte Kandin fröhlich. Dein Vater und ich haben uns die ganze Nacht um die Ohren geschlagen, um die Landungsprozedur auszuarbeiten.« Er griff nach Rat, nahm ihn von Alans Schulter und kraulte ihn mit dem Zeigefinger. Rat antwortete mit einem spielerischen Biß seiner winzigen, scharfen Zähne. »Ich nehme mir den Vormittag frei«, fuhr Kandin fort. »Du kannst dir gar nicht vorstellen, wie es ist, wenn man ausnahmsweise einmal herumsitzen kann, während alle übrigen arbeiten.«

»Um welche Zeit landen wir?«

»Genau um 17.35 Uhr heute abend. Es ist alles festgelegt. Wir sind schon im Landeumlauf, wenn du das auch wegen der erstklassigen Kardanaufhängung des Schiffes nicht bemerkst. Heute gehen wir auf die Erde hinunter, und morgen ziehen wir in die Enklave.« Plötzlich musterte Kandin mißtrauisch den jungen Alan. »Du willst wohl in der Enklave bleiben, oder?«

Alans Gabel klirrte, als er sie weglegte, und er warf dem Ersten Offizier einen düsteren Blick zu. »Das war ja ein ganz schöner Hieb! Du sprichst doch wohl von meinem Bruder, nicht wahr?«

»Wer redet wohl nicht davon?« erwiderte Kandin ruhig. »Der Sohn des Kapitäns läßt das Schiff im Stich! Du ahnst nicht einmal, wie sehr dein Vater darunter gelitten hat, als Steve über den Hügel ging. Er hat alles in sich hineingefressen und kein Wort gesagt, aber ich weiß genau, wie schwer ihn das getroffen hat. Natürlich war die Sache eine Auflehnung gegen seine väterliche Autorität, und das war mit ein Grund für seinen Zorn. Er ist kein Mann, den man ungestraft so ärgern und verletzen darf.«

»Das weiß ich. Er führt so lange schon dieses Schiff, und jeder fügt sich widerspruchslos seinen Befehlen. Er versteht natürlich nicht, wie jemand seine Weisungen mißachten und das Schiff verlassen kann, besonders dann nicht, wenn es sich um seinen eigenen Sohn handelt.«

»Ich hoffe nur, du hast dir nicht auch solche Flausen in den Kopf gesetzt.«

»Ich brauche deinen Rat nicht, Art«, fauchte Alan. »Ich weiß, was richtig ist und was nicht. Sag mir die Wahrheit – hat Vater dich geschickt, mich auszuhorchen?«

Kandin wurde rot und sah zu Boden. »Es tut mir leid, Alan. Ich wollte nicht ... Nun ja ...«

Und dann schwiegen sie. Alan wandte sich wieder seinem Frühstück zu und Kandin starrte düster ins Leere.

»Weißt du«, begann der Erste Offizier schließlich wieder, »ich habe viel über Steve nachgedacht. Mir fiel nur eben ein, daß ihr beide euch in Zukunft nicht mehr als Zwillinge bezeichnen könnt. Das ist eine der merkwürdigsten Randerscheinungen der Raumfahrt, die bis jetzt aufgetreten sind.«

»Darüber habe ich auch schon nachgedacht. Er ist sechsundzwanzig, ich bin siebzehn, und doch waren wir Zwillinge. Ja, die Fitzgerald-Kontraktion bewirkt seltsame Dinge.«

»Das stimmt wirklich«, pflichtete ihm Kandin bei. »So, und jetzt kann ich anfangen zu faulenzen.« Er klatschte Alan auf den Rücken, entwirrte seine langen Beine unter der Bank und ging.

*Die Fitzgerald-Kontraktion bewirkt seltsame Dinge,* wiederholte Alan für sich, als er sich dem Rest seiner Mahlzeit widmete und schließlich das Geschirr in das Kastenwägelchen stellte, das es zu den Molekularspülern brachte. *Seltsame Dinge. Wirklich.*

Er versuchte sich vorzustellen, wie Steve jetzt aussehen mochte. Neun Jahre älter. Es gelang ihm nicht.

*Wenn die Geschwindigkeit sich der des Lichts nähert, nähert sich der Zeitfaktor der Ziffer Null.*

Das war der Schlüssel zum Universum. *Der Zeitfaktor nähert sich der Ziffer Null.* Die Mannschaft eines Raumschiffes, das von der Erde mit einer sich der Lichtgeschwindigkeit annähernden

Schnelligkeit zur Sonne Alpha Centauri reist, verspürt kaum etwas davon, daß auf dieser Reise die Zeit vergeht.

Natürlich war gar nicht daran zu denken, daß man jemals die Lichtgeschwindigkeit erreichen würde. Die großen Sternenschiffe kamen ihr jedoch ziemlich nahe. Je näher sie ihr kamen, desto größer war die Kontraktion der Zeit an Bord des Schiffes, die Zeitschrumpfung.

Alles war eine Sache der Relativität. Für den Beobachter ist die Zeit relativ.

So waren Reisen zwischen den Sternen möglich. Ohne die Fitzgerald-Kontraktion wäre die Mannschaft eines Raumschiffes auf der Reise zu Alpha C um fünf Jahre, zum Sirius um acht, um zehn zum Prokyon gealtert. Mehr als zwei Jahrhunderte würden vergehen, reiste man zu einem entfernten Stern wie Bellatrix.

Dank dem Kontraktionseffekt war Alpha C drei Wochen entfernt, Sirius einen und einen halben Monat. Selbst zur Bellatrix war man nur ein paar Jahre unterwegs. Allerdings fand die Mannschaft, kehrte sie zur Erde zurück, dort die Verhältnisse völlig verändert vor. Dort war die Zeit ungeschrumpft vergangen.

Und jetzt war also die *Walhalla* zu einem kurzen Aufenthalt zur Erde zurückgekehrt. Auf der Erde sammelten sich die Raumfahrer in den Enklaven, in den Städten innerhalb der Städte, die sich um jeden Raumhafen herum entwickelt hatten. Dort waren sie unter sich und machten keinen Versuch, die verwirrende Welt da draußen zu betreten.

Manchmal brach einer der Raumfahrer aus. Sein Schiff ließ ihn zurück, und er wurde zu einem Erdbewohner. Steve Donnell hatte es getan.

*Die Fitzgerald-Kontraktion bewirkt seltsame Dinge.* Alan dachte an seinen Bruder, den er vor wenigen Wochen zuletzt gesehen hatte, ein junger, lächelnder Mann, sein Ebenbild, sein Zwillingsbruder. Was mochten die neun vergangenen Jahre in ihm bewirkt haben?

# 2

Raschen Schrittes verließ Alan die Messehalle. Er mußte sich jetzt zum zentralen Kontrollraum begeben, dem Nervenzentrum des Schiffes; das Gegenstück dazu bildete der Gemeinschaftsraum, das Erholungszentrum der Mannschaft für die Freizeit.

Im Kontrollraum hing die riesige Tafel, auf der die Diensteinteilung des Tages aufgeschrieben war. Er ging die langen Kolonnen durch und suchte seinen Namen.

»Du arbeitest heute mit mir, Alan«, hörte er neben sich eine ruhige Stimme.

Alan drehte sich um und sah Dan Kelleher, den Ladechef, hinter sich stehen. »Dann werden wir wohl bis zum späten Abend auszuladen haben«, sagte er ein wenig mißmutig.

Kelleher schüttelte den Kopf. »Nur halb so schlimm. Zu tun ist nicht sehr viel, nur kalt wird es sein. Diese Dinosaurierviertel im Gefrierraum müssen in Behälter gepackt werden. Ein Vergnügen ist das nicht gerade.«

Alan suchte auf der Tafel die Reihen für die Lademannschaft. Natürlich, dort stand sein Name; da er nicht zu den Spezialisten der Mannschaft gehörte, mußte er überall einspringen.

»Ich denke, ihr werdet ungefähr vier Stunden brauchen, bis ihr alles in den Behältern habt«, sagte Kelleher. »Wenn du willst, kannst du dir jetzt ein bißchen freinehmen. Das bringst du schnell genug wieder herein.«

»Dagegen habe ich nichts. Soll ich mich um neun Uhr wieder bei dir melden?«

»Ja, in Ordnung.«

»Solltest du mich vorher brauchen, dann findest du mich in meiner Kabine. Du brauchst nur anzurufen.«

Seine Kabine war kaum mehr als eine Zelle im Bienenstock der Unterkunftsräume für ledige Männer. Alan öffnete seinen Sack und nahm das Buch mit den vielen Eselsohren heraus, das er so sehr liebte. *Die Cavour-Theorie* stand in Goldbuchstaben auf dem Rücken. Mindestens hundertmal hatte er dieses Buch von der ersten bis zur letzten Seite schon gelesen.

»Ich verstehe noch immer nicht, weshalb du auf diesen Cavour so verrückt bist«, sagte Rat und sah aus seiner puppenbettgroßen Schlafkoje auf. »Wenn es dir wirklich einmal gelingen sollte, Cavours Gleichungen zu lösen, dann stiehlst du dir und deiner Familie doch nur euer Geschäft. Sei ein lieber Kerl und gib mir meinen Knabberstock.«

Alan reichte Rat das zernagte Stöckchen aus Jupitereiche, mit dem der kleine Bellatrixianer seine Zähnchen zu schärfen pflegte. »Das verstehst du nicht«, erwiderte Alan. »Wenn wir Cavours Arbeit endlich begreifen und den Hyperdrive entwickeln könnten, wären wir nicht mehr beeinträchtigt von der Fitzgerald-Kontraktion. Welche Rolle spielt es schon, auf lange Sicht gesehen, ob die *Walhalla* einmal überflüssig wird? Wir können sie doch auf den neuen Antrieb umbauen. Wenn wir das Geheimnis von Cavours Hyperdrive entdecken könnten, dann ...«

»Oh, das habe ich schon ein paarmal gehört«, meinte Rat gelangweilt. »Nun ja, mit dem Hyperdrive kannst du durch die ganze Galaxis flitzen, ohne daß du die Nachteile der Zeitverschiebung beim normalen Raumantrieb hast. Und dann kannst du deine Lieblingsträume in die Tat umsetzen, überall hingehen, wo du hin willst und alles sehen, was du sehen willst. Ah, wie deine Augen aufleuchten! Wenn du vom Hyperdrive zu reden anfängst, dann bist du immer ganz verklärt.«

Alan öffnete das Buch an einer besonders zerlesenen Stelle. »Ich weiß genau, daß wir den Hyperdrive einmal bekommen. Ganz bestimmt sogar. Ich bin sogar überzeugt, Cavour selbst hat schon ein Schiff mit Hyperdrive gebaut.«

»Klar«, antwortete Rat trocken und wedelte mit seinem langen Schwanz. »Klar hat er eines gebaut. Das erklärt ja auch sein rätselhaftes Verschwinden. Er ließ seinen Antrieb laufen, und dann ging er aus wie eine ausgeblasene Kerze. Gut, dann bau dir doch ein solches Schiff, wenn du kannst. Für mich brauchst du darauf aber dann keine Passage zu buchen.«

»Du willst also nicht mitkommen, wenn ich ein Hyperdriveschiff baue?«

»Nein«, erklärte Rat entschieden. »Ich mag unsere jetzige Raumzeit recht gern, und mir liegt absolut nichts daran, siebzehn Dimensionen weiter nördlich zu stranden und keinen Rückweg zu finden.«

»Du bist doch eine richtige Schlafmütze ohne jeden Glauben an den Fortschritt, Rat.« Er sah auf sein Chronometer. »Zeit, an die Arbeit zu gehen. Ich muß mit Kelleher gefrorene Dinosaurier packen. Willst du mitkommen?«

Rat wackelte verneinend mit der Nasenspitze. »Nett, daß du mich aufforderst, aber im Gefrierraum ...? Hier ist es hübsch und schön warm. Na, Junge, dann lauf schon! Ich bin müde.« Er rollte sich zusammen, legte seinen Schwanz um seinen Körper und schloß die Augen.

Am Eingang zur Gefrierabteilung wartete schon eine lange Schlange; Alan stellte sich mit an. Einer nach dem anderen schlüpfte in den Raumanzug, der ihm von einem Jungen gereicht wurde, und betrat die Luftschleuse.

Das Dinosaurierfleisch von der Kolonie auf Alpha C IV schmeckte zwar merkwürdig, wurde aber auf der Erde als Delikatesse viel gekauft. Natürlich mußte es zum Transport eingefroren werden, aber dafür war die *Walhalla* ausgerüstet. Sie hatte das beste Gefriersystem, das sich denken ließ – einen Laderaum, der sich direkt in das Vakuum des Weltenraumes öffnete. Man packte das Fleisch in riesige offene Behälter, die unmittelbar vor dem Abheben geflutet wurden. War man im Raum, dann wurde dieser Laderaum geöffnet, so daß Luft und Wärme entweichen konnten. Das Wasser gefror sofort und konservierte so das Fleisch. Dieses Verfahren war ebenso wirksam wie der Einsatz endloser Kühlschlangen, nur viel einfacher und billiger.

Jetzt mußten sie das gefrorene Fleisch aus den Behältern hacken und in kleinere umpacken, die leichter zu transportieren waren. Das war eine schwere Arbeit. Viel Intelligenz brauchte man zwar nicht dazu, wohl aber kräftige Muskeln.

Als alle ihre Raumanzüge angelegt hatten, schloß Kelleher die Luke und drehte den Hebel, der die andere Tür in den Gefrierraum öffnete. Photonische Relais klickten; das Metalltor schwang lautlos auf; Kelleher winkte, und einer nach dem anderen ging durch.

Alan hackte zusammen mit den anderen kräftig auf das Eis ein, das hart wie Stein war und anfangs kaum nachgab. Nach einer Weile hatte Alan den ersten riesigen Dinosaurierschenkel freigelegt, den er mit zwei Kameraden in einen Transportbehälter packte. Dann nagelten sie ihn zu, aber in dem luftlosen Gewölbe war kein Ton zu vernehmen.

Nach Alans Ansicht waren mindestens ein paar Jahrhunderte vergangen, bis sie mit der Arbeit fertig waren; tatsächlich waren es aber nur zwei Stunden. Erleichtert und sehr müde verschwand er in den Gemeinschaftsraum und ließ sich in einen Pneumostuhl aus Webschaum fallen; dann legte er eine Spule mit leichter Musik auf und streckte sich aus. Nie mehr, dachte er erschöpft, esse ich ein Dinosauriersteak.

Es herrschte ein ziemlich lebhaftes Treiben. Die meisten liefen da- und dorthin, um noch irgendeine Kleinigkeit zu erledigen, die unbedingt getan werden mußte, ehe das Schiff in die Erdatmosphäre eintauchte. Er hatte mit seiner Arbeit Glück gehabt. Es war zwar eine grauenhaft schwere Arbeit, die unter fast unmenschlichen Bedingungen geleistet werden mußte, aber er konnte jetzt wenigstens ausruhen. Sobald das Fleisch umgepackt war, hatte er frei.

Andere hatten jetzt noch die Böden zu wischen, die Jets zu reinigen, den Antriebsmechanismus auszurichten, oder sonst eine Arbeit zu tun, mit der sie eigentlich niemals fertig wurden. Immer wurden sie von dem Gedanken getrieben, daß ein bißchen mehr Arbeit bei der Inspektion einen Punkt oder zwei mehr ergeben könnte.

Jedes Raumschiff wurde nämlich einer äußerst strengen Inspektion unterzogen, sobald es zur Erde zurückkehrte. Die *Walhalla* brauchte an sich nicht mit Schwierigkeiten zu rechnen, denn sie war nur neun Erdjahre abwesend gewesen. Schiffe dagegen, die längere Reisen machten, bekamen oft Ärger, denn in den hundert oder mehr Jahren, die ein Schiff zum Rigel oder noch weiter entfernten Sternen und wieder zurück brauchte, hatten sich auf der Erde viele Vorschriften geändert.

Alan überlegte, ob die *Walhalla* wohl glatt durchkäme; in sechs Tagen mußten sie schon wieder zum Prokyon ablegen, und wie üblich hatten sie wieder Kolonistengruppen zu befördern.

Der Fahrplan war etwas, an das nicht gerührt werden durfte. Alan dachte an seinen Bruder Steve. Hätte er nur ein paar Tage länger Zeit, um hinausgehen zu können und ihn vielleicht zu finden ...

Nun, das wird sich herausstellen, dachte er und lehnte sich zurück.

Aber die Ruhe war ihm leider nicht vergönnt. Eine bekannte, schrille Stimme unterbrach seine Gedanken. Oh, dachte er, auch das noch!

»He, Raummann! Wieso hast du deine Düsen schon abgestellt?«

Alan öffnete ein Auge und starrte düster die magere Judy Collier an. »Ich bin mit meiner Arbeit fertig, deshalb darf ich faulenzen. Hab' mir's sauer verdient. Hast du was dagegen?«

Sie hob die Hände und sah sich ängstlich um. »Aber nicht gleich schießen, hörst du? Und wo hast du dieses Biest?«

»Rat? Um den brauchst du dich nicht zu kümmern. Er ist in meiner Kabine und kaut an seinem Knabberstock. Der schmeckt ihm ganz bestimmt viel besser als deine zähen, knochigen Fesseln.« Alan gähnte herzhaft. »Und wie wär's, wenn du mich jetzt in Ruhe ließest?«

Sie war deutlich gekränkt. »Na, wenn du es unbedingt haben willst? Ich dachte nur, ich könnte dir erzählen, wie es in der Enklave zugeht, wenn wir landen. Seit dem letztenmal hat sich einiges geändert. Aber wenn du daran natürlich nicht interessiert bist ...« Sie wandte sich um und wollte verschwinden.

»He, so warte doch eine Minute!« Judys Vater war der Erste Signaloffizier und bekam natürlich alle Nachrichten über den Planeten, auf dem sie landen würden, viel schneller als alle übrigen. »Was gibt's denn Neues?«

»Eine neue Quarantäneregelung. Sie wurde herausgegeben, als vor zwei Jahren ein Schiff landete, das von Altair zurückkam, denn es stellte sich heraus, daß die Mannschaft irgendeine seltsame Krankheit mitgebracht hatte. Wir müssen sogar von den anderen Raumbesatzungen in der Enklave isoliert bleiben, bis wir alle ärztlichen Untersuchungen hinter uns haben.«

»Muß denn jedes landende Schiff durch diese Quarantäne?«

»Ja. Ziemlich lästig, was? Dein Vater hat sagen lassen, daß wir heute nach der Landung eine Tanzparty haben, weil wir ja keine Besuche machen können.«

»Eine Tanzerei?«

»Hast doch gehört, oder? Roger Bond, dieser freche Kerl, hat mich eingeladen«, fügte sie hinzu und hob eine Braue. Sie hielt das für sehr schick und einen Beweis großer Erfahrung.

»Was hast du denn an Roger auszusetzen? Ich habe eben mit ihm stundenlang das Dinosaurierfleisch umgepackt.«

»Oh, nun ja ... Er ist nur ... Er tut eben so gar nichts für mich.«

»Und … hast du seine Einladung angenommen?« fragte er, um höflich zu sein.

»Natürlich nicht! Noch nicht, um genau zu sein. Ich dachte nur, ich könnte vielleicht interessantere Angebote bekommen«, meinte sie hoheitsvoll.

Ah, so ist das! Sie erwartet, daß ich sie einlade. Alan war dieser Gedanke nicht besonders angenehm; er ließ also ganz langsam die Augen zufallen und lehnte sich wieder zurück. »Na, dann wünsche ich dir viel Glück dazu«, meinte er und gähnte.

»Du bist gemein!« rief sie empört.

»Das weiß ich«, antwortete er kühl. »Ich bin nämlich in Wirklichkeit ein Schlammwurm vom Neptun und kenne keine Gefühle. Ich habe mich nur maskiert, um die Erde zu zerstören, und wenn du mein Geheimnis enthüllst, fresse ich dich bei lebendigem Leib auf!«

Sie überhörte seine Spöttelei und schüttelte den Kopf. »Ich möchte nur wissen, weshalb ich immer mit diesem Roger Bond zum Tanzen gehen muß«, beklagte sie sich. »Ah, ist ja egal«, fügte sie hinzu und ging.

Er sah ihr nach, als sie den Gemeinschaftsraum durch die Ringtür verließ. Selbstverständlich war sie nur ein dummes kleines Ding, aber mit ihrer Bemerkung »Ich möchte nur wissen, weshalb ich immer mit diesem Roger Bond zum Tanzen gehen muß«, hatte sie den Finger auf eines der wichtigsten Raumschiffprobleme gelegt.

Die *Walhalla* war praktisch eine Welt für sich. Die Mannschaft blieb immer gleich. Niemand ging weg – außer jemand desertierte so wie Steve, und Steve war der einzige Mannschaftsangehörige in der ganzen Geschichte der *Walhalla*, der das getan hatte. Und Neue kamen selten an Bord. Judy Collier war eine der Jüngsten der Mannschaft, und ihre Familie war erst vor fünf Schiffsjahren zur Mannschaft gestoßen, weil ein Signaloffizier zur Ablösung gebraucht wurde.

Sonst blieb alles gleich. Zwei oder drei Dutzend Familien, ein paar hundert Leute, die jahrein, jahraus auf diesem Schiff lebten. Kein Wunder, daß Judy immer mit Roger Bond tanzen gehen mußte. Die Auswahl war wirklich nicht groß.

Deshalb war Steve ja über den Hügel gegangen. Was hatte er damals gesagt? *Die Wände des Schiffes beengen mich wie eine*

*Gefängniszelle.* Dort draußen war die Erde mit einer Bevölkerung von etwa acht Milliarden. Und die *Walhalla* hatte ganze 176 Menschen an Bord.

Er kannte alle 176 so genau wie seine Familie, die sie ja in einem gewissen Sinn auch waren. An keinem von ihnen war etwas Neues oder Geheimnisvolles.

Und genau das hatte Steve gewollt: etwas Neues. Also hatte er das Schiff verlassen. Aber, dachte Alan, die Entwicklung eines Hyperdrive würde alles verändern, wenn ...

Die Quarantäne war etwas, das ihm absolut nicht behagte. Die Raumfahrer hatten nur ein paar Tage Aufenthalt auf der Erde und nur sehr wenig Gelegenheit, mit anderen Raumfahrern zu sprechen, ein neues Gesicht zu sehen, ein paar Neuigkeiten aus anderen Gegenden des Universums zu hören. Es war geradezu kriminell, einem die paar Stunden auch noch zu stehlen.

Ein Tanz war natürlich immer noch besser als Langeweile, aber nicht einmal dieser Gedanke war erfreulich. Er stand aus seinem Pneumostuhl auf und sah sich um. Wenn man vom Teufel spricht, dachte er, denn er sah Roger Bond unter einer Radiothermlampe ausruhen. Alan ging zu ihm hinüber.

»Hast du die miesen Neuigkeiten schon gehört, Rog?«

»Über die Quarantäne? Ja.« Roger sah auf sein Armchronometer. »Wird allmählich Zeit, daß ich mich für den Tanz fein mache«, sagte er und stand auf. Er war mittelgroß, schwarzhaarig, ein Jahr jünger als Alan und sah gut aus.

»Hast du dich mit jemand Besonderem verabredet?«

Roger schüttelte den Kopf. »Du bist gut! Mit wem, frage ich dich? Vermutlich werde ich mich an die dürre Judy Collier halten müssen. Die Auswahl ist nicht besonders groß.«

»Nein, das ist sie wirklich nicht«, pflichtete Alan ihm betrübt bei. Zusammen verließen sie den Gemeinschaftsraum. Alan spürte schon die Langeweile, die sich wie ein grauer Nebel um ihn schloß. Das bedrückte ihn.

»Bis später«, sagte Roger.

»Ja, vermutlich«, antwortete Alan mißmutig.

# 3

Auf die Sekunde genau um 17 Uhr 53 hatte die *Walhalla* Erdberührung, aber erstaunlich war das weiter nicht, denn Captain Mark Donnell hatte in seinen vierzig Schiffsjahren im Raum, und das waren mehr als tausend Erdenjahre, bisher jeden Fahrplan genau eingehalten.

Der Landevorgang selbst lief immer gleich ab: Die Mannschaft verließ das Schiff familienweise, und erst ganz zum Schluß ging der Kapitän von Bord. Alan, der Sohn des Captains und dessen einziger Familienangehöriger, mußte also noch warten.

»Endlich wieder einmal auf festem Boden!« sagte er zu Rat, als sie auf dem von Düsenabgasen und Hitze zerfressenen Landefeld der *Walhalla* standen. Das riesige Raumschiff mit dem goldfarbenen Rumpf stand aufgerichtet auf den Schwanzflossen und hatte die mächtigen Landestabilisatoren ausgefahren.

»Fester Boden vielleicht für dich«, zwitscherte Rat. »Für mich ist der Platz auf deiner Schulter reichlich wackelig.«

Captain Donnells schrille Pfeife gellte. »Die Kopter sind hier!« rief er.

Alan beobachtete die kleine Schwadron grauer Jetkopter, die sich mit langsam kreisenden Rotoren auf den Boden senkten. Mit dem Rest der Mannschaft lief er auf sie zu. Mit ihnen sollten sie vom Raumhafen zur Enklave gebracht werden, wo sie die nächsten sechs Tage verbringen würden.

Der Captain beaufsichtigte die Mannschaft. Alan lief an ihm vorbei. »Wohin, mein Sohn?« fragte er.

»Ich bin für Kopter eins eingeteilt«, antwortete Alan.

»Ich habe die Einteilung geändert.« Captain Donnell drehte sich um und winkte den Leuten zu. »Einsteigen in Kopter eins!«

Die Leute stiegen ein, dann ließ der Captain die übrigen zurücktreten. Tschuck-tschuck machte der Kopter, die Rotoren begannen wieder zu kreisen, und dann stand der Hubschrauber ein paar Sekunden lang bewegungslos auf seinen Düsenstrahlen, ehe er in nördlicher Richtung zur Raumfahrer-Enklave verschwand.

»Warum hast du die Einteilung geändert, Vater?« erkundigte sich Alan.

»Ich wollte, daß du mit mir in dem Zweimannkopter hinüberfliegst. Deinen Platz hat Kandin eingenommen. Und jetzt müssen wir weitermachen. Einsteigen in Nummer zwei!« rief er seinen Leuten zu.

Auch dieser Hubschrauber flog bald ab. Alan machte sich bei den kleineren Kindern der Mannschaft nützlich, damit sie nicht davonliefen oder in Gefahr gerieten, aber schließlich war der letzte der großen Kopter abgeflogen, und nur noch eine kleine Zweimannmaschine stand da. Hinter Alan und seinem Vater ragte der schimmernde Rumpf der *Walhalla* auf. »Und jetzt sind wir an der Reihe«, sagte der Captain. Sie stiegen ein, Alan schnallte sich in den Sitz des Kopiloten, sein Vater in den Pilotensitz.

»Ich sehe dich in letzter Zeit sehr selten«, sagte der Captain, als sie in der Luft waren. »Mir scheint, wenn man ein Schiff wie die *Walhalla* zu führen hat, dann ist man vierundzwanzig Stunden täglich damit beschäftigt.«

»Ich weiß, wie das ist«, erwiderte Alan.

»Ich sehe gelegentlich, daß du noch immer in diesem Cavourbuch herumschmökerst«, fuhr der Captain fort und lachte. »Hast du die Idee, den Hyperdrive zu finden, noch immer nicht aufgegeben?«

»Du weißt doch, Vater, daß ich sie niemals aufgeben werde. Cavour hat daran gearbeitet und ihn gefunden, ehe er verschwand. Wenn wir nur seine Notizen finden könnten! Oder wenn es nur ein Brief wäre, irgendeine Mitteilung, die uns auf die richtige Spur führt ...«

»Cavour ist vor dreizehnhundert Jahren verschwunden, Alan. Wenn in dieser Zeit nichts auftauchte, dann ist es sehr unwahrscheinlich, daß wir jetzt noch etwas finden. Trotzdem hoffe ich, daß du dich weiter daranhältst.« Er stellte die Düsen ab; die Rotoren begannen zu arbeiten, und sanft ließ sich das Flugzeug dem Landefeld entgegentragen.

Alan sah hinunter; eine wirre Ansammlung alter, schäbiger Gebäude wurde sichtbar, die Raumfahrer-Enklave des Hafens.

Die Worte seines Vaters hatten ihn überrascht. Er hatte noch niemals für die Möglichkeit einer überlichtschnellen Raumfahrt Interesse gezeigt. Sie war ihm eigentlich immer als Hirngespinst erschienen, als Spielerei blühender Phantasie.

»Ich verstehe nicht ganz, Vater. Warum willst du, daß ich dranbleibe? Sollte ich wirklich das finden, wonach ich suche, dann ist es das Ende des Raumfahrerlebens, das wir führen. Reisen zwischen den Planeten dauern dann nur noch Tage oder Wochen, statt – wie jetzt – Jahre und Jahrzehnte. Wir sind dann nicht mehr die alten Planetenhüpfer, die von allen getrennt werden, die man kennt.«

»Damit hast du recht, mein Junge. Ich habe auch erst damit angefangen, ernsthaft über den Hyperdrive nachzudenken. Es gäbe dann keinen Kontraktionseffekt mehr. Die ganze Zunft der Raumfahrer würde sich von Grund auf umgestalten! Keine dauernden Trennungen mehr, wenn jemand einmal beschließt, das Schiff für kurze Zeit zu verlassen.«

Alan wußte genau, was sein Vater damit meinte, und jetzt begriff er auch, worauf sein plötzliches Interesse für den Hyperdrive zurückzuführen war. Er denkt dabei an Steve, überlegte Alan. Hätten wir damals schon den Hyperdrive gehabt, dann wäre das, was Steve getan hat, ziemlich unwichtig gewesen. Er stünde dann noch immer in meinem Alter.

Und jetzt hatte die *Walhalla* die Reise zum Prokyon vor sich. Zwanzig Jahre würden vergehen, bis sie zurückkehrte. Steve war dann fast fünfzig.

Daran schien sein Vater zu denken. Er hatte Steve für immer verloren, aber er wünschte nicht, daß es weiteren Steves ebenso gehen sollte. Die Kontraktion hatte ihm einen seiner Söhne genommen. Und jetzt wollte er den Hyperdrive ebensosehr wie er, Alan.

Er sah der hohen, schlanken Gestalt seines Vaters nach, als dieser raschen Schrittes auf das Verwaltungsgebäude der Enklave zuging. Wieviel Angst und Sorge mochte sich hinter dem energischen Äußeren verbergen? Eines Tages finde ich Cavours Hyperdrive, dachte Alan entschlossen. Und ich werde ihn ebenso für ihn wie für mich finden.

Vor ihm lagen die bizarren Gebäude der Enklave. Dahinter, kaum sichtbar im Nebel des einfallenden Zwielichts, ragten die schimmernden Turmspitzen der Terranerstadt in den Himmel. Und dort irgendwo war – vielleicht – Steve.

Ihn muß ich auch finden, überlegte Alan.

Der größte Teil der *Walhalla*-Mannschaft hatte sich schon in den ihnen zugewiesenen Räumen der Quarantänestation niedergelassen, als Alan mit seinem Vater ankam.

Ein gelangweilt dreinsehender Portier – ein verwelkt aussehender Alter, vielleicht ein ehemaliger Raumfahrer – gab Alan seine Zimmernummer an. Es war ein kleiner, quadratischer Raum mit einem riesigen, alten Pneumostuhl, dem schon lange die Luft ausgegangen war, einem Feldbett und einer Waschgelegenheit. Die Wände waren dunkelgrün und rissig; ein früherer Insasse hatte mit einem Messer die Inschrift eingeritzt: BILL DANSERT HAT HIER GESCHLAFEN AM 28. JUNI 2683.

Wie viele andere Raumfahrer mochten dieses Zimmer vor und nach Bill Dansert bewohnt haben? Vielleicht, überlegte Alan, lebte dieser Bill Dansert noch, vielleicht reiste er zwölfhundert Jahre, nachdem er seinen Namen in die Wand gekratzt hatte, noch immer von einem Stern zum anderen?

Er ließ sich auf den Pneumostuhl fallen, dessen fast luftleere Kissen sich etwas feucht anfühlten. Dann knöpfte er seine Uniformjacke auf. »Sehr elegant ist's hier nicht«, erklärte er Rat, »aber es ist ein Zimmer. Man kann hier bleiben.«

Die Ärzte begannen noch am Abend ihren Rundgang und machten ihre Untersuchungen, ob einer der Raumfahrer vielleicht eine unbekannte Krankheit mitgebracht hatte, die der Erde gefährlich werden könnte. Das war eine sehr mühsame und umständliche Prozedur, und die *Walhalla*-Mannschaft erfuhr, daß sie mindestens bis zum nächsten Morgen in Quarantäne bleiben müßte.

»Es ist nur eine Vorsichtsmaßnahme«, entschuldigte sich der Arzt, der im Raumhelm Alans Zimmer betrat. »Wir haben damals einiges dazugelernt, als das Schiff vom Altair mit einer Seuche ankam.«

Der Arzt hatte eine kleine Kamera dabei, die er auf Alan richtete; er drückte einen Knopf, und aus dem Maschinchen drang ein surrendes Brummen. Alan fühlte einen Wärmestrahl.

»Nur eine Routineuntersuchung«, erklärte der Arzt. Er drückte an der Rückseite der Kamera einen Hebel herunter. Das Surren verstummte, und an der Seite des Maschinchens schob sich ein Streifen heraus. Der Arzt studierte ihn.

»Etwas nicht in Ordnung?« erkundigte sich Alan besorgt.

»Sieht ganz ordentlich aus«, antwortete der Arzt. »Aber dieses Loch in Ihrem oberen rechten Weisheitszahn sollten Sie behandeln lassen. Im übrigen scheinen Sie gesund zu sein.« Er rollte den Streifen zusammen. »Nehmt ihr Raumfahrer euch eigentlich einmal die Zeit für eine Fluorbehandlung? Einige von euch haben die schlechtesten Zähne, die ich je gesehen habe.«

»Wir hatten noch keine Möglichkeit zu einer Fluorbehandlung. Unser Schiff wurde gebaut, ehe es die Fluoraggregate für die Wassertanks gab. Solange wir auf der Erde sind, haben wir auch niemals Zeit für die Behandlung. Es sind ja immer nur ein paar Tage. Aber dieses Loch im Zahn ist alles, was mir fehlt?«

»Das ist alles, was ich jedenfalls bei einem kurzen Blick auf den Streifen feststellen konnte. Wir müssen aber erst den ausführlichen Laborbericht abwarten, ehe ich Sie aus der Quarantäne entlassen kann.« Erst jetzt bemerkte er Rat, der sich in eine Ecke gedrückt hatte. »Und was ist mit dem da? Das Kerlchen muß ich auch untersuchen.«

»Ich bin kein ›Das‹«, erklärte Rat voll eisiger Würde. »Ich bin ein intelligentes extraterrestrisches Wesen und stamme von Bellatrix VII. Und ich trage auch keine Krankheiten an mir, die Sie interessieren könnten!«

»He, eine sprechende Ratte!« staunte der Arzt. »Demnächst kommen uns noch fühlende Amöben unter!« Er richtete die Kamera auf Rat. »Ich glaube, ich werde dich als Mannschaftsmitglied eintragen müssen«, sagte er, als die Kamera zu surren begann.

Als der Arzt gegangen war, wusch sich Alan. Ihm war plötzlich wieder eingefallen, daß am Abend ein Tanz stattfinden sollte. Und er hatte sich noch nicht einmal die Mühe gemacht, mit einem der sieben oder acht Mädchen der Mannschaft zu sprechen! Welches von ihnen sollte er nun einladen?

Irgendwie fühlte er sich bedrückt. Es war ein ganz merkwürdiges Gefühl, das sich seiner bemächtigte. Hatte Steve es auch erlebt? Hatte er auch den Wunsch verspürt, aus dieser Konservendose des Schiffes herauszukommen und die Welt zu sehen?

»Rat, sag mir doch, wenn du an meiner Stelle wärst ...«

»... dann würde ich mich endlich umziehen«, antwortete Rat ziemlich scharf. »Das heißt, falls du eine Verabredung hast.«

»Das ist es ja, Rat. Ich habe keine Verabredung. Ich meine, ich habe mir gar nicht die Mühe gemacht. Ich kenne die Mädchen doch in- und auswendig.«

»Dann gehst du also nicht tanzen?«

»Nein.«

Rat kletterte auf die Armstütze des Pneumostuhles und hob

sein Köpfchen, bis seine glitzernden Knopfaugen die Alans festhielten. »Du hast doch nicht die Absicht, so wie Steve über den Hügel zu gehen, Alan? Ich kenne die Symptome, mein Freund. Du siehst ebenso unruhig aus wie damals dein Bruder.«

Alan schüttelte den Kopf. »Nein«, sagte er nach einem Moment des Schweigens. »Nein, das könnte ich nicht tun, Rat. Steve war wild und ungebärdig. Ich könnte nicht einfach so weglaufen, wie er es getan hat. Ich weiß, wie ihm zumute war. Er sagte, die Wände des Schiffes erdrückten ihn.«

Mit einer ungeduldigen Bewegung riß er den Magnetverschluß seines Uniformhemdes auf und schlüpfte heraus. Er fühlte, wie sich etwas in ihm veränderte. Wie etwas in ihm geschah. Vielleicht war es dasselbe, was Steve damals erlebte.

»Geh zum Captain und sage ihm, daß ich nicht zum Tanz komme«, befahl er Rat. »Sonst macht er sich Gedanken darüber, wo ich sein könnte. Sag ihm, ich sei zu müde, oder sonst etwas. Aber verrate ihm nur ja nicht, wie mir zumute ist.«

## 4

Am nächsten Morgen erzählte ihm Roger Bond alles über den Tanz.

»Es war die trübsinnigste Angelegenheit, die du dir vorstellen kannst. Dieselben Leute, dieselben uralten Tänze. Ein paar fragten nach dir, aber ich sagte ihnen nichts.«

Sie schlenderten durch die Gassen der alten, häßlichen Raumfahrer-Enklave. Die Gebäude waren schäbig und vernachlässigt. »Sie sollen ruhig denken, ich sei krank«, meinte Alan. »Ich war es auch. Vor Langeweile nämlich.«

Er setzte sich mit Roger auf die Kante einer halbzerfallenen Steinbank. Sie schwiegen und sahen sich nur um. Es dauerte ziemlich lange, bis Alan die ungemütliche Stille durchbrach.

»Weißt du, was das hier ist? Ein Getto, in das wir uns freiwillig begeben. Die Raumfahrer sind viel zu ängstlich, als daß sie in die Terranerstädte hinausgingen. Und vor lauter Angst verkriechen sie sich hier in diesen schäbigen Hütten und wagen keinen Schritt über die Enklave hinaus.«

»Dieses Viertel ist wirklich alt. Ich möchte nur wissen, wie lange diese verwahrlosten Häuser schon stehen.«

»Die? Tausend Jahre, wenn nicht länger. Niemand macht sich die Mühe, hier etwas zu reparieren oder gar neue Häuser zu bauen. Wofür auch? Die Raumfahrer meutern ja nicht, wenn sie in diesem alten Gerümpel wohnen müssen.«

»Ich wollte, wir wären nicht so schnell aus der Quarantäne entlassen worden«, sagte Roger bedrückt.

»Und warum das?«

»Dann könnten wir uns noch nicht frei bewegen. Wir könnten uns hier nicht umsehen und feststellen, wie es hier wirklich aussieht.«

»Ich weiß auch nicht, was schlimmer ist – in Quarantäne liegen oder in diesem widerlichen Loch von Enklave herumlaufen.« Alan stand auf, streckte sich und holte tief Atem. »Pfui! Nimm dir eine tüchtige Lunge voll von dieser Luft Terras! Ich ziehe die abgestandene Schiffsatmosphäre dieser nebeligen, giftigen Suppe bei weitem vor!«

»Da muß ich dir wirklich recht geben. Aber schau mal, ein fremdes Gesicht!«

Alan drehte sich um und sah einen jungen Raumfahrer etwa seines Alters herankommen. Er trug eine rote Uniform mit grauen Besätzen; die Farben der *Walhalla* waren orange und blau.

»Willkommen hier, ihr Neuankömmlinge«, sagte der Fremde. »Ihr seid wohl von dem Schiff, das eben erst gekommen ist? Von der *Walhalla*?«

»Ja, ich heiße Alan Donnel, und das hier ist Roger Bond.«

»Und ich bin Kevin Quantrell.« Er war klein und stämmig, sehr tief gebräunt, hatte ein ausgesprochen energisches Kinn und Augen, die Vertrauen einflößten. »Ich bin von der *Encounter*. Wir sind erst aus dem Aldebaran-System zurückgekehrt. Wir sind seit zwei Wochen in der Enklave und werden noch viel länger hier bleiben.«

Alan pfiff leise durch die Zähne. »Aldebaran! Das sind doch ... Moment mal ... 109 Jahre hin und zurück. Du mußt aber schon hübsch lange dabei sein, Quantrell!«

»Ich bin 3403 geboren, also 473 Erdjahre alt. Tatsächlich bin ich erst siebzehneinhalb. Vor der Aldebaran-Reise machten wir einen Hüpfer zu Kapella, und damit waren 85 Jahre im Nu vergangen.«

»Dann bist du also 170 Jahre älter als ich«, sagte Alan. »Ich bin nämlich erst siebzehn.«

Quantrell grinste. »War eine gute Idee von dem Burschen, der dieses Tallysystem erfand, mit dem man jeden gelebten Tag aufrechnet. Wir würden uns ja sonst überhaupt nicht auskennen.«

Er lehnte sich gelangweilt an die Mauer eines ziemlich gebrechlichen Hauses, das noch die einstmals so eleganten Chromstahlplatten aufwies, die Kennzeichen der Architektur aus dem frühen 27. Jahrhundert. Jetzt waren diese Platten braun und schrundig vor Alter und Rost. »Nun, was meint ihr beide zu unserem Paradies hier?« fragte Quantrell. »Da müssen sich doch die Terranerstädte schämen, was?«

Er deutete über den Fluß hinüber, wo die riesigen, glänzenden Häuser der Nachbarstadt im Licht der Morgensonne funkelten.

»Warst du schon einmal dort drüben?« erkundigte sich Alan.

»Nein«, antwortete Quantrell kurz. »Aber wenn das noch länger so weitergeht ...« Er ballte ungeduldig die Fäuste.

»Was ist denn los? Irgendwelche Schwierigkeiten?«

»Mein Schiff, die *Encounter*. Wir waren seit mehr als einem Jahrhundert im Raum, und als wir zurückkamen, hat die Inspektionsbehörde so viele Schäden am Schiff entdeckt, daß es fast vollständig überholt werden muß. Jetzt arbeiten sie schon seit zwei Wochen wie die Irren, und so, wie es jetzt aussieht, liegen wir noch etliche Wochen hier. Ich weiß wirklich nicht, wie lange ich es noch ertrage, in dieser Enklave festgenagelt zu sein.«

»Das ist genau das, was dein Bruder ...«, begann Roger, schwieg aber dann wieder. »Tut mir leid, Alan.«

»Ist schon in Ordnung«, beruhigte ihn Alan.

Quantrell sah Alan aufmerksam an. »Was ist denn los?«

»Ah, mein Bruder. Mein Zwillingsbruder. Er wurde zu rastlos und verließ das Schiff, als wir das letztemal hier waren.«

Quantrell nickte verständnisvoll. »Schlimm, so etwas. Aber ich weiß, wie das ist. Ich beneide die, die es wagen. Ich wollte, ich hätte den Mut, einfach so abzuhauen. Jeden Tag, den ich hier verbringen muß, sage ich mir, am nächsten Tag gehe ich über den Hügel. Aber dann tu ich's doch nicht. Ich sitze hier und warte.«

Alan sah die Straße entlang. Da und dort saßen ein paar alte Raumfahrer beisammen, die Geschichten aus ihrer Jugend austauschten, einer Jugend, die vor tausend und mehr Jahren stattgefunden hatte. Die Enklave, dachte Alan, ist ein Ort für alte Männer.

Sie gingen ein Stück weiter, bis die Neonzeichen einer dreidimensionalen Schau vor ihnen aufblitzten. »Ich gehe hinein«, sagte Roger. »Die Enklave fällt mir allmählich auf den Kopf. Geht ihr mit?«

Alan warf Quantrell einen raschen Blick zu, schüttelte den Kopf und zog eine Grimasse. »Ich schenke mir die Schau«, meinte Alan. »Ich mag jetzt nicht.«

Roger sah mißmutig von einem zum anderen und zuckte die Achseln. »Ich gehe trotzdem. Eine gute Show wird mich ein bißchen aufmuntern. Bis später dann, Alan.«

Alan schlenderte mit Quantrell weiter durch die Enklave. Er überlegte, ob es nicht doch besser gewesen wäre, bei Roger zu bleiben. Die Enklave bedrückte ihn allmählich, und eine solche Show wäre wenigstens eine Ablenkung gewesen.

Aber Kevin Quantrell interessierte ihn. Er hatte selten einmal die Möglichkeit, mit einem Jungen seines Alters von einem anderen Raumschiff zu sprechen. »Du weißt ja selbst«, sagte er, »daß wir Raumfahrer ein ziemlich ereignisloses Leben führen. Man wird sich erst dann richtig klar darüber, wenn man in eine solche Enklave kommt.«

»Das weiß ich schon ziemlich lange«, erwiderte Quantrell.

Alan breitete seine Hände aus. »Und was tun wir? Wir flitzen durch den Raum und quetschen uns dann hier in der Enklave zusammen. Das eine paßt uns ebensowenig wie das andere, aber wir reden uns selbst ein, daß uns beides gefällt. Wenn wir im Raum sind, können wir es kaum erwarten, wieder in der Enklave zu sein, und sind wir hier, dann würden wir am liebsten sofort wieder aufbrechen. Und das nennt man Leben!«

»Hast du bestimmte Vorstellungen, wie man das ändern könnte? So, daß man sich mit dem interstellaren Handel nicht querlegt?«

»Natürlich«, rief Alan. »Klar, ich habe Vorschläge. Den Hyperdrive!«

Quantrell lachte bitter. »Von allen überspannten ...«

»Siehst du, daran liegt es doch!« fuhr Alan auf. »Du kannst nur lachen darüber. Ein Hyperdrive, der den Raum zusammendrängt, ist für dich nur eine Utopie. Aber hast du dir je überlegt, daß die Wissenschaftler der Erde sich nicht die Mühe machen, einen solchen Antrieb zu entwickeln, wenn uns selbst nichts daran liegt? Die sind doch mit der Situation zufrieden. Sie brauchen sich ja auch über die Fitzgerald-Kontraktion keine grauen Haare wachsen zu lassen.«

»Aber man forscht doch ständig in dieser Richtung? Ich denke, seit Cavour tut sich doch einiges?«

»Ab und zu denkt einer dran. Aber niemand nimmt diese Forschung ernst, und so kommen sie auch keinen Schritt weiter. Wenn sich wirklich einmal ein paar gescheite Männer an die Arbeit setzten, dann würden sie schon etwas entdecken. Dann gäbe es keine Enklaven mehr, keine Fitzgerald-Kontraktion, und wir könnten ein ganz normales Leben führen.«

»Und dein Bruder wäre nicht so von seiner Familie abgeschnitten, wie er es jetzt ist.«

»Natürlich nicht. Aber du mußt lachen, statt zu denken.«

Quantrell sah ein bißchen verlegen drein. »Entschuldige. Ich glaube wirklich, ich habe meine Denkmaschine auf Leerlauf gestellt. Dann würde also ein Hyperdrive tatsächlich die ganzen Enklaven überflüssig machen?«

»Klar! Wir kämen aus dem Raum nach Hause und würden ein ganz normales Leben führen, genauso wie die Erdmenschen. Wir müßten uns nicht mehr hier abschließen.« Alan sah hinüber zu den Türmen der Terranerstadt jenseits des Flusses, der die Enklave von den übrigen Erdenmenschen trennte. Irgendwo dort drüben mußte Steve sein. Und vielleicht wäre dort auch jemand zu finden, mit dem man über den Hyperdrive sprechen könnte, vielleicht jemand, der Einfluß hatte und die Forschungen vorantreiben konnte.

Die Terranerstadt schien ihn anzuziehen, nach ihm zu rufen. Einer solchen Stimme konnte man nur schwer widerstehen. Er drehte sich um und sah zurück zu den alten, schäbigen Häusern der Enklave. Dann richtete sich sein Blick auf Quantrell. »Du hast gesagt, du würdest am liebsten ausbrechen. Kevin, willst du die Enklave verlassen?«

»Ja«, antwortete Quantrell langsam.

Erregung packte Alan. »Wie wäre es, wenn du mit mir hinausgingst? Die Stadt der Erdenleute ansehen?«

»Du meinst ... vom Schiff abhauen?«

»Nein«, sagte Alan. »Ich meine, ob du für einen Tag oder so mit hinüberkommen würdest. Um ein bißchen andere Luft zu atmen. Es sind noch fünf Tage, bis die *Walhalla* abhebt, und die *Encounter* liegt, wie du selbst sagst, noch viel länger fest. Wir könnten für einen Tag hinübergehen und uns drüben umsehen, damit wir wenigstens wissen, wie es dort ist.«

Quantrell schwieg lange. »Nur für einen Tag oder so?« fragte er schließlich. Er schien sich selbst dazu überreden zu wollen. »Nur hinübergehen und sehen, wie es drüben aussieht?« Wieder schwieg er. Alan sah winzige Schweißperlen auf Quantrells Stirn. Zu seiner eigenen Überraschung fühlte er selbst sich ziemlich ruhig.

Dann lächelte Quantrell, und der alte Ausdruck des Selbstvertrauens erschien wieder auf seinem Gesicht. »Gut, ich mache mit.«

Aber Rat stellte das Unternehmen in Frage, als Alan in sein Quartier zurückkehrte, um ihn zu holen.

»Das meinst du doch sicher nicht ernst, Alan«, sagte der Kleine. »Willst du wirklich in die Terranerstadt gehen?«

Alan nickte und winkte Rat, er solle seinen üblichen Platz einnehmen. »Du glaubst mir nicht, Rat?« fragte er mit gespieltem Vorwurf in der Stimme. »Wenn ich sage, ich will dies oder jenes tun, dann geschieht es auch.« Er ließ den Magnetverschluß seiner Jacke zuschnappen und knipste die Leuchtbogen aus. »Außerdem kannst du natürlich hierbleiben, wenn dir das lieber ist.«

»Ach, laß das doch«, antwortete Rat. »Du weißt, daß ich mitkomme.« Mit einem Satz war er auf Alans Schulter, wo er sich festklammerte.

Kevin Quantrell wartete schon, als Alan das Gebäude verließ.

»Eine Frage noch, Alan«, sagte Rat.

»Ja?«

»Ganz ehrlich, Alan. Kommst du zurück, oder machst du's so wie dein Bruder Steve?«

»Du solltest mich doch wirklich besser kennen, Rat. Ich habe Gründe, hinüberzugehen, aber es sind nicht Steves Gründe.«

»Hoffentlich«, zwitscherte Rat.

Quantrell kam ihnen entgegen, aber Alan hatte den Eindruck, daß sein breites Grinsen nicht sehr überzeugend war.

Er sah ein wenig nervös drein. Alan hätte gerne gewußt, ob er ebenso aussah.

»Alles in Ordnung?« fragte Quantrell.

»Klar. Gehen wir.«

Alan sah sich um, ob jemand, den er kannte, ihn beobachtete. Es war aber niemand zu sehen. Quantrell ging voraus, und Alan folgte ihm. »Ich hoffe«, sagte Alan, »du weißt, wohin wir gehen müssen. Ich habe nämlich keine Ahnung.«

Kevin deutete die lange, gewundene Straße entlang. »Wir gehen bis zum Ende dieser Straße, dann nach rechts in den Carhill Boulevard, und von dort aus folgen wir der breiten Straße, die direkt zur Brücke führt. Die Terranerstadt liegt genau auf der anderen Seite des Flusses.«

»Hoffentlich hast du recht.«

Sie hatten schnell die schlafende Enklave hinter sich und gingen rasch die trockenen, staubigen Straßen entlang. An der Ecke des Carhill Boulevard blieben sie stehen. Hier sah Alan den majestätischen Bogen der Brücke, die sich über den Fluß schwang. Dann erst sah er die Terranerstadt, die zahllosen Türme aus Metall und Mauerwerk, die sich vor ihnen in den Himmel zu drängen schienen und den ganzen Horizont erfüllten.

Alan deutete auf die Brückenzufahrt. »Müssen wir hier hinüber?« erkundigte er sich.

Quantrell stand da und starrte entgeistert zu der Stadt hinüber. »Da ist sie also«, sagte er leise.

»Ja, da ist sie. Gehen wir?« drängte Alan, nun plötzlich ungeduldig geworden. Er tat ein paar Schritte vorwärts. Er drehte sich um und sah zurück. Kevin stand wie angewurzelt am alten Fleck und sah noch immer zur Stadt hinüber, als träume er.

»Die ist groß«, flüsterte er. »Viel zu groß.«

»Kevin! Was ist denn los mit dir?«

»Laß ihn in Ruhe«, wisperte Rat. »Ich glaube, daß er nicht mitgehen will.«

Erstaunt sah Alan zu, wie Quantrell ein paar zögernde Schritte rückwärts tat, weg von der Brücke. Auf seinem Gesicht lag ein Ausdruck unendlicher Bestürzung. Dann schüttelte er den Kopf. »Wir gehen doch nicht wirklich hinüber, Donnell?« fragte er und lachte gequält.

»Aber natürlich gehen wir!« Alan sah sich nervös um und

hoffte, daß niemand von der *Walhalla* in der Nähe sein möge. Über Quantrells plötzliches Zögern verwirrt, tat er einen Schritt auf die Brücke zu, ließ aber die Augen nicht von dem jungen Raumfahrer.

»Ich kann nicht mitkommen«, sagte Kevin. Er war rot vor Verlegenheit, und er sah gequält drein. »Sie ist zu groß für mich ... Weißt du ... es ist ... Ich habe Angst, Donnell. Eine ganz elende, hundsgemeine Angst. Die Stadt ist mir zu groß, Donnell.«

Damit wandte er sich um und ging die Straße wieder zurück. Alan sah ihm schweigend nach.

»Stell dir das vor«, sagte er zu Rat und schüttelte den Kopf. »Er hat Angst!«

»Es ist wirklich eine große Stadt«, warnte Rat. »Hast du nicht auch Angst? Ein bißchen wenigstens?«

»Ich? Nein! Ich bin absolut ruhig«, behauptete Alan und war davon sogar überzeugt. »Ich weiß, weshalb ich dorthin gehe, und ich kann es kaum mehr erwarten. Ich laufe nicht so davon wie Steve. Ich gehe zur Stadt der Terraner, um meinen Bruder zu suchen, um Cavours Hyperdrive zu finden, um sie beide mit mir zurückzubringen.«

»Nimmst du dir da nicht zuviel vor, Alan?«

»Ich werde es tun, Rat.«

Rasch ging Alan weiter, blieb aber an der Brücke noch einmal stehen. Die Mittagssonne verwandelte den Brückenbogen in ein goldenes Band, das am Himmel hing. Ein schimmernder Wegweiser zeigte ihm den Gehweg für Fußgänger. Darüber schossen die tropfenförmigen Autos, die einen dünnen Faden von Auspuffgasen zurückließen. Alan folgte den Pfeilen und fand sich bald auf der Brücke, auf dem Weg zur Stadt.

Er sah noch einmal zurück. Kevin war schon verschwunden. Die Enklave der Raumfahrer lag wie tot da.

Dann wandte er sich wieder der Stadt zu. Sie wartete auf ihn.

## 5

Am Ende des Fußweges blieb er wieder stehen und starrte in ungläubigem Staunen die Stadt an, die vor ihm lag. »In einer so riesigen Stadt bin ich noch nie gewesen«, sagte er.

»Du bist doch hier geboren«, erinnerte ihn Rat.

Alan lachte. »Aber ich blieb doch nur eine Woche da, höchstens zwei«, sagte er, »und das ist dreihundert Jahre her. Die Stadt ist doch jetzt mindestens zweimal so groß wie damals. Sie ...«

»He, du! Weitergehen!« schrie ihn eine barsche Stimme an.

»Was war das?« Alan wirbelte herum und sah einen großen Mann in silbergrauer Uniform mit Leuchtstreifen an den Ärmeln auf einer etwas erhöhten Plattform über der Straße stehen.

»Du kannst doch nicht einfach hier stehenbleiben und den Leuten den Weg versperren«, schimpfte der große Mann. Er sprach mit gutturalem Akzent, und Alan hatte ein wenig Mühe, ihn zu verstehen. Auf dem Schiff gab es keine Dialekte, und die Sprache änderte sich nie; die auf der Erde entwickelte sich ständig weiter. »Entweder kehrst du in die Enklave zurück, wohin du gehörst, oder du gehst vorwärts. Wenn du nicht sofort weitergehst, muß ich deine Karte lochen.«

Alan tat einen Schritt vorwärts. »Nur einen Augenblick, bitte. Wer ...?«

»Er ist ein Polizist, Alan«, flüsterte Rat. »Tu das, was er sagt, sonst bekommst du Ärger.«

Alan unterdrückte seinen Zorn, nickte dem Polizisten kurz zu und trat vom Gehweg herunter. Hier war er ein Außenseiter, und da konnte er natürlich nicht jene selbstverständliche Kameradschaft erwarten, wie sie auf dem Schiff üblich war.

Das hier war eine Stadt. Eine Terranerstadt. Das hier waren die Menschen, die niemals die Sterne in ihrer ganzen Pracht sahen. Besonders viel Höflichkeit war von ihnen nicht zu erwarten.

Alan kam zu einer Straßenkreuzung und überlegte sich, was er nun tun sollte. Er hatte sich vorgestellt, er könne Steve hier ebenso leicht finden wie an Bord des Raumschiffes – zuerst das A-Deck absuchen, dann das B-Deck, und wenn er dort nicht war, dann würde er ihn auf dem F- oder G-Deck finden. Aber hier? Städte sind nicht so tadellos übersichtlich organisiert wie Raumschiffe. Das wußte Alan nun.

Eine lange, breite Straße folgte parallel dem Fluß. Hohe Geschäftshäuser standen dort und langgestreckte Lagerhäuser. Sehr vertrauenerweckend sah es hier nicht aus. Aber rechts von ihm erstreckte sich eine breite, bunte, menschengefüllte Avenue, die eine der Hauptstraßen der Stadt sein mußte. Er sah nach links und rechts und wartete, bis eine Lücke im ständigen Fluß der kleinen, tropfenförmigen Fahrzeuge erschien; sie schossen aus der Uferstraße heraus und reihten sich in den Verkehr der Avenue ein. Erleichtert atmete er auf, als er die Straße glücklich überquert hatte.

Im Rathaus der Stadt müßte es doch eigentlich ein Einwohnerverzeichnis geben, überlegte Alan. Wenn Steve noch in der Stadt wohnte, konnte er ihn auf diese Art vielleicht finden. Wenn nicht ...

Links und rechts an der Straße standen riesige Gebäude. Jedes dritte Haus war mit der anderen Straßenseite durch eine Laufbrücke verbunden, die filigranhaft hoch über der Straße hing. Alan sah hinauf. Schwarze Pünktchen rannten dort oben herum wie aufgescheuchte Ameisen. Aber es waren Menschen, die in schwindelnder Höhe die Straße überquerten.

In den Straßen drängten sich die Menschen. Mit ernsten, fast wütenden Gesichtern rannten sie von einem Fleck zum anderen. Alan war an das friedliche, geordnete Leben auf dem Raumschiff gewöhnt, und hier wurde er ständig von den Menschen, die an ihm vorbeiliefen, angerempelt.

Und Hausierer und Händler gab es in Mengen! Kleine, müde aussehende Männer trotteten hinter ihren motorisierten Karren drein, die hoch mit Gemüsen und anderen Waren beladen waren. Immer wieder blieb einer von ihnen stehen und rief seine Waren aus. Plötzlich stellte sich Alan ein magerer, kleiner, schlecht gekleideter Mann mit schmutzigem Gesicht und einer roten Narbe quer über der linken Wange in den Weg.

»He, Junge«, sagte der Mann leise und ein wenig nuschelnd. »Hab' hier was Hübsches für dich.«

Alan sah ihn verwirrt an. Der kleine Mann griff in seinen Wagen und zog eine lange, gelbe Frucht mit einem kurzen, dicken, grünen Stengel heraus. »Komm schon, Junge. Laß sie dir schmecken. Frisch und reif, ein Gildeerzeugnis und das Beste, was du finden kannst. Einen halben Kredit für diese hier.« Er hielt Alan die Frucht unter die Nase. »Na, nimm schon«, drängte er.

Alan fischte aus seiner Tasche eine Münze im Wert von einem halben Kredit; er hatte in der Wechselstube der Enklave einiges Geld bekommen, und er wußte auch, daß es in dieser Stadt Sitte war, das erste Stück zu kaufen, das einem angeboten wurde, wenn man als Neuling hierher kam. Außerdem war er hungrig, und vielleicht war ein Kauf auch die beste Möglichkeit, den aufdringlichen kleinen Kerl loszuwerden. Er reichte ihm die Münze. »Hier, ich kaufe die Frucht.« Der Händler gab Alan die Frucht; sie hatte eine dicke, zähe Rinde, die nicht besonders appetitlich aussah. Was mochte das nur sein?

Der Händler lachte. »Was ist denn los, Junge? Hast du noch nie eine Banane gesehen? Oder hast du keinen Hunger?« Der kleine Kerl rückte ihm immer näher auf den Leib.

Alan zog sich ein paar Schritte zurück. »Eine Banane? Aber natürlich!« Er steckte das eine Ende in den Mund und wollte schon ein Stück abbeißen, aber nun lachte der Händler schallend los.

»Schaut euch den an!« schrie der kleine Kerl. »Er weiß nicht einmal, wie er eine Banane essen muß! Schaut ihn euch nur an!«

Alan nahm die Banane aus dem Mund und sah sie verständnislos an. Er fühlte sich unbehaglich und verlegen. Nichts in seiner Vergangenheit hatte ihn auf eine so absichtliche Bosheit eines anderen Menschen vorbereitet. Auf einem Schiff tat man seine Arbeit und ging seiner Wege. Man drängte sich keinem auf und war nicht boshaft genug, sich an der Verlegenheit oder Ungeschicklichkeit eines anderen zu weiden.

Aber der kleine Händler schien sein Vergnügen noch auskosten zu wollen. »He, bist du ein Raumfahrer?« fragte er. Nun blieben immer mehr Menschen stehen und sahen neugierig zu.

Alan nickte verlegen.

»Na, dann will ich dir's mal zeigen, du Raumfahrer«, fuhr der Kleine gönnerhaft fort. Er nahm Alan die Banane aus der Hand und riß mit ein paar geschickten Bewegungen die Schale ab. »So, jetzt kannst du sie essen. Ohne Schale schmeckt sie nämlich wesentlich besser.« Er lachte schallend. »Schaut euch nur den kleinen Raumfahrer an!«

»Was hat der in der Stadt zu suchen?« rief einer aus der Menge. »Will er von seinem Schiff desertieren?«

»Warum bleibt er nicht in der Enklave wie die anderen auch?« schrie ein zweiter.

Verstört sah Alan von einem zum anderen. Er wollte natürlich keinen Streit anfangen, aber herumschubsen ließ er sich von den Terranern auch nicht. Er biß also ruhig in seine Banane und übersah entschlossen die feindlichen Gesichter um sich herum. Diese Frucht schmeckte fremdartig, jedoch sehr angenehm. Er aß sie langsam auf.

»So, jetzt hat der Herr Raumfahrer gelernt, eine Banane zu essen«, spöttelte der Verkäufer. »Willst du noch eine? Da, nimm.«

»Ich will keine mehr.«

»Sind dir wohl nicht gut genug? Ich will dir was sagen, Raumfahrer. Erdfrüchte sind für dich zu gut. Merk dir das!«

»Verschwinden wir«, mahnte Rat leise.

Das war ein recht vernünftiger Vorschlag. Diese Menschen waren wie eine Hundemeute, die einen verschreckten Hasen jagt.

»Da, nimm noch eine Banane«, wiederholte der Verkäufer.

Alan sah sich in der Menge um. »Ich sagte doch schon, daß ich keine mehr will. Und jetzt laßt mich durch.«

Niemand rührte sich. Der Verkäufer und sein Wagen blokkierten den Weg.

»Ich sagte, ihr sollt mich durchlassen.« Alan knüllte die rutschige Bananenschale in der Hand zusammen und rammte sie dem Verkäufer ins Gesicht. »So, da hast du. Jetzt kannst du eine Weile daran herumkauen.«

Mit den Schultern bahnte er sich einen Weg vorbei an dem spuckenden Obstverkäufer, und ehe noch einer in der Menge etwas tun oder sagen konnte, war er schon ein ganzes Stück weiter. Wenig später hatte der Strom der Fußgänger ihn verschluckt. Das ging trotz seiner leuchtenden *Walhalla*-Uniform recht gut, denn bei diesen Menschenmassen fiel keiner auf.

Rasch und ohne zurückzuschauen, ging er zwei Straßen weiter. Endlich hatte er das Gefühl, in Sicherheit zu sein. Er sah Rat an. Sein kleiner Kamerad saß auf der Schulter und war tief in Gedanken versunken.

»Rat?«

»Ja, Alan?«

»Warum haben sie das nur getan? Warum sind die Menschen so unfreundlich? Ich war ihnen doch völlig fremd.«

»Genau das ist es. Du bist wirklich ein Fremder für sie. Deshalb mögen sie dich auch nicht. Du bist dreihundert Jahre alt, gleichzeitig aber erst siebzehn. Das verstehen sie nicht. Die Leute in dieser Stadt werden niemals die Sterne sehen, Alan. Für sie sind die Sterne nur winzige Lichtpünktchen, die manchmal durch den nächtlichen Nebel schimmern. Sie sind neidisch auf dich, Alan, und das ist ihre Art, es dir zu zeigen.«

»Wieso neidisch? Sie müßten erst einmal wissen, welches Leben der Raumfahrer führt, müßten die Kontraktion verstehen und alles, was damit zusammenhängt. Sie sollten erst einmal erfahren, was es heißt, ein Heim zu verlassen und nie mehr zurückkehren zu können ...«

»Alan, das verstehen sie niemals. Sie wissen nur, daß dir die Sterne gehören. Du hast sie, du erlebst sie. Sie werden sie niemals erleben. Und das neiden sie dir.«

Alan zuckte die Achseln. »Nun, dann sollen sie doch auch in den Raum gehen, wenn es ihnen hier nicht paßt. Niemand verwehrt es ihnen.«

Schweigend gingen sie eine ganze Weile weiter. Alan brütete noch immer über den Vorfall nach. Er sah ein, daß er noch sehr viel zu lernen hatte, wenn er die Menschen kennenlernen wollte, besonders die Erdmenschen. An Bord eines Schiffes wurde er mit den sich ergebenden Problemen leicht fertig, aber auf der Erde war er ein unerfahrener Bursche und mußte sehr vorsichtig sein.

Düster besah er sich das Durcheinander von Menschen und Straßen und wünschte, in der Enklave geblieben zu sein, wohin die Raumfahrer gehörten. Aber irgendwo in dieser Stadt war Steve. Und irgendwo mußte es auch die Antwort auf sein großes Problem geben, den Hyperdrive.

Es war eine Riesenaufgabe, die er sich gestellt hatte. Er hatte keine Ahnung, wo er beginnen mußte. Vielleicht sollte er einmal nach einem freundlichen Menschen Ausschau halten, den er nach dem Einwohnerverzeichnis der Stadt fragen konnte, um Steves Spur zu finden. Die Zeit verflog so schnell, und in fünf Tagen mußte die *Walhalla* wieder auf Fahrt gehen.

Keiner von den Vorübergehenden sah aus, als sei er freundlich genug, eine Frage zu beantworten. Er blieb stehen.

»Komm herein!« rief eine kalte, metallene Stimme unmittelbar neben seinem Ohr. Verblüfft drehte Alan den Kopf und sah einen schimmernden Multiformroboter neben einer Ladentür stehen.

»Komm herein!« wiederholte der Roboter, diesmal etwas weniger nachdrücklich, denn Alan hatte ihn ja schon gesehen. »Ein Kredit kann zehn für dich gewinnen. Fünf können dir einen Hunderter verschaffen. Hier herein, Freund.«

Alan tat einen Schritt näher und sah hinein. Durch das dunkelblaue, staubige Fenster erkannte er nur unklar lange Reihen von Tischen, an denen Männer saßen. Drinnen rief ein weiterer Roboter mit harter, metallener Stimme eine endlose Zahl von Nummern aus.

»Steh nicht nur herum, Freund, sondern geh durch die Tür«, drängte der Roboter.

Alan flüsterte Rat zu: »Was ist denn das?«

»Ich glaube, es muß ein Ort sein, an dem gespielt wird.«

Alan klimperte mit den paar Münzen, die er in seiner Tasche hatte. »Wenn ich Zeit hätte, würde ich es ganz gerne versuchen, aber ...«

»Geh hinein, Freund«, drängte der Roboter wieder, und irgendwie gelang es ihm sogar, seiner künstlichen Stimme einen fast menschlichen Ton zu verleihen. »Geh nur hinein. Mit einem Kredit kannst du zehn gewinnen, mit fünfen sogar hundert.«

»Ein andermal«, antwortete Alan.

»Aber, Freund, ein Kredit ...«

»Weiß ich, weiß ich.«

»... zehn«, wiederholte der Roboter geduldig. Nun stand der Roboter schon auf der Straße und versperrte so Alan den Weg.

»Soll ich mit dir auch Ärger bekommen? Mir scheint, jeder in dieser Stadt will etwas verkaufen.«

Der Roboter deutete auf die Tür. »Warum versuchst du's nicht? Das einfachste Spiel, das sich denken läßt. Jeder gewinnt! Geh hinein, Freund!«

Alan wurde ungeduldig und runzelte die Brauen. Das unnachgiebige Drängen des Roboters rief seinen Zorn hervor. An Bord des Schiffes drängte einen niemand, etwas zu tun, das man nicht tun wollte. Und in seiner Freizeit konnte man überhaupt tun, was einem beliebte. »Ich will deine stupiden Spiele nicht spielen!« rief er.

Das Edelstahlgesicht des Roboters zeigte kein Gefühl. »Das ist nicht die richtige Haltung, Freund. *Jeder* spielt.«

Alan wollte weitergehen, aber der Roboter trat ihm in den Weg. »Willst du wenigstens ein Spiel machen?« fragte er.

»Schau mal«, erwiderte Alan. »Ich bin ein freier Bürger und will nicht zu diesem Unsinn gedrängt werden. Und jetzt geh mir aus dem Weg, denn ich will weiter. Wenn du mich nicht in Ruhe läßt, werde ich dich mit einem Büchsenöffner behandeln.«

»Das ist nicht die richtige Haltung. Ich frage dich nur als Freund ...«

»Und ich antworte dir als Freund. Laß mich endlich durch.«

»Beruhige dich doch wieder«, flüsterte Rat.

»Die haben kein Recht, einem Maschinen in den Weg zu stellen«, fuhr Alan auf und tat ein paar Schritte. Da zog ihn der Roboter am Ärmel.

»Ist das endgültig?« Die Roboterstimme klang ungläubig, ja ratlos. »Ein jeder spielt doch hier. Es ist nicht das richtige Benehmen für einen Verbraucher, wenn du ablehnst. Es ist unstädtisch. Schlechte Geschäftsmanieren. Unvernünftig.«

Wütend schob Alan den Roboter weg. Das Metallwesen fiel überraschend leicht um und knallte auf das Pflaster.

»Weißt du bestimmt ...«, begann der Roboter wieder, und dann kreischte und krachte etwas innen in dessen Gehäuse, als sei ein Getriebe schadhaft.

»Jetzt habe ich ihn kaputt gemacht.« Alan sah auf den Roboter hinunter, der auf dem Rücken lag. »Aber meine Schuld ist es nicht. Er wollte mich nicht weitergehen lassen.«

»Wir verschwinden besser«, mahnte Rat, doch dazu war es schon zu spät. Ein stämmiger Mann stürzte durch die Tür des Spielsalons auf die Straße und pflanzte sich vor Alan auf.

»Was soll das heißen? Was hast du mit meinem Servo angefangen?« herrschte er Alan an.

»Das Ding da wollte mich nicht vorbeigehen lassen. Es versuchte, mich in diesen Spielsalon zu ziehen.«

»Na, und? Dafür ist er ja schließlich da. Robotschlepper sind absolut legal.« Der Mann staunte Alan ungläubig an. »Soll das heißen, du willst nicht hineingehen?«

»Selbst wenn ich gewollt hätte, ginge ich jetzt nicht mehr hinein, so wie dein Roboter mich hineinzerren wollte.«

»Paß auf, was du sagst, Junge. Und rede nicht so unvernünftig, sonst bekommst du nur Ärger. Komm herein und mach ein Spielchen oder zwei, dann vergessen wir die ganze Sache. Nicht einmal die Reparatur meines Roboters brauchst du bezahlen.«

»Ich und die Reparatur bezahlen? Gib acht, daß ich dich nicht wegen Belästigung von Fußgängern verklage! Und ich habe eben deinem Roboter erklärt, daß ich nicht spielen will.«

»Und warum nicht?«

»Meine Sache«, antwortete Alan stur. »Und jetzt laß mich in Ruhe.« Ärgerlich ging er weiter.

»Laß dich nicht mehr hier in der Nähe blicken!« schrie ihm der Mann nach, aber ehe er noch in der Menge untertauchen konnte, hörte Alan noch: »Du schäbiger Raumfahrer!«

Alan zuckte zusammen. Schon wieder dieser Haß! Die Terraner wären wohl niemals eifersüchtig auf etwas, das sie nie haben konnten, wenn sie auch nur ahnten, was die Raumfahrer dafür zu leiden hatten. Er war traurig und müde. Er war ja auch nicht das Herumlaufen gewöhnt, und nun war er schon mindestens eine Stunde unterwegs. Die *Walhalla* war ein großes Schiff, aber man brauchte keine Stunde, um von einem Ende zum anderen zu kommen. Niemand lief dort eine Stunde lang unter voller Schwerkraft. Die Arbeitsschwerkraft betrug 93 Prozent der normalen Erdenschwere, und diese fehlenden 7 Prozent machten ungeheuer viel aus. Alan sah auf seine Stiefel hinunter und dachte an seine müden Fußsohlen.

Er mußte endlich einen Menschen finden, der ihm einen Rat geben konnte, wie er Steve fand. Vielleicht war er sogar einmal an Steve vorbeigelaufen, einem Steve, den er nicht mehr erkannte, weil er um Jahre älter geworden war, er – Alan – aber nur ein paar Wochen.

Dann sah er einen Park; in Wirklichkeit war es nur ein winziges grünes Fleckchen mit ein paar gestutzten Bäumen, aber es war ein echter Park. Zwischen den riesigen Wolkenkratzern sah er einsam und verloren aus.

Auf der Bank saß ein Mann, der erste entspannt dreinsehende Mann in dieser Stadt. Er war etwa dreißig oder fünfunddreißig und war in einen weiten, grünen Anzug mit blinden Metallknöpfen gekleidet. Seine Nase war ein bißchen zu lang, das Kinn ein wenig zu spitz, und die Wangen sahen eingefallen aus. Aber er lächelte und sah freundlich drein.

»Entschuldigen Sie, Sir«, sagte Alan und setzte sich neben ihn auf die Bank. »Ich bin fremd hier. Könnten Sie vielleicht ...«

»Da ist er!« schrie eine bekannte Stimme.

Alan drehte sich um und erblickte den Obstverkäufer, der auf ihn deutete. Hinter ihm standen drei Männer in silbergrauer Polizeiuniform. »Das ist der Bursche, der mir nichts abkaufen wollte! Er ist ein Unrotationist! Verdammter Raumfahrer!«

Einer der Polizisten, ein großer, breiter Mann mit einem dicken, roten Gesicht trat auf Alan zu. »Dieser Mann hat ernstliche Anschuldigungen gegen dich erhoben. Zeig mir deine Arbeitskarte«, befahl er.

»Ich bin Raumfahrer und habe keine Arbeitskarte.«

»Noch schlimmer. Wir nehmen dich wohl am besten mit zur Vernehmung. Ihr Raumfahrer kommt hierher und versucht zu ...«

»Moment, Herr Wachtmeister.« Die warme, freundliche Stimme gehörte seinem Banknachbarn. »Dieser Junge hat wirklich nichts angestellt. Dafür kann ich mich verbürgen.«

»Und wer bist du?« fauchte der Polizist. »Laß mal deine Karte sehen.«

Der Mann lächelte, griff in die Tasche und nahm seine Brieftasche heraus. Er reichte dem Polizisten eine Karte – und Alan bemerkte, daß eine blaue Fünferbanknote unter der Karte steckte.

Der Polizist studierte umständlich die Karte und schob ganz nebenbei den Geldschein ein, ehe er dem freundlichen Mann die Karte zurückgab. »Max Hawkes, eh? Sind das Sie? Freier Status?«

Der Mann namens Hawkes nickte.

»Der kleine Raumfahrer ist wohl ein Freund von Ihnen?«

»Ein sehr guter sogar.«

»Na, schön. In Ordnung. Dann überlasse ich ihn also Ihrer Obhut. Aber passen Sie auf, daß er nicht wieder in Schwierigkeiten gerät.«

Der Polizist drehte sich um und winkte seinen Kollegen zu. Der Obstverkäufer warf Alan noch einen bösen Blick zu, war sich aber offensichtlich darüber klar, daß sein Racheplan ins Wasser gefallen war. Auch er verschwand.

Nun war Alan mit seinem unbekannten Wohltäter allein.

## 6

»Ich glaube, ich bin Ihnen sehr zu Dank verpflichtet«, sagte Alan. »Wenn sie mich mitgenommen hätten, wäre es sehr unangenehm für mich geworden.«

Hawkes nickte. »Leute, die keine Arbeitskarten haben, sperren sie immer sehr schnell ein. Aber die Gehälter der Polizisten sind niedrig. Ein Fünfer, den man ihnen rechtzeitig in die Hand drückt, kann Wunder wirken.«

»Das war ein Fünfer? Hier, bitte ...«

Alan wühlte in seiner Tasche, aber Hawkes winkte ab. »Ach, laß doch. Das schreibe ich schon ab. Und wie ist dein Name, Raumfahrer? Was suchst du hier in York City?«

»Ich bin Alan Donnell vom Raumschiff *Walhalla*. Ich gehöre zur Mannschaft. Ich kam von der Enklave herüber, um meinen Bruder zu suchen.«

Auf Hawkes' magerem Gesicht zeigte sich Interesse. »Er war auch Raumfahrer? Und was ist mit ihm?«

»Als wir das letzte Mal hier waren, verließ er das Schiff. Das war vor neun Jahren. Ich möchte ihn gerne finden. Aber es ist sehr schwierig, weil er jetzt ja viel älter ist als ich.«

»Wie alt ist er jetzt?«

»Sechsundzwanzig. Ich bin siebzehn. Wir waren einmal Zwillinge, verstehen Sie? Aber die Fitzgerald-Kontraktion ... Wissen Sie etwas darüber?«

Hawkes nickte nachdenklich und kniff die Augen zusammen. »Hm. Ja, ich verstehe. Als du deinen letzten Sternenhüpfer machtest, wurde er auf der Erde älter. Und jetzt willst du ihn finden und wieder auf das Schiff zurückholen. Stimmt das?«

»Ja, genau. Oder ich möchte wenigstens mit ihm sprechen und erfahren, ob es ihm gutgeht. Ich weiß aber nicht, wo ich zu suchen anfangen soll. Diese Stadt ist so riesig, und auf der Erde gibt es so viele Städte ...«

Hawkes schüttelte den Kopf. »Du bist schon an der richtigen Stelle. Die Einwohnermatrix ist hier. Du kannst ihn nach der Kodenummer seiner Arbeitskarte finden. Außer ...«, meinte Hawkes nachdenklich, »er hat keine Arbeitskarte. Dann wird es allerdings schwierig sein.«

»Muß denn hier jeder eine Arbeitskarte haben?«

»Ich nicht«, erwiderte Hawkes. »Aber wenn du eine Arbeit

behalten willst, dann brauchst du eine Karte. Willst du dagegen eine finden, dann mußt du das Gildeexamen bestehen. Um das Examen überhaupt machen zu können, mußt du einen Gönner finden, der schon in der Gilde ist. Deinem Gönner mußt du aber fünftausend Kredits als Sicherheit hinterlegen. Die fünftausend hast du aber nur dann, wenn du Arbeit und eine Arbeitskarte hast. Also kannst du die fünftausend nicht aufbringen, um eine Arbeit zu bekommen. Verstehst du jetzt? Die Katze beißt sich in den Schwanz.«

Alan wirbelte der Kopf. »War es das, was er mit ›Unrotationist‹ meinte?«

»Nein, das ist wieder etwas anderes. Das erkläre ich dir auch gleich. Siehst du, wie das mit der Arbeit ist? Die Gilden sind erblich, sogar die Obstverkäufergilde. Für einen Neuankömmling ist es praktisch ausgeschlossen, in eine Gilde einzubrechen. Verstehst du, die Erde ist ein schrecklich übervölkerter Planet. Die einzige Möglichkeit, eine halsabschneiderische Konkurrenz auszuschalten, ist die, wenn es jedem so schwer wie möglich gemacht wird, eine Arbeit zu finden. Für einen Raumfahrer ist es ungeheuer schwierig, sich einen Weg in dieses System zu boxen.«

»Sie meinen also, Steve hat keine Arbeitskarte bekommen? Wie soll ich ihn dann aber finden?«

»Es ist natürlich ziemlich schwierig«, erklärte ihm Hawkes, »aber es gibt auch eine Registrierung der Männer des Freien Status – Männer ohne Arbeitskarten. Er muß sich dort nicht eintragen lassen, aber wenn er es getan hat, ist er dort zu finden. Wenn nicht – mein lieber Junge, dann wirst du wenig Glück haben. Auf der Erde findest du niemand, der sich nicht finden lassen will.«

»Freier Status ...? Was ist denn das?«

»Ich falle unter den Freien Status. Aus freier Wahl natürlich, nicht aus Notwendigkeit. Aber das spielt im Augenblick keine Rolle. Wir wollen einmal zum Einwohnermatrixgebäude gehen und sehen, ob wir eine Spur deines Bruders entdecken.«

Sie standen auf. Alan sah, daß Hawkes so groß war wie er selbst. Er bewegte sich mit leichter Sicherheit. Alan hob seine Schulter ein wenig an, und das hieß für Rat: *Was hältst du von diesem Burschen?*

*Bleib bei ihm,* signalisierte Rat. *Er scheint in Ordnung zu sein.*

Jetzt, da Alan einen Gefährten hatte, erschienen ihm die Straßen nicht mehr so erschreckend. Er gehörte jetzt irgendwie zur Menge. Es war gut, Hawkes an seiner Seite zu wissen.

»Das Matrixgebäude ist am anderen Stadtende. Soweit können wir nicht laufen«, sagte Hawkes. »Was ziehst du vor? U- oder Hochbahn?«

»Wie? Was?«

»Ich fragte, was dir lieber ist, U- oder Hochbahn? Oder ist es dir egal, welches Transportmittel wir nehmen?«

Alan zuckte die Achseln. »Eines ist so gut wie das andere.«

Hawkes fischte eine Münze aus seiner Tasche und warf sie. »Kopf ist für Hochbahn«, sagte er und fing die Münze mit dem Rücken der linken Hand auf. »Kopf. Also nehmen wir die Hochbahn. Hierher.«

Sie betraten die Halle des nächsten Gebäudes und nahmen den Lift zum obersten Stockwerk. Hawkes wandte sich an einen Mann in blauer Uniform und fragte nach der nächsten Haltestelle.

»Über die Nordkorridorbrücke zum nächsten Gebäude«, erklärte er.

»Vielen Dank.« Hawkes führte Alan nun einen Korridor entlang, eine Treppe hinauf und durch eine Tür. Dann standen sie beide auf einer der Brücken, welche die Wolkenkratzer miteinander verbanden. Alan hatte geradezu Angst. Die Brücke war kaum mehr als ein Plastikband mit einem Handlauf auf beiden Seiten. Sie schwankte leise im Wind. »Du schaust besser nicht hinunter«, riet Hawkes. »Bis unten sind es fünfzig Stockwerke.«

Alan sah starr geradeaus. Auf dem Dach des Nachbargebäudes hatte sich eine ansehnliche Menge angesammelt, und dort war auch eine Art Plattform zu sehen.

Ein Verkäufer kam ihnen entgegen. Alan dachte, er verkaufe Fahrkarten, aber er hielt ihnen nur ein Tablett mit Getränken entgegen. Hawkes kaufte eines; Alan wollte schon sagen, er wolle nichts kaufen, als er einen Tritt an seiner Ferse spürte und eiligst eine Münze hervorzog.

»Wenn wir in der Hochbahn sitzen, muß ich dir das Rotationssystem erklären«, sagte Hawkes. »Da ist der Zug ja schon.«

Ein silbergrauer Torpedo kam pfeifend durch die Luft geschossen und hielt auf dem Landegerüst der Plattform. Das Ding sah aus wie ein kleines düsengetriebenes Raumschiff.

Eine lange Schlange bildete sich; Hawkes stopfte eine Fahrkarte in Alans Hand. »Ich kaufe immer einen Monatsbedarf davon«, erklärte er, »das ist billiger.«

Sie fanden zwei Sitze nebeneinander und schnallten sich an. Mit einem Röhren und Zischen schoß der Torpedo von der Landeplattform und hielt im nächsten Augenblick schon auf einem anderen Gebäude. »Das war jetzt fast eine halbe Meile«, sagte Hawkes. »Dieses Schiff ist ziemlich schnell.«

Ein düsengetriebener Omnibus, der über die Dächer jagte, dachte Alan. Raffiniert. »Gibt es in der Stadt keine ebenerdigen Verkehrsmittel?« erkundigte er sich.

»Nein. Vor fünfzig Jahren hat man sie alle abgeschafft, denn sie nahmen zuviel Platz weg. In einigen Teilen der Stadt kann man heute noch ein Privatauto fahren, aber Autos hält man heute nur noch, um die Nachbarn zu beeindrucken. Die meisten nehmen die U- oder die Hochbahn.«

Bahn ist gut gesagt, dachte Alan. Man hat also die alten Bezeichnungen beibehalten. Aber eine Bahn ist das wirklich nicht. Er sah nach vorne und bemerkte, daß der Fahrer sich über einen großen Radarschirm beugte.

»Die nach Westen gehenden Bahnen«, erklärte Hawkes, »halten eine Höhe von dreißig Metern. Seit Jahren hat es keinen schweren Verkehrsunfall mehr gegeben. Aber das mit dieser Rotation ... sie gehört zum neuen Wirtschaftsplan.«

»Und wie ist der?«

»Das Geld im Umlauf halten. Ersparnisse sind praktisch verboten. Geld ausgeben – das ist wichtig. Die Gilden setzen einigen Nachdruck dahinter. Statt einer Frucht kauft man dem Händler zwei ab. Ausgeben, kaufen! Für die Leute des Freien Status ist das ein bißchen happig. Wir haben ja nichts zu verkaufen, also haben wir auch keinen Nutzen davon. Aber wir vom Freien Status machen nicht einmal ein Prozent der Bevölkerung aus. Wer macht sich daher schon unsertwegen Gedanken?«

»Sie meinen also damit, es sei irgendwie umstürzlerisch, wenn man kein Geld ausgibt?« erkundigte sich Alan.

Hawkes nickte. »Wenn man zu sparsam ist, erregt man Verdacht. Man hat nur Ärger damit. Geld rollen lassen – das ist der Grundsatz, dem jeder huldigt.«

Das war also sein Fehler gewesen, überlegte Alan. Er sah ein, daß er noch viel zu lernen hatte, wenn er sich länger hier aufhalten wollte. Ob man ihn in der Enklave schon vermißte? Vielleicht fand er Steve bald. Ich hätte Vater eine Nachricht hinterlassen müssen, daß ich zurückkommen will, schoß es ihm durch den Kopf.

»Da sind wir ja schon«, sagte Hawkes. »Hier, dieses Gebäude. Zuerst versuchen wir's bei der Standardmatrix.«

Ein wenig benommen folgte ihm Alan. Hawkes führte ihn durch eine riesige Halle, in der die *Walhalla* leicht Platz gefunden hätte, dann in einen fast ebenso großen Saal, an dessen Wänden überall Computerbänke aufgereiht waren.

»Wir nehmen diese Kabine«, schlug Hawkes vor, und sie traten ein. Die Tür schloß sich automatisch hinter ihnen. An der Innenseite der Tür fanden sie in einem Metallgestell zahlreiche Formulare.

Hawkes zog eines heraus. ANTRAG AUF INFORMATION–ZENTRALMATRIX las Alan. FORMULAR 1067 432. STANDARD-SERIE. »Das Ding müssen wir ausfüllen«, erklärte ihm Hawkes und nahm einen Schreibstift von dem Behälter an der Tür. »Sag mir doch den vollen Namen deines Bruders.«

»Steve Donnell.« Er buchstabierte den Namen. »Geboren 3576«, fuhr er zögernd fort. Hawkes runzelte die Brauen, schrieb aber die Zahl nieder.

»Arbeitskarte Nummer ... Nun, das wissen wir nicht. Und die übrigen fünf oder sechs Nummern wissen wir auch nicht und lassen sie daher aus. Gib mir lieber seine genaue Beschreibung. So, wie er ausgesehen hat, als du ihn das letztemal sahst.«

Alan überlegte einen Augenblick. »Er sah mir sehr ähnlich. Größe einszweiundachtzig, Gewicht ungefähr hundertzweiundsiebzig, Haare rötlich-blond und so weiter.«

»Hast du eine Genkarte?«

»Eine was?« fragte Alan verwirrt.

»Ah, ich vergesse ganz, daß du ja ein Raumfahrer bist. Nun, falls er seinen Namen nicht mehr verwendet, dann ist die Sache schwierig. Genkarten ermöglichen aber eine Identifikation. Wenn er aber keine hat ...«

Hawkes füllte das Formblatt aus und pfiff dabei leise vor sich hin. Die letzte Frage lautete: *Grund für den Antrag,* und die beantwortete er mit *Suche nach vermißtem Verwandten.*

»Das wär's also«, stellte er fest. »Wenn wir Glück haben, finden wir ihn.« Er rollte das Formular zusammen, schob es in ein graues Metallrohr und warf dieses in einen Schlitz an der Wand.

»Und was geschieht jetzt?« fragte Alan.

»Wir warten. Der Antrag geht nach unten, und die großen Computer arbeiten daran. Zuerst werden sämtliche Karten aussortiert, die den Namen Steve Donnell tragen. Dann kommen alle körperlichen Merkmale an die Reihe, die ich angegeben habe. Ist unter den Karten eine, die den Merkmalen entspricht, dann wird die Karte fotokopiert und heraufgeschickt. Wir notieren die Televektornummer und können damit seine Spur finden.«

»Welche Nummer?«

»Du wirst schon sehen«, meinte Hawkes lachend. »Das System ist gut. Warte nur ab.«

Sie warteten drei Minuten. »Ich hoffe, ich halte Sie nicht von dringenden Geschäften ab«, sagte Alan. »Es ist wirklich sehr nett von Ihnen, mir zu helfen, aber wenn es Ihnen Mühe macht ...«

»Wenn ich dir nicht helfen wollte«, antwortete Hawkes scharf, »dann täte ich es nicht. Verstehst du, ich habe Freien Status. Das heißt, ich bin mein eigener Boß. Max Hawkes, Esquire. Das ist eine der wenigen Kompensationen, die mir dieses lausige Leben gewährt. Wenn ich also beschließe, eine Stunde oder zwei dafür zu verschwenden, daß ich dir einen Bruder suchen helfe, dann brauchst du dir darüber nicht den Kopf zu zerbrechen.«

Eine Klingel schlug an, und ein rotes Licht zuckte über dem Schlitz in der Wand auf. Hawkes griff hinein und zog einen Behälter heraus. Innen fand er ein Formular. Er las das, was dort geschrieben stand, spitzte die Lippen und las noch mal.

»Hat man ihn gefunden?« fragte Alan ein wenig ängstlich.

»Lies selbst«, antwortete Hawkes und schob Alan das Blatt zu.

PRÜFUNG DER UNTERLAGEN HAT ERGEBEN, DASS IN DEN VERGANGENEN ZEHN JAHREN AUF DER ERDE KEINE ARBEITSKARTE AUF DEN NAMEN STEVE DONNELL, MÄNNLICH, MIT DEN ANGEGEBENEN KÖRPERLICHEN MERKMALEN AUSGEGEBEN WURDE.

Alans Gesicht zog sich in die Länge. Er warf das Papier auf den Tisch. »Und was jetzt?« fragte er bekümmert.

»Jetzt«, antwortete Hawkes, »gehen wir nach oben in das Kämmerchen, in dem sich die Registratur der Leute des Freien

Status befindet. Dort folgen wir der gleichen Routine. Ich habe nicht damit gerechnet, deinen Bruder hier zu finden, aber es ist einfacher, hier mit der Suche anzufangen. Für einen Raumfahrer, der sein Schiff verläßt, ist es ohnehin fast unmöglich, sich in eine Gilde einzukaufen, um eine Arbeitskarte zu bekommen.«

»Und wenn er auch beim Freien Status nicht registriert ist, was dann?«

Hawkes lächelte nachsichtig. »Dann, mein junger Freund, gehst du unverrichteter Dinge auf dein Schiff zurück. Wenn er dort oben nicht registriert ist, dann gibt es kaum eine Möglichkeit, ihn hier auf der Erde zu finden.«

## 7

REGISTRATUR DER ARBEITSKRÄFTE DES FREIEN STATUS stand über der Bürotür, und darunter die Zimmernummer 1104. Hawkes drückte die Tür auf und führte Alan hinein.

Es war kein großartiger Raum. Ein dicker, blaßgesichtiger Mann saß hinter einem zerschrammten Neoplasttisch und kritzelte seine Unterschrift auf einen Stoß Formulare, der vor ihm lag. An den Wänden standen Regale mit unordentlich aufgestapelten Akten, und überall lag dicker Staub.

Der dicke Mann sah auf, als sie eintraten, und nickte Hawkes zu. »Hallo, Max. Hast du dich endlich doch entschlossen, ein ehrlicher Mensch zu werden?«

»Nicht um alles in der Welt«, antwortete Hawkes. »Ich möchte, daß du ein paar Nachforschungen vornimmst. Alan, das hier ist Hines MacIntosh, der diese Dokumente verwaltet. Hines, und das ist ein Freund von mir, ein Raumfahrer. Alan Donnell.«

»Raumfahrer, eh?« MacIntoshs Gesicht wurde plötzlich ernst. »Nun, mein Junge, ich hoffe, du kommst auch mit leerem Magen zurecht. Das Leben unter dem Freien Status ist nicht leicht.«

»Nein«, erwiderte Alan, »Sie verstehen nicht ...«

Hawkes schnitt ihm das Wort ab. »Er hält sich nur vorübergehend in der Stadt auf. Sein Schiff geht in ein paar Tagen wieder auf die Reise, und da will er unbedingt mit. Aber er möchte seinen Bruder finden, der vor neun Jahren durchgebrannt ist.«

MacIntosh nickte. »Unten habt ihr wohl eine Niete gezogen?«

»Ja.«

»Überrascht mich nicht. Diese Schiffsdeserteure landen alle hier oben. Keiner scheint es zu schaffen, daß er eine Arbeitskarte bekommt. Was ist denn das, was du auf der Schulter hast, Junge?«

»Er ist von Bellatrix VII.«

»Intelligent?«

»Das möchte ich meinen!« fauchte Rat beleidigt. »Nur weil ich über einige physische Ähnlichkeiten mit einer besonderer Rasse unerfreulicher irdischer Nagetiere habe ...«

MacIntosh lachte schallend. »Na, beruhige dich wieder, mein Freund! Ich wollte dich wirklich nicht kränken. Wenn du aber länger als drei Tage hier bleiben willst, muß ich für dich ein Visum beantragen.«

Alan runzelte die Brauen. »Ein Visum?«

»Der Junge kehrt auf sein Schiff zurück«, warf Hawkes ein. »Das sagte ich dir doch schon. Er braucht kein Visum, auch sein kleiner Freund nicht.«

»Ist ja egal«, meinte MacIntosh. »So, du suchst also deinen Bruder? Gib mir mal seine Daten, seine Beschreibung und so weiter. Geburtstag, Name, und was sonst noch wichtig ist.«

»Er heißt Steve Donnell, Sir. Geboren 3576. Er verließ das Schiff ...«

»Wie? Wann geboren?«

»Es sind doch Raumfahrer«, erklärte Hawkes ruhig.

MacIntosh zuckte die Achseln. »Mach weiter.«

»Verließ das Schiff im Jahre 3867, ich glaube wenigstens. Es ist immer so schwierig, das Erdenjahr festzustellen.«

»Körperliche Beschreibung?«

»Er war mein Zwilling«, erwiderte Alan. »Sah ganz genauso aus wie ich.«

MacIntosh schrieb alle Daten auf und übertrug sie auf eine Lochkarte. »An einen Raumfahrer dieses Namens kann ich mich nicht erinnern«, sagte er, »aber neun Jahre sind eine lange Zeit. Und es kommen viele Raumfahrer, die alle den Freien Status annehmen. Mindestens fünfzehn oder zwanzig jährlich, und das allein in diesem Büro. Sie stranden hier während ihrer freien Tage, oder sie verlieren ihre Schiffe. Ein Junge zum Beispiel wurde in der Frisco-Enklave ausgeplündert und zusammengeschlagen. Erst nach einer Woche kam er wieder zu sich. Natürlich war sein Schiff schon weg, und ein anderes hat ihn nicht aufgenommen. Jetzt hat er Freien Status. Na, wir wollen mal sehen, ob wir diesen Steve Donnell finden. Du weißt doch, Junge, daß Leute des Freien Status nicht gezwungen sind, sich registrieren zu lassen. Vielleicht haben wir in unseren Computerdaten gar keine Unterlagen über ihn.«

»Darüber bin ich mir klar«, antwortete Alan kurz. Wenn dieser fette Kerl nur zu reden aufhören und endlich nach Steve zu suchen anfangen würde! Um die Mittagszeit war er von der Enklave herübergekommen, und jetzt war Spätnachmittag, mindestens 16 Uhr. Und hungrig wurde er auch allmählich. Wenn er nicht zur Enklave zurückkehrte, mußte er sich nach einem Nachtquartier umsehen.

MacIntosh stemmte sich mühsam aus seinem großen Websessel, ging zu einem Computerschlitz und warf die Karte hinein.

»Es wird ein paar Minuten dauern«, sagte er. Dann warf er einen vorsichtigen Blick in beide Richtungen. »Willst du einen Schluck, damit die Zeit schneller vergeht?«

Hawkes grinste. »Guter alter Hinesy! Was hast du heute in deiner Tintenflasche?«

»Scotch! Originalabfüllung. Bester Stoff, der seit einem Jahrhundert aus Kaledonien kam!« MacIntosh schaukelte zu seinem Tisch zurück und fand in einer Schublade drei schmierige Gläser. Er stellte sie auf den Tisch, entkorkte eine dunkelblaue Flasche mit der Aufschrift TINTE und goß für Hawkes und sich ein Glas ein. Das dritte schob er vor Alan, doch der schüttelte den Kopf. »Vielen Dank, Sir, aber ich trinke nichts«, lehnte er ab. »Raumschiffer dürfen keinen Alkohol an Bord haben. Streng verboten.«

»Aber du bist doch jetzt nicht im Dienst!«

Alan schüttelte erneut den Kopf. MacIntosh zuckte die Achseln und hob dann das Glas. »Auf Steve Donnell!« sagte er. »Hoffentlich hatte er soviel Verstand, sich hier registrieren zu lassen.«

Sie tranken, und Alan sah ihnen zu. Plötzlich schlug eine Klingel an, und ein Rohr kam aus dem Computerschlitz.

Gespannt wartete Alan, als MacIntosh ein Blatt aus dem Rohr nahm und es durchlas. Ein breites Lächeln erschien auf dem wabbeligen Gesicht.

»Mein Junge, du hast Glück! Dein Bruder hat sich registrieren lassen. Hier siehst du, wie seine Papiere aussehen.«

Alan las die Fotokopie. ANTRAG AUF ZULASSUNG ZUM FREIEN STATUS, hieß es da, und im übrigen war das Formblatt handschriftlich ausgefüllt. Alan erkannte sofort die Schrift seines Bruders.

Er hatte seinen Namen richtig angegeben, als Geburtsjahr 3576, sein Alter mit siebzehn Jahren. Als frühere Beschäftigung stand da: *Raumfahrer*. Der Antrag war am 4. Juni 3876 ausgefüllt und mit einem Stempel vom 11. Juni 3876 bestätigt worden. Damit hatte er den Freien Status.

»Also ließ er sich doch registrieren«, stellte Alan fest. »Und was jetzt? Wie können wir ihn finden?«

Hawkes griff nach der Fotokopie. »Hier, laß mich mal sehen.« Er kniff die Augen zusammen, um den winzigen Druck entziffern zu können, und notierte dann etwas. »Seine Televektornummer ist von dieser Stadt. Das ist günstig.« Er drehte die Fotokopie um und besah sich Steves Bild auf der Rückseite. Er verglich es mit Alan. »Sieht einer aus wie der andere. Aber ich wette, jetzt nicht mehr. Bestimmt nicht mehr nach neun Jahren des Freien Status.«

»Es lohnt sich nur für ein paar Glückliche, was Max?« fragte MacIntosh und grinste.

Auch Hawkes grinste. »Einigen von uns geht es ganz gut. Natürlich braucht man Glück. Sonst kann man ziemlich viel Hunger leiden. Komm, mein Junge. Jetzt müssen wir noch ein Stückchen weiter hinauf, zu den Televektorunterlagen. Vielen Dank für deine Hilfe, Hinsey. Du bist ein großartiger Kumpel.«

»Ich tue nur meine Arbeit«, wehrte MacIntosh ab. »Heute abend, wie sonst?«

»Ich weiß noch nicht recht. Ich glaube, ich nehme mir die Nacht einmal frei. Habe es mir schon lange verdient.«

»Dann haben wir Amateure einmal freie Bahn. Vielleicht komme ich heute endlich einmal groß heraus.«

Hawkes lächelte ein wenig spöttisch. »Vielleicht. Komm, mein Junge. Wir gehen.«

Mit dem Lift fuhren sie, soweit er ging, und dann standen sie im größten Saal, den Alan je gesehen hatte. Er war noch weitläufiger als der unten, mindestens hundertfünfzig Meter lang und breit und über dreißig Meter hoch. Und alle Wände waren mit Computerelementen bedeckt.

»Das ist das Nervenzentrum des Planeten«, erklärte Hawkes. »Wenn du die richtige Frage stellst, kannst du hier herauskriegen, wo irgend jemand sich auf diesem Planeten und in dieser Stunde aufhält.«

»Wie ist das denn möglich?«

Hawkes drehte einen winzigen Metallknopf an einem Ring an seiner Hand. »Das hier ist mein Televektortransmitter. Jeder, der eine Arbeitskarte oder den Freien Status hat, trägt entweder einen solchen Ring, oder hat diesen Transmitter in einer Kapsel um den Hals oder hat ihn sonst bei sich. Manche Leute lassen ihn sogar operativ in den Körper einbetten. Diese Dinger geben Resonanzwellen ab, jedes in einem anderen Muster. Es ist praktisch ausgeschlossen, daß dieses Wellenmuster auch nur einmal wiederholt wird. Diese Instrumente hier können die Muster aufnehmen und genau sagen, wo sich die Person, nach der du suchst, befindet.«

»Dann können wir also Steve ziemlich leicht finden, ja?«

»Möglich.« Hawkes' Gesicht verfinsterte sich. »Manchmal passiert es natürlich, daß ein Televektormuster einen Mann feststellt, der seit fünf Jahren auf dem Meeresgrund liegt. Aber lasse dich damit nicht ängstlich machen. Steve geht es vermutlich ganz gut.«

Er nahm den Zettel heraus, auf dem er Steves Televektorkodenummer notiert hatte, und übertrug die Nummer auf ein Antragsformular.

»Mit diesem System«, fragte Alan, »kann sich wohl nirgends auf der Erde ein Mensch verstecken, wenn er nicht seinen Televektortransmitter ablegt?«

»Das darf man nicht tun. Es ist streng verboten. Wenn jemand mehr als eine Handbreite von seinem Transmitter entfernt ist, geht sofort ein Alarm los, und dann wird er festgenommen. Damit wird auch die Arbeitskarte automatisch eingezogen; das heißt, wenn du mit deinem Transmitter etwas Ungesetzliches tust. Im Freien Status hat man tausend Kredits Strafe zu zahlen.«

»Und wenn man die Strafe nicht bezahlen kann, was dann?«

»Dann mußt du sie abarbeiten für tausend Kredits jährlich – in einem Straflager der Antarktis Felsen sprengen und so weiter. Das System funktioniert reibungslos. Muß es auch. Auf einer übervölkerten Erde braucht man ein System, um die Menschen finden zu können. Sonst gäbe es mindestens zehnmal soviel Verbrecher wie jetzt.«

»Gibt es denn überhaupt noch Verbrecher?«

»Natürlich. Es gibt immer Menschen, die so Hunger haben, daß sie Lebensmittel stehlen müssen, auch wenn sie dafür ins Gefängnis kommen. Mord kommt nicht so häufig vor.« Hawkes schob den Antrag in den Einwurfschlitz. »Du würdest staunen, wenn du wüßtest, wie großartig dieses System arbeitet. Es ist gar nicht so einfach, nach Südamerika durchzubrennen und sich dort zu verstecken, wenn jeder einfach hier hereinkommt und nachsehen kann, wo du im Augenblick steckst. Es ist ein gutes Abschreckungsmittel.«

Dann klickte es am Einwurfschlitz, und ein rosafarbener Streifen kam heraus. Darauf stand:

TELEVEKTORDIENST
21. Mai 3876
Donnell Steve, YC83-10j6490k37618
Zeit: 16.43:21

Daneben fanden sie eine Straßenkarte, die etwa fünfzehn Straßenzüge umfaßte; in der Mitte dieser Karte befand sich ein leuchtendroter Punkt.

Hawkes lächelte. »Ich dachte mir schon, daß er dort sein müßte.«

»Und wo ist das?«

»68. Avenue, 423. Straße.«

»Wohnt er dort?« erkundigte sich Alan.

»Nein, nein. Der Televektor sagt dir nur, wo er sich jetzt gerade aufhält. Ich möchte sagen, daß dies sein ... hm ... Geschäftslokal ist.«

Alan runzelte die Brauen. »Wovon reden Sie eigentlich?«

»Das ist nämlich die Adresse der *Atlas Games*. Ein Spiellokal. Dein Bruder verbringt hier wahrscheinlich den größten Teil seiner Zeit, wenn er nämlich genügend Geld hat, dorthin zu gehen. Ich kenne das Lokal. Es ist ziemlich billig. Der Gewinn ist gering, der Einsatz aber auch. Dort verkehren nur Leute, die wenig Geld haben.«

»Wollen Sie damit sagen, Steve sei ein Spieler?«

Hawkes lächelte. »Die meisten vom Freien Status sind Spieler. Das ist eine der wenigen Möglichkeiten, sich einen Lebensunterhalt zu verdienen, wenn man keine Arbeitskarte hat. Eine Spielergilde gibt es nicht. Es gibt natürlich auch noch andere Möglichkeiten, aber die sind mühsamer, und die Televektorüberwachung hindert diese Leute daran, lange im Geschäft zu bleiben.«

Alan befeuchtete seine trockenen Lippen. »Und was tun Sie?«

»Ich? Spielen, natürlich. Aber in der höheren Klasse. Manche von uns haben Glück. Ob es dein Bruder hat, erscheint mir zweifelhaft. Nach neun Jahren würde er nicht mehr im *Atlas* arbeiten, wenn er Geld hätte.«

Alan ging nicht weiter darauf ein. »Wie kommen wir dorthin?« fragte er. »Ich möchte sofort ...«

»Geduld, mein Freund, Geduld«, murmelte Hawkes. »Dafür ist noch genug Zeit. Wann geht dein Schiff?«

»In ein paar Tagen.«

»Dann müssen wir nicht sofort zum *Atlas*. Erst wollen wir einen Happen essen, dann schlafen wir. Morgen gehen wir dann hin.«

»Aber mein Bruder ...«

»Dein Bruder«, sagte Hawkes, »ist seit neun Jahren in York City, und ich wette, in den letzten acht Jahren hat er jeden Abend im *Atlas* verbracht. Wir können ruhig bis morgen warten. Und jetzt essen wir etwas.«

## 8

Sie aßen in einem dunklen Restaurant in der Nähe des Matrixgebäudes. Das Lokal war vollgestopft, wie anscheinend alles auf der Erde. Sie mußten fast eine halbe Stunde lang anstehen, bis sie einen fettfleckigen Tisch ganz weit hinten bekamen. Es war halb sechs Uhr.

Ein Robotkellner näherte sich und hielt ihnen eine Speisekarte entgegen. Hawkes beugte sich ein wenig vor und stanzte seine Bestellung ein. Alan brauchte dazu etwas länger und wählte schließlich ein Proteinsteak mit Mischgemüse und Synthokaffee. Der Roboter klickte zur Bestätigung und stelzte zum nächsten Tisch.

»Mein Bruder ist also ein Spieler«, begann Alan.

Hawkes nickte. »So, wie du das sagtest, klingt es, als meintest du: ›Mein Bruder ist ein Taschendieb und ein Betrüger.‹ Und dabei ist das eine absolut gesetzliche Art, seinen Lebensunterhalt zu verdienen.« Hawkes' Augen wurden plötzlich hart, und er fuhr leise, aber sehr bestimmt fort: »Mein Junge, wenn du hier auf der Erde Ärger vermeiden willst, dann werde nur kein Moralprediger. Es ist keine schöne Welt, in der wir leben. Die Erde ist hoffnungslos übervölkert, und nicht viele können sich's leisten, eine Passage nach Gamma Leonis IV oder Algol VII zu bezahlen, oder auf irgendeine der anderen schönen, zukunftsträchtigen Kolonistenwelten auszuwandern. Ich rate dir, die Augen offen und den Mund geschlossen zu halten, solange du in York City bist, und rümpfe nicht die Nase über die Art, auf die manche Leute ihr Geld verdienen.«

Alan fühlte, wie er errötete. Er war froh, daß in diesem Augenblick die Tabletts mit dem Essen kamen, denn sie lenkten Hawkes ab. »Entschuldigen Sie«, sagte er, »ich wollte wirklich nicht predigen.«

»Ich weiß es doch, Junge. Ihr führt auf den Raumschiffen ein abgeschlossenes und behütetes Leben. Und niemand kann sich innerhalb weniger Stunden an das Erdenleben gewöhnen. Willst du etwas trinken?«

Alan wollte schon sagen, daß er nichts trinken wolle, aber das schluckte er rechtzeitig hinunter. Er war jetzt auf der Erde, nicht an Bord der *Walhalla*. Hier mußte er sich ja nicht an die Schiffsvorschriften halten. Und er wollte absolut nicht, daß Hawkes den Eindruck gewann, er würde sich den Erdmenschen überlegen fühlen. »Fein«, sagte er deshalb. »Was ist mit diesem Scotch, den MacIntosh getrunken hat?«

»Ja, das wäre eine Idee«, antwortete Hawkes. Er gab dem Robotkellner ein Zeichen, und dieser stakste an den Tisch. Hawkes drückte einen Hebel am Bauch des Roboters, und der Metallbursche begann zu klicken und Kontroll-Lichter glühten auf. Einen Augenblick später öffnete sich eine Klappe, und zwei Gläser erschienen in der Öffnung. Die drahtigen Tentakel griffen hinein, nahmen die Drinks heraus und setzten sie auf den Tisch. Hawkes ließ eine Münze in den Schlitz an der Seite des Roboters fallen, und die Maschine stakste davon.

»Hier, dein Scotch«, sagte Hawkes und deutete auf das Glas

mit der honigfarbenen Flüssigkeit. »Du mußt austrinken.« Er hob sein Glas und trank es mit einem Zug leer. Es schien ihm Vergnügen zu bereiten.

Alan nahm das kleine Glas in die Hand und sah durch dessen goldgelbe Tiefen hinüber zu dem Mann gegenüber von ihm. Hawkes erschien seltsam verzerrt, wenn man ihn durch das Glas betrachtete. Dann grinste Alan. Er versuchte etwas zu finden, auf das er trinken konnte, doch es fielen ihm keine passenden Worte ein. Er hob Hawkes also nur sein Glas entgegen, setzte es an den Mund und trank es aus. Das Zeug brannte in der Kehle und schien in seinem Magen zu explodieren. Seine Augen tränten. »Ziemlich starkes Zeug«, sagte er, als er wieder Luft bekam.

»Das Beste, was es hier gibt«, bestätigte Hawkes. »Die Burschen kennen wirklich ihre Formeln.«

Alan fühlte eine Welle halber Betäubung, die aber schnell vorüberging. Dann blieb nur noch eine angenehme innere Wärme. Er zog sein Tablett zu sich heran und begann sein synthetisches Fleisch und Gemüse zu essen. Er machte dabei keinen Versuch einer Konversation. Leise Musik plätscherte unaufdringlich vor sich hin. Alan dachte an seinen Bruder. Steve war also ein Spieler! Und ein kleiner, unbedeutender, sagte Hawkes. Ob Steve wohl Lust hatte, wieder auf das Schiff zurückzukehren? Und wie wäre es dann, Steve wieder auf dem Schiff zu haben?

Natürlich gab es keine Neuauflage der alten Kameradschaft. Das war an sich traurig, denn siebzehn Jahre lang hatten sie alles gemeinsam getan; sie waren zusammen aufgewachsen, hatten miteinander gespielt und gearbeitet. Noch vor sechs Wochen war es so gewesen, daß Alan Steves Gedanken zu lesen vermochte und umgekehrt. Sie waren ein gutes Team gewesen.

Aber das war endgültig vorüber. Steve würde für ihn auf der *Walhalla* nur ein Fremder sein – älter, vielleicht weiser, mit neun Erdjahren hinter sich. Er würde Alan als Jungen betrachten, als grünen Jungen vielleicht. Das war eigentlich ganz verständlich. Einer würde sich in der Gegenwart des anderen nicht mehr so wohl fühlen wie vordem, als die Vertrautheit zwischen ihnen an Telepathie grenzte. Neun Jahre waren eine tiefe Kluft.

»Du denkst wohl wieder an deinen Bruder?« unterbrach Hawkes das Schweigen.

Alan blinzelte. »Woher wissen Sie das?«

Hawkes lächelte. »Ein Spieler muß sich allerhand ausrechnen können. Du überlegst dir, wie es sein wird, wenn ihr euch wieder gegenübersteht. Ich wette, das stimmt.«

»Ich würde nichts dagegensetzen. Sie würden die Wette gewinnen.«

»Willst du wissen, wie es sein wird? Ich kann es dir genau sagen, Alan: Du wirst ganz krank sein; du wirst erschrecken und dich deines Bruders schämen. Aber das geht vorüber. Du wirst dann hinter die Dinge sehen und verstehen, was die neun Jahre deinem Bruder angetan haben, und du wirst ihn in Gedanken wieder an die alte Stelle zurückversetzen. Auch er wird dich sehen. Es wird aber nicht so schlimm werden, wie du es dir vorstellst.«

Irgendwie fühlte sich Alan erleichtert. »Wissen Sie das ganz bestimmt?«

Hawkes nickte. »Weißt du, ich interessiere mich persönlich deshalb so sehr dafür, weil ich auch einen Bruder habe. Oder vielmehr hatte. Er war ungefähr in deinem Alter. Und bei ihm gab es dasselbe Problem wie bei dir – keine Gilde. Wir waren in die Straßenfegergilde hineingeboren, aber keiner von uns wollte sich damit zufriedengeben. Wir traten also aus und beantragten Freien Status. Ich begann zu spielen. Er lungerte immer um die Enklave herum. Er wollte doch Raumfahrer werden.«

»Und was geschah mit ihm?«

»Er packte es ganz schnell. Ein Raumschiff suchte einen Jungen für die Kombüse. Dave beschwatzte die Leute und kam an Bord. Er hatte unheimliches Glück, aber er schaffte es.«

»Welches Schiff?« fragte Alan.

*»Startreader.* War auf dem Weg nach Beta Crucis XVIII, 465 Lichtjahre.« Hawkes lächelte. »Vor eineinhalb Jahren reiste er ab. Erst in neunhundertdreißig Jahren etwa kehrt das Schiff zur Erde zurück. Ich glaube nicht, daß ich dann noch da bin.« Er schüttelte den Kopf. »Gehen wir. Die Leute warten auf den Tisch.«

Alan bemerkte, als sie wieder auf der Straße standen, daß die Sonne schon ziemlich tief stand. Es wurde Abend. Die Straßen wurden jedoch nicht dunkel. Alles begann einen sanften Glanz auszustrahlen, das Pflaster, die Gebäude – einfach alles. Aus der Luft schien ein weiches Glühen zu fallen. Es gab keinen merklichen Unterschied zwischen Tageslicht und Nachtbeleuchtung.

Aber es wurde spät, und in der Enklave würde man ihn schon vermissen. Aber vielleicht hatte Captain Donnell schon bemerkt, daß Alan in die Terranerstadt gegangen war, und in diesem Fall würde man ihn nicht vermissen. Alan erinnerte sich genau, wie sein Vater mit steinerner Ruhe den Namen seines Sohnes Steve aus dem Mannschaftsregister der *Walhalla* gestrichen hatte, als habe Steve niemals existiert.

»Gehen wir jetzt hinüber zum *Atlas*?« fragte er.

Hawkes schüttelte den Kopf. »Nein. Außer du willst allein hineingehen. Ich kann dich nicht dorthin begleiten. Ich habe eine A-Karte, und das *Atlas* ist Klasse C.«

»Heißt das, daß alle Spiellokale in Klassen eingeteilt sind, daß alles reguliert und vorgeschrieben ist?«

Hawkes nickte. »Es geht nicht anders. Alan, die Gesellschaft, in die du da hineingestolpert bist, ist sehr kompliziert. Schau, ich bin ein Spieler der ersten Klasse. Das ist keine Prahlerei, sondern eine Erfahrungswahrheit, die sich in einer fünfzehnjährigen Karriere immer wieder bewiesen hat. Ich könnte ein Riesenvermögen damit verdienen, wenn ich gegen Anfänger, Dummköpfe und solche Leute spielen würde, deren Zeit schon vorbei ist. Das wird gesetzlich verhindert. Verdienst du dir mit Spielen ein gewisses Jahreseinkommen, bist du automatisch in Klasse A. Dann kannst du aber Lokale, die einer niedrigeren Klasse angehören, nicht betreten. Das *Atlas* ist ein solches Lokal. Kommt man drei Jahre lang unter das Minimum der Klasse A, dann verliert man seine Karte. Ich bleibe immer über dem Minimum.«

»Dann muß ich also selbst nach Steve suchen. Nun, dann bedanke ich mich für Ihre Hilfe, und wenn Sie noch so freundlich sein würden, mir zu sagen, mit welcher Linie ich zum Atlas komme . . .«

»Nichts überstürzen, mein Sohn.« Hawkes griff nach Alans Handgelenk. »Auch in einem Loch der Klasse C kannst du eine Menge verlieren. Du kannst nicht einfach nur herumstehen und nach deinem Bruder Ausschau halten. Wenn du nicht als Lehrling dort bist, mußt du spielen.«

»Und was erwartet man da von mir?«

»Ich nehme dich heute mit zu einem Lokal der Klasse A. Als

Lehrling kannst du mitkommen. Dort kennen mich alle. Ich versuche, dir soviel vom Spiel beizubringen, daß man dich nicht ausplündern kann. Schlafen kannst du heute in meiner Wohnung. Morgen gehen wir dann zum *Atlas* und sehen uns nach deinem Bruder um. Ich muß natürlich draußen auf dich warten.«

Alan zuckte die Achseln. Er spürte, wie er nervös wurde, wenn er an das künftige Zusammentreffen mit Steve dachte. Es war ihm geradezu angenehm, daß er noch etwas Zeit hatte. Und hatte er Steve wirklich gefunden, dann blieb ihm noch immer genug Zeit, um zur *Walhalla* zurückzukehren; also konnte er die Nacht ohne weiteres in der Stadt verbringen.

»Nun, was meinst du denn zu meinem Vorschlag?« fragte Hawkes.

»Gut. Ich komme mit Ihnen.«

Diesmal nahmen sie die U-Bahn; sie brauchten nur einem Leuchtzeichen zu folgen, dann erreichten sie über eine Lauframpe die Tunnels. Das war wieder eine ganz neue Welt für Alan. Hier war es warm, hell und fast irgendwie gemütlich; es gab Läden, Restaurants und Robot-Zeitungsverkäufer, die ihre Telefaxblätter feilboten, und viele Menschen, die nach einem Tag der Arbeit nach Hause strömten. Am Eingang zu einem Tunnel reichte ihm Hawkes eine kleine ovale Scheibe mit eingravierten Ziffern. »Das ist deine U-Bahnkarte. Sie wird in den Schlitz eingeworfen.«

Sie mußten durch eine Sperre und folgten dann den Zeichen, die zur Westbahn führten. Dort stand schon ein langes, schlankes Ding, das wie eine Granate geformt war und keine Fenster aufwies. Sie stiegen ein. Das Fahrzeug war schon gesteckt voll, und jeder schien jeden zu schieben, um überhaupt aufrecht stehen zu können. Am Ende des Fahrzeugs stand ein Kennzeichen: *X Nr. 31745-WS.*

Dieses Transportmittel war nicht eigentlich ein Fahrzeug und hatte mit den U-Bahnen alten Stils nichts mehr gemein; das granatenförmige Fahrzeug oder Geschoß, oder wie man es nennen wollte, glitt leicht und erschütterungsfrei durch den Tunnel, als bewege es sich auf Luftkissen. Nach wenigen Minuten waren sie schon am entgegengesetzten Ende der Stadt, und dabei war ihm die Geschwindigkeit nicht zu Bewußtsein gekommen. Sie stiegen aus und Alan stellte fest, daß es in diesem Viertel viel ruhiger war als im Zentrum mit seinem irren Trubel.

Eine Neonreklame fiel ihm sofort auf: ERSTKLASSIGES SPIELLOKAL, darunter in kleinerer Schrift. KLASSE A. Vor der Tür stand ein Roboter, ein schimmerndes Duplikat jenes Maschinendieners, den Alan vor einigen Stunden zu Boden geschickt hatte.

»Nur Klasse A«, sagte der Roboter, als sie sich näherten. »Dieses Spiellokal ist ausschließlich für Klasse A.«

Hawkes ging um den Roboter herum und durchbrach den Kontakt an der Tür. Alan folgte ihm. Er hatte den Eindruck, daß wohl alle dem Vergnügen dienenden Plätze auf der Erde schlecht beleuchtet waren, denn auch hier brannten nur wenige Lampen, und von den Wänden ging nur ein fast unmerklicher Lichtschimmer aus. Zwei Tischreihen schienen bis in den Hintergrund des Lokals zu reichen. An jedem Tisch saß ein ernst dreinsehender Bürger über ein Brett gebeugt; er beobachtete das Lichtmuster vor ihm, das sich ununterbrochen änderte, bewegte, erlosch und wieder aufflammte.

Ein Roboter glitt ihnen entgegen. »Darf ich die Karten sehen, bitte?« schnurrte er.

Hawkes hielt dem Roboter seine Karte vor das Photonenauge; dieser klickte zur Bestätigung, glitt zur Seite und ließ Hawkes vorbeigehen. Dann drehte sich der Roboter zu Alan um. »Darf ich die Karte sehen, bitte?«

»Ich habe keine ...«

»Er ist in meiner Begleitung«, erklärte Hawkes. »Ein Lehrling.«

Ein Mann in einem schmutzigen grauen Rock kam ihnen entgegen. »Ah, guten Abend, Max. Hinsey war schon hier und sagte mir, du würdest heute nicht kommen.«

»Ich hatte es auch nicht vor, aber dann überlegte ich mir's doch anders. Ich bringe einen Lehrling mit, einen Freund namens Alan Donnell. Alan, das hier ist Joe Luckman. Er leitet dieses Spiellokal.«

Luckman nickte Alan geistesabwesend zu, und dieser murmelte einen Gruß. »Du willst wahrscheinlich deinen gewohnten Tisch haben, nicht wahr?« erkundigte sich Luckman.

»Wenn er frei ist«, antwortete Hawkes.

»War den ganzen Abend hindurch frei.«

Luckman führte sie zwischen den Tischreihen entlang zum

Hintergrund des großen Saales, wo ein leerer Tisch mit einem Stuhl davor war. Hawkes ließ sich auf den Sitz gleiten und befahl Alan, sich hinter ihn zu stellen und genau aufzupassen.

»Sobald die nächste Runde angeht, fangen wir an«, sagte er.

Alan sah sich um. Überall bückten sich die Männer über die Lichttafeln vor ihnen, und jeder von ihnen trug eine Miene äußerster Konzentration zur Schau. Ganz in der Ecke war der große, aufgeschwemmte MacIntosh zu sehen, der die Verzeichnisse der Angehörigen des Freien Status verwaltete. Schweiß rann ihm über das Gesicht, aber er saß da wie hypnotisiert.

Hawkes stieß ihn an. »Sieh mir genau zu. Die anderen gehen dich gar nichts an. Paß auf. Gleich geht es los.«

## 9

Hawkes nahm eine Münze aus seiner Tasche und ließ sie in einen Schlitz seitlich am Brett fallen. Es erhellte sich. Ein sich ununterbrochen veränderndes Muster huschender Lichter zeigte sich.

»Und was geschieht jetzt?«

»Du mußt jetzt mit diesen Tasten hier« – er zeigte auf eine Reihe von Emailtasten an einer Seite des Spielbrettes – »ein mathematisches Muster setzen. Dann flammen die Lichter auf; das geschieht selbstverständlich ganz willkürlich. Wenn sich das Lichtmuster mit dem deckt, das du mit den Tasten gesetzt hast, gewinnst du. Mit einiger Geschicklichkeit kannst du dir errechnen oder aus Erfahrung schließen, welches Muster gewinnen müßte. Das ist ja auch der Witz des Spieles. Du mußt ständig auf die Nummern aufpassen, die der Croupier ausruft, und sie in dein Spiel übernehmen.«

Plötzlich schellte eine Glocke, und die Spielbretter wurden dunkel. Alan sah sich um. Der Mann auf dem Podest in der Mitte der Halle räusperte sich und rief: »Tisch 403 gewinnt mit hundert! Tisch vierhundertdrei mit hundert!«

Ein Mann mit einem blassen Gesicht stand auf und lachte breit. Er begab sich zum Croupier, um zu kassieren. Hawkes klopfte scharf auf das Spielbrett, um Alans Aufmerksamkeit auf sich zu lenken.

»So, und jetzt paß auf. Du mußt natürlich mit einem gewissen Muster anfangen. Sobald also der Tisch wieder aufleuchtet, setze ich mein Muster. Ich spiele damit gegen jeden hier im Saal. Gewöhnlich gewinnt der flinkste. Gelegentlich hat man natürlich auch ganz einfach Glück, aber das passiert selten.«

Alan nickte und sah aufmerksam zu, wie Hawkes' flinke Finger über die Tasten huschten. Die Spieler an den Tischen nebenan taten dasselbe, kaum einer aber mit der überlegenen Sicherheit, die Hawkes zur Schau trug.

Der Croupier klopfte dreimal mit einem Hämmerchen und sagte: »103 sub-prima 5.«

Hastig berichtigte Hawkes seine Ziffern. Die Lichter an den Tischen flackerten und huschten so schnell, daß Alan kaum rasch genug schauen konnte.

»377 dritter Quadrant 7.«

Wieder korrigierte Hawkes und starrte auf seinen Tisch. Auch die anderen saßen so gespannt da, wie Alan sah. Ihm war sofort klar, wie faszinierend dieses Spiel werden konnte; daß ein Spieler wie in Hypnose stundenlang vor seinem Brett zu sitzen vermochte und alles andere darüber vergaß.

Aber er versuchte doch, Hawkes' Korrekturen zu verfolgen, als Nummer nach Nummer aufgerufen wurde. Allmählich begriff er das Spiel sogar.

Es hatte ein wenig Ähnlichkeit mit Astrogation, in der Alan einige Unterweisung erfahren hatte. Arbeitete man den Kurs eines Schiffes aus, so mußte man bestimmte Abweichungen mit einbeziehen, die Auswirkungen zum Beispiel des Magnetfeldes der Erde, Meteorschwärme und ähnliche Hindernisse, aber all diesen Hindernissen und Abweichungsmöglichkeiten mußte man immer einen Sprung voraus sein.

Hier war es ebenso. Das Führungsbrett am Croupierspodium hatte ein Muster gesetzt. Die Idee des Spieles war, daß man sein eigenes Brett im gleichen Muster setzte. Jede erratene Koordinate wurde ausgerufen; man berichtigte daraufhin sein Brett entsprechend den neuen Möglichkeiten, löschte alte Muster aus und setzte neue.

Selbstverständlich gab es nach der Möglichkeitsrechnung gelegentlich den Zufall, daß ein gesetztes Muster mit dem des Führungsbrettes identisch war, aber diese Chance war winzig. Man brauchte schon einigen Verstand, wenn man bei diesem

Spiel gewinnen wollte. Der Mann, dessen Tisch zuerst mit dem Führungsmuster übereinstimmte, gewann.

Hawkes arbeitete ruhig, geschickt und verlor die ersten vier Runden. Alan sagte, wie leid ihm das tue, aber Hawkes antwortete bissig: »Spar dir dein Mitleid. Ich experimentiere noch immer. Sobald ich mir ausgerechnet habe, wie die Zahlen heute kommen müssen, kassiere ich.«

Das schien dem in solchen Künsten so unerfahrenen Raumfahrer ein wenig optimistisch zu sein, aber in der fünften Runde gewann Hawkes, als er in nur sechs Minuten das gesetzte Muster erriet. In den vorhergehenden vier Runden hatte es zwischen neun und zwölf Minuten gedauert, ehe ein Gewinner zu verzeichnen war. Der Croupier, ein kleiner, magerer Bursche mit hageren Wangen, schob Hawkes einen ganzen Haufen Münzen und etliche Scheine zu, als dieser zum Podium kam, um seinen Gewinn abzuholen. Ein leises Murmeln lief durch den Saal. Hawkes war anscheinend erkannt worden.

Hawkes hatte hundert Kredits gewonnen. Er hatte noch keine Stunde gespielt und einen Einsatz von fünfundzwanzig Kredits geleistet. Hawkes' scharfe Augen blitzten. Er war in seinem Element.

Die sechste Runde ging an einen rundgesichtigen Mann mit Brille, der drei Tische weiter weg saß, aber Hawkes gewann in der siebten und achten Runde je hundert Kredits, verlor drei Runden nacheinander, gewann aber in der zwölften Runde soviel, daß er insgesamt nach Abzug der Einsätze einen Gewinn von über fünfhundert Kredits einschieben konnte. Das waren also vier Gewinne in zwölf Runden. Mindestens hundert Leute spielten in der Halle. Wenn man davon ausging, daß ein Spieler kaum jemals eine solche Gewinnserie erlebte wie Hawkes, dann hatte das zu bedeuten, daß die meisten Leute selten einmal gewannen, viele überhaupt nicht.

Im Laufe des Abends gewann Hawkes noch weiter. Er ließ das ganze Spiel ziemlich simpel erscheinen. Einmal hatte er vier Gewinnspiele nacheinander, dann eine Weile nichts, eine halbe Stunde später aber wieder einen großen Gewinn. Alan schätzte, daß Hawkes' nächtliche Arbeit nun schon mindestens tausend Kredits wert war.

Aus den tausend wurden vierzehnhundert. Nun begriff Alan immer besser, worauf es bei dem Spiel ankam, und er hätte sich nur allzu gerne selbst an den Tisch gesetzt, um zu spielen. Doch das durfte er nicht, wie er wußte. Dieses Lokal war Klasse A, und ein Anfänger wie er durfte hier nicht spielen.

Doch dann begann Hawkes zu verlieren. Drei, vier, fünf Runden brachten keinen Gewinn. Einmal machte Hawkes einen ganz offensichtlichen Rechenfehler, und Alan tat einen Entsetzensschrei. Aber Hawkes drehte sich um und brachte ihn mit einem wütenden Blick zum Schweigen. Alan wurde rot.

Sechs Runden. Sieben. Acht. Hawkes hatte fast hundert der vierzehnhundert Kredits verspielt. Glück und Geschicklichkeit schienen ihn im Stich zu lassen. Nach der elften Verlustrunde stand Hawkes auf und schüttelte erbittert den Kopf. »Mir reicht es jetzt«, sagte er. »Wir gehen.«

Er schob seine Gewinne ein – es waren noch immer gute zwölfhundert –, und Alan folgte ihm in die Nacht hinaus. Mitternacht war schon vorüber. Die Straßen waren jetzt sauber und menschenleer, und die Luft war feucht. Es hatte geregnet, während sie im Spiellokal waren, und Alan war fast ein bißchen traurig darüber, daß er es nicht einmal bemerkt hatte, weil er vom Spiel geradezu hypnotisiert gewesen war.

Allmählich kamen auch aus anderen Lokalen die Menschen, die heimwärts eilten. Sie begaben sich zur nächsten U-Bahnhaltestelle. »Sie haben aber doch recht guten Erfolg gehabt?« fragte Alan.

»Ich kann mich nicht beklagen«, antwortete Hawkes.

»Jammerschade, daß Sie zum Schluß noch diese Pechsträhne hatten. Hätten Sie eine halbe Stunde früher aufgehört, dann wären Sie jetzt mindestens zweihundert Kredits reicher.«

Hawkes lächelte. »Und wenn du ein paar Jahrhunderte später geboren wärest, könntest du sehr viel klüger sein.«

»Was soll das heißen?« Alan war fast beleidigt.

»Ich habe zum Schluß absichtlich verloren.« Sie glitten zur Station hinab und gingen zu einem Fahrkartenschalter. »Ein geschickter Spieler muß wissen, wann er auf ein paar Scheine verzichten muß.«

»Warum?«

»Damit die Tölpel, die mir meinen Lebensunterhalt garantieren, wiederkommen«, gab Hawkes offen zu. »Ich bin ein guter Spieler, vielleicht sogar der beste, den es gibt. Ich spüre die Ziffern sozusagen mit meinen Händen. Wenn ich wollte, könnte ich viermal, vielleicht sogar fünfmal soviel verdienen, sogar in einem Lokal der Klasse A.«

Alan runzelte die Brauen. »Und warum tun Sie's nicht? Sie könnten doch reich werden!«

»Ich *bin* ja reich, mein Sohn«, antwortete Hawkes in einem Ton, der Alan geradezu töricht erscheinen ließ. »Wenn ich zu rasch noch viel reicher werden würde, dann müßte ich damit rechnen, daß ein wütender Kunde mir entweder ein Gift verpaßt oder ein Messer in den Bauch stößt. Schau doch mal, Junge, wie lange würdest du in ein Spiellokal gehen, wenn ein einziger Spieler achtzig Prozent aus dem Topf kassiert und mehr als hundert Leute sich um die restlichen zwanzig Prozent raufen? Du würdest vielleicht nur einmal im Monat gewinnen, wenn du tagtäglich spielen wolltest. Bald wärst du pleite, wenn du nicht vorher zu spielen aufhörtest. Deshalb klemme ich mich nicht besonders dahinter. Ich lasse die anderen Spieler auch gewinnen, ungefähr die Hälfte der Spiele. Ich will auch nicht *alles* Geld, das im Topf ist, nur einen Teil. Das gehört zu den ungeschriebenen Regeln dieses Spiels.«

Alan nickte. Jetzt verstand er. »Die anderen sollen nicht allzu eifersüchtig werden. Also drehten Sie es so hin, daß Sie in der letzten halben Stunde ständig verloren. Damit denken sie auch weniger an die Gewinne, die Sie anfangs machten.«

»Genau das. Jetzt hast du's begriffen.«

Das U-Fahrzeug schoß wie eine Granate durch den dunklen Tunnel. Alan saß schweigend da und dachte über die Erfahrungen dieser Nacht nach. Jetzt wußte er, daß er noch sehr viel zu lernen hatte, ehe er das Leben auf der Erde begriff.

Hawkes hatte eine wertvolle Gabe – die des Gewinnens. Aber er nützte sie nicht aus. Er schränkte sie ein wenig ein, so daß jene Menschen, die dieses Talent nicht hatten, nicht allzu eifersüchtig wurden. Die Eifersucht schien auf der Erde sehr häufig zu sein. Die Menschen hier führten ein kurzes, wenig ansprechendes Leben, und sie ahnten nicht einmal, wie friedlich und angenehm das Leben an Bord eines Raumschiffes war.

Alan war sehr müde, doch es war keine körperliche Müdigkeit, die ihm zusetzte. Seelisch war er hellwach. Das Erdenleben war trotz all seiner Brutalität ungemein erregend, verglich man es mit der Ereignislosigkeit des Daseins an Bord. Die Müdigkeit war mehr eine Art Enttäuschung, weil er sich in wenigen Tagen auf der *Walhalla* zurückmelden mußte, und dabei gab es noch soviel Faszinierendes auf der Erde, das er erst noch entdecken mußte!

Die U-Bahn hielt an einer Station namens Hasbrouck. »Hier steigen wir aus«, erklärte Hawkes.

Auf einer Gleitrampe kamen sie nach oben. Die Straße war wie eine Felsschlucht, denn rund um sie herum türmten sich die Wolkenkratzer auf. Einige dieser riesigen Gebäude sahen im Licht der Straßenbeleuchtung ziemlich schäbig aus. Dieses Viertel schien nicht zu den vornehmsten der Stadt zu gehören.

»Das hier ist Hasbrouck«, erklärte Hawkes. »Es ist eine Wohngegend, und hier lebe ich.«

Er zeigte auf den verblichenen Glanz einer Chromtür in einem der größten und schäbigsten Gebäude der Straße. »Es ist zwar nicht elegant, aber es gibt trotzdem nichts, was sich mit *North Hasbrouck Arms* vergleichen ließe. Es ist das billigste, verwahrlosteste und schäbigste Mietshaus dieser Hemisphäre, aber ich liebe es. Für mich ist es ein Palast.«

Das Tor mußte früher einmal sehr eindrucksvoll gewesen sein; jetzt knarrte es rostig, als Hawkes und Alan den Kontaktstrahl durchbrachen. Die Halle war düster und nur spärlich beleuchtet, die Luft roch abgestanden und ein wenig moderig.

Die Schäbigkeit des Hauses traf Alan wie ein Schlag. Erst als er seine Frage schon heraussprudelte, wurde ihm deren Frechheit bewußt, aber da war es schon zu spät: »Das verstehe ich nicht, Max. Wenn Sie beim Spielen soviel Geld gewinnen, warum wohnen Sie dann in einem so verwahrlosten Haus? Es müßte doch bessere ...«

Ein Ausdruck, den Alan nicht zu deuten vermochte, flog über das Gesicht des Spielers. »Ich weiß genau, was du meinst. Wir wollen es so ausdrücken: Die Gesetze dieses Planeten sind ein wenig gegen die Angehörigen des Freien Status gerichtet. Sie verlangen von uns, daß wir in genehmigten Häusern wohnen.«

»Aber das hier ist doch praktisch ein Slum.«

»Das hier ist eines der weniger schönen Stadtviertel, und ich leugne es auch gar nicht. Aber ich habe hier zu wohnen.« Sie betraten einen alten, knarrenden Lift, und Hawkes drückte auf den Knopf 106. »Als ich damals hier einzog«, sagte er, »war ich entschlossen, mir den Weg in ein hübscheres Viertel zu erkaufen, sobald ich das Geld dazu hätte. Als ich es dann hatte, wollte ich nicht mehr umziehen.«

Ächzend hielt der Lift im 106. Stock. Dort gingen sie einen schmalen, dürftig erhellten Korridor entlang; dann blieb Hawkes vor einer Tür stehen, drückte seinen Daumen auf eine eingelassene Platte und wartete, bis die Tür aufschwang. Sein Daumenabdruck hatte ein äußerst empfindliches elektronisches Rastersystem aktiviert.

»Wir sind da«, sagte er.

Die Wohnung bestand aus drei Räumen und sah ungefähr ebenso vernachlässigt und alt aus wie die schäbigen Räume der Enklave. Aber die Möbel waren neu und sehr schön. Einem armen Mann gehörte diese Wohnung nicht. Ein sehr kostbares Audiosystem nahm eine ganze Wand ein. Überall sah Alan Bücher jeder Art. Tonbänder, eine kleine Kugel mit Lichtreliefen, in deren Kristallkern abstrakte Farben kaleidoskopartig ineinanderflossen; in einer Ecke gab es sogar eine elegante Robotbar.

Hawkes bedeutete Alan, er solle sich setzen. Alan wählte einen grünen Liegestuhl mit Sprungfedern und streckte sich aus. Schlafen wollte er eigentlich nicht; er hätte sich am liebsten die ganze Nacht hindurch unterhalten.

Der Spieler kam mit zwei Drinks von der Bar zurück. Alan musterte das Glas. Die Flüssigkeit war hellgelb und perlte. Er nippte daran. Der Geschmack war zart, doch sehr erstaunlich, denn er schien eine Mischung aus zwei oder drei verschiedenen Geschmacks- und Duftrichtungen zu sein, die Alans Zunge verwirrten.

»Das schmeckt köstlich«, stellte er fest. »Was ist das?«

»Wein von Antares XIII. Vor einem Jahr kaufte ich etliche Flaschen, das Stück für hundert Kredits. Ich habe noch drei Flaschen davon. Das nächste Schiff von Antares XIII ist erst in vierzehn Jahren zu erwarten, und da gehe ich nun mit meinem Vorrat ziemlich sparsam um.«

Der Drink stimmte Alan friedlich und entspannte ihn. Sie unterhielten sich eine ganze Weile, und Alan bemerkte kaum, daß es schon drei Uhr früh war und daß er die Schlafenszeit auf dem Schiff längst überschritten hatte. Es war ihm auch gleichgültig. Er sog begierig jedes von Hawkes' Worten in sich hinein, nippte an seinem Glas und fühlte sich glücklich und zufrieden.

Hawkes war ein vielseitiger, ja schillernder Charakter; er schien die ganze Erde bereist und alles versucht zu haben, was die Erde bot. Er rühmte sich seiner Erlebnisse nicht, er berichtete sie nur.

Sein Einkommen aus dem Spiel schien zu schwanken; durchschnittlich mußte er auf tausend Kredits pro Abend kommen – genau gesagt, pro Abend jahraus, jahrein. Aber der Erfolg schien ihn allmählich zu langweilen. Er hatte keine Ziele, nach denen er streben konnte. Er stand in seinem Beruf ganz oben, und für ihn gab es keine neuen Welten mehr zu erobern. Er hatte alles gesehen und alles getan, und damit war er unzufrieden.

»Ich wäre ganz gerne einmal in den Raum gegangen«, sagte er. »Aber natürlich ist das ausgeschlossen. Ich brächte es nicht fertig, mich für immer von meinem eigenen Jahrhundert loszureißen. Du ahnst nicht einmal, was ich dafür geben würde, die Sonnen über Albireo V aufgehen zu sehen, oder die tausend Monde von Kapella XVI zu beobachten. Aber ich bringe es nicht fertig.« Er schüttelte ernst den Kopf. »Nun, ich glaube, es ist viel besser, nicht zu träumen. Ich liebe die Erde, und ich liebe das Leben, so wie ich es führe. Und ich bin froh, daß du mir in die Hände gelaufen bist. Wir werden ein gutes Gespann abgeben – du und ich, Donnell.«

Alan war von Hawkes' Stimme fast eingeschläfert gewesen, aber diese Worte rissen ihn nun aus seinen Träumen. »Gespann? Wovon reden Sie eigentlich?«

»Ich nehme dich als meinen Schützling an, mache aus dir einen anständigen Spieler, statte dich aus. Wir können auf Reisen gehen, die Welt sehen. Du warst im Raum und kannst mir erzählen, wie es dort ist. Und ...«

»Moment mal«, unterbrach ihn Alan scharf. »Sie haben, glaube ich, die Dinge ein bißchen durcheinandergebracht. Ich werde nämlich mit der *Walhalla* am Ende dieser Woche zum Prokyon reisen. Ich bin Ihnen unendlich dankbar für alles, was Sie für mich getan haben, aber ich denke nicht daran, mein Schiff für dauernd zu verlassen und den Rest meines Lebens ...«

»Du bleibst schon auf der Erde«, meinte Hawkes bestimmt. »Du hast dich in sie verliebt. Du weißt selbst ganz genau, daß du nicht im Traum daran denkst, die nächsten sieben Dekaden deines Lebens im Raumschiff deines alten Herrn zu verbringen. Du wirst abheuern. Ich weiß es, daß du hierbleibst.«

»Aber ich will nicht!«

»Ich wette, daß du's tust. Zehn zu eins. Tausend Kredits gegen hundert, daß du bleiben wirst. Ist das in Ordnung?«

Alan runzelte zornig die Brauen. »Ich will nicht mit Ihnen wetten, Max. Ich gehe zurück auf die *Walhalla* und ...«

»Na, so nimm doch das Geld hier, wenn du so sicher bist!«

»Gut. Ich nehme die Wette an. Es wird mir nicht schaden, tausend Kredits zu verdienen.« Plötzlich hatte er keinen Wunsch mehr, Hawkes zuzuhören. Er stand auf und trank sein Glas leer. »Ich bin müde. Wir sollten schlafen gehen.«

»Das ist vernünftig«, antwortete Hawkes. Er stand ebenfalls auf, drückte auf einen Knopf an der Wand, eine Wandverkleidung schob sich zurück, und ein Bett kam zum Vorschein. »Hier ist dein Strohsack. Ich wecke dich auf, und dann suchen wir deinen Bruder Steve.«

## 10

Am nächsten Morgen wachte Alan ziemlich früh auf, doch es war Rat und nicht Hawkes gewesen, der ihn geweckt hatte. Das kleine Wesen knabberte an seinem Ohr.

Noch recht verschlafen setzte sich Alan auf und blinzelte. »Ah, du bist es. Ich dachte schon, du würdest nicht mehr mit mir reden.«

»Ich hatte nichts zu sagen, deshalb schwieg ich. Aber jetzt will ich etwas sagen, ehe dein neuer Freund aufwacht.«

Rat hatte den ganzen vorhergehenden Abend hindurch schweigend auf Alans Schulter gesessen und beobachtet. »Na, dann sag doch endlich, was du zu sagen hast«, forderte Alan ihn auf.

»Ich mag diesen Hawkes nicht. Wenn du bei ihm bleibst, wirst du einigen Ärger erleben.«

»Er wird mich zum *Atlas* bringen und mir helfen, Steve zu suchen.«

»Du kannst allein auch zum *Atlas* gehen. Er hat dir alle Hilfe gegeben, die du brauchtest.«

Alan schüttelte den Kopf. »Ich bin doch kein Kind, Rat. Ich kann auf mich selbst aufpassen, auch ohne deine Hilfe.«

Der kleine Kerl produzierte so etwas wie ein Achselzucken.

»Wie es dir lieber ist. Aber ich sage dir eines, Alan: Ich gehe auf jeden Fall zur *Walhalla* zurück, ob du nun mit zurückkehrst oder nicht. Mir gefällt die Erde nicht, Hawkes noch weniger. Denk daran.«

»Wer behauptet denn, ich wolle hier bleiben? Hast du das gehört von der Wette?«

»Natürlich habe ich es gehört. Du wirst diese Wette verlieren. Dieser Hawkes wird dich so lange beschwatzen, bis du hier bleibst. Wenn ich Geld nötig hätte, dann würde ich auch mit dir wetten – auf Hawkes' Seite natürlich.«

Alan lachte. »Du meinst also, du kennst mich besser, als ich mich selbst kenne? Ich habe nicht eine Sekunde daran gedacht, nicht aufs Schiff zurückzukehren.«

»War mein Rat jemals schlecht, Alan? Ich bin älter als du und zehn- oder zwanzigmal klüger. Ich weiß, was du ansteuerst. Und ...«

Alan wurde plötzlich böse. »Du bist schlimmer als ein altes Weib, Rat! Immer diese Nörgelei! Warum hältst du nicht den Mund, wie du es die ganze letzte Nacht getan hast? Warum läßt du mich nicht endlich in Ruhe? Ich weiß genau, was ich tue, und wenn ich deinen Rat will, dann frage ich dich schon danach.«

»Wie du meinst«, entgegnete Rat. Es klang ziemlich vorwurfsvoll. Alan schämte sich ein wenig, weil er den kleinen Kerl so angefaucht hatte, aber er wußte nicht recht, wie er sich entschuldigen sollte. Außerdem war er wirklich wütend, weil Rat so salbungsvoll predigte. Vielleicht waren sie schon zu lange beisammen. Der kleine Kerl schien zu glauben, er habe noch immer einen zehnjährigen Jungen vor sich, der ständig einen Rat brauchte.

Er drehte sich um und schlief wieder ein. Etwa eine Stunde später wurde er wieder geweckt, diesmal von Hawkes. Er zog sich an, und dann aßen sie – gute, echte Nahrung, die von Hawkes' Autoservo serviert wurde. Anschließend machten sie sich zum *Atlas* auf, das sich in der Oberstadt von York City, an der 68. Avenue und 423. Straße befand. Es war fast halb zwei, als sie die Straße betraten. Hawkes versicherte Alan, Steve sei bestimmt schon an der »Arbeit«. Die meisten nicht sehr erfolgreichen Spieler begännen ihre Runden schon in den frühen Nachmittagsstunden.

Sie fuhren mit der U-Bahn zum Stadtzentrum und gingen zu Fuß weiter zur Oberstadt. Sie schritten rasch aus und hatten bald die menschenwimmelnden schmalen Straßen hinter sich, die zur 68. Avenue führten.

Schon eine Straße vorher sah Alan das in roten Buchstaben blinkende Zeichen: ATLAS SPIELSALON. Darunter war in kleinen Buchstaben vermerkt: *Klasse C*. Damit war es allen mittelmäßigen bis schlechten Spielern erlaubt, sich dieser Einrichtung zu bedienen.

Erregung packte Alan. Darum war er aus der Enklave in die Terranerstadt gekommen – um Steve zu finden. Seit Wochen hatte er sich vorgestellt, wie und unter welchen Umständen dieses Zusammentreffen erfolgen könnte. Und jetzt sollte es stattfinden.

Das *Atlas* sah ähnlich aus wie der Spielsalon, in dem er mit Hawkes gewesen war, ebenso wie jener, vor dem er den Zusammenstoß mit dem Robotschlepper gehabt hatte. Ein Roboter stand auch hier vor der Tür und drängte die Passanten, doch hineinzugehen und ihr Glück zu versuchen. Alan befeuchtete seine trockenen Lippen. Er fühlte sich wie taub und ausgehöhlt. Er hatte Angst, Steve werde nicht da sein.

Hawkes nahm ein Bündel Banknoten aus seiner Brieftasche. »Hier sind zweihundert Kredits für dich; du spielst damit, während du dich umsiehst. Ich muß draußen auf dich warten. Setzte ein A-Mann je seinen Fuß in ein C-Lokal, gäbe es einen Aufruhr.«

Alan verzog das Gesicht zu einem nervösen Lächeln. Er war froh, daß Hawkes ihn nicht begleiten konnte. Er wollte mit diesem Problem allein fertig werden, und er legte nicht den geringsten Wert darauf, daß der Spieler das Wiedersehen mit Steve beobachtete.

Falls Steve dort drinnen ist ..., dachte er.

Er nickte kurz und ging zur Tür. Der Roboter schnatterte ihm entgegen: »Kommen Sie herein, Sir, treten Sie ein! Fünf Kredits können Ihnen hier hundert gewinnen! Treten Sie ein, Sir, geradeaus, bitte, Sir!«

»Ich komme ja schon«, antwortete Alan, durchschritt den Kontaktstrahl und betrat das Spiellokal. Ein anderer Roboter kam auf ihn zugeglitten und prüfte seine Gesichtszüge.

»Das ist ein Unternehmen der Klasse C, Sir. Wenn Ihre Karte

höher ist als Klasse C, können Sie hier nicht spielen. Wollen Sie mir bitte Ihre Karte zeigen, Sir?«

»Ich habe keine Karte. Ich bin ein noch unklassifizierter Anfänger.« Das war das, was Hawkes ihm zu sagen befohlen hatte. »Ich hätte gerne einen Einzeltisch, bitte.«

Der Roboter führte ihn zu einem Tisch links vom Podium des Croupiers. Das *Atlas* war um einiges schäbiger als der Spielsalon, in dem er am Abend vorher gewesen war. Die Wandtafeln flackerten und warfen verzerrte Schatten. Eben lief eine Runde. Köpfe beugten sich in Konzentration über die Spielbretter, geschäftige Finger änderten die gesetzten Ziffern, und die bunten Lichter flirrten und zuckten.

Alan ließ eine Münze zu fünf Kredits in den Schlitz gleiten und wartete auf den Beginn der nächsten Runde. Inzwischen sah er sich um. Es war nicht einfach, in diesem Halbdunkel Gesichter zu erkennen. Sicher würde es nicht gerade leicht sein, Steve zu finden.

Ein würziger Geruch hing in der Halle; er war süß und durchdringend, aber irgendwie unangenehm. Diesen Geruch kannte er doch. Ja, sicher; vergangene Nacht hatte er in dem anderen Spielsalon einmal diesen Geruch aufgenommen, eigentlich nur eine Andeutung davon, und Hawkes hatte ihm gesagt, das sei eine narkotische Zigarette. Hier, in der abgestandenen Luft des Salons der Klasse C hing er dick und in schweren Schwaden.

Die Spieler starrten voll fanatischer Intensität auf die rasenden Lichtmuster auf ihren Brettern. Alan sah von einem zum anderen. Ein Glatzkopf, dessen kahler Schädel durch die Dämmerung schimmerte, verkrampfte in seiner Unentschlossenheit die Hände. Ein magerer, traumäugiger junger Mann klammerte sich an die Kante des Spieltisches, als die Nummern in einer Spirale stiegen. Eine fette Frau hockte verzweifelt vor dem Brett, weil sie das komplizierte Spiel nicht begriff.

Das, was hinter diesen Leuten war, konnte er nicht mehr sehen. Jenseits des Podiums zeichneten sich noch undeutlich etliche Gestalten ab, und Steve konnte durchaus dort drüben sein. Es war aber streng verboten, im Saal herumzugehen und nach einem bestimmten Spieler Ausschau zu halten.

Der Gong, der die Runde abschloß, ertönte. »Nummer 322 gewinnt hundert Kredits«, rief der Croupier.

Der Mann vom Tisch 322 schlurfte zum Podium, um sein

Geld abzuholen. Er schlurfte wirklich, und sein ganzer Körper zitterte wie bei einer Schüttellähmung. Hawkes hatte ihn davor gewarnt; das waren Süchtige, die ein Traumpulver schnupften. In den letzten Stadien ihrer Sucht glichen sie kaum mehr Menschen und konnten fast nicht mehr gehen. Der Mann nahm sein Geld in Empfang und schlurfte zu seinem Tisch zurück, ohne zu lächeln. Alan schüttelte sich und sah weg. Die Erde war doch wirklich keine sehr schöne Welt. Wenn man Geld hatte, konnte man sich das Leben schön gestalten, so wie Hawkes zum Beispiel. Aber für jeden Hawkes gab es weiß Gott wie viele andere, die erfolglos gegen den Strom schwammen und vor Enttäuschung dem Traumpulver verfielen.

Steve. Er sah die Reihen entlang, um Steve zu finden.

Und dann wurde der Spieltisch wieder hell; Alan begann zum erstenmal zu spielen.

Er setzte ein Versuchsmuster; goldene Lichtpfeile schossen über den Tisch und mischten sich mit roten und blauen Blinkern. Dann kam die erste Nummer. Alan baute sie hastig ein und stellte fest, daß er ein völlig wertloses Muster gesetzt hatte. Er löschte seinen Spieltisch und setzte ganz neue Ziffern, ausgehend von der eben ausgerufenen Zahl. Er wußte jetzt schon, daß er den anderen gegenüber hoffnungslos im Rückstand war.

Aber er hielt sich dran. Schweißtropfen fielen ihm von der Stirn in den Nacken. Er hatte nicht Hawkes' leichte Hand und sein Selbstvertrauen. Für einen Anfänger war ein solches Spiel Schwerarbeit. Später einmal würde er dies und das vielleicht automatisch tun, aber jetzt ...

»Achtundsiebzig sub zwölf über dreizehn«, dröhnte die Stimme des Croupiers, und Alan drückte Tasten und drehte den Auslöserhebel, um sein Muster zu ändern. Er verstand nun, welche Anziehungskraft dieses Spiel für die Erdmenschen haben mußte; man mußte sich so scharf konzentrieren und so sehr aufpassen, daß man sich daneben nicht mit anderen Problemen beschäftigen konnte. In diesem Spiel konnte man den unerfreulichen Realitäten einer irdischen Existenz entrinnen.

»Sechshundertzwölf Sigma fünf.«

Wieder änderte Alan sein Muster. Seine Nerven waren zum Zerreißen gespannt. Er fühlte, daß er dem Sieg nahe war. Er vergaß völlig, weshalb er gekommen war. Steve war vergessen. Nur das Spiel zählte noch, nur das lichtzuckende Spielbrett.

Weitere fünf Nummern wurden aufgerufen. Plötzlich schlug der Gong an, der besagte, daß einer der Spieler das Gewinnmuster hatte, und Alan war, als falle nun das Beil eines Henkers auf seinen Kopf. Er hatte verloren.

Der Gewinner war ein träumerischer Junge am Tisch 166, der wortlos seinen Gewinn einstrich und wieder an den Tisch zurückkehrte. Als Alan eine weitere Münze für die nächste Runde in den Schlitz schob, wurde ihm klar, was er tat.

Der Nervenkitzel des Spiels hielt ihn schon gefangen.

Er lehnte sich zurück, streckte die Beine aus und versuchte soweit wie möglich das Halbdunkel zu durchdringen. Keine Spur von Steve. Er mußte also an der anderen Seite des Croupiers sitzen. Alan beschloß, sich auf einen Gewinn zu konzentrieren; auf die Art konnte er zum Podium gehen und die andere Hälfte der Halle überblicken.

Aber das Spiel ging zu schnell vorüber. Bei der elften Zahl unterlief ihm ein Fehler, und betrübt beobachtete er, wie sich sein Muster immer mehr von den aufgerufenen Nummern unterschied. Er konzentrierte sich verzweifelt auf das Spiel, aber seine Änderungen verbesserten nichts – im Gegenteil. Gewinner war der Mann am Tisch 217, auf der anderen Seite des Croupiers. Er war ein junger, breitschultriger Riese mit der Figur eines Hafenarbeiters, und er lachte vergnügt, als er sein Geld einstrich.

Drei weitere Runden gingen vorüber. Allmählich wurde Alan geschickter, gewann aber nichts. Er sah voraus, daß er mit Verlust spielen würde, war aber nicht in der Lage, soweit vorauszudenken, daß er die nächsten Ziffern schon ahnte. Hawkes hatte die Fähigkeit, mögliche Zahlengruppen schon zwei oder drei Züge vorauszuahnen und sie in sein Muster einzubeziehen. Alan konnte nur mit dem arbeiten, was gegeben war, und so gelang es ihm nicht, schnell jene Reihe von Vermutungen anzustellen, die schließlich zum Sieg führen mußten. Er war nun fast schon eine Stunde im Salon und hatte noch nichts gewonnen.

Die nächste Runde gewann Tisch 111 mit hundertfünfzig Kredits. Alan lehnte sich zurück und wartete auf den glücklichen Gewinner, bis er sein Geld kassiert und wieder an seinen Tisch zurückgekehrt war.

Der Gewinner stand nun vor dem Podium, das besser beleuchtet war als der übrige Saal. Alan sah ihn an. Er war groß und noch ziemlich jung – dreißig vielleicht, hielt die Schultern etwas gebeugt, und seine Augen hatten einen trüben, etwas starren Glanz. Er sah bekannt aus, irgendwie vertraut.

Steve.

Alan empfand keine Erregung darüber, daß er sein Ziel erreicht hatte. Er glitt aus seinem Sitz, ging um das Croupierspodium herum und zur anderen Seite der Halle. Steve hatte bereits seinen Platz am Tisch 111 wieder eingenommen. Als der Gong den Beginn der nächsten Runde ankündigte, stand Alan hinter seinem Bruder.

Steve hockte gebeugt über seinem Spieltisch und rechnete in nahezu wütender Verbissenheit. Alan klopfte ihm auf die Schulter.

»Steve?«

Aber Steve sah nicht einmal auf. »Verschwinden Sie!« rief er ärgerlich. »Mir ist egal, wer Sie sind, aber verschwinden Sie! Sehen Sie denn nicht, daß ich beschäftigt bin?«

»Steve, ich ...«

Ein Roboter glitt an Alan heran und packte ihn fest am Arm. »Es ist verboten, die Spieler während des Spiels zu stören. Wir werden Sie aus diesem Salon hinausweisen müssen«, sagte er.

Wütend entriß sich Alan dem Griff des Roboters und beugte sich über Steve. Er schüttelte ihn kräftiger an der Schulter und versuchte, ihn von diesem flimmernden Spieltisch loszureißen.

»Steve! Sieh doch wenigstens einmal auf! Ich bin's, Alan, dein Bruder!«

Steve schlug nach Alans Hand, als wehre er eine lästige Fliege ab. Alan sah, daß weitere Roboter aus anderen Saalecken heranglitten. In einer Minute würden sie ihn auf die Straße gesetzt haben.

»Erinnerst du dich denn nicht an mich, Steve? Dein Bruder Alan ist hier.« Wieder rüttelte er Steve an der Schulter, und diesmal drehte er ihn mit seinem Sitz zu sich herum. Steve fluchte; doch dann schwieg er verwirrt.

»Erinnerst du dich, Steve? Ich bin Alan, dein Bruder.«

Steve hatte sich sehr verändert. Sein Haar war nicht mehr dicht und lockig; es schien glatter und dunkler geworden zu sein. Seine Stirn war faltig, und um seine tief eingesunkenen Augen lag ein Netz von Fältchen. Auch ein wenig zu dick war er geworden. Und er sah unendlich müde aus. Alan war, als sehe er in einen dieser Zerrspiegel, die ein Gesicht bis zur Unkenntlichkeit zu verändern vermögen; die meisten wirken komisch. An Steves Erscheinung war aber nichts Komisches.

»Alan?« flüsterte er heiser.

»Ja, ich bin Alan.« Er fühlte den harten Griff des Roboters, wehrte ihn erbittert ab und sah, daß Steve etwas zu sagen versuchte, aber kein Wort herausbrachte. Er war leichenblaß.

»Laß ihn los!« befahl Steve nach einer Weile. »Er ... er hat mich nicht gestört.«

»Er muß hinausgeworfen werden. Es ist Vorschrift.«

Über Steves Gesicht flog ein Schatten. »Gut. Wir gehen beide.«

Der Roboter ließ Alan los, und dieser rieb sich den Arm. Nebeneinander gingen sie zwischen den Tischen durch und verließen das Lokal.

Hawkes stand da und wartete. »Ah, du hast ihn also gefunden. Lange genug gebraucht hast du ja.«

»M-Max, das hier ist mein B-Bruder, Steve Donnell«, stotterte Alan vor Erregung. »Steve, das ist ein Freund von mir. Max Hawkes.«

»Du brauchst mir nicht zu erklären, wer er ist«, antwortete Steve. Seine Stimme war tiefer, als er sie in Erinnerung hatte. »Jeder Spieler kennt Hawkes. Er ist der beste, den es gibt.« Im warmen Tageslicht sah Steve wesentlich älter aus, als ein Sechsundzwanzigjähriger aussehen durfte. Alan erschien er als ein Mann, den das rauhe Leben herumgestoßen hatte, der trotzdem nicht aufgab, obwohl er wußte, daß er auch für die Zukunft wenig Chancen hatte.

Und beschämt sah er drein. Das alte Feuer war nicht mehr in seinen Augen. »Gut, Alan«, sagte Steve leise. »Du hast mich also gefunden. Beschimpfe mich, wie du Lust hast, aber dann laß mich meiner Wege gehen. Es geht mir nicht so gut wie deinem Freund Hawkes, und ich muß schnellstens sehen, zu viel Geld zu kommen.«

»Ich bin nicht gekommen, um dich zu beschimpfen, Steve«, erklärte Alan bestimmt. »Gehen wir doch irgendwohin, wo wir in Ruhe reden können. Es gibt vieles, worüber wir uns unterhalten müssen.«

# 11

Drei Häuser vom Spielsalon entfernt gab es eine kleine, altmodische Kneipe mit Türen, die man mit der Hand aufmachen mußte, und einem ausgestopften Elchkopf über der Theke. Alan und Hawkes setzten sich nebeneinander an den kleinen Tisch in einer Nische, und Steve nahm dann ihnen gegenüber Platz.

Hier gab es auch noch einen richtigen Kellner, keinen Bedienungsroboter, und der Kellner war ein alter Mann mit müdem Gesicht, der ihre Bestellung notierte. Hawkes wollte Bier haben, Steve Whisky. Alan lehnte ab.

Er konnte nur immer in das veränderte Gesicht seines Bruders starren. Steve war sechsundzwanzig. Von Alans Standpunkt des Siebzehnjährigen aus war er ein alter Mann und hatte die Blüte des Lebens schon hinter sich.

»Die *Walhalla* ist vor ein paar Tagen wieder zur Erde gekommen«, sagte Alan. »In einigen Tagen legen wir ab zum Prokyon.«

»So?«

»Der Captain würde dich gerne wiedersehen, Steve.«

Steve starrte düster in sein Glas und schwieg lange. Alan ließ keinen Blick von ihm. Für ihn waren kaum zwei Monate vergangen, seit Steve das Schiff verlassen hatte; er wußte noch ganz genau, wie sein Zwillingsbruder damals ausgesehen hatte. Damals war in Steves Augen ein leidenschaftlicher Ausdruck gewesen, hatte ein rebellisches Feuer gebrannt; das war jetzt nicht mehr da. Vielleicht war es seit langem ausgebrannt. Nun sah Alan in den Augen seines Bruders die winzigen roten Äderchen, die von einem schweren Leben kündeten.

»Sagst du die Wahrheit?« fragte Steve. »Will er mich wirklich gerne wiedersehen, oder wäre es ihm lieber, ich wäre nie geboren?«

»Nein.«

»Was nein? Ich kenne Vater ziemlich gut, wenn ich ihn jetzt auch seit neun Jahren nicht mehr gesehen habe. Er wird mir nie verzeihen, daß ich vom Schiff desertiert bin. Alan, ich will nicht auf die *Walhalla* gehen, um ihn zu besuchen.«

»Wer hat etwas von einem Besuch gesagt?«

»Wovon hast du dann geredet?«

»Ich sprach davon, du solltest in die Mannschaft zurückkehren«, erklärte Alan ruhig.

Diese Worte schienen Steve wie ein Schlag zu treffen. Er zuckte zusammen und goß seinen Drink in sich hinein. Endlich sah er wieder Alan an.

»Ich kann nicht. Es ist einfach unmöglich. Wirklich unmöglich.«

»Aber ...«

Hawkes versetzte Alan unter dem Tisch einen heftigen Fußtritt. Er begriff und wechselte das Thema. Man konnte später noch mal darüber sprechen.

»Okay. Warum erzählst du mir nichts davon, was du in diesen neun Jahren auf der Erde getan hast?«

Steve lachte höhnisch. »Es gibt nicht viel zu erzählen, und was ich erzählen könnte, wäre eine langweilige Geschichte. Ich verließ die Enklave und ging über die Brücke, als die *Walhalla* das letztemal in der Stadt war, und ich kam nach York City in der Absicht, die Stadt zu erobern, reich und berühmt zu werden und ein glückliches Leben zu führen. Fünf Minuten nachdem ich meinen Fuß in die Terranerstadt gesetzt hatte, war ich von einer Bande räuberischer Kinder zusammengeschlagen und ausgeplündert worden. Du mußt doch zugeben, das war ein feiner Start.«

Er winkte dem Kellner und bestellte einen weiteren Drink. »Ich glaube, ich bin dann zwei Wochen lang wie betäubt in der Stadt herumgeirrt, bis mich die Polizei erwischte und wegen Landstreicherei aufgriff. Um die Zeit war die *Walhalla* schon längst auf dem Weg nach Alpha C, und ich hätte mir gewünscht, auf dem Schiff zu sein! Nacht für Nacht habe ich seither davon geträumt, ich sei wieder auf die *Walhalla* zurückgekehrt. Wenn ich dann aufwachte, sah ich immer, daß es nur ein Traum gewesen war.

Die Polizei unterwarf mich einer Erziehung mit Gummiknüppel und schmerzhaften Strahlen, um mich auf das irdische Leben vorzubereiten. Als sie damit fertig waren, wußte ich alles über Arbeitskarten und Freien Status. Ich hatte keinen schäbigen Nickel mehr. Also mußte ich weiter herumstromern. Dann bekam ich dieses Leben satt und versuchte Arbeit zu finden. Natürlich konnte ich mich in keine der Gilden einkaufen, denn ich hatte ja kein Geld. Die Erde hat selbst mehr als genug Menschen und kein Interesse daran, einen jungen Raumfahrer zu beschäftigen, der von seinem Schiff desertiert ist.

Fast wäre ich verhungert. Aber das paßte mir auch nicht. Ungefähr ein Jahr nachdem ich das Schiff verlassen hatte, borgte ich mir tausend Kredits von einem, der verrückt genug war, sie mir zu leihen, und begann damals, mich als professioneller Spieler des Freien Status durchzuschlagen. Etwas anderes blieb mir ja nicht übrig.«

»Und hattest du Erfolg?«

»Soviel Erfolg, daß ich nach sechs Monaten fünfzehnhundert Kredits schuldig war. Dann hatte ich ein bißchen Glück und gewann in einem einzigen Monat dreitausend Kredits. Ich rückte in Klasse B auf.« Steve lachte bitter. »Oh, das war schön. Zwei Monate später hatte ich nicht nur meine dreitausend verloren, sondern hatte auch noch zweitausend Schulden. Und seither ist es mir immer so gegangen. Ich borge mir etwas, gewinne eine Kleinigkeit, zahle meine Schulden dann zurück, oder ich verliere das Geborgte noch, borge von einem anderen, gewinne ein bißchen, verliere wieder, und so geht es – immer rundherum. Ein großartiges Leben, was Alan? Und noch immer träume ich ein- oder zweimal in der Woche von der *Walhalla*.«

Steves Stimme war schwer und traurig. Alan tat das Herz weh. Den temperamentgeladenen, energischen Steve, den er gekannt hatte, mochte es irgendwo tief innen vielleicht noch geben, aber von außen waren nur die tiefen Narben von neun schweren Erdjahren zu erkennen.

Neun Jahre. Das war eine Kluft, eine riesige Kluft.

Alan hielt den Atem an. »Wenn du die Möglichkeit hättest, wieder in die Mannschaft zurückzukehren, ohne daß man dir deine Flucht verübelt – würdest du es dann wirklich tun?«

Für einen Moment brach ein Strahlen in Steves Augen auf. »Natürlich würde ich es tun, aber ...«

»Was aber?«

»Ich habe siebentausend Kredits Schulden«, sagte Steve. »Und es wird immer schlimmer. Das, was ich heute gewonnen habe, war der erste Gewinn seit drei Tagen. Neun Jahre, und ich bin immer noch in Klasse C. Wir können nicht alle so gut sein wie Hawkes. Ich bin und bleibe ein lausiger Spieler, aber welchen Beruf kann ich in einer so übervölkerten und feindlichen Welt schon ergreifen?«

Siebentausend, überlegte Alan. Für Hawkes waren es die Gewinne einer einzigen Woche, aber Steve würde wahrscheinlich bis zum Ende seines Lebens tief in Schulden stecken.

»Wem sind Sie dieses Geld schuldig?« fragte Hawkes plötzlich.

Steve sah ihn an. »Dem Bryson-Syndikat, zum größten Teil wenigstens. Und Lorne Hollis. Die Brysonleute passen gut auf mich auf. Drei Nischen weiter sitzt einer von ihnen. Würden sie mich in der Nähe des Raumhafens sehen, dann könnte ich mit Sicherheit damit rechnen, daß sie mich aufhalten und nach ihrem Geld fragen. Die Brysonleute lassen sich nicht abschütteln.«

»Und was wäre, wenn Ihre Schulden gelöscht werden könnten?« erkundigte sich Hawkes gespannt.

Steve schüttelte den Kopf. »Nein. Ich will keine Wohltaten. Ich weiß, daß Sie Klasse A sind und siebentausend Kredits im Handumdrehen verdienen, aber ich werde es nicht annehmen. Lassen Sie das, Hawkes. Ich bin hier auf der Erde festgenagelt, und ich muß mich damit abfinden.«

»Sei doch vernünftig«, drängte Alan. »Hawkes wird sich um das Geld kümmern, das du schuldest. Und Vater wird unendlich glücklich sein, wenn du wieder auf das Schiff zurückkehrst...«

»Den Teufel wird er! Und ich soll zurückkommen, zerlumpt, abgekämpft und geschlagen, wie ich bin? Ein alter Mann von sechsundzwanzig Jahren! Nein. Der Captain hat vor neun Jahren meinen Namen von der Liste gestrichen, und ich habe auf dem Schiff nichts mehr zu suchen.«

»Steve, da bist du schief gewickelt! Er hat mich doch in die Terranerstadt geschickt, um dich zu suchen! Er hat dir vergeben.« Das war natürlich eine glatte Lüge, aber Alan war jedes Mittel recht. »Jeder wird sich freuen, dich wieder an Bord zu haben.«

Steve saß lange da, unbeweglich, schweigsam, unentschlossen, finster. Dann schüttelte er den Kopf. »Nein. Vielen Dank euch beiden, aber ich will keine Wohltaten. Behalten Sie Ihre siebentausend, Hawkes. Und du, Alan, kehrst zum Schiff zurück und vergißt, daß es mich gegeben hat. Ich verdiene keine zweite Chance.«

»Du hast nicht recht!« protestierte Alan, aber wieder versetzte ihm Hawkes einen Tritt gegen das Schienbein. Also hielt er den Mund. Er musterte den Spieler neugierig.

»Nun, damit wäre diese Angelegenheit ja entschieden«, meinte Hawkes. »Wenn er zu bleiben wünscht, kann ihn niemand zwingen, zu gehen.«

Steve nickte. »Ich muß auf der Erde bleiben. Und jetzt gehe ich wohl besser zum Spielsalon zurück, denn ich darf keine Zeit verlieren. Das geht nicht, wenn man siebentausend Kredits schuldig ist.«

»Natürlich. Aber für einen Drink ist doch noch Zeit? Vielleicht mögen Sie mein Geld nicht, aber einen Drink nehmen Sie doch an, oder?«

Steve grinste. »Das ist klar.«

Er wollte eben dem Kellner winken, aber Hawkes wehrte ab. »Er ist ein alter, müder Mann. Ich gehe selbst zur Bar und hole die Drinks.« Ehe Steve noch protestieren konnte, war Hawkes aus der Nische geschlüpft und auf dem Weg zur Theke.

Alan saß seinem Bruder gegenüber. Sein Herz war schwer vor Mitleid. Steve hatte ein schweres Leben gehabt. Die Freiheit, nach der er sich auf dem Schiff gesehnt hatte, mußte er teuer bezahlen. Und war es wirklich Freiheit, auf einem dreckigen, kleinen Planeten in einem überfüllten Spielsalon zu sitzen und darum zu kämpfen, endlich einmal seine Schulden loszuwerden?

Aber was sollte er noch zu Steve sagen? Er hatte es versucht, aber es war ihm mißlungen. Steve wollte auf der Erde bleiben. Das war aber falsch. Steve verdiente eine zweite Chance. Sicher, es war ein Fehler gewesen, vom Schiff zu desertieren, aber das war noch lange kein Grund, bei diesem Fehler zu beharren. Er konnte auf sein altes Schiff zurückkehren – erfahrener und klüger. Aber wenn er sich weigerte ...

Hawkes kam mit zwei Drinks zurück; das Bier war für ihn, der Whisky für Steve. Er stellte die Gläser auf den Tisch. »Nun, dann prost! Auf die Hoffnung, daß Sie Glück haben und Klasse A werden«, sagte Hawkes.

»Vielen Dank«, antwortete Steve und trank das Glas leer. Seine Augen wurden plötzlich ganz groß. Er setzte zum Sprechen an, bekam aber kein Wort heraus. Er fiel auf seinen Sitz zurück, und sein Kinn schlug auf den Tisch.

Alan sah Hawkes bestürzt an. »Was ist denn los? Warum wurde er ohnmächtig?«

Hawkes lachte verschmitzt. »Ein altes Mittel. Zwei Tropfen eines synthetischen Enzyms in seinem Drink; geschmacklos, aber ungeheuer wirksam. Er wird mindestens zehn Stunden schlafen, wenn nicht mehr.«

»Wie haben Sie das gemacht?«

»Ich sagte dem Kellner, es sei für einen guten Zweck, und er glaubte mir. Du wartest jetzt hier. Ich möchte mit den Brysonleuten über die Schulden deines Bruders sprechen, mit dem dort drüben. Dann bringen wir ihn zum Raumhafen hinaus und laden ihn auf der *Walhalla* ab, bevor er aufwacht.«

Alan grinste. Natürlich mußte er sich für Steve irgendeine Erklärung ausdenken, aber bis dahin war es sowieso zu spät, denn dann war das Schiff schon unterwegs zum Prokyon. Klar, es war ein schmutziger Trick, aber in diesem Fall war seine Anwendung berechtigt.

Alan legte seine Arme um die Schultern seines Bruders und hob ihn vorsichtig vom Stuhl hoch. Steve war überraschend leicht, obwohl er doch eigentlich zu dick war. Muskeln schienen schwerer zu wiegen als Speck. Es fiel ihm jedenfalls nicht schwer, seinen Bruder zur Tür zu schleppen. Als er am Kellner vorbeikam, lächelte der alte Mann ihn an. Was mochte Hawkes ihm erzählt haben?

In diesem Augenblick war Hawkes drei Nischen weiter in eine Unterhaltung vertieft. Er flüsterte mit einem dunkelgesichtigen Mann in einem enganliegenden Anzug. Sie mußten zu einer Absprache gekommen sein, denn Hawkes schüttelte dem anderen die Hand. Dann verließ Hawkes die Nische und schlang einen von Steves Armen um seine Schultern, damit Alan es leichter hatte.

»Wir können mit der U-Bahn zum Carhill Boulevard und zur Brücke kommen«, sagte Hawkes. »Dort gibt es dann Fahrzeuge, die uns zur Enklave bringen und von dort zum Raumhafen.«

Sie brauchten fast eine Stunde für die Fahrt. Steve saß zwischen Alan und Hawkes und wurde von ihnen festgehalten. Ab und zu rollte sein Kopf auf die eine oder andere Seite, und er schien sich bewußt zu bewegen; aber er wurde nicht wach. Niemand paßte auf die beiden Männer auf, die einen dritten zwischen sich mitschleppten und ihn in den Raumhafenbus schoben. In York City kümmerte sich keiner um seine Mitmenschen oder um das, was mit Ihnen vorging.

Der Bus brachte sie über den schimmernden Bogen der Brücke, durch die verschlafen daliegende Enklave – Alan sah niemanden, den er kannte – und durch die Sperrzone zum Raumhafen.

Der Raumhafen war ein Urwald an Schiffen. Alle hatten die Stabilisierungsflossen ausgefahren und warteten darauf, daß sie sich wieder in den Raum begeben konnten. Die meisten davon waren kleine Zweimannschiffe, die im Verkehr zwischen Erde und den Kolonien auf Mond, Mars und Pluto einen Pendelverkehr unterhielten, aber da und dort überragte ein riesiges Raumschiff die anderen um ein Vielfaches. Alan hielt Ausschau nach dem goldenschimmernden Rumpf der *Walhalla*, doch er sah ihn nicht.

Ein dunkelgrünes Sternenschiff stand in der Nähe; die *Encounter*, Kevin Quantrells Schiff. In seiner Umgebung liefen die Leute geschäftig herum, und Alan erinnerte sich daran, daß dieses Schiff nach der sehr langen letzten Reise umgebaut werden mußte.

Ein Roboter kam auf sie zugeglitten, als sie am Rand des Landefeldes standen und schauten.

»Kann ich bitte helfen?« fragte er.

»Ich bin vom Sternenschiff *Walhalla*«, erklärte Alan, »und kehre auf mein Schiff zurück. Willst du mich hinbringen, bitte?«

»Natürlich.«

Alan wandte sich an Hawkes. Der Augenblick war gekommen, und vielleicht war er zu schnell gekommen. Alan spürte, wie Rat zupfte, als wolle er ihn an etwas erinnern.

»Ich glaube, das ist nun das Ende unserer Bekanntschaft, Max«, sagte Alan und grinste ein wenig schief. »Sie gehen besser nicht auf das Landefeld mit hinaus. Ich ... Wissen Sie, ich möchte Ihnen für alles danken, was Sie für mich getan haben. Ohne Ihre Hilfe hätte ich Steve nie gefunden. Und wegen der Wette, die wir abschlossen – es scheint doch, daß ich auf das Schiff zurückkehre, und damit habe ich tausend Kredits von Ihnen gewonnen. Natürlich kann ich sie nicht von Ihnen verlangen, nicht nach dem, was Sie für Steve getan haben.«

Er streckte seine Hand aus, Hawkes nahm sie, aber er lächelte seltsam. »Wenn ich dir Geld schulden würde, dann bezahlte ich es auch«, sagte der Spieler. »Das tue ich immer. Die siebentausend, die ich für Steve bezahlt habe, haben damit nichts zu tun. Aber bis jetzt, mein Freund, hast du deine Wette noch nicht gewonnen. Erst dann, wenn die *Walhalla* mit dir an Bord im Raum ist, dann hast du sie gewonnen.«

Der Roboter gab Zeichen der Ungeduld von sich. »Du führst jetzt besser deinen Bruder über das Feld«, riet Hawkes, »und lieferst ihn im Schiff ab. Das ›Lebewohl‹ kannst du dir sparen. Ich warte hier auf dich.«

Alan schüttelte den Kopf. »Tut mir leid, Max, aber Sie verschwenden Ihre Zeit, wenn Sie warten. Die *Walhalla* muß startbereit gemacht werden. Sobald ich mich an Bord des Schiffes zurückgemeldet habe, kann ich nicht mehr weg. Deshalb muß ich Ihnen jetzt ›Lebewohl‹ sagen.«

»Das werden wir schon sehen«, erwiderte Hawkes. »Zehn zu eins.«

»Zehn zu eins«, bestätigte Alan. »Und Ihre Wette haben Sie verloren.« Aber seine Stimme klang nicht allzu überzeugend, und als er Steve neben sich über das Landefeld schleifte, runzelte er nachdenklich die Brauen. Er brauchte nur wenige Minuten, bis er die schimmernde *Walhalla* erreichte, aber die benützte er zu gründlichen Überlegungen. Er begann allmählich zu vermuten, daß Hawkes die Wette letzten Endes doch gewinnen würde.

## 12

Alan fühlte einen emotionellen Schlag, fast so etwas wie eine leichte Übelkeit, als die *Walhalla* in Sicht kam, als er sie hoch und stolz am anderen Ende des Landefeldes erblickte. Eine ganze Flotte von Lastwagen brummte um sie herum, brachte Treibstoff und Ladung. Er sah die drahtige Gestalt von Dan Kelleher, der das Laden der Fracht überwachte und seinen schwitzenden Männern kernige Instruktionen zurief.

Alan faßte Steve ein wenig fester unter und ging vorwärts. »Ihr dort drüben«, schrie Kelleher, »hängt euch ein wenig fester an die Winde! Fester, sage ich, fester!« Da sah er Alan. »Alan«, sagte er nur leise.

»Ist mein Vater in der Nähe?« fragte Alan.

Kelleher starrte neugierig die schlaffe Gestalt Steve Donnells an. »Der Captain ist eben wachefrei. Art Kandin hat Dienst.«

»Vielen Dank«, sagte Alan. »Ich gehe besser zu ihm.«

»Sicher. Und ...«

Alan nickte. »Ja, das ist Steve.«

Er duckte sich an den Frachtkränen vorbei und kletterte auf die Eskalatorrampe, die in den Hauptteil des Schiffes führte. Sie brachte ihn mehr als dreißig Meter hoch durch die offene Fahrgastluke zum Innenteil des Schiffes.

Allmählich hatte ihn Steves Gewicht doch ermüdet. Er legte seinen schlafenden Bruder auf einen Fensterplatz gegenüber von den großen Sichtschirmen und sagte zu Rat: »Du bleibst hier und paßt auf Steve auf. Falls jemand wissen will, wer das ist, sagst du die Wahrheit.«

»In Ordnung«, bestätigte Rat.

Alan fand Art Kandin dort, wo er sein mußte – im zentralen Kontrollraum. Er arbeitete die Mannschaftseinteilung für den am folgenden Tag geplanten Start aus. Der rundgesichtige Erste Offizier bemerkte kaum, daß Alan neben ihn trat.

»Art?« sagte Alan.

Kandin drehte sich um. »Oh, Alan. Wo, bei allen Sternen, hast du dich in den letzten beiden Tagen herumgetrieben?«

»In der Terranerstadt. Hat sich mein Vater schrecklich aufgeregt?«

Der Erste Offizier schüttelte den Kopf. »Er sagte immer, du seist nur weggegangen, um dich ein bißchen umzusehen, aber das Schiff hättest du bestimmt nicht aufgegeben. Er sagte es allerdings immer wieder, und es klang so, als glaube er es selbst nicht recht.«

»Wo ist er denn jetzt?«

»In seiner Kabine. Er hat die nächsten zwei Stunden noch frei. Ich rufe ihn an und sage ihm, er soll kommen.«

Alan schüttelte den Kopf. »Nein. Sag ihm, er soll mich auf dem B-Deck erwarten.« Er sagte genau, wo er Steve deponiert hatte, und Kandin zuckte die Achseln, versprach aber, den Captain anzurufen.

Alan kehrte zum Sichtschirm zurück. Rat saß auf Steves Schulter und sah zu ihm hinauf.

»Hat euch jemand belästigt?« fragte Alan.

»Niemand ist vorbeigekommen, seit du weggingst«, berichtete Rat.

»Alan?« sagte eine ruhige Stimme.

Alan drehte sich um. »Hallo, Vater!«

Des Captains mageres, ernstes Gesicht hatte ein paar neue Falten. Seine Augen waren dunkel überschattet, und er sah aus, als habe er die Nacht vorher nicht geschlafen. Aber er nahm Alans Hand und drückte sie fest – väterlich, nicht wie ein Captain. Dann warf er einen Blick auf die Gestalt hinter Alan.

»Ich … Ich ging in die Stadt, Vater, und fand Steve.«

Etwas wie Schmerz lag in Captain Donnells Augen, aber nur für einen Augenblick. Dann lächelte er. »Es ist seltsam, euch beide so zu sehen. Dann hast du also Steve zurückgebracht? Wir müssen ihn wohl wieder in die Mannschaftsliste aufnehmen. Warum schläft er? Er sieht aus, als sei er bewußtlos.«

»Das ist er auch, Vater. Es ist eine lange Geschichte.«

»Das mußt du mir später erklären, wenn wir im Raum sind.«

Alan schüttelte den Kopf. »Nein, Vater. Steve kann es erklären, wenn er gegen Abend aufwacht. Steve kann dir sehr viel erzählen. Ich kehre in die Stadt zurück.«

»Was tust du?«

Es war jetzt ganz leicht, das auszusprechen, denn seit einigen Stunden war diese Entscheidung in ihm herangereift und hatte sich deutlich herauskristallisiert, als er Steve über das Landefeld zur *Walhalla* schleppte. »Ich habe dir Steve zurückgebracht, Vater. Du hast jetzt wieder einen Sohn an Bord deines Schiffes. Ich will weg, Vater. Ich mustere ab. Ich will auf der Erde bleiben. Du kannst mir diese Bitte nicht abschlagen.«

Captain Donnell befeuchtete seine Lippen. »Das ist richtig. Ich kann es dir nicht abschlagen. Aber warum, Alan?«

»Ich habe etwas auf der Erde zu tun. Etwas Großes, Vater.«

»Und das wäre?«

»Ich will den Cavour-Hyperdrive suchen.«

»Den Cavour …« Dem Captain gelang ein kleines Lächeln. »Alan, dieser Hyperdrive ist ein Mythos!«

»Woher willst du das wissen? Kann das überhaupt jemand wissen?«

»Cavour war ein verrückter alter Kauz, und du findest im ganzen Universum keinen Grund, der eine andere Meinung rechtfertigen würde. Selbst wenn auch nur die Spur der Vernunft in seiner Theorie gewesen wäre, dann hätte jetzt nach dieser langen Zeit jemand daraufkommen müssen. Es sind mehr als tausend Jahre vergangen, und niemand hat eine bessere Möglichkeit gefunden als eine Reisegeschwindigkeit, die der des Lichtes nahekommt.«

»Vielleicht ja, vielleicht aber auch nein«, antwortete Alan bestimmt. »Ich denke jedenfalls, es ist einen Versuch wert. Ich werde mich nach Cavours alten Notizbüchern umsehen, und vielleicht geben sie irgendwelche Hinweise. Ich stelle mir vor, daß es möglich sein müßte, einige Stücke aneinanderzufügen, um auf das zu kommen, was er getan hat; dann läßt sich vielleicht daraus ein neuer Antrieb konstruieren. Wenn nicht – nun, dann bin ich nicht der erste gewesen, der seine Zeit einer guten Sache geopfert hat. Auf Wiedersehen, Vater, und leb wohl.«

»Alan, mein Junge ...«

»Nein, Vater. Wirklich, leb wohl. Und sag Steve, daß ich ihm viel Glück wünsche und daß auch er mir viel Glück wünschen soll.« Alan sah Rat an. »Rat, dich schenke ich Steve. Hättest du ihm so gehört, wie du mir gehört hast, dann hätte er vielleicht niemals das Schiff verlassen.«

Er sah sich noch mal um, sah seinen Vater an, Steve, dann Rat. Was sollte er noch sagen? Und er wußte, daß er seinen Vater und sich selbst mit der Last sentimentaler Erinnerungen beladen würde, dehnte er den Abschied noch länger aus.

»Wir werden frühestens in zwanzig Jahren vom Prokyon zurückkehren, Alan. Dann bist du siebenunddreißig, wenn wir wieder auf die Erde kommen.«

Alan grinste. »Ich habe so eine Ahnung, Vater, daß ich euch vorher wiedersehen werde. Und ich hoffe es auch. Sag allen viele Grüße von mir. Und leb wohl, Vater. Auf später.«

»Leb wohl, Alan.«

Er drehte sich um und lief rasch die Rampe hinunter. An Kelleher und der Lademannschaft ging er vorbei, denn das Abschiednehmen hätte ihn zuviel Zeit gekostet, und so trottete er merkwürdig leichtherzig über das Landefeld. Einen Teil seiner Aufgabe hatte er erfüllt – Steve war wieder auf der *Walhalla*. Aber Alan wußte auch, daß die richtige Arbeit erst jetzt beginnen würde. Er mußte nach dem Hyperdrive suchen. Vielleicht konnte Hawkes ihm irgendwie dabei helfen. Vielleicht konnte er auch diese Aufgabe lösen. Und wenn, dann hatte er weitere Pläne; doch über die brauchte er jetzt noch nicht nachzudenken.

Hawkes stand noch immer am Rand des Landefeldes, und als Alan auf ihn zurannte, lag ein nachdenkliches Lächeln auf seinem Gesicht.

»Ich glaube, Max, du hast deine Wette gewonnen«, sagte Alan, als er wieder zu Atem kam.

»Wetten gewinne ich fast immer, mein Junge. Du schuldest mir jetzt hundert Kredits, aber ich ziehe sie noch nicht ein.«

Nachdenklich und schweigend kehrten sie nach York City zurück. Entweder war Hawkes zu taktvoll, um nach Alans Gründen zu forschen, oder der Spieler hatte bereits seine verzwickten Überlegungen angestellt – das erschien Alan wahrscheinlicher – und wartete nun auf die richtige Zeit, um mit ihnen herauszurücken. Es war eindeutig klar, daß Hawkes lange vor Alan gewußt hatte, daß Alan nicht zur *Walhalla* zurückkehren würde, um mit ihr abzureisen.

Der Cavour-Hyperdrive war das Ende des Regenbogens, das Alan nun zu greifen versuchen würde. Er würde Hawkes' Angebot annehmen, des Spielers Protegé zu werden, und einiges von ihm lernen, was ihm im Leben von Nutzen sein konnte. Das tat ihm bestimmt nicht weh. Und immer würde er dabei sein letztes, wichtigstes Ziel vor Augen behalten – einen Raumantrieb zu finden, der ein Schiff mit einer Geschwindigkeit fortbewegen konnte, welche die des Lichtes bei weitem überstieg.

In der Wohnung in Hasbrouck bot Hawkes seinem jungen Freund einen Drink an. »Um unsere Partnerschaft zu feiern«, erklärte er.

Alan nahm ihn und schüttete das Getränk hinunter. Es brannte und nahm ihm den Atem. Er wußte jetzt schon, daß er am Trinken nie viel Gefallen finden würde. Er nahm etwas aus der Tasche. Hawkes runzelte die Brauen.

»Was ist das?« fragte er.

»Mein Tally. Jeder Raumfahrer hat einen. Es ist unser Kalender und die einzige Möglichkeit, unser chronologisches Alter festzuhalten, wenn wir an Bord eines Schiffes im Raum sind.« Er zeigte ihn Hawkes. *Jahr 17, Tag 3* zeigte er an. »Alle vierundzwanzig Stunden subjektiver Zeit, die wir erleben, drehen wir einen Tag weiter, alle dreihundertfünfundsechzig Tage ein ganzes Jahr. Aber ich glaube, das Ding brauche ich jetzt nicht mehr.« Er warf den Tally in den Abfallschacht. »Jetzt bin ich ein Erdmensch. Jeder Tag, der vergeht, ist ein Tag. Objektive und subjektive Zeit decken sich.«

Hawkes grinste vergnügt. »Ein kleiner Plastikrechner, der dir sagte, wie alt du bist, eh? Nun, das liegt jetzt hinter dir.« Er deutete auf einen Knopf an der Wand. »Dort ist der Mechanismus für dein Bett. Ich schlafe am anderen Ende der Wohnung, wo ich gestern geschlafen habe. Morgen kaufen wir dir dann anständige Kleider, damit dir die Leute auf der Straße nicht immer ›Raumfahrer‹ und ›Sternstreicher‹ nachrufen. Anschließend werde ich dich lehren, die Töpfe der Klasse C zu plündern.«

Die ersten paar Tage des Zusammenlebens mit Max Hawkes waren aufregend. Der Spieler brachte Alan neue Kleider, modernes Zeug mit automatischen Verschlüssen und sonstigen Spielereien, aber sie waren tatsächlich viel bequemer als die *Walhalla*-Uniform, denn sie bestanden aus einem unglaublich leichten, dünnen Material. Mit jeder Stunde erschien ihm die Stadt weniger fremd. Er studierte die U-Bahnlinien und die Hochbahnfahrpläne, bis er ziemlich genau wußte, wie er von einem Stadtende zum anderen gelangen konnte.

Gegen 18 Uhr aßen sie und anschließend gingen sie an die Arbeit. Hawkes' Routine brachte ihn zu drei verschiedenen Spiellokalen der Klasse A, je zweimal wöchentlich. Am siebenten Tag wurde regelmäßig ausgeruht. Während der ersten Woche stand Alan immer hinter Hawkes und beobachtete ihn und seine Technik. Zu Beginn der zweiten Woche war Alan sich selbst überlassen. Er begann die Lokale der Klasse C zu besuchen, die in der Nähe der A-Lokale lagen, in denen Hawkes spielte.

Als er aber Hawkes fragte, ob er eine Karte des Freien Status beantragen solle, riet ihm der Spieler fast mürrisch ab. »Nein, noch nicht«, beschied er ihn.

»Aber warum? Ich bin doch ein Spieler von Beruf. Seit vergangener Woche. Warum sollte ich mich nicht registrieren lassen?«

»Weil es nicht nötig ist. Es wird nicht verlangt.«

»Aber ich möchte doch gerne. Herrjeh, Max, ich will doch

meinen Namen auf irgendeinem Schriftstück sehen. Nur deshalb, weil ich mir selbst beweisen will, daß ich zur Erde gehöre. Ich will mich registrieren lassen.«

Hawkes sah ihn seltsam an, und es schien Alan, als lese er in den Augen seines Freundes eine versteckte Bosheit. »Ich will nicht«, sagte er dann ein wenig geheimnisvoll, »daß du deinen Namen irgendwo registrieren läßt, Alan, auch nicht im Freien Status. Hast du begriffen?«

»Ja, aber ...«

»Kein Aber! Hast du begriffen?«

Alan unterdrückte seinen Zorn und nickte. Er war daran gewöhnt, von seinen Schiffsvorgesetzten Befehle entgegenzunehmen und ihnen zu gehorchen. Hawkes mußte es ja schließlich wissen. Jedenfalls war er noch immer von dem älteren Mann abhängig, und er wollte ihn nicht ungehalten machen. Hawkes war reich. Es kostete vermutlich eine Menge Geld, ein Schiff mit einem Hyperdrive zu bauen, wenn es soweit war. Das überlegte Alan ganz kaltblütig. Es amüsierte ihn selbst, wenn er darüber nachdachte, wie entschlossen und zielbewußt er geworden war, seit er die *Walhalla* verlassen hatte.

Dieses Zielbewußtsein wandte er zuerst an den Spieltischen an. Während der ersten zehn Tage als professioneller Spieler gelang es ihm, siebenhundert Kredits von Hawkes' Geld zu verlieren, obwohl er an einem Abend einmal dreihundert gewonnen hatte.

Aber Hawkes zeigte sich keineswegs besorgt. »Du schaffst es schon, Alan. Noch ein paar Wochen, vielleicht sogar nur Tage, dann lernst du die Kombinationen, deine Finger werden gelenkiger, und schneller denken wirst du auch. Du schaffst es.«

»Bin ich froh, daß du so optimistisch denkst«, antwortete Alan, denn er selbst war ziemlich niedergeschlagen. Ihm schien, seine Finger blieben so schwerfällig, wie sie waren, und niemals würde er es lernen, die Kombinationen schnell genug zu setzen. Er war – ebenso wie Steve – der geborene Verlierer, der nicht den Kopf hatte, den man für das Spiel brauchte. »Nun ja«, meinte er, »schließlich ist es ja dein Geld.«

»Und ich rechne damit, daß du es eines Tages für mich verdoppelst. Ich habe eben eine Wette fünf zu eins abgeschlossen, daß du noch vor dem Herbst die Klasse B schaffst.«

Alan zweifelte daran. Für Klasse B mußte er zehn Tage hintereinander mindestens zweihundert Kredits pro Abend gewinnen, oder auch dreitausend in einem Monat. Diese Aufgabe erschien ihm hoffnungslos.

Aber Hawkes gewann, wie üblich, die Wette. Als der Mai vorüberging und der Juni fortschritt, hatte Alan mehr und mehr Glück. Anfang Juli hatte er geradezu eine Glückssträhne und konnte fast bei jedem zweiten Spiel zum Podium des Croupiers wandern. Die anderen Spieler der Klasse C begannen zu murren. Als er dann einmal mit frischgewonnenen sechshundert Kredits nach Hause kam, öffnete Hawkes eine Schublade und nahm eine schlanke, glänzende Neutrinopistole heraus. »Von jetzt an trägst du dieses Ding besser immer bei dir«, riet er.

»Wofür denn?«

»Man hat dich bemerkt. Ich höre die Leute über dich sprechen. Sie wissen, daß du Bargeld bei dir hast, wenn du das Spiellokal verläßt.«

Alan wog die kühle graue Waffe, deren Lauf einen tödlichen Strom aktivierter Neutrinos ausspeien konnte, in der Hand. »Soll ich das Ding hier benützen, wenn ich aufgehalten werde?«

»Nur beim erstenmal«, antwortete Hawkes. »Ein zweites Mal brauchst du es nicht mehr zu benützen, wenn du's beim erstenmal richtig machst. Weil es kein zweites Mal gibt.«

Aber es erwies sich, daß Alan die Pistole nicht zu benützen brauchte. Trotzdem trug er sie immer bei sich, sobald er die Wohnung verließ. Beim Spiel wurde er immer geschickter. Es war wirklich ähnlich wie bei der Astrogation, und je sicherer er wurde, desto besser lernte er, seine Bewegungen drei und manchmal sogar vier Nummern vorauszudenken.

In einer warmen Nacht gegen Mitte Juli hielt ihn der Besitzer des Spiellokales auf, das Alan am häufigsten besuchte.

»Sie sind doch Donnell?« fragte er.

»Ja, das stimmt. Etwas nicht in Ordnung?«

»Alles in Ordnung. Aber ich habe Sie in den vergangenen beiden Wochen genau beobachtet. Sie kommen jetzt zusammengerechnet fast auf dreitausend Kredits. Und das heißt, daß Sie in meinem Lokal nicht mehr willkommen sind. Es ist nicht gegen Sie persönlich gerichtet, mein Sohn. Aber Sie sollten besser das hier nehmen.«

Alan nahm das kleine Kärtchen, das der Besitzer ihm reichte.

Es war aus grauer Plastik und trug die gelben Buchstaben KLASSE B. Er war befördert worden.

## 13

In den Lokalen der Klasse B ging nicht alles ganz so glatt. Die Konkurrenz war hart, und einige der Spieler waren, wie Alan, Neulinge, die sich eben ganz von unten heraufgearbeitet hatten. Andere wieder waren ehemalige Spieler der Klasse A, die zurückgefallen waren, aber immer noch genug Erfolg hatten, um in der Klasse B zu bleiben. Jeden Tag verschwand eines der bekannten Gesichter, denn jeden Tag mußte sich wieder einer dem Abstieg stellen.

Alan gewann ziemlich gleichmäßig, und Hawkes blieb natürlich der ständige Gewinner in Klasse A. Alan übergab dem älteren Freund seine Gewinne, der ihm, ohne Fragen zu stellen, jeden gewünschten Geldbetrag zur Verfügung stellte.

Der Juli ging in einen heißen, stickigen August über. Das lokale Wetterbüro tat zwar sein Bestes, konnte aber auch nicht viel ausrichten. Die Wolkensäer lieferten kurz nach Mitternacht immer einen kühlenden Regenschauer, der den Tagesstaub von den Straßen wusch. Alan ging meistens um diese Zeit nach Hause, stand dann auf der menschenleeren Straße, ließ den Regen an sich hinabperlen und freute sich darüber. Regen war für ihn etwas Neues. Er hatte soviel Zeit an Bord des Raumschiffes verbracht, daß ihm jede Erfahrung mit dem Wetter fehlte. Jetzt freute er sich schon auf den Winter und den Schnee, den dieser bringen sollte.

An die *Walhalla* dachte er selten. Er brachte die Disziplin auf, das Schiff aus seinem Bewußtsein zu verdrängen, denn ihm war natürlich klar, daß es kein Halten mehr für ihn gäbe, würde er einmal damit beginnen, seinen Entschluß zu bereuen. Das Leben auf der Erde faszinierte ihn. Er war unerschütterlich davon überzeugt, daß er eines Tages die Gelegenheit bekäme, den Cavour-Hyperdrive zu entdecken.

Hawkes lehrte ihn vieles – wie er ringen, Messer werfen oder beim Kartenspiel betrügen mußte. Zur Erziehung eines tugendhaften jungen Mannes gehörten diese und andere Dinge sicher nicht, aber auf der Erde war »Tugend« ein negativer Begriff.

Man war entweder flink – oder tot. Und wenn er je eine Möglichkeit finden wollte, sich auf die Suche nach dem Cavour-Hyperdrive zu machen, dann mußte er überleben; also war er ein gelehriger Schüler seines Freundes Hawkes.

In einer schwülen Septembernacht bestand er seinen ersten Test. Er hatte den Abend im *Lido,* einem eleganten Spiellokal der Vorstadt Ridgewood, verbracht und war mit mehr als siebenhundert Kredits – dem zweitbesten Ergebnis, das er je erzielt hatte – auf dem Heimweg. Er war sehr guter Dinge. Hawkes arbeitete in einem Lokal am anderen Ende der Stadt, und so hatten sie sich nicht für den Nachhauseweg verabredet. Gewöhnlich unterhielten sie sich noch, ehe sie zu Bett gingen, eine Stunde, manchmal zwei; Alan berichtete von seiner Arbeit; Hawkes wies ihn auf schwache Punkte hin und erklärte ihm, wie er diesen und jenen Fehler schließlich vermeiden konnte.

An jenem Abend kam er gegen halb eins nach Hasbrouck. Kein Mond stand am Himmel, und in Hasbrouck war die Straßenbeleuchtung nicht so gut wie in respektableren Vierteln. Die Straßen waren dunkel. Alan atmete schwer und schwitzte von der Schwüle. Er hörte nur das ferne Brummen der Wolkensäer; der Nachtregen war also bald fällig. Er wollte ihn draußen abwarten.

Um Viertel vor eins platschten die ersten Tropfen. Alan lachte, als der kühle Regen ihm den Schweiß vom Gesicht wusch. Die wenigen Fußgänger rannten, um sich irgendwo unterzustellen, und er genoß den Wolkenbruch.

Tiefste Dunkelheit hüllte ihn ein. Plötzlich hörte er Schritte. Einen Moment später fühlte er im Rücken einen scharfen Druck, und eine Hand packte ihn an der Schulter. »Geld her, dann passiert dir nichts«, sagte eine leise Stimme.

Alan reagierte schnell. Hawkes' monatelanges Training zahlte sich nun aus. Er bewegte vorsichtig seinen Rücken, um festzustellen, ob das Messer seine Kleider durchstoßen hatte. Das war nicht der Fall.

Mit einer blitzschnellen Bewegung wirbelte er herum, tänzelte nach links und führte einen scharfen Handkantenschlag gegen die Messerhand seines Gegners. Der gab einen gedämpften Schmerzensschrei von sich. Dann tat er zwei Schritte rückwärts; als sein Angreifer ihm wieder auf den Leib rücken wollte, stieß ihm Alan die Faust in den Magen und tat einen Sprung seitwärts. Und plötzlich war die Neutrinopistole in seiner Hand.

»Stehenbleiben, wo du bist, oder du brennst«, warnte Alan ruhig. Der Angreifer hatte sich in den Schatten geduckt und bewegte sich nicht. Vorsichtig schob er das hinuntergefallene Messer aus dessen Reichweite, ohne aber seine Pistole zu senken.

»Okay«, sagte Alan. »Jetzt komm heraus ins Licht, damit ich dich sehen kann. Ich will dich nämlich nicht vergessen, mein Freund.«

Aber zu seiner Überraschung fühlte er starke Arme, die sich von hinten um die seinen legten und sie festhielten. Eine rasche Drehung, und die Neutrinopistole fiel ihm aus der Hand. Die fremden Arme waren wie ein Schraubstock; er konnte sich nicht mehr rühren.

Alan krümmte sich, doch es war nutzlos. Und jetzt kam der erste Angreifer auf ihn zu und untersuchte geschickt seine Taschen. Alan war eher wütend als ängstlich, aber er wünschte, Hawkes oder sonst jemand möge vorbeikommen, ehe die Dinge allzu weit gediehen.

Plötzlich fühlte er, wie der hinter ihm die Schraube um seine Arme lockerte. Alan spannte die Muskeln und überlegte, ob er nun herumwirbeln und angreifen solle, aber da vernahm er eine wohlbekannte Stimme: »Regel Nummer eins: niemals den Rücken länger als eine halbe Sekunde ungedeckt lassen, wenn du aufgehalten wirst. Du hast gesehen, was sonst passieren kann.«

Er war so verblüfft, daß er eine ganze Weile sprachlos dastand. »Max?« flüsterte er schließlich.

»Ja, natürlich. Du hast Glück gehabt, mein Lieber, daß ich der bin, der ich nun einmal bin. John, komm heraus ins Licht, damit er dich sehen kann. Alan, hier ist John Byng. Freier Status, Klasse B.«

Der Mann, der ihn angegriffen hatte, trat nun ins Licht der Straßenbeleuchtung. Er war kleiner als Alan, hatte ein mageres, fast fleischloses Gesicht und einen struppigen rotbraunen Bart. Er sah ungewöhnlich blaß aus. Seine Augäpfel waren deutlich gelb.

Alan erkannte ihn. Er hatte ihn schon in verschiedenen Lokalen der Klasse B gesehen. Ein solches Gesicht konnte man auch nicht so leicht vergessen.

Byng händigte ihm den dicken Packen Geldscheine aus, den er aus Alans Tasche gezogen hatte. »Ein richtiger Possenstreich, Max«, sagte Alan. »Aber angenommen, ich hätte deinen Freund in den Bauch geschossen, oder er hätte mir das Messer in den Rücken gerannt ...«

Hawkes lachte. »Nun, dieses Risiko gehört zum Spiel. Ich kenne dich aber viel zu genau und weiß, daß du einen unbewaffneten Mann nicht niederschießen würdest, und John hatte nicht die Absicht, dich zu stechen. Außerdem war ich ja in der Nähe.«

»Und was ist der Sinn dieser kleinen Demonstration?«

»Gehört zu deiner Erziehung, mein Sohn. Ich hatte gehofft, eine lokale Bande würde dich einmal aufhalten, aber den Gefallen haben sie mir nicht getan. Also mußte ich es mit Johns Hilfe selbst besorgen. Du wirst dir also einprägen, daß immer ein Komplice des Angreifers im Schatten versteckt sein kann, und daß du noch lange nicht in Sicherheit bist, wenn du einen Mann gestellt hast.«

Alan grinste. »Sehr vernünftig. Und ich glaube, auf die Art lernt sich's am ehesten.«

Die drei Männer gingen nach oben. Byng entschuldigte sich und begab sich fast sofort in einen der anderen Räume. »Johnny nimmt das Traumpulver«, flüsterte Hawkes. »Er ist narkosephrinsüchtig. Noch im ersten Stadium. Ein Zeichen dafür sind die gelben Augäpfel. Später verkrüppelt ihn das Gift, aber an später denkt er nicht.«

Alan musterte den kleinen, mageren Mann, als er zurückkehrte. Byng lächelte; es war ein seltsames, unweltliches Lächeln. In der rechten Hand hielt er eine kleine Plastikkapsel.

»Da ist noch etwas für deine Erziehung«, sagte er und sah Hawkes an. »Geht das in Ordnung?«

Hawkes nickte.

»Schau dir mal diese Kapsel an, mein Junge«, fuhr er fort. »Es ist Traumpulver, Narkosephrin. Mein Elixier.« Er warf Alan die Kapsel zu; dieser fing sie auf und hielt sie auf Armlänge von sich weg wie eine giftige Schlange. Sie enthielt ein gelbes Pulver.

»Nimm den Deckel ab und atme ein wenig davon ein«, riet ihm Hawkes. »Versuche es aber erst dann, wenn du völlig mit dir selbst zerfallen bist. Johnny kann dir ja einiges bestätigen.«

Alan runzelte die Brauen. »Und was bewirkt dieses Pulver?«

»Es ist ein Stimulans und wird aus einem Unkraut gewonnen, das nur an sehr trockenen Stellen wächst. Ursprünglich stammt es von Epsilon Eridani IV, aber die größte Plantage der ganzen Galaxis ist jetzt in der Sahara. Es macht süchtig und ist sehr teuer.«

»Wieviel muß man davon nehmen, bis man süchtig wird?«

Byngs dünne Lippen kräuselten sich zu einem zynischen Lächeln. »Einmal einatmen, und die Droge nimmt all deine Sorgen von dir. Du bist drei Meter groß, und die ganze Welt ist dein Spielzeug, wenn du dieses Pulver schnupfst. Alles, was du siehst, hat sechs verschiedene Farben. Einen Nachteil hat es allerdings«, fügte Byng bitter hinzu. »Nach einem Jahr spürst du die Wirkung nicht mehr, aber die Gier danach bleibt. Die bleibt dir für immer. Nacht für Nacht einmal tüchtig schnupfen – zu hundert Kredits, versteht sich, und es gibt kein Mittel dagegen.«

Alan schüttelte sich. Er hatte solche Süchtige in einem fortgeschrittenen Stadium gesehen, verwelkte, verschrumpelte Männer, die verkrüppelt waren und nicht mehr essen konnten, die immer mehr austrockneten und dem Tod nahe waren. Und all das für das Vergnügen eines einzigen Jahres!

»Johnny war früher Raumfahrer«, sagte Hawkes plötzlich. »Deshalb habe ich ihn auch für den kleinen Spaß von heute ausgesucht. Ich dachte, es sei allmählich Zeit, daß ihr beide euch kennenlernt.«

Alans Augen wurden groß vor Interesse. »Welches Schiff?« fragte er.

»Die *Galactic Queen*. Ein Hausierer mit Traumpulver kam eines Tages in die Enklave und ließ mich einmal schnupfen. Das war sehr großzügig von ihm.«

»Und dann – wurdest du süchtig?«

»Das war ich fünf Minuten später schon. Mein Schiff flog also ohne mich ab. Das war vor elf Jahren Erdzeit. Und jetzt rechne dir aus: hundert Kredits pro Nacht, und das elf Jahre lang.«

Alan fröstelte innerlich. Das hätte ihm ebenso passieren können, dieser kostenlose Versuch. Byngs Schultern zitterten. Allmählich begann bei ihm das fortgeschrittene Stadium.

Byng war nur der erste von Hawkes' Freunden, denen Alan

im Laufe der nächsten zwei Wochen begegnete. Hawkes war der Mittelpunkt einer großen Gruppe von Männern des Freien Status; nicht jeder von ihnen kannte jeden anderen, aber alle kannten Hawkes. Allmählich war Alan stolz darauf, der Schützling eines so bekannten Mannes zu sein wie Max Hawkes – bis er entdeckte, zu welcher Sorte Menschen diese Freunde gehörten.

Da war Lorne Hollis, der Geldverleiher, von dem auch Steve Geld ausgeborgt hatte. Hollis war ein dicklicher, schmieriger Kerl mit harten, milchig-grauen Augen und einem frostigen Lächeln. Alan schüttelte ihm die Hand und fühlte sich unsauber. Hollis kam oft zu Besuch.

Auch Mike Kovak vom Bryson-Syndikat war ein häufiger Gast. Er war ein kaltäugiger Geschäftsmann in ultramoderner Kleidung, der sehr gut sprach und dessen Spezialität die Fälschung war. Dann noch Al Webber, ein liebenswürdiger kleiner Mann mit leiser Stimme, dem eine Flotte kleiner, ionengetriebener Frachtschiffe gehörte, mit denen er den Frachtverkehr zwischen Erde und Mars beherrschte. Er exportierte auch das Traumpulver zur Plutokolonie, denn dort konnte das Kraut nicht angebaut werden.

Sieben oder acht weitere kamen gelegentlich in Hawkes' Wohnung. Alan lernte alle kennen, beteiligte sich aber kaum an der Unterhaltung, die sich in der Regel um alte Erinnerungen und Klatsch über Leute drehte, die er nicht kannte.

Eines wurde Alan mit der Zeit immer klarer: Hawkes selbst war wohl kein Verbrecher, aber die meisten seiner Freunde operierten jenseits des Gesetzes. Hawkes hatte dafür gesorgt, daß sie in den ersten Monaten von Alans Erdenleben und Erziehung nicht in der Wohnung erschienen, aber jetzt, da der ehemalige Raumfahrer ein fertiger Spieler und geschickt in der Selbstverteidigung war, kam einer nach dem anderen wieder zurück.

Tag für Tag wurde es Alan vor Augen geführt, wie harmlos und unschuldig doch das Leben eines Raumfahrers war. Darüber war er sich klar. Die *Walhalla* war eine friedliche kleine Welt von 176 Menschen, die soviel Gemeinsames hatten, daß es kaum einmal einen wirklichen Konflikt gab. Auf der Erde dagegen war das Leben rauh und hart.

Aber er hatte Glück gehabt, daß er gleich zu Anfang geradezu über Hawkes gestolpert war. Mit ein bißchen weniger Glück hätte er dasselbe Leben geführt wie sein Bruder Steve – oder John Byng. Es machte keinen Spaß, darüber nachzudenken.

Gewöhnlich horchte Alan, wenn die Freunde noch spät abends kamen, ein wenig der Unterhaltung zu, entschuldigte sich dann und ging zu Bett. Dann hörte er sie flüstern, und einmal erwachte er gegen Morgen, und sie unterhielten sich noch immer. Er lauschte angestrengt, konnte aber nichts verstehen.

Dann kam er im Oktober einmal vom Spiellokal zurück, fand niemanden zu Hause vor und ging sofort zu Bett. Etwas später hörte er Hawkes mit einigen Freunden kommen, aber er war zu müde und stand also nicht auf, um sie zu begrüßen. Er drehte sich wieder um und schlief weiter.

Später fühlte er dann, wie sich eine Hand auf seine Schulter legte. Er öffnete ein Auge und sah Hawkes, der sich über ihn beugte.

»Ich bin's, Max. Bist du wach?«

»Nein«, murmelte Alan im Halbschlaf.

Hawkes schüttelte ihn kräftig. »Komm, steh auf und zieh etwas an. Es sind schon einige Leute hier, die mit dir reden wollen.«

Alan verstand kaum richtig, was Hawkes gesagt hatte, stand widerwillig auf, wusch sich flüchtig und zog sich an. Dann folgte er Max in das Wohnzimmer.

Es war gedrängt voll. Sieben oder acht Männer saßen herum. Sie gehörten, wie Alan wußte, dem inneren Kreis um Hawkes an; Johnny Byng, Mike Kovak, Al Webber, Lorne Hollis und einige andere. Alan nickte den anderen verschlafen zu und setzte sich. Warum hatte ihn Hawkes dieser Leute wegen aus dem besten Schlaf geholt?

Hawkes warf ihm einen scharfen Blick zu. »Alan, du kennst doch all die Leute hier, nicht wahr?«

Alan nickte. Er war ein bißchen gereizt, weil Hawkes ihn aufgeweckt hatte.

»Du siehst hier neunzig Prozent von dem vor dir, was wir das Hawkes-Syndikat nennen«, fuhr Hawkes fort. »Diese acht Gentlemen und ich haben eine Organisation gebildet, die einem bestimmten Zweck dient. Darüber erfährst du in wenigen Minuten mehr. Was ich dir nun sagen will, ist folgendes: Unsere Organisation hat noch Raum für einen weiteren Mann, und du hast die nötige Qualifikation.«

»Ich?« fragte Alan erstaunt.

Hawkes lächelte. »Ja, du. Wir haben dich genau beobachtet, seit du bei mir lebst, haben dich getestet und studiert. Du bist anpassungsfähig, stark und intelligent. Du lernst rasch. Wir haben heute abgestimmt und beschlossen, dich einzuladen.«

Alan dachte, er träume. Was sollte das Gerede von einem Syndikat? Er sah sich um, und mit einem Schlag wurde ihm klar, daß diese Burschen nichts Gutes im Schild führen konnten.

»Sag es ihm, Johnny«, forderte Hawkes den kleinen Byng auf.

Byng lehnte sich vorwärts. »Das ist ganz einfach. Wir werden einen Überfall machen. Dieses Ding müßte jedem von uns eine bare Million einbringen, selbst wenn wir durch zehn teilen. Es müßte alles ganz glatt ablaufen, aber wir brauchen dich dazu. Ich würde sogar sagen, du bist für dieses Projekt unerläßlich notwendig, Alan.«

## 14

Anschließend erklärte Hawkes den Plan. Alan war nun hellwach.

»Am nächsten Freitag findet ein Geldtransport der World Reserve Bank statt. Ein bewaffneter Lastwagen nimmt dort mindestens zehn Millionen Kredits auf und verteilt sie auf die verschiedenen Zweigstellen.

Hollis hat zufällig das Wellenmuster der Robotwächter entdeckt, die den Geldtransport begleiten. Al Webber besitzt etliche Ausrüstungsgegenstände, mit denen er die Robotwächter lähmen kann, wenn wir ihr Wellenmuster kennen. Es ist also ziemlich einfach, die Wächter auszuschalten. Wir warten, bis der Laster beladen ist, machen dann die Wächter unschädlich, bemächtigen uns der menschlichen Begleiter und fahren mit dem Laster davon.«

Alan runzelte die Brauen. »Und warum bin ich so notwendig für dieses Projekt?« Er hatte nicht den leisesten Wunsch, eine Bank oder sonst etwas zu berauben.

»Weil du der einzige bist, der nicht registriert ist. Du hast auch keine Televektornummer. Dich kann man nicht aufspüren.«

Plötzlich verstand Alan. »Also deshalb wolltest du nicht, daß ich mich registrieren lasse! Du hast das schon die ganze Zeit hindurch geplant!«

Hawkes nickte. »Für die Erde existierst du nicht. Wenn jemand von uns den Laster fahren würde, dann brauchte man nur die Koordinaten des Wagens festzuhalten und dem Televektormuster des Mannes zu folgen, der ihn fährt. Dann hat man ihn bald. Bist du aber an Bord des Lasters, dann gibt es keine Möglichkeit, den Fahrweg festzustellen. Hast du verstanden, worum es geht?«

»Natürlich verstehe ich«, antwortete Alan langsam. Aber es gefällt mir ganz und gar nicht, dachte er für sich. »Ich muß mir das noch ein bißchen überlegen«, erklärte er. »Laßt mich die Sache einmal überschlafen. Morgen sage ich euch, ob ich mittun will.«

Hawkes' Gäste starrten ihn verblüfft an; Webber wollte etwas sagen, doch Max schnitt ihm das Wort ab. »Der Junge ist ein wenig schläfrig, das ist alles. Er braucht ein wenig Zeit, sich an die Idee zu gewöhnen, daß er bald ein Millionär sein wird. Ich setze mich mit euch am Morgen in Verbindung, ja?«

Die acht wurden schnell aus der Wohnung getrieben, und als sie allein waren, drehte sich Hawkes zu Alan um. Verschwunden war die Freundlichkeit, die Brüderlichkeit des älteren Mannes. Sein mageres Gesicht war kalt und geschäftsmäßig, und seine Stimme klang barsch. »Was soll der Unsinn«, fauchte er, »daß du dir's überlegen willst? Wer sagt dir, daß du in dieser Sache noch eine Wahl hast?«

»Habe ich denn gar nichts zu sagen, wenn es um mein eigenes Leben geht?« fuhr Alan auf. »Angenommen, ich will bei diesem Bankraub nicht mittun. Du hast mir nicht gesagt, daß ...«

»Das war doch auch gar nicht nötig. Hör mir zu, mein Junge, meiner Gesundheit wegen habe ich dich nicht aufgenommen. Ich nahm dich deshalb auf, weil ich wußte, daß du die Fähigkeiten hast, die wir für diesen Job brauchen. Ich habe dich jetzt länger als drei Monate verhätschelt, dir eine wertvolle Erziehung angedeihen lassen, damit du auf diesem Planeten vorankommst. Und jetzt bitte ich dich, mir ein bißchen davon zurückzuzahlen. Byng hat die Wahrheit gesagt – du bist für dieses Projekt unerläßlich. Deine persönlichen Gefühle sind dagegen im Augenblick völlig unwichtig.«

»Wer sagt das?«

»Ich sage es.«

Alan musterte kalt das völlig veränderte Gesicht seines Gönners. »Max, ich habe mich nicht um eine Beteiligung an diesem Bankraubsyndikat beworben. Ich will damit auch gar nichts zu tun haben. Sagen wir, damit sind wir quitt. Ich habe dir etliche tausend Kredits von meinen Gewinnen übergeben. Gib mir davon fünfhundert zurück, und den Rest behältst du. Er ist die Bezahlung für Wohnung und Unterweisung der letzten drei Monate. Du gehst deiner Wege und ich ebenso.«

Hawkes lachte bitter. »So einfach stellst du dir das vor? Ich schiebe deine Gewinne ein und du läufst hier weg? Für wie dumm hältst du mich eigentlich? Du kennst die Namen der Leute, die dem Syndikat angehören, du kennst die Pläne, du weißt alles. Es gibt viele Leute, die dir für einen Tip schöne Beträge zahlen würden.« Er schüttelte den Kopf. »Du mußt mitmachen – oder ...«

»Ich weiß! Du würdest mich glatt umbringen, wenn ich darauf bestehe, mich zurückzuziehen!« erklärte Alan wütend. »Eine Freundschaft scheint dir nichts zu bedeuten. Hilf uns die Bank auszurauben – oder ...«

Hawkes' Miene änderte sich erneut. Er lächelte warm, und als er sprach, klang seine Stimme fast beschwörend. »Hör mir zu, Alan. Wir haben diese Sache seit Monaten geplant. Ich habe siebentausend bezahlt, um deinen Bruder freizukaufen, und deshalb glaubte ich, auf deine Hilfe rechnen zu können. Eine Gefahr gibt es dabei nicht. Ich wollte dir nicht drohen, Alan. Aber du mußt auch meinen Standpunkt verstehen. Du mußt uns helfen!«

Alan sah ihn neugierig an. »Weshalb bist du denn so scharf darauf, diese Bank auszurauben, Max? Abend für Abend verdienst du ein Vermögen. Du brauchst keine weitere Million.«

»Nein, ich nicht. Aber ein paar von den anderen. Johnny Byng, zum Beispiel. Und Kovak. Er schuldet Bryson dreißigtausend. Den Plan habe aber ich ausgearbeitet.« Hawkes flehte Alan nun nahezu an: »Alan, hör mir zu. Ich langweile mich. Ich langweile mich geradezu tödlich. Spielen bedeutet mir nichts; ich bin darin zu gut. Ich verliere nie, außer ich verliere absichtlich. Ich brauche ein wenig Aufregung. Hier habe ich sie. Aber ohne dich geht die Sache nicht.«

Sie schwiegen eine ganze Weile. Alan war sich dessen bewußt, daß Hawkes und seine Gruppe skrupellos waren; weigerte er sich, mitzutun, dann hatte er nicht mehr lange zu leben. Er hatte keine Wahl. Die Entdeckung, daß Hawkes ihn hauptsächlich deshalb aufgenommen hatte, weil er bei einem Bankraub nützlich werden konnte, ernüchterte ihn. Er versuchte sich selbst einzureden, daß auf einer solchen Dschungelwelt die Moral nichts bedeutete. Und er sagte sich, daß er mit dem gewonnenen Geld vielleicht einen Teil der Forschung finanzieren konnte, deren Ziel der Cavour-Hyperdrive war. Aber sehr überzeugend waren diese Argumente nicht. Sie berechtigten ihn noch lange nicht zu einem solchen Verbrechen. Zu keinem Verbrechen.

Aber Hawkes hatte ihn in der Falle. Es gab keinen Ausweg. Er war unter die Räuber geraten, und er mußte mittun.

»Na, schön«, erklärte er schließlich erbittert. »Ich fahre also den Fluchtwagen. Aber wenn die Geschichte vorüber ist, nehme ich meinen Anteil und steige aus. Ich will euch dann nie wieder sehen.«

Hawkes sah gekränkt drein, verbarg aber rasch seine Gefühle. »Das liegt bei dir, Alan. Ich bin aber froh, daß du schließlich doch nachgegeben hast. Andernfalls wäre es für uns beide unangenehm geworden. Und jetzt gehen wir besser schlafen.«

Aber Alan schlief kaum mehr in dieser Nacht. Der Kopf wirbelte ihm, und immer wieder wälzte er dieselben Gedanken, bis er schließlich wünschte, er könnte seine Schädeldecke abheben und diese Gedanken entweichen lassen.

Das Wissen, daß Hawkes ihn in erster Linie deshalb aufgenommen hatte, weil er in dessen Plan paßte, verwirrte ihn. Das intensive Training, das der Spieler ihm hatte angedeihen lassen, sollte ihn nicht nur zäher machen, sondern ihn auf die ihm beim Bankraub zugedachte Rolle vorbereiten.

Auch der Raub selbst machte ihm zu schaffen. Nicht einmal die Tatsache, daß man ihn dazu gezwungen hatte, änderte etwas an der Tatsache, daß er damit zum Kriminellen wurde. Und das ging gegen seine moralischen Grundsätze. Er war dann ebenso schuldig wie Hawkes; daran ließ sich nichts ändern.

Aber schließlich sah er ein, daß auch dieses brütende Nachdenken nichts daran änderte. Wenn alles vorüber war, hatte er genug Geld, um sein wirkliches Ziel anzugehen, die Entwicklung eines verwendungsfähigen Hyperdrive. Er mußte völlig mit Hawkes brechen, vielleicht in eine andere Stadt umziehen. Wenn seine Arbeit dann von Erfolg war, würde sie wenigstens teilweise das Verbrechen wiedergutmachen, das er nun begehen mußte. Teilweise wenigstens, bei weitem nicht ganz.

Die Woche kroch vorbei, und Alan hatte wenig Erfolg. Seine Gedanken waren nicht bei dem buntleuchtenden Spielbrett vor ihm, und er war nicht fähig, den einzelnen Zügen vorauszudenken. Er verlor, wenn auch nicht sehr viel.

Nacht für Nacht kamen die zehn Mitglieder des Syndikats in Hawkes' Wohnung zusammen und planten jeden Schritt des Verbrechens in allen Einzelheiten, bis jeder von ihnen seine Rolle im Traum kannte. Die Alans war zugleich die einfachste und schwierigste. Er hatte nichts zu tun, bis die anderen ihren Teil der Arbeit erledigt hatten; dann mußte er den gepanzerten Laster besteigen und etwaigen Verfolgern davonfahren. Er mußte damit weit über die Stadtgrenze hinausfahren, wo man ihn erwarten würde. Byng und Hollis sollten dann das Geld ausladen. Den Laster mußte er dann irgendwo abstellen, und schließlich sollte er mit einem öffentlichen Verkehrsmittel in die Stadt zurückkehren.

Kalt und klar dämmerte der Tag des Raubes herauf. Herbstfrost lag in der Luft. Alan war nervös und hatte eine unangenehme Ahnung, blieb aber trotzdem ruhiger, als er für möglich gehalten hatte – fast fatalistisch ruhig. Bei Einbruch der Nacht würde er ein gesuchter Verbrecher sein. Er überlegte, ob eine Million Kredits eine Entschädigung dafür seien. Vielleicht wäre es am besten, Hawkes zu betrügen und zu entkommen versuchen.

Aber Hawkes schien zu wissen, was in Alan vorging. Er bewachte ihn, ließ ihn keine Minute aus den Augen und ging kein Risiko ein. Er zwang Alan dazu, bei diesem Raub mitzutun.

Der Geldtransport sollte den Informationen entsprechend, die Hollis aus Bankkreisen hatte, um 12.40 Uhr beginnen. Kurz nach Mittag verließen Hawkes und Alan die Wohnung und begaben sich mit der U-Bahn an ihren Bestimmungsort in der Nähe der World Reserve Bank im Zentrum von York City.

Um 12.30 Uhr waren sie dort. Der Panzerwagen parkte davor; er sah unbezwinglich aus, und neben jedem der vier Räder hielt ein wuchtiger Roboter Wache. Drei menschliche Polizisten standen mehr der Wirkung halber da. Gab es irgendwelche Schwierigkeiten, so mußten die Roboter eingreifen.

Die Bank war ein Riesengebäude, mehr als hundert Stockwerke hoch; sie verjüngte sich terrassenförmig zu einem ragenden Turm, der sich im schimmernden Mittagshimmel verlor. Alan wußte, daß hier das Herz des Welthandels schlug.

Bewaffnete Wächter brachten die Geldbehälter von der Bank nach draußen und luden sie in den Laster. Alans Herz raste. Durch die Straßen eilten die Büroangestellten, die zum Mittagessen gingen. Konnte er unter diesen Umständen mit dem Wagen wegkommen?

Es war alles sekundengenau ausgerechnet und aufeinander abgestimmt. Als Hawkes und Alan auf die Bank zuschlenderten, ging Kovak eben über die Straße und las ein Telefaxblatt. Von den anderen war keiner zu sehen.

Webber saß, wie Alan wußte, in diesem Augenblick in einem Büro, von dem aus er den Bankeingang überwachen konnte. Genau um 12.40 Uhr sollte Webber den Schalter des Wellendämpfers drehen, der die vier Roboter lähmen würde.

Im gleichen Augenblick sollten die anderen in Aktion treten. Jensen, McGuire, Freeman und Smith mußten, mit Masken unkenntlich gemacht, die drei Polizisten anspringen und sie zu Boden werfen. Byng und Hawkes, die einen Augenblick vorher die Bank betreten hatten, würden unmittelbar hinter dem Haupteingang einen Boxkampf in Szene setzen, damit Verwirrung stiften und die zur Verstärkung herbeieilenden Wächter daran hindern, auf die Straße zu gelangen.

Hollis und Kovak lauerten vor der Tür. Sie mußten, wenn die anderen vier die Polizisten niedergeschlagen hatten, den Fahrer aus dem Laster ziehen. Im selben Augenblick mußte Alan von der anderen Seite her aufspringen und davonfahren, während alle übrigen nach verschiedenen Richtungen verschwinden und in der Menge untertauchen sollten. Byng und Hollis sollten, wenn sie ungehindert wegkamen, Alan am verabredeten Ort treffen.

Ging alles glatt und wie geplant, dann dauerte die ganze Sache kaum länger als dreißig Sekunden von der Zeit an gerechnet, da Webber den Schalter umlegte, bis zu der Sekunde, da Alan mit dem Laster wegfuhr. Wenn alles glatt ging ...

Die Sekunden krochen dahin. Jetzt war es 12.35 Uhr. Um

12.37 betraten Hawkes und Byng, aus verschiedenen Richtungen kommend, die Bank. Noch drei Minuten. Alans trügerische Ruhe verließ ihn. Er malte sich die schrecklichsten Zwischenfälle aus.

12.38 Uhr. Alle Uhren waren auf die Zehntelsekunde genau eingestellt.

12.39. 12.39:30.

Noch dreißig Sekunden. Alan nahm, wie verabredet, seinen Platz in einer Gruppe von Zuschauern ein. Noch fünfzehn Sekunden. Zehn. Fünf.

12.40 Uhr. Die Robotwächter verschlossen die Ladentüren des Lasters. Das Verladen und Verschließen war auf die Sekunde genau ausgeführt worden.

Die Robotwächter erstarrten.

Webber hatte seine Zeit eingehalten. Alan spannte seine Muskeln; die Erregung des Augenblicks hielt ihn gefangen. Jetzt dachte er nur noch an die Rolle, die er zu spielen hatte.

Die drei Polizisten warfen einander verblüffte Blicke zu. Jensen und McGuire sprangen sie an.

Die Robotwächter erwachten wieder zum Leben.

Innerhalb der Bank waren Schüsse zu hören. Bestürzt wirbelte Alan herum. Vier Wächter kamen mit schußbereiten Gewehren aus der Bank gestürzt. Was war mit Hawkes und Byng geschehen? Warum hatten sie den Eingang nicht, wie vereinbart, unpassierbar gemacht?

Die Straße war nun der Schauplatz allgemeiner Verwirrung. Überall rannten die Menschen herum. Alan sah, wie Jensen sich im Stahlgriff eines Robotwächters wand. Hatte Webbers Gerät versagt? Wahrscheinlich.

Alan war wie gelähmt. Er sah Freeman und McGuire die Straße entlangrennen, die Polizei hinter ihnen. Hollis stand innerhalb des Bankeinganges und starrte verständnislos auf die Straße. Dann kam Kovak auf Alan zugerannt.

»Alles ist schiefgegangen!« flüsterte er heiser. »Die Cops haben direkt auf uns gewartet! Byng und Hawkes sind tot. Komm, renn, was du kannst, wenn du dich selbst retten willst!«

# 15

Alan saß ruhig in der leeren Wohnung, die einst Max Hawkes gehört hatte; er saß da und starrte ins Leere. Fünf Stunden waren seit dem mißglückten Raubüberfall vergangen. Er war allein.

Über sämtliche Kommunikationsmittel war die Nachricht verbreitet worden. Er kannte sie Wort für Wort auswendig. Ein frecher Raubüberfall war geplant gewesen, aber die Polizei war im voraus gewarnt worden, so daß der Überfall vereitelt werden konnte. Die Robotwächter waren Spezialausführungen; fiel die eine Wellenlänge aus, so schalteten sie sich automatisch auf eine zweite um. Sie waren also nur für Sekunden ausgeschaltet gewesen. Innerhalb der Bank hatte man Spezialposten aufgestellt, die im Notfall sofort eingreifen konnten. Byng und Hawkes hatten versucht, den Ausgang zu blockieren, und wurden niedergeschossen. Hawkes war sofort tot, und Byng war eine Stunde später im Hospital gestorben.

Zwei weitere Bandenmitglieder waren gefangen worden, Jensen und Smith. Mindestens zwei weitere Männer, wahrscheinlich aber mehr, hatten sich an dem Raubüberfall beteiligt; man war ihnen eben jetzt auf der Spur.

Alan machte sich keine Sorgen. Er war dem Schauplatz des Überfalls höchstens auf dreißig oder vierzig Meter näher gekommen, und für ihn war es ganz einfach gewesen, unerkannt in der Menge unterzutauchen. Auch die anderen hatten damit keine Schwierigkeiten gehabt – Webber, Hollis, Kovak, McGuire und Freeman. Hollis und Kovak konnten vielleicht erkannt worden sein; dann kam man ihnen über ihren Televektor auf die Spur. Aber Alan war nicht registriert und hatte also auch keine Televektornummer. Und sonst konnte man ihn in keiner Weise mit dem Verbrechen in Verbindung bringen.

Er sah sich in der Wohnung um, sah das Audiosystem, die Bar und all die übrigen Dinge. Gestern, dachte Alan, war Hawkes noch hier gewesen; er hatte noch gelebt, und seine Augen hatten gefunkelt, als er zum letztenmal die Einzelheiten des Bankraubes durchgegangen war. Und jetzt war er tot. Es war hart, zu wissen, daß ein so vielseitiger, vitaler Mensch plötzlich ausgelöscht worden war.

Etwas fiel ihm ein. Die Polizei würde sich natürlich erkundigen, welche Dispositionen Hawkes bezüglich seines Vermögens getroffen hatte; dann fragten sie wohl in erster Linie nach den Beziehungen zwischen ihm und Hawkes. Vielleicht stellten sie dann auch Fragen wegen des Raubes. Alan beschloß, den ersten Schritt zu tun, um ihnen zuvorzukommen. Er griff nach dem Telefon, um die Sicherheitsbehörde anzurufen; er wollte sagen, daß er mit Hawkes zusammenwohnte und von seinem plötzlichen, gewaltsamen Tod gehört habe. Er würde sich unwissend stellen und nach Einzelheiten fragen. Und er würde ...

Aber da ging die Türklingel.

Alan legte den Hörer zurück und schaltete den Türschirm ein. Das Bild eines Mannes mittleren Alters in der silbergrauen Uniform des Polizisten erschien. So bald schon? dachte Alan. Und ich hatte noch nicht einmal die Möglichkeit, anzurufen ...

»Wer ist da?« fragte er mit überraschend ruhiger Stimme.

»Inspektor Gainer von der Weltsicherheitsbehörde.«

Alan öffnete die Tür. Inspektor Gainer lächelte freundlich, trat ein und setzte sich auf den Stuhl, den Alan ihm anbot. Alan war sehr nervös. Er hoffte, der Inspektor möge es nicht bemerken.

»Sie heißen Alan Donnell, nicht wahr?« begann der Inspektor. »Sie gehören dem Freien Status an, sind nicht registriert und professioneller Spieler der Klasse B. Das stimmt doch?«

Alan nickte. »Ja, das stimmt, Sir.«

Gainer hakte eine Notiz auf seinem Block ab, den er aus der Tasche genommen hatte. »Ich nehme an, Sie haben schon gehört, daß der Mann, der hier wohnte – Max Hawkes –, heute mittag bei einem Raubüberfall getötet wurde.«

»Ja, Sir. In den Nachrichten hörte ich es vorher. Ich bin sehr erschüttert. Darf ich Ihnen einen Drink anbieten, Inspektor?«

»Nein, vielen Dank. Ich bin im Dienst«, meinte Gainer freundlich. »Sagen Sie mir, Alan, wie lange kennen Sie Max Hawkes schon?«

»Seit Mai. Ich war früher Raumfahrer. Ich ... verließ das Schiff, wissen Sie. Max fand mich, als ich in der Stadt herumirrte, und dann nahm er sich meiner an. Aber von Raubüberfällen weiß ich nichts, Inspektor. Max war meistens ziemlich zugeknöpft. Als er heute morgen hier wegging, da sagte er, daß er Geld auf der Bank einzahlen wolle. Ich dachte nie daran ...«

Hoffentlich klingt das alles überzeugend, dachte er. Im Moment schien ihm aber eine lange Gefängnisstrafe wahrscheinlicher zu sein als alles andere. Und was am schlimmsten war – er hatte sich doch gewehrt, an diesem Raub teilnehmen zu müssen, ja er hatte tatsächlich auch gar nicht teilgenommen. In den Augen des Gesetzes mußte er allerdings ebenso schuldig erscheinen wie die anderen.

Gainer hob eine Hand. »Sie dürfen mich nicht mißverstehen, junger Mann. Ich bin nicht hier, um Sie des Verbrechens wegen zu vernehmen. Wir haben Sie nicht im Verdacht, daran beteiligt gewesen zu sein.«

»Warum aber ...«

Er nahm einen Umschlag aus der Brusttasche seiner Uniformjacke und faltete das Papier auf, das darinnen gesteckt hatte. »Ich kannte Max recht gut«, sagte er. »Vor etwa einer Woche kam er zu mir und gab mir einen versiegelten Umschlag, der nur im Fall seines Todes am heutigen Tag geöffnet werden durfte. Sonst mußte er ungeöffnet vernichtet werden. Vor ein paar Stunden machte ich den Umschlag nun auf. Ich denke, Sie sollten das hier lesen.«

Mit zitternden Fingern nahm Alan die Blätter entgegen und überflog sie. Sie waren sauber getippt. Alan erkannte die blockigen purpurfarbenen Buchstaben des Stimmschreibers, den Max in seinem Zimmer gehabt hatte.

Das Dokument erklärte, daß Hawkes für Freitag, den 13. Oktober 3876 einen Bankraub plane. Die Namen seiner Komplicen nannte er jedoch nicht. Er hielt fest, daß Alan Donnell, ein nicht registrierter früherer Raumfahrer, bei ihm wohnte und von dem geplanten Bankraub nichts wisse.

*»Im Falle meines Todes«,* hieß es dann wörtlich, *»bei dem geplanten Unternehmen ist Alan Donnell der Alleinerbe aller meiner irdischen Besitztümer. Diese Erklärung ersetzt alle früheren Erklärungen und Testamente, die ich irgendwann einmal erstellt haben könnte.«*

Ein Anhang zu diesem Testament brachte eine genaue Aufstellung dessen, was Hawkes zurückließ: verschiedene Bankkonten mit einem Gesamtwert von mehr als einer Dreiviertelmillion Kredits; verschiedene Aktien und sonstige Beteiligungen; Staatspapiere; etlichen Grundbesitz. Effekten und Grundbesitz waren nach Hawkes' Schätzung mehr als eine halbe Million Kredits wert.

Als Alan gelesen hatte, war er sehr blaß. Verwirrt sah er den Inspektor an. »Das soll alles mir gehören?« fragte er ungläubig.

»Ja, Sie sind ein ziemlich reicher junger Mann«, bestätigte Gainer. »Natürlich gibt es noch einige Formalitäten; das Testament muß geprüft und bestätigt werden, und Sie müssen damit rechnen, daß es angefochten wird. Aber wenn das Gericht mit der Prozedur fertig ist, sind Sie recht gut dran.«

Alan schüttelte den Kopf. Er konnte es noch immer nicht begreifen. »Als hätte er es gewußt«, murmelte er.

»Max Hawkes wußte immer alles«, antwortete Gainer freundlich. »Einen Menschen mit so sicheren Ahnungen gab es nur einmal. Es war, als sehe er immer ein paar Tage in die Zukunft. O ja, er wußte es ganz bestimmt. Und er wußte auch, daß dieses Dokument bei mir sicher aufgehoben war, daß er sich darauf verlassen konnte, daß ich es nicht vorzeitig öffnete. Stellen Sie sich vor – eine Woche vor einem Bankraub diesen anzukündigen und die Ankündigung versiegelt einem Polizeibeamten zu übergeben!«

Die Polizei hatte aber vorher schon von dem Raubplan erfahren; deshalb hatten ja Max und der traumpulversüchtige Byng ihr Leben lassen müssen. War Gainer derjenige gewesen, der sie verraten hatte? Hatte er den versiegelten Umschlag vorzeitig geöffnet und Max in den Tod geschickt?

Nein. Es war undenkbar, daß dieser seriöse Mann so etwas tun konnte. Diesen Gedanken schob Alan entschlossen von sich.

»Max wußte, daß er dabei umkommen würde«, sagte er. »Trotzdem hat er damit weitergemacht. Warum hat er das getan?«

»Vielleicht wollte er sterben«, vermutete Gainer. »Vielleicht hat ihn das Leben gelangweilt; es hat ihn gelangweilt, immer zu gewinnen; einen Max Hawkes hat noch niemand durchschaut. Das müssen Sie selbst ja auch herausgefunden haben.«

Gainer stand auf. »Ich muß jetzt gehen. Aber erst möchte ich Ihnen noch einen Vorschlag machen.«

»Ja, Sir?«

»Gehen Sie in die Stadt, junger Mann, und lassen Sie sich im Freien Status registrieren. Lassen Sie sich eine Televektornummer geben. Wenn Sie erst all das Geld haben, sind Sie ein wichtiger Mann. Und seien Sie in der Wahl ihrer Freunde äußerst vorsichtig. Max konnte auf sich selbst aufpassen. Sie, mein Sohn, könnten vielleicht nicht soviel Glück haben.«

»Gibt es irgendwelche Vernehmungen wegen des Raubes?« erkundigte sich Alan.

»Die sind schon eingeleitet. Es ist möglich, daß Sie auch zur Vernehmung gebeten werden, aber machen Sie sich deshalb keine Sorgen. Ich habe eine Kopie des Testaments an die Untersuchungsbehörde weitergeleitet. Sie unterliegen damit keinem Verdacht.«

In jener Nacht kam ihm die Wohnung merkwürdig leer vor. Alan wünschte, Gainer wäre länger geblieben. Er lief durch die dunklen Zimmer und wartete darauf, ob Max nicht doch noch käme. Aber Max kam nicht mehr nach Hause. Niemals mehr.

Erst jetzt wußte Alan, wie gern er Hawkes gehabt hatte. Er hatte es ihm nur nie gezeigt. Niemals hatte er dem Spieler Herzenswärme entgegengebracht, besonders nicht in jenen letzten Tagen, als sie beide unter dem Druck des geplanten Bankraubes standen. Aber Alan wußte genau, was er Max Hawkes zu verdanken hatte, und war dieser noch so gerissen und gewissenlos gewesen. Im Grund war er ein gutherziger Mensch gewesen und begabt – viel zu begabt –, und seine Triebe und Leidenschaften hatten ihn dann auf die andere Seite des Rechts geführt. Und jetzt war er tot. Fünfunddreißig Jahre. Und er hatte im voraus gewußt, daß sein letzter Tag nahe war.

Die nächsten Tage waren bis zur letzten Minute ausgefüllt. Alan wurde zur Vernehmung zur Sicherheitsbehörde gerufen, aber er bestand darauf, von diesem Raubüberfall nichts gewußt zu haben; das wurde vom Testament bestätigt. Es bestand kein Verdacht, er könne an dem Verbrechen beteiligt gewesen sein.

Dann ging er zum Einwohnermeldeamt und ließ sich im Freien Status registrieren. Er bekam einen Televektortransmitter, der chirurgisch in einen Muskel des Oberschenkels eingebettet wurde, und nahm von dem fetten, alten Hines MacIntosh einen Drink an, der dem Andenken von Max Hawkes gewidmet war.

Mit MacIntosh unterhielt er sich auch kurz über sein Erbe und über die Formalitäten von dessen Antritt. MacIntosh erklärte ihm, daß der Prozeß ziemlich kompliziert sei, aber zu fürchten habe er nichts. Das Testament durchlaufe jetzt die verschiedenen Ämter, um bestätigt zu werden.

Einige Tage später traf er auf der Straße mit Hollis zusammen. Der Geldverleiher sah blaß und verstört drein. Er hatte ziemlich viel Gewicht verloren, und die Haut hing ihm nun schlaff um die Knochen. Alan mochte den Geldverleiher nicht; trotzdem lud er ihn zum Mittagessen in ein Restaurant ein.

»Wie kommt es, daß du noch immer in York City herumhängst?« fragte er. »Ich dachte, sämtliche alte Kumpels von Max seien in Gefahr.«

»Sind sie auch«, bestätigte Hollis und wischte sich den Schweiß von der Stirn. »Ich bin soweit außer Verdacht. Sehr viele Vernehmungen wird es kaum geben. Zwei sind tot, zwei sind gefangen. Damit sind sie glücklich. Schließlich mißlang der Raub ja.«

»Hast du eine Ahnung, weshalb er mißlang?«

Hollis nickte. »Klar! Kovak war es, der ihnen den Tip gab.«

»Mike? Aber der sah mir eigentlich recht zuverlässig aus.«

»Den anderen auch. Aber er war Bryson eine ganze Menge Geld schuldig, und Bryson wollte gerne Max loshaben. Also verriet Kovak die Pläne des Raubüberfalls an Brysons Leute und bekam dafür seine Schulden bei Bryson gestrichen. Nun, und Bryson meldete natürlich alles sofort der Polizei. Sie warteten schon auf uns, als wir aufkreuzten.«

Damit war also der letzte Verdacht gegen Gainer hinfällig. Alan stellte das mit besonderer Erleichterung fest. »Und wie hast du alles herausgekriegt?«

»Bryson hat es mir selbst erzählt.«

»Was? Wie?«

»Ich glaube, er wußte nicht genau, wer außer Max daran noch beteiligt war. Jedenfalls wußte er nichts von mir. Bryson machte mit mir eine Wette, und dabei ließ er ein Wort darüber fallen, wie er es der Polizei gesteckt hatte. Und dann erzählte er mir die ganze Geschichte.

»Und Kovak?«

»Der ist tot«, berichtete Hollis ungerührt. »Bryson muß sich überlegt haben, wenn er Max loskriegen konnte, dann konnte er sich andere Leute ebenso vom Hals schaffen. Also sorgte er dafür, daß Kovak entsprechend behandelt wurde. Gestern hat man ihn gefunden. Herzversagen, wie es heißt. Bryson hat recht gute Drogen. Sag mal, Junge, hast du eine Ahnung, was mit dem vielen Kleingeld von Max geschieht?«

Alan zögerte. »Ich habe keine Ahnung. Wahrscheinlich schiebt die Regierung alles ein«, antwortete er schließlich.

»Das ist jammerschade«, überlegte Hollis laut. »Max hat viel Geld gehabt. Ich hätte gern einmal so richtig drinnen gewühlt. Bryson und seine Leute wohl auch.«

Darauf sagte Alan nichts. Als sie gegessen hatten, bezahlte er, und Hollis wandte sich nach Norden, Alan nach Süden. In drei Tagen sollte die Verhandlung wegen des Testaments stattfinden. Bryson schien der Spitzenmann der Verbrechersyndikate von York City zu sein und Alan rechnete bestimmt damit, daß er versuchen würde, sich einen Teil von Hawkes' Vermögen zu angeln.

Zur Verhandlung erschien auch tatsächlich einer von Brysons Männern, ein schlitzohriger Bursche namens Berwin. Er machte geltend, Hawkes habe sich vor einigen Jahren an Bryson angeschlossen, so daß also nach einem wenig bekannten Gesetz aus dem vorigen Jahrhundert über den Besitz berufsmäßiger Spieler, die bei kriminellen Handlungen getötet wurden, Hawkes' gesamte Hinterlassenschaft an Bryson zu gehen habe.

Der Robotcomputer, der die Ergebnisse der Verhandlung aufnahm und auswertete, überlegte eine Sekunde; dann klickten Relais, und der linke Schirm an der Vorderseite des Computers leuchtete auf. APPLIKATION ABGEWIESEN erschien in großen, roten Buchstaben.

Berwin redete drei Minuten lang und schloß mit dem Antrag, der Computer solle sich selbst disqualifizieren, um von einem menschlichen Richter ersetzt zu werden.

Diesmal kam der Entscheid noch schneller. APPLIKATION ABGEWIESEN.

Berwin warf Alan einen haßsprühenden Blick zu und verließ den Saal. Alan hatte einen ihm von Hawkes empfohlenen Anwalt namens Jesperson mit der Wahrnehmung seiner Interessen beauftragt. Kurz und präzis belegte er Alans Anspruch auf das Geld, verlas das Testament und trat zurück.

Der Computer überlegte Jespersons Antrag ein paar Augenblicke und las den Brief durch, den Alans Anwalt auf Band gegeben und dem Computer gefüttert hatte. Dann leuchtete der grüne Schirm auf mit den Worten: ANTRAG STATTGEGEBEN.

Alan lächelte. Bryson war geschlagen. Das Geld von Max Hawkes gehörte ihm.

»Nun, mein Sohn?« fragte Jesperson. »Wie fühlt man sich als Millionär?«

## 16

Er war viel zu aufgeregt gewesen, um diese Frage beantworten zu können; genau gesagt, jede Frage. Im Laufe der folgenden zwölf Monate stellte er jedoch fest, daß es angenehm war, Millionär zu sein.

Manches verursachte ihm natürlich auch Kopfschmerzen. Zuerst mußte er einige hundertmal seinen Namen schreiben, als Hawkes' Reichtum auf ihn übertragen wurde. Die Steuereinnehmer kamen, und Alan wurde ein Sümmchen an sie los, das ihn schwindeln machte.

Aber selbst nach Abzug aller Erbschafts- und sonstiger Steuern und aller Gebühren blieb ihm noch fast eine Million, und etliche gute Beteiligungen ließen das Vermögen tagtäglich größer werden. Jesperson wurde ihm vom Gericht als Vermögensverwalter zugewiesen, bis Alan das biologische Alter von einundzwanzig erreichte. Diese Entscheidung hätte natürlich angefochten werden können, da Alan zweifelsfrei im Jahre 3576 geboren und damit dreihundert Jahre alt war, aber der Robotrichter, der diese Sitzung leitete, zitierte einen siebenhundert Jahre alten Vorentscheid, nach dem für einen Raumfahrer das biologische und nicht das chronologische Alter maßgebend sei.

Die Vermögensverwaltung brachte für Alan keine Nachteile mit sich. Als er sich mit Jesperson traf, um über seine Pläne zu sprechen, da sagte der Anwalt: »Alan, du kannst für dich selbst sorgen. Ich gebe dir die Freiheit, mit deinem Besitz zu tun, was du für gut hältst – unter der Bedingung, daß ich bis zu deinem einundzwanzigsten Geburtstag ein Vetorecht habe.«

Das klang vernünftig, und Alan hatte keinen Grund, dem Anwalt zu mißtrauen. Schließlich hatte Hawkes ihn empfohlen. »Das ist mir recht«, antwortete Alan. »Wir könnten damit sofort anfangen. Ich würde gerne ein Jahr lang kreuz und quer über die Erde reisen. Als mein Vermögensverwalter werden Sie alle Hände voll zu tun haben, meinen Besitz zu verwalten und zu mehren.«

Jesperson lachte schallend. »Mein lieber Junge, du wirst

doppelt so reich sein, wenn du zurückkommst! Nichts verdient schneller Geld als Geld.«

In der ersten Dezemberwoche reiste Alan ab, nachdem er drei Wochen lang buchstäblich nichts anderes getan hatte, als seinen Fahrplan zu skizzieren. Er beabsichtigte viele Orte zu besuchen.

So mußte er zum Beispiel nach London, wo James Hudson Cavour gelebt und wo er seine Hyperdrive-Forschung betrieben hatte. In Zürich war das Lexman-Institut für Raumfahrt, das eine umfangreiche Bibliothek einschlägiger Literatur besaß. Vielleicht war dort irgendwo eines von Cavours Notizbüchern zu entdecken oder sonst etwas, das Alan einen Fingerzeig geben konnte. Ferner wollte er jenes Gebiet Sibiriens besuchen, das Cavour als Testgrund benützt hatte und von dem aus der Wissenschaftler zu seinem letzten Flug gestartet war, auf dem er dann auf ungeklärte Weise verschwand.

Es war aber nicht nur eine Geschäftsreise. Alan hatte nun fast ein halbes Jahr lang im schäbigen Hasbrouck gewohnt und konnte trotz seines Reichtums als Angehöriger des Freien Status nie in einen besseren Distrikt ziehen. Deshalb wollte er sich die Erde ansehen, reisen um des Reisens willen.

Vor seiner Abreise suchte er einen Buchhändler auf, dessen Spezialität seltene Ausgaben waren. Für den ungeheuren Preis von fünfzig Kredits kaufte er ein Exemplar der fünften Auflage des Buches von James H. Cavour *Erforschung der Möglichkeiten einer Raumfahrt mit höheren als Lichtgeschwindigkeiten.* Sein Exemplar war ja noch an Bord der *Walhalla,* ebenso wie seine übrigen kleinen Besitztümer, die er im Laufe seines Lebens als Raumfahrer erworben hatte.

»Die Cavour-Theorie?« hatte der Buchhändler gefragt, als Alan ihm den Titel nannte, unter dem ihm das Buch bekannt war. »Ah, warten Sie! Vielleicht ...« Er verschwand und kehrte nach wenigen Minuten mit einem alten, dünnblättrigen, schon sehr zerlesenen Buch zurück. Alan schlug die erste Seite auf. Dort standen die Worte, die er so oft gelesen hatte: »Das gegenwärtige System der interstellaren Reisen ist so mangelhaft, daß es auf einer absoluten Grundlage nicht anwendbar erscheint.«

»Ja, das ist es. Ich nehme es.«

Die erste Station auf seiner Reise um die Erde war London, wo

Cavour geboren und aufgewachsen war. Das war schon dreizehnhundert Jahre her. Die Stratoliner legten die Atlantikstrecke in weniger als zwei Stunden zurück. Vom Raumhafen bis zum Stadtzentrum von London brauchte er eine weitere halbe Stunde.

Aus Cavours autobiographischen Notizen hatte Alan entnommen, London müsse eine uralte, malerische, verträumte Stadt sein, die an allen Ecken und Enden nach Geschichte roch. Ein noch größerer Irrtum wäre wohl nicht möglich gewesen. Glatte, glänzende Türme aus Plastik und Mauerwerk begrüßten ihn; die Hochbahnraketen röhrten über die Dächer der Türme; ein Netz von Brücken verband sie. Alles summte vor Geschäftigkeit.

Er ging nach Bayswater, um Cavours altes Heim zu besuchen. Er stellte sich vor, daß er im Fachwerk des uralten Hauses geheime Notizen finden würde. Aber ein örtlicher Polizist schüttelte den Kopf, als Alan ihn nach der Straße fragte.

»Tut mir leid, junger Mann. Von einer Straße dieses Namens habe ich noch nie etwas gehört. Versuchen Sie's doch einmal bei der Robotinformation, ja?«

Der Informationsroboter war ein grünwandiger, plumper Automat in einem Kiosk, der in der Mitte einer gut gepflasterten Straße stand. Alan näherte sich ihm und gab dem Roboter die dreizehnhundert Jahre alte Anschrift von Cavour.

»Eine solche Adresse ist in den gegenwärtigen Unterlagen nicht zu finden«, antwortete die stählerne Stimme.

»Das ist eine alte Adresse. Sie geht bis ins Jahr 2570 zurück. Damals lebte ein Mann namens Cavour dort.«

Der Roboter verdaute die neuen Angaben; Relais summten, als er seine Gedächtnisspeicher durchforschte. Dann knarrte der Roboter: »Daten zur gegebenen Adresse gefunden.«

»Fein! Und wo ist das Haus?«

»Der ganze Bezirk wurde im Zuge des Neuaufbaues von London in den Jahren 2982–2997 niedergerissen. Reste sind nicht mehr vorhanden.«

»Oh!« stöhnte Alan.

Da und dort fand er eine winzige Spur. Im Ehrenbuch der Stadt aus dem Jahr 2529 tauchte Cavours Name auf; das Technologische Institut von London hatte ein paar Unterlagen, und in dessen Bibliothek fand er eines von Cavours Büchern. Das war aber auch alles. Nach einem Aufenthalt von einem Monat verließ er London und reiste quer durch Europa.

Was er fand, kannte er fast alles schon aus der Bibliothek der *Walhalla*. Der Jammer war nur gewesen, daß das Schiff immer mindestens eine Dekade hinter der Erde dreinhinkte, oft sogar viel mehr. Viele Bücher waren an Bord gekommen, als das Schiff in Dienst gestellt wurde, und das war im Jahre 2731 gewesen. Seitdem hatte sich das Gesicht Europas total verändert.

Die alten Häuser, die oft schon tausend Jahre und länger gestanden hatten, waren von neuen, riesigen Gebäuden ersetzt worden. Zwischen Dover und Calais schwang sich eine schimmernde Brücke. Sämtliche Flüsse Europas wurden von zahlreichen Brücken überspannt, die eine mühelose Verbindung zwischen den einzelnen Staaten der Föderation von Europa herstellten. Da und dort gab es noch ein paar Überbleibsel aus der Vergangenheit; der Eiffelturm stand noch und nahm sich inmitten der neuen Wolkenkratzer zwergenhaft klein aus. Auch Notre Dame stand noch; der Rest von Paris, die alte Stadt, von der Alan so viel gelesen hatte, war den Jahrhunderten zum Opfer gefallen.

In Zürich besuchte er das Lexman-Institut für Raumfahrt; das war eine großartige Gruppe von Gebäuden, die aus den Erlösen und Lizenzgebühren des Lexman-Antriebes finanziert wurden. Eine zwanzig Meter hohe Leuchtstatue stellte Alexander Lexman dar, der im Jahre 2337 als erster Mensch die Sterne in Reichweite der Erde brachte.

Alan gelang es sogar, mit dem Leiter des Instituts zu sprechen; das Ergebnis dieser Besprechung war aber wenig befriedigend. Sie fand statt in einem Büro, das eher eine Gedenkstätte für die epochemachenden Testflüge des Jahres 2338 war.

»Ich interessiere mich besonders für die Arbeit von James H. Cavour«, begann Alan ohne Umschweife, und aus der Miene des Wissenschaftlers zu schließen, war er damit in ein Fettnäpfchen getreten. »Ich glaube ja, das klingt ein wenig seltsam, wenn ich zum Lexman-Institut komme, um Informationen über Cavour ...«

»Cavour ist von Lexman unendlich weit entfernt, mein Freund. Cavour war ein Träumer, Lexman ein Mann der Tat.«

»Lexman hatte Erfolg. Aber woher wollen Sie wissen, daß Cavour keinen Erfolg hatte?«

»Weil, mein junger Freund, eine Reisegeschwindigkeit, welche die des Lichtes übersteigt, ganz einfach unmöglich ist. Sie ist ein Traum. Eine Utopie.«

»Wollen Sie damit sagen, daß in diesem Institut keine Forschungen durchgeführt werden, die sich mit höheren als Lichtgeschwindigkeiten befassen?«

»Die Statuten unserer Institution, die von Alexander Lexman persönlich stammen, schreiben vor, daß wir uns mit der Verbesserung der Raumfahrttechniken befassen. Von Phantasien und Tagträumen ist darinnen nichts erwähnt. Hier an diesem Institut werden keine Hyperdrive-Forschungen vorgenommen; sie werden auch niemals vorgenommen werden, solange wir den Intentionen von Alexander Lexman treu bleiben.«

Alan hätte am liebsten laut und deutlich verkündet, daß Lexman ein kühner Pionier gewesen war, der kein Risiko gescheut hatte, der sich niemals Gedanken machte über Kosten und die öffentliche Meinung. Er sah nur allzu deutlich, daß die verantwortlichen Leute des Instituts Lexmans Idee zu einem Fossil gemacht hatten und selbst versteinert waren. Es war Zeitverschwendung, mit ihnen zu sprechen.

Entmutigt reiste er weiter und machte in Wien eine Pause, um die Oper zu besuchen. Max hatte immer geplant, einmal mit ihm zusammen einen Urlaub in Wien zu verbringen und Mozart zu hören; Alan war der Meinung, er schuldete es Hawkes, dies nun in seinem Namen zu tun. Die Opern, die er sah und hörte, waren schon älter als zweitausend Jahre. Er genoß die herrliche Musik.

In Ankara besuchte er einen Zirkus, in Budapest ein Fußballspiel und in Moskau einen Ringkampf. Er reiste nach Sibirien weiter, wo Cavour die letzten Jahre verbracht hatte, und fand statt der riesigen Wüsten, die im Jahr 2570 für Raumschiffexperimente das geeignetste Gelände abgaben, eine riesige, blühende, supermoderne Stadt mit fünf Millionen Einwohnern. Cavours Versuchsgelände war schon längst bebaut.

Als er nach Ägypten kam, bekam Alans Glaube an die Beständigkeit des Menschengeschlechtes und seiner Bemühungen wieder etwas Auftrieb. Die Pyramiden waren nun siebentausend Jahre alt und sahen so ewig aus wie die Sterne.

In Südafrika erlebte er den ersten Jahrestag seines Abschiedes von der *Walhalla*. Von hier aus reiste er weiter nach China und Japan, besuchte die hochindustrialisierten Inseln im Pazifik und nahm auf den Philippinen den Raketenexpreß, um nach Amerika zurückzukehren.

Die nächsten vier Monate benützte er zu Reisen in den Vereinigten Staaten; er bestaunte den Grand Canyon und die anderen landschaftlichen Schutzgebiete des Westens. Östlich vom Mississippi schien das Leben ganz anders; zwischen York City und Chicago gab es kaum einen unbebauten Landstrich.

Gegen Ende November kehrte er dann nach York City zurück. Jesperson begrüßte ihn am Flughafen, und sie fuhren miteinander nach Hause. Alan war ein volles Jahr weggewesen; er war jetzt über achtzehn, ein wenig schwerer, auch ein wenig stärker. Von dem großäugigen Jungen, der vor einem Jahr die *Walhalla* verlassen hatte, war nicht viel übriggeblieben. Innerlich hatte er sich gründlich geändert.

Nur in einer Beziehung war er sich gleich geblieben; das heißt, dem Sinn nach. Seine Bestimmtheit in dieser Beziehung hatte zugenommen. Er war mehr denn je entschlossen, das Geheimnis der Raumreisen bei Überlichtgeschwindigkeit zu entschlüsseln.

Aber er war entmutigt. Seine Reise hatte ergeben, daß nirgendwo auf der Erde sich auch nur ein Mensch ernstlich mit der Erforschung des Hyperdrive abgab. Entweder hatte man früher einmal Versuche in dieser Richtung unternommen und sie, als man keinen Erfolg sah, dann als hoffnungslos aufgegeben; oder man hatte, wie die Leute in Zürich, das Konzept von Anfang an als Utopie abgetan.

»Hast du gefunden, was du gesucht hast?« erkundigte sich Jesperson.

Alan schüttelte langsam den Kopf. »Nein, keine Spur davon. Und ich habe wirklich gründlich gesucht.« Er sah den Anwalt nachdenklich an. »Was bin ich im Augenblick wert?«

»Nun, grob geschätzt ...« Jesperson überlegte einen Augenblick. »Ich würde sagen, eine Million und dreihunderttausend. Im vergangenen Jahr sind mir einige gute Investitionen gelungen.«

Alan nickte. »Gut. Halten Sie das Geld beisammen. Vielleicht entschließe ich mich dazu, selbst ein Forschungslabor aufzumachen. Dann brauchen wir jeden Kredit, den wir bekommen haben und noch bekommen können.«

Aber am nächsten Tag kam mit der Morgenpost etwas an, das Alans Pläne änderte. Es war ein kleines, dickes Päckchen, sauber verpackt und trug als Absender den Namen *Dwight Bentley* mit einer Londoner Nummer.

Alan runzelte die Brauen und versuchte sich des Namens zu erinnern. Plötzlich fiel es ihm ein – Bentley war doch der Zweite Vorstand des Instituts für Technologie in London, Cavours alter Schule. Alan hatte mit Bentley ein langes Gespräch geführt; einen ganzen Nachmittag lang hatten sie von Cavour, von der Raumfahrt und von Alans Hoffnung, den Hyperdrive entwikkeln zu können, geredet.

Alan löste die Verschnürung und schlug die Verpackung zurück. Obenauf lag ein Brief von Bentley.

*London, 3. November 3877*

*Mein lieber Mr. Donnell:*

*Vielleicht erinnern Sie sich des Gesprächs, das Sie und ich im vergangenen Winter in diesem Institut führten, als Sie zu Besuch in London waren. Ich erinnere mich, daß Sie am Leben und Werk von James H. Cavour äußerst interessiert waren, und die feste Absicht hatten, das weiterzuentwickeln, was er auf dem Gebiet der Raumfahrt schon erreicht hatte.*

*Vor einigen Wochen haben wir hier die Archive des Institutes einer gründlichen Durchsicht unterzogen. Zu unserer größten Überraschung fanden wir ein ganzes Bündel von Dokumenten, die anscheinend in der Computerbank der Hauptbibliothek verlorengegangen waren. In den vergangenen siebenhundert Jahren sind sie jedenfalls nirgends mehr verzeichnet gewesen. Sie können sich bestimmt vorstellen, welche Aufregung dieser Fund hier ausgelöst hat.*

*Die Aufgabe, dieses wiederentdeckte Material zu sichten und auszuwerten, wird uns sicherlich viele Jahre beschäftigen. Aber die ersten Nachdrucke ließen bereits etwas erkennen, das für Sie von Wert sein könnte, da es sich anscheinend um eine bisher unveröffentlichte Arbeit Cavours handelt. Wir haben keine Unterlagen darüber, wie wir in den Besitz dieser Dokumente gelangt sind, aber ich nehme an, daß Mr. Cavour sie unserem Institut von seinem asiatischen Labor aus zugeschickt hat, damit sie zusammen mit einigen unbedeutenderen Dingen, die Sie gesehen haben, hier aufbewahrt wurden. Der*

*Irrtum eines Computers war wohl dafür verantwortlich, daß diese Spur dieser Unterlagen versickerte und unseren Indexprüfern entging. Damit wurden sie unseren Studenten seit vielen hundert Jahren entzogen.*

*Ich nehme mir die Freiheit, Ihnen hiermit einen Faksimilewürfel des Materials zu übersenden in der Hoffnung, daß es Ihnen bei Ihrer Arbeit von Nutzen sein möge und Ihnen vielleicht zum Erfolg verhilft. Ich muß Sie allerdings bitten, den Text nirgends zu veröffentlichen, sonst jedoch steht es Ihnen frei, sich des Inhalts nach Belieben zu bedienen.*

*Herzlichst*

*Ihr Dwight Bentley*

Ungeduldig schob Alan den Brief beiseite und wickelte den Faksimilewürfel aus. Er eilte zu seinem Lesegerät und schob den Würfel auf den Objektträger.

Er glühte auf, als der Suchstrahl ihn bestrich und durchdrang, nach den Informationspunkten forschte und sie festhielt. Sofort übertrug der tastende Laserstrahl die im Würfel aufgezeichneten Daten in optische Eindrücke, und auf dem Schirm des Lesegerätes erschien ein in zerschlissenes Leinen gebundenes Buch. Es war noch abgenützter als die zerlesene Ausgabe von *Die Cavour-Theorie*, die er gekauft hatte. Das Buch sah aus, als könnte es im ersten Lufthauch zerfallen.

Er drückte einen Knopf. Der Strahl ging tiefer in den Würfel; es war, als sei der zerschlissene Deckel umgelegt worden. Die erste Seite des Buches war nicht beschrieben, auch die zweite und dritte nicht. Alan fuhr fort, die einzelnen Seiten »umzuwenden«, indem er den tastenden Strahl immer tiefer in den Würfel schickte. Auf der vierten Seite erkannte er einige Zahlen einer steilen Handschrift. Er sah genauer hin und las mit ehrfürchtigem Staunen die fast verblichenen Worte:

*Tagebuch von James Hudson Cavour, Band 16,*
*8. Januar bis 11. Oktober 2570.*

## 17

Das Tagebuch des alten Mannes war ein faszinierendes Dokument. Alan wurde nie müde, darüber zu sitzen, um sich ein Bild dieses eigensinnigen, genialen Fanatikers zu machen, der sich so verzweifelt bemüht hatte, die Sterne der Erde noch näher zu bringen.

Cavour war, wie auch andere verbitterte Einsiedler, ein leidenschaftlicher Tagebuchschreiber. Jeder Tag seines Lebens war sorgfältig festgehalten und genau beschrieben, seine Verdauung, das Wetter, zufällige Gedanken, menschliche Beobachtungen und ähnliche Dinge. Aber Alan war hauptsächlich an dem interessiert, was mit den Forschungen und Versuchen zu dem Problem der Raumfahrt bei Überlichtgeschwindigkeit zusammenhing.

Cavour hatte viele Jahre lang in London gewohnt und gearbeitet; die Reporter hatten ihn bedrängt, die Wissenschaftler verspottet. Aber gegen Ende des Jahres 2569 hatte er gefühlt, daß er an der Schwelle zum Erfolg stand. In seinem Tagebuch hieß es unter dem 8. Januar 2570:

»Das Versuchsfeld in Sibirien ist fast fertig. Es hat fast meine sämtlichen Ersparnisse verschlungen, aber dort habe ich die Ruhe, die ich so dringend für meine Arbeit brauche. Ich denke, in etwa sechs Monaten wird mein Modell fertig sein. Es verbittert mich, daß ich gezwungen bin, wie ein ganz gewöhnlicher Arbeiter beim Modellbau selbst mit Hand anzulegen, wo doch meine Arbeit schon vor drei Jahren hätte abgeschlossen sein müssen, als ich meine Theorie fertig entwickelt und mein Schiff entworfen hatte. Aber so will es die Welt haben, und so soll es denn auch sein.«

Oder am 8. Mai des gleichen Jahres:

»Heute hatte ich einen Besucher; es war ohne Zweifel ein Journalist. Ich jagte ihn weg, ehe er mich stören konnte, aber ich fürchte, andere werden kommen. Selbst in dieser sibirischen Öde habe ich keine Ruhe. Die Arbeit geht glatt weiter, wenn wir auch zeitlich ein wenig im Rückstand sind. Ich werde froh sein, wenn mein Schiff vor Jahresende fertig ist.«

Am 17. August:

»Flugzeuge kreisen über meinem Labor. Man scheint mir nachzuspionieren. Das Schiff geht der Vollendung entgegen.

Für Flüge mit dem Lexman-Antrieb ist es praktisch schon jetzt bereit, aber der Einbau meines Raumkrümmungsgenerators wird noch einige Monate beanspruchen.«

Am 20. September:

»Diese Störungen werden allmählich unerträglich. Fünf Tage lang versucht nun schon ein amerikanischer Journalist, mich zu interviewen. Mein sibirisches Geheimlabor ist anscheinend schon zu einer Touristenattraktion für die ganze Welt geworden. Die letzten Stromkreise des Raumkrümmungsgenerators machen mir einiges Kopfzerbrechen. Es gibt schon so vieles, was verbessert werden muß. Unter diesen Umständen ist an Arbeit kaum zu denken. Ich habe diese Woche tatsächlich jede Maschinenarbeit zurückgestellt.«

Dann am 11. Oktober 2570:

»Es gibt nur noch eine Möglichkeit für mich. Ich muß die Erde verlassen, um die Installation meines Generators zu Ende zu führen. Diese herumschnüffelnden Narren und Spötter können mich einfach nicht in Ruhe lassen, und nirgendwo auf der ganzen Erde finde ich die Einsamkeit, die ich brauche. Ich werde zur Venus fliegen, sie ist unbewohnt und unbewohnbar. Vielleicht läßt man mir dort wenigstens zwei Monate der Ruhe, die ich noch brauche, um mein Schiff für den interstellaren Antrieb umzubauen. Dann kann ich zur Erde zurückkehren, ihnen zeigen, was ich getan habe, einen Demonstrationsflug – vielleicht zum Rigel – anbieten ...

Warum quält die Erde ihre wenigen erfinderischen Köpfe so sehr? Warum war mein ganzes Leben nur eine endlose Verfolgung gewesen, seit ich erklärte, es müsse eine Möglichkeit geben, die unendlich langen Wege des Raumes abzukürzen? Die Antworten sind zutiefst in den dunklen Ecken der kollektiven menschlichen Seele zu finden, und kein Mensch wird je verstehen, was dort vor sich geht. Es befriedigt mich, trotz allem Erfolg zu haben. Eines fernen Tages wird man sich meiner ebenso erinnern wie eines Kopernikus, eines Galilei, als eines Mannes, der erfolgreich gegen den Strom geschwommen ist.«

Hier endete das Tagebuch. Aber die letzten paar Seiten enthielten Berechnungen – eine Versuchsstrecke zur Venus, etliche Startberechnungen, Statistiken über die geographische Verteilung der venusischen Landmassen und ähnliches.

Zugegeben, Cavour muß ein komischer Vogel gewesen sein, überlegte Alan. Vielleicht entsprang die Hälfte der von ihm beklagten »Verfolgungen« nur seinem fiebrigen Gehirn; doch das war unwichtig. Er war zur Venus geflogen. Das Tagebuch, das sich im Institut der Technologie in London gefunden hatte, bewies es. Für Alan gab es daher nur einen einzigen logischen Schritt.

Zur Venus fliegen. Dem Kurs folgen, den Cavour auf den letzten Seiten seines Tagebuchs aufgekritzelt hatte.

Vielleicht gelang es ihm, das Schiff aufzufinden; vielleicht den Standort seines Labors, ein paar Notizen, irgend etwas. Er durfte es auf keinen Fall zulassen, daß dort die Spur versickerte.

»Ich möchte ein kleines Raumschiff kaufen«, erklärte er Jesperson. »Ich werde zur Venus fliegen.«

Erwartungsvoll sah er seinen väterlichen Freund und Anwalt an, bereit sogar zu einer heftigen Diskussion. Aber Jesperson lächelte nur.

»Okay«, sagte er. »Wann willst du abfliegen?«

»Sie erheben gar keine Einwände? Das Schiff, das ich mir vorstelle, kostet mindestens zweihunderttausend Kredits.«

»Das weiß ich selbst. Ich habe auch einen Blick in Cavours Tagebuch geworfen, mein Sohn. Es war mir also klar, daß du dich entschließen würdest, dieser alten Ente zur Venus zu folgen, und ich bin viel zu klug, als daß ich mich in dieser Beziehung mit dir auf einen Streit einließe. Laß mich's wissen, wenn du das Schiff gefunden hast, das dir vorschwebt, und ich setze mich an meinen Schreibtisch und schreibe den Scheck aus.«

Es war jedoch nicht ganz so einfach. Alan wollte ein neues Schiff haben, und er hielt einige Monate lang danach Ausschau und fand schließlich das, was er suchte. Es war ein Modell Raummeister 3878, ein schimmerndes, glattes, geschoßähnliches Schiff von etwa dreißig Metern Länge, mit Lexman-Konvertern und konventionellem Ionenantrieb ausgestattet, und konnte daher sowohl im Raum als auch in der Atmosphäre fliegen. Es war für Alan ein erhebender Anblick, als es im Schatten der großen Sternenschiffe auf dem Raumhafen stand.

Alan war stolz. Diese schlanke, dunkelgrüne Nadel schien es nicht erwarten zu können, sich in die Leere des Raumes zu bohren. Er schlenderte durch den Raumhafen und hörte den

Mechanikern zu, die andere Schiffe auftankten und startklar machten.

»Das ist ein feines Schiffchen, das kleine grüne dort draußen. Der Käufer kann froh sein, es gekriegt zu haben!«

Am liebsten wäre Alan zu dem Mechaniker gegangen und hätte ihm gesagt: ›Das ist mein Schiff. Ich bin Alan Donnell.‹ Aber er wußte, sie hätten nur gelacht. Ein großer Junge von knapp neunzehn konnte nicht gut der Besitzer eines Schiffes vom Modell Raummeister 3878 sein, an dem sozusagen noch ein Preisschild über 225 000 Kredits hing.

Es juckte ihn in den Fingern, das Schiff in den Raum zu bringen, aber erst gab es noch einige Verzögerungen. Er brauchte in erster Linie eine Fluglizenz. Obwohl er auf der *Walhalla* eine Grundausbildung in Astrogationstechniken und in der Raumschiffführung selbst als Teil seiner Schulung genossen hatte, war sein Wissen etwas eingerostet und mußte in einem Kurs von sechs Monaten aufgefrischt werden. Es waren sechs mühsame Monate.

Dann kamen die physischen Untersuchungen und die psychischen Prüfungen. Alan kochte geradezu vor Ungeduld, wußte aber, daß die Prüfungen unerläßlich notwendig waren. Ein Raumschiff, auch ein kleines, das in privater Hand war, wurde in den Händen eines Unerfahrenen zu einer tödlichen Waffe. Ein außer Kontrolle geratenes Raumschiff, das der Erde entgegenraste und dort zerschellte, konnte Millionen Menschen töten. Die Schockwelle konnte bis zu fünfzig Quadratmeilen dem Erdboden gleichmachen. Also erhielt niemand die Erlaubnis, ein Schiff in den Raum zu bringen, wenn er keine Lizenz aufweisen konnte. Und eine Lizenz mußte man sich hart erarbeiten.

Im Juni 3879 erhielt er sie, einen Monat nach seinem zwanzigsten Geburtstag. Seinen Kurs zur Venus hatte er nun schon etliche hundertmal errechnet, wieder errechnet und nachgeprüft. Er kannte ihn im Schlaf.

Drei Jahre waren vergangen, seit er zum letztenmal an Bord eines Raumschiffes gewesen war; es war die *Walhalla* gewesen. Kindheit und Jugend erschienen ihm nun wie ein nebelhafter Traum, der nur noch selten aus dem Hintergrund seines Bewußtseins auftauchte. Die *Walhalla* war mit seinem Vater und seinem Bruder an Bord drei Erdjahre im Raum, und sieben

Jahre vergingen noch, ehe sie Prokyon, ihren Bestimmungsort, erreichte.

Für die Mannschaft waren allerdings erst vier Wochen vergangen – dank der Fitzgerald-Kontraktion; vier Wochen, seit Alan sie verlassen hatte. Für Alan waren es drei Jahre.

In diesen drei Jahren war er zum Erwachsenen geworden. Er wußte jetzt, wohin er steuerte, nichts schreckte ihn. Er verstand und kannte die Menschen. Er hatte ein großes Ziel, das mit jedem Monat näher rückte.

Am 5. September 3879 sollte seine Reise beginnen. Der Kurs, auf den er sich endgültig festgelegt hatte, sollte ihn auf einer sechstägigen Reise bei niedriger Beschleunigung über eine Entfernung von gut vierzig Millionen Meilen zur Venus bringen.

Auf dem Raumhafen reichte er seine Lizenz zur Genehmigung ein, hinterlegte eine Kopie des von ihm gewählten Kurses beim Zentralen Routenamt und bekam Starterlaubnis.

Die Bodenmannschaft war von dem bevorstehenden Start Alans bereits unterrichtet. Die Männer machten das Schiff startklar. Ein wenig verstört nahmen die Leute der Bodenkommission die Ausweise des ungewöhnlich jungen Piloten zur Kenntnis, ehe er in den Kontrollraum des Schiffes kletterte, dem er den Namen *James Hudson Cavour* gegeben hatte. Niemand wagte es aber, seine Lizenz anzuzweifeln.

Mit zärtlichen Augen musterte Alan die schimmernden Instrumente des Pilotensitzes. Er nahm Verbindung auf mit dem Zentralturm, bekam die genaue Startzeit, prüfte den Treibstoffstand, die Steuerventile, den Autopiloten und andere Geräte nach. Dann übertrug er seinen Kurs auf Band und legte es in den Autopiloten ein. Mit einem Hebeldruck fädelte sich das Band in den Bordcomputer, der klickte und summte.

»Acht Minuten vor Start«, kam die Durchsage vom Turm.

Noch nie waren acht Minuten so langsam vergangen. Alan schaltete den Sichtschirm ein und sah auf das Feld hinunter. Die Bodenmannschaft räumte eiligst die Umgebung seines Schiffes.

»Eine Minute vor Start, Pilot Donnell.« Und dann begann der Countdown.

Zehn Sekunden. Alan aktivierte den Autopiloten und drückte auf den Knopf, der seinen Sitz in einen schützenden Beschleunigungssessel verwandelte; genauer gesagt, in eine Art Wiege. Die Stimme vom Kontrollturm rief dröhnend die letzten

Sekunden aus. Voll Spannung wartete Alan auf den harten Schlag der Beschleunigung.

Dann kam das Röhren, das Schiff taumelte für einen Moment von einer Seite zur anderen, kämpfte mit der Schwerkraft und war dann frei. Der Start war gelungen.

Ein wenig später folgte dann schlagartig die dröhnende Stille, als die Antriebsaggregate sich abschalteten. Dann kam der Moment des freien Falls und schließlich der ungeheure Druck der beiden Seitenjets, die das kleine Schiff in eine Drehung um die Längsachse brachten. Nun setzte auch die künstliche Schwerkraft ein. Es war ein geradezu perfekter Start gewesen. Nun hatte er nichts mehr zu tun, als darauf zu warten, daß die Venus näher rückte.

Die Tage vergingen langsam. Alans Stimmung schwankte zwischen Zweifel und Triumph. Zweifelte er, dann war er überzeugt, seine Reise zur Venus sei die utopische Jagd nach einem Phantom, die ihn nur in eine Sackgasse führte, und Cavour sei schließlich doch nur ein paranoider Irrer, der Hyperdrive der Traum eines Idioten gewesen.

In den Momenten der Freude stellte er sich vor, wie er Cavours Schiff finden und ein wenig später eine ganze Flotte von Schiffen mit Hyperdrive bauen würde. Und dann waren auch weit entfernte Sterne in die Reichweite der Erde gerückt! Dann würde er kreuz und quer über die ganze Galaxis reisen, wie er vor zwei Jahren die Erde bereist hatte. Kanopus und Deneb, Rigel und Prokyon – diese und noch viel mehr Sterne würde er besuchen. Von einem Ende des Universums zum anderen würde er hüpfen.

Das schimmernde Oval der Venus wurde größer und heller. Schon erkannte er die Wirbel in der Wolkendecke des Schwesterplaneten der Erde.

Die Venus war noch immer eine unbekannte Welt. Auf Mars und Pluto gab es Erdkolonien, aber um die Venus mit ihrer ätzenden Atmosphäre und unerträglichen Hitze hatte man immer einen großen Bogen gemacht. Cavour hatte recht gehabt: unbewohnt und unbewohnbar. Es hätte unvorstellbare Summen verschlungen, wollte man die Venus für die menschliche Kolonisation vorbereiten. Im anderen Sonnensystem gab es zahllose Planeten, die trotz der viel größeren Entfernung leichter und billiger zu kolonisieren waren.

Das Schiff tauchte in die Wolkendecke ein. Schwaden heißen, grauen Dampfes strömten an der absteigenden *Cavour* vorbei. Endlich hatte Alan die Wolkenschicht durchstoßen. Jetzt mußte er von der Computer- auf Handsteuerung übergehen und so gut wie möglich den alten Berechnungen Cavours folgen. Er brachte sein Schiff in eine Umlaufbahn tausend Meter über der Venusoberfläche, die in einem Winkel von 25 Grad zum Venusäquator verlief. Dann schaltete er seinen Sichtschirm auf Intensivbeobachtung.

Er kreiste über einer in Staubwolken gehüllten Ebene. Der Himmel zeigte phantastische Farben; es war eine Suppe aus fleckigem Blau und Grün vor einem alles durchdringenden Hintergrund aus mattem Rosa. Die Luft unter seinem Schiff sah grau aus. Keine Sonne vermochte die dicke Dampfschicht zu durchdringen, die den ganzen Planeten einhüllte. Mehr als einen vagen, diffusen, perlmuttfarbenen Schimmer konnte sie nicht erzeugen. Die aus der Ebene steil aufragenden Berge warfen keine Schatten.

Fünf Stunden lang ließ Alan sein Schiff über diese unendliche Ebene von West nach Ost treiben. Er hatte gehofft, einen winzigen Hinweis auf Cavours Lager zu finden – einen Pfad vielleicht, eine Hütte, einen Haufen rostigen Materials, irgend etwas. Aber es war hoffnungslos, und Alan wußte es. Er war wirklich naiv gewesen, wenn er geglaubt hatte, er könnte etwas finden. In den dreizehn vergangenen Jahrhunderten mußten die Winde der Venus jede Spur von Cavours Lager zugedeckt haben – vorausgesetzt, Cavour hatte die Venus überhaupt erreicht.

In grimmiger Entschlossenheit erforschte Alan die Ebene weiter. Diese unendliche Leere da unten stimmte ihn trübsinnig. Aus seiner verhältnismäßig geringen Höhe sah er unten die Sandteufel tanzen, erkannte die nackten, tiefen Schluchten, von Flüssen gegraben, die aus Gott weiß welchen Säuren bestanden. Er sah Kuppeln aus nackten Felsen, die sich wie kahle Schädeldecken von Riesen aus der Ebene wölbten. Aber er sah nicht das geringste Zeichen dafür, daß dieser Planet einmal Leben getragen hatte.

Vielleicht war Cavour auf einer ganz anderen Ebene gelandet ...

Vielleicht war er niemals zur Venus gelangt.

Vielleicht. Es gab unzählige »Vielleicht«.

Von Anfang an war seine Reise zur Venus ein Glücksspiel gewesen. Er überlegte, ob Max Hawkes eine Wette auf den Erfolg seiner Reise eingegangen wäre. Seine Ahnungen waren unfehlbar gewesen.

Nun ja, dachte Alan, aber ich habe auch eine Ahnung! Hilf mir noch einmal, Max, wo immer du jetzt auch bist. Leihe mir etwas von deinem Glück. Ich brauche es, Max.

Er begann den achten Umlauf. Nichts war zu sehen.

Nichts.

Der venusische Tag dauerte jetzt noch Monate nach Erdenzeit. Eine völlige Dunkelheit brauchte er also nicht zu fürchten, und außerdem war er nicht von dem abhängig, was seine Augen sahen. Sein Schiff war mit den modernsten Sensoren ausgerüstet. Infrarotsucher erforschten jeden Fußbreit der Venusoberfläche, die sich um mehr als drei Grade von der Umgebung unterschied. Radarstrahlen tasteten den Boden nach ungewöhnlichen Oberflächenformationen ab. Sonarsonden erforschten Höhlen und suchten nach Untergrundwegen. Holographische Strahlen zuckten aus dem Schiff, um Bodenstrukturen festzustellen, die anders waren als Felsen und Sand.

Sein Schiff hatte Millionen scharfer Augen. Aber auch diese Augen sahen nichts.

Alan schlief, und die Augen suchten weiter. Wenn er aufwachte, befragte er den Computer, bekam aber immer negative Antworten. Irgendwie hatte er das erwartet. Und was jetzt? Weiter im Umlauf bleiben? Er hatte sich an den von Cavour errechneten Landestreifen gehalten, und nun mußte er sich allmählich klar darüber geworden sein, daß hier nichts zu finden war. Aber vielleicht hatte Cavour sich entschlossen, von seinem errechneten Orbit abzugehen, als er Sichtkontakt mit der Venus bekam.

»Dann wollen wir also unseren Umlauf ändern«, sagte Alan zum Computer. »Fünf Grad nach Osten.«

Das Schiff machte die Schwenkung. Aber nach vier vollständigen Umläufen war das Resultat noch immer negativ.

Eine weitere Änderung. Noch eine. Und noch eine.

Am dritten Tag seiner Suche verlief sein Umlaufkurs schon fast im rechten Winkel zum ursprünglichen Orbit und ging nun von Norden nach Süden. Er war nun schon fast überzeugt, einem Phantom nachgejagt zu sein, aber trotzdem wollte er nicht aufgeben. Er hatte noch nicht die ganze Oberfläche des Planeten durchforscht. Aber die Venus unterstützte auch seine Suche nicht, denn sie drehte sich ja kaum um ihre Achse. Er hatte die ganze Arbeit allein zu tun. Einer der Sichtschirme des Schiffes zeigte ihm eine Landkarte der beiden venusianischen Hemisphären, auf der alle Gebiete verzeichnet waren, die er bereits gründlich durchforscht hatte. Sehr viel war nicht mehr übrig.

*Ping!*

Das war der Metalldetektor, der einen Fund anzeigte.

Den Bruchteil eines Augenblicks später leuchteten die Radar- und Sonarschirme auf, und der Holografsucher zeichnete blitzend und funkelnd ein Hologramm, die Infrarotsucher schnarrten, und auch die übrigen Sensoren meldeten Funde.

»Daten analysieren!« gab Alan dem Computer ein. »Was ist dort unten? Schnell, gib mir die beste optische Vergrößerung!«

Der Hauptschirm wurde hell und brachte eine ungemein genaue Vergrößerung des Bodens unter dem Schiff. Ihm blieben nur Sekunden, das Bild zu studieren, denn das Schiff bewegte sich ja weiter. Das genügte ihm aber. Hatte er nicht ein schwaches metallisches Glitzern im Sand unten bemerkt? Als sei dort unten so etwas wie ein Raumschiff fast begraben?

Ja.

Der Computer gab ihm den Rest der Information. Dort unten lag tatsächlich ein Schiff; es war nur ein kleines Schiff, aber ganz ohne Zweifel ein Schiff. Und eine Höhle gab es dort.

Alan ließ die Daten zurücklaufen, um den Moment der Entdeckung noch mal zu erleben. Er war jetzt schon viele hundert Meilen vom Fundort entfernt, aber der Computer hatte alle Daten gespeichert und hielt sie am Hauptschirm fest. Er prüfte das Bild so genau es ihm möglich war; angestrengt, zum Äußersten gespannt.

Ein Schiff. Ein Schiff im Sand der Venus. Cavours Schiff.

»Na, schön«, sagte er zum Computer. »Wir gehen hinunter. Errechne einen Landeumlauf, der mich ... Nein, das ist gestrichen. Ich mache es selbst. Das ist mein gutes Recht.«

# 18

Alan brachte die *Cavour* kaum eine Meile vom Wrack entfernt zu Boden. Das war eine ausgezeichnete Leistung für eine handgesteuerte Landung. Dann legte er seinen Raumanzug an und kletterte durch die Luftschleuse hinaus in die Wüste.

Die Schwerkraft der Venus beträgt nur acht Zehntel von jener der Erde; Alan fühlte sich daher ungeheuer beschwingt, um so mehr als die Luft in seinem Raumanzug, die ja ständig von einem Generator gereinigt und erneuert wurde, eine Idee zuviel Sauerstoff enthielt.

Ganz im Hintergrund seines Bewußtseins sagte ihm etwas, er müsse jetzt die Sauerstoffzufuhr regulieren, aber ehe er das noch tun konnte, begann sich der Überschuß schon auszuwirken. Er sang vor sich hin und tanzte in kosmischen Sprüngen über den Sand. Einen Augenblick später brüllte er lauthals ein übermütiges Raumfahrerlied, das er schon längst vergessen geglaubt hatte. Aber dann fiel er zu Boden und lag im Sand. Er ließ die violetten Körnchen zwischen den Fingern seiner Handschuhe durchrinnen und fühlte sich gleichzeitig beschwingt und närrisch.

Aber er war noch nüchtern genug, um die Gefahr zu erkennen. Endlich gelang es ihm, über die Schulter zu greifen und den Schalter zu betätigen. Dann begann sich die Sauerstoffzufuhr einzupendeln; auch in seinem Kopf wurde es klarer.

Und dann marschierte er durch eine phantastische Wüste. Die Venus war ein Aufruhr von Farben – ein verwaschenes Grün, ein gedämpftes Rot, ein stumpfes Grau, ein seltsames, fast geisterhaftes Blau. Der Himmel, vielmehr die untere Wolkendecke, steuerte ein mattes Staubrosa bei. Es war eine seltsame Welt, schweigend und tot.

In der Ferne erkannte Alan das Schiffswrack. Dahinter stieg das Land etwas an, wurde fast unvermittelt zu einem steilen Hügel, der in wild zerklüftete, starre Felsspitzen überging. Diese bizarren Felsgebilde waren eine spukhaft-irreale Silhouette vor dem rosafarbenen Wolkenhintergrund. Er kam rasch vorwärts, und der Sand knirschte unter seinen Stiefeln.

Fünfzehn Minuten später war er beim Schiff. Das, was davon noch übrig war, stand aufrecht auf den Landeflossen. Das Schiff war nicht zerschellt. Cavour hatte eine gute Landung gemacht. Nicht einmal zerstört war das Schiff, nur verrottet; das Metall des Rumpfes hatte den Säurestürmen nicht standgehalten. Nichts war mehr geblieben als der Konstruktionsrahmen und ein paar Quadratmeter an Seitenverkleidungen, die zwei- oder mehrfach verstärkt gewesen sein mußten. Die Schiffsschnauze war noch intakt. Von ihr war das Glitzern gekommen, das er im Sand bemerkt hatte.

Alan ging um das Schiff herum und betrachtete es mit geziemendem Respekt. Es war ein Überbleibsel aus einem längst vergangenen Zeitalter, Zeugnis der Ära, in der James Hudson Cavour gelebt, geforscht, geträumt und gearbeitet hatte. Diese Streben, diese Verschalungen, diese Bolzen hatten ihn durch den Raum zur Venus getragen, seiner Bestimmung entgegen, die sich hier erfüllte.

Aber nichts in Schiffsnähe deutete auf Cavours Gegenwart hin. Alan schritt unter dem offenen Rahmen durch und spähte hinauf; er fröstelte ein wenig, als er die geisterhafte Leere dort oben bemerkte. Das war nur noch das Gerippe eines Raumschiffes, sonst nichts mehr.

Aber wo war Cavour? Was war aus Cavour geworden?

Die Reste von Leitern und Laufstegen baumelten von oben herunter. Er stieg nicht hinauf. Die verrotteten Metallsprossen hätten sein Gewicht nicht ausgehalten.

Alan verließ das Wrack und ging zur Öffnung einer Höhle, die sein Sonarsystem entdeckt hatte. Es war nur ein kurzes Stück Weg dorthin. Alan duckte sich, kroch hinein und schaltete seine Lampe ein. Er stand in einem Vorraum, der vielleicht eineinhalb Meter hoch und drei Meter breit war. Von hier aus betrat er eine sehr schmale Kammer, die noch niedriger war. Auf Händen und Knien kroch Alan weiter. Drei Meter, fünf Meter, dann zehn.

Endlich kam eine Stelle, an der Alan sich aufrichten konnte. Er ließ seine Lampe über die Felswände spielen und sah einen fast runden Raum von einiger Größe, der nicht einmal ungemütlich erschien.

Zu seiner Linken stand eine massive, rechteckige Maschine, jetzt vom Rost zerfressen. Vielleicht ein Atmosphären-Generator? Rechts erkannte er einen Haufen von Geräteteilen, der früher einmal ein Computer gewesen sein mochte. Am Ende der Höhle fand Alan Fetzen eines altersgelben Plastikmaterials. Das war möglicherweise eine Atemkammer gewesen, in der sich ein Mensch ohne Raumanzug aufzuhalten vermochte. Der sandige Höhlenboden war mit Werkzeugen übersät, manche bis zur Unkenntlichkeit verrostet, andere wie neu.

Nervös und mit dem Gefühl, als Eindringling hier zu sein, ging Alan langsam auf die noch verbliebenen Reste der Atemkammer zu. Zwei einander überlappende Plastikbahnen versperrten ihm den Weg. Als er sie aber berührte, verschwanden sie spurlos wie eine zerplatzte Seifenblase, und er ging hinein.

Ein Skelett lehnte an der gegenüberliegenden Wand der Höhle neben den in sich zusammengefallenen Resten einer Kontrollkonsole.

Cavour hatte also die Venus sicher erreicht. Aber sein Leben hatte hier geendet.

Alan dachte, ein Wort des Gedenkens, ein kurzes Gebet für seine Seelenruhe seien angebracht. Er fand aber nicht die richtigen Worte. So blieb er eine Weile dort stehen und sah sinnend den gebleichten Schädel an, jenen Haufen harten Kalziums, der einmal das Gehirn eines großen Mannes enthalten hatte. Wie mochte er gestorben sein? Schnell oder schmerzlich langsam, leicht im Bewußtsein, sein Ziel erreicht zu haben, oder schwer im Gedanken daran, daß er es nur für sich selbst erreicht hatte? Traf ihn ein Schlag? Oder tötete ihn die Hoffnungslosigkeit und Verzweiflung? War er verhungert?

Alan trat einen Schritt näher.

Er glaubte, neben dem Skelett etwas gesehen zu haben; einen Metallbehälter, vielleicht. Er zögerte ein wenig; wenn er ihn holen und bergen wollte, mußte er Cavours letzte Ruhe stören. Seine Hand streckte sich aus; er zog sie zurück, blieb unentschlossen in halbgebückter Haltung stehen. Das ist ja gespenstisch, überlegte er. Eine Leichenschändung. Aber der Behälter kann unendlich wichtig sein. Ich muß wissen, was er enthält.

Vorsichtig, geradezu ehrfürchtig berührte er die Schulter des Skeletts. Die Knochen zitterten, die Rippenbogen fielen zusammen, Staub stieg auf. Alan zwang sich dazu, zwischen den dünnen, empfindlichen Knochen durchzugreifen und ...

Es war kein Behälter, sondern ein dickes, in Metallplatten

gebundenes Buch. Es hatte den Jahrhunderten widerstanden; hier in dieser Höhle, in der sonst alles fast ganz verrottet war, blieb es über mehr als tausend Jahre hinweg erhalten.

Mit vorsichtigen Fingern berührte Alan das Buch. Der Deckel fiel sofort ab. Er wendete die ersten drei Blätter um; sie waren leer. Auf dem vierten fand er in der nun schon vertrauten Handschrift des Wissenschaftlers die Worte: *Tagebuch von James Hudson Cavour, Band 17 – 20. Oktober 2570 bis ...*

Er widerstand der Versuchung, die folgenden Blätter umzuwenden. Mit äußerster Vorsicht verstaute er das Buch in einer der Taschen seines Raumanzuges. Dann bückte er sich, denn er fühlte, das sei er dem Toten schuldig, löste eines der Werkzeuge vom Boden, grub eine flache Mulde in den Sandboden der Höhle und schob das Skelett hinein. Die meisten der Knochen zerfielen, als er sie berührte. Aus Staub bist du geschaffen, dachte er, und zu Staub sollst du wieder werden. Er füllte die Mulde wieder auf, glättete den Sand und schrieb mit der Spitze des Werkzeuges die Buchstaben J. H. C. hinein.

Dann kroch er aus der Höhle und kehrte zu seinem Schiff zurück.

Er wagte es nicht, das Buch öfter als unbedingt nötig zu berühren. An Bord seines Schiffes gab es ein Gerät, das diese vergilbten Blätter vorsichtig umdrehte, die Worte aufnahm und eine leserliche Kopie davon herstellte. Er schaltete das Gerät ein, und dann wartete er. Er fieberte dabei vor Erregung. Endlich kamen die ersten Kopien.

Während seiner sechstägigen Rückreise zur Erde las Alan die letzten Worte des großen Cavour mindestens tausendmal und erlebte immer wieder die Fahrt des alten Mannes zur Venus mit.

Die Reise selbst war recht einfach gewesen. Er war genau nach Plan auf dem vorgesehenen Platz gelandet und hatte sich in der Höhle häuslich eingerichtet. Aber dann fühlte er, wie seine Kraft Tag für Tag nachließ.

Er war, als er zur Venus reiste, schon über achtzig Jahre alt – ein unwahrscheinliches Alter für einen Mann, der allein zu einem fremden Planeten fliegt. Er hatte an seinem Versuchsschiff nicht mehr viel fertigzustellen; es waren nur noch Kleinigkeiten. Aber er hatte nicht mehr die Kraft, diese Arbeiten auszuführen. Es war zu anstrengend, die Leitern hinaufzuklettern, über die Laufstege des Schiffes zu turnen, Geräte zu testen, da und dort etwas zu ändern, zu verbessern, umzubauen ... Jetzt hatte er die ersehnte Ruhe und das Ziel vor Augen – doch er erreichte es nicht mehr.

Er machte ein paar Versuche, die Arbeit abzuschließen, aber dann stürzte er von einem wackeligen Gerüst und brach sich den Oberschenkel. Es war ihm noch gelungen, zurück in die Höhle zu kriechen, aber allein und ohne Pflege hatte er nicht die geringste Chance, sich wieder zu erholen.

Also war es ihm unmöglich gewesen, das Schiff fertigzustellen. Sein Traum war ausgeträumt. Seine Berechnungen und seine Pläne würden nun zusammen mit ihm sterben.

Am letzten Tag seines Lebens gelangte er zu einer neuen Erkenntnis: Nirgends hatte er eine genaue Beschreibung oder Pläne seines Raumkrümmungsgenerators hinterlegt; der Schlüsselmechanismus, ohne den der Hyperdrive unmöglich war, blieb also unerreichbar. Nun begann James Hudson Cavour einen Wettlauf mit dem Tod. Er begann eine neue Seite in seinem Tagebuch und schrieb mit seinen eigenwilligen, kräftigen Buchstaben darüber: *Für jene, die nach mir kommen.* Und dann gab es eine gedrängte, aber überaus klare Zusammenfassung und Erklärung seiner Arbeit.

Alles steht hier, überlegte Alan glücklich: das Diagramm, die Spezifikation, die Gleichung; oder besser: viele Gleichungen, Diagramme und Spezifikationen. Damit war es möglich, ein Schiff nach Cavours Plänen zu bauen.

Auf der letzten Seite der Tagebucheintragungen hatte Cavour anscheinend jene Gedanken aufgezeichnet, die ihn im Angesicht des Todes beschäftigten. Die Schrift wurde immer zittriger und unleserlicher. Ein Satz hatte zum Inhalt, daß er der Welt alles vergebe, was sie ihm angetan hatte, daß er hoffe, die Menschheit möge eines Tages einen leichten Zugang zu den Sternen finden. Dieser Satz blieb unvollendet. Dieses Tagebuch war das herzbewegende Testament eines wirklich großen Mannes.

Die Tage der Reise vergingen ziemlich rasch, und bald erschien die grüne Scheibe der Erde auf dem großen Sichtschirm. Gegen Ende des sechsten Tages tauchte die *Cavour* in die Erdatmosphäre, und Alan schwenkte auf einen Landekurs ein. In großen Spiralen umkreiste die *Cavour* die Erde; mit jeder

Spirale kam sie ihr näher, und schließlich landete sie glatt und sicher auf ihrem Heimathafen.

Über Radio hatte Alan die Landegenehmigung erbeten und erhalten. Er meldete sich sofort nach der Landung ab und eilte zum nächsten Telefon.

Er wählte Jespersons Nummer. Der Anwalt meldete sich sofort.

»Wann bist du zurückgekommen?«

»Eben jetzt«, erklärte Alan. »Vor einer Minute.«

»Nun, hast du ...«

»Ja! Ich habe es gefunden!«

Aber noch immer hatte er einen weiten Weg vor sich, bis seine selbstgestellte Aufgabe erfüllt war. Cavours Tagebuch hatte ihn ein gutes Stück weitergebracht. Aber ganze Seiten gekritzelter Berechnungen sind noch lange kein Schiff, das schneller als das Licht reist. Und Alan hatte nicht die geringste Gewißheit, ob es möglich wäre, Cavours Ideen in einen wirklich anwendbaren Raumantrieb zu übertragen.

Trotz aller fanatischen Besessenheit von dem Gedanken einer überlichtschnellen Raumfahrt, trotz all seiner Studien wußte Alan genau, daß er das meiste von dem, was er in Cavours Notizbuch gefunden hatte, nicht begriff.

Die Erklärung seiner Theorie war an sich geradezu simpel. Man stelle sich einmal folgendes vor: Eine Ameise versucht ein Stück Stoff von etwa hundert Metern Breite zu überqueren. Die Ameise müßte endlos lange krabbeln, denn hundert Meter sind für eine winzige Ameise eine endlose Strecke. Legt man aber das Stück Stoff in Falten – »krümmt« ihn –, bis es zu einem Packen von etwa Spannenhöhe wird und schiebt dann eine Nadel durch sämtliche Schichten, so könnte sich die Ameise durch das von der Nadel gestochene Loch zwängen und wäre im Handumdrehen am Ziel. Ebenso geht es mit dem Universum. Solange ein Sternenschiff in gerader Linie von Stern A zu Stern B reisen muß und seine Geschwindigkeit nicht zu steigern vermag, solange wird eine solche Sternenreise unendlich viel Zeit benötigen, denn die Entfernungen zwischen den Sternen lassen sich nicht verkürzen. Gäbe es aber einen Weg, den Raum zu »krümmen«, indem man ihn ähnlich wie einen Stoff in Falten legt, und schickte man ein Sternenschiff entlang der »Nadel«

durch den »Stoff« – was dann? Man brauchte nur ein starkes Kraftfeld um das Schiff herum, das sich sogar in ziemlich engen Grenzen halten konnte, um die Falten der Raum-Zeit zu durchdringen, so daß das Universum zeitlich und räumlich zusammengedrängt werden konnte; dann verlor die Frage der Reisegeschwindigkeit an Gewicht. Dann war es gleichgültig, ob diese Reisegeschwindigkeit sich mit der des Lichtes deckte, sie unter- oder überschritt. Man mußte das Problem der Entfernung lösen. *Falte den Raum zusammen und verkürze damit die Entfernung.*

Dieser Teil der Theorie war Alan nicht neu. Cavours Thesen waren bis hierher völlig klar; es waren die ersten fünf. Mit der sechsten begannen die Schwierigkeiten. Sie führten ihn in tiefes Wasser. Es schlug bald über seinem Kopf zusammen. Cavours Mathematik überstieg sein Begriffsvermögen.

»Ich möchte sie aber verstehen«, erklärte er Jesperson. »Ich *will* sie verstehen! Aber es genügt nicht, wenn ich es will. Ich dachte doch, ich hätte soviel mathematische Grundlagen, um Cavour zu verstehen. Es fehlt aber sehr weit.«

»Du könntest dir einen Schlaflehrgang besorgen«, rief der Anwalt. »Oder vielleicht auch ...«

»Nein«, wehrte Alan mißmutig ab. »Was könnte er mir schon nützen? Er würde mich fünf Jahre angestrengtesten Lernens kosten, und dann hätte ich erst die Grundlagen für alles weitere. Und dann hätte ich aber noch immer nicht diesen unfehlbaren Zahlensinn, den der geborene Mathematiker hat.«

»Aber die Computer ...«

»Sie sind um kein Haar besser als die Daten, die ihnen gefüttert werden«, erwiderte Alan. »Abfall rein – Abfall raus, so ist es doch? Es ist ein Sprichwort der alten Programmierer. Ich habe nicht einmal die leiseste Ahnung, wo ich anfangen sollte, den Maschinen etwas zu erzählen über das, was sie dann zu tun haben.«

»Bist du fest entschlossen, dieses ganze Projekt allein zu schaffen?« fragte Jesperson ruhig.

»Was meinen Sie damit?«

»Bisher warst du General, Wachtmeister und gemeiner Soldat in deiner Armee. Du bist um die Welt gereist, um Cavours Spur zu finden. Du bist allein zur Venus geflogen. Du hast in dieser gottverlassenen Wüste nach Cavour gesucht und sein Notizbuch gefunden. Und jetzt willst du noch seine Mathematik enträtseln? Willst du auch das Schiff allein bauen? Jedes einzelne Kabel einziehen, jede Schraube eindrehen, jede Naht verschweißen, jeden Generator selbst einbauen? Alan, Max Hawkes hat dich zu einem reichen Mann gemacht. Benütze doch diesen Reichtum! Es ist unvernünftig, ein einsamer Wolf zu bleiben. Was du bis jetzt getan hast, das war einmalig und großartig, aber es ist verrückt, die Grenzen der menschlichen Leistungsfähigkeit zu leugnen. Gut, du bist kein mathematisches Genie – dann suche dir doch eines!«

Alan dachte darüber nach. Er mußte zugeben, daß er aus einer gewissen Verbohrtheit heraus niemals darüber nachgedacht hatte, wie und mit welchen Hilfsmitteln er seine Pläne schneller verwirklichen konnte. Auch Cavour hatte allein und in aller Heimlichkeit versucht, der Welt ein Wunder zu schenken. Und wie hatte dieser Versuch geendet?

»Schön«, sagte er schließlich. »Sie haben wieder einmal recht. Ich habe die Sache nicht richtig durchdacht. Ich werde also einen Mathematiker anstellen.«

»Einige Mathematiker.«

»Und Ingenieure. Und Physiker.«

»Und einen Mann, der dir ein Labor einrichtet. Einen Roboterfachmann, der dir genau sagt, welche Anzahl von Robotern und welche Arten du brauchst. Und ...«

»Und jetzt sagen Sie mir lieber zuerst noch, woher ich das Geld für all das nehmen soll.«

»Das kannst du mir überlassen«, erklärte Jesperson.

Zu Anfang fühlte Alan sich überflüssig. Erst hatte er sechs Leute, dann neun, elf, vierzehn. Ein Produktionsdirektor besorgte die Koordination. Jesperson beschaffte das Geld. Mit geheimnisvollen Finanzmanipulationen vergrößerte er Alans Kapital auch dann noch, als er große Beträge abzog. Es war ein wunderbares Team, ein ungemein fähiges, seiner Arbeit verschworenes Team. Aber was trug er selbst dazu bei? Er war kein Wissenschaftler. Er war kein Finanzmann. Er war auch kein Mathematiker. Nur ein gestrandeter Raumfahrer war er, jünger als die anderen, die für ihn arbeiteten. Er steuerte nur das Geld bei, mit dem die anderen arbeiteten. Und nicht einmal das Geld gehörte ihm wirklich. Hawkes hatte es verdient, Jesperson es verwaltet und vermehrt.

Solche Gedanken bedrückten Alan, wenigstens in den ersten zwei oder drei Monaten. Manchmal blieb er dem Labor ein paar Tage lang fern, weil er sich dort überflüssig fühlte. Aber allmählich verschwanden diese Depressionen, seine Stimmung besserte sich. Es war kein bestimmter Anlaß, der den Stimmungsumschwung bewirkte, niemand hatte auch versucht, seine Ansicht zu ändern; es war der kumulative Effekt vieler kleiner Einzelheiten, der ihn fröhlich stimmte.

Allmählich begriff er nämlich, daß ohne seine Besessenheit dieses Werk gar nicht hätte begonnen werden können.

Er war Cavours Theorie auf zwei Planeten nachgejagt. Er hatte etwas gefunden, was die Menschheit seit Jahrhunderten als Hirngespinst abgetan hatte. Er hatte sein Team zusammengestellt, und er war derjenige, der es auch zusammenhielt.

Und allmählich gewann er immer tiefere Einblicke in die Arbeit. Der mathematische Teil mochte ihm für immer unverständlich bleiben, nicht aber die Konstruktion. Alan war da, arbeitete mit und neben den Robotern, wenn sie die Berechnungen auf dem Papier umsetzten in funktionierende Instrumente; er war da, wenn es eine Krise gab, und er war da, wenn sie triumphieren konnten. Er lernte schnell, und oft wagte er den Sprung über eine Barriere, wo ein tüchtiger, erfahrener, aber konventioneller Ingenieur die Waffen gestreckt hätte. Sechs Monate nach Beginn der Arbeit war das Gefühl, überflüssig zu sein, verschwunden. Er war der Mittelpunkt, das wußte jeder.

Inzwischen hatten sie auch ihre provisorischen Räumlichkeiten gegen ein neues Gebäude vertauscht, das hundert Meilen von York City entfernt lag. Alan gab dem Unternehmen nun den Namen HAWKES GEDÄCHTNIS LABORATORIUM. Das Team, das Alan um sich gesammelt hatte, arbeitete dort lange und mit peinlichster Genauigkeit. Gemeinschaftlich versuchten sie, das zu rekonstruieren, was der alte Cavour aufgeschrieben, womit er experimentiert, was er schließlich getestet hatte. Anfangs fanden sie sich oft in Sackgassen und auf falschen Spuren. Aber sie lernten schnell.

Zu Beginn des Jahres 3881 war der erste Cavoursche Versuchsgenerator fertig. Die Techniker des Labors konnten es kaum erwarten, ihn zu testen, aber Alan schickte die Leute für den Rest des Tages nach Hause. »Wir haben jetzt so lange gewartet und können uns ein paar Stunden der Ruhe gönnen, ehe wir ihn ausprobieren.«

Am nächsten Morgen versammelte sich die ganze Mannschaft zum ersten Test. Der Versuchsgenerator war in einem unterirdischen Bau eine halbe Meile vom Hauptlabor entfernt untergebracht. Der Generator mußte nämlich ungeheure Kräfte entwickeln, und Alan wollte kein Risiko eingehen. Man würde ihn mittels Fernsteuerung in Bewegung setzen.

Alan selbst drehte den Schalter, mit dem der erste Raumkrümmungsgenerator angeworfen wurde. Über ein Videorelais wurde die Schalterdrehung in die unterirdische Kammer übertragen.

Der Generator schien zu verschwimmen, zu flackern, Substanz zu verlieren und irgendwie unwirklich zu werden. Dann verschwand er.

Fünfzehn Sekunden lang blieb er verschwunden; mehr als hundert Forscher hielten den Atem an. Plötzlich wurde er wieder sichtbar, aber nicht als kompakte Einheit, die er doch war, sondern als Schemen, als geisterhafter Schatten seiner selbst. Alan klammerte sich an die Instrumente, schickte einen kräftigen Stromstoß durch, aber nichts änderte sich. Der Cavoureffekt ließ nach. Der Generator kehrte aus der Raumkrümmung zurück. Er wurde wieder klar erkennbar; die Strommenge, die er dabei verbrauchte, brachte die Lampen fast zum Erlöschen. Zeiger spielten verrückt und sämtliche Stromkreisschaltungen im ganzen Labor schalteten sich automatisch ab.

Dann lieferten aber Hilfsgeneratoren den benötigten Strom, und die Lampen wurden wieder hell. Alan zwang sich, wenn auch ein wenig verwirrt, zu einem Lächeln. »Okay!« schrie er. »Ein Anfang ist gemacht! Wir haben den Generator zum Verschwinden gebracht, und das war der schwierigste Teil unserer Arbeit. Diese Schlacht haben wir geschlagen. Wir gehen nun zum Modell Nummer zwei über.«

Gegen Ende des Jahres war auch Modell Nummer zwei fertig. Diesmal wurden die Tests noch viel sorgfältiger vorbereitet, aber auch jetzt war der Erfolg noch nicht hundertprozentig. Alan war aber keineswegs enttäuscht. Er hatte seinen Zeitplan recht gut ausgearbeitet. Ein vorzeitiger Erfolg hätte ihm höchstens Schwierigkeiten bereitet.

Das Jahr 3882 verging, dann das Jahr 3883. Jetzt war er Anfang zwanzig, groß, breit, weltbekannt. Mit Jespersons Hilfe hatte er Max Hawkes' ursprüngliche Million zu einem imponierenden Vermögen vergrößert, und ein großer Teil davon steckte in der Hyperdriveforschung. Aber Alan Donnell war für die Welt nicht die Witzfigur, die James Hudson Cavour gewesen war. Niemand wagte zu lächeln, wenn er sagte, daß bis zum Jahr 3885 Hyperspacereisen Wirklichkeit werden würden.

Auch das Jahr 3884 verging. Allmählich wurde die Zeit knapp. Alan verbrachte buchstäblich jede Stunde seiner Zeit im Forschungszentrum und half mit bei den aufeinanderfolgenden Tests.

Am 11. März 3885 liefen die Schlußtests zur allgemeinen Zufriedenheit ab. Alans Schiff, die *Cavour,* war völlig umgebaut worden, um dem neuen Antrieb zu entsprechen. Hier stand der allerletzte Test noch aus.

Dieser letzte Test war der einer ersten praktischen Erprobung. Seine Freunde rieten ihm ab, aber Alan bestand darauf, daß er selbst die *Cavour* auf ihre Reise zu den Sternen führen mußte.

Neun Jahre, fast auf die Woche genau, waren vergangen, seit ein draufgängerischer Junge namens Alan Donnell die Brücke von der Enklave der Raumfahrer überschritten und die riesige Stadt betreten hatte. Neun Jahre.

Jetzt war er sechsundzwanzig, kein Junge mehr, sondern ein erwachsener junger Mann. Er stand jetzt im selben Alter wie Steve, als er ihn bewußtlos zur *Walhalla* gebracht und an Bord geschafft hatte.

Und die *Walhalla* befand sich noch immer auf ihrer langen Reise zum Prokyon. Neun Jahre waren vergangen, aber noch ein weiteres Jahr würde vergehen, ehe die *Walhalla* auf einem Planeten des Prokyon landen würde. Die Fitzgerald-Kontraktion hatte diese neun Jahre für die Leute auf der *Walhalla* zu ein paar Monaten zusammengezogen.

Steve Donnell war noch immer sechsundzwanzig Jahre alt.

Alan hatte ihn eingeholt. Die Kontraktion hatte sich ausgeglichen. Sie waren wieder Zwillinge.

Und die *Cavour* war fertig zum ersten Sprung in den Hyperraum.

## 19

Alan brauchte einige Zeit, bis er die Route der *Walhalla* festgestellt hatte, die in der Routen-Zentralregistratur niedergelegt war. Jedes Sternenschiff war gesetzlich verpflichtet, vor dem Abflug eine äußerst genaue Raumkarte mit der Routeneinzeichnung zu hinterlegen, und diese Karten wurden im Zentralbüro aufbewahrt.

Natürlich hatte nicht jeder Zugang zu diesen Karten. Aber Alan hatte Möglichkeiten, gewisse Restriktionen zu umgehen. Jesperson fand dann die große Masche im Gesetz, durch die er schlüpfen konnte.

Alans Antrag, ihm ein Duplikat der *Walhalla*-Route zur Verfügung zu stellen, war abgelehnt worden. Er hatte sich über Computer und Roboter bis nach oben durchgearbeitet und war dann auf ein menschliches Wesen getroffen, das schlicht »nein« sagte. Der Mann war ein Bürokrat.

»Aber verstehen Sie denn nicht, wie wichtig dieses Experiment ist?« beschwor ihn Alan. »Wenn ich der Route der *Walhalla* folge, die meine der ihren angleichen und sie einholen kann ...«

»Nein.«

»Es gibt doch keinen besseren Test für eine Raumreise bei Überlichtgeschwindigkeit ...«

»Nein.«

»Ich begreife nicht, wem es schaden würde, wenn ...«

»Nein.«

Er besprach mit Jesperson dieses Problem. »Ich muß ein bißchen herumschnüffeln«, antwortete ihm der Anwalt. Nach ein paar Stunden in den Gesetzesarchiven lag die Lösung vor ihnen.

Es schien eine alte Regelung zu geben, nach der jedes Mannschaftsmitglied eines Sternenschiffes das gesetzliche Recht hatte, volle Auskunft über die registrierte Route des Schiffes zu verlangen. Damit sollte den Mannschaftsmitgliedern die Möglichkeit gegeben werden, einen Schiffskapitän, dem sie mißtrauten, zu kontrollieren. Die Regelung hatte natürlich nicht beabsichtigt, einem zurückgelassenen Mannschaftsmitglied ein Überholen zu ermöglichen, denn kein Gesetzgeber hatte sich bisher vorstellen können, daß man ein mit voller Geschwindigkeit dahinrasendes Raumschiff überhaupt überholen könne. Aber Gesetz war Gesetz. Nach irdischen Begriffen war Alan noch immer Mannschaftsangehöriger der *Walhalla,* und wenn er die Route seines Schiffes noch nachprüfen wollte, dann konnte ihn auch ein Bürokrat nicht einfach daran hindern.

Jesperson brauchte einen ganzen Vormittag, um diesen Punkt klarzumachen. Am Ende bekam Alan dann doch die Koordinaten, die er brauchte.

Er war startbereit.

Die *Cavour* stand, mit dem neuen Raumantrieb ausgerüstet, in einer abgesperrten Sektion des Raumhafens. Eine unermeßliche Menge neugieriger Zuschauer hatte sich hinter den Barrikaden versammelt, um Alans Start mitzuerleben. Er fühlte sich irgendwie einsam und trotzdem seiner selbst vollkommen sicher, als er allein über den harten Beton des riesigen Feldes zu seinem Schiff ging.

Er kletterte in den umgebauten Kontrollraum und ließ seine Hände zärtlich über die schimmernden Instrumente gleiten. Neue Skalen, seltsame Hebel, unbekannte Instrumente; der Overdrive-Kompensator; der Treibstoffwandler; die Distortionslenkung; der Bender-Index. Neue Namen, die allen künftigen Raumfahrern in Kürze geläufig sein mußten.

Seit Monaten hatte er sich auf diesen Flug vorbereitet; er hatte endlose Computersimulationen durchgespielt, bei denen die neuen Instrumente unter Imitation der tatsächlichen Flugbedingungen bedient worden waren. Trotzdem wußte er, daß dieses ganze Training wenig zu bedeuten hatte. Er wußte so lange nicht, ob er das Schiff wirklich fliegen konnte, bis er es tatsächlich flog.

Alan ging seine Koordinaten durch. Er tat es äußerst sorgfältig, prüfte noch einmal jede Kleinigkeit nach. Dann war er zufrieden. Das Schiff war für einen Hyperdrive-Kurs programmiert, der den Raum zu einer Schleife verformte, so daß er innerhalb von wenigen Tagen echter Flugzeit in die Nähe der *Walhalla* kommen mußte; und die *Walhalla* flog seit Jahren nahezu mit Lichtgeschwindigkeit entlang dieser Route. Das war praktisch eine Schneckengeschwindigkeit, verglichen mit dem Hyperdrive.

Die Zeit des Tests war da. Er sprach kurz mit seinen Freunden und Assistenten im Kontrollturm; dann ging er ein letztes Mal seine Zahlen durch und bat um Starterlaubnis.

Einen Augenblick später begann der Countdown. Er machte sich startbereit.

Zitternde Erregung bemächtigte sich seiner. Der erste Start zu einer Hyperdrivereise, die die Geschichte der Menschheit zu verzeichnen hatte! Er tat den Schritt in das Unbekannte, das Ungewisse.

Er drückte die Tasten und lehnte sich zurück, damit der automatische Pilot ihn von der Erde in den Raum hinaustragen konnte.

Irgendwo nach der Mondpassage schlug ein Gong an; das hieß, daß der Cavourantrieb nun in Tätigkeit treten würde. Er hielt den Atem an. Er spürte etwas Seltsames; eine Art Drehung, eine Verzerrung. Er starrte auf den Bildschirm.

Die Sterne waren verschwunden. Die Erde mit all ihren Erinnerungen an die vergangenen neun Jahre war verschwunden mit dem toten Hawkes, mit dem lebenden Jesperson, mit York City, den Enklaven, mit allem.

Er trieb in einer grauen Leere ohne Sterne, ohne Welten, ohne irgendeinen Anhaltspunkt. *Das ist also der Hyperraum,* dachte er. Er war müde, gleichzeitig bis zum Äußersten gespannt. Er hatte den Hyperraum erreicht. Das war die eine Hälfte seines Kampfes. Nun mußte es sich erweisen, ob dieser ihn wieder entließ; ob er an der errechneten Stelle herauskam; ob er überhaupt jemals wieder herauskam.

Vier Tage voll unendlicher Langeweile. Vier Tage voller Wünsche, daß endlich der Zeitpunkt käme, daß er den Hyperraum wieder verlassen könne. Und dann schaltete sich der Autopilot wieder ein. Der Cavourgenerator klingelte und signalisierte damit, daß er seine Arbeit geleistet habe und sich abschalten würde. Alan hielt den Atem an.

Wieder fühlte er dieses zerrende Drehen. Die *Cavour* verließ den Hyperraum.

Die Sterne barsten geradezu vor der Schwärze des Raumes; der Sichtschirm leuchtete auf. Alan schloß für einen Moment die Augen, bis sie sich von der grauen Leere auf die sternerfüllten Weiten des Normalraumes umgestellt hatten. Er war zurückgekehrt.

Und unter ihm zog die golden glänzende *Walhalla* dahin. Das riesige Sternenschiff auf dem Weg zum Prokyon glomm schwach durch die schwarze Raumnacht.

Er griff nach dem Schalter für das Schiffsradio. Minuten später hörte er eine vertraute Stimme, die von Chip Collier; er war der Erste Signaloffizier der *Walhalla*.

»Sternschiff *Walhalla* auf Aufnahme. Wir hören. Wer ruft, bitte?«

Alan lächelte. »Hier ist Alan Donnell, Chip. Wie geht es euch?«

Für einen Augenblick war nichts zu hören, oder nur ein erstauntes Gesprudel. Endlich vernahm er Colliers erstaunte, atemlose Stimme: »Alan? Soll das ein Witz sein? Wo steckst du denn?«

»Glaube es oder glaube es nicht – ich hänge genau über euch in einem kleinen Schiffchen. Hol mir doch mal meinen Vater an den Apparat, dann können wir darüber sprechen, wie ich bei euch an Bord gehen kann.«

Fünfzehn Minuten später war die *Cavour* sicher am Rumpf der *Walhalla* befestigt. Alan kletterte durch die Hauptluftschleuse. Es war gut, wieder einmal an Bord dieses Riesenschiffes zu sein. Neun Jahre ...

Er schälte sich aus seinem Raumanzug und trat auf den Korridor hinaus. Dort stand schon sein Vater und erwartete ihn.

»Hallo, Vater!«

Captain Donnell sah wie benommen drein. Er schüttelte den Kopf, als wolle er Spinnweben aus seinem Gehirn vertreiben. »Alan?« fragte er schließlich.

»Ja, Alan.«

»Ich ... Ich kann es nicht glauben.«

»Oh, Vater, glaub es nur.«

»Es ist doch nicht möglich! Wie kannst du hier sein? Und du ... du siehst ... so viel älter aus. So alt wie Steve. Und es ist doch erst ein paar Wochen her ...«

»Für mich nicht, Vater«, antwortete Alan leise. »Ich war neun Jahre auf der Erde, seit du auf dieser Reise bist. Neun Jahre lang habe ich am Cavourantrieb gearbeitet.«

Captain Donnell schüttelte den Kopf. »Nein, das ist ausgeschlossen«, flüsterte er. »Ich habe nie daran gedacht, daß ich dich je wiedersehen würde. Wie bist du denn hierhergekommen?«

»Ich sagte es dir doch. Der Cavourdrive.«

»Gibt es denn tatsächlich so etwas?«

»Jetzt schon«, erklärte Alan, trat auf seinen Vater zu und umarmte ihn. »Mein Schiff ist an dem deinen festgemacht. Es ist echt. Ich bin auch echt. Was hier geschieht, ist alles Wirklichkeit. Vater, du mußt es glauben!«

»Ich ... Aber Alan, du mutest mir viele Unmöglichkeiten auf einmal zu!« Der Captain begann zu lachen. »Wie geschah das alles? Wann? Und was?«

Ehe Alan noch antworten konnte, kam eine Gestalt den Korridor entlang.

Steve.

Er sah gut aus. Die letzten Monate an Bord der *Walhalla* hatten ihm gutgetan. Das ungesunde Fett war verschwunden. Seine Augen waren klar und lebhaft. Er hielt sich aufrecht, und seine Schultern zeugten von Selbstbewußtsein. Alan war, als sehe er in einen Spiegel. So war es lange nicht mehr gewesen. Für ihn wenigstens.

»Alan? Wie bist du nur ...«

Dann sprudelte Alan alles aus sich heraus. Hawkes, Cavour, die Reise zur Venus, Jesperson, das Hawkes Gedächtnis Laboratorium, die Versuchsgeneratoren – alles. Seine Worte überstürzten sich. »Seht ihr, die Zeit konnte ich nicht zurückdrehen«, sagte er schließlich. »Ich konnte dich nicht mehr so jung machen, wie ich war; also versuchte ich es andersherum und machte mich so alt, wie du bist, Steve.« Alan sah seinen Vater an. »Ich fürchte, ich habe dir und der *Walhalla* einige Ungelegenheiten bereitet, Vater. Aber jetzt wird sich alles ändern. Das ganze Universum wird für jeden, der reisen will, offen daliegen. Es wird keine Enklaven mehr geben, keine Fitzgerald-Kontraktion. Jeder, der jetzt reist, tut es auf der Basis einer realen Zeit. Zwei Wochen an Bord des Schiffes sind gleich zwei Wochen auf der Erde. Ich weiß nicht, was mit all diesen alten Sternenschiffen geschehen wird.«

»Wir werden die *Walhalla* für den neuen Antrieb umbauen müssen«, antwortete Captain Donnell. »Wahrscheinlich müssen wir sie zu einem Expreßfrachter machen.« Er sprach langsam. Noch immer schien er von Alans plötzlichem Auftauchen halb betäubt zu sein. Und dann die Auswirkungen des Hyperdrive auf das Leben der Raumfahrer! »Wenn wir nicht umbauen«, fuhr der Captain fort, »sind wir mit dem neuen Schiff nicht konkurrenzfähig. Und neue Schiffe wird es bald geben, nicht wahr?«

»Sobald ich zur Erde zurückkehre und ihnen vom Erfolg meiner Reise berichte«, bestätigte Alan. »Meine Leute können sofort eine ganze Flotte von Hyperspaceschiffen finanzieren lassen. Ehe noch dein Schiff den Prokyon erreicht, wird das Universum von neuen Schiffen geradezu wimmeln!« Zum erstenmal wurde Alan klar, wie bedeutungsvoll das war, was er getan hatte. »Jetzt, da wir ein praktisch einsatzfähiges Transportmittel zwischen den Sternen haben, schrumpft die ganze Galaxis zur Größe eines Sonnensystems zusammen!«

Captain Donnell nickte. »Und was hast du jetzt vor?«

»Ich?« Alan holte tief Atem. »Ich habe mein eigenes Schiff, Vater. Und dort draußen ist der Rigel, der Deneb und Fomalhaut und eine Unzahl von Planeten, die ich alle sehen möchte.« Er sprach ruhig, bestimmt, aber mit einem Unterton einer inneren Erregung. Von diesem Tag hatte er seit neun Jahren geträumt.

»Ich werde mich im Universum umsehen, Vater. Überall. Der Hyperdrive bringt mich überall hin. Nur eines wäre doch noch ...«

»Ja, mein Sohn?« fragte der Captain, und Steve sagte gleichzeitig: »Und das wäre?«

»In den vergangenen neun Jahren war ich praktisch immer allein. Diese Reise möchte ich nun nicht ganz allein machen. Ich möchte einen Kameraden bei mir haben, einen, der mit mir zusammen forscht.« Er sah dabei Steve an.

Langsam erschien ein breites Lächeln auf Steves Gesicht. »Du hast das raffiniert geplant. Wie kann ich dich im Stich lassen?«

»Wolltest du das tun?« fragte Alan.

Steve lachte schallend. »Glaubst du, ich wollte es?«

Alan fühlte, daß etwas an seinem Anzug zupfte. Er sah hinunter und erkannte ein blaupurpurnes Fellbällchen neben seinem Schuh. Es sah aus winzigen Knopfaugen erwartungsvoll zu ihm hinauf.

»Rat!«

»Ja, natürlich. Hast du in deinem Kahn vielleicht noch Platz für einen dritten Passagier?«

»Antrag genehmigt«, antwortete Alan lachend. Eine warme Welle des Glücks durchflutete ihn. Er hatte seine Aufgabe erfüllt. Er war wieder bei den Menschen, die er liebte, und die ganze Galaxis lag offen vor ihm. Ein Himmel voll heller Sonnen, mit jedem Augenblick näher und strahlender, lud ihn ein.

Die Mannschaftsangehörigen kamen von ihren Posten. Die Nachricht hatte sich schnell im Schiff verbreitet. Alle waren da, Art Kandin, Dan Kelleher, eine staunende Judy Collier, Roger Bond und die übrigen.

»Aber du wirst doch nicht sofort wieder abreisen?« fragte der Captain. »Willst du nicht ein wenig hierbleiben, nur um deine Erinnerungen wieder ein bißchen aufzufrischen?«

»Natürlich bleibe ich ein wenig, Vater. Jetzt habe ich ja keine Eile mehr. Zuerst muß ich aber noch mal zur Erde zurückkehren und meine Freunde wissen lassen, daß wir Erfolg hatten; dann können sie die Produktion anfangen. Und hernach ...«

»Zuerst zum Deneb«, sagte Steve. »Dann zur Spica, zum Altair ...«

»Es warten mehr Welten auf uns«, meinte Alan lächelnd, »als wir in zehn Lebensaltern packen könnten, Steve. Aber wir werden schließlich tun, was uns möglich ist. Wir sehen uns draußen um.«

Eine Unzahl von Sternen. Er und Steve und Rat, endlich wieder vereint. Sie würden von Stern zu Stern hüpfen, in jede Ecke der Galaxis schauen, überall herumschnüffeln. Das Schiffchen draußen am Rumpf der *Walhalla* war das Zaubermittel, das ihnen das Weltall zu Füßen legte.

In diesem Moment des Glückes runzelte er für einen Moment die Brauen und dachte an einen schlanken Mann, der sein Freund geworden und vor neun Jahren gestorben war. Es war Max Hawkes' Ehrgeiz und Sehnsucht gewesen, die Sterne zu sehen.

*Wir tun es für dich, Max. Steve und ich.*

Er sah Steve an. Er hatte mit seinem Bruder über so vieles zu sprechen. Sie mußten einander wieder kennenlernen, denn es waren viele Jahre vergangen.

»Weißt du«, sagte Steve, »als ich an Bord der *Walhalla* damals aufwachte und mir klar wurde, daß du mich ganz einfach verschleppt hattest, da war ich unbeschreiblich wütend. Ich hätte dich am liebsten zerlegt. Aber du warst viel zu weit weg.«

»Jetzt hast du ja deine Chance«, sagte Alan.

»Ja, aber jetzt will ich nicht mehr«, erklärte Steve lachend.

Alan boxte ihn freundschaftlich. Es war schön, zu leben. Er hatte Steve wiedergefunden. Und er hatte dem Universum den Hyperdrive gegeben, die Möglichkeit, mit Überlichtgeschwindigkeit zu reisen. Was brauchte ein Mann noch, um glücklich zu sein?

Für ihn und Steve begann nun eine neue Aufgabe. Eine Aufgabe, die nie zu Ende ging, die sie als Sucher und Forscher von Welt zu Welt führte, hinaus zu den strahlenden Sonnen, die in einem unendlichen Universum ihrer harrten.

JOHN BRUNNER

# Die Pioniere von Sigma Draconis

Von John Brunner erschienen in der Reihe
HEYNE SCIENCE FICTION & FANTASY:

Spion aus der Zukunft · 06/3137
Bürger der Galaxis · 06/3203
Die Zeitsonde · 06/3234
Die Pioniere von Sigma Draconis · 06/3238
Im Zeichen des Mars · 06/3268 erneut: 06/3930
Geheimagentin der Erde · 06/3286
Ein Stern kehrt zurück · 06/3293
Durchstieg ins Irgendwann · 06/3427
Die dunklen Jahre · 06/3565
Der ganze Mensch · 06/3609
Schafe blicken auf · 06/3617
Der Schockwellenreiter · 06/3667
Die Plätze der Stadt · 06/3688
Morgenwelt · 06/3750
Doppelgänger · 06/3850
Reisender in Schwarz · 06/3884
Treibsand · 06/3902
Der Infinitiv von Go · 06/3964
Mehr Dinge zwischen Himmel und Erde · 06/3982
Warnung an die Welt · 06/4007
Das Menschenspiel · 06/4056
Von diesem Tage an · 06/4125

DIE PIONIERE VON SIGMA DRACONIS
erschien ursprünglich als HEYNE-BUCH Nr. 06/3238
Titel der englischen Originalausgabe:
BEDLAM PLANET
Deutsche Übersetzung von Walter Brumm

# 1

Träume ...

Bedrängt von der Gegenwart des drohenden Mondes lag Dennis Malone auf seinem Bett und wand sich, ohne aufzuwachen.

Hoch oben auf einem Gipfel, unendliche Lichtjahre über dem bodenlosen Abgrund, war er die Zielscheibe in einem Schießstand, wo die Kugeln dick wie der Hagel kamen, mondgroß, und jede mit diesem anklagenden Mund, dem Gesicht eines rächenden Gottes, der ihn und seinesgleichen verfluchte.

*Interstellare Entfernungen sind Gottes Quarantänebestimmungen.*

Schließlich entsandte sein strapaziertes Gehirn einen heftigen Schmerzimpuls durch sein Rückgrat, und er erwachte mit einem letzten krampfhaften Zucken seiner Glieder. Seine Augen öffneten sich und blieben weit offen. Um das Mondlicht fernzuhalten, hatte er die Läden des unverglasten Fensters fest zugezogen, aber etwas Licht drang durch die Lüftungsschlitze unter der Dachtraufe, und er machte die Umrisse vertrauter Gegenstände aus. Aber zwischen diesen Möbelstücken und ihm war ein Teich absoluter Schwärze, der Raum. Er unterdrückte ein Stöhnen und schwang seine Beine von der Matratze auf den Boden. Er versuchte nicht daran zu denken, daß die glatten Planken unter seinen bloßen Füßen von der geschichteten Masse eines Dinges geschält waren, das mehr einer Riesenkartoffel ähnelte als einem Baum. Es war aber Holz, wenn man so wollte.

Die Schauer des Entsetzens, die der Alptraum mit sich gebracht hatte, ließen allmählich nach. Sein Atem ging ruhiger, und auch sein Herzschlag. Es hatte keinen Zweck, sich zum Lichtschalter zu tasten – um die unersetzlichen Generatoren zu schonen, wurde der Strom um Mitternacht abgeschaltet. Er würde sich durch das Zimmer tasten und die Verriegelung der Fensterläden öffnen müssen. Worauf sich ihm der Anblick des ...

Hör auf!

Er zitterte wieder, aber diesmal war es ein Frösteln und kein

Schaudern, wie er mit Erleichterung vermerkte. Er hätte sich wie gewöhnlich nackt schlafen gelegt, aber inzwischen war vom Ozean her eine kühle Brise aufgekommen. Durch Herumfühlen fand er seine Kleider, wo er sie am Abend abgeworfen hatte, und zog sich an. Er stieg auch in die Schuhe, auf die er gern verzichtet hätte, die aber wegen des Risikos noch unentdeckter Parasiten oder Infektionen von allen getragen wurden. Wenn es ein Tier wie zum Beispiel den Sandfloh gäbe, der sich selbst durch die dickste Hornhaut einer menschlichen Fußsohle bohren konnte ...

Bin ich krank?

Er wußte, daß er es war, aber er griff nicht zu der Notapotheke mit ihren Möglichkeiten zur Selbstdiagnose. Er hatte eine ansteckende Krankheit, was der Grund war, warum er allein schlief. Er mußte die Krankheit ausschwitzen wie ein Fieber, gegen das es kein spezifisches Mittel gab, und ob er sie bezwingen würde, blieb trotz all seiner Mühen noch dahingestellt.

Mit der Entschlossenheit eines Selbstmörders tat er die vier Schritte zum Fenster, öffnete den Riegel und stieß die Läden auf. Der Himmel war schwarz und tief, gesprenkelt mit Sternen wie feine Tautropfen. Er fühlte seinen Kopf hochkommen und sich anscheinend ohne eigenes Zutun zur Seite drehen, und er sah den verunstalteten Mond am Horizont schwimmen.

Es war nur ein öder Brocken Felsgestein, wie der Erdmond, mit einem geradlinigen klaffenden Riß oder Sprung quer über das untere Drittel seiner leicht abgeplatteten Scheibe.

Verwundert, daß sein Unterbewußtsein nicht sofort den Alptraum wiederbelebt hatte, wartete er, bis er sicher war, daß der Mond stabil dort draußen hing und sich nicht auf ihn stürzte. Dann, weil er nicht in einen Schlaf zurücksinken wollte, in dem ihm neue Schrecken auflauern mochten, tappte er zur Tür und ging hinaus in die Nacht.

Jedermann im Dorf schien sich eines friedlichen Schlummers zu erfreuen. Er kannte den Grund: Ihre Erschöpfung wurde von Zufriedenheit gemildert. Und ihre Zufriedenheit war berechtigt. Sie hatten ein Dorf, worin sie leben konnten, mit einer Straße – oder wenigstens einem gewundenen Weg, gepflastert mit einem zementierten Gemisch aus zerbrochenen Muschelschalen und Schneckengehäusen, das einem an regnerischen Tagen gerade den rechten Halt gab. Von dem landeinwärts gelegenen Hügel, auf dem die *Santa Maria* ruhte wie das Ei des Vogels Roch, bis hinunter zu dem natürlichen Hafen, wo kleine Boote zwischen schwarzen Felsblöcken vertäut lagen, beschrieb dieser Weg zwei weite Serpentinen und bildete ein unregelmäßiges S. Zu beiden Seiten standen die Gebäude – kärgliche Beweise für die Anwesenheit von Menschen. Unter Giebeldächern, umgeben von den rechtwinkligen Konstruktionen eigenhändig geschnittener Bretter und Balken, schliefen seine Gefährten in Frieden. Sie hatten, was sie wollten. Wohingegen er, Dennis Malone ...

Seine Füße trugen ihn in die gewohnte Richtung, zu der Stelle, wo er um der Befriedigung einer animalischen Regung willen sein Leben und die Zerstörung millionenfacher Hoffnung riskiert hatte. Er ging immer wieder dorthin, als ob einer dieser Besuche ihm nachträglich eine Erklärung dafür liefern würde. Die Tat war seiner beherrschten Natur so fremd gewesen, daß es unmöglich war, sie in einer Kategorie seiner Erinnerungen unterzubringen; er konnte sie nur mit anderen einmaligen Erlebnissen zusammen in einen Sack von Zufälligkeiten stecken, deren einzige Gemeinsamkeit darin bestand, daß sie auf einem anderen Planeten geschehen war.

Würde es nützen, Sigrid hier zu haben?

Aber sie konnte nicht hier sein. Sie war auf der Erde. Und wenn sie auf irgendeine wunderbare Weise herangeschafft würde und jetzt hier vor ihm stünde, wäre es ein bedeutungsloses Ereignis.

Er verließ den Weg, dem er mechanisch gefolgt war, und erstieg einen mit weichen, saftigen, moosartigen Gewächsen bedeckten Hang. Auf der Kuppe des Hügels setzte er sich auf eine Holzpflanze. Sie war rundlich wie eine Walnuß und sah bei Tageslicht ziemlich häßlich aus. Aber die äußeren, borkenartigen Schichten waren weich und gaben einen guten Platz zum Ausruhen ab. Nur die tieferen Gewebelagen waren hart und verholzt.

Von hier hatte er einen guten Blick über den kleinen Naturhafen, die Dächer des Dorfes und die schimmernde Kugelgestalt des Schiffes. Um sich von jener anderen Kugelgestalt – dem Mond – abzulenken, begann er sich mit den Tatsachen zu beschäftigen, die eines Tages das historische Material für die Schulkinder der Stadt abgeben würden – der Stadt, die eines Tages den Platz dieses neuerbauten Dorfes einnehmen sollte.

Wenn wir überleben ...

Aber er überspielte den Einwand mit der Konzentration auf seinen imaginären Vortrag, in dem ihm selbst die Rolle des Vortragenden zufiel.

»Als sie die Meldungen der ersten Sonde entzifferten, die von Sigma Draconis zurückkehrte – eine aus einer Flotte von Hunderten, die im Laufe der Jahre zu nahen Sternen auf den Weg gebracht worden waren –, waren die Wissenschaftler der Erde geneigt, an ein mangelhaftes Funktionieren der Aufnahmegeräte zu glauben, die die Informationen gespeichert hatten. Nach den Enttäuschungen von Tau Ceti, Alpha Centauri, Epsilon Eridani und anderen Systemen, deren Zentralgestirne nur unfruchtbare Himmelskörper aus Gestein und Gas beschienen, war es eine unglaubliche Überraschung, von einem Planeten zu hören, dessen Größe etwa der Erde entsprach, dessen Klima wärmer war, so daß die Polkappen mit den Jahreszeiten kamen und gingen, und der größtenteils von tiefen Ozeanen bedeckt war, daneben aber auch genug höhere Erhebungen besaß, die in Form ausgedehnter Inselgruppen die Wasseroberfläche durchstießen, und der darüber hinaus einen großen Trabanten besaß, dessen Gezeitenwirkung das Leben ermutigt hatte, aus der See emporzutauchen und das Land zu besiedeln.

Als sie eine zweite und eine dritte Sonde entsandt hatten und die Informationen der ersten Sonde bestätigt fanden, bauten sie eine der Sonden um, so daß sie vier neugierige Menschen aufnehmen konnte. Weil diese Leute beinahe sechs Jahre lang zusammengesperrt leben mußten, zuerst in der zerbrechlichen Enge eines Raumschiffs, dann auf einer Welt, die von keinem anderen menschlichen Auge gesehen wurde, und zuletzt wieder im Schiff, waren sie alle in einem gewissen Sinne Liebhaber. Aber was sie am Leben erhielt, war ein gemeinsamer größerer Hunger: Abenteuerlust und Wißbegier.

Sie nannten das Schiff die *Argo*, und die neue Welt nannten sie *Asgard*. In der Reihenfolge, wie sie ihren Fuß auf die Planetenoberfläche setzten, waren diese ersten Besucher Dennis Malone, Carmen Vlady, Hsiao Tang-Lin und Sigrid Kallela. Sie hielten sich fünf Monate lang auf Asgard auf, setzten sich absichtlich der Umwelt des neuen Planeten aus, um seine Bewohnbarkeit zu prüfen. Als sie eine günstige Meldung nach Hause brachten, wurde eine Expedition zusammengestellt, die aus drei größeren Schiffen mit Namen *Pinta, Niña* und *Santa Maria* bestand (nach den Segelschiffen des Christoph Kolumbus bei seiner ersten Entdeckungsreise) und deren Teilnehmer Freiwillige waren, Männer und Frauen, die die neu entdeckte Welt besiedeln wollten.

Unglücklicherweise kam es im Verlauf der Annäherungsmanöver zu einem Defekt des Steuersystems der *Pinta,* der zu einer Kollision des Schiffes mit Asgards Mond führte. Unter den Toten war Hsiao Tang-Lin, einer der beiden Teilnehmer der ersten Expedition, die sich bereiterklärt hatten, den Siedlern als Führer zu dienen.«

Er starrte aufwärts, hinaus über vierhunderttausend Kilometer. Er war dort oben gewesen, hatte das staubige Gestein berührt, hatte die verstreuten Metallfetzen gesehen. Es gab niemand, den man für das Unglück verantwortlich machen konnte. Es war blinder Zufall gewesen.

Und nun war er hier unten, auf dem warmen Asgard, der die fremden Besucher freundlich empfangen hatte. Alle waren sie wohlgenährt und gesund, weil es so wenige einheimische Organismen gab, die menschliches Gewebe günstig für Infektionen fanden. Es hatte für ihn keinen Sinn.

*Ich wollte kein Willkommen! Ich wollte nach Hause!*

Aber er fuhr mit ruhiger Stimme fort: »Obwohl in der unmittelbaren Zukunft keine weiteren Raumschiffe gebaut werden konnten, weil das laufende Programm die für die Raumfahrt verfügbaren Mittel erschöpft hatte und an ein neues Programm nicht gedacht wurde, solange keine weiteren, vielversprechenden Planeten entdeckt werden konnten, war der Verlust der *Pinta* mit Ausnahme eines einzigen für keinen der Expeditionsteilnehmer eine heillose Katastrophe. Zwar waren viele wichtige Experten ums Leben gekommen, besonders Biologen, und viele Versorgungsgüter, Maschinen und Geräte zerstört worden, aber das Überleben der Kolonie war durch den Verlust eines der drei Schiffe noch nicht gefährdet. Man hatte beabsichtigt, daß eines der Schiffe nach der Ankunft ausgeschlachtet werden sollte, um Millionen nützlicher Einzelteile für die

Kolonie zu gewinnen, angefangen mit den enormen Fusionsgeneratoren über die Titanbleche und Inneneinrichtungen bis hin zur letzten Schraube. Ein weiteres sollte intakt auf dem Planeten verbleiben, falls in einer Notsituation die totale Evakuierung der Kolonie notwendig wäre. Und eins sollte nach einem Jahr zur Erde zurückkehren, gesteuert von Hsiao Tang-Lin und dem anderen Veteran der ersten Stunde, Dennis Malone. Sie sollten nach dem Plan alle jene Siedler mitnehmen, die in der Zwischenzeit von unüberwindlichem Heimweh oder einer unheilbaren Allergie befallen oder sonstwie ungeeignet wären, auf Asgard zu bleiben.

Nachdem die Hälfte dieser Zeit abgelaufen war, gab es noch keine Anzeichen dafür, daß irgendeiner der Kolonisten zurückkehren müßte. Schon vor der Abreise hatte man sie wieder und wieder untersucht, bis jene Freiwilligen, die endlich ausgewählt worden waren, in jeder Weise als Siedler geeignet schienen, fähig, in einer fremdartigen Umwelt Wurzeln zu schlagen. Es gab auf der ganzen neuen Welt nur eine Person, für die der Verlust der *Pinta* verhängnisvoll genannt werden konnte, denn dieser Mann war kein Siedler. Er war ein Entdecker. Und er wünschte und wünschte, daß er selbst es gewesen wäre und nicht Hsiao, der auf dem fremden Mond den Tod gefunden hatte.«

Er blickte mit brennenden Augen auf, die Fäuste so hart geballt, daß seine Fingernägel sich tief in die Handflächen gruben. Er wunderte sich flüchtig, wieso und wann dieser Satellit aufgehört hatte, Sigma Draconis III/1 zu sein, und einfach »der Mond« geworden war. Er fühlte, daß die Veränderung in irgendeiner Weise bedeutsam war, aber er war unfähig, dem Gedanken zu einem Schluß zu folgen. Er konnte nur dasitzen und den Mond anstarren und leiden.

## 2

Groß, schlank, anmutig, von goldbrauner Hautfarbe und mit glattem schwarzen Haar, saß Parvati Chandra an Abdul Hassans Tisch im Verwaltungsbüro und sichtete die summarischen Meldungen der verschiedenen Abteilungen für die heutige Planversammlung. Es war wieder ein heißer Tag; in der Ecke des

Raumes surrte ein primitiver elektrischer Ventilator und bemühte sich, die träge Luft aufzurühren, die feuchtwarm durch das offene Fenster drang.

Aber sie hatte ihr Leben im Monsunklima Bombays verbracht und war die feuchte Hitze gewöhnt. Das Wetter lenkte sie nicht ab; bewußt beachtet hatte sie es nur bei der Lektüre von Kitty Minakis' langfristiger Prognose über die wahrscheinlichen Klimaveränderungen während des Herbstes.

Befriedigt, daß die Prognose nichts Alarmierendes enthielt, hatte sie das Blatt weggelegt und den Bericht von Ulla Berzelius zur Hand genommen, der sich mit geologischen Untersuchungen, Bodenschätzen und dergleichen befaßte. Trotz ihrer beinahe übermenschlichen Gabe, Menschen und Ereignisse mit kühler Objektivität zu sehen, und obwohl es ihre Aufgabe war, jede Bewegung und möglichst jeden Gedanken der Siedler mit mehr als paranoidem Mißtrauen zu beobachten, geriet sie beim Überfliegen des Berichts in eine leichte freudige Erregung. Noch im vorigen Monat hatte Ulla sich verdrießlich auf die Möglichkeit der Gewinnung von Bauxit und Silikaten aus dem Ufersand konzentriert. Jetzt sprach sie von Vorkommen radioaktiver Pechblende, Gallium und Magnesit.

Parvati machte eine Notiz auf den Rand des vorläufigen Plans für die nächsten Stadien der Erforschung und Erschließung Asgards. Diese Insel, auf der die Siedler sich niedergelassen hatten, war von den vier ersten Entdeckern als ideal für die Gründungskolonie ausgewählt worden. Sie war weder klein noch groß, aber ausgedehnt genug, um eine Menge Daten zu liefern, nach denen man die wirkliche Bewohnbarkeit des Planeten beurteilen konnte. Doch war sie auch nicht so groß, daß ein unerforschtes Hinterland gefährliche Bedrohungen wie Raubtiere oder giftige Pflanzen bergen konnte, die für Haustiere oder später für unwissende Kinder tödlich sein mochten. Sie war hoch genug, um ozeanischen Stürmen standzuhalten. Sie lag in einer gemäßigten Klimazone, wo die Meeresfauna weder so wild war wie in den äquatorialen Gewässern, noch so beängstigend zahlreich wie an den Polen.

Trotz all dieser Vorzüge war das Programm für die Siedlung bescheiden und ganz und gar nicht auf rasche Eroberung angelegt. Um den Siedlern klarzumachen, daß dies nicht die zahme, domestizierte Erde war, hatten sie ein bewußt niedriges

Zivilisationsniveau zur Ausgangsbasis gemacht. Statt sich allnächtlich in die Sicherheit der Schiffsunterkünfte zurückzuziehen, hatten sie von Anfang an im Freien kampiert, zuletzt in Zelten, dann, nachdem das einheimische Holz geschnitten war, in barackenähnlichen Hütten, die jedem einen eigenen Raum zubilligten. Sie zimmerten ihre Möbel selbst. Gegenwärtig brannten sie Töpfe, Krüge und anderes Küchengeschirr aus Ton, denn im Innern der Insel hatte man eine kleine Ablagerung entdeckt. Es hatte keinen Sinn, sich auf Dinge zu verlassen, die Lichtjahre entfernt von den Werkzeugmaschinen der hochentwickelten irdischen Technologie hergestellt wurden.

Und doch ...

Parvati zögerte, doch schließlich nickte sie zu sich selbst und beschloß Hassan zu empfehlen, daß sie einige der langwierigen Zwischenstadien ihres Plans ausließen. Es sah aus, als sollte das möglich sein. Nach dem Bericht, den Hassan selbst vorbereitet hatte – er war nicht nur ihr gewählter Vorsitzender, sondern auch ihr Quartiermeister und verantwortlich für den Gebrauch, den sie von den mitgebrachten Vorräten und Materialien machten, wozu auch die zwei verbliebenen Schiffe gehörten –, deckten ihre Sonnenkollektoren bereits den größten Teil des Energiebedarfs, und wenn das Staubecken für das kleine Gezeitenkraftwerk noch vor den Herbststürmen fertiggestellt werden konnte, wäre es möglich, die Fusionsgeneratoren der *Niña* stillzulegen und ihre Leistung für Notfälle zu sparen. Das war wichtig; es mochte noch Jahre dauern, bis sie den Brennstoff – gereinigten schweren Wasserstoff – in hinreichender Menge selbst erzeugen konnten.

Von diesem Ausgangspunkt strahlten optimistische Schlußfolgerungen aus. Sie könnten die Idee fallenlassen, mit Hilfe von Tonrohren ein zentrales Warmwasser-Heizungssystem für den Winter anzulegen, und die freiwerdende Arbeitskraft auf die Produktion von Fensterglas konzentrieren, eine Aufgabe, die sie vor unerwartete Schwierigkeiten gestellt hatte. Kleine elektrische Heizkörper in jeder Hütte, die bei Bedarf angeschlossen werden konnten, würden viel bequemer sein. Und so weiter.

Ein Schatten bewegte sich am Fenster vorbei, und sie blickte rasch über die Schulter. Ihre Stirn umwölkte sich plötzlich, als ihr einfiel, was gerade sie nicht für einen Augenblick hätte vergessen dürfen: daß es die menschlichen Reserven und nicht die materiellen waren, von denen ihr Erfolg letztlich abhing. Sie lehnte sich in ihren Stuhl und wartete auf Dennis Malones Klopfen.

Als es kam, rief sie ihn herein, und er stand auf der Schwelle und schien etwas erstaunt zu sein, statt Hassan sie zu sehen.

»Ah – Morgen, Parvati«, murmelte er. »Ist Abdul nicht da?«

»Er ist auf der Insel unterwegs. Wir haben heute eine Planungsversammlung. Kann ich dir helfen?«

»O ja, natürlich.« Dennis machte einen zerstreuten Eindruck. Seine Augen mieden die ihren. Sie beobachtete ihn versteckt, während sie wartete, und was sie sah, alarmierte sie. Seine Lider waren dick, wahrscheinlich vom Mangel an Schlaf geschwollen, und sein Gesicht war von tiefen Linien durchzogen. Er rieb nervös seine Hände.

*Armer Teufel.*

Sie sagte: »Nun, es freut mich, daß du hier bist. Erst gestern dachte ich, daß ich dich wieder einmal untersuchen sollte. Könntest du ...?«

»Ach, hör auf damit, Parvati«, sagte er verdrießlich. Es war keine Energie hinter seinen Worten. »Ein neuer Test würde nichts ergeben, was du nicht schon weißt. Ich bin mit den Nerven herunter. Ich bin ein Wrack. Wir können nur noch hoffen, daß ich mein Problem ausschwitzen werde, bevor es anfängt, andere zu stören.«

»Du übertreibst, Dennis.«

»Gar nicht.« Er stieß einen Stuhl herum und ließ sich darauf fallen. »Meine Schwierigkeit ist, daß ich ein Siedler wider Willen bin, und nicht mal eine Abstimmung der Kolonisten, mir die *Niña* für die Heimreise zu überlassen, könnte mich heilen, weil ich unterwegs aus Angst, die Herausgabe des Ersatzschiffes könnte den Untergang der Kolonie bedeuten, verrückt würde. Ich kann nichts daran ändern, es ist so. Du brauchst nicht zu antworten. Ich bin nur gekommen, um Abdul zu sagen, daß ich wieder fort muß.«

»So bald? Aber du bist doch erst von deiner letzten Reise zurückgekehrt.«

»Das ist zwei Wochen her. Wenn ich irgendwelche Krankheiten mitgebracht hätte, wären sie inzwischen zum Ausbruch gekommen. Und welchen anderen Dienst außer der Erkundung der Umgebung kann ich der Kolonie erweisen? Schließlich bin ich hier die einzige entbehrliche Person.«

»Einhundertachtzig Menschen auf einem Planeten von der Größe der Erde, und du glaubst, auch nur einer von ihnen wäre entbehrlich? Dennis, du entwickelst doch nicht etwa einen Märtyrerkomplex, wie?«

»Wenn es so wäre, hätten deine Untersuchungen es wahrscheinlich gezeigt«, sagte Dennis unmutig. »Hör auf mit der Augenwischerei, Parvati. Ich weiß, daß ich auf der Passivseite der kolonialen Buchführung stehe, obwohl ich zwei Hände und einen kräftigen Rücken, angemessene Intelligenz und technische Fähigkeiten habe. Alle anderen wollten hier sein, alle anderen hatten sich bewußt und unbewußt mit der Idee vertraut gemacht, bis an ihr Lebensende hier zu bleiben. Ich bin der einzige, der sich in der Falle fühlt. Und daraus folgt, daß ich der erste sein werde, der hier überschnappt. Etwas, das ihr mit eurem phantastischen Optimismus nicht voraussehen könnt, wird mich eines Tages zerbrechen – irgendeine Frustration wahrscheinlich, die das Maß vollmacht –, und ihr könntet dabei leicht einen verlieren, der nun wirklich unentbehrlich für euch ist. Ist das nicht so? Sag mir aufrichtig deine Meinung.«

Aber bevor sie Gelegenheit hatte, ihre Antwort zu formulieren, stand er wieder auf und ging zur Tür. »Ich werde mal herumhören, wer Aufträge für mich hat. Vielleicht kann ich heute nachmittag mit so vielen Anforderungen für Daten und Informationen aufwarten, daß Abdul sich deine Obstruktionstaktik gar nicht erst zu eigen machen kann.«

Die Tür schloß sich hinter ihm. Sie war aus frischem Holz und begann sich bereits ein wenig zu werfen. Oben klemmte sie im Rahmen, und wenn sie geöffnet oder geschlossen wurde, quietschte es jedesmal.

Natürlich hatte er völlig recht. Wenn die meisten ihrer Projekte sich auch zufriedenstellend angelassen hatten, waren sie letzten Endes doch nackt auf Asgard gelandet. Sie hatten sich kleiden, ja panzern müssen, und das mit der Kraft des Verstandes allein. Und Menschen waren keine vollkommen rationalen Wesen.

Dieser Unsicherheitsfaktor war so gut wie möglich berücksichtigt worden, und überdies war das Glück auf ihrer Seite gewesen. Es war ein so zynischer Gedanke, daß sie nie gewagt hatte, ihn mit anderen zu diskutieren, aber sie betrachtete den Verlust der *Pinta* als einen Segen für die Kolonie. Wenn ein irrationales Bedauern, daß etwas auf Erden durchaus Gewöhnliches auf Asgard nicht zu haben war, jemanden zu überwältigen drohte, gab es einen rationalen Grund, auf den man seinen Ärger richten konnte: die Tatsache, daß es statt der vorgesehenen drei Schiffe nur zwei gab. Der Absturz hatte einen Schatten der Trauer über ihrer aller Leben gelegt – jedes Mitglied der Expedition hatte alle anderen als Freunde betrachtet. Aber wie eine Wunde zur Narbe verheilte, die keine bleibende Behinderung hinterließ, würde auch das verblassen.

Die Organisatoren des Projekts hatten gut geplant. Der Verlust der *Pinta* hatte nur Schwierigkeiten verursacht, keine Katastrophe, und die zusätzliche Herausforderung dieser Probleme hatte die Leute zu härterer Arbeit angetrieben, als sie unter gewöhnlichen Umständen auf sich genommen hätten. Das war auch gut. Allerdings beunruhigte sie der Gedanke, was ein weiterer schwerer Rückschlag aus Hassan machen würde. Mit fünfzig Jahren der Älteste unter ihnen, war er eine Art Vaterfigur – mit Bedacht für diese Rolle ausgewählt – und betrachtete die Siedler als seine Familie, während sie zu ihm als Sippenoberhaupt aufblickten. Der Verlust der *Pinta* hatte ihn in die Lage eines Abraham versetzt, der seinen Sohn geopfert hatte, weil kein Engel ihm in den Arm gefallen war. Ohne sichtbare Kompensation für dieses Unglück, das er sich als Versagen anrechnete, wäre er zusammengebrochen.

Aber sie hatten einander gestützt und geholfen; sie ertrugen, was ertragen werden mußte, und gewannen Kraft dabei.

Bis auf Dennis Malone.

Mit einiger Anstrengung – weil sie wußte, daß er recht hatte, wenn er sagte, seine Krankheit könne nicht geheilt werden, es sei denn durch die Zeit und seine eigene Selbstüberwindung – nahm sie das Studium der Berichte wieder auf. Doch nun war ihr energischer Optimismus verflogen, und das strahlende Licht des Sommertags schien etwas verblaßt zu sein.

# 3

Im Moment war die Dorfstraße leer, obwohl auf den umliegenden Hängen und am Hafen mehrere Leute in Sicht waren. Nach ihrem gemeinschaftlichen Frühstück in der Kantine waren sie auseinandergegangen, jeder an seine Tagesarbeit. Während der ersten zwei Monate nach der Landung hatte der überflüssige Dennis sich ständiger Nachfrage erfreut und war bei allen Arbeitsgruppen begehrt gewesen, wann immer ein zusätzliches Paar Hände gebraucht worden war. Inzwischen hatte die Situation sich so stabilisiert, daß er herumlaufen und sich wie ein Tagelöhner um Arbeit bemühen mußte.

Er wanderte mehr oder weniger ziellos zum Hafenbecken hinunter, und seine Pistole schlug bei jedem Schritt rhythmisch gegen seinen Schenkel. Ohne die Pistole oder die Notapotheke gesehen zu werden, die in der Tasche auf der anderen Seite seines Anzugs steckte, hätte bedeutet, den Tadel aller Kolonisten auf sich zu ziehen.

Auf einer Art natürlicher Kaimauer, gebildet von einer schieferartigen Felsbank, fand er Daniel Sakky, ihren leitenden Bauingenieur, im Gespräch mit Saul Carpender, dem Schiffszimmermann. Sie diskutierten die Lage der Bootsschuppen, die ihre Wasserfahrzeuge vor den Winterstürmen schützen sollten. Daniel war ein großer, jovialer Afrikaner, der es liebte, seinem Standardanzug eine persönliche Note zu geben; heute hatte er sich mit einer Brosche aus stachligen kleinen Schneckengehäusen geschmückt, wie man sie angeschwemmt an allen Stränden finden konnte.

Er grüßte Dennis freundlich, aber auf dessen schüchterne Frage nach etwas Nützlichem, nach dem er auf die Suche gehen könnte, zuckte er die Achseln.

»Dieser Planet ist beinahe zu freigebig, Dennis!« sagte er. »Was ich brauchte, war hauptsächlich Zement, und dann auf lange Sicht ein Eisenerzvorkommen, dessen Ausbeutung sich lohnt. Ulla hat beides auf dieser Insel gefunden, und in größeren Mengen, als ich zu hoffen wagte. Aber wenn mir etwas einfällt ...«

Auf einem Felskap, wo das Vorgebirge steil zum Ozean abfiel, traf er Kitty Minakis, die kleine, zerbrechlich wirkende griechische Meteorologin, der niemand angesehen hätte, daß sie mit Stürmen auf Du und Du stand. Gemeinsam mit einem Assistenten war sie dabei, eine Radiosonde für den Start in die höheren Luftschichten vorzubereiten. Sie warf ihm ein blitzendes Lächeln zu und brachte es fertig, den Reißverschluß ihres Anzugs unauffällig noch etwas weiter zu öffnen. Er war wegen der Hitze des Tages schon weit genug geöffnet, und nun gewann Dennis einen inspirierenden Einblick auf ihre kleine, aber wohlgeformte Brust. Jeder wußte, daß sie die Männer liebte, aber niemand machte ihr einen Vorwurf daraus; es war unmöglich, einen Menschen von ihrer natürlichen Liebenswürdigkeit nicht zu mögen.

Aber auch sie konnte ihm nichts vorschlagen, was als Vorwand für eine weitere Erkundungsreise dienen könnte. Sie hatten vor der Landung Wettersatelliten in Umlaufbahnen zurückgelassen; sie hatten automatische Wetterbeobachtungsstationen auf einem Dutzend Inseln von Pol zu Pol, und alle funktionierten einwandfrei.

Er wanderte in einem Bogen über die Hügel zurück und tauschte Grußworte mit einigen von Daniels Technikern, die Verbindungskabel zu den Sonnenkollektoren legten, deren silbrig glänzende Schirme in immer größerer Zahl die südlichen Talhänge sprenkelten, unheimliche Blüten eines wuchernden technologischen Gewächses. Schließlich kam er an den Bach, der zur Trinkwasserversorgung in zwei übereinanderliegenden Becken aufgestaut war. Ulla Berzelius, das lange blonde Haar von einem Metallkamm im Nacken gehalten, kauerte im schlammigen Bachbett unterhalb des Wasserspeichers, siebte Schlammproben und warf gelegentlich kleine Steine in eine Blechdose. Ein Stück weiter sammelte Yoko Namura die Leichen kleiner Wasserlebewesen, die bei der künstlichen Trockenlegung des unteren Bachlaufes gestorben waren.

»Du hast auf deinen letzten Reisen zuviel gearbeitet«, sagte Ulla auf seine Frage nach Arbeit. »Wir haben von allen unentbehrlichen Mineralen Vorkommen entdeckt. Was ich hier mache, ist nur ein besserer Zeitvertreib – unsere Meerwasseranalyse aus dem Hafenbecken hat eine winzige Spur von Indium ausgewiesen, und ich will wissen, ob es von diesem Bach hinausgeschwemmt worden ist. Aber wenn du willst, erfinde ich etwas, um Abdul zufriedenzustellen. Schließlich ist auch negatives Wissen wertvoll.«

Sie schnippte mit den Fingern. »Moment! Ich weiß etwas! Es gibt etwas, das wir nicht haben und nur unter großen Schwierigkeiten künstlich herstellen könnten, so daß es sehr schön wäre, ein natürliches Vorkommen davon zu finden, und das sind Diamanten. Ich wette, daß Abdul gern einen Vorrat davon hätte. Er fragt mich immer wieder, ob dieses oder jenes Erz in hartem Fels eingebettet liegt oder in weicheren Schichten leicht zugänglich ist, weil wir nur noch wenige intakte Bohrköpfe für hartes Gestein haben. Soll ich dir eine Liste von möglichen Ablagerungsstätten machen?«

»Du brauchst mir nur zu sagen, wofür ich den Computer programmieren soll, und ich kann mir die Liste selber zusammenstellen«, sagte Dennis, augenblicklich ermuntert. »Blauer Ton in einer jungen vulkanischen Region – ist das richtig?«

Sie lachte. »Wenn du dich auf einer Welt mit heftigen tektonischen Verschiebungen wie dieser allein auf solche Idealvorkommen konzentrierst, könntest du dein halbes Leben mit Nachforschungen verbringen.«

»Das wäre großartig«, murmelte Dennis. Sie verstand nicht, was er meinte, und fuhr fort: »Der Computer hat genug Daten gespeichert und müßte dir einen brauchbaren Ausdruck liefern können. Das Stichwort ist ›Industriesteine‹. Wir haben außerhalb dieser Insel noch keine gründlichen geologischen Felduntersuchungen gemacht und wissen zuwenig von der örtlichen Geologie, um genauere Hinweise geben zu können.

»Danke«, sagte Dennis. »Hast du auch was für mich zu tun?« fragte er den Xenobiologen.

»Das Übliche«, sagte Yoko und unterbrach seine Arbeit für einen Moment. »Aufnahmen von allen Pflanzen oder Tieren, die dir unbekannt vorkommen, und Notizen über die Zeit und den Ort, wo du sie gefunden hast.«

»Wird gemacht«, sagte Dennis und kletterte aus dem Bachbett.

Die Insel war einem etwas in die Länge gezogenen Sechseck ähnlich. Felsige Bergketten verliefen sternförmig vom Zentralgipfel seewärts und tauchten schließlich mehr oder weniger steil in den Ozean ein. Die oben schluchtartigen, weiter unten jedoch muldenförmigen und zuweilen kleine Küstenebenen bildenden Täler waren mit Vegetation überwuchert und bis auf eines noch praktisch unberührt. In diesem einen Tal, in dem die

Menschen ihre Siedlung errichtet hatten, waren größere Flächen des fruchtbaren Bodens gerodet und mit importierten Pflanzen von der Erde bestellt, aber auf den Hängen der Vorberge gab es nach wie vor nur die warzigen Auswüchse der Holzpflanzen. Dennis Malone suchte sich einen Weg zum Kamm hinauf und folgte ihm zum nächsthöheren Vorgipfel, wo das Schiff ruhte. Als er höherkam, konnte er über die Schulter eines vorgelagerten Hügels in das kleine Seitental sehen, wo die *Niña* systematisch ausgeschlachtet wurde. Das grelle bläulichweiße Licht eines Schneidbrenners schmerzte in seinen Augen, nicht weil es aus dieser Entfernung allzu blendend gewesen wäre, sondern weil es mit jeder Sekunde eine weitere von den Fasern durchschnitt, die ihn mit der Erde verbanden. Ihm war, als hinge er am Rand eines Abgrunds.

Weiter draußen im Tal und am Rand der neuen Pflanzungen konnte er die quadratischen Maschendrahtgehege sehen, in denen ihre wenigen Versuchstiere gehalten wurden, die Überlebenden, die ein vorsichtiger Planer der *Santa Maria* statt der *Pinta* zugewiesen hatte. Dank ihrer raschen Vermehrung gab es eine Menge Ratten und Mäuse, aber die nützlicheren Hamster, Schweine und Schafe waren noch immer alarmierend gering an Zahl, wenn man bedachte, daß die Siedler bald anfangen mußten, statt der hydroponisch gezogenen Pflanzennahrung im Boden gewachsene Lebensmittel zu essen, wozu schließlich auch Veredelungsprodukte wie tierisches Eiweiß gehörten.

Wie auch immer, er war nicht mehr in der Stimmung für trübe Gedanken. Ulla hatte ihm den Vorwand für eine längere Exkursion gegeben, und das war alles, was ihn im Moment interessierte. Er beschleunigte seine Schritte und erinnerte sich dabei seines ersten Aufstiegs in die Berge, den er gemeinsam mit Carmen Vlady unternommen hatte. Asgards um acht Prozent größere Schwerkraft hatte sie damals mächtig angestrengt und erschöpft. Jetzt hatte er sich daran gewöhnt und merkte nichts mehr. Vielleicht würden mit der Zeit auch die anderen Fremdartigkeiten des Planeten aufhören, ihn zu bekümmern.

Als er auf den Fahrweg stieß, der vom Dorf zum Liegeplatz der *Santa Maria* heraufführte, blieb er plötzlich stehen. Wie üblich hielt Tai Men vor dem Eingang zur Hauptschleuse der *Santa Maria* unter freiem Himmel Sprechstunde ab, umgeben von seinen Assistenten. Dennis hatte noch nie so viele Kranke an diesem Ort versammelt gesehen. Mindestens zwanzig Leute saßen oder standen mit besorgten Mienen herum und warteten, daß sie an die Reihe kämen.

Dennis Malone wunderte sich, was diese Krankheitswelle verursacht haben mochte, aber er wollte die Ärzte nicht durch Fragen stören und machte einen Bogen um die Versammlung, um direkt an Bord des Schiffes zu gehen. Aber Tai Men sah ihn und rief herüber.

»He, Dennis! Komm mal einen Moment her!«

Dennis gehorchte und näherte sich zögernd der transportablen Steuerkonsole, von der dicke, mehrpolige Kabel ins Schiffsinnere liefen. Wenn nötig, konnten die Ärzte über das Gerät die in den Datenspeichern des Schiffes lagernden medizinischen Informationen abrufen.

»Fühlst du dich gut?« fragte Tai Men mit einem prüfenden Blick in Dennis' Gesicht. Er war ein Nordchinese und überdurchschnittlich groß und massig, mit kraftvollen, entschlossenen Zügen. Aber Dennis hatte ihn nie so ernst gesehen wie heute.

Er antwortete wahrheitsgemäß, daß er sich, abgesehen von einer nervösen Schlaflosigkeit, gesund fühle.

»Mach den Mund auf!« befahl Tai Men und spähte hinein. »Wunde Stellen? Zahnfleischbluten?«

»Nein, nicht daß ich wüßte«, sagte Dennis gedehnt und erbleichte ein wenig, als er die Überlegung anstellte, zu der jeder Raumfahrer gelangt wäre. »Glaubst du, daß wir es mit Strahlungsschäden zu tun haben, Tai?«

»Strahlungsschäden, Unsinn«, sagte der Chefarzt barsch. »Das ist eine dumme Frage. Hier, nimm eine von diesen.« Er griff eine große Plastikdose vom Tisch und schüttelte eine bohnengroße Kapsel heraus. Anscheinend hatte er schon viele von den Kapseln verabfolgt, denn die Dose war nur noch halbvoll.

Dennis nahm die Kapsel mißtrauisch zwischen Daumen und Zeigefinger. »Was ist das?«

»Ascorbinsäure. Wir haben zweiundzwanzig fortgeschrittene Fälle von Skorbut, und ich kann mir nicht denken, wieso.«

## 4

Wenigstens in einem Punkt, überlegte Parvati, als sie die Berichte der verschiedenen Abteilungen auf dem Tisch auslegte, an dem Hassan über die heutige Planungsversammlung präsidieren würde, war Asgard für die menschliche Besiedlung beinahe noch geeigneter als die Erde. Hier waren die Tage dreißig Stunden lang. Die vierundzwanzigstündigen Erdentage waren aus irgendeinem unerklärlichen Grund zu kurz für den natürlichen biologischen Rhythmus der meisten Leute; etwa zwischen achtundzwanzig und dreißig Stunden waren der Zyklus, der sich unter experimentellen Bedingungen entwickelte, wo es ihnen überlassen war, frei von der Tyrannei der Uhren ihren eigenen Rhythmus zu finden.

Auf der Reise hatten sie für die allmähliche Umstellung Zeit im Überfluß gehabt, und bei der Ankunft hatte jeder eine Uhr erhalten, die auf Asgards Zeiteinteilung abgestimmt war. Jedermann hatte sich längst an die neue Zeitskala gewöhnt, aber zu den Essenszeiten, zu allgemeinen Versammlungen und um Mitternacht ertönte noch immer die Sirene auf der Kantinenbaracke. Auch an sie hatten die Leute sich gewöhnt, und besonders die außerhalb der Siedlung Arbeitenden mochten ihren heulenden Klang nicht mehr missen.

In Antwort auf den Sirenenton begannen die Leute jetzt aus allen Richtungen ins Dorf zu schlendern. Parvati hatte alle Vorbereitungen getroffen, die Kantinenstühle und -bänke standen ordentlich aufgereiht auf dem kleinen Platz vor der Baracke, dem Tisch des Vorsitzenden gegenüber, und sie machte es sich auf einem Stuhl bequem und beobachtete die nach und nach eintreffenden Siedler. Gelegentlich winkte sie einen Gruß.

Fast alle hatten ihre Plätze eingenommen und erfüllten die Luft mit ihrem Gemurmel, als sie endlich Hassan erblickte. Auf Grund der günstigen Berichte, die sie seit dem Frühstück gelesen hatte, hatte Parvati den Anblick lauter zufriedener und heiterer Gesichter erwartet. Statt dessen sah sie viele sorgenvolle Mienen, und manche Siedler rutschten nervös auf ihren Plätzen herum.

Ihre Erleichterung über Hassans Erscheinen währte nur kurz. Er näherte sich mit raschen, stampfenden Schritten, und sein Gesichtsausdruck war finster. Tai Men, der ihn begleitete, schaute fast noch verdrießlicher drein. Es war nicht gut, wenn Hassan einen solchen Ausdruck zur Schau trug. Seine Stimmungen waren ansteckend.

Als er seinen Tisch ansteuerte, schien er sich zusammenzureißen und glättete sein hakennasiges Gesicht mit dem kurzgeschnittenen Bart zu einem Ausdruck, den er für neutral halten mochte, der aber niemand zu täuschen vermochte.

»Ist etwas passiert?« fragte sie leise.

»Ich fürchte, ja«, entgegnete er ebenso leise. »Fangen wir gleich damit an, oder machen wir zuerst mit den Erfolgsgeschichten Stimmung?«

Parvati wog die Alternativen ab und wünschte dabei, daß der Tod von Max Ulfilas an Bord der *Pinta* sie nicht der Einsicht der einzigen anderen Person beraubt hätte, die mit ihren besonderen Talenten begabt war. »Zuerst die Erfolge, glaube ich«, sagte sie endlich. »Es sei denn, diese negative Entwicklung oder was immer es ist, zwingt uns zur Einstellung der in den Berichten vorgeschlagenen Projekte.«

»So schlimm wird es hoffentlich nicht kommen«, meinte Hassan und erhob sich, um die Siedler zu begrüßen und die Versammlung zu eröffnen.

»Guten Morgen«, sagte er in seiner vollen, tiefen Stimme, die der Hilfe des Lautsprechers nicht bedurft hätte. »Dies ist die fünfte unserer monatlichen Versammlungen und, wie ich fürchte, die letzte, die wir unter freiem Himmel abhalten können. Bald werden die Herbstregenfälle einsetzen, und Kitty meint, daß wir die nächste Versammlung in die Kantine verlegen müssen. Aber das ist wahrscheinlich die schlechteste Nachricht, die du für uns hast, nicht wahr, Kitty?«

Die kleine Griechin stand auf, und wie immer zierte sie sich ein wenig. »Mehr oder weniger. Die Temperaturen werden in den nächsten zwei Monaten noch relativ hoch bleiben, aber wir müssen uns auf ziemlich heftige Stürme gefaßt machen. Der Umschwung der Jahreszeiten wird vermutlich von Zyklonen begleitet sein, die Windgeschwindigkeiten bis zu hundertdreißig Kilometern in der Stunde erreichen können, vielleicht mehr. Wir haben hier noch keine Erfahrungen. Immerhin wurde dieses Risiko von Anfang an einkalkuliert.«

»Was meinst du, Dan?« fragte Hassan. »Sind die Hütten sturmsicher?«

Der große Neger stand auf. »Ja, unser Dorf hier liegt hoch genug und ist von den umliegenden Bergen gut geschützt, so daß Stürme nur in abgeschwächter Form wirksam werden dürften. Heute morgen habe ich unten am Hafen den Standort für einige Bootsschuppen vermessen, die wir in den nächsten Wochen errichten können und die sturmsicher angelegt werden. Was die Hütten angeht, so schlage ich vor, daß wir sie durch Halteseile zusätzlich sichern. Mehr können wir bei diesen leichten Bauwerken nicht tun.«

»Wie wird die Schlechtwetterperiode sich auf unsere Pflanzungen auswirken?« fragte Hassan, und darauf erhob sich Silvana Borelli, die zu Tai Mens Stab gehörte und auf Landwirtschaft und Bodenchemie spezialisiert war.

»Da wir widerstandsfähige Sorten ausgewählt haben, erwarten wir keine ernsthaften Schwierigkeiten. Um die Pflanzen gegen Windbruch zu schützen, haben wir geeignete Zäune vorbereitet, die in den nächsten Wochen aufgestellt werden.«

»Gedeihen die Versuchskulturen zufriedenstellend?« fragte Hassan.

»Ja, der Boden erweist sich als durchaus fruchtbar und verträglich. Es ist ein wenig früh, um über voraussichtliche Erträge zu sprechen, aber Keimung und Wachstum unseres Saatgutes sind bisher normal gewesen, und wir sind zufrieden. Übrigens ernähren wir eine Testgruppe unserer Tiere seit drei Wochen ausschließlich mit Grünfutter aus unseren neuen Freilandpflanzungen.«

Viele Siedler nickten beeindruckt. Parvati lächelte. Kleine Tricks wie die Geheimhaltung bestimmter Ereignisse in spezialisierten Abteilungen, gefolgt von überraschenden Bekanntmachungen wie dieser, waren bestens geeignet, die Moral der Siedler aufzumöbeln.

So ging es weiter, mit Hassans eigenem Rechenschaftsbericht über die Vorratshaltung und Ullas Meldung über Mineralvorkommen und sonstige Bodenschätze, zu ihrem eigenen psychologischen Lagebericht.

»Ich brauche nichts zu tun als euch alle zu beglückwünschen, Freunde«, sagte sie. »Vielleicht erinnert ihr euch, daß einige Leute auf der Erde unsere Fähigkeit anzweifelten, mit einer so kleinen Gruppe auf einer neuen Welt Fuß zu fassen und am Leben zu bleiben. Nun, unsere Gruppe ist noch kleiner, als vorgesehen war; trotzdem haben wir uns besser gehalten, als selbst Optimisten es erwartet hätten. Lassen wir nicht locker!«

Sie setzte sich wieder und verzichtete auf ihre geplanten Ausführungen über die Förderung zwischenmenschlicher Beziehungen und dergleichen, denn sie war plötzlich nicht mehr sicher, ob es sinnvoll war. Hassans schlechte Nachricht würde die bisher gute Atmosphäre so oder so wegwischen, ob sie die Leute vorher noch psychologisch traktierte oder nicht.

Hassan gab Tai Men einen Wink, und der bullige Chefarzt sagte ohne Umschweife: »Die meisten von euch wissen inzwischen schon, was los ist. Wir haben ein Problem. Es bedeutet – soweit ich es jetzt übersehen kann – keinen schweren Rückschlag. Aber es wird sich zweifellos als überaus lästig erweisen. Ist jemand unter euch, der nicht weiß, was Skorbut ist?«

Er blickte umher. Weil er nicht zu sagen vermochte, ob alle es wußten, erläuterte er: »Es ist eine Mangelkrankheit wie Pellagra oder Beri-Beri und rührt von einem Mangel an Ascorbinsäure her – manche Leute kennen es noch unter dem alten Namen Vitamin C. Zuerst wollte ich meinen Befunden nicht glauben, weil wir eine durchaus zureichende und ausgeglichene Diät essen, aber ein Zweifel war bald nicht mehr möglich, und die Fälle mehrten sich. Unsere Abteilung war fieberhaft bemüht, die Ursachen festzustellen, und ich glaube, wir haben den Grund für diese rätselhaften Erkrankungen endlich ermittelt.

Ihr erinnert euch an die Durchfallepidemie nach unserer Ankunft? Nun, wie ihr wißt, sind die meisten Bakterien hier an ein Protoplasma in ihren Wirtspflanzen und -tieren gewöhnt, das sich von unserem unterscheidet. Dies bedeutet, daß wir nicht an ihren Infektionen erkranken können. Wie auch immer, natürlich tragen wir ständig gewisse Bakterien mit uns herum, die uns nicht krank machen, sondern uns sogar nützliche Dienste leisten, besonders im Verdauungstrakt. Und die wiederholte Analyse von Stuhlproben hat uns gezeigt, daß wir alle seit dieser Durchfallepidemie einige einheimische Bakterienarten in uns haben, denen die Umgebung der menschlichen Därme zusagt. Sie verursachen keine Beschwerden, also brauchen wir uns keine Sorgen zu machen. Allerdings scheint es da eine ungünstige Ausnahme zu geben. Eine dieser Bakterienarten besitzt offenbar die Fähigkeit, Ascorbinsäure so zu verändern, daß unser Körper sie nicht mehr aufschließen und verwerten kann. Das Molekül wird durch die bakterielle Einwirkung in einer Weise verändert, an die unsere Körper nicht gewöhnt sind. So kommt es trotz ausgeglichener Diät zu Mangelerscheinungen.«

Parvati sah mit Bestürzung, welch niederschmetternde Wirkung die Erklärung auf die Zuhörer hatte. Es wurde ihr klar, daß die meisten insgeheim schon immer in der Furcht vor einer solchen unkontrollierbaren Epidemie auf dem neuen Planeten gelebt hatten. Nun sahen sie ihre lange unterdrückten Befürchtungen bestätigt. Unruhe und das Vorgefühl eines Verhängnisses breiteten sich aus.

»Tai!« rief sie schnell. »Wir können damit fertig werden, nicht wahr?«

Er mußte wissen, warum sie den Zwischenruf machte, aber er ließ sich auf nichts ein und überhörte die versteckte Aufforderung.

»Ich will keine voreiligen Aussagen machen, aber natürlich hoffe ich es. Auf jeden Fall wird es Zeit kosten. Und Skorbut ist eine schwächende Krankheit. Sie untergräbt Energie und Leistungsfähigkeit. Wenn sie sich auf die ganze Kolonie ausbreitet, werden wir weit hinter unsere Programme zurückfallen. Wir haben Computer auf das Problem angesetzt, wie wir diese einheimischen Bakterien aus unseren Gedärmen vertreiben können, ohne die übrige Darmflora zu zerstören, aber eine Neuinfektion ist unvermeidlich, wenn wir nicht zu gereinigter und gefilterter Luft zurückkehren – was natürlich undenkbar ist. Und obwohl wir die schlimmsten Formen des Skorbuts sicherlich durch massive Dosen von Ascorbinsäure verhindern können, gehen unsere Vorräte jetzt rasch zur Neige, und eine eigene Herstellung von Ascorbinsäure ist augenblicklich noch nicht möglich. Eine so komplizierte chemische Synthese erfordert Voraussetzungen, die frühestens im nächsten Frühjahr erfüllt werden können. Also fürchte ich, daß wir ein bedeutendes Risiko auf uns nehmen müssen, wenn wir hier weiterkommen wollen.«

»Sag es ruhig, Tai«, warf Hassan ein.

Der Chinese holte tief Atem. »Wir müssen so bald wie möglich von unseren unter künstlichen Bedingungen gezogenen Gemüsen und Früchten auf solche übergehen, die in der hiesigen Erde gewachsen sind. Es ist dies die einzige Möglichkeit, die mir einfällt, um die lästige Bakterie mit jenen lokalen Chemikalien zu versorgen, für die sie unser Vitamin als Ersatz verwendet.«

5

Tai Men brauchte keine Psychologin zu konsultieren, um zu erkennen, daß seine Bombe unter den Zuhörern geplatzt war und ihre Wirkung tat. Aber warum nicht? Die Sache beunruhigte ihn selbst nicht wenig, und es hatte keinen Sinn, die Gefahr zu verniedlichen.

Es wäre unerträglich, die Kraft und die Leistungsfähigkeit der Siedler dahinschwinden und die Kolonie verfallen zu sehen. Aber genau das würde eintreten, wenn sie den Skorbut nicht unter Kontrolle brächten. Und Schlimmeres – im Hintergrund seiner Gedanken lauerte der Schatten, der Tod hieß. Er glaubte mit Sicherheit, daß irdische Pflanzen, die im hiesigen Humus wuchsen, Substanzen aufnehmen würden, die die Einwirkung des lokalen Bakteriums auf den menschlichen Stoffwechsel neutralisierten. Es wollte in Wirklichkeit keine Ascorbinsäure; sie war nur das, was in einem menschlichen Magen und Darm am genießbarsten war. Was das Bakterium wirklich wollte, war vermutlich eine verwandte chemische Lösung, die möglicherweise vom menschlichen Körper unbeachtet wieder ausgeschieden würde.

Aber es gab viele mögliche Verbindungen, die aus dem Zusammenwirken irdischer Pflanzen mit dem Boden Asgards entstehen konnten, und Tai Men verfügte nicht über die biologischen Datenspeicher, die ihm darüber Aufschluß geben könnten – sie waren mit dem größten Teil der biologischen Laborausrüstung an Bord der *Pinta* gewesen und unwiederbringlich verloren. Zwar hatte bisher keins der Tiere aus der Testgruppe, die mit Freilandfutter ernährt wurde, Anzeichen einer Krankheit gezeigt, aber ein Mann war keine Ratte und auch kein Kaninchen.

Er sagte rauh: »Ich glaube, wir werden um Freiwillige bitten müssen, die sich als Versuchspersonen zur Verfügung stellen.«

Eine lange Pause folgte. Parvati krümmte sich innerlich vor Unbehagen. Sie wünschte, Tai Men hätte sie vor dieser Erklärung konsultiert. Der wesentliche psychologische Faktor ihres gemeinsamen Erfolgs, so schien es ihr, war die Art und Weise, wie sie jeden Konflikt innerhalb der Gruppe eliminiert hatten; sie waren alle gleichberechtigte Mitglieder einer Gemeinschaft und arbeiteten für ein gemeinsames Ziel. Eine Aufspaltung in »freiwillige Versuchspersonen« und »andere« konnte leicht verhängnisvoll werden. Jede Unterteilung der Gemeinschaft enthielt eine Bedrohung. Und da erhob sich schon Dennis Malone, fuhr mit den Fingern durch sein krauses braunes Haar und sagte mit wegwerfender Geste: »Klar, ich melde mich freiwillig!«

Märtyrerkomplex. Parvati warf Hassan einen Blick zu und merkte, daß er bereits aufgesprungen war.

»Einen Moment, Dennis«, sagte er freundlich und fuhr dann, zu Tai Men gewandt, fort: »Ich glaube, du wirst uns noch einige weitere Daten geben müssen, bevor wir eine vernünftige Entscheidung über deinen Vorschlag treffen können. Hast du die Alternativen vom Computer abwägen lassen?«

»Selbstverständlich.« Tai wischte sein Gesicht mit einem flatternden Taschentuch. »Unglücklicherweise ist die Zahl der Skorbutfälle von Null vor zehn Tagen auf zweiundzwanzig Erkrankungen heute angewachsen. Das ist eine Zuwachsrate, die der Computer nach seiner ganzen Programmierung als wesentliche Bedrohung ansehen muß. Daher empfiehlt er, daß wir unsere gesamten Hilfsquellen und Energien auf die Bekämpfung der fraglichen Bakterien und auf die Synthetisierung von Ascorbinsäure konzentrieren. Was wir natürlich nicht machen können. Nicht ohne die mit der *Pinta* verlorengegangenen Anlagen.«

An mehreren Stellen der Zuhörermenge begannen kleine Gruppen nervös zu diskutieren. Parvati biß sich auf die Lippen. Diese Geschichte war wirklich schlimmer, als sie vermutet hatte.

»Die zweitbeste Möglichkeit ist diejenige, die ich erwähnte«, sagte Tai Men. »Die Ergänzung unserer Diät mit hier im Freiland kultivierten Pflanzen. Aber ich kann das damit verbundene Risiko nicht unterschlagen. Wie ich sagte, leben verschiedene Tiere jetzt ausschließlich von dieser Art Futter, und ohne erkennbare schädliche Nebenwirkungen. Aber das ist erst seit drei Wochen der Fall, und es gibt chemische Verbindungen, die von den

Körpergeweben gespeichert werden, und weil unser Tierbestand klein ist, brauchen wir die Versuchstiere für Zuchtzwecke und können nicht ständig welche von ihnen töten, um tägliche Gewebeanalysen vorzunehmen. Wir verlassen uns hauptsächlich auf Blutproben, die in ihrer Art nützliche Ergebnisse erbringen, aber keineswegs ein vollständiges Bild liefern.«

»Wann werden unsere Vorräte an fertiger Ascorbinsäure erschöpft sein?« fragte Hassan.

»Ich möchte nicht alles ausgeben«, brummte Tai. »Ich möchte genug in Reserve halten, daß wir durch den Winter kommen. Und das heißt, daß wir sofort mit der Erweiterung unseres Küchenzettels beginnen sollten.«

»Ich sagte, daß ich mich freiwillig melde!« rief Dennis Malone wieder, und mehrere Leute blickten stirnrunzelnd zu ihm hinüber. Parvati überlegte, ob sie eingreifen sollte, als Ulla ihr mit bewundernswerter Geistesgegenwart zuvorkam.

»Ich möchte, daß du dich aufmachst und Diamanten für mich findest, Dennis! Das habe ich dir schon heute morgen gesagt! Und Tai, weil ich schon das Wort habe: Könnten wir nicht eine natürliche Quelle dieser Verbindung suchen und vielleicht einen Extrakt daraus machen – mit einem unserer Destillierapparate?«

»Theoretisch schon«, räumte Tai Men ein, »aber da wir die genaue Verbindung nicht kennen, hieße es auf gut Glück im Nebel herumtappen. Übrigens glaube ich nicht, daß wir selbst einmal im günstigsten Falle die nötigen Quantitäten bekämen. Um deine Begriffe zu gebrauchen, es würde genauso schwierig sein wie die Scheidung einer Probe seltener Erden, vielleicht noch schwieriger, denn weil dieses verdammte lokale Bakterium Ascorbinsäure abbauen kann, ergibt sich daraus, daß die einheimische Verbindung chemisch sehr ähnlich sein muß. Wenn sie nur ähnlich genug wäre, daß auch wir sie verwerten könnten ... Aber das ist sie nicht; wir sind viel kompliziertere Organismen, wir sind viel wählerischer.«

»Soll ich dir trotzdem einen Fraktionierapparat und eine Destillationsanlage bereitstellen?« erbot sie sich.

»Ja!«

Das Wort kam von Hassan, bevor Tai Men antworten konnte.

»Tai, aus grundsätzlichen politischen Erwägungen werden wir jede andere Alternative durchspielen, bevor wir anfangen, unersetzliche Menschenleben zu riskieren.« Streng überblickte Hassan die Versammlung. »Und das gilt auch für dein Anerbieten, Dennis!« fügte er scharf hinzu. »Wir alle wissen es zu würdigen, aber es ist voreilig. Tai, du tust dein Bestes, um konzentrierte Ascorbinsäure zu isolieren, frei von jeder lokalen Beimengung, allein aus den irdischen Pflanzen unserer Kulturen. Außerdem setzt du jeden verfügbaren Helfer in Bewegung und untersuchst jede geeignet erscheinende lokale Pflanze, um festzustellen, ob Ascorbinsäure hier zusammen mit der Verbindung vorkommt, die ihr nach deinen Worten ähnlich ist. Ich bin kein Spezialist, aber das erscheint mir vorstellbar.«

Tai Men zuckte resignierend mit der Schulter.

»Gebt mir die Ausrüstung, die ich brauche, um die Untersuchungen zu machen, und ich werde sehen, ob ich in einer anderen Klimazone geeignete Pflanzen finde«, rief Dennis. »Wenn ich schon auf Diamantensuche gehe, kann ich die Gelegenheit wahrnehmen.«

Hassan nickte. »Ja, gewiß. Ich glaube, wir werden dieser Sache Priorität einräumen. Nimm alle Leute aus den anderen Abteilungen, die du brauchen kannst, Tai, zeig ihnen, wie die Versuche gemacht werden. Und wenn du auf dieser Insel nichts findest, siehst du zu, was du auf etwas entfernteren Inseln finden kannst.«

Tai Men schien einen Moment zu überlegen, ob er die ins Unrealistische abgleitende Diskussion überhaupt fortsetzen solle, dann sagte er: »Es wird nicht viel nützen.«

»Warum nicht?«

»Dieser Planet gleicht der Erde darin, daß eine bestimmte biochemische Verbindung, sobald sie eine metabolische Nische gefunden hat, überall dort wiederkehrt, wo ein entsprechender Bedarf entsteht. Einige der lokalen Gegenstücke zu unseren Vitaminen lassen sich in der gesamten biologischen Stufenleiter nachweisen, in einzelligen Bakterien ebenso wie in großen, beweglichen Tieren. Wenn hier Organismen existieren, die wahlweise Ascorbinsäure verwenden, dann sind sie vergleichsweise so selten wie – nun, sagen wir, wie Tiere auf der Erde, die in ihrem Blut Kupfer statt Eisen haben.«

Er zuckte die Schultern. »Man kann es nicht so und so haben. Die Tatsache, daß es diesen chemischen Unterschied zwischen den lokalen Lebensformen und uns gibt, bedeutet, daß wir nicht sofort von all diesen krankheitsträchtigen Bakterien und Viren angefallen werden. Auf der anderen Seite ... dies.«

Er setzte sich, und ein Vorgefühl kommenden Unheils legte sich über die Versammelten.

## 6

Nur Saul Carpender, der hagere Neuseeländer, den man für den Posten des Schiffszimmermanns und Hafenmeisters gewählt hatte, weil seine Kenntnisse der pazifischen Inselwelt ihn für die Bedingungen auf Asgard vorbereitet hatten, war am nächsten Morgen an dem kleinen natürlichen Kai, um Dennis zu verabschieden. Aber die Gedanken vieler anderer kreisten an diesem Tag um Dennis Malone.

Paradoxerweise beneideten sie ihn.

Die geistigen Väter der Asgard-Kolonie hatten immer das Schlimmste als wahrscheinlich vorausgesetzt, wenn sie entschieden, welche Ausrüstungen die Schiffe an Bord nehmen sollten. Es war viel schneller und praktischer, einen Planeten aus seiner Lufthülle zu erschließen, statt in Kontakt mit seinen Land- und Meeresoberflächen, also hätten sie sich für zwei oder drei robuste Flugzeuge oder Hubschrauber aussprechen können, um die Kolonie mit Transportmitteln für lange Strekken auszustatten. Aber sie hatten sich für Luftkissen-Tragflügelboote entschieden. Im Verkehr zwischen Insel und Insel konnten diese Boote auf ihren Unterwasserflügeln dahingleiten, und wenn nötig konnten sie Riffe oder Sandbänke auf ihren Luftkissen überwinden. Noch wichtiger aber war, daß die Boote nach dem Ausfall ihrer Maschinen von ihren Tragflügeln und Rotoren befreit und mit Segeln und Rudern ausgerüstet werden konnten. Es war keineswegs sicher, daß die zweite Siedlergeneration noch über arbeitsfähige Maschinen und Motoren verfügen würde, aber die Seemannskunst mußte erhalten bleiben.

Die Eroberung des Luftraums oder gar des außerplanetarischen Raumes konnte dagegen warten – wie Dennis sich selbst mehr als einmal zynisch vorgehalten hatte. Diese Errungenschaften waren nicht lebenswichtig; im Gegenteil, für eine kleine Kolonie, die gerade über das Notwendigste verfügte, waren sie ein nicht zu verantwortender Luxus. Vielleicht würde die *Santa Maria* sich noch einmal von ihrem Ruheplatz erheben und die benachbarten Planeten erforschen, aber die Wahrscheinlichkeit war gering, und wenn in seiner restlichen Lebenszeit noch einmal ein Schiff von hier zur Erde startete, dann nur als Folge einer ausweglosen Katastrophe.

Hat das alles wirklich einen Sinn? Nun gibt es also Menschen unter zwei Sonnen statt einer – na, und ...?

Aber die Impulse, die Menschen zu verrückten Abenteuern wie diesem verleiteten, lagen zu tief unter der Bewußtseinsebene, als daß die modernen Psychologen und Verhaltensforscher mehr dazu beisteuern konnten als bloße Hypothesen.

Endlich war er mit dem Abhaken der langen Ladeliste fertig, die er selbst zusammengestellt hatte. Sein Boot wiegte sich sanft in den kleinen Wellen des Hafenbeckens. Es bestand hauptsächlich aus Maschine und Laderaum und war ziemlich vollgepackt. Für etwaige Notfälle hatte er alle möglichen zusätzlichen Dinge an Bord genommen. Aber er nahm nichts mit, was hier auf der Insel unentbehrlich war, abgesehen von den Vitaminkapseln, die Tai Men ihm aufgedrängt hatte. Seit der alarmierenden Entdeckung, daß Skorbut ausgebrochen war und epidemieartige Formen anzunehmen drohte, hatte Tai Men begonnen, den gesamten Lebensmittelkonsum der Kolonie umzukrempeln.

»Wie lange willst du wegbleiben?« fragte Saul nach gedankenvoller Betrachtung des beladenen Bootes.

Dennis hob die Schultern. »So lange, wie es mir nützlich erscheint. Ich werde natürlich mit euch in Radioverbindung bleiben. Ich habe mich mit Abdul geeinigt, daß wir es machen wie das letztemal. Jeden Abend zur Essenszeit gebe ich meine Meldung durch. Und natürlich wird ein Aufnahmegerät auf meine Frequenz geschaltet.«

»Eine Woche? Zwei Wochen? Einen Monat?« Saul schien eine genaue Antwort zu wollen. Dennis war erstaunt und witzelte.

»Du meinst, du wirst mich vermissen? Das ist nett! Nun, sagen wir einfach, wenn ihr mit Dans Bootsschuppen hier Ernst macht, werde ich den Hafen bei meiner Rückkehr nicht wiedererkennen.«

Saul ging nicht auf den leichten Ton ein. Er sagte in einem

plötzlichen Ausbruch von Offenheit, der ganz uncharakteristisch für ihn war: »Ich wollte, ich könnte so abhauen wie du! Einfach ins Blaue hinein!«

»Warum?«

»Ach, ich weiß auch nicht!« Saul zuckte hilflos mit den Schultern. »Ich glaube – ja, vielleicht ist es das: Wenn ich etwas tun könnte, würde ich mir keine solchen Gedanken machen. Ich würde einfach in die Hände spucken und das Problem in Angriff nehmen. Mein Gott, wir haben die *Pinta* verloren, nicht wahr? Und du hast gesehen, was geschah. Jeder verfluchte das Universum und ging mit doppelter Energie an die Arbeit, um das irgendwie auszugleichen. Aber mit dieser Skorbutgeschichte ist es anders. Bisher kannte ich das Wort nur aus historischen Romanen über die christliche Seefahrt, wo die Matrosen wochenlang nichts als Pökelfleisch und Schiffszwieback zwischen die Zähne kriegten.« Er schlug mit der Faust in die Handfläche. »Es ist lächerlich! Alles ist besser gelaufen als erwartet, und jetzt dies! Natürlich sollte man sich sagen, daß es uns bisher nicht ernstlich geschadet hat und womöglich mit ein bißchen mehr Petersilie im Essen ganz harmlos wieder verschwindet – aber seit ich davon weiß, habe ich ein unheimliches Gefühl. Geht es dir genauso?«

»Ich glaube, ja«, gab Dennis Malone zu. »Aber ich wünschte, du hättest mir nicht gesagt, wie dir zumute ist. Ich hatte gehofft, es wäre nur bei mir so.«

Hoch oben auf dem ausgeweideten und halb skelettierten Kadaver der *Niña*, unter sich das Zischen der Schneidbrenner im nackten Gerüst der Träger, sah Abdul Hassan das Boot durch die Hafenbucht gleiten und den Bug in langsamer Kurve seewärts drehen. Er unterbrach sein Gespräch, das sich mit der Frage beschäftigte, welche demontierten Konstruktionsteile in Reserve gehalten werden sollten, und unterdrückte ein unerwartetes Frösteln.

Tibor Gyorgy, Ingenieur und für den fachgerechten Ausbau der elektronischen Anlagen zuständig, sah ihn von der Seite an. »Fühlst du dich nicht gut, Abdul?«

Mit einiger Mühe riß der andere sich zusammen. »Nein, nein, es ist nichts«, sagte er und sprach in völlig normalem Tonfall weiter. Aber hinter der Maske wünschte er sich, daß es einen

Ausweg für ihn gäbe, wie es einen für Dennis gab – wünschte, daß er nicht unentbehrlich wäre.

Alles gut und schön, dachte er bei sich. Ein fremder, neuer Planet, gastlich, verträglich, mit einem angenehmen Klima ... Aber das ist nur, wie es aussieht. Wir wissen, daß diese Umwelt uns schaden kann, aber wir haben keine Ahnung, wie, weil wir niemals zuvor auf einem anderen Planeten gelebt haben, wenigstens nicht ohne Sauerstoffgeräte, Raumanzüge und große, augenfällige Gefahren. Darum müssen wir denken, denken und dürfen nie in unserer Aufmerksamkeit nachlassen.

Wie lange kann ein Mensch seinen Geist mit der Notwendigkeit belasten, jede seiner Handlungen einer bewußten Entscheidung zu unterwerfen? Und ich kann mir keinen einzigen Fehler erlauben.

Ich bin in einer Falle, und ich weiß nicht, von welcher Art die Falle ist. Ich weiß nur, daß sie da ist.

Sie hatten Parvati Chandra und den verunglückten Max Ulfilas für die Kolonie ausgewählt, weil sie nicht nur Psychologen waren. Sie hatten beide die seltsame Gabe, aus Vorgängen und Handlungen, die sie beobachteten, die Richtung eines kommenden Trends herauszulesen. Es war klar, daß sich auf Asgard eigene Gesellschaftsformen entwickeln würden, anders als die einer traditionsbelasteten Erde, obwohl es Ähnlichkeiten geben würde, weil das Rohmaterial menschlich war. Es war nötig, diese neue Gesellschaft soziologisch zu dokumentieren, damit eine spätere Geschichtsschreibung nicht Gefahr lief, auf Grund fehlerhafter Überlieferungen falsche Orientierungspunkte zu setzen.

Auf dem Wege zu den Versuchspflanzungen blickte sie zufällig zurück und sah Dennis Malones Boot aus der Enge der Hafeneinfahrt in die Weite der offenen See auslaufen. Es beschleunigte rasch und hob sich auf seinen Tragflügeln aus dem Wasser. Einen Moment fühlte sie sich von dem Verlangen überwältigt, ihn auf seiner Entdeckungsreise zu begleiten.

Aber ich kann die Kolonie nicht verlassen, wenn sie in ihrer ersten größeren Krise steht ... und doch möchte ich es. Dann überlegte sie zum erstenmal nüchtern, bis zu welchem Grade die Situation sich noch verschlimmern müßte, daß sie sich gezwungen sähe, die Aufgabe der Kolonie auf Asgard zu empfehlen, und welche Reaktionen für diesen Fall zu erwarten wären.

Tai Men hielt wieder Sprechstunde vor dem Eingang zur Hauptschleuse der *Santa Maria*. Es gab heute keine neuen Skorbutfälle, und bei denen, die er mit kräftigen Dosen Ascorbinsäure behandelt hatte, waren die Symptome sichtbar im Rückgang begriffen. Aber er wußte gut genug, daß das Problem damit nicht gelöst war; was er machte, war ein Herumkurieren an Symptomen. Und man erwartete von ihm, daß er die Wurzel des Übels beseitigte. Gelang ihm das nicht innerhalb einer gewissen Zeitspanne, würde er den Zorn der Siedler auf sich laden, weil das Versagen seinen Verantwortungsbereich beträfe.

Ich wünschte, ich könnte mich davonmachen wie Dennis, dachte Tai Men. Und in einem Monat zurückkommen und das Problem gelöst finden.

Für Kitty Minakis, die wie jeden Morgen ihre meteorologischen Messungen vornahm, war der Neid, den sie beim Anblick des auslaufenden Bootes empfand, hauptsächlich eine Folge der Langeweile. Früher einmal hatte der Beruf ihr Spaß gemacht, und die Berechnung korrekter Wetterprognosen verschaffte ihr noch heute Vergnügen und Befriedigung.

Aber im wesentlichen hatte sie diese Dinge gemeistert; sie waren zur Routine geworden. Darum hatte sie sich für Asgard mit der Hoffnung gemeldet, neue, schwierigere Aufgaben zu finden.

Statt dessen hatte sie entdeckt, daß das Wetter in diesen Breiten Asgards lächerlich einfach war. Es entsprach dem Idealfall eines rein ozeanischen Klimas, und darum war alles weniger kompliziert als auf der Erde.

Seufzend dachte sie, wie schön es wäre, dieser zunehmend stumpfsinnigen Routinearbeit zu entkommen, und sei es nur für ein paar Tage.

Dan Sakky hatte freudig eingewilligt, daß zwei seiner Leute als Aushilfe zu Tai Men gingen, und heute saß er an Stelle eines von ihnen selbst am Steuer der Planierraupe und ebnete den felsigen Boden für die Fundamente der Bootsschuppen ein.

Wieder einmal die Grundlagen seines Berufs in den Griff bekommen – das war, was er brauchte. Er freute sich über den Widerstand des Felsens, über das dumpfe Poltern des Gerölls. Beinahe hätte er es vorgezogen, mit Spitzhacke und Schaufel zu arbeiten.

Er sah Dennis Malones Boot an der Spitze eines weißen Kielwasserstreifens auf die offene See hinauspreschen und hielt in seiner Arbeit inne. Eine solche Abwechslung könnte er auch gebrauchen. Er hatte sich zu lange mit abstrakten Berechnungen und Plänen beschäftigt. Diese Art Büroarbeit mochte zwar ihre Vorzüge haben, doch führte sie zu Verweichlichung und Frustration. Nun, er hatte selbst Schuld, wenn ihm die Arbeit an Schreibtisch und Zeichenbrett zum Hals heraushing. In seiner Freizeit hatte er nichts Besseres zu tun gewußt als eine großartig funktionale Stadt zu entwerfen, die ein Viertel der Insel bedeckte und einer halben Million Menschen komfortable Unterkunft bot. Das alles war unnütze Phantasterei.

Und obwohl es eine gute Sache war, mit dem widerstrebenden Material zu ringen und es nach seiner schöpferischen Vorstellung zu formen, lauerte im Hintergrund seines Verstands doch der Verdacht, daß es alles umsonst sein könnte, denn die Leute, für die er baute, mochten bald zu krank und hinfällig sein, um sich der Dinge zu erfreuen, die er ihnen gab. Darüber hatte er als Baumeister keine Gewalt.

Ulla Berzelius stand mit Kreuzschmerzen auf dem Damm ihres Trinkwasserreservoirs, als Dennis mit seinem Boot auslief. Sie hatte nach langwierigen Untersuchungen gerade entdeckt, daß der Schlamm des Bachbettes Spuren von Indium enthielt, womit ihre Vermutung bestätigt war. Irgendwo im Gebiet des Zentralgipfels mußte es also ein Vorkommen des seltenen Minerals geben.

Trotzdem war sie weit davon entfernt, Begeisterung oder auch nur Zufriedenheit über ihren Fund zu empfinden. Was nützte eine Welt, die einem alles gab, was man sich einbildete, um dann höhnisch etwas wegzunehmen, von dem man nicht wußte, daß man es brauchte. Auch sie wäre gern wie Dennis Malone frei und ungebunden losgezogen, nicht auf der Suche nach diesen verdammten Mineralen, sondern auf der Suche nach Edelsteinen – schönen, absolut nutzlosen Juwelen!

Und sie fragte sich, ob sie die einzige sei, die der Dinge überdrüssig war, die gebraucht wurden, und die sich nach Dingen sehnte, an denen sie sich einfach erfreuen konnte.

## 7

Der Computer hatte Dennis eine kürzestmögliche Route ausgearbeitet, die jene Inseln im näheren Umkreis berührte, deren geologische Formationen Diamantenvorkommen vermuten ließen. Dieser Fahrplan enthielt auch den Hinweis, daß seine Befolgung die Zeit der notwendigen Abwesenheit von der Insel auf höchstens neun Tage begrenzte.

Dennis dachte nicht daran, diesem vorgezeichneten Kurs zu folgen. Wenn er seine Abwesenheit nicht bis zu dem Punkt ausdehnen konnte, wo er sich nach menschlicher Gesellschaft sehnte, würde er seine Sehnsucht nach der Erde nie überwinden.

Ist es nicht sonderbar, dachte er, daß der Entdecker heimwehkrank ist – und nicht die Siedler?

Während er bequem in seinem Sitz lehnte, eine Hand auf dem Steuerruder, und den Wind und die Sonne und die Weite des blaugrünen Ozeans genoß, dachte er über dieses Paradoxon nach und entschied, daß es gar kein Paradoxon sei. Asgard war eine sehr schöne Welt – schöner als die Erde, deren Ebenen und Wälder von der Gier und der Dummheit des Menschen in Agrarsteppen und Karstwüsten verwandelt und deren liebliche Täler und Ufer mit häßlichen Stadtlandschaften überzogen worden waren. Er sehnte sich sozusagen symbolisch nach der Erde, einfach weil sie der Ort war, von dem er seinen Ausgang genommen und die Gelegenheit erhalten hatte, seinen Entdeckerdrang zu befriedigen. Entdeckung um ihrer selbst willen war ein Luxus, den Asgards Siedler sich noch auf Generationen hinaus nicht leisten konnten.

Und doch ...

Er dachte an die Menschen, an die er für den Rest seines Lebens gekettet war, während er, wenn es nach ihm gegangen wäre, höchstens ein Jahr mit ihnen verbracht hätte, um dann diejenigen zur Erde mitzunehmen, die sich als unfähig erwiesen hätten, den Herausforderungen der neuen Welt zu begegnen. War es nicht ein Glück, daß ihm diese Pflicht erspart geblieben war? Während der jahrelangen Heimreise wären diese gescheiterten Pioniere sicherlich keine angenehmen Reisegefährten gewesen.

Und waren die Siedler nicht ebenso intelligente, talentierte und anregende Leute wie die geistige Elite irgendeiner beliebigen Stadt, in die er sich wahrscheinlich zurückgezogen hätte? Vielleicht noch mehr, denn in der Stadt hätten sie verdünnt in einer riesigen Menge weniger intelligenter und talentierter Menschen gelebt, wahrscheinlich mehr oder minder isoliert, während sie hier konzentriert und vereint lebten.

Ja, dachte er. Alles das ist wahr. Aber irgendwie berührt es mich nicht dort, wo es zählt.

Er fühlte, daß er sich auf die Erkenntnis einer wichtigen Wahrheit zubewegte, aber er bekam sie nicht richtig in den Griff, weil er abgelenkt war. Der Tag war wieder sonnig und warm, mit einer leichten Brise, die gerade ausreichte, die lange glatte Dünung des Ozeans hier und dort zu kräuseln, das Boot glitt ruhig und sanft dahin, von den Tragflügeln einen Meter aus dem Wasser gehoben, und die Sonne leuchtete auf den Knollen der Holzpflanzen, die die Hänge der nahen Inseln schmückten, rotbraun zwischen den grünen Dickichten der Sträucher und Stauden in den Tälern. Viele Menschen hätten schon den bloßen Anblick als paradiesisch gepriesen.

Er breitete eine seiner Karten auf den Knien aus und studierte sie, weil ihm beim Betrachten der Inseln etwas aufgefallen war.

Ich frage mich, ob unsere technischen Mittel zu perfekt für uns sind? Hunderttausend Jahre oder mehr brauchte der Mensch, um von in den Sand geritzten Skizzen zu verwendbaren Landkarten seines Heimatplaneten zu kommen. Diese Karte mochte hundert Stunden Arbeit gekostet haben. Fotografien aus dem Raum, in maßstabgerechter Projektion montiert, mit Längen- und Breitengraden und Beschriftungen versehen und gedruckt, das war alles.

Aber diese Überlegung brachte ihn dem, was er instinktiv suchte, nicht näher. Die technischen Mittel waren das Produkt menschlichen Denkens, auf der steinzeitlichen Ebene genauso wie auf der des nuklearen Zeitalters. Seine Reise mit der *Argo* war im Vergleich nicht weniger bemerkenswert als die Reisen ihres legendären Namensgebers, obwohl jene alten Griechen mehr von ihrem Abenteuer gehabt haben mochten als er, dessen Unternehmen bis ins letzte Detail geplant, berechnet und programmiert worden war. Man konnte also argumentieren, daß die Größe der Herausforderungen, denen die Menschen sich gegenübersahen, nicht mit ihrem Einfallsreichtum Schritt gehalten hatte. Wo jede Möglichkeit vorausberechnet war, kam das Wagnis zu kurz.

Er blickte von seiner Karte auf, um eine Insel auf der Steuerbordseite zu identifizieren, und bemerkte, wie sehr sie derjenigen ähnelte, auf der die Siedler Fuß gefaßt hatten. Diese häufig vorkommende Ähnlichkeit war ihm schon bei seinem ersten Besuch aufgefallen. Als sie damals die Oberfläche des Planeten abgesucht und von den Polargebieten bis zu den Tropen in jeder Klimazone Aufenthalt genommen hatten, um die Bewohnbarkeit zu prüfen, hatten sie ihre Landeplätze mehr oder weniger wahllos ausgesucht.

Die landschaftliche Vielfalt hier hielt keinen Vergleich mit der Erde aus, und das war naturbedingt. Die Inseln waren nichts anderes als die höchsten Gipfel versunkener Gebirgsketten, und wenn man die ins Meer abfallenden Felsgrate unter Wasser weiterverfolgte, würde man sicherlich feststellen, daß sie sich bis zur nächsten Insel fortsetzten, wo sie sich zu einem neuen Gipfel aufschwangen. Ein Netzwerk von Gebirgsauffaltungen umgab den ganzen Planeten – vergleichbar mit der schrumpeligen Haut eines alten Apfels. Am Meeresgrund würde man zweifellos geologische Formationen antreffen, die denen der Erde mehr ähnelten, und wenn die Zeit für unterseeische Forschungen reif wäre, würde man entdecken, daß es auf Asgard die Äquivalente von Kontinenten gab. Da der Mensch jedoch auf der Oberfläche lebte, sah er nur eine Wasserwelt wie die des Pazifiks, aber ungleich ausgedehnter. Es gab nicht einmal ein Australien oder Neuguinea, um einen Kontrast zu liefern; die größte Insel auf dem ganzen Planeten war kleiner als England.

Nun merkte er, daß er mit seinen Meditationen weiterkam. Es war eine wundervolle Sache, eine ganze neue Welt unter einer fremden Sonne allein mit der reinen Kraft des Verstandes zu erobern, aber für ihn war das bloße Lösen von Problemen nicht genug Rechtfertigung, um am Leben zu bleiben. Wenn alle Faktoren ermittelt und analysiert waren, bevor man sich ihnen aussetzte, konnte einen kein äußerer Einfluß überraschen.

Er entsann sich eines Berichts, den Kitty Minakis bei ihrer ersten monatlichen Versammlung erstattet hatte, um einige Fragen über das Wetter zu beantworten, mit dem die Kolonie sich würde abfinden müssen. Sie hatte gesagt, daß die durchschnittlichen Jahrestemperaturen auf Asgard tatsächlich kaum einen Grad über denen der Erde lägen und die Quantität der Sonneneinstrahlung durchaus vergleichbar sei. Aber durch das jahreszeitliche Kommen und Gehen der polaren Eiskappen werde weniger Strahlungshitze von Eis und Schnee reflektiert, und das alljährliche Abschmelzen führe zu nur geringen Änderungen der Wassertemperatur. So komme es, daß mächtige kalte Meeresströmungen wie diejenigen, die von den polaren Wassermassen auf der Erde gespeist wurden, völlig fehlten.

Wie hatte sie sich ausgedrückt? »Das typische Phänomen der Polargebiete hier ist nicht Schnee wie zu Hause auf der Erde, sondern nur Nebel.«

Schnee hatte etwas Definitives: Wasser kristallisierte zu weißen Flocken. Aber Nebel war klamm, feucht – und geheimnisvoll. Irgendwo in seinen milchigen Tiefen war ...

Das Boot änderte abrupt seinen Kurs und riß ihn aus seinen Träumen. Sofort war er auf Gefahr gefaßt, überblickte die Instrumente und tastete gleichzeitig nach seiner Schußwaffe. Aber es war nichts Bedrohliches. Das Sonar-Gerät hatte ein großes Wassertier ausgemacht, das vom Meeresgrund heraufkam – das Boot durchfuhr gerade einen Kanal mit einer Wassertiefe von nur hundertfünfzig Metern –, und die Ruderanlage zu einem Ausweichmanöver veranlaßt.

Aufgeregt griff er nach der Kamera und sah, wie die riesige Kreatur kaum fünfzig Meter querab inmitten eines gewaltigen Luftschwalls die Oberfläche durchbrach. Nicht anders als ein Wal entließ das Tier gespeicherte Luft, die es gebraucht hatte, um seiner Nahrungssuche an den Hängen der unterseeischen Berge nachzugehen. Dennis Malone hatte schon einmal einen solchen Koloß gesehen, und er ließ Yoko zuliebe die Kamera arbeiten, um die wenigen Sekunden des Atemholens und erneuten Untertauchens festzuhalten.

Nun, wenn ich wenigstens ein Xenobiologe wäre, dachte er. Ich kann mir nicht vorstellen, daß Yoko jemals das Interesse an dieser Welt verlieren wird.

Warum gab es lungenatmende Pflanzenfresser in den Ozeanen dieser Welt? In welcher Glazialzeit hatten ihre Vorfahren aus Kiemen Lungen entwickelt, und welche Umwälzung hatte sie später, den irdischen Walen gleich, in die Meere zurückgetrieben, wo sie mit ihren enormen kammartigen Lippen die Tiefseepflanzen abweideten? Obgleich der Tumult an der Wasseroberfläche nur wenige Sekunden gedauert hatte, bewahrte seine Erinnerung ein deutliches Bild des fremden Lebewesens: ein Ding wie eine Karotte, um einen groben, aber treffenden Vergleich zu gebrauchen, ringsum mit Dutzenden von rüschenartigen Flossenkränzen besetzt, ausgestattet mit tellergroßen Polypenaugen und bartenähnlichen, hornigen Kämmen im breiten Maul, die wie riesige Rechen Algen und Tang zusammenfegen konnten.

Faszinierend!

Aber seine Erregung über das Gesehene war oberflächlich. Seufzend ließ er sich auf seinen Sitz zurücksinken und vergewisserte sich, daß das Boot wieder auf den eingestellten Kurs gegangen war. Er mußte sich eingestehen, daß seine Gefühle beim Auftauchen dieses mächtigen Meeresriesen genau denen eines Sonntagsjägers geglichen hatten, der eine Safari gebucht hat und nun seinen ersten Elefanten auf freier Wildbahn erblickt. Was befriedigte ihn dabei – abgesehen von der Faszination und der Aufregung des Augenblicks? Lediglich die Tatsache, daß er neidischen Daheimgebliebenen eine phantastische Geschichte erzählen konnte. Sein Temperament erlaubte ihm nicht, was er an Yoko bewunderte: das lebenslange, geduldige Interesse an der Erforschung eines neuen biologischen Systems.

Bevor er zum erstenmal hierher geschickt worden war, hatte man ihn und seine Gefährten natürlich gelehrt, die Instrumente zu gebrauchen, mit denen die *Argo* ausgerüstet war, und zu diesen hatten auch biologische Apparate für verschiedene Analysen gehört. Nach ihrem halbjährigen Aufenthalt hatten sie nahezu die Hälfte dessen nachgewiesen, was heutzutage von Asgards Tier- und Pflanzenwelt bekannt war. Das Sammeln dieser gewaltigen Menge an Daten war für ihn eine mechanische Angelegenheit gewesen. Die Computer hatten das Material geordnet und ausgewertet; er hatte sie nur gefüttert.

Er wußte ein bißchen über alles. Die ersten Besucher Asgards hatten mit allem rechnen müssen, von menschenfressenden Ungeheuern bis zu Seuchen. Sie hätten ihr Schiff ruinieren und gezwungen sein können, als unfreiwillige Siedler eine Insel zu kolonisieren. Darum mußten sie eine ungefähre Vorstellung von jedem beliebigen Wissensgebiet haben, so daß sie die richtigen Fragen programmieren konnten, wenn sie genauere Anleitung vom Computer brauchten.

Aber über alles ein wenig zu wissen, war Dilettantismus. Er hatte keine spezielle Leidenschaft für irgendein Sachgebiet, die ihn hätte befriedigen können. Er war ein Beobachter, ein Entdecker, ein …

»Ja, zum Teufel, ich bin ein Tourist!« sagte er in die leere Luft. Und als ob diese Aufwallung von Zynismus seinen Geist irgendwie von einer unerträglichen Last befreit hätte, griff er sich einen der Proviantkartons und begann sein Mittagessen zusammenzustellen. Bis zum Abend würde er die erste Insel erreichen, die nach ihren geologischen Daten Diamantenvorkommen erhoffen ließ.

Es wäre gut, eine richtige Arbeit zu haben, echte wertvolle Arbeit, die zum Gedeihen der Kolonie beitrüge. Sie würde ihm in seinen eigenen und in den Augen aller anderen eine Daseinsberechtigung verschaffen.

Aber Diamanten ausfindig zu machen, war nicht, was er brauchte. Er würde einen Diamanten im Rohzustand überhaupt nicht erkennen, und wenn er darüber stolperte! Der Verdienst würde Ulla Berzelius und den Computern zukommen.

Er schlug den Deckel des Proviantkartons zu und warf ihn mit einer wilden Geste hinter sich in den Laderaum. Nie hätte er sich träumen lassen, daß er einmal in einen Zustand geraten würde, wo alles zufriedenstellend verlief und er trotzdem vor Frustration den Verstand zu verlieren glaubte.

# 8

Es war ein sehr seltsames Gefühl für Parvati, nach langen Monaten des Dorflebens wieder das Innere des Schiffes zu betreten. Kaum war sie sich der Reaktion bewußt geworden, begann ihr Verstand auch schon nach den möglichen Gründen zu suchen.

Es war, wie wenn sie von der Realität der Außenwelt abgeschirmt wäre, nicht viel anders als eine Metallkiste einen Radioempfänger gegen Empfang abschirmt. Und natürlich war sie von Metallkisten umgeben, wenn man es so nennen wollte – von der Außenhülle des Schiffes und seinen inneren Unterteilungen bis zum Gehäuse des elektrischen Aufzugs, der sie hinauf in die Räume der Datenverarbeitung trug.

Das Schiff ist ein Ding von der Erde, sagte sie sich. Es erscheint unwirklich, weil die Erde endgültig außer Reichweite ist.

Der Aufzug hielt. Vor der Tür wartete Yoko, um hinunterzufahren, ein dickes Bündel Computerausdrucke in der Hand. Sie tauschten Grußworte aus, und Parvati ging in den mittleren der drei Computerräume. Er war früher einmal die Brücke gewesen, und jemand hatte die Instrumentenpulte für Bordanlagen und Navigationssysteme mit Tüchern verhängt.

Sie runzelte die Stirn. Das war neu. Als sie das letztemal hier oben gewesen war, hatte sie es noch nicht gesehen. Und es war eine irrationale Tat, weil sie überflüssig war – jedermann wußte, daß die Kontrollgeräte für den Raumflug da waren, aber nicht länger für den Gebrauch.

Wer hat es getan? dachte sie verdutzt. Wer handelte nach dem Prinzip: »Wenn man es nicht sehen kann, wird es vielleicht verschwinden?«

In den letzten Tagen seit der Planungsversammlung hatte sie viele solcher belanglosen, aber irrationalen Tatsachen beobachtet, die ihren Geist beschäftigten, wann immer sie Gelegenheit zum Nachdenken hatte. Aber im Moment wollte sie sich mit ihnen beschäftigen.

Wenn sie allein hier oben gewesen wäre, hätte sie vielleicht einen Versuch zur Analyse dieser menschlichen Verirrungen unternommen und sich Informationen dazu aus den Datenspeichern geholt. Aber sie war nicht allein. An einem der Eingabegeräte saß Tai Men und studierte mit solcher Konzentration einen Computerausdruck, daß er sie erst wahrnahm, als sie ihn anredete.

Dann fuhr er zusammen und blickte über die Schulter. »Ah – Morgen, Parvati. Wie geht es?«

»Besser als dir, nach deiner Miene zu urteilen.« Mit einem Hebeldruck hinter der Lehne löste sie die Feststellvorrichtung eines Stuhls und schob ihn über den glatten Metallboden in seiner Nähe, wo sie den Hebel wieder hochzog und den Stuhl arretierte.

»Ich fürchte, du hast recht«, sagte Tai Men verdrießlich. »Hat es in diesen letzten Tagen schlimme Auswirkungen gegeben?«

»Ich weiß nicht, was du unter schlimm verstehst«, sagte Parvati, »aber der Druck der Ungewißheit ist natürlich überall zu spüren.«

Tai Men seufzte. »Ja. War wohl nicht anders zu erwarten. Nicht gut für die Moral. Aber was wir bisher erreicht haben, ist nicht geeignet, die Gemüter zu beruhigen ... Hier!« Er drehte das Papierblatt in seiner Hand, so daß sie den Text lesen konnte. Er zeigte auf einen bestimmten Absatz.

»Ich kann nicht folgen«, gab Parvati nach einigen Sekunden zu. »Es ist zu spezialisiert für mich. Kannst du es nicht in Laienbegriffen erklären?«

»Das ist schwierig. Weißt du etwas über die Technik der Fraktionierung, also die Isolierung von Flüssigkeiten oder in diesem Fall die Separierung von biologischen Verbindungen, damit man sie einzeln analysieren kann?«

»Ich habe davon gehört, aber das ist auch alles.«

Tai Men seufzte wieder. »Für die Untersuchung, die hier notwendig wäre, brauchten wir den modernsten und größten Fraktionierungsapparat, einen Schlovsky-Har. Angenommen, man würde einen Eimer voll Färbereiabwässer hineingießen, in denen ein Gramm Chlorphthalozyanin verunreinigt mit tausend Molekülen Kupferphthalozyanin enthalten ist. Innerhalb einer halben Stunde würde der Apparat nicht nur die Färbemittel und das Wasser und diese chemischen Beimengungen getrennt voneinander ausstoßen, sondern er würde auch angeben, was man herausbekommen hat und wieviel davon. Wir hatten einen. Weil er groß und schwer war, hatten wir nur einen. Und ich brauche nicht zu sagen, was aus ihm geworden ist.«

»An Bord der *Pinta*?«

»Natürlich. Folglich müssen wir uns mit zeitraubenden Laboranalysen beschäftigen und Möglichkeiten und Alternativen nachgehen, die sich am Ende als irrig oder unsicher erweisen.«

»Du meinst die Suche nach einheimischen Vorkommen von Ascorbinsäure?«

Tai Men sah sie an und zögerte einen Moment. »Nein«, sagte er dann. »Ich kann verstehen, was Abdul bezweckte, als er dieses faule Ei in die Debatte warf, aber eine solche Idee ist natürlich ausgemachter Unsinn. Unser Problem ist ein ganz anderes. Die Bakterie, die sich in uns eingenistet hat, gehört zu einem widerstandsfähigen und vielseitigen Stamm. Normalerweise würde sie keine Ascorbinsäure abbauen. Es wäre auch gar keine da, die sie verwenden könnte.

Was wir natürlich tun können, ist die andere Sache, die ich erwähnte: eine gewisse Menge von der Substanz essen, die diese Bakterie tatsächlich vorzieht und von der zu hoffen ist, daß sie unseren Körpern nicht schadet. Aber wir haben den großen Fraktionierungsapparat verloren, der uns in die Lage versetzen würde, das Zeug zu isolieren. Wir haben unsere Synthetisierungsanlage verloren, die es uns möglich machen würde, das Molekül des einmal isolierten einheimischen Stoffes so zu verändern, daß er selbst zu Ascorbinsäure würde. Wie die Dinge liegen, haben wir nur ein erfolgversprechendes Mittel, das lokale biochemische Rohmaterial in nennenswerten Mengen umzuwandeln: unsere Pflanzen, die diese Arbeit willig übernehmen und obendrein genug von der Originalsubstanz in ihren Blättern und Früchten bewahren, um die fremden Bakterien in unseren Därmen zufriedenzustellen.«

»In diesem Fall – wo ist das Problem?« fragte Parvati. »Keines unserer Versuchstiere scheint sich bei dieser Diät unwohl zu fühlen, nicht wahr?«

»Richtig. Aber es beweist noch nicht, daß wir das gleiche tun können, Parvati! Der Stoffwechsel von Primaten unterscheidet sich von dem anderer Tiere. Natürlich haben wir mit der *Pinta* auch unsere Rhesusaffen verloren ... aber wie dem auch sei, wenn eine chemische Verbindung direkt aus dem Boden in wahrnehmbaren Quantitäten in die eßbaren Teile unserer Pflanze gelangen kann, dann gilt dasselbe auch für andere Verbindungen, und die Gefahr ist, daß sie in so geringen Quantitäten eindringen, daß sie mit unseren vorhandenen Instrumenten nicht ausgemacht werden können.«

Er fixierte Parvati. »Wie hast du dich in den letzten Tagen gefühlt? Gut?«

»Ich habe eine Verletzung am Bein, die nicht richtig heilen will«, gab sie zu. »Das deutet auf Skorbut hin, nicht? Und heute morgen fand ich Blut an meiner Zahnbürste.«

»Ja. Es ist nicht überraschend. Aber wenn ich sagte, schön, wir geben in der Kantine Gemüse und Salate aus Freilandpflanzen aus, dann liefe ich Gefahr, die ganze Kolonie zu vergiften.«

Nach einer Pause sagte Parvati: »Du hast also die Wahl zwischen zwei Übeln.«

»Ja. Auf der einen Seite steht das Risiko einer Skorbutepidemie, auf der anderen das Risiko von etwas, das noch erheblich schlimmer, weil unkalkulierbar sein könnte.«

Tai zuckte mit der Schulter und warf den Computerausdruck auf das Pult. »Unsere gegenwärtigen Untersuchungen führen zu nichts; die nötigen Einrichtungen fehlen. Ich habe kein empfindlicheres Instrument als einen unserer eigenen Körper. Als ich bei der Versammlung die Notwendigkeit von freiwilligen Versuchspersonen erwähnte, sah ich deine negative Reaktion – leugne es nicht! Du besitzt nicht das Monopol auf Einsicht in die Regungen anderer Leute. Aber was du auch sagen magst, ich sehe keine Alternative.«

»Alles was geeignet ist, uns in Klassen zu trennen, ist potentiell gefährlich. Trotz unserer anscheinend guten Fortschritte ist unser Zustand labil. Wir dürfen nicht zulassen, daß sich unter uns irgendeine Art von Elite herausbildet. Wenn wir anfingen, uns in tapfere Freiwillige und feige Drückeberger aufzuspalten – oder in entbehrliche Versuchspersonen hier und unentbehrliche Experten dort, würden wir in kürzester Zeit zwei antagonistische Parteien haben.«

Tai verdrehte die Augen. »Was sollen wir sonst tun? Hör zu, können wir das Risiko, über das du so besorgt bist, nicht vermeiden, indem wir Lose ziehen?«

»Wenn du das Gefühl hast, daß unsere Lage derart verzweifelt ist ... Nun, das gefällt mir auch nicht, aber es wäre sicherlich besser als ein Aufruf für Freiwillige.«

»Wir sind in einer verzweifelten Lage«, sagte Tai. »Das heißt nicht, daß ich etwa vorschlagen würde, jetzt schon aufzugeben.

Ich habe noch ein paar Ideen, die ich ausprobieren kann. Drei von unseren besten Leuten suchen gegenwärtig nach einer natürlichen Quelle von Antibiotika, die wir ohne Gefahr als Lebensmittelzusatz verwenden können, um die Funktionsfähigkeit der Darmbakterien während des Verdauungsvorgangs zu mindern. Das kostet aber Zeit und erfordert einen großen Aufwand – praktisch das ganze biologische Laboratorium im Schiff ist durch dieses eine Projekt ausgelastet. Aber wenn wir nicht innerhalb von ... hmmm ... höchstens zwei Wochen einen größeren Durchbruch erzielen, sind wir so oder so geschlagen, es sei denn, wir riskieren das Glücksspiel.«

»Ich glaube, es ist eine lächerliche Frage«, sagte Parvati nach kurzem Nachdenken. »Aber könnte man nicht einige von unseren hydroponischen Pflanzen außerhalb ...«

»Ja, es ist eine lächerliche Frage«, sagte Tai. »Sie tauchte schon früher auf, als wir die Möglichkeiten durchdachten. Natürlich werden wir eine hydroponische Pflanzenzucht außerhalb des Schiffes anlegen. Aber es wird immer noch lange Zeit dauern, bis sie Erträge abwirft. Und die bestehenden künstlichen Plantagen im Innern des Schiffes werden bereits im höchstmöglichen Ausmaß abgeerntet. Wir müssen aber unseren Verzehr von Frucht- und Gemüsesäften, Salatblättern und so weiter verdreifachen!«

Parvati erschauerte plötzlich. »Es verschafft mir eine Gänsehaut«, sagte sie.

»Was?«

»Ich glaube, ich weiß seit meiner Schulzeit, daß jeder von uns eine Darmflora aus einigen Milliarden Bakterien mit sich herumträgt. Aber es war mir nie so deutlich bewußt. Und die Idee, daß es Geschöpfe gibt, die unsere Körper zu ihrem Lebensraum machen, hat etwas Abstoßendes, nicht wahr?«

»Ich will dir etwas sagen«, erwiderte Tai Men. »Wenn das alles ist, was dir Sorgen macht, kann ich dich nur beneiden. Ich glaube, alle anderen hier haben viel, viel schlimmere Sorgen.«

Er stand auf, nahm seine Computerausdrucke und marschierte zum Aufzug.

Alleingelassen, blieb Parvati Chandra noch eine Minute oder länger unbeweglich sitzen. Endlich stand sie auf, schaltete den gewünschten Datenspeicher ein und tippte ein Wort ins Eingabegerät: Skorbut?

Gleich darauf begann der Schnelldrucker nebenan zu rasseln und spuckte seinen Papierstreifen aus. Worte und Sätze sprangen ihr entgegen, medizinischer Jargon gespickt mit Literaturhinweisen, aber zwischendurch die Beschreibungen von Symptomen wie Hautverfärbung durch Veränderungen der Kapillargefäße, leichtere Verletzbarkeit der Haut mit erschwerter Heilung, geschwollenen und schmerzenden Gelenken, Zahnfleischbluten und ausfallenden Zähnen. Als sie die Maschine an diesem Punkt noch nicht anhielt, ging diese von den physischen Symptomen zu den psychischen über und zitierte ausführlich Larreys klassische Beobachtungen an Truppen, unter denen der Skorbut grassierte und die derart von Lethargie befallen waren, daß sie dem nahenden Feind keine Beachtung schenkten.

Darauf schaltete sie den Computer aus, nahm den Papierstreifen und zerriß ihn mehrmals, obwohl das Papier hätte gelöscht und wiederverwendet werden sollen. Dann ließ sie die Schnitzel achtlos auf den Metallboden fallen und lief hinaus.

## 9

Nach einer Woche verschwamm die Zeit für Dennis Malone. Er mußte seine Instrumente befragen, bevor er sagen konnte, wie lange er schon unterwegs war. Er lief Insel auf Insel an, eine von der anderen kaum unterscheidbar, und schlug sein Lager neben dem Boot auf, das er auf den Luftkissen beliebig weit die Strände hinaufjagen konnte. Kleinere Tiere mit grünlichen Fühlern an beiden Enden ihrer Körper flohen, wenn seine Stiefel über den Sand und die angeschwemmten Kalkgehäuse von Muscheln, Meerschnecken und diatomeenartigen Kleinlebewesen knirschten. Diese Strandbewohner lebten in kleinen Tunnels oder Röhren, die sich zur Flutzeit mit Wasser füllten. Wenn das Wasser stieg, wurden die Felsblöcke am Strand überflutet; ging das Wasser wieder zurück, blieben Algen und tangähnliche Schwimmpflanzen daran hängen, farbenprächtig wie das Gefieder von Papageien, um in der Sonne zu verblassen und zu welken, bis die nächste Flut sie wieder mitnahm.

Auf den größeren Inseln unternahm er Vorstöße ins Innere, beladen mit einem Rucksack voll Instrumenten und Proviant, die Machete schwingend. Er arbeitete sich durch Dickichte und an Bachläufen aufwärts, platschte durch Schlamm, tappte vorsichtig über federnde Matten aus dürren Pflanzenstengeln und mühte sich die Geröllhalden hinauf. Die Skala des Pflanzenwuchses reichte von dem moosigen Teppich des »Asgard-Grases« über niedrige Stauden und Büsche bis hin zu den großen, gedrungenen Holzpflanzen, aber es gab keine Bäume. Gelegentlich sah er Exemplare einer seltenen Art, deren massiver, rundlicher Körper von zahlreichen Luftwurzeln meterhoch über dem Boden gehalten wurde, und er notierte, wo er sie angetroffen hatte, denn das Holz dieser Art war außerordentlich zäh und elastisch.

»Blumen« existierten, waren aber weder farbenfroh noch duftend. Es gab einen Bestäubungsprozeß durch Pollen, der die fremdartigen Gen-Äquivalente mischte und für die Erhaltung der Vielfalt sorgte – Yoko hatte ihm einige Muster unter dem Mikroskop gezeigt. Weiche, klebrige Fruchtkörbe hingen an den biegsamen Zweigen der Sträucher, um nach einiger Zeit auszutrocknen, aufzuplatzen und den Flugsamen dem Wind zu überlassen.

Zwischen den Pflanzen wanderte eine begrenzte Zahl von Tieren umher, alle ziemlich klein – selten größer als eine Männerfaust – und alle Pflanzenfresser. Auf früheren Reisen hatte Dennis zuweilen beobachtet, wie diese Tiere die halbverwesten Körper von angeschwemmten Seetieren benagten, aber Yoko hatte gemeint, daß dies wahrscheinlich an irgendeinem örtlich bedingten Mineralmangel liege, denn alle Spezies, die bisher untersucht worden seien, hätten dann und wann auch frisch mit Seewasser durchnäßten Sand verschlungen, dem sie bestimmte Stoffe zu entnehmen schienen.

Das wirklich aktive Leben auf Asgard spielte sich im Wasser ab, nicht auf dem Land. Auf einer Inselwelt, die obendrein weder Vögel noch fliegende Insekten kannte, gab es nur wenige Gelegenheiten und kaum einen Anlaß, daß eine entwickelte Lebensform aus dem Wasser das Land für sich eroberte. Vom menschlichen Standpunkt aus war das gut und schlecht zugleich. Es bedeutete, daß Landeroberer keine nennenswerte Konkurrenz antreffen würden, aber es bedeutete gleichfalls, daß die Anlage von Meeresfarmen, die sich auf der Erde in den letzten hundert Jahren zu den wichtigsten Lebensmittelerzeugern entwickelt hatten, in absehbarer Zeit unmöglich war. Sie hatten keine Meerestiere von der Erde mitgebracht, obwohl chemische Untersuchungen, die Dennis und seine Gefährten auf ihrer ersten Erkundungsreise vorgenommen hatten, dafür sprachen, daß die Ozeane Asgards für zahlreiche nützliche Arten günstige Lebensbedingungen boten. Wenn Landtiere aus irgendeinem Grund ausbrächen und verwilderten, blieben sie auf ihre Insel beschränkt und würden das lokale ökologische Gleichgewicht nicht ernsthaft gefährden. In die Freiheit der Meere entlassen, wo es keine Gehege oder Käfige geben konnte, würden Lebewesen von der Erde womöglich unkalkulierbaren Schaden anrichten.

In der Heimatwelt des Menschen gewährte die Natur ihm einen gewissen Spielraum für Irrtümer. Hier gab es keinen.

Auf einer Insel, wo er sich auf einem hohen Felsblock schlafen gelegt hatte, der dem Sandstrand entragte und in allen Richtungen von freien Flächen umgeben war, erwachte er unter dem anklagenden Blick des Mondes – nun gnädigerweise im Abnehmen begriffen – und sah ein komisches kleines Tier auf seiner Brust sitzen und ihn mit seinen büscheligen Fühlern erforschen.

Zuerst erschrocken, dann amüsiert, versuchte er das Tier zu streicheln, und es reagierte beinahe wie eine Katze, indem es sich unter der Berührung aufbuckelte. Nach ein paar Minuten zog es seine Glieder ein und ruhte unbeweglich. Dennis ließ es in Frieden und schlief wieder ein. Am Morgen war es fort.

Ein anderes Mal erwachte er früh am Morgen vor Sonnenaufgang und fand die Luft voll von schillernden Blasen. Aufgeregt sprang er hoch und rannte zur nächsten Felskuppe des Vorgebirges. Asgards Blasentang blühte. Er hatte es einmal auf seiner ersten Reise gesehen, aber seit seiner Rückkehr nicht mehr. Von der Kuppe aus überblickte er das Meer. Die Oberfläche, ruhig mit einer langen, bleiernen Dünung, war von Millionen kleiner Pusteln gesprenkelt; alle paar Minuten ging eine Bewegung durch sie, und ein neuer Schwarm Blasen löste sich und schwebte hinauf in die Luft.

Auch das hatte Yoko ihm erklärt: Im Laufe des Reifungsprozesses bildeten die treibenden Massen des Blasentangs ein Gasgemisch, das sich allmählich in den Sporenkapseln sammelte und sie zu Blasen auftrieb. Wenn die oberste Schicht voll war, begann das Gas sich in der nächsten zu sammeln, und so weiter, bis die zarten Stengel der Sporenkapseln brachen und die Blasen in die Luft entließen.

Er streckte die Hand aus und fing eine, die von der leichten Brise in seine Richtung getragen wurde. Sie ruhte einige Sekunden in seiner hohlen Hand und zerplatzte dann mit leise puffendem Geräusch. Anscheinend konnte ihr dünnes Gewebe die menschliche Hautsekretion nicht vertragen.

Nach einer Stunde war nichts mehr zu sehen. Die vom Luftzug auf die Insel verschlagenen Blasen waren zu runzligen kleinen Fetzen schwärzlicher organischer Materie geworden, die einen üblen Geruch verbreiteten.

Es gab keine besonderen Ereignisse während seiner Reise, aber er war weit davon entfernt, gelangweilt zu sein. Die Einsamkeit paßte ihm. Nach den ersten Tagen fühlte er sich nicht mehr von der Notwendigkeit zu denken belastet. Sein Tageslauf wurde zunehmend von Gewohnheiten bestimmt. Er ließ sich vom Boot zur nächsten Insel tragen, suchte einen Lagerplatz und machte sich auf, das Hinterland nach irgendwelchen sichtbaren Anhaltspunkten wie Bodenverfärbungen und Überresten alten Vulkanismus zu durchforschen. Er hatte Freude daran, in Felsen und Geröllhalden herumzusteigen, mit der tragbaren Sonarsonde Tonablagerungen zu untersuchen oder auch einfach in der Stille der urweltlichen Landschaft auf dem Rücken zu liegen und die Seebrise in seinem Gesicht zu fühlen.

Als er nach dreizehn Tagen tatsächlich Diamanten entdeckte, und in genau der Art von Umgebung, wo der Computer ihm zu suchen empfohlen hatte, fühlte er Enttäuschung. Erstaunt betrachtete er die rundlichen, unscheinbaren Steine, die, wie seine Instrumente ihm versicherten, wirklich Diamanten waren, obwohl sie stumpf und uninteressant aussahen. Einer von den Steinen, die er gefunden hatte, war beinahe von der Größe seines Daumennagels, die anderen wie Erbsen und Reiskörner.

Mechanisch steckte er sie nacheinander in den Aufnahmeschlitz seines Prüfgeräts, das die kristalline Struktur des Testobjekts untersuchte, notierte die Ablesewerte und verglich sie mit der Tabelle auf dem Gehäuse des Geräts. Diamanten.

Eindeutig. Es gab absolut nichts, womit er sie verwechselt haben könnte.

Er dehnte seinen Aufenthalt an Ort und Stelle aus, solange er konnte. Mit der Machete schlug er einen Weg vom Landeplatz durch das Gestrüpp bis zum Fundort. Er markierte den Strand oberhalb der Hochwassergrenze mit großen Pfeilen aus weißen Kieseln, was völlig überflüssig war; er brauchte nur eine Radioverbindung mit der Siedlung herzustellen und die Leute dort zu bitten, seine Position mit Hilfe der Wettersatelliten zu fixieren. Wenn nötig konnte dann jedes beliebige Mitglied der Siedlergemeinschaft herkommen und seine neue Diamantenfundstätte in einer halben Stunde erreichen.

Seufzend setzte er sich auf einen Felsblock am Strand, ließ den größten seiner Diamanten von einer Hand in die andere rollen und überlegte, ob er seinen Fund melden solle. Wenn er keine Umwege machte, könnte er in eineinhalb Tagen wieder am Ausgangspunkt sein, aber er wollte nicht so schnell zurückkehren. Andererseits hatte er sein Ziel erreicht, und für ein bloßes Weiterbummeln fehlte ihm der Antrieb.

Vielleicht konnte er es davon abhängig machen, wer seinen abendlichen Radioruf beantwortete. Seit seiner Abreise hatte er sich meistens darauf beschränkt, mit ein paar dürren Sätzen zu melden, daß alles in Ordnung sei und er die Suche fortsetze. Ein- oder zweimal war eine schwatzhafte Person am anderen Ende gewesen, Kitty Minakis zum Beispiel. Sie war eines Abends zufällig im Radioraum gewesen und hatte zehn Minuten lang die Schleusen ihrer Beredsamkeit geöffnet. Ihren sprunghaften Erzählungen hatte er entnommen, daß Tai Men besorgter denn je über die Ernährungsfrage sei, aber seine anderen Gesprächspartner hatten nachdrücklich heiter und optimistisch gewirkt, als ob sie nicht wollten, daß er sich Sorgen mache, während er allein unterwegs war. Seine Vorstellungen von dem Geschehen in der Siedlung waren nicht klarer als bei seiner Abreise.

Bis Sonnenuntergang blieben ihm noch zwei Stunden. Er zog seinen Anzug aus und breitete ihn auf der Sonnenseite des Bootes im Sand aus. Er war im Begriff, sich niederzulegen und seine Sonnenbräune noch etwas zu vertiefen, als sein Blick auf die sanft auslaufende Brandung fiel.

Das türkisblaue Wasser hinter dem weißen Strandstreifen

hatte etwas ungemein Anziehendes. Er starrte darauf und überlegte. Er fühlte sich schmutzig und verschwitzt, obwohl er es eigentlich nicht war – er hatte sich täglich an Bächen oder unter Rinnsalen gewaschen. Aber das war nicht das gleiche wie ein Bad im Meer. Ein paar Schwimmzüge dort draußen würden ihm guttun.

*Bin ich verrückt?*

Aber als er sich diese Frage stellte, war er schon aufgestanden und unterwegs zum Wasser. Sicherlich konnte es nicht schaden, wenn er ein bißchen im flachen Wasser herumpaddelte! Yoko und seine Kollegen hatten Asgards Meeresfauna seit ihrer Ankunft intensiv studiert; die gefährlicheren Vertreter der ozeanischen Tierwelt pflegten die seichten Küstengewässer hinter den Brandungsgürteln zu meiden.

Das kühle Wasser umspülte seine Füße und Knöchel mit wundervoller Frische. Der Sand war fest und konnte es mit den besten Stränden der Erde aufnehmen. Das Wasser war klar, und er konnte viele Meter weit sehen. Wenn etwas käme, wäre er rechtzeitig gewarnt.

Er stand nun bis zum Bauch im Wasser, und nach einem letzten mißtrauischen Rundblick warf er sich vorwärts, ließ das Wasser über seinen Schultern zusammenschlagen und kraulte mit langsamen Bewegungen hinaus. Jeder Muskel seines Körpers signalisierte Behagen. Fünfzig Meter vom Ufer, wo die Wassertiefe etwa zweieinhalb Meter betragen mochte, stoppte er, hielt sich wassertretend auf der Stelle und warf sein nasses Haar zurück. Er stieß einen Schrei animalischen Wohlbefindens aus, tauchte, kam wieder hoch, tauchte noch einmal und legte sich auf den Rücken, nur noch mit den Händen paddelnd.

Er seufzte glücklich. Das wäre die richtige Methode, sich auf Asgard einzuleben! Die polynesische Methode! Mehr im Wasser als auf dem Land, mit der Harpune auf Unterwasserjagd vor den Riffen, die fremdartigen Bewohner des Ozeans in ihrem eigenen Element beobachten ...

Was war das?

Etwas hatte seinen Schenkel berührt, etwas Stechendes, Brennendes. Alarmiert wälzte er sich herum und spähte im Wasser umher. Ein formloses, quallenartiges Ding, von dem zahlreiche rötliche Fäden ausgingen, schoß mit erstaunlicher Geschwindigkeit von ihm fort.

Wütend auf sich selbst, kraulte er eilig zum Ufer zurück. Unterwegs merkte er, daß sein Schenkel zuerst sehr kalt und dann sehr warm wurde, bis die Haut vor Hitze prickelte. Die Reaktion breitete sich rasch aus; sie ergriff die Hüften, kurz darauf seine Bauchmuskulatur. Er keuchte, hob seinen Kopf, um zu sehen, wie weit es noch bis zum Strand war. Schließlich kratzte er mit den Knien über den Grund und schleppte sich halb kriechend, halb fallend den Strand hinauf zu seinem Boot.

Dort geriet das Universum in wilde Drehung.

## 10

Vergehend ...

Riesige Arme hatte der Held, schwach wie Wasser, und er kam über das Land und die See zur westlichen Küste, wo der Ozean der Ozeane den Sternenraum beleckte.

Zurückweichend ...

Heißkaltheißkaltheißkalt; mit jedem Schlag seines Herzens wechselnd, jetzt arktisch, monströse Eisblöcke, steril wie der Trabant eines toten Sterns, jetzt Hochofenglut, feurig aus der dünnen Haut schwarzer Schlacke schießend, dröhnend wie der Schlag des Schmiedehammers auf den roten Eisenblock.

Explodierend ...

Neben einem schmalen Pfad, der Aldebaren und die Plejaden umgeht, arbeitete der Zauberer, webte das Panzerhemd, und auf jedes einzelne Stück legte er ein *geis*. Die Art der *geasa* war vielfältig: auf diesem Hemd eine, auf jenem Handschuh eine, auf jenem Helm eine, alle verschieden.

Schwindelnd ...

Eine Hand mit einem Seil kam aus dem Himmel und zog den Mond herunter.

Es lag auf dem Ozean, als sei es ein Ei, heiter und silbrig, beständig wie eine Insel, und jene kamen, die es sahen und sich wunderten und sagten: »Gewiß ist dies das märchenhafte *Tir na noc*, und jene, die dort wohnen, sind die *Tuatha de Danann*. In diesem gesegneten Land ist keine Traurigkeit, und die fröhlichen Tage des Sommers währen das ganze Jahr. Wünschen sie die süße Musik der Harfen, und sie erklingt mit unübertrefflichen Melodien; gelüstet es sie nach einem Weib, so erscheinen Mädchen, wie sie in dieser sterblichen Welt noch nicht gesehen wurden; hungern sie nach dem Kampf und den Ehren der Helden, so mögen sie sich den ganzen Tag schlagen, und am anderen Morgen versammeln sich Verwundete und Heile, Tote und Lebende wieder an den Festtafeln. Dort rinnt der Met über die Kiesel der Bäche, dort ächzen die Bäume unter den Lasten der Früchte, dort schmückt ein jeder seine Kleider mit Juwelen, wie es ihm beliebt, mit dem Smaragd und dem Rubin, dem Peridot und der Perle. Und sollte ein Ungeheuer oder ein Riese von anderswo jenseits sterblicher Gefilde in das Land eindringen und das Volk schrecken, so rufen sie die, welche waren, zu ihrer Hilfe, und im Tumult hört man die Namen, von denen der Himmel mit Freuden singt: Nuada mit der silbernen Hand, Finn, Sohn von Cool, und selbst Cú Chulainn!«

Darum sann der Held und sprach zuletzt mit Neid, giftigtief in seinem Herzen, daß er unter die Gesegneten gehen wolle, seine Kraft mit Nuada Argatlam zu messen, mit Finn, dem Sohn von Coll das Schachbrett zu teilen, und Cú Chulainn zu reizen, bis er sich in seiner Haut umdrehe und die Haare seines Kopfes mit Feuer und Blut rot erglühten.

So nahmen sie einen großen Vorrat an Proviant und taten ihn in ein Schiff, und das Schiff war breit wie eine Insel und tief wie eine Meeresbucht. Sie beluden es mit ausgewählten Dingen, und in seinem Bauch trieben sie das Vieh des Helden. Er legte sein Panzerhemd an, den Helm setzte er auf sein Haupt, die Handschuhe zog er über seine Hüften, die geübt waren im Kampf mit dem Schwert und der Axt, die Stiefel zog er an, die er hatte, und was sonst vonnöten war. Und er nahm einen Webstuhl mit, eine Ahle und eine Nadel, einen Hammer und eine Säge.

Tage und Nächte und Tage segelte er nach Westen, und immer war vor ihm das schimmernde Land zu sehen. Ruhig war das Meer, und eben der silberne Pfad des Mondes, und er sang, als er segelte. Nie erlosch das Feuer unter seinem Kochtopf, und lange aß er von dem Vieh, das er hatte. Stürme kamen und trugen sein Schiff gegen das Land.

Dann rief er nach Hilfe, und niemand hörte ihn, und im Zorn verfluchte er das *Tir na noc,* und das erste *geis,* das auf ihm lag, bewahrheitete sich.

Daß er anklopfen und die Tür zerbrechen soll.

Er schleuderte den großen Kochkessel, den er hatte, und er zerbrach das silberne Dach des *Tir na noc,* als sei es eine Eierschale; so konnte er eintreten, und das zweite *geis* erfüllte sich.

Daß er den Herd finden soll.

Das Vieh wanderte von ihm fort, als er es hereintrieb, und weidete auf dem Gras dieses Landes und wurde weise; denn dies war die Natur der Pflanzen, die hier gefunden wurden, daß ungeschlachte Tiere Weisheit und der Mensch die Wahrheit lernen sollte. Hungrig wäre der Held am Herd vorbeigegangen, wo Essen bereitet wurde, doch der gute Geruch zog ihn an. Niemand war nahe. Er tauchte seinen Finger in den Topf und kostete; so stillte er seinen Hunger und das letzte *geis.*

Daß er die Nahrung essen und die Wahrheit lernen soll.

Dann ging er verrückt fort und aß die Beeren und die wilde Wasserkresse, schlief in den Bäumen mit Vögeln und lag wie ein wildes Tier auf der nackten Erde. Dornen zerrissen sein Fleisch und machten das rote Blut fließen, stachlige Kletten verfilzten sein Haar, scharfe Steine zerschnitten seine Füße. Er konnte nicht sprechen, nur von der Wahrheit, die er lernte: daß Menschen sterben sollen, und ...

Auch ich bin ein Mensch.

Die Wahrheit wurde leichter zu tragen. Die Bürde verringerte sich. Aber im *Tir na noc* zu sein, vermochte er nicht zu ertragen. Er ließ die Hoffnung fahren, auch den Verstand und die Achtsamkeit, und schwamm den Mondpfad des Ozeans zurück. Die Küste, die er verlassen hatte, wurde klarer, und seine Füße fanden Halt. Und als er den Strand hinaufstieg, wurde er zu Asche, wie der Freund Brans, der in einem Augenblick dahinschmolz, und der Wind blies ihn in die vier weiten Ecken der Welt.

Dann, im letzten Moment, erkannte er, daß es ein *sid* war, wo die Zeit verändert war und ein Tag tausend Jahre dauern mochte. Ohne einen Mund, um seine Seufzer zu formen, beweinte er die Traurigkeit und das Leid all dessen, und niemand hörte.

Niemand hörte.

»Keine Nachricht von Dennis?« flüsterte Parvati zu Hassan, als sie ihre Plätze vor den Kolonisten einnahmen.

Hassan schüttelte den Kopf, ohne sie anzusehen. »Die Radiostation hat die ganze Nacht kein Signal aufgefangen«, murmelte er. »Die Sache gefällt mir nicht! Es könnte ihm etwas zugestoßen sein.«

»Wir werden einen Suchtrupp aussenden müssen«, sagte sie. »Wir wissen ungefähr, wo er gewesen sein muß, als seine Meldung fällig war.«

»Ja, aber nicht sofort, fürchte ich. Wir müssen ihm noch einen Tag geben. Einstweilen lassen wir nichts verlauten.«

Parvati nickte. »Die Lage ist schon so schlimm genug. Wenn wir etwas sagten, würden die Leute ihre Phantasie spielen lassen und sich das Schrecklichste ausdenken.« Sie nagte an ihrer Unterlippe. Dennis Malones unerklärliches Stillschweigen entnervte sie. Sie fühlte, daß ihre Selbstbeherrschung abzubröckeln begann.

»Es könnte ja sein, daß nur etwas mit seinem Sender nicht in Ordnung ist«, sagte sie mit erzwungener Munterkeit und lehnte sich zurück, als Hassan aufstand, um die Versammlung zu eröffnen.

Die Atmosphäre unterschied sich von der aller vorangegangenen Versammlungen. Sie fand außerplanmäßig in der Mitte des Monats statt, und sie war die erste, bei der das geübte Auge viele Teilnehmer mit deutlichen Krankheitssymptomen ausmachen konnte. Mindestens die Hälfte der Gesichter zeigte die kleinen dunklen Stellen von Quetschungen und Prellungen, die ein Skorbutkranker sich leicht zuziehen konnte, aber nur schwer wieder loswurde. Und nicht wenige der Siedler hatten sich beim Einnehmen ihrer Plätze wie alte Leute bewegt, weil sie bereits unter geschwollenen, schmerzenden Gelenken litten.

Am gefährlichsten aber war die Lethargie. Kaum jemand sprach. Nur wenige reagierten mit Blicken, als Hassan aufstand. Soldaten, die sich nicht um die Annäherung des Feindes kümmerten ...

Sie unterdrückte das und zwang sich zur Aufmerksamkeit, die auch ihr schwerer fiel als sonst.

»Ihr wißt inzwischen, daß die Neuigkeiten nicht gut sind«, sagte Hassan ohne Umschweife. »Tai, willst du bitte eine Erläuterung geben?«

Tai Men erhob sich. Er sah sehr müde aus.

»Ja, wir sind in Schwierigkeiten«, sagte er. »Seit ich das erstemal über das Aufkommen von Skorbuterkrankungen referierte, hatten wir praktisch keinen Erfolg mit der Entwicklung der erhofften Heilmethoden. Inzwischen begnügen die Bakterien in uns sich nicht mehr damit, an unserer Einnahme von Ascorbinsäure teilzunehmen. Sie verhindern, daß unsere Körper überhaupt etwas davon absorbieren. Wenn die Bakterien fertig sind, ist keine Ascorbinsäure mehr übrig.

Wir versuchten, ein spezifisches Gegenmittel zu finden, um die Vermehrungsrate der Bakterien zu reduzieren, und wir glauben, daß wir endlich eins gefunden haben – jedenfalls konnten wir eine Kultur in unserem Laboratorium seit gestern abend durch ein lokales Antibiotikum stabilisieren, das wir aus einer Art Schimmelpilz an einem toten Fisch gewonnen haben. Wir müssen möglichst bald größere Quantitäten von diesem Schimmelpilz finden oder züchten.

Wenn das auch noch nicht entfernt die Lösung des Problems bedeutet, ist es doch ein Hoffnungsschimmer. Und es gibt noch einen – zugegebenermaßen schwachen – Trost. Die Bakterien vermehren sich nicht unbegrenzt; es gibt eine ziemlich stabile Bevölkerungsdichte, die den Lebensbedingungen im menschlichen Darm angepaßt ist, und wir haben sie erreicht. Schlimmer kann es nicht werden. Oder besser gesagt, die einzige Verschlechterung unseres Befindens, die unter diesen Bedingungen möglich erscheint, ist der durch Entzug von Ascorbinsäure weiter fortschreitende Skorbut. Wenn wir die Dosierung über die Ebene hinaus erhöhen, die durch den Bedarf der Bakterien bestimmt ist, werden wir keine Schwierigkeiten mehr haben.

Der Haken bei der Sache ist jedoch immer noch derselbe. Die einzige Quelle, aus der wir zusätzliche Ascorbinsäure beziehen können, sind die Blätter und Früchte unserer Freilandpflanzen. Bisher sind noch keine Versuchstiere an dieser Nahrung erkrankt, was ein ermutigendes Zeichen ist, aber ich fürchte, wir werden Versuche mit Menschen machen müssen, bevor wir mit Sicherheit sagen können, daß diese Nahrung ungefährlich ist. Parvati, vielleicht kannst du meine Gedanken zum Auswahlmodus der Versuchspersonen erläutern.«

Er setzte sich, und Parvati stand auf und begann mit einer leisen Unsicherheit in der Stimme: »Wenn wir unser Arbeitsprogramm einhalten wollen, müssen wir energischer arbeiten, als wir es jetzt tun. Ihr alle leidet mehr oder weniger stark unter den Mangelerscheinungen, und mir selbst geht es nicht anders. Tai empfiehlt, daß wir sechs Versuchspersonen auswählen, völlig unwillkürlich und mit gleichen Chancen für alle.«

Sie legte ihre Hand auf eine fahrbare kleine Fernbedienungskonsole und fuhr fort: »Der Computer wird eine willkürlich ermittelte Serie von sechs Zahlen zwischen eins und einhundertachtzig auswerfen. Wir werden eine Münze werfen, um zu entscheiden, ob wir mit dem Anfang unserer alphabetischen Namensliste anfangen sollen, oder mit ihrem Ende. Die sechs Namen, die in der Reihenfolge mit den ausgelosten Nummern korrespondieren, werden diejenigen Versuchspersonen sein. Ist das ein vernünftiger Vorschlag?«

Sie wartete, während die Versammelten die Idee durchdachten und die Alternativen prüften und verwarfen. Da die Chancen jedes einzelnen dreißig zu eins standen, daß er nicht vom Los getroffen würde, gab es allgemeine Zustimmung. Hassan breitete die Liste der Siedler auf dem Tisch aus, zog eine Münze hervor – ein Erinnerungsstück, das jemand mitgebracht hatte – und warf sie in die Höhe. Als sie auf dem Tisch liegenblieb, zeigte die Rückseite nach oben, was bedeutete, daß die Zählung mit dem Ende der Liste begann. Mehrere Versammlungsteilnehmer standen auf und vergewisserten sich durch Augenschein, dann drückte Hassan die Eingabetasten an der Konsole. In weniger als einer Sekunde kamen die Nummern durch, und Hassan zählte sorgfältig auf der Liste ab und verkündete mit trockener Stimme die Namen.

»Tai Men. Dan Sakky.«

Parvati sah das momentane Erschrecken im Gesicht des großen Afrikaners, doch im nächsten Moment zuckte er mit der Schulter und lehnte sich in seinen Stuhl zurück.

»Kitty Minakis. Abdul Hassan.«

Hat der verdammte Computer sich gegen uns verschworen? dachte Parvati entsetzt. Er nennt lauter Schlüsselfiguren, Sektionsleiter, keine Hilfen! Und Abdul selbst! Der Himmel sei uns gnädig!

»Parvati Chandra. Ulla Berzelius. Und das sind die sechs.« Hassan kreuzte die letzten Namen an, faltete die Liste zusammen und setzte sich wieder.

»Ich?« sagte Parvati mit schwacher Stimme.

Er nickte und bewahrte nach außen seine Ruhe. Aber seine Stimme bebte ein wenig, als er antwortete: »Ja, du, Parvati. Und ich.«

## 11

Es war, als fände er seinen Körper stückweise wieder: seine linke Hand im Bau irgendeiner sandbewohnten Kreatur stekkend, wo er sie stöhnend herauszog; das hohle Kollern in seinen Därmen, als sie eine stinkende, schleimige Flüssigkeit von sich gaben; die heißen, schmerzenden Kugeln seiner Augen, durch die Reibung vieler Sandkörner in ihren Bewegungen behindert; die trockene Röhre, die einmal sein Mund und sein Hals gewesen waren, bewohnt von einem Wurm, den er schließlich als seine Zunge identifizierte.

Aber es gab Lücken. Nichts von den Handgelenken bis zu den Schultern, nichts zwischen Hüfte und Knie.

Bis er ganz plötzlich aus allen Richtungen, in die er geschleudert worden war, wieder zusammengesetzt wurde und – da war.

Umgeben von Diamanten!

Er blickte verständnislos auf den Sturzbach funkelnder Brillanten vor seinen Augen und begann seine Herzschläge zu zählen, um zu sehen, wie lange die Diamantenkaskade weiterfließen würde. Die Vorstellung verflüchtigte sich nach und nach, und er wurde fähig, etwas anderes zu sehen.

Blinkendes Sonnenlicht auf fließendem Wasser.

Er hockte bis über die Hüften in einem Bach, kühl von der Mitte abwärts, Rücken und Schultern heiß in der Sonne. Er hatte eine vage Erinnerung an Durst, doch als sein Bewußtsein sich mit dem Zustand seines Mundes befaßte, entdeckte er, daß er nicht trocken war, sondern frisch und feucht, und daß die Kühle des frischen Wassers auch in ihm war.

*Ich habe ungereinigtes Wasser getrunken!*

Wo immer es gewesen war, sein Urteilsvermögen kehrte jetzt zurück. Erschrocken sprang er auf und wäre fast gefallen, als ein großer runder Stein unter seinem Gewicht wegglitt. Er starrte an seinem Körper herab. An seinem Schenkel, wo er beim Schwimmen in Berührung mit dem Meereslebewesen gekommen war, sah er einen verblassenden rötlichen Fleck wie von einer Entzündung, durchkreuzt von drei parallellaufenden Kratzern, die er sich mit den Fingernägeln selbst zugefügt hatte.

Abgesehen davon fühlte er sich zu seiner Verblüffung wohl. Hier und dort hatte er sich geschnitten oder aufgeschürft; namentlich ein Schnitt in seiner rechten Fußsohle war empfindlich und zwang ihn zum Humpeln, aber wie alle anderen Verletzungen war er vollkommen sauber und in normaler Heilung begriffen. Seine linke Schulter schmerzte ein wenig von einer Prellung, aber der bläuliche Bluterguß dort war bereits im Schwinden und überwiegend gelblich verfärbt. Er schwang den Arm versuchsweise herum und merkte, daß keine ernste Behinderung vorlag.

Aber ... sollte ich nicht tot sein?

Nun – vielleicht bin ich es!

Die beiden Gedanken kamen gleichzeitig: der eine rational und die enormen Risiken einbeziehend, denen er während seiner Umnachtung ausgesetzt gewesen sein mußte; der andere offenkundig absurd, doch auch er mit einem Hauch von Wahrheit versehen, denn irgendwo in den unbestimmten, traumhaften Erinnerungen konnte er sich einer Idee entsinnen, die ihm völlig einleuchtend erschienen war.

Geistesabwesend griff er hinter sich, um sich im Nacken zu kratzen, und erschrak von neuem. Sein Haar war merklich gewachsen.

*Wie lange bin ich ... weggewesen?*

Er starrte umher und suchte nach Landschaftsmerkmalen und entdeckte ein Stück des Weges, den er mit der Machete durch den Busch geschlagen hatte. Mit großer Konzentration und bemüht, die aufkommende Panik zu unterdrücken, arbeitete er sich vorwärts. Ein paar Minuten später konnte er den Strand sehen.

Das Boot lag noch immer im Sand, unbeschädigt, obwohl eine Menge kleiner Geschöpfe eingedrungen war und sich darin niedergelassen hatte. Eine Masse gallertartiger Eier haftete am Instrumentenbrett, das er mit einem Stock sauberkratzen mußte, bevor er die Skalen ablesen konnte.

*Zehn Tage!*

Was mußten die Leute in der Siedlung denken? Verschwendeten sie kostbare Zeit und Energie mit der Suche nach ihm? Aber das war nicht wahrscheinlich. Am Abend vor seinem Diamantenfund hatte er wie gewöhnlich angerufen und seinen gegenwärtigen Aufenthaltsort gemeldet. Sie hätten ihn im Fall einer Suchaktion nach spätestens drei Tagen finden müssen.

Warum hatten sie es nicht getan?

Nun begann er sich wirklich zu fürchten, schaltete den Sender ein und drückte auf die Taste für das Rufsignal. Nichts geschah. Doch er wußte, daß ein Aufnahmegerät ständig auf seine Frequenz geschaltet war; er hätte sofort den hohen Summton hören müssen, der die Bereitschaft des Aufnahmegeräts anzeigte. Verdutzt sah er den Sender an, dann fiel ihm ein, was geschehen sein könnte, und er schraubte mit fliegenden Fingern die Frontplatte des Gehäuses ab. Voll Ekel sah er, daß sich auch hier Vertreter der heimischen Fauna eingenistet hatten. Neben einigen Kleinlebewesen, die zwischen Verdrahtungen und Transistoren röhrenförmige Kalkgehäuse angelegt hatten, saß ein etwa zehn Zentimeter langes Geschöpf mit widerhakenbesetzten Gliedern im Sendegerät, ein Ding, das Dennis an eine Kreuzung zwischen Schnecke und Seestern denken ließ.

Er zog es mit Daumen und Zeigefinger heraus und schleuderte es wütend von sich. Gleich wieder ruhig, machte er sich auf die Suche nach seinem Anzug, entdeckte ihn halb begraben unter Flugsand, schüttelte alle Lebewesen heraus und vergewisserte sich, daß Pistole und Notapotheke intakt waren. Aus letzterer nahm er eine Diagnostikkapsel und steckte sie in den Mund. Nach den vorgeschriebenen acht Minuten nahm er sie wieder heraus und steckte sie nun in einen Schlitz im Deckel des Apothekenkastens.

Nach einer weiteren Minute erfolgte ein leises Klicken, und die kleine Anzeigeskala neben dem Schlitz meldete, daß er sich mit einer Einschränkung bei guter Gesundheit befinde. Welcher Art diese Einschränkung war, konnte ihm das Miniaturgerät nicht sagen.

Durch die günstige Diagnose ermuntert, warf er die Sachen auf den zweiten Sitz im Boot und kletterte hinter das Steuerruder. Behutsam ließ er die Maschine an. Der Motor gab sein normales Dröhnen von sich, und alle Kontrollinstrumente zeigten an, was sie sollten.

Er wollte schon die Luftkissenturbinen einkuppeln, als ihm noch etwas einfiel.

Essen?

Er drehte sich im Sitz um und ließ seinen prüfenden Blick über die gestapelten Proviantkartons gehen. Sie standen da, wie es seiner Erinnerung entsprach und wie sie nach dreizehn Tagen Proviantentnahme sein sollten. Ein Karton hatte die Aufmerksamkeit irgendeines Tieres erregt und war an der Ecke aufgerissen, aber der Dieb hatte den Inhalt offenbar ungenießbar gefunden und sich wieder davon abgewendet.

Ich sollte hungrig sein.

Er schaltete den Motor aus und saß unbehaglich fröstelnd da, als eine abstoßende Erinnerung in ihm wach wurde. Er hatte sich übergeben und sich mit einer Menge halbflüssigem, schleimigem Zeug besudelt. Was war es gewesen, das sein Magen so heftig verweigert hatte? Und was war jetzt in seinem Magen, daß er kein Hungergefühl verspürte, obwohl er seine verpackten Proviantvorräte zehn Tage lang nicht angerührt hatte?

Er schloß einen Moment seine Augen und umklammerte die Speichen des Steuerruders, bis seine Gedanken zur Ruhe kamen und er die wichtige Tatsache akzeptieren konnte, daß er sich von einheimischen Pflanzen – und Tieren? – ernährt hatte und am Leben geblieben war. Wenn ihm das gelungen war, mußte er herauszubringen versuchen, was für eine Nahrung das gewesen war. Soviel er wußte, hatten Tai Men und seine Assistenten noch nicht einmal angefangen, die heimische Pflanzenwelt auf ihre Genießbarkeit zu untersuchen. Vielleicht hatte er in seiner blinden Verrücktheit einen Schlüssel für die Lösung des Skorbutproblems gefunden, das zur Zeit seiner letzten Radioverbindung noch immer den Bestand der Kolonie bedroht hatte.

Er war von einem verzweifelten Verlangen getrieben, wieder menschliche Gesichter zu sehen, Stimmen zu hören, wieder in einem Bett unter einem Dach zu liegen, und am liebsten hätte er augenblicklich die Rückreise angetreten. Aber er kämpfte den Drang nieder. Er packte eine Kamera und eine Tasche mit verschließbaren Glasbehältern für biologische Proben aus, behängte sich damit und kletterte aus dem Boot.

Drei Stunden lang ging er suchend herum und versuchte seine Bewegungen zu rekonstruieren. Er entnahm eine Wasserprobe aus dem Bach, in dem er seinen Verstand wiedergefunden hatte. Er hatte unbekümmert daraus getrunken, soviel war klar, und er fühlte sich durchaus wohl. Das war bedeutsam. Bedeutsam waren auch die Nagespuren seiner Zähne an den ausgerissenen Strünken einiger Staudengewächse.

Er sammelte Proben seiner Exkremente, die er wie ein Tier fallen gelassen hatte, wann immer die Notwendigkeit entstanden war. Die einheimischen Tiere hatten sie nicht angerührt – was eines Tages zu Schwierigkeiten bei der Beseitigung von Kloakenabwässern führen mochte –, und er sah darin Fetzen von zähem, borkenähnlichem Material, kleine runde Objekte wie Tomatenkerne und andere Dinge, die anscheinend mehr oder weniger unverdaut durch seinen Körper gegangen waren. Aber diese unwahrscheinliche Diät hatte ihn zweifellos ernährt. Er war gesund und kräftig, wie wenn er unter Aufsicht eines erfahrenen Diätetikers gestanden hätte.

Kopfschüttelnd trug er seine Mustersammlung zurück zum Boot. Nachdem er sie verstaut hatte, ließ er die Maschine ein zweitesmal an, kuppelte die Luftkissenturbinen ein und ließ das Boot ins Wasser gleiten. Dann nahm er mit Höchstgeschwindigkeit Kurs auf die Heimatinsel.

Während der schrecklichen eineinhalb Tage der Ungewißheit, die er irgendwie ertragen mußte, versuchte er seinem Erlebnis mit dem Verstand beizukommen und eine Erklärung zu finden. Die zehn fehlenden Tage in seinem Leben waren nicht völlig leer. Das war für sich schon alarmierend genug, was ihn aber bestürzte, war die Tatsache, daß die meisten seiner traumhaft vagen Erinnerungen nicht zu den objektiven Spuren seiner Aktivitäten paßten, die er gefunden hatte, als er zurückgegangen war, um die Proben zu sammeln.

Er war herumgelaufen und hatte sich niedergelegt, hatte geschlafen und gegessen – soviel war klar. Aber die weniger rational erscheinenden Bilder, die mit seinen nachträglichen Folgerungen übereinstimmten, waren eingebettet in Konfusion. Er wußte, daß etwas geschehen war, das in einer Weise ebenso bedeutsam war wie jener Anfall, der ihn damals verleitet hatte, Sigrid nackt auf einen fremden Strand zu werfen und quasi zu vergewaltigen. Aber sein bewußtes Wahrnehmungsvermögen schien gestört gewesen zu sein. Fragmente von

Sagen kamen ihm in den Sinn, als wäre sein Erlebnis so furchtbar gewesen, daß er es sich selbst in Parabeln interpretieren mußte, in alten Volkssagen, mit denen er sich zu Hause auf der Erde beschäftigt hatte: Geschichten von großen Helden wie Finn und Cú Chulainn.

War er diesmal wieder unter dem Druck einer fremden Welt zusammengebrochen? Hatte Asgard ihm eine Falle gestellt? Oder gab es irgendeinen physischen Grund, vielleicht ein Gift, das das Meerestier in seinen Blutkreislauf injiziert hatte?

Es war zwecklos, Vermutungen anzustellen. Er mußte warten, bis Tai Men ihn untersuchen konnte.

Im kühlen blassen Licht eines Morgens kam endlich eine größere gebirgige Insel in Sicht, die sein Ziel sein mußte; er rieb sich die ermüdeten Augen und spähte neugierig über den Bug.

Im Näherkommen merkte er, daß etwas nicht stimmte. Sein Boot hatte die schmale Hafenzufahrt erreicht, und vor ihm lag die geschützte Bucht. Der kleine Hafen sah unverändert aus. Aber mittlerweile müßten Dan Sakkys Bootsschuppen fertig sein. Doch da war nichts, nur etwas, das wie ein Betonfundament aussah.

Und an den Hängen dahinter schien auch nicht alles so zu sein, wie es sollte. Ein Sonnenkollektor war umgeworfen, anscheinend von einem Sturm, und lag mit deformiertem Hohlspiegel zwischen den Holzpflanzen. Jemand hatte eine Stromleitung mit zusammengeknoteten Fetzen dekoriert.

Er stand aufrecht im Boot, als es ihn in den Hafen trug, und eine unheimliche Angst schnürte ihm die Brust ein, daß er kaum Luft holen konnte. Zwischen den Felsen erhob sich eine Gestalt und brachte ein Gewehr in Anschlag, und er erkannte Saul Carpender.

»Saul! Ich bin es – Dennis!« schrie er. »Was ist los?«

Unrasiert und rotäugig, von Skorbut gezeichnet, starrte Saul zu ihm herunter, als müsse er sich erst überzeugen, daß der Neuankömmling wirklich ein Freund war. Nach einer Weile stellte er sein Gewehr an einen Felsblock und rieb sein Stoppelkinn mit dem Handrücken.

»Ach, du bist es«, murmelte er. »Wir hatten dich mehr oder weniger aufgegeben, glaube ich ... Nun, komm an Land und gib mir die Leine. Du kannst uns helfen. Abdul ist verrückt geworden, und Parvati, und Dan und Tai und Ulla und Kitty – total übergeschnappt, alle miteinander!«

Nervös wartete Parvati auf den Augenblick der Wahrheit. Ihre Handflächen waren feucht, ihr ganzer Körper angespannt. Aber ihre Furcht hatte wenig mit den Gedanken zu tun, daß es ihr Los war, einen womöglich vergifteten Trunk zu schlucken, obwohl ihr Verstand mit dieser Möglichkeit rechnete. Was sie weit mehr beunruhigte, war, daß der Computer kaum eine weniger entbehrliche Gruppe von Versuchspersonen hätte auswählen können, wenn er einen absichtlichen Versuch gemacht hätte, die Kolonie zu sabotieren.

Ohne Kitty könnten wir auskommen, dachte sie; der größte Teil ihrer Arbeit ist getan. Und auch ohne Dan Sakky, wenn es sein mußte, obwohl alle Bauvorhaben bescheidener ausfallen, länger dauern und wahrscheinlich mit Materialvergeudung verbunden sein würden. Aber wie könnten wir ohne Ulla auskommen, die uns mit der Sicherheit eines Wünschelrutengängers zu Erzlagern und Mineralvorkommen führt, oder ohne Tai mit seinen ungeheuren biologischen und medizinischen Erfahrungen, oder ohne Abdul, der die widerstreitenden Meinungen unter einen Hut bringen und die Individualisten zum Gemeinschaftsdenken erziehen kann, oder – ohne mich?

Der letzte Gedanke hätte sie vielleicht in einige Verlegenheit bringen können, aber wie andere auch darüber denken mochten, sie fühlte sich als Psychologin unentbehrlich.

Hätte man das entscheidende Ereignis vielleicht zu einer feierlichen Zeremonie machen sollen, mit der ganzen Schar der Siedler als Zuschauer? Die Möglichkeit kam ihr erst in den Sinn, als die Versuchspersonen sich im biologischen Laboratorium der *Santa Maria* versammelt hatten, zwischen Experimentiertanks, Regalen mit Pilz- und Bakterienkulturen in abgedeckten Glasschalen, Arbeitstischen, Geräten und Plastikschläuchen, durch die Nährlösungen blubberten.

Mit Bestürzung erkannte sie, daß sie noch nie ihr Leben und ihre Gesundheit bewußt riskiert hatte. Selbst als sie zum erstenmal die Oberfläche dieses Planeten betreten hatte, war ihr bewußt gewesen, daß die wichtigsten Voraussetzungen für ihre Sicherheit gegeben waren; das hatten die ersten Besucher festgestellt. Sie fragte sich, welcher Art Dennis' Gefühle gewesen sein mochten, der als erster Mensch die ungefilterte Luft Asgards geatmet hatte?

Aber sie konnte ihn nicht fragen. Er war nicht hier, und kein Mensch wußte, was aus ihm geworden war. Wenn er sich bis morgen abend nicht meldete, mußten sie eine Suchexpedition aussenden.

Einstweilen hatte sie dieses obskure Gefühl, daß der bevorstehende Akt ihrer Selbstaufopferung wenigstens durch irgendein angemessenes Zeremoniell gewürdigt werden sollte. Das Leben war ein kostbarer und unersetzlicher Besitz. Wenn sie es schon aufs Spiel setzte, dann müßte dieser Moment auch durch ein besonderes Ritual verewigt werden!

Sie behielt diese Überlegungen jedoch für sich, denn als sie ihre Schicksalsgefährten betrachtete, fand sie, daß alle – wenigstens nach außen hin – gefaßt waren. Auch sie waren angespannt und nervös, aber das war nur an Kleinigkeiten zu erkennen, zum Beispiel an Kittys uncharakteristischem Schweigen, oder an Dan Sakkys tief gefurchter Stirn.

So oder so versprach dieser Test, von dessen Ausgang die Zukunft der menschlichen Kolonie auf Asgard abhängen konnte, ein wenig bemerkenswertes Ereignis zu werden. In der ersten Zeit nach der Landung waren sie alle oft in diesen Räumen gewesen, als Tai tägliche Untersuchungen an Mitgliedern der Siedlergemeinschaft vorgenommen hatte. Alles in dieser Umgebung wirkte vertraut und gewöhnlich. Selbst die Vorbereitungen zu dem entscheidenden Versuch waren von einer kaum zu überbietenden Banalität: Einige von Tais Assistenten warfen Orangen in einen Entsafter und füllten eine von der Kantine entliehene Küchenmaschine mit Karotten und Spinatblättern. Und damit es besser schmecke, fügten sie dem Orangensaft Zucker und dem grünbräunlichen Gemüsesaft Salz hinzu. Es schien absurd!

Selbst die ungewohnte Anwesenheit von Tibor Gyorgy, der in seiner Eigenschaft als Chefelektroniker die medizinischen Prüfapparate beaufsichtigte, reichte nicht aus, um die Symbolik zu liefern, die Parvati für wünschenswert hielt und die ihr das Gefühl vermittelt hätte, daß sie sich wirklich opferte.

Und nun hob Tai Men ein Glas mit der ersten Portion Orangensaft aus dem Entsafter und leerte es, ohne eine Miene zu verziehen. Dann sagte er: »Schmeckt gut, das ist sicher. Richtig, notiert die genaue Zeit! Urinuntersuchungen nach einer und nach drei Stunden, Blutproben nach einer, zwei und vier Stunden. Wer will jetzt kosten – du, Parvati? Orangen- oder Gemüsesaft?«

Sie wählte Gemüsesaft und schien ihren Geschmackssinn eingebüßt zu haben, als sie die kühle, dickliche Flüssigkeit schluckte.

Was für Resultate die Leute zu sehen erwartet hatten, vermochte Parvati nicht zu sagen. Die versteckten Blicke ihrer Gefährten, die nicht von den Säften der Freilandpflanzen gekostet hatten, machten indessen klar, daß sie unbewußt nach irgendwelchen äußeren Symptomen suchten. Sie selbst konnte überhaupt keine Veränderung feststellen, nur hatte sie am zweiten Tag nach dem Versuch den Eindruck, daß ihre Gesichtsfarbe einen Hauch frischer geworden war – aber das konnte eine Täuschung sein. Sie nahm etwas Fleisch von ihrem Unterarm zwischen Daumen und Zeigefinger und zwickte es, so fest sie konnte, und nach einer halben Stunde sah sie wieder nach. Keine Spur von der dunklen Verfärbung, die auf das Zerreißen skorbutgeschwächter Blutgefäße zu folgen pflegte.

Wir haben es geschafft! sagte sie sich in verfrühtem Optimismus. Und als sie ihre Runden durch die Siedlung und ihre Umgebung machte, sah sie nichts, was sie in ihrer Meinung schwankend machen konnte. Die anderen Versuchspersonen fühlten sich genauso frisch und leistungsfähig wie sie selbst, und das bedeutete: besser als die meisten übrigen Gefährten. Ihre Pflichten führten sie mindestens einmal täglich in jeden Winkel der Kolonie, und als sie von den Brennöfen, wo das Tongeschirr glasiert und gebrannt wurde, zu dem Miniaturhochofen ging, der Eisen für Dans Bauprojekte produzierte, vom Sägewerk zur Verschrottungsmannschaft, die das Gerippe der *Niña* abwrackte, bemerkte sie überall die Lethargie und die kaum kontrollierbare Reizbarkeit, vor denen Tai gewarnt hatte.

Es gab jedoch ein zusätzliches Problem, das im Vordergrund ihres Denkens blieb. Was war mit Dennis Malone? An jenem Abend, als er nicht angerufen hatte, war sie besorgt gewesen, und inzwischen war das Ausbleiben seiner Meldungen Gegenstand einer Besprechung gewesen. Hassan hatte daran erinnert, daß Dennis schon auf seiner letzten Reise zweimal hintereinander die vorgeschriebenen Meldungen versäumt und schließlich doch angerufen hatte, ohne Erklärungen für sein Stillschweigen abzugeben. Und nach Ullas Rechnung befand er sich jetzt überdies in einer Region, die mehr als alle anderen zu der Hoffnung auf Diamantenvorkommen berechtigte. Es war durchaus denkbar, daß er sich auf seiner Suche weit von dem Boot mit dem Sender entfernt hatte und irgendwo im Inland kampierte.

Als er sich auch am nächsten Tag nicht meldete, war sie wirklich alarmiert, aber die Notwendigkeit, sich Tai Mens Untersuchungen zu unterziehen – insgesamt achtzehn in jeder dreißigstündigen Periode –, und die Pflichten ihrer Arbeit, die keine Unterbrechung duldete, brachten sie und Abdul dazu, die Entsendung einer Suchmannschaft bis zum folgenden Tag zu verschieben, obwohl sie sich beide über die Wichtigkeit der Sache einig waren. Auch kostete es Zeit, eine Gruppe zusammenzustellen, die abkömmlich war. Aber schließlich fiel die Wahl auf Yoko und zwei Helfer, einen aus Ullas und einen aus Dans Arbeitsgruppe. Das zweite Luftkissen-Tragflügelboot der Kolonie wurde von Saul Carpender seeklar gemacht und für die Reise verproviantiert.

Bei Tagesanbruch würde die Rettungsmannschaft in See stechen ...

Sie lag unruhig in ihrem Bett und lauschte den Geräuschen des Dorfes, das sich zur Ruhe begab. Türen fielen zu, Leute wünschten einander eine gute Nacht, Schritte knirschten vorbei und verloren sich, jemand sang, Fensterläden klapperten. Zuletzt, als es schon still geworden war, hörte Parvati die Stimmen und die Schritte zweier Kolonisten, die den Berg hinaufgingen, um die Wache in der *Santa Maria* abzulösen. Zwei Leute waren ständig an Bord des Schiffes stationiert, auf Wache für eventuelle Notfälle, die noch nie eingetreten waren.

Die Nächte waren noch immer mild und warm, aber die ersten Anzeichen des Herbstes wurden erkennbar, nicht nur in der abnehmenden Tageslänge ...

Sie warf sich in ihrem Bett herum, unfähig zu Entspannung und Schlaf, obwohl sie sich nach dem langen Arbeitstag müde fühlte. Saul hatte die Nacht mit ihr verbringen wollen, aber Tai hatte die Versuchspersonen ersucht, auf jeden Geschlechtsverkehr zu verzichten, bis alle Untersuchungsresultate vorlägen. War das der Grund ihrer Ruhelosigkeit? Sie mochte Saul gern; seine trockene Art gefiel ihr, und weil er sich durch seine Herkunft auf dieser Welt weitverstreuter Inseln mehr zu Hause fühlte als die meisten anderen Siedler, hatte er nie seinen gelassenen Humor verloren. Er war immer entspannt.

Sie blickte hinauf in den offenen Dachstuhl ihrer Hütte, betrachtete das regelmäßige Muster der einander überlappenden Dachschindeln und begann sich müßige Gedanken zu machen, warum die Planer des Dorfes sich für so konservative Behausungen ausgesprochen hatten. Diese rechteckigen Hütten mit ihren Giebeldächern waren sicherlich nicht die zweckmäßigste Lösung. Wäre es nicht besser gewesen, man hätte kralartige Kuppelbauten errichtet, die ebenfalls aus lokalen Materialien hätten hergestellt werden können? Solche Bauten wären sicherlich wetterfester, geräumiger, im Winter besser zu isolieren und einfacher zu errichten gewesen.

Ja, das Dach sollte eine Kuppel sein. Sie blähte es in ihrer Vorstellung auf, und es entfernte sich. Sie sah zu, wie es ballonartig aufging, und sie bemerkte auch, daß sie sich plötzlich schwindlig fühlte.

Tatsächlich, es war auf einmal, als läge sie in einem Boot auf hoher See. Das Dach kam herunter, hob sich, kam wieder herunter und drohte sie zu erdrücken. Erschreckt wälzte sie sich vom Bett und kauerte am Boden, mit offenem Mund und angstvoll nach oben gerichteten Augen.

Irgend etwas ist mit mir los. Was ...?

Sie zog sich an ihrem Bett in die Höhe. Der Boden hob und senkte sich unter ihr wie stürmischer Seegang. Leise stöhnend setzte sie einen Fuß vor den anderen, bis sie die Tür erreichte und öffnen konnte. Jenseits der Schwelle waren die Umrisse und Geräusche und Gerüche einer fremden Welt.

Der Gedanke an den Tod wurde übermächtig in ihr, und sie floh und rannte nackt in die Nacht hinaus.

# 12

Möge der Gott Soma, der Herr des Mondes, mich befreien!

Beinhaus Mond, Wohnung der Toten, wo zerschmetterte Leichen liegen, vermischt mit Trümmern von Metall und Glas ...

Indra ist Svargapati. Seht die Kuppel des Himmels, erhellt von den Juwelen, die aus dem Mund Balis flossen, den er erschlug. Jene, die seine Knochen waren, sind Diamanten, und sein Mark wurde zu Smaragden; aus seinem Blut entsprangen Rubine, Tropfen für Tropfen; seine Zähne waren Perlen, seine blauen Augen zersplittert zu Saphiren ohne Zahl; sein Fleisch gerann zu durchsichtigem Kristall. Indra ist Meghavahana, und die Wolken türmen sich im Westen, bereitwillige Rosse für seinen Ritt. Indra ist Vajri, der Donnerer.

Und die Stürme werden kommen ...

Der erste Gestorbene: Yama, König der Toten, Herr des Vergessens. Behängt mit Girlanden von Schädeln, Lilien durch die leeren Augenhöhlen geflochten, sein Mund ein Lächeln, weit wie ein Tor, durch das alle Menschen ihren Weg nehmen werden ...

Der Augenblick Agnis, das Aufspringen der Flamme. »Schneide das Holz des Samibaumes, dann mache einen Stab aus dem Holz des Baumes Asvattha. Reibe das eine gegen das andere, und du wirst Feuer haben.« So Agni, der Schöpfer, der verflucht wurde, alle Dinge zu essen, weil er die Wahrheit gesagt hatte.

Möge der Gott Soma, der Herr des Mondes, mir Erleichterung geben!

Durch Gelübde gebunden, daß er nicht mit Waffen aus Holz oder Stein oder Eisen angreifen würde, noch mit etwas Nassem oder Trockenem, weder bei Tag noch bei Nacht, schlug Indra dennoch den Dämon Vritra. Der in eine Schaumwolke verwandelte Wischnu war seine Keule, in dem Moment, wo die Sonne den Horizont schnitt. So wandelte er Erhaltung in Zerstörung. Bedenke dies und lerne, daß alle Dinge eins sind.

Von göttlichem Zorn erfüllt, erschlug Mutter Kali ihren Ehemann, trat ihn mit Füßen inmitten der sich häufenden Leichen. Darauf schämte sie sich, aber nichts änderte sich. Die Mutter, die gebärt, muß auch zerstören; Wischnu, der Erhalter, muß eine todbringende Waffe werden; der Mond, die heilige Schale Somas, soll geleert werden, und Kali-Durga soll herrschen, und Yama im Zeitalter Schiwas. Denn das Rad dreht sich. In jedem dimensionslosen Ort des Universums kann ein Erleuchteter gefunden werden.

In hilfloser Verwunderung sah Parvati Chandra sich selbst. Sie berührte ihre Brüste, bedeckte eine mit der Hand und schlug ihre Fingernägel in die andere, denn daß es zwei waren, erschien ihr als ein Fehler. »Durga, meine Schwester«, murmelte sie und wunderte sich über den Tod, der aus ihrem Schoß kommen mußte. Blut rann dunkel von ihren Fingerspitzen.

Das Schwindelgefühl überkam Tai Men im Schlaf, so daß sein wacher Verstand sich in den Labyrinthen des Unbewußten verlief. An einem Punkt war er im Begriff, aufzuwachen, und sein Wissen und seine Erfahrung standen bereit, doch er war noch nicht im Besitz seiner Kräfte; er konnte wissen, aber er konnte nicht handeln. Als er es konnte, war es zu spät; er konnte nur noch von seinem Lager hochtaumeln, hinaus aus seinem Raum und durch den Palast von Jade.

Der himmlische Meister des ersten Ursprungs war lange schon in seinen verdienten Ruhestand gegangen und überließ es jenen ungeschickten, klumpigen Kreaturen, die sein Nachfolger aus Lehm gemacht und achtlos im Regen gelassen hatte, sich recht und schlecht durchzuschlagen. Der Regen hatte ihnen übel mitgespielt, und als ihnen der Lebenshauch eingegeben wurde, waren manche lahm, manche blind, andere häßlich und verkrüppelt. Dies war eine Sache, für die es am Ende des göttlichen Jahres einen Ruf nach Rechenschaft geben würde; einstweilen sah der himmlische Meister aus unendlicher Entfernung wohlwollend auf sie herab und wünschte ihnen Gutes für ihre kurze Spanne vor dem Beginn seiner Herrschaft.

Darüber hinaus hatte er kein Interesse an ihnen. Sie mochten tun, was sie wollten.

Für den Mond, wie es vorgeschrieben ist am fünfzehnten Tag des achten Monats: ein Opfer in Form einer Frucht. Vielleicht nimmt es der göttliche Hase an, dort im Palast des Mondes, und macht daraus das Elixier der Unsterblichkeit. Doch ein langes Leben ohne Weisheit ist nicht glücklich. Das bezeugt die Niederlage des Großen Bogenschützen, der vor langer Zeit die Welt rettete, dessen Frau, die schönste aller erschaffenen Frauen, unter dem Schutz des Hasen steht, des Patrons aller Männer, die keinen Umgang mit Frauen haben. Er hatte das Elixier zuerst, weil er die neun wilden Sonnen geschossen hatte, die die Welt zu verbrennen drohten, und verlor so seine Frau.

Dreiunddreißig sind die Ebenen des Himmels. Man mag durch Tugend emporsteigen und nach Göttlichkeit streben, doch ein Gott zu werden, ist nicht Zusicherung ewigen Glücks. Es gibt eine Rechnung. Es gilt Rechenschaft abzulegen.

Versage nicht. Die Gesetze sind streng. Es gibt keine himmlische Reue über die Verstoßung jener, die unzulänglich sind. Es gibt nur die gütige Autorität dessen, der gibt und nimmt, wie es deinem Verdienst zukommt.

Der zweite Herr mag in jeder von zweiundsiebzig Gestalten über dich kommen, eifrig, den Auftrag seines Herrschers zu erfüllen. Sein Hund mag dich zerreißen wie einen bösen Geist. Tue ohne Groll, was du mußt; das ist der Weg der Freiheit und nicht der Furcht.

Im Palast des Mondes wohnt die schönste der Frauen, Chang-O, die einst das Weib des Großen Bogenschützen war. Es ist nicht überliefert, daß sie mit ihrem Mann Kinder hatte. Sie sitzt und trinkt das Elixier der Unsterblichkeit mit dem Hasen. Er ist ihr Beschützer, und das ist, warum Männer nicht am Herbstopfer teilnehmen, wenn dem vollen Mond die Frucht dargeboten wird. Sie fürchten um ihre Männlichkeit. Der Hoffnung ewigen Lebens ziehen sie die Gewißheit gehorsamer Kinder vor.

Tai Men, der das Fruchtopfer unter dem Mond dargebracht hatte, saß weinend auf einem Stein neben der Straße, untröstlich über den Verlust, den er nicht vermutet hatte, bevor es zu spät war.

Und ...

Im Schlaf, wo er schöne imaginäre Städte erbaute, organisch wie der dichteste Dschungel, doch auch funktionell wie eine einzige, riesige Maschine, kämpfte Daniel Sakky gegen das Eindringen einer neuen Welt, die ihn zuerst verwunderte, dann mehr und mehr ängstigte.

Angetan mit Masken aus Stroh und Holz, bemalt mit bunten Erden, furchteinflößend und ehrwürdig, saßen die weisen alten Männer und erklärten die Welt. Unter dem strohgedeckten Dach der Hütte, die kein Unberechtigter ohne Gefahr magischer Krankheit betreten durfte, sprachen die Trommeln mit übernatürlichen Stimmen. Und der Älteste und Weiseste unter ihnen trug ein Leopardenfall und warf Kräuter in die schwache Flamme des magischen Feuers, bevor er sprach.

Einmal wollten die Menschen wissen: »Was ist der Mond?« Und einer sagte: »Wir werden hinaufsteigen und sehen.« Und er nahm Pfähle und band sie aneinander und setzte sie in ein Erdloch. Dann nahm er weitere Pfähle und kletterte hinauf und band sie an die anderen. Nach ihm kamen seine Freunde und halfen ihm, und Pfahl um Pfahl wurde festgebunden, mit den starken Ranken der Lianen, mit Streifen aus der Haut des Nilpferds und magischen Stricken aus der Mähne des Löwen. Sie kletterten und sie kletterten, und noch immer waren sie nicht am Mond, und eines Tages brachen die Pfähle, und sie wurden alle zu Boden geschleudert, und viele verloren das Leben. So erfuhren sie nie, was der Mond war, und viele Frauen weinten.
Eine runzlige Hand griff in den Beutel und warf Kräuter ins magische Feuer. Und sie atmeten den Rauch und hatten Visionen.

Menschen sterben, aber die Leute des Mondes nicht. Warum nicht? Es soll erzählt werden: Einmal rief Libanza, daß alle vor ihn kämen, den Mächtigen, den Zauberer über dem Himmel, dessen Herdrauch die Gewitterwolke ist, dessen Trommel den

Donner ertönen läßt, dessen Messer den Blitz zucken macht, wenn er es hierhin und dorthin wendet. Er sagte: »Kommt! Eilt euch! Hört mich an!«

Sogleich kamen die Leute des Mondes gelaufen, und Libanza war erfreut. Aber die Leute der Erde kamen langsam gegangen und beklagten sich untereinander, und Libanza war zornig. Er sagte zu den Leuten des Mondes: »Ihr sollt nicht sterben! Ihr sollt zwei Tage im Monat ruhen, und nicht mehr.« Und zu den Leuten der Erde sagte er: »Ihr sollt jeden Tag ruhen, und ihr sollt auf ewig sterben.«

Atmet tief den Rauch, der die Hütte erfüllt. Wunder und Geheimnisse sollen erklärt werden: Wahrheit über das Leben, Wahrheit über den Tod.

An den Flüssen und auf den Waldpfaden werdet ihr Mokadi begegnen; in den hohen Bergen, wo die dünne Luft euch schwindeln macht, wißt ihr, daß die Geister der Ahnen nahe sind. An allen Orten, wo eure Vorväter gegangen sind, liegen sie tot und begraben. Manchmal sind sie zornig, denn es ist hart, ein Geist zu sein. Stimmt sie günstig, bringt ihnen Opfer, spielt Musik und tanzt ihnen zur Freude, denn sie waren es, die dieses Land gerodet haben, die diese Hütten errichteten und eure Herden kauften. Dank ihnen schlaft ihr mit euren Frauen und Kindern unter einem sicheren Dach, das den Regen nicht einläßt. Dank ihnen tragt ihr vielfarbige Gewänder und trinkt viel Palmwein an den Festtagen, bis ihr lacht und lacht.

Vergeßt nicht jene, die Geister wurden, damit wir ihre Hütten bewohnen können.

Die Stimmen verstummten. Der Rauch zog ab, und die Hände des Trommlers ruhten.

Daniel Sakky, der Erbe alles dessen, saß mit gekreuzten Beinen am Rand des Baches, wo es schweren feuchten Lehm in Mengen gab, und formte Gestalten von Männern und Frauen, als könnte er, wie Massim-Biambe, ihnen zum Leben verhelfen. Zuweilen verneigte er sich vor der Teufelsmaske des Mondes, denn auch das hatten ihn jene gelehrt, die zu Geistern geworden waren.

## 13

Desgleichen …

Träume wie aus dem Halbschatten jener Nacht Ragna Rökkr, aus der die Götter selbst nicht erwachen, beunruhigten den Schlaf von Ulla Berzelius. Ihre schlanken, gebräunten Glieder waren bleischwer, eine dicke Strähne blonden Haars hatte sich über ihren Mund gelegt und würgte sie im Traum. Sie erwachte und sah durch das Fenster den Mond, zu drei Teilen im Rachen des Fenriswolfs verschwunden.

In den Tagen, wenn üble Träume den Schlaf der Asen beunruhigen, wird es schlimm um die Erde bestellt sein.

Alle Schläue Vater Odins, des Weisesten unter den Asen, war nutzlos. Die schwarzen Raben Hugin und Munin, Gedanke und Erinnerung, brachten ihm Nachricht von allem, was in all den Welten geschah: in Niflheim, Muspelheim, Jotunheim, Utgard, Midgard, Asgard … Für den Preis eines Auges erkaufte er die Geheimnisse Mimirs, der an seiner Quelle unter der Mittelwurzel Yggdrasills saß, und nach Mimirs Tod beschwor er den Kopf des Riesen, daß er weiterhin zu ihm spreche und alle seine Fragen beantworte.

Es war nutzlos.

Mit Spitzfindigkeit stahl er das Blut von Kvasir, das die Zwerge mit Honig gemischt und in den magischen Kessel Odrerir getan hatten. Wer immer davon trank, sollte ein Barde und ein Skalde sein, sollte verstehen und von allen Dingen sprechen, zur Freude und Verwunderung der Welt. So wild war die Jagd, als er in der Gestalt eines Adlers floh, daß dem Riesen Suttung, dem Hüter des Kessels, das Herz zerplatzte.

Doch auch dieser Diebstahl half nicht.

Neun Tage und neun Nächte hing Odin am Stamm Yggdrasills, vom eigenen Speer verwundet, und niemand kam in Antwort auf seine Rufe. Am neunten Tag, als er hungerte und durstete, sah er Runen auf dem Grund und las sie laut und wurde wieder gesund und jung.

Aber auch das befreite ihn nicht vom Schicksal des Todes.

Ebenso fasziniert wie entsetzt, wanderte Ulla über die Insel, achtlos wohin ihre Füße sie trugen, ihre Augen auf den Mond gerichtet, als er in den Rachen des Wolfs glitt.

Und ...

Im Kopf ein Drehen und Wirbeln wie in einer Zentrifuge, zog Kitty Minakis ihre Arme und Beine eng an ihren Körper. Ihre aufgerissenen Augen starrten ins Leere. Ein Wissen war auf sie gekommen; sie mußte aufstehen und es mit anderen teilen, denn es war zu gewaltig, um von einem einzelnen Geist umfaßt zu werden. Zitternd machte sie sich auf und fand niemand. Allein, im Dunkeln, auf diesem kleinen Erdbuckel inmitten der grenzenlosen Wasser.

Umgürtet von Flüssen – Acheron, Cocytus, Phlegethon, Lethe, Styx – war es ein dunkles Land, voll schlimmer Vorbedeutung. Keine Blumen wuchsen dort, sondern düstere Schwarzpappeln und Weiden, die niemals Frucht trugen. Dort war der Boden mit Asphodill bedeckt, der Pflanze verfallener Friedhöfe, lange vergessen von den Kindern jener, die da beerdigt lagen. Nur das blasse Licht des Mondes war dort zu sehen, und keine Vögel sangen.

Im Hain der Persephone kam Cerberus, der vielköpfige Hund, um die Füße der Neuankömmlinge zu lecken. Aber hatte er einmal den Geruch des Todes von einem Vorbeigehenden aufgenommen, so ließ er diesen nicht noch einmal passieren. Beim Anblick des furchtbaren Hundes, der den Weg zurück zu den Freuden der Erde versperrte, tranken die Toten freudig von den Wassern Lethes und vergaßen.

Vor dem Eintritt in die andere Welt mußte eine Gebühr entrichtet werden. Wer kein Scherflein für den alten Fährmann Charon hatte, der wurde von ihm bespuckt und geschmäht. Dann lenkte Charon sein Boot zurück über den Fluß Acheron. Verlassen und hoffnungslos aber mußte der trauern, der den Obolus nicht entrichtet hatte; bis zum Ende der Zeit mußte er am Flußufer umherstreifen, auf halbem Wege zwischen dem Hier und dem Nichts.

Er, der über das dunkle Land Tartaros herrscht, trägt den Beinamen Pluto, »der Reiche«, denn die Zunahme seines Reichtums hat kein Ende. Sprechen wir nicht von den vergessenen Schätzen, versteckt in der Erde, die er in unsichtbarer Gestalt stehlen kommt; sprechen wir von der Zahl seiner Untertanen, der Tag für Tag und Nacht für Nacht Hunderte und Tausende hinzugefügt werden!

So groß ist seine Macht, daß er jede Nacht seinen Helfer Hypnos ausschickt, den die Menschen als Schlaf kennen und der ihnen einen Vorgeschmack ihres Schicksals gibt. Er ist der König, dem du nicht entkommst; und einmal wird es nicht der sanfte Hypnos sein, der den menschlichen Geist in weiche Fesseln schlägt, daß die freundliche Göttin Aurora ihn wecke, wenn der Morgen kommt. Dann wird es Thanatos sein, der an das Lager tritt, der Tod mit der harten Hand, der die Unwilligen ergreift und die Jammernden und Heulenden zur Unterwelt zerrt.

Wohin wird die Fähre uns tragen? Zu den düsteren Hainen des Tartaros, wo der Asphodill schimmert wie die Körper verwesender Fische, das süßeste Licht, das wir je wieder erblicken werden? Oder werden es die elysischen Gefilde sein, wo Herakles seinen Kranz aus den Zweigen der silbrigen Pappeln flocht, nachdem er Cerberus besiegt hatte? In Unwissenheit laßt uns freudig von den Wassern Lethes trinken, daß wir vergessen und nicht das Schicksal beklagen, das wir tragen müssen. Laßt keinen sagen: Ich gräme mich hier im dunklen Tartaros, und sollte doch dort sein, denn nie war ich schlecht in meinem Leben auf der Erde. Laßt alle vergessen.

Laßt alle vergessen ...

Kitty Minakis setzte sich auf einen Felsen, um die Ankunft des Fährmanns Charon zu erwarten, daß er sie übersetze ins Land der Toten. Sie hatte von den Wassern Lethes getrunken, wie es sein soll. Alle eitle Hoffnung war von ihr gewichen.

Und ...

Abdul Hassan war dankbar für die Gabe, mit weniger als der durchschnittlichen Schlafdauer auszukommen. Fünf Stunden, manchmal sechs, hatten ihm auf der Erde genügt. Hier, wo die Tage dreißig Stunden zählten, schlief er sechs oder sieben Stunden, aber um Mitternacht saß er wie gewöhnlich allein in seiner Hütte und überdachte die Probleme, die er zu lösen hatte, während alle anderen bis auf die zwei Wachen in der *Santa Maria* schliefen und träumten.

Doch war er müde in einer Weise, die Schlaf allein nicht erleichtern konnte. Irgendwo in den Fernen dieses leeren Planeten war der unglückliche Entdecker Dennis Malone, allein wie er in diesem Augenblick, gefangen in einer Falle und ohne Hoffnung auf Heimkehr.

Abdul erschrak. Der Stuhl, auf dem er saß, begann plötzlich zu schwanken. Die Wände schienen sich zu öffnen. Als er seinen Blick auf die Tür richtete, die er der kühlen Nachtluft offengehalten hatte, sah er eine Art Halle hinter ihr. Im gleichen Moment überraschte ihn die mitternächtliche Stromsperre, und sein Licht ging aus.

Von seinem letzten Gedankengang vor diesem sonderbaren Ereignis bewahrte er eine an ihn selbst gerichtete Frage: Wie bin ich zu beurteilen? Denn er war es, der Angelpunkt ihres Unternehmens, von dem Erfolg oder Versagen der Asgard-Kolonie abhingen.

Große Müdigkeit überkam ihn, ein Gefühl, daß es nun zu spät sei, weitere Wiedergutmachungen für Fehler zu leisten, die er begangen haben mochte, was immer sie waren. Ruhig erhob er sich und ging hin, um das Urteil zu vernehmen.

Sie erwarteten ihn in der Halle der zweifachen Gerechtigkeit, und er sah sie, als er von der Schwelle dieses heiligen Ortes aufblickte, die er soeben geküßt hatte. Er hatte das Land zwischen der Welt der Lebenden und der Welt der Toten durchquert. Angelangt, hatte er keine Hoffnung auf Rückkehr. Was sein muß, soll geschehen.

Dort stand eine riesige Waage unter dem bemalten Dach: die Waage der Gerechtigkeit, und in einer ihrer Schalen, die herabhing, lag das Herz des demütigen Bittstellers, beladen mit allen Sünden. Die Schale neigte sich tief, denn die Last war schwer, bis sie den Boden berührte.

Neben ihr stand Maat, die Göttin der Wahrheit und Gerechtigkeit, furchtbar anzusehen, mit Augen, die jeden Schleier durchdrangen, mit dem der neue Tote seine Fehler zu verhüllen suchte. Da war auch Amemait, der Verschlinger, die gierige Bestie, geformt aus Krokodil, Nilpferd und Löwe, bereit, die Seelen der Toten zu ergreifen und hinabzuschlingen. Mit seinem entsetzlichen Blick fixierte er den Bittsteller, und aus seinem Rachen troff Speichel auf die Fliesen.

Unter einem Baldachin der Herr selbst, Osiris, der gerechte Richter. Auf seinem Kopf der Atef, flankiert von Straußenfedern, die Arme auf der Brust gekreuzt; in einer Hand die Peitsche, in der anderen der Hirtenstab, die Embleme der höchsten Gewalt. Um seinen Körper gewunden die Wickeltücher der Toten, das Gesicht grün von Fäulnis, denn auch er starb, wurde zerschnitten und in die Windrichtungen verstreut. Aber seine Arme sind frei. Es gibt Hoffnung und doch keine Hoffnung. Vergessenheit ist nicht unvermeidlich, aber was getan ist, ist getan.

Zu beiden Seiten zweiundvierzig Richter, jeder mit einem scharfen Schwert. Nenne jeden beim Namen, und sie werden sich verbeugen, aber denke nicht, du könntest sie bestechen. Diese haben alle Bestechlichkeit hinter sich gelassen.

Es gibt zeremonielle Musik: gesungene Gebete, Trommeln, das Schnarren und Rasseln der Sistren. Der Duft kostbarer Hölzer, verbrannt in geheiligten Feuern, süßt die Luft für die Nasen der Richter. Aber die Prachtentfaltung ist nicht alles. Ein Mensch wird vor das Tribunal gebracht, um gerichtet zu werden.

Die Schalen der Waage müssen von der Feder der Wahrheit ausgeglichen werden.

Jenseits von Hoffnung oder Furcht wartete Abdul Hassan demütig, daß Anubis, der schakalköpfige Gott, die Feder in die Schale lege und sehe, ob sie die gewaltige Last auf der anderen Seite aufwiege.

## 14

Zuerst war Dennis Malone von der unglaublichen Neuigkeit wie vor den Kopf geschlagen. Er konnte nicht darauf reagieren, konnte nur mechanisch der Aufforderung Saul Carpenders folgen und ihm das Tau zuwerfen und das Boot mit einem letzten Aufheulen der Turbinen auf die Gleitschienen zu steuern, auf denen es dann von Saul mit der Winde an Land gezogen wurde. Inzwischen waren zwei andere ans Wasser gekommen, angelockt vom Motorenlärm, und beide sahen müde, schmutzig und entmutigt aus.

Und beide trugen ihre Pistolen in den Händen.

Der erste war Yoko, in einem völlig verschmutzten Anzug, einen Verband um das linke Handgelenk. Dennis wunderte sich, denn er hatte den Japaner immer als einen Mann gekannt, der auf Sauberkeit großen Wert legte.

Gleich darauf kam Tibor Gyorgy in Sicht. Der stämmige Ungar war in keinem besseren Zustand – das Haar wirr, einen Zweiwochenbart im Gesicht, die Kleider schmierig und hier und dort eingerissen. Er hinkte ein wenig. Mit stumpfen Gesichtern sahen die drei zu, wie Dennis aus dem Boot kletterte und auf sie zukam.

»Was in aller Welt ist passiert, während ich weg war?« fragte er.

Saul seufzte. »Ich sagte es doch. Die sechs sind völlig übergeschnappt.«

»Ja, aber ...«

*Ich war es auch!*

Dennis verzichtete auf das, was er ihnen erzählen wollte. Später wäre genug Zeit, von dem Geheimnis anzufangen, daß er am Leben geblieben und gesund zurückgekehrt war, nachdem er sich zehn Tage lang wie ein vernunftloses Tier benommen hatte.

Er sagte: »Aber was haben sie getan? Und warum seid ihr so verwahrlost? Warum tragt ihr eure Waffen die ganze Zeit in den Händen?«

Die drei tauschten Blicke aus, und schließlich sagte Tibor: »Ich weiß nicht, warum das alles so ist. Aber ich fürchte mich. Ich bin ganz durcheinander vor Sorgen. Es ist, was dieser ekelhafte Planet aus uns macht. Hier!«

Er zog sein Hosenbein hoch und zeigte Dennis sein geschwollenes rechtes Knie. Und im zunehmenden Tageslicht konnte Dennis sehen, daß sie alle von Skorbut schwer gezeichnet waren.

»Dir fehlt nichts«, sagte Yoko. »Tai gab dir einen Vorrat Vitaminpillen mit auf die Reise.«

»Aber ich habe sie gar nicht aufgebraucht«, sagte Dennis.

»Erzähl uns keinen Unsinn!« Sauls Stimme schlug plötzlich in einen feindseligen Ton um. »Man braucht dich bloß anzusehen. Du hast keine Mangelkrankheit!«

»Ich habe praktisch noch den ganzen Vorrat«, beharrte Dennis. »Hier!« Er langte über die Bordwand, öffnete seine Notapotheke und hielt ihnen zum Beweis die Dose hin. »Bevor ich wegfuhr, sagte Tai, er habe noch einen Vorrat von den Kapseln hier, den er für den Winter aufsparen wollte.«

»Ja, ja, natürlich. Es ist noch ein Rest übrig. Aber nicht viel. Nicht mehr, nachdem Tai das Zeug in die Finger bekam und anfing, damit herumzuwerfen.«

»Was?«

»Tatsache. Hier, gib uns ein paar von den Kapseln!« Saul streckte gierig die Hand aus.

»Nun – gewiß, gern!« Dennis schraubte den Deckel ab und gab ihm die Dose. Jeder von ihnen langte hinein und schluckte eine Kapsel und hätte mehr genommen, aber dann blickten sie einander vorwurfsvoll an, wie schiffbrüchige Matrosen auf einem Floß beim Aufteilen ihrer letzten Tropfen Trinkwasser.

Bevor Dennis wieder etwas sagen konnte, kam noch einer aus dem Dorf herunter, ein schlanker junger Farbiger mit einer aggressiven Miene, einer von Ullas Mineralogen, dessen Name ihm im Moment nicht einfiel.

»Ah, Steve!« sagte Yoko erfreut, und Dennis erinnerte sich: Steven Highwood, das war der Name.

»Die Rückkehr des verlorenen Sohnes, hm?« sagte der Neger, über die Felsen steigend. Auch er hielt seine Pistole schußbereit. »Na, das nennt man wohl eine gute Neuigkeit. So haben wir eins von den Booten wieder.«

»Eins von den Booten wieder?« echote Dennis noch immer verwirrt.

»Ja«, sagte Tibor. »Warum, glaubst du, schieben wir hier Wache?« Es klang etwas erstaunt. »Dachtest du vielleicht, wir verbringen die Nacht zum Spaß hier draußen am Hafen? Kitty ist mit dem anderen Tragflügelboot abgehauen. Saul hier hatte es seeklar gemacht, weil wir damit losfahren und dich suchen wollten.«

»So ist es«, fiel Yoko ein. »Steve und ich sollten fahren, und Hal Bengtsson von Dan Sakkys Abteilung. Und als ich früh am Morgen hierher kam und mit Saul eine letzte Inspektion machen wollte, hatte sie sich schon mit dem Boot fortgemacht.«

»Das hat Kitty getan?«

Saul machte eine ungeduldige Geste. »Ah, zum Teufel! Ich hätte nie gedacht, daß einer nach ein paar Tagen Abwesenheit so begriffsstutzig sein kann.« Er wandte sich zum Gehen. »Komm, wir lassen uns das Frühstück geben, und dabei können wir dir dann den Rest erzählen. Es ist zu verdammt viel passiert, und wir würden noch in einer Stunde hier stehen. Was für einen Fraß gibt es heute früh, Steve?«

Der junge Neger setzte sich auf einen Block, von wo er den Hafen überblicken konnte, und zuckte die Schultern. »Schmutziges Spülwasser, wie gewöhnlich. Aber es füllt den Magen. Beeilt euch, wenn ihr noch etwas haben wollt.«

Sie stiegen über die Blöcke, und als Dennis zum ersten Mal seit seiner Rückkehr das Dorf aus der Nähe sah, blieb er entgeistert stehen. An einem Ende der Kantinenbaracke war ein großes, unregelmäßiges Loch in der Wand, und darüber und über den benachbarten Fenstern waren die Bretter angekohlt und schwarz berußt.

Er sagte: »Was war – hat es ein Feuer gegeben?«

»Wonach sieht es aus?« murmelte Tibor verdrossen. »Wem haben wir dafür zu danken, Saul? Dan, nicht?«

»Nein, Ulla. Dan hat den Staudamm eingerissen und das Reservoir auslaufen lassen.«

»Was?« rief Dennis.

»Ich sage es doch die ganze Zeit – sie sind verrückt geworden!« Saul blickte ihn wütend an.

»Laß ihn, Saul«, begütigte Yoko. »Es muß ein schwerer Schock für Dennis sein, alles das auf einmal zu erfahren. Wir erlebten es in verschiedenen Stadien, und das war schlimm genug. Es passierte so, Dennis: Am zweiten oder dritten Morgen, nachdem du dich nicht gemeldet hattest, als wir drauf und dran waren, die Suchaktion nach dir zu starten, entdeckten wir, daß alle sechs Versuchspersonen im Dorf umherwanderten, die meisten von ihnen splitternackt. Sie waren im Delirium, glaube ich. Sie phantasierten und tobten, faselten von Göttern und Teufeln und was weiß ich. Natürlich versuchten wir, sie zu beruhigen, und nach mehreren Stunden schienen sie wieder vernünftig zu werden, bis auf einen Tick, eine Art Besessenheit. Sie versuchten ständig, alle anderen dahin zu bringen, daß sie schnurstracks zu den Versuchspflanzungen gingen und die Früchte und das Gemüse äßen. Was natürlich eine verrückte Idee war. Sie hatten ihren Verstand verloren. Wir erwischten einen von ihnen – ich glaube, es war Dan –, wie er ungereinigtes Wasser trank, und er sagte uns, wir müßten es auch tun. Er sagte nicht: ›Ihr solltet‹, er sagte: ›Ihr müßt!‹ Zuletzt entschieden wir, daß wir sie zu ihrem eigenen Besten würden einsperren müssen, aber ich glaube, wir waren zu rücksichtsvoll. Wir dachten, wir würden sie in ihren Hütten überraschen, wohin sie sich abends zurückzogen – abgesehen von ihrem Tick benahmen sie sich wieder halbwegs normal –, aber bevor wir sie erwischten, war das Unglück geschehen.«

Yoko zuckte die Achseln. »Es war wohl unser Fehler, denn wir hatten nicht alle gewarnt. Nur die Leute, die während des Tages mit ihnen zusammengekommen waren, merkten, daß die sechs einen Dachschaden hatten, und wir behielten es für uns, weil wir Schlimmeres befürchteten, falls es sich herumspräche. So brachten sie es fertig, sich für vernünftig auszugeben und heimlich Sabotage zu verüben. Tai stahl sich ins biologische Laboratorium, als die anderen beim Essen waren, zerschlug alles, was er in die Hände bekommen konnte, zerstörte die Arbeit von Monaten und schüttete unersetzliche Arzneimittel und Vitaminpräparate in den Abfluß. Dan ging hin und zerstörte alle Reinigungsfilter in der Hauptwasserleitung. Dann holte er einen unserer drei Traktoren und fuhr ihn wie einen Rammbock in die Staumauer. Sie brach zusammen, und unser Reservoir lief aus. Ich glaube nicht, daß wir die Mauer vor Beginn der Herbststürme wiederaufbauen können. Und der Traktor ist natürlich Schrott. Kitty hat sich mit dem Boot davongemacht, und kein Mensch weiß, was aus ihr geworden ist.«

Dennis lauschte mit wachsendem Entsetzen.

»Und was ist mit Parvati?« fragte er. »Hat sie auch ...«

»Sie haben alle«, erwiderte Yoko. »Ich weiß nicht, ob sie es gemeinsam planten. Aber Parvati erwischten wir zuletzt, unglücklicherweise. Die nächste, die wir fingen, war Ulla. Sie hatte sich in die Küche geschlichen und mischte Freilandpflanzen unter das Gemüse, das für das Abendessen zubereitet werden sollte. Als wir sie festnehmen wollten, warf sie den Ofen um und verursachte das Feuer, dessen Spuren du noch sehen kannst. Dann ging Abdul zur *Niña*, schloß das Hochspannungskabel an das Metallgerüst und schaltete den Strom ein. Es gab einen Kurzschluß, daß dieses ganze Gitterwerk aufglühte wie eine von den altmodischen Glühfadenlampen. Da – man sieht es von hier aus!«

Er hob seinen Arm, und Dennis sah, daß das eiförmige, halb demontierte Gerüst verglüht und verbogen war.

»Drei von unseren Generatoren sind dabei draufgegangen!« sagte Yoko grimmig. »Er hatte die Kabel vorher aus den Unterbrechersicherungen gezogen und direkt miteinander verbunden. Ein Generator ist total verbrannt, und ob die anderen beiden repariert werden können, läßt sich erst sagen, wenn Tibor sie ganz auseinandergenommen hat.«

Benommen von diesem Katastrophenbericht, suchte Dennis nach weiteren Fragen, doch bevor er sie stellen konnte, kamen Leute aus der Kantine, die ihn erkannten und sich nun um ihn drängten, um zu erfahren, was ihn so lange ferngehalten hatte.

Er sagte abwehrend: »Ich hatte Streit mit einer Art Fisch. Ich glaube, er vergiftete mich. Ich muß eine Weile in Fieberdelirien verbracht haben.« Und als sie instinktiv zurückwichen, weil sie eine Ansteckung fürchteten, ergänzte er: »Aber meine Diagnostikkapsel sagt, daß ich wieder gesund bin.«

Sie nickten und zuckten mit den Schultern und begannen wieder auseinanderzugehen. Ihre Apathie schien sie zu hindern, längere Zeit für etwas Interesse aufzubringen. Dennis sah die Skorbutsymptome, und ihm schauderte.

Bedeutet das, daß wir evakuieren müssen? Können wir evakuieren? Oder würden alle so krank und unterernährt sein, bevor wir wieder die Erde erreichen, daß der Versuch sinnlos wäre?

»Nun – ah – wir haben immer noch die *Santa Maria*, nicht wahr?« sagte er. »Wenn das Schlimmste kommt, können wir immer noch …«

»Das Schlimmste ist zum Schlimmsten gekommen«, sagte Tibor und lachte freudlos auf. »Du denkst daran, Asgard aufzugeben, wie? Das geht nicht, mein Lieber. Und daß es nicht geht, haben wir Parvati zu verdanken. Weißt du, was sie getan hat? Ich könnte sie dafür in Stücke reißen! Sie ist unter einem Vorwand in die Computerebene der *Santa Maria* gegangen, hat den plombierten Hauptschalter für Umprogrammierungen gezogen und anschließend alle gespeicherten Daten gelöscht. Alle Navigationsdaten, alle Start- und Landedaten, alle Daten für die automatische Steuerung der Bordsysteme, alle wissenschaftlichen Daten ... Wegen dieser Wahnsinnstat ist unser schönes, wohlbehütetes Schiff dort oben nicht mehr viel nützlicher als ein Klumpen Dreck. Abgesehen davon, daß wir es nicht können, würde es länger als ein Menschenleben dauern, die Datenspeicher mit all den Informationen aufzufüllen, die bei unserer Abreise von der Erde darin waren.«

Tibor schlug mit der Faust in seine Handfläche, und Dennis sah Tränen in den Augen des anderen. »Wir werden hier sterben«, murmelte der Ungar. »Elend verrecken werden wir!«

## 15

Steve hatte nicht übertrieben – das Essen war wie Spülwasser. Mit sauren Mienen schöpften die Kantinenhelfer das wässerige Zeug in die Teller, so unachtsam, daß nicht wenig davon auf die lange Theke schwappte, vor der die Siedler mit ihren Tellern Schlange standen. Jeder bekam eine Scheibe Brot zu seiner Ration, die eine Art Fertigsuppe auf Kartoffelbasis zu sein schien und kräftig gesalzen war. Als er Dennis' angewiderten Ausdruck bemerkte, sagte der Servierer barsch: »Was glotzt du mich so an? Das ist alles, was wir an genießbarem Essen haben!«

»Das soll genießbar sein?« rief jemand von einem nahen Tisch.

»Ungefährlich, dann!« erwiderte der Servierer. »Du weißt genau, was ich meine!«

Hinter der Theke und an der Rückwand der Küchenabteilung stand die verrußte Ruine der Speisenzubereitungsanlage. Man hatte sie offenbar aus dem Weg geschafft und stehengelassen. Hatte niemand versucht, sie zu reparieren? Dennis zählte fünfzehn Personen in der Küche, von denen die meisten mit Arbeiten beschäftigt waren, die bisher von der Anlage geleistet worden waren.

Es war nicht eigentlich die Qualität der Mahlzeit, die Dennis erschreckte; er war gewohnt, mit wenig vorliebzunehmen, und die Suppe war heiß und wirkte belebend auf ihn. Nein, es war mehr die Grundhaltung der Leute hier, ihre Nachlässigkeit und ihre resginierende Bereitschaft, sich mit der Katastrophe abzufinden. Er fühlte die unterschwellige Gereiztheit, die ebenso wie die vielen blauen Flecken in den Gesichtern und wie Tibors geschwollenes Knie Symptome der Krankheit waren. Die Lethargie, ein weiteres Symptom dieser Krankheit, lag deutlich über jedem Gesicht, das er betrachtete. Obwohl die Kolonie in einer verzweifelten Notlage war, hockten viele Leute – dreißig oder vierzig, vielleicht –, die ihr Frühstück längst beendet hatten, noch immer müßig an den Tischen, tauschten hier und da einsilbige Bemerkungen aus und starrten gelegentlich zu ihm herüber.

Aber sie machten sich nicht die Mühe, an seinen Tisch zu kommen, ihn zu begrüßen oder sich zu erkundigen, was er auf seiner Reise erlebt hatte!

Nach ihrem mitleiderregenden Zustand zu urteilen, mußte die auslaugende Wirkung der Mangelkrankheit bereits vor der letzten Planungsversammlung eingesetzt haben. Die zur Gewohnheit gewordene tägliche Arbeit, die aufmunternden Nachrichten von ihren Erfolgen mußten die zunehmende Trägheit verschleiert haben, so daß eine labile Situation entstanden war, in der die Leute nur so lange weitermachen konnten, wie sie einem eingefahrenen Schema folgten. Angesichts der Katastrophe und der daraus folgenden Notwendigkeit, für sich selbst zu denken, die Pläne der Vergangenheit fallenzulassen und zu improvisieren, konnten sie nur noch mit Hilflosigkeit reagieren. Alle diese Leute sollten nach dem letzten Löffel Suppe aufgesprungen und draußen an der Arbeit sein. Statt dessen hingen sie hier herum ...

Aber er war erst eben in diese völlig neue Situation gekommen. Einstweilen mußte er vorsichtig sein und versuchen, alle Aspekte kennenzulernen. Der plötzliche, grundlose Zorn, wie er im Gesicht des Essenausgebers aufgeflackert war, konnte jederzeit auch in Saul oder Tibor oder Yoko ausbrechen.

Diese drei waren wenigstens bereit, ein vernünftiges Gespräch zu führen.

»Du wunderst dich über unser Aussehen, wie?« grunzte Saul Carpender. »Ich weiß, es ist eine Schande, aber wir sind dreckig und unrasiert, weil dieser Bastard Dan die Wasserfilter zerschlagen und das Reservoir kaputtgemacht hat! Was wir jetzt noch an reinem Wasser filtern können, reicht gerade zum Kochen und Trinken. Zum Waschen, Rasieren und für die Wäsche ist nichts übrig.«

»Es geht rasch bergab mit uns«, murmelte Tibor, sein Knie befühlend. »Wenn Tai sich noch damit zufriedengegeben hätte, das biologische Labor zu zerschlagen – na schön. Der Nutzen seiner Pfuscherei dort war sowieso fragwürdig. Aber daß der gelbe Teufel sich auch noch in den Kopf setzte, uns alle krank zu machen, ist zuviel. Wenn ihr mich fragt, gehört er aufgehängt. Arzneimittel und Vitamine einfach wegzuschütten – aber natürlich kann man einen Irren nicht für seine Handlungen verantwortlich machen.«

»Aber was habt ihr getan, seit alle diese – diese Sabotageakte verübt wurden?« fragte Dennis. »Warum hat noch niemand das verkohlte Loch da in der Wand ausgebessert?«

Saul und Tibor tauschten Blicke aus. Yoko stand auf, um sich einen Nachschlag zu holen.

»Ja, darum hätte sich jemand kümmern sollen«, gab Saul nach einer Pause zu.

»Jemand!« Dennis ließ seine Faust auf die Tischplatte fallen. Die Pistolen, die die zwei anderen neben ihre Teller gelegt hatten, hüpften und klapperten; seine eigene steckte wie immer in der Tasche. »Wer soll der Jemand sein, wenn Leute wie ihr es nicht in die Hand nehmt?«

»Rede nicht so mit uns!« fuhr Tibor auf. »Habe ich nicht schon genug Ärger, seit Abdul die Generatoren verschmoren ließ? Einer ist total hinüber, und die zwei anderen muß ich bis zur letzten Schraube auseinanderbauen. Und selbst dann ist es noch die Frage, ob wir sie jemals wieder gebrauchen können.«

»Wieviel Strom kostet es, einen Stapel Bretter vom Sägewerk zu holen und ein paar Dutzend Nägel einzuschlagen?« polterte Dennis ungeduldig. »Und außerdem haben wir noch Strom in den Leitungen, nicht? Oder hat Abdul auch die Sonnenkollektoren ruiniert?«

»Das hätte er wohl gern getan«, sagte Saul, träge lächelnd. »Aber dazu ist er nicht mehr gekommen.«

»Wenn jetzt bald die Regenperiode kommt, geben die Kollektoren keinen Saft mehr«, sagte Tibor.

»Richtig, aber das wissen wir schon lange, nicht wahr? Wir wußten es von Anfang an! Was ist mit dem Gezeitenkraftwerk, das ihr bauen wolltet?«

»Dafür hätten wir eine Menge Teile aus der *Niña* gebraucht, die noch nicht alle ausgebaut waren, und ...«

»Und Abdul hat alles ausglühen lassen, was von dem Schiff noch übrig war, ich weiß.« Dennis holte tief Luft. »Nun, warum habt ihr dann noch nicht angefangen, ein – ein Wasserrad zu bauen?«

»Dennis, hör auf, ihn zu plagen«, sagte Saul. »Die Informationen, die du dafür brauchtest, hat Parvati mit dem Rest der gespeicherten Daten gelöscht. Es hat nicht viel Sinn, darüber zu zetern. Es ist geschehen, und das ist das.«

»Hör mal, Saul«, sagte Dennis, »ich bin kein Experte für solche Sachen, aber ich habe Bilder gesehen. Ich könnte ein Wasserrad bauen, auch ohne daß ein Computer mir sagt, was zu tun ist!«

»Dann hau ab und bau eins, bevor ich dich rausschmeiße!« explodierte Tibor und sprang auf.

Für einen Augenblick erstarrte die Szene. Sogar die apathischen Gesichter an den anderen Tischen merkten auf und zeigten Interesse für die Aussicht auf eine Schlägerei. Aber als Dennis keine Anstalten machte, die Herausforderung anzunehmen, verpuffte Tibors Wut. Er ließ sich auf seinen Stuhl zurückfallen und schüttelte den Kopf.

»Du bist eben erst zurückgekommen«, sagte er. »Man kann nicht von dir verlangen, daß du verstehst, was hier wirklich vorgeht.«

»Das ist wahr«, erwiderte Dennis. »Soweit ich sehen kann, sind sechs schwere Schadensfälle eingetreten. Aber statt durch Sabotage hätte jeder von ihnen auch durch natürliche Ursachen eintreten können. Zum Beispiel, daß kein Wasser kommt, wenn du den Hahn aufdrehst. Aber wir haben doch Eimer, nicht? Die Leute brauchen nicht deshalb stinkend herumzulaufen, weil sie keinen Eimer Wasser aus dem Bach holen können. Und die Staumauer ist einmal gebaut worden – warum kann sie nicht ein zweites Mal gebaut werden?«

»Natürlich kann sie«, sagte Saul mit aufreizender Geduld. »Aber zuerst mußt du jemand finden, der dazu bereit ist.«

Dennis seufzte. »Je mehr ihr mir erzählt, desto alberner kommt mir alles vor. Als diese Sabotageakte verübt waren, habt ihr dann nicht eine Versammlung abgehalten und die Situation geprüft, neue Prioritäten gesetzt und Reparaturmannschaften von weniger dringenden Arbeiten abgezogen?«

Saul hob die Schultern. »Nun – natürlich kamen wir alle zusammen und besprachen uns und versuchten das Ausmaß der Katastrophe zu überblicken. Es fanden sich dann auch Freiwillige für den Küchendienst. Aber du darfst nicht vergessen, wie deprimiert alle nach diesen Erfahrungen waren. Viel mehr als eine Bestandsaufnahme konnte dabei nicht herauskommen.«

»Außerdem hatten viele von uns die Antreiberei satt, wie sie unter Abdul üblich war«, warf Tibor ein. »Diese Verrückten haben uns praktisch auf den Ausgangspunkt zurückgeworfen, noch weiter zurück sogar. Wer kann es den Leuten verdenken, daß sie unter diesen Umständen keine Lust haben, mit der ganzen Schinderei von vorn anzufangen? Und mit diesem verdammten Skorbut im Leib kann keiner mehr anpacken wie damals, als wir gesund und voll Begeisterung waren.«

Dennis schüttelte benommen seinen Kopf. »Das ist absurd«, murmelte er. »Wie sollen wir überleben, wenn wir diesen Standpunkt einnehmen? Was hätten wir getan, wenn zum Beispiel ein Erdbeben ...«

»Hör auf mit diesem Gerede«, befahl Tibor. »Wir werden sowieso nicht überleben, also was soll das alles?«

»Bedenkt man, wie ihr die Dinge schleifen laßt, ist das wahrscheinlich eine richtige Prognose«, sagte Dennis. »Aber ich will verdammt sein, wenn ich kampflos aufgebe! Wer leitet die Kolonie jetzt? Wer kümmert sich um die Verwaltung?«

»Es gibt keinen Leiter«, sagte Saul. »Was zu regeln ist, wird gemeinsam besprochen – meistens zu den Essenszeiten, wenn alle zur Kantine kommen – und durch Abstimmung entschieden.«

Dennis nickte. Er löffelte den Rest seiner Suppe aus und schob den Teller zurück. »Ich werde mal herumgehen und sehen, wie schlimm die Dinge wirklich sind«, sagte er. »Dieser Defätismus ist Unsinn.«

Er stand auf und wandte sich zum Gehen. Von einem plötzlichen Gedanken getroffen, zögerte er.

»Übrigens – was habt ihr mit ihnen gemacht? Ich meine, mit den Versuchspersonen?«

»Eingesperrt, natürlich, was sonst?« sagte Saul. »Es ist die einzige Lösung, und alle waren dafür. Wer weiß, was sie sonst noch angerichtet hätten.« Er besann sich einen Augenblick, dann sagte er: »Wenn du willst, kannst du mitkommen und sie dir ansehen.«

Er und Tibor standen ebenfalls auf. Am Nebentisch erwachte einer aus seiner Lethargie und fragte, wohin sie gingen.

»Die Verrückten anschauen«, sagte Tibor.

Mit den ersten Zeichen von Lebhaftigkeit, die Dennis seit seiner Rückkehr gesehen hatte, kamen die anderen in der Kantine auf die Füße. Sie alle strömten ins Freie und zogen in ungeordneter Kolonne die gewundene Dorfstraße hinauf in die Richtung der *Santa Maria*. Dennis, der sich im Strom mittreiben ließ, bemerkte weitere erschreckende Zeichen: Einer von Tais Assistenten kauerte zusammengesunken vor Erschöpfung auf einer Schwelle und schlief mit offenem Mund. Neben einer anderen Tür stand ein offener Eimer voll stinkender Exkremente, weil vermutlich das Wasser für die Toilettenspülung fehlte. Und als die Straße ihn aus dem Dorf brachte, konnte er sehen, daß jemand die Pflanzen eines Versuchsfeldes abgemäht und liegengelassen hatte, so daß sie in der Sonne vertrockneten. Das sah nicht nach Sabotage aus. Yoko hätte es erwähnt. Welcher Dummkopf hatte potentiell eßbare Pflanzen vernichtet, wo doch die Kolonie am Rand des Hungertodes war?

Er war so in seine Gedanken vertieft, daß es eines Rippenstoßes von Tibor bedurfte, um ihn in die Gegenwart zurückzubringen. Er merkte, daß der Haufen, in dessen Mitte er hier heraufgekommen war, sich aufgefächert hatte. Ergriffen von einem unerklärlichen Enthusiasmus, brüllten und schrien die Leute durcheinander. Aus dem Lärm und dem Stimmengewirr konnte er nur zwei Grundtöne heraushören: Spott und Zorn.

Was die Siedler umringten, war ein großer Käfig, zusammengeschweißt aus dem Eisengeflecht, das Dan für die Verstärkung von Betondecken hatte machen lassen. Auf dem nackten Boden des Käfigs saßen die Versuchspersonen.

Keiner von ihnen hatte einen Faden Kleidung am Leib, und mangels sanitärer Einrichtungen war der Boden mit ihrem Schmutz bedeckt. Sie sahen mager und verkommen aus, aber irgendwie hatte Dennis nicht den Eindruck, Verrückten gegenüberzustehen. Sie hielten sich aufrecht, und ihre Augen blickten wach – ja, sie hatten etwas Würdevolles.

»Keine Veränderung, seit wir sie hier hineingesteckt haben«, bemerkte Saul Carpender. »Wir hofften, die Wirkung von diesem Zeug würde allmählich nachlassen, und sie würden wieder zur Vernunft kommen. Aber als ich gestern abend heraufkam, ihnen das Essen brachte und Tai fragte, was wir tun könnten, um diese geschwollenen und schmerzenden Gelenke zu behandeln, die inzwischen fast jeder von uns hat, da fing er wieder an wie zuvor und sagte, wir sollten diese verdammten giftigen Pflanzen essen.«

Er redete weiter, aber Dennis hörte nicht mehr hin. Er starrte die Gestalten im Käfig an. Dan Sakky war ihm am nächsten, wie ein Buddha aus Ebenholz. In der Mitte des Käfigs stand Abdul, geschlagen wie Hiob, doch von unangreifbarer Würde. Neben ihm Parvati, anmutig und feingliedrig wie eine Antilope. Als sie ihn sah und erkannte, verschwand für einen Moment der resignierte Ausdruck in ihrem Gesicht. Sie machte eine Geste, die die Menschen ringsum einschloß, dann tippte sie mit dem Zeigefinger an ihre Schläfe und zwinkerte ihm unerwartet zu. Keiner der anderen gab irgendeine innere Regung zu erkennen; sie ließen den Spott und den Zorn der Menge über sich ergehen, ohne Reaktion, blickten aus steinernen Mienen in die Ferne und warteten offensichtlich, daß die Siedler schließlich wieder abziehen würden.

Dennis war bestürzt und verwirrt. Daß man diese Leute wie Tiere eingesperrt hatte, entsetzte ihn, und ihr Verhalten entsprach ganz und gar nicht den Vorstellungen, die er von Geistesgestörten hatte. Andererseits konnte er nicht von der Hand weisen, daß sie in einer Art Amoklauf die wichtigsten technischen Einrichtungen der Kolonie zerstört hatten.

»Ihr hättet sie ein bißchen menschenwürdiger behandeln können«, sagte er zu Saul. »Ein wenig Mitleid, Menschlichkeit...«

»Nach dem, was sie uns angetan haben? Wir dürfen nicht riskieren, daß sie ausbrechen und noch mehr Schaden anrichten!«

Dennis sah ein, daß es keinen Zweck hatte. Es gab keine Argumente, mit denen er die Leute überzeugen könnte. Aber er wußte auch, daß es damit nicht sein Bewenden haben konnte. Er mußte sich etwas einfallen lassen. Es galt, diese Unglücklichen zu befreien, zugleich aber dafür zu sorgen, daß sie keine weiteren Anschläge auf die Kolonie verübten.

»Richtig!« sagte er, halb zu sich selbst. »Saul, geh ins Verwaltungsbüro und schalte die Sirene ein. Wir werden eine Versammlung halten. Ich weiß nicht, wieviel länger ihr noch zusehen wollt, wie es mit der Kolonie bergab geht, aber ich werde nicht die Hände in den Schoß legen und die Karre laufen lassen. Wer Mut hat und keine Arbeit scheut, soll mit mir gehen. Die anderen können in ihren Hütten verfaulen, wenn es ihnen lieber ist. Mich oder den Planeten Asgard wird es nicht kümmern. Vorwärts.«

## 16

Mißmutig, doch mit einem merkwürdig erleichterten Aussehen, als ob sie im stillen gehofft hätten, daß jemand die Dinge in die Hand nehme, versammelten die Siedler sich auf dem freien Platz vor der Kantine. Während sie auf die Nachzügler warteten, standen sie in kleinen Gruppen herum und unterhielten sich mit halblauten Stimmen. Bei allen früheren Gelegenheiten waren sie freiwillig in die Kantine gegangen und hatten sich Sitzgelegenheiten geholt. Diesmal bedurfte es einer ärgerlichen Aufforderung, bis wenigstens einige von ihnen in Bewegung kamen.

»Nun? Wollt ihr lieber stehen? Die Versammlung wird länger dauern, aber ihr könnt es machen, wie ihr wollt!«

Verschiedene gingen darauf hinein und holten Stühle und Bänke; andere blieben stehen oder setzten sich einfach auf den Boden. Dennis hörte Flüche und gereizte Bemerkungen. Unterdessen hatten Saul und Tibor einen alten Klapptisch und das Mikrophon aufgestellt, als wollten sie diesen energiegeladenen Dämon beschwichtigen, der plötzlich unter ihnen erschienen war; nun brachten sie auch noch drei Stühle, die sie in einem zu den Versammlungsteilnehmern offenen Halbkreis um den Tisch gruppierten. Anscheinend waren die beiden in der Zwischenzeit so etwas wie Wortführer geworden und hegten geheime Ambitionen auf die Autorität in der Kolonie, ohne jedoch offen damit herauszukommen und direkte Ansprüche geltend zu machen. Jetzt standen sie unsicher hinter dem Tisch, und jeder zögerte, den Ehrenplatz in der Mitte einzunehmen, vielleicht in der Befürchtung, daß Dennis Anspruch darauf erheben würde.

Dennis ignorierte sie. Er hatte Saul und Tibor mindestens so gern gemocht wie alle anderen Leute, mit denen der Zufall ihn zusammengeworfen hatte. Die Entdeckung, daß diese Männer der Unmenschlichkeit fähig gewesen waren, eine Art öffentliches Irrenhaus für eine Gruppe von Unglücklichen zu schaffen, die vorübergehend in Wahnvorstellungen verfallen waren, so daß jeder hingehen und sie verspotten konnte, hatte ihn zeitweilig mit Ekel und Mißtrauen gegen alle Menschen erfüllt.

Aber bei einer Aufgabe wie dieser mußte ihm jede Unterstützung willkommen sein. Er beschloß sie anzunehmen, was immer sie wert sein mochte, und im übrigen seine eigene Furche zu pflügen.

Die Kolonisten saßen oder standen herum und warteten. Es wurde wenig gesprochen. Sie waren ohne Ausnahme schmutzig, viele obendrein zerlumpt, weil sie ihre Kleider eingerissen und sich nicht die Mühe gemacht hatten, sie auszubessern. Und alle waren vom Skorbut gezeichnet. Aber irgendwo in der fernen Vergangenheit hatten Männer, die von derselben Krankheit so geschwächt waren, daß sie kaum auf den Beinen stehen konnten, sich mit viermastigen Windjammern durch die Windstürme um das Kap Hoorn gekämpft. Und jene Männer waren ungebildete, primitive Kerle gewesen, nicht die hervorragendsten Köpfe der Erde, in scharfer Auslese unter Tausenden von Bewerbern ausgewählt. Es mochte unmöglich sein, die Kolonie auf Asgard zu halten, aber wenn sie zur Erde zurückkehren oder untergehen mußten, dann sollten sie es wenigstens mit Würde tun.

Er ließ seinen Blick über die Versammelten gehen und machte eine schnelle Zählung. Zehn Minuten nach der Sirene, und immer noch fehlten rund dreißig Leute. Er merkte, daß Saul ihn ansah, und wandte fragend den Kopf.

»Wollen wir anfangen?« fragte Saul.

»Anfangen? Wo sind die anderen?«

»Willst du auf die warten? Wahrscheinlich haben sie keine Lust. Aber wenn du meinst, schalte ich noch mal die Sirene ein.«

»Nein.« Dennis holte tief Atem. Er war weder überdurchschnittlich ehrgeizig, noch legte er Wert auf persönliche Autorität und Machtausübung. Aber diese Leute mußte man antreiben, wenn man etwas erreichen wollte. Er ließ seinen Blick wieder über die Gesichter gehen, um einen zu finden, der weniger von Apathie überwältigt war als der Rest, und er sah Steven Highwood.

»Du, Steve! Weißt du, wo etwas Ölfarbe zu finden ist?«

»Ich glaube, ja.«

»Gut. Wir werden etwas machen, das sie im alten Griechenland zu tun pflegten. Hol die Farbe und ein Stück Tau. Und dann gehst du damit los und stöberst jeden von diesen faulen Hunden auf, die nicht von ihren Hintern hochkommen können, um über die Rettung dieser Kolonie zu sprechen. Und wer nicht freiwillig mitkommt, dem schlägst du das Tauende mit Farbe auf den stinkenden Körper, bis er wie ein Zebra aussieht. Und keiner, der so gezeichnet ist, kommt in die Kantine, so lange etwas von der Farbe an ihm zu sehen ist, und wenn ich selber an der Tür Wache schieben muß. Nun lauf zu!«

Steve zog überrascht die Brauen hoch. »Mensch«, sagte er anerkennend. »Das ist ein System!« Und er trottete davon.

Fünf Minuten vergingen, dann entstand eine Bewegung zwischen den unteren Hütten, und die Versammelten sahen eine Gruppe Kolonisten fluchend die Straße heraufstolpern, gefolgt vom grinsenden Steve, der ein farbverschmiertes Tau schwang. Im Laufe der nächsten Viertelstunde trieb er den Rest zusammen. Als die letzten schimpfend am Versammlungsplatz anlangten, rief Steve: »Das sind alle bis auf Silvana Borelli – sie hat sich den Knöchel verstaucht und kann nicht gehen. Ich sagte ihr, ich würde nachher zu ihr kommen und erzählen, was los war.«

»Das ist gut«, sagte Dennis und ging an den Tisch. Eine Weile blieb er zögernd dort stehen, dann hob er zwei von den drei Stühlen auf, einen in jeder Hand, und hielt sie auf Armeslänge Saul und Tibor hin.

Vielleicht mache ich sie mir zu Todfeinden, dachte er, aber wir können nicht so weitermachen!

»Hier – nehmt die Stühle und setzt euch zu den anderen!«

befahl er. »Ihr scheint hier in letzter Zeit mehr oder weniger die Richtung bestimmt zu haben, und was dabei herausgekommen ist, das ist eine Schande.«

Die zwei Männer starrten ihn vollkommen verblüfft an; sie machten keine Anstalten, die Stühle zu nehmen.

»Findet ihr nicht?« rief Dennis den Versammelten zu. »Seht euch an! Ihr seid schmierig und verkommen! Ihr stinkt! Ihr habt euch benommen wie Primitive aus dem Mittelalter, nicht wie gebildete und zivilisierte Menschen – hingehen und als Sonntagsvergnügen Irre verspotten.«

»Richtig!« brüllte Steve Highwood, und endlich, nach einer beängstigend langen Pause wurde hier und dort verlegen-zustimmendes Gemurmel laut. Blaß und ohne die Stühle aus seinen Händen anzunehmen, gingen Saul und Tibor zu den anderen und setzten sich auf eine Bank.

Dennis zuckte mit den Schultern und stellte die Stühle wieder hin. »Lassen wir sie also stehen«, sagte er. »Jedem von euch steht es frei, sich in Zukunft hier an den Tisch zu setzen, unter einer Bedingung – daß er sich als fähig erweist, einen Teil der Verantwortung für unsere Gemeinschaft zu tragen. Das ist die gleiche Bedingung, unter der ich hier stehe – wir wollen das von Anfang an klarstellen! Ich habe kein Verlangen, mir etwas anzumaßen, das mir nicht zusteht.«

Er machte eine Pause, um den Leuten Gelegenheit zu geben, abweichende Meinungen zu äußern. Als alles still blieb, fuhr er fort: »Ich sagte eben, daß ihr schmutzig seid. Ihr seid es. Warum?«

»Nun, seit Dan das Reservoir ablaufen ließ ...«, fing eine der Frauen an.

»Unsinn!« unterbrach Dennis scharf. »Wie viele Dämme hat Dan auf anderen Inseln gebaut? Fast vier Wochen lang habe ich weder Wasserleitungen noch gereinigtes Wasser gesehen. Ich hatte nicht einmal Eimer und Behälter! Ich wusch mich an Bächen oder benützte das kleine Rettungsschlauchboot als Badewanne! Nach dieser Versammlung gehen wir alle mit Seife und Desinfektionsmitteln an den Bach. Steve, du hältst Farbtopf und Tauende bereit – und achte besonders auf das Kantinenpersonal! Ich hatte nie erwartet, daß jemand hier mit Trauerrändern an den Fingernägeln unser Essen zubereiten würde!«

Mehrere Leute regten sich unbehaglich. Zwei oder drei

machten Bewegungen, als versuchten sie sich auf ihre Hände zu setzen. Dennis verbarg ein Grinsen.

»Noch etwas, bevor wir uns mit der Arbeit befassen. Wir leiden unter Stromknappheit, aber wir sind nicht ohne Strom. Wir haben wenig Schrottmetall, aber wir sind nicht ohne es. Das Trinkwasser ist knapp, aber wir sind nicht ohne es – und so weiter, und so weiter. Alle diese Schäden hätten auch durch eine Naturkatastrophe eintreten können. Habe ich recht oder nicht? Diese Welt ist tektonisch aktiv; wir scheinen gerade eine ruhige Phase erwischt zu haben, aber das bedeutet nicht, daß es immer so bleiben wird. Wir hätten längst ein Erdbeben haben können, das die *Santa Maria* von ihrer Anhöhe gekippt und wie eine Kugel durch das Dorf gerollt hätte. Habt ihr schon mal daran gedacht? Ich habe daran gedacht. Ich war schon einmal hier, und damals waren wir genau vier Personen, und wenn der *Argo* passiert wäre, was später der *Pinta* zustieß, wäre keiner dagewesen, der die Stücke hätte aufsammeln können und für den das Opfer sich gelohnt hätte. Ihr seid ein blutiger Hohn auf das, wofür jene Leute dort oben auf dem Mond ihr Leben gaben!«

Totenstille folgte auf seine Worte.

Plötzlich sprang Aisaku Kono auf, die zierliche kleine Japanerin. »Was nützt es?« rief sie. »Wir sind alle krank! Wir werden hier nicht leben können – das Beste, was wir für uns erhoffen können, ist der Tod!«

»Waren deine Vorfahren nicht Samurai, die mit Haltung zu sterben wußten?« erwiderte Dennis schneidend. »Oder waren sie nichts als Spießer, die nur jammern und zetern konnten, als ihre Stunde kam?«

Die Entgegnung fuhr durch Aisakus Hysterie wie ein Messer durch Butter. Sie faßte sich wieder, ließ ihre Hände herabfallen.

»Ja«, murmelte sie. »Ja.« Und sie setzte sich.

»In dem Zusammenhang fällt mir noch was ein«, sagte Dennis nach kurzer Pause. »Für den Fall, daß diese besondere Wahrheit sich noch nicht herumgesprochen hat und der eine oder der andere immer noch seine Hoffnung daran hängt, mit der *Santa Maria* zur Erde zurückzukehren, sollte ich vielleicht darauf hinweisen, daß man Raumschiffe dieses Typs nicht manuell navigieren kann, ohne eine Automatik, die alle Flugdaten ständig fortrechnet, speichert, mit den vorausberechneten

Daten vergleicht und immer wieder korrigierend eingreift. Und die Automatik ist wertlos geworden, seit die Datenspeicher gelöscht sind. Da wir aber ohnehin nicht genug Ascorbinsäure haben, um damit durch den Winter zu kommen, hätten wir erst recht nicht genug, um die viereinhalb Jahre Rückreise zur Erde durchzustehen. Wir sind keine Erdenbewohner mehr. Wir sind Bewohner Asgards. Und ist das nicht, was ihr wolltet?«

Wieder wartete er und fragte sich, ob es nur an der skorbutbedingten Apathie liegen mochte, daß sie ihm noch nicht gesagt hatten, er solle sich zum Teufel scheren, oder ob er mit seiner Rede wirklich Eindruck machte.

»Da keiner etwas sagt, nehme ich an, daß ihr mir zustimmt«, sagte er endlich. »Unser nächster Schritt muß jetzt sein, daß wir genau feststellen, wie schlecht wir daran sind, statt nur die Hände zu ringen und zu stöhnen. Wer hat an Tai Mens Stelle die biologisch-medizinische Abteilung übernommen?«

Eine Bewegung ging durch die versammelten Biologen und Ärzte, aber keiner meldete sich.

»Ist niemand da, der den Mut hat, die Dinge in die Hand zu nehmen und Pläne zu machen?« Dennis schlug sich gegen die Stirn. »Dann wählt einen aus euren Reihen, und zwar bald! Und das gleiche gilt für die anderen Abteilungen, die ihre Leiter verloren haben. Morgen um diese Zeit möchte ich eine vollständige Übersicht über unsere Hilfsmittel, unsere dringendsten Gemeinschaftsaufgaben, unsere notwendigen Reparaturen, unsere Lebensmittelvorräte und etwaige ungenutzte Fähigkeiten und Kenntnisse haben. Selbst wenn es nur das Flicken von Kleidern ist, ich möchte wissen, wer was kann und es anderen beibringen kann! Und bevor ich es vergesse – im Anschluß an diese Versammlung werde ich hinausgehen und die Gefangenen aus ihrem menschenunwürdigen Käfig entlassen – unter der Bedingung, daß sie nicht in die Nähe des Dorfes kommen.«

»Natürlich!« sagte Saul knurrig. »Wir mühen uns ab und bringen die Dinge in Ordnung, und was passiert? Diese verdammten Irren, die du freilassen willst, schleichen sich ein und machen alles wieder kaputt!«

Dennis blickte ihm in die Augen. »Soviel ich weiß«, sagte er, »ist Verfolgungswahn Symptom einer schlimmeren Art von Verrücktheit als der, an der diese armen Teufel leiden. Sie sind sechs, und wir sind hundertfünfundsiebzig. Wenn sie bei diesem Zahlenverhältnis auf der Gewinnerseite sind, dann haben wir selber Schuld! Saul, weil du schon so besorgt bist, kannst du gleich einen verstärkten Wachdienst aufziehen – sagen wir zehn Mann, die nachts Streife gehen und dafür tagsüber von der Arbeit freigestellt sind. Ich wette, du wirst dich vor Freiwilligen nicht retten können! So, und damit vertagen wir die Versammlung auf morgen um die gleiche Zeit. Vergeßt nicht, euch zu waschen. Und seht zu, daß wir morgen vernünftig reden und Entscheidungen treffen können!«

Eine Gruppe Männer, unter ihnen der mißtrauisch dreinblikkende Saul Carpender, begleiteten Dennis, als er zum zweitenmal an diesem Vormittag die Dorfstraße hinaufging. Beim Näherkommen sah er die Gefangenen aufstehen und kurz und lebhaft miteinander reden, doch als er beim Käfig anlangte – die anderen hatten vorsichtig einige zehn Schritte vorher haltgemacht –, waren sie wieder verstummt. Dennis zog den Schlüssel aus der Tasche, den Saul nach kurzem Hin und Her herausgerückt hatte, und öffnete das Vorhangschloß an der provisorischen Gittertür.

»Ich lasse euch jetzt frei«, sagte er so laut, daß Saul und die anderen Männer ihn hören konnten. »Ihr könnt gehen, wohin ihr wollt, aber laßt euch nicht unangemeldet im Bereich der Siedlung blicken. Es sind bewaffnete Wachen unterwegs, vor allem nachts, und für den Fall weiterer Sabotageakte könnt ihr nicht auf Nachsicht hoffen. Wenn ihr etwas braucht oder mit jemandem in der Siedlung sprechen wollt, macht euch bemerkbar, und man wird euch einlassen und anständig behandeln, dafür bürge ich. Habt ihr mich verstanden?«

Sie nickten alle. Wieder hatte Dennis den verwirrenden Eindruck, daß diese Leute ruhiger und vernünftiger waren als der ganze Rest. Aber er wagte sich nicht auf den Augenschein zu verlassen. Ich weiß nicht einmal, ob ich mir selbst trauen kann, dachte er zweifelnd. Nach den zehn verlorenen Tagen ...

Die Tür war offen, und während er zu seinen Begleitern blickte, eine Hand nahe an der Pistolentasche, schlüpften die Gefangenen einer nach dem anderen in die Freiheit. Die letzte war Parvati, sah er aus den Augenwinkeln. Er fühlte die leichte Berührung ihrer Hand an seinem Nacken.

»Ich danke dir«, flüsterte sie. »Auch du mußt die Wahrheit gesehen haben – ich weiß nicht, wie. Wir konnten sie ihnen nicht zeigen. Versuche du es. Wir werden helfen, so gut wir können.«

Und sie lief ihren Gefährten nach, die bereits in direkter Linie auf das wilde Land an den höheren Hängen des Zentralgebirges der Insel zuhielten.

Dennis blickte ihnen eine Weile gedankenverloren nach, bevor er wieder zu den anderen ging. »Das wäre getan!« sagte er fest, die teils bedrückten, teils mißtrauischen Blicke ignorierend. »Gehen wir jetzt an den Bach und sehen dann zu, wo wir anpacken können. Und seien wir zufrieden, daß diese Menschenquälerei ein Ende gefunden hat.«

## 17

»Nun werden wir dieses Ding ins Freie schaffen. Das Feuer kann ihm nicht viel geschadet haben – bringt es hinaus und sortiert die einzelnen Teile. Holt einen Eimer Wasser, um Ruß und Dreck abzuwaschen.«

»Aber all dieses fettige Zeug ...«

»Wir haben noch Seife übrig, nicht? Oder nehmt eine Schaufel voll Sand! Muß ich euch alles sagen?«

»Das wird im Winter eine höllische Zugluft machen! Vernagelt es mit Brettern – macht irgendwas davor. Egal wie es aussieht – Hauptsache, es ist dicht.«

»Aber ...«

»Im Sägewerk liegen Bretter auf Lager, nicht?«

»Aber Nägel!«

»Mensch, die verbrannten Bretter waren auch angenagelt, nicht wahr? Also ziehst du die Nägel heraus und verwendest sie wieder!«

»Aber sie werden verbogen sein!«

»Ah, zum ...! Hör zu, Idiot, du suchst einen flachen Stein, legst die Nägel darauf und klopfst sie gerade. Muß ich dir alles zeigen?«

»Es wird während des Winters keine arktische Kälte geben, aber mit ein paar naßkalten Monaten müssen wir rechnen. Unsere

Hütten sind schlecht isoliert, und wir werden nicht oft elektrisch heizen können. Sammelt die Zweige von den Sträuchern! Legt sie zum Trocknen in Sonne und Wind!«

»Aber ich verstehe nicht …«

»Paß auf, ihr flechtet sie zu einer Art Matte, siehst du? Es geht ganz schnell. Dann bindet ihr sie an die Innenwände und hängt sie als Zwischendecke unter den offenen Dachstuhl. Sie werden die warme Luft festhalten. Ist das jetzt klar, oder muß ich meine Hütte als Modell herrichten?«

»Drahtseile? Wozu? Ach ja, ich erinnere mich. Kitty warnte uns vor den Herbststürmen. Und Dan sagte etwas von Halteseilen. Und wir haben keine, hm? Denken wir mal nach … Ja! Gewichte. Die müssen es einstweilen tun. Schöne schwere Felsbrocken liegen überall herum. Beschwert damit die Dächer, so wie es früher die Gebirgsbewohner bei ihren Häusern gemacht haben. Die Dachbalken sind stark genug, aber packt auch nicht zuviel darauf.«

»Ja, ich weiß, daß wir die Lager von diesem Ding einbauen wollten. Und jetzt sind die Lagerschalen nicht mehr rund? Laß mal sehen … Na und? Kannst du nicht eine Drehbank für Fußbetrieb herrichten und die Lagerschalen abdrehen? So genau braucht es nicht zu sein – Hauptsache, die Kugeln fallen nicht heraus, und sie drehen sich, wenn man sie ordentlich schmiert.«

»Aber du kannst doch nicht harten Stahl auf einer hölzernen Drehbank mit Fußbetrieb abdrehen! Was willst du als Werkzeug nehmen?«

»Mein Gott! Nimm einen von den Bohrköpfen auseinander. Ein Diamant sollte doch hart genug sein, nicht?«

»Jetzt können wir die Ablaufrohre unten schließen, und morgen um die Zeit haben wir wieder ein volles Trinkwasserreservoir. Wenn wir nun den Überlauf vom Bach über ein Wasserrad leiten …«

»Aber da müßte man einen Kanal haben, um das Wasser auf das Rad zu leiten!«

»Dann macht einen! Zimmert ihn aus Brettern und leitet ihn auf Stützen. Fünf Meter oder so müßten reichen – bis hierher, siehst du! Das Wasserrad bekommt vier Meter Durchmesser, dann hat es die richtige Höhe für diesen Damm, und der Wasserfluß hält es ständig in Drehung.«

»Aber das bringt doch nicht die Voltleistung, die wir brauchen!«

»Natürlich nicht! Es soll auch nicht das ganze Dorf mit Strom versorgen, aber es kann einen Teil des Bedarfs decken. Wenn das Transmissionsverhältnis richtig gewählt wird, kann ein Wasserrad dieser Größe vier oder fünf PS Leistung bringen und einen Dynamo treiben, der jetzt nutzlos herumsteht. Wir werden nicht in unseren Hütten erfrieren oder mitten im Winter kalte Nahrung essen! Zum Teufel, wir haben hier die fähigsten Techniker der Erde, damit sie das Beste aus den Materialien machen, die uns zur Verfügung stehen!«

»Brennt dieses Zeug?«

»Was?«

»Ich sagte: brennt es? Gibt es eine heiße Flamme unter kontrollierbaren Bedingungen? Willst du den ganzen Winter nichts als kaltes Essen futtern? Ich auch nicht. Mit diesem Provisorium kommen wir nicht weit, und der große Herd kann nicht elektrisch beheizt werden, bis wir ein geeignetes Isoliermaterial für die Kabel finden, die im Feuer alle verschmort sind. Aber das Ding ist so gebaut, daß man es im Notfall auf Holzfeuerung umstellen kann.«

»Woher weißt du das? Informationen wie die ...«

»Nein, ich habe nicht den Computer gefragt, bevor Parvati die Datenspeicher löschte! Ich habe mir nur den Herd angesehen, das ist alles. Die Heizstäbe in allen vier Backöfen können auch als Feuerrost verwendet werden, durch das die Asche in eine Pfanne fällt. Du brauchst nur die Kabelanschlüsse und die Heizdrähte unter der Herdplatte herauszuziehen, und auf beiden Seiten werden die Abzugsöffnungen für den Rauch frei. Und der Schieber hier unten ist für die Zugregulierung. Was fehlt, ist nur noch das Ofenrohr und ein Schornstein. Weißt du, was ein Schornstein ist, oder muß ich dir ein Bild zeichnen?«

Gründlicher erschöpft als er je in seinem Leben gewesen war, mit tiefliegenden, rotgeränderten Augen, in denen das Feuer der Entschlossenheit brannte, übermüdet, doch mit unerbittlicher Zähigkeit aushaltend, wanderte Dennis von einem Arbeitsplatz zum anderen, feuerte an, packte selbst zu, wo es nötig war, und beantwortete jede der tausend Fragen, mit denen sie zu ihm kamen. Manche seiner Antworten waren falsch – die Asche von verbrannten einheimischen Pflanzen ließ sich zum Beispiel nicht mit Fett zu Seife verarbeiten –, aber die meisten waren richtig, und als die Tage vergingen, wunderte er sich mehr und mehr über die bunte Vielfalt wissenswerter Dinge, die er aus lange brachgelegenen Teilen seines Gedächtnisses ans Licht zog.

Alle Abteilungen, die ihre Leiter verloren hatten, hatten Ersatzleute gewählt, wie er angeregt hatte: Steven Highwood hatte den Platz von Ulla Berzelius eingenommen; eine dickliche, humorvolle Frau namens Ellen Shikalezi aus Botswana hatte es fertiggebracht, die biologisch-medizinische Abteilung wieder arbeitsfähig zu machen; Hugh Lauriston, früher Kittys Stellvertreter in der meteorologischen Station, versah allein die wichtigsten Aufgaben in seiner Abteilung und hatte zwei seiner Kollegen für andere Arbeiten freigestellt; und Dan Sakkys Statikerin, Zante Ionescu, machte sich still und ohne Aufhebens daran, die von Dennis geforderten Behelfsbauten zu entwerfen und zu berechnen, und sah sich nach einer Woche als Leiterin der ganzen Konstruktionsabteilung.

An ihm selbst waren ohne viel eigenes Zutun die Aufgaben Abduls und Parvatis hängengeblieben – und noch einiges mehr –, und es gab niemand, der sie ihm abnehmen konnte.

Was ihn jedoch weit mehr plagte als alle Müdigkeit, war die komische Situation, die ständig wiederkehrte, wenn er Leute aufrüttelte und zur Arbeit antrieb.

Obwohl er durch seine Raumfahrerausbildung ein wahrscheinlich breiter angelegtes Wissen besaß als jeder einzelne unter den Siedlern und besonders in den Überlebenstechniken unter schwierigen Bedingungen geschult war, hatte er nie vermutet, daß er Spezialisten in ihren eigenen Disziplinen Ratschläge geben könnte, an die sie selbst im gegenwärtigen Zusammenhang nicht gedacht hatten. Nicht selten kam es vor, daß er sich ein angeblich unlösbares Problem vortragen ließ, eine Weile überlegte und dann sagte: »Wie wäre es mit ...«

Worauf der Spezialist seine Hand vor die Stirn schlug und sagte: »Warum ist mir das nicht eingefallen?«

Ja, warum nicht? Zugegeben, unter den Kolonisten grassierte

der Skorbut, so daß ihre Denkfähigkeit unausweichlich abgestumpft sein mußte, aber nach langer Gewissensbefragung war er mit Ellen zu einem Kompromiß gekommen: jeder, dessen Gelenke anzuschwellen begannen, bekam eine Ration Ascorbinsäure, damit er weitermachen konnte. Mittlerweile hatte jeder mindestens eine rettende Dosis erhalten, und viele waren auf eine Dauertherapie angewiesen und brauchten alle zwei oder drei Tage eine massive Dosis, wenn sie nicht bettlägerig werden sollten.

Doch es war nicht nur, daß die Gehirne dieser brillanten Spezialisten träge arbeiteten. Dennis kam zu diesem Schluß, nachdem es ihm möglich gewesen war, einem Dutzend oder mehr von ihnen zu zeigen, wie sie ihr eigenes Wissen am vorteilhaftesten anwenden konnten.

Es ist eher, dachte er, als ob ich Asgard von einem anderen Standpunkt aus betrachtete.

Gern hätte er diese Frage mit Parvati diskutiert. Er begann sich eine Erklärung zurechtzulegen, aber ihm fehlte der Wissenshintergrund, um etwas so Fundamentales wie eine kulturpsychologische Veränderung zu beurteilen. Er konnte nur die Hypothese aufstellen, daß, während die Siedler eine unbestimmte Vision hatten, eine Nachbildung der zurückgelassenen Erde zu schaffen, er selbst mit seiner Entdeckermentalität die mißliche Lage als eine Angelegenheit des Überlebens ansah, ungeachtet der Zielsetzung, für die er überleben wollte. Er schien das Potential von Asgard zu sehen, einem ganz neuen Planeten; wie die Art und Weise, wie Asgard hinter dem irdischen Ideal zurückblieb.

Aber Abstraktionen wie diese mußten warten. Es gab viele konkrete Probleme, für die er noch weniger eine Lösung wußte.

Zum Beispiel: Es gab eine Ausnahme von der Regel, daß die Siedler schwach und apathisch waren, zum Handeln angetrieben und mit zusätzlichen Gaben von Ascorbinsäure in Gang gehalten werden mußten. Diese Ausnahme war er selbst.

Wenn er nachts allein in seiner Hütte lag und vor Übermüdung und nervöser Anspannung nicht einschlafen konnte, grübelte er über dieses Geheimnis nach. Wieder und wieder wurde er zu der unvermeidlichen Folgerung getrieben, daß der Schlüssel zu diesem Rätsel in den zehn verlorenen Tagen liegen mußte, die er allein auf jener fernen Insel zugebracht hatte. Die Logik sagte ihm, daß er blindlings irgendeine natürlich vorkommende Substanz gegessen oder getrunken habe, die den Effekt der schwächenden Bakterien kompensierte. Er aß die gleichen Speisen wie alle anderen, doch war er der einzige, der auf Vitaminkapseln verzichten konnte.

Er versuchte sein inneres Unbehagen mit der Erinnerung an seine positiven Leistungen wieder zu beruhigen. Die Leute anerkannten sie, und zuweilen drückten sie ihm verlegen ihren Dank aus. Die Mahlzeiten waren wieder ordentlich gekocht, und eine der Küchenhilfen, die ursprünglich einer ganz anderen Abteilung angehört hatte, hatte ihr Talent als Köchin entdeckt, so daß die Mahlzeiten überdies schmackhaft waren. Die Leute waren wieder sauber, und obgleich das Wasserrad mit der Dynamoanlage noch nicht fertig war, konnten sie wieder fließendes Wasser aus dem Reservoir beziehen und brauchten nicht mehr mit Eimern an den Bach zu gehen.

Doch ein hartnäckiges Schuldgefühl verfolgte ihn bis in seine Träume und ließ ihn oft schwitzend und zitternd mitten in der Nacht erwachen. Er und kein anderer im Dorf hatte irgendwie ein Mittel gefunden, wie man dem Skorbut entgehen konnte. Und solange er unfähig blieb, dieses Geheimnis mit den anderen zu teilen, mußten alle seine sonstigen Bemühungen zum Scheitern verurteilt sein. Und schließlich würde er sie sterben sehen, ohne helfen zu können. Er würde ein Adam ohne Eva sein.

Es sei denn ...

## 18

Eine Weile reichte seine bloße Energie aus, um seine Autorität im Dorf zu erhalten. Selbst Saul und Tibor, die er öffentlich gedemütigt hatte, entschlossen sich widerwillig zur Mitarbeit und faßten an, wo sie gebraucht wurden.

Nichtsdestoweniger begann er eine wachsende Unruhe zu fühlen, wenn seine Beschäftigung mit dem Geheimnis seiner eigenen guten Gesundheit ihn zu der Frage führte, was aus den Versuchspersonen geworden sein mochte.

Als er auf der Diamanteninsel seinen Verstand wiedergefunden hatte, war er eine Weile verärgert gewesen, daß niemand auf die Suche nach ihm gegangen war. Jetzt, gefangen in einem Netz unmittelbarer Probleme und Schwierigkeiten, hatte er sich der gleichen Nachlässigkeit schuldig gemacht. Seit er sie aus ihrem Käfig befreit hatte, hatte er nichts von ihnen gesehen und gehört. Auch die Wachen, die sich auf ihren Rundgängen manchmal weit von der Siedlung entfernten, waren nie auf eine Spur von ihnen gestoßen. Er selbst hatte versprochen, daß er sich um ihre Wohlfahrt kümmern würde; und wenn sie auch nicht von allein gekommen waren, um sich Kleidung und Nahrung zu holen, so mußte doch etwas geschehen. Man mußte sie ausfindig machen, ihnen Essen und Kleider geben und, wenn möglich, helfen, wieder einen Platz in der Gemeinschaft zu finden.

Dann kam alles auf ihn, wie wenn der Mond vom Himmel gestürzt wäre, und er blieb mitten in dem Gedanken stecken, wie er diese Aufgabe anfassen solle und welche Leute er dafür freistellen könne.

Es fiel ihm ein, daß er sich immer vom Mond heimgesucht und bedrängt gefühlt hatte, wo seine Hoffnung auf Rückkehr zur Erde zuschanden geworden war. Seit Tagen hatte er nicht mehr an ihn gedacht. Er wußte nicht einmal, welche Phase er augenblicklich zeigte!

Vielleicht war das ein Symbol von der Art, wie die Veränderung, die er den anderen Kolonisten bewußt zu machen bemüht war, in seinem eigenen Gehirn arbeitete. Er versuchte, sich von jeder Assoziation mit der Erde als letzte Zuflucht zu lösen; und es erschien ihm nur logisch, daß er die unbewußte Hinnahme jener Wahrheit ermutigte, die er ihnen bei der ersten Versammlung so brutal vor Augen geführt hatte: daß sie nicht mehr Erdenbewohner seien, sondern Bewohner Asgards. Bisher hatte ihn seine taktische Klugheit vor der nächsten logischen Folgerung bewahrt: dem Vorschlag, daß sie die *Santa Maria* anstelle der *Niña* abwracken sollten, von der dank Abduls Aktivität nur noch ausgeglühter Schrott übriggeblieben war. Aber er hatte durchgesetzt, daß die bisher monatlichen Versammlungen nun wöchentlich abgehalten wurden. Es war klar, daß die Kolonisten Ermutigung brauchten, daß sie in ihren Entscheidungen und Erfolgsmeldungen anderer Abteilungen bestärkt werden mußten. Das war von Anfang an Teil der Strategie gewesen, mit der Abdul die Leute bei Stimmung gehalten hatte.

Doch inzwischen war viel Zeit verstrichen. Manches hatte sich geändert, und die alte Strategie begann brüchig zu werden. Dennis sah allmählich ein, daß der forcierte Optimismus dieser Strategie wie die zusätzlichen Gaben von Ascorbinsäure war, die sie bekamen. Sie war bestenfalls eine Krücke, die es der verkrüppelten Gemeinschaft möglich machte, einen weiteren halben Schritt vorwärts zu tun. Aber nächstesmal würde es nur die Hälfte eines halben Schrittes sein …

Und endlich kam der Tag, dessen Unausweichlichkeit ihm immer bewußt gewesen war – der Tag, an dem Ellen Shikalezi das Verwaltungsbüro betrat, wo er jetzt residierte, und ihm mitteilte, daß der Vorrat an Ascorbinsäure aufgebraucht war.

Er stieß seinen Stuhl zurück und blickte lange aus dem unverglasten Fenster. Fensterglas gehörte zu den Dingen, die als Luxus eingestuft worden waren. Wenn die Winterkälte käme, würden sie die Öffnungen eben mit Brettern vernageln.

Falls wir den Winter noch erleben …

Draußen zogen Wolken über den Himmel. Drüben im Osten lag eine dunkle Wolkenbank drohend über dem Ozean. Nach der Wettervorhersage war für die nächsten Tage mit dem ersten herbstlichen Regensturm zu rechnen.

Ich habe beinahe vergessen, wie Regen auf einem Dach klingt!

Seufzend richtete er seinen Blick auf Ellen. Sie war eine üppige, dunkle Frau, und obwohl sie die Dreißig noch nicht überschritten hatte, haftete ihr schon etwas Matronenhaftes an. Sie hatte durch den Skorbut einen Schneidezahn verloren, und mit Rücksicht auf ihre schmerzenden Gelenke ließ sie sich vorsichtig wie eine arthritische alte Dame auf den Stuhl nieder.

»Ich glaube, wir haben alle Alternativen ausdiskutiert«, sagte er endlich.

»Es gibt noch eine Alternative«, sagte sie. »Daß wir die Freilandpflanzen verwenden. Abgesehen von denen, die Saul abgemäht hat, sind noch alle Versuchspflanzungen intakt. Wir haben sie weiter gepflegt und bewässert – aber mehr im Sinne eines Rituals als für irgendeinen praktischen Zweck.«

Ritual? Das Wort schien schwanger mit unausgesprochener

Bedeutung. Aber wieder konnte er den Begriff nicht identifizieren, nach dem er tastete.

»Diese Pflanzen würden uns liefern, was wir brauchen?«

»Tai sagte es.« Ellen hob eilig ihre dunklen Hände. »Wir wissen alle, was den Versuchspersonen passiert ist, und ich will mich nicht weiter dazu äußern. Außerdem haben wir keine Möglichkeit, seine Behauptung nachzuprüfen, nachdem er das Laboratorium verwüstete.«

Dennis zögerte. Plötzlich sagte er: »Weißt du was? Mir fällt eben etwas Komisches auf. Ich hatte nie daran gedacht, aber ich glaube, man hätte voraussagen können, wer die besten Aussichten hatte, einen der freien Abteilungsleiterposten zu übernehmen. Wie sich gezeigt hat, sind es alles Leute, die nicht augenblicklich alles vergaßen, was sie von den sechs Verlorenen gelernt hatten, nur weil diese überschnappten.«

»Aber du solltest es nicht zu stark betonen«, sagte Ellen weise. »Ich habe es auch bemerkt. Bei den meisten von uns hat sich eine starke psychologische Sperre entwickelt. Saul ist ein ausgezeichnetes Beispiel dafür, aber bis zu einem gewissen Grad hat jeder sie.«

»Wie meinst du das – ich soll es nicht zu stark betonen?«

»Ist es nicht klar?« fragte sie zurück. »Ich dachte dabei an die Versammlung, als du versuchtest, unsere Leute für das Schicksal und das Wohlergehen der sechs Verrückten zu interessieren. Das war ein Fehler, nicht wahr?«

»Richtig, ja.« Er dachte an jenen kritischen Moment zurück, als er nahe daran gewesen war, seinen schwer erkämpften Einfluß auf die Kolonisten zu verlieren.

War es die zweite oder die dritte Versammlung nach seiner Rückkehr gewesen? Oder war es ...? Egal. In der Nacht zuvor hatte ihn wie üblich der Gedanke gequält, daß den Gefangenen mit ihrer Freilassung allein nicht gedient war. Inzwischen mochten sie verhungert, ertrunken oder sonstwie umgekommen sein. Und ihre Verstoßung aus der Gemeinschaft hatte für seinen Geschmack etwas allzu Rigoroses.

Ihre Behandlung war barbarisch und ungerecht – das war die Basis seiner Einstellung. Sie mochten geistesgestört sein und in ihrem Zustand die Existenz der Kolonie gefährdet haben, aber sie waren immer noch Menschen, die Mitleid und Hilfe brauchten.

Und außerdem war er selbst zehn Tage lang herumgekrochen wie ein gehirnloser Wurm – zu seinem Glück auf einer weit entfernten Insel.

Das war etwas, was er keinem Menschen zu erzählen wagte, auch nicht Ellen. Seine Macht über die reizbaren, geschwächten und deprimierten Kolonisten war zu unsicher. Die Wahrheit über seine Erlebnisse eingestehen, hieß ein unkalkulierbares Risiko eingehen. Wenn er wieder einmal ungeduldig würde und die Nerven verlöre, würde es gleich heißen, sie seien einem Verrückten ausgeliefert und hätten genausogut Abdul behalten können. Tatsächlich, als er bei der Versammlung die Frage der Versuchspersonen angeschnitten hatte, war Saul nahe darangewesen, so etwas zu sagen. In seiner Erinnerung hörte er die schrillen, erregten Stimmen.

»Wen kümmert es, was aus denen geworden ist?«

»Aber ...«

»Laß sie verfaulen! Sie haben ruiniert, wofür wir monatelang schwitzten und schufteten! Sollen wir sie einladen und sagen: ›Bitte, kommt zurück und zerschlagt noch etwas von den Sachen, die wir brauchen, um am Leben zu bleiben?‹ Gut, daß wir sie los sind, das ist meine Meinung!«

»Sehr richtig! Sehr richtig!«

»Ja, aber sie hatten etwas ausprobiert, das Leben oder Tod für uns ...«

»Und? Sterben ist besser als den Verstand verlieren, nicht wahr? Und wo nehmen wir die zusätzlichen Räumlichkeiten und Lebensmittel und Pfleger her, um mit Verrückten fertig zu werden, die weder arbeiten noch sich selbst erhalten können?«

Glücklicherweise hatte dieser letzte Satz ihm die Möglichkeit gegeben, die Diskussion auf das Thema ihrer Hilfsquellen umzuleiten. Aber er hatte begriffen, daß er nahe daran gewesen war, ihre Unterstützung zu verlieren. Er hatte nie wieder gewagt, dieses heiße Eisen in einer Versammlung anzufassen, aber auf seinen Inspektionsgängen hatte er sich immer wieder diskret bei den weiter draußen Arbeitenden erkundigt, ob sie irgend etwas von den sechs gesehen hätten.

Keiner hatte. Und inzwischen durfte man annehmen, daß Asgard die ersten Menschenleben gefordert hatte.

Bald würden es mehr sein ...

Er scheute vor der Vision zurück, die ihm verwesende Leichen auf den Schwellen der Hütten zeigte, den allmählichen Verfall der erst vor kurzer Zeit mühselig errichteten Siedlung, und schließlich das Erdbeben, das die *Santa Maria* von ihrem Platz stoßen würde. Und zuletzt, in einer noch unvorstellbar fernen Zukunft, würde ein Wissenschaftler einer bisher noch unentwickelten Gattung Lebewesen über Fetzen aus korrosionsbeständigem Metall grübeln und von seinen respektablen Kollegen ausgelacht werden, weil er es wagte, hypothetisch von Besuchern aus dem Weltraum zu sprechen ...

»Ich muß an die frische Luft und nachdenken«, sagte er unvermittelt und stieß seinen Stuhl zurück. Unbekümmert um ihre Versuche, ihn aufzuhalten, verließ er das Büro und wanderte ziellos aus dem Dorf und das Tal hinauf.

Er wanderte Stunden, und wenn ihm Leute begegneten, beschränkte er sich auf einen Gruß und ein paar Worte. Die Mittagssirene rief zum Essen in die Kantine, und er ging weiter, befriedigt über die zusätzliche Isolation, die es ihm schenkte, während alle anderen dem Dorf zustrebten.

Müde setzte er sich auf eine Holzpflanze und überblickte das Tal, wo die Spuren der vorübergehenden Anwesenheit des Menschen auf Asgard zu sehen waren. Sollte all das umsonst gewesen sein – sollte all das der allmählichen Erosion durch Wind und Wetter anheimfallen?

Sein Denken verdüsterte sich. Gedankenverloren zupfte er mit seinen Fingern an der weichen, schwammigen Borke der Holzpflanze, riß kleine Stücke los und spielte mit ihnen. Daß ein Unternehmen, auf das die Menschen ihre größten Anstrengungen und Hoffnungen verwendet hatten, wegen einer winzigen Bakterie zum Scheitern verurteilt sein sollte ...

Seine Gedanken brachen ab. Er nahm mit einem Ruck seine Hand vom Mund und starrte entsetzt auf das, was er in seiner Handfläche sah. Das Stück Borke, das er gedankenlos gekaut hatte, war dunkel von seinem Speichel und zerfasert, und kleine Teilchen davon saßen noch zwischen seinen Zähnen, wo seine Zunge sie herauszuholen suchte.

Bin ich verrückt, so etwas zu tun?

Entsetzt wollte er das Ding von sich schleudern, als von nirgendwo eine Stimme sprach, eine heitere Stimme.

»Dachte ich mir's doch! Ich weiß nicht, wie du darauf gekommen bist, aber es war klar, daß du die Wahrheit gelernt hast.«

Er riß seinen Kopf herum und sah Parvati, halb versteckt im Felsengewirr des Gebirgskammes. Ihre Augen blitzten, ihr Gesicht strahlte von Gesundheit. Er sprang verblüfft auf und rief ihren Namen, aber statt einer Antwort warf sie ihm eine Kußhand zu und schlüpfte zwischen den Felsblöcken davon. Als er die Stelle erreichte, wo er sie gesehen hatte, war sie verschwunden.

## 19

Lange stand er da und starrte von der Stelle, wo er sie zuletzt gesehen hatte, zu dem zerkauten Stück Borke in seiner Hand und zurück. War Parvati wirklich hiergewesen, oder hatte sein überanstrengter Geist eine Halluzination produziert?

Oder ...?

Die dritte Möglichkeit war so paradox, daß sie sein Denken fast zum Stillstand brachte. Die Logik sagte ihm, daß das Konzept unsinnig sei, doch der Instinkt beharrte, daß dies die einzige richtige unter den drei Alternativen sei.

Beides.

In seiner Verwirrung hatte er ein wahrhaft verzerrtes Gefühl von Frustration. Er versuchte sich zu erklären, wie es sein könne, daß ein Ereignis zugleich wirklich und nicht wirklich sei, weil etwas unter seiner Bewußtseinsschwelle ihm sagte, daß dies ungeheuer wichtig sei, aber er kam nicht näher heran.

Seine Hand hielt noch immer das Stück Borke, an dem er geistesabwesend gekaut hatte. Was konnte ihn zu dieser unsinnigen Handlung veranlaßt ...?

Klick!

Einmal, vor sehr langer Zeit, an einem Strand nicht weit von da, wo er jetzt stand, hatte es eine große, recht anmutige, wenn auch nicht sonderlich hübsche, dafür aber außerordentlich vernünftige junge Frau namens Sigrid Kallela gegeben; und einen Mann, der einige Jahre älter, aber mindestens ebenso vernünftig war und der Dennis Malone hieß. Und etwas war wie ein Höllenhund aus seinem Unterbewußtsein gebrochen und hatte ihn in einen Zustand tierhaften Zwanges gestoßen.

Warum hatten sie hohe Zäune und widerstandsfähige Käfige, um die Versuchstiere darin festzuhalten?

Warum gab es nur Erdbewohner als Versuchstiere, wo doch die Menschen der Erde seit mehr als einem Jahrhundert Wasserbewohner züchteten und domestizierten?

Warum fürchten wir uns vor Tieren?

Langsam und mit voller Überlegung hob er das Stück Borke wieder zum Mund, fing an zu kauen und prüfte den Geschmack. Er kam ihm in keiner Weise fremd vor, trotz der Tatsache, daß er keine irdische Speise von vergleichbarem Geschmack kannte. Er war beißend wie Muskatnuß, aber es war nicht der Geschmack von Muskatnuß; es war bitter und wohlriechend wie Orangenschalen, aber es war nicht der Geschmack von Orangenschalen ...

Aber das machte nichts. Es war ein vertrauter Geschmack. Er stillte einen Hunger, der mit Worten nicht zu beschreiben war.

Allmählich, als er die schwammig-holzige Borke kaute und den Saft davon schluckte, klärte sein Denken sich. Statt des wilden Durcheinanders von Assoziationen, das noch vor ein paar Minuten vorgeherrscht hatte, sah er sich von erlernten historischen Fakten völlig vernünftige Analogien zu seinen Erfahrungen ziehen. Er spuckte einige faserige Reste aus und hielt nach einem neuen Stück Ausschau. Und erst nach getroffener Wahl wurde ihm deutlich, daß er irgendeinen Beurteilungsmaßstab besitzen mußte, den er bei seiner Auswahl gebraucht hatte. Borke von einer bestimmten Färbung, sagte etwas in ihm, war besser als andere.

War dies der Grund, warum er arbeiten, planen und improvisieren konnte, wo alle anderen in einem Nebel von Unfähigkeit und Lethargie umhertasteten? Könnte sein – warum nicht? Schließlich gab es Präzedenzfälle, und er konnte sie jetzt in sein Gedächtnis zurückrufen, als wäre er eben erst vom Instruktionskurs gekommen.

Während der Vorbereitung für den Flug mit der Argo hatte man ihn und seine Gefährten zum Beispiel mit Informationen über Möglichkeiten des Überlebens vollgestopft. Die Daten stammten aus allen historischen Epochen und Zivilisationen. Man hatte ihm von den australischen Ureinwohnern und ihrem Gebrauch von *pithuri* erzählt; man hatte ihm erklärt, wie manche Beduinen Stengel der Lakritze in ihr Trinkwasser steckten, weil es die Harnabsonderung bremste und so den Wasserverlust verringerte. Irgendwo in diesem Informationswust hatte er auch die Geschichte von einer der ersten Weltumrundungen in einem untergetauchten Atom-U-Boot gehört, nach deren Vollendung die Mannschaft das unerklärliche Bedürfnis verspürte, Hüttenkäse zu essen. Eine Untersuchung zeigte, daß die Leute an Kalziummangel litten und ihre Körper wußten, was ihre Vernunft ihnen nicht sagen konnte: daß dies der schnellste Weg war, dem Mangel abzuhelfen.

Nachdenklich die Borke der fremdartigen Pflanze kauend, betrachtete Dennis, in welcher Hinsicht das Tier weiser war als der Mensch.

Endlich stand er auf und wanderte talwärts zur Küste. Er wählte seine Richtung in der gleichen reflexhaften Art und Weise, in der er das richtige Stück Borke ausgewählt hatte. In dieser Richtung lag jenseits eines etwa kilometerbreiten Kanals die nächste der anderen zahllosen Inseln Asgards, etwas kleiner als diese und nicht weniger gebirgig.

Weiter unten, nicht weit vom Ufer, kam er an einer kleinen Gruppe seiner Gefährten vorbei; die Leute hackten mit müden Bewegungen in einem Feld mit Gemüsepflanzen herum, die sie hierher gebracht hatten, aber nicht essen wollten. Er nickte ihnen kurz zu. Sie für ihren Teil waren zu geschwächt, um Überlegungen anzustellen, was er in diesem entlegenen kleinen Seitental suchte.

Bald kam er an den Strand, und noch im Gehen begann er sich aus seinem Anzug zu schälen. Dann streifte er ihn ganz ab und platschte durch das seichte Wasser. Jetzt waren die Leute im Feld aufmerksam geworden, denn er hörte eine schrille Stimme rufen, und gleich darauf schrie eine andere dazwischen, man müsse ihn zurückhalten. Als er sich umsah, rannten sie ihm nach, aber bis sie ans Ufer kamen, war er schon hundert Meter draußen und schwamm mit kräftigen Zügen durch tiefes Wasser. Nach einer Weile warf er einen Blick über die Schulter zurück und sah die fünf oder sechs Männer und Frauen am Strand stehen und gestikulieren, aber keiner wagte ihm nachzuschwimmen.

Und doch, früher oder später mußten sie ihre Scheu überwinden, oder die Fiktion der menschlichen Eroberung von Asgard würde eine Fiktion bleiben.

Er achtete aufmerksam auf die Bewohner des Ozeans, besonders auf solche mit roten Fäden wie den, der ihn bei seinem ersten Schwimmausflug gestochen oder gebrannt hatte, obwohl er nicht glaubte, daß eine zweite Dosis die gefährliche Wirkung der ersten haben würde. Während er ruhig und stetig durch das klare Wasser schwamm, sah er mehrere einheimische Wassertiere, aber die meisten flohen aus seiner Nähe. Ein schönes grünes Tier mit einer Art Segel, das eine unbestimmte Ähnlichkeit mit einer Qualle der Gattung Physalia arethusa hatte, wollte ihm nicht ausweichen, also machte er einen Bogen. Die Sonne stand noch ein gutes Stück über dem Horizont, als er den Strand der Nachbarinsel erreichte und Boden unter den Füßen fühlte.

Neugierig und wachsam stapfte er durch den weichen weißen Sand. Jetzt verließ er sich nicht mehr auf den Instinkt; Land war die natürliche Umgebung des Menschen, und ganz von selbst trat das instinktive Handeln zugunsten des bewußten in den Hintergrund. Er suchte sich einen Weg durch niedriges, buschbewachsenes Land, überquerte einen felsigen Hügelausläufer und fand auf seiner Leeseite eine geschützte kleine Schwemmlandebene, kaum einen halben Kilometer breit.

Dort entdeckte er Dan Sakky, der nackt am Boden kauerte und mit den Fingern in der durchlöcherten Flanke einer Holzpflanze herumbohrte, wo Parasiten ihre Gänge unter die Borke gebohrt hatten. Gelegentlich zog er eins der wurmartigen Geschöpfe heraus, schnüffelte daran und warf es fort. Einmal förderte er eine weißliche Made von der Größe seines kleinen Fingers zutage, biß hinein und verzehrte sie mit offensichtlichem Behagen. Dennis schüttelte sich unwillkürlich.

»Dan!« sagte er und ging auf den Gefährten zu. Auf das Geräusch hin riß der große Neger mißtrauisch seinen Kopf herum, und Dennis blickte in ein Gesicht, das ... nicht normal war. Die Augen waren lebhaft und wachsam, aber seine Züge verrieten nicht das leiseste Zeichen des Wiedererkennens. Das ganze Gesicht war eine Parodie auf den Dan Sakky, den er kannte.

Dennis fühlte sich von Verzweiflung befallen. Er war so sicher gewesen, daß seine Vermutungen stimmten! Aber nun, als Dan aufstand und mit einem leeren, verdutzten Ausdruck im Gesicht auf ihn zuging, war er drauf und dran, die Flucht zu ergreifen. Der alte Dan Sakky hätte ihn voll Freude als einen alten

Freund begrüßt, hätte ihn auf den Rücken geschlagen und gefragt, wo er gewesen sei und wie es ihm gehe. Während dieses halbmenschliche Wesen ...

»Keine Angst, Dennis«, sagte eine weiche Stimme hinter ihm, und er erschrak heftig. Unbemerkt war Parvati herangekommen, auch sie nackt wie Dan, aber mit einer Art Korb an einer Schlinge über der Schulter, alles aus Pflanzenfasern und Zweigen geflochten. »Das ist der Preis, der bezahlt werden muß. Aber das brauche ich dir wohl nicht zu sagen, denn du hast genug von der Wahrheit erfahren, daß du gekommen bist, uns zu besuchen.«

Sie streckte ihre Hand aus, und Dan ergriff sie gehorsam. Er setzte sich wieder auf die Fersen und starrte Dennis neugierig an.

Dennis riß seine Aufmerksamkeit von dem Mann los und betrachtete Parvati. Wenigstens sah sie gesund und vernünftig aus, und am liebsten wäre er an ihre Schulter gesunken und hätte alle die Nervenanspannungen und Sorgen der letzten Wochen ausgeweint. Aber er konnte nur hervorbringen: »Ich dachte, ich hätte dich erst vor kurzer Zeit gesehen. Drüben auf der Hauptinsel.«

Sie lächelte und schob ihre Finger zwischen Dans. »Es ist unheimlich, nicht?« sagte sie. »Ich meine, wie das Unterbewußtsein Botschaften heraufschickt, die dann in den ungewöhnlichsten Formen zum Bewußtsein durchdringen ... Oh, Dennis!«

Sie entzog Dan ihre Hand und warf sich Dennis um den Hals. Für eine Weile gab es nichts mehr außer einer Serie wahnsinniger Küsse und die Berührung ihres glatten, tränennassen Gesichts an seiner stoppeligen Wange, und nur am Rand seiner Wahrnehmung sah er Dan davonwandern, um eine andere Pflanze in der Nähe zu untersuchen, und dann und wann zurückzublicken und Grimassen schneiden.

Zuletzt war er imstande, in ihr Ohr zu flüstern: »Ihr seid wirklich gesund – alle?«

»Natürlich. Mehr oder weniger. Ich meine, wir sind immer noch am Leben und gesund, und wir haben uns Unterkünfte gebaut und arbeiten allmählich aus, was nützlich für uns ist und was nicht. Deshalb trage ich diesen Korb hier. Und das ist auch der Grund für Dans Zustand. Er ist gerade an der Reihe.«

Ein blendendes Licht ging Dennis auf. Er trat zurück und zeigte mit unsicherem Finger auf Dan. »Er ist an der Reihe?« wiederholte er. »Du meinst, sein Zustand ist absichtlich hervorgerufen und nicht immer so?«

»Richtig«, sagte Parvati nüchtern. »Es ist die einzige Methode, Dennis. Du mußt das einsehen.«

Dennis dachte an jene zehn Tage, als er sich wahrscheinlich genauso benommen hatte wie Dan es jetzt tat.

»Ich verstehe es«, sagte er. »Auf meiner Reise habe ich selber so etwas mitgemacht. Ich ging schwimmen, und etwas wie eine Feuerqualle kam mir in die Quere. Und darauf folgten dann zehn Tage, von denen ich außer einigen abwegigen Eindrükken und Erinnerungsfetzen nichts weiß. Und doch bin ich die einzige Person drüben auf der Hauptinsel, die nicht unter Skorbut leidet. Das ist es, nicht wahr?«

Parvati sah entsetzt aus. »Du mußt eine furchtbare Zeit durchgemacht haben!« rief sie. »Es muß heftig gewesen sein! Bei uns war es milde, obwohl es uns sehr beunruhigte, bevor wir begriffen, was es mit uns machte.«

»Was macht es?« fragte Dennis. »Ich glaube, wenn mir das nicht bald erklärt wird, fange ich an zu schreien.«

»Hast du einen Hund gehabt?« fragte sie nach einem Moment des Nachdenkens. »Hast du schon mal beobachtet, wie so ein Tier sich herumschleppt, wenn es so krank ist, daß es kaum stehen kann, bis es ein bestimmtes Gras findet, das ihm hilft, die giftige Nahrung in seinem Magen wieder herauszuwürgen? Wir müssen unsere eigenen Hunde sein. Unsere Körper wissen instinktiv, was wir mit dem Verstand nie erfassen können. Darum müssen wir unseren Verstand abschalten, und nach und nach bringen wir heraus, wie das zu machen ist.«

Dennis starrte voll Widerwillen auf Dan, der nun eine Art Pilz unter der Wölbung einer Holzpflanze entdeckt hatte und ein Stück von dem Zeug kostete. Kurz darauf spuckte er es wieder aus und bewegte sich weiter.

»Aber wenn man verrückt werden muß, um am Leben bleiben zu können«, fing er an, doch Parvati unterbrach ihn.

»Nein, Dennis! Das ist ja der entscheidende Punkt! Was du bei Dan siehst, oder was dir selbst zugestoßen ist, darfst du nicht als ›verrückt‹ ansehen. Es ist das genaue Gegenteil! Du bist geistig gesund geworden – völlig und vollständig gesund!«

Hoffnungslos verwirrt von diesem Paradoxon starrte Dennis leer in ihr Gesicht. Sie zuckte ungeduldig mit den Schultern.

»Es nützt nicht viel, wenn ich allein auf dich einrede«, sagte sie. »Du solltest dir Tai und Abdul anhören, dann wird es dir schon klarwerden. Ich werde dich jetzt zu ihnen bringen. Dan muß bald einschlafen, und bis dahin wird er nicht mehr viel Neues finden. Ich habe schon fünf oder sechs Dinge im Korb, die wir bisher noch nicht gesammelt haben.«

Dennis nickte zu dem Farbigen. »Du meinst, er …«

»Ja, natürlich. Was sonst? Jedem von uns fällt der Reihe nach die Rolle zu, den – wie drückte Ulla es aus? Ah, ja! – den Trüffelhund zu spielen. Du hast vielleicht gehört, daß die begehrten weißen Trüffeln, die es nur in der Gegend von Parma gibt, mit Hilfe speziell abgerichteter Hunde gesucht werden. Wir haben nur uns, wie ich sagte. Also wählen wir mit Hilfe unseres Instinkts bei abgeschaltetem Verstand diejenigen einheimischen Pflanzen aus, die genießbar erscheinen, um sie später nach mehr wissenschaftlichen Gesichtspunkten zu überprüfen. Wir haben eine Substanz gefunden, die, wenn man sie ein wenig kaut, ungefähr das tut, was diese giftige Qualle mit dir gemacht hat. Sie lähmt zeitweilig die höheren Gehirnfunktionen. Heute hat Dan eine Dosis genommen, und ich begleite ihn und sammle Muster von allem, was er für gut befindet.«

»Du – du schaltest deinen Verstand ab?« sagte Dennis erschreckt. Er dachte daran, welch ein Schock es für ihn gewesen wäre, wenn er anstelle von Dan Parvati in diesem Zustand angetroffen hätte.

»Gestern war ich an der Reihe, hier herumzukriechen«, sagte sie beiläufig. »Darum habe ich heute Sammeldienst. Morgen wird Dan mit Kitty losziehen. Aber komm mit – laß uns nicht herumstehen. Du auch, Dan!«

Gehorsam wie ein gut erzogener Hund kam Dan zu ihnen herüber.

Die Siedlung – wenn man es so nennen konnte –, zu der sie ihn brachte, erinnerte in nichts an die moderne Erde. Vielleicht hatte es in der Altsteinzeit ähnliche Behausungen gegeben. Es gab keine gerade Linie, keine bearbeiteten Bretter. Die sechs bewohnten einige Buschhütten aus geflochtenen Zweigen und Streifen abgeschälter Borke, die an einer Felswand lehnten. Vor diesen Hütten war eine mit Asche überhäufte große Feuerstelle, und im weiteren Umkreis des »Weilers« gab es einige urbar gemachte Flecken Erde, und Dennis sah Kartoffeln, Spinat, Bohnen, Mais und einige andere Sorten. Jede Pflanze war von einem winzigen Graben umgeben, und diese Gräben oder Mulden hatte man mit menschlichem Dünger gefüllt, nach dem Geruch zu urteilen. Tai und Kitty waren gerade mit der Pflege dieses Gemüsegartens beschäftigt. Abdul verschmierte das Flechtwerk einer der Hütten mit nassem Lehm, und Ulla breitete die faserigen Stengel einer einheimischen Pflanze in der Sonne zum Trocknen aus.

Bei seinem Anblick ließen sie ihre Arbeiten liegen und kamen gelaufen. Sie schüttelten seine Hände und schlugen ihn auf den Rücken, und Kitty küßte ihn anhaltend und leidenschaftlich, womit erwiesen war, daß eine Eigenart der kleinen Griechin die erstaunlichen Veränderungen überdauert hatte, die alle diese Leute durchgemacht hatten. Endlich hatte er Gelegenheit, sie ungestört der Reihe nach anzusehen, und sofort fiel ihm eine entscheidende Tatsache auf.

Sie waren alle gesund.

Zwar ließ sich nicht leugnen, daß sie unterernährt waren – Abdul schien nur noch aus Knochen und Sehnen und runzliger Haut zu bestehen, und selbst Tais massig-breiter Körper hatte alle einstigen Fettpolster verloren –, doch ging eine Vitalität von ihnen aus, die er auf der Hauptinsel schon lange nicht mehr beobachtet hatte.

Bis auf Dan, der sich neben der sonnenwarmen Felswand niederlegte und bald zu schnarchen begann, setzten sie sich mit gekreuzten Beinen auf die Erde. Dennis fuhr fort, den schlafenden Riesen unbehaglich zu beäugen, während Parvati zu einer natürlichen Höhlung in einem Felsblock ging und mit Bechern aus ausgehöhlter Borke eine dunkle Flüssigkeit schöpfte, um sie dann herumzureichen.

»Wir nennen das Tee«, erläuterte sie Dennis. »Es ist ein Aufguß aus sonnengetrockneten Pflanzen und Gemüseblättern. Vielleicht magst du es nicht, aber es ist irgendwie angenehm bekömmlich.«

Dennis nahm zweifelnd einen Becher an, und Abdul sagte

trocken: »Wenigstens ist die Tradition der Gastfreundschaft auf diesem Planeten nicht verlorengegangen. Wie schmeckt es dir?«

Dennis zuckte mit der Schulter. Er konnte nicht sagen, daß er das Gebräu schmackhaft fand; aber wie die Borke, die er zuvor gekaut hatte, schien es irgendeinem ungewohnten Mangel abzuhelfen. Parvati nutzte die Gesprächslücke, um den anderen von dem giftigen Meerestier und Dennis' verlorenen zehn Tagen zu erzählen.

»Kannst du dich an Erlebnisse aus dieser Periode erinnern?« fragte Abdul interessiert.

»Ah – ja. Aber die Erinnerungen haben nichts mit dem zu tun, was ich tatsächlich machte.«

»Ich glaube, da irrst du dich wahrscheinlich«, konterte Abdul. »Erzähl uns deine Erinnerungen so genau wie möglich.«

Dennis tat es, so gut er konnte. Bisher hatte er diese Erinnerungen als Träume abgetan, als ein Produkt des Deliriums, doch als er nun versuchte, seine Eindrücke zu ordnen, merkte er, daß sie sich von den üblichen, rasch verblassenden Träumen unterschieden; diese Bilder waren womöglich noch frischer als am Anfang. Details, an die er sich nicht mehr erinnert hatte, wurden während seiner Erzählung wieder deutlich, und aus dem Ganzen wurde eine lange, komplizierte Geschichte. Da war ein Held, und eine Insel jenseits des westlichen Ozeans, und der Held unternahm eine Reise dorthin, aber sie ging anders aus, als er erwartet hatte ...

Noch bevor er endete, stießen seine Zuhörer einander an und grinsten, als könnten sie ihre Heiterkeit kaum noch unter Kontrolle halten. Sowie er fertig war, platzte Kitty heraus: »Aber das ist ja perfekt! Es ist genau, was du sagtest, Parvati!«

»Hört auf, in Rätseln zu sprechen!« sagte Dennis ärgerlich. »Was soll das heißen?«

»Nun, wenn ich Parvatis psychologische Überlegungen richtig verstanden habe«, sagte Abdul, »dann hast du eine Legende gelebt. Und das haben wir auch getan, jeder seine eigene. Zum erstenmal in der Geschichte der Menschheit haben die Leute, deren Erlebnisse später zu den Mythen und Legenden einer künftigen Kultur werden, das gewußt. Dank unserer jeweiligen Tradition, die uns mit den Legenden der irdischen Frühzeit ausrüstete, bevor wir hierher kamen, um uns allein durchzuschlagen, haben wir die notwendige Einsicht erlangt, unsere Erfahrungen sowohl als Individuen wie auch als – nun, als Halbgötter anzusehen.«

Dennis schüttelte in benommener Verständnislosigkeit seinen Kopf.

»Du mußt es so sehen«, sagte Parvati. »Was wir getan haben, gibt den Stoff für ein Heldenepos ab, nicht wahr?«

»Das kannst du zweimal sagen«, murmelte Ulla. »Meine Wikingervorfahren – wenn ich mich als ihr Abkömmling betrachten darf – haben nie etwas Vergleichbares getan. Selbst die Vinlandsiedler starben wieder aus. Wir sind einzigartig, Dennis, und wir brauchen nicht bescheiden darüber zu sein. Wir haben uns von einem Planeten losgerissen und unsere Füße auf einen neuen gesetzt.«

»Und dein Unterbewußtsein weiß das«, sagte Parvati. »Es versucht es dir zu sagen, in der einzigen Sprache, die es verfügbar hat. Die Insel, die auf der See lag und wie der Mond aussah – betrachte das in Beziehung zu deiner Besessenheit mit Asgards Mond, wo Hsiao Tang-Lin starb. Und ich weiß, daß du dir wünschtest, an seiner Stelle gestorben zu sein! Gleichung: Mond gleich Land der Gesegneten gleich Asgard, das Paradies im Himmel, zu dem der Held seine Reise macht.«

Kitty sah den Ausdruck, der sich über Dennis' Gesicht ausbreitete, und lachte. »Ich glaube, der begreift allmählich!«

»Ja!« Dennis beugte sich erregt vorwärts. »Das paßt! Ich muß gefühlt haben, daß es mein Fluch war, hier gestrandet zu sein. Und der magische Kessel, den ich verlor, als ich ihn gegen den Mond schleuderte – das ist die *Pinta,* mit Ausrüstungen an Bord, die das Leben hier sicher für uns gemacht hätten.«

Parvati nickte. »Und so weiter. Das Bemerkenswerte dabei ist, daß jeder von uns eine ähnliche Legende gelebt hat, während sein Verstand außer Kontrolle war. Und damit ist zugleich umrissen, was die Leute auf der Hauptinsel noch nicht gelernt haben. Ihre Körper sind auf Asgard, und das wissen sie. Aber mit ihren Gedanken sind sie immer noch halb auf der Erde. Vielleicht wird der Hunger sie eines Tages dazu treiben, sich den Tatsachen zu stellen, doch steht zu befürchten, daß sie bis dahin von Skorbut und Nahrungsmangel zu geschwächt sein werden, um von dem profitieren zu können, was ihre Instinkte ihnen sagen.«

»Das ist mehr oder weniger, was ich in letzter Zeit fühlte«, sagte Dennis stirnrunzelnd. »Die meisten von ihnen scheinen Asgard vorwiegend in dem Sinne zu sehen, wie es gegenüber der Erde zurücksteht.«

»Ja, der Übergang ist sehr schwierig«, sagte Abdul. »Die menschliche Eitelkeit wehrt sich gegen die Tatsache, daß der Asgard-Mensch nicht Herr seines Planeten ist, sondern nur eine unter vielen konkurrierenden Spezies, die vor ihm da waren, und daß er sich entsprechend benehmen muß, wenn er nicht aussterben will. Und weil Asgard nicht die Erde ist, mag das, was hier geistige Gesundheit ist, nach irdischen Begriffen sehr wohl verrückt erscheinen. Was wir daher tun müssen – und was wir schon verzweifelt zu tun versucht haben – ist, die gesamte hiesige Kolonie zur Asgard-Vernunft zu bringen.«

## 21

Nach längerer Pause sagte Dennis: »War es – ah – Asgard-Vernunft, alle diese Hilfsmittel der Siedlung zu vernichten, oder geschah es in einem Anfall blinder Wut?«

»Es war geplant, und wir haben es so gut gemacht, wie wir konnten«, sagte Parvati. »Aber es hat nicht gewirkt. Weißt du, nachdem wir Gelegenheit gehabt hatten, gemeinsam über unsere verschiedenen Erlebnisse zu sprechen, erkannten wir den fatalen Fehler in unserem bestehenden Plan. Es ist unmöglich zu machen, was wir versuchten – Asgard allein mit der Kraft des Verstandes zu erobern. Der Mensch ist kein rationales Wesen. Er ist ein weitgehend von Instinkten geleitetes, vernunftbegabtes Tier, und solange unsere menschlichen und tierischen Erbteile nicht vollkommen integriert sind, werden wir hier immer als Fremde leben. Was absurd wäre – dies ist eine unglaublich gastfreundliche Welt für Menschen! Aber als wir das Leuten wie Saul und Tibor zu erklären versuchten, fanden wir sie so stark dem rationalen Denken verhaftet, daß sie nicht auf uns hören wollten. Hätten sie uns vorher nicht im Zustand geistiger Abwesenheit gesehen, wären sie vielleicht aufgeschlossener gewesen, aber so waren wir für sie Verrückte, und das erklärte ihnen alles. Sie hinderten uns mit vorgehaltenen Pistolen daran, Dinge zu tun, die nicht in ihr logisches Schema paßten: ungereinigtes Wasser zu trinken, Freilandpflanzen zu essen und so weiter. Natürlich ließen sie uns auch nicht ein Ernährungsprogramm für die Übergangsperiode bis zur Einführung von Asgard-Diät ausarbeiten.«

»Als ich heute, ohne zu überlegen, auf einem Stück Borke kaute, glaubte ich einen Augenblick, ich sei verrückt«, sagte Dennis. »Wenn ich nicht meine Erfahrungen auf diesem Gebiet gehabt hätte, wäre ich sofort zur medizinischen Station gerannt.«

»Selbstverständlich«, meldete sich Tai Men zum Wort. »Ich will dir erklären, was vor sich geht, wenn du dich auf einheimische Diät umstellst. Es ist ein komplizierter Vorgang, aber ich will mich auf das Wesentliche beschränken, und der wichtigste Faktor ist folgender: Dein Körper ist weiser als dein Verstand; er hat eine längere Entwicklungsgeschichte hinter sich und trägt Erinnerungen in seinen Zellen, von denen wir noch kaum etwas ahnen. Weißt du, was ein Vitaminvorläufer ist?«

»Eine Substanz, die der Stoffwechsel des Körpers zur Vitaminform aufschließen kann«, sagte Dennis.

»So kann man sagen. Nun, was wir an Asgardvegetation zu uns nehmen, sei es irdischen oder einheimischen Ursprungs, enthält einen Halluzinogenvorläufer. Und ich kann dir sagen!« Tai schmunzelte. »Verglichen mit diesem Zeug ist Lysergsäure schwach! Aber was zählt, ist dies: Was tut ein Halluzinogen?«

»Es verändert Wahrnehmungsfolgen, ist das richtig?«

»In gewisser Weise, ja«, sagte Parvati. »Aber hast du schon jemals genau überlegt, was der folgende Ausspruch eigentlich bedeutet? ›Wenn ihr nicht werdet wie die Kinder ...!‹«

Wie von einem Magneten angezogen, richtete sich Dennis' Blick auf Dan Sakkys schlafende Gestalt.

»Das ist richtig«, bestätigte Abdul. »Wir haben einen Weg gefunden, uns von allen Zivilisationsmechanismen zu befreien. Wir können uns allem, was auf Asgard wächst, mit tierischer Vorurteilslosigkeit nähern und es den in unseren Körpern gespeicherten Erfahrungen überlassen, zu beurteilen, was schädlich und was unschädlich ist. Psychologisch gesehen, ist es ein Prozeß wie Tod und Wiedergeburt. Wiedergeburt als eine andere Art. Ich bin überzeugt, daß der Asgard-Mensch, wie wir ihn verkörpern, nur der erste von vielen ist.«

Tai nickte. »Eine Gattung, die nicht vom Nachdenken über ihr

Tun behindert ist, sondern einfach darauf antwortet, was Magen und Drüsen signalisieren, ist auf einer fremden Welt im Vorteil.«

Nach einer Pause sagte Dennis: »Wenn man diese – diese Droge nimmt, die ihr entdeckt habt, wird der bewußte Verstand ausgeschaltet, nicht wahr?«

»Genau«, sagte Parvati. »So, wie es dir auf deiner Diamanteninsel ergangen ist. Diese Droge, wie du es nennst, stößt den Menschen aus seinem irdischen Bezugssystem in eins, das Asgard angemessen ist.«

»Aber man kommt darüber weg?« fragte Dennis.

»Nein, die Wirkung ist kumulativ«, sagte Parvati. »Darum dauerte es zwei oder drei Tage, als wir sechs das erstemal unter der Wirkung standen.«

»Aber ich sehe keine Verständigungsschwierigkeiten zwischen uns«, sagte Dennis.

»Ah – ich verstehe, was du meinst. Du nimmst das Zeug, es beginnt zu wirken, und dann benimmst du dich sechs bis acht Stunden lang wie ein Tier. Danach schläfst du ein, wie Dan es eben getan hat, und das gibt dem Gehirn eine Gelegenheit, die gewonnenen fremden Eindrücke und Erfahrungen zu absorbieren. Mit der Zeit – das hoffen wir jedenfalls – werden wir alle unsere irdischen Vorurteile abschütteln. Diese Nahrung ist gut, jene ist schlecht, dieser Ort ist sicher, jener ist gefährlich. Und wir werden sie durch diejenigen Informationen ersetzen, die für das Überleben auf Asgard erforderlich sind. Das geschieht bei dem eben geschilderten Prozeß ohne bewußte Mitwirkung des Verstandes.«

Parvati beugte sich vorwärts. »Hast du nicht bemerkt, daß die Vorstellung, wir würden aus diesem Planeten eine zweite Erde machen, die einzige war, die unsere Kolonisten glücklich machte? Niemals wäre uns das gelungen! Wir haben einem Phantom nachgejagt!«

»Das haben wir wohl«, gab Dennis zu. »Und das wolltet ihr ihnen klarmachen, als ihr alles zerstörtet?«

»Wir konnten ihnen nicht verständlich machen, daß es notwendig für sie ist, unserem Beispiel zu folgen«, sagte Abdul. »An diesem Punkt schalteten sie einfach ab. Sie konnten nur sehen, daß wir eines Morgens nackt im Dorf herumliefen und von Göttern und Dämonen brabbelten und sie nicht wiedererkannten, und auch danach wollten sie nicht zugeben, daß wir etwas dabei gelernt haben könnten. Also dachten wir in der Eingebung des Augenblicks, wir würden die Hilfe von Hunger und Durst herbeirufen – die Staumauer zerschlagen, Freilandpflanzen in ihr Essen mischen, die Datenspeicher löschen, um sie auf das zurückzuwerfen, was ihre Körper ihnen sagen konnten ...« Er seufzte. »Es klappte nicht, und wir hätten es wissen sollen. Es machte sie nur noch feindseliger.«

Eine große Ruhe senkte sich auf Dennis' gequälten Geist. Er sagte: »Was also müssen wir tun? Da sind alle diese Leute auf der Basisinsel, und ... Nun, ich habe sie in diesen letzten Wochen beobachtet und kann mit Sicherheit sagen, daß wir uns nicht darauf verlassen dürfen, sie würden jemals freiwillig auf das hören, was ihre Mägen ihnen sagen. Sie sind schwer skorbutkrank, sie wissen, was es ist, und was es ihnen tut. Sie müssen bemerkt haben, daß ihr trotz eurer Haft in diesem Käfig in körperlich besserer Verfassung wart als sie selber. Sie haben mich gesehen, und ich bin gewiß nicht krank und apathisch gewesen! Aber trotz allem machen sie nach dem alten Schema weiter.«

»Sie kolonisieren Asgard mit dem Kopf, statt mit dem Magen!«

Der Ruf kam von Dan Sakky, der gähnend und augenreibend an der Felswand saß. »Hallo, Dennis«, fügte er hinzu. »Gut, daß du gekommen bist. Parvati meinte schon lange, daß du zu den gleichen Schlüssen wie wir gelangt sein müßtest.« Ein neuerliches Gähnen schnitt ihm das Wort ab, und er endete mit einem gewaltigen Seufzer.

Erstaunt und erleichtert über die Schnelligkeit, mit der Dan sich erholt hatte, erwiderte Dennis die Begrüßung, um sich wieder dem eben angeschnittenen Problem zuzuwenden.

»Angenommen, es gelingt uns, bei Nacht in die Kantine einzudringen und einheimische Nahrung unter die vorbereiteten Lebensmittel zu mischen – was wird aus allen diesen Leuten werden?«

»Sie werden genau das tun, was die Menschheit in ihrer ganzen Geschichte getan hat«, sagte Dan. Er kam unbeholfen auf die Beine und humpelte herüber, um seinen Platz im Kreis einzunehmen. Seine Bewegungen waren steif, wie wenn sein Körper im Schlaf verkrampft gewesen wäre. »Sie werden zu

Geistern werden, so daß ihre Kindeskinder fruchtbare Felder bestellen und ihre Familien in Frieden leben können.«

Geister? War das etwas aus der Vision, die Dans Unterbewußtsein produziert hatte? Dennis blickte zu Abdul und fand, daß dieser die Bemerkung als völlig vernünftig zu begreifen schien.

»So ist es«, sagte er. »Sie werden Weisheiten erlangen, und doch werden sie sterben. Es ist das Los aller Menschen.«

»Sie werden arbeiten und sich plagen und kämpfen«, sagte Kitty, »und am Ende werden sie nichts aus der Welt mitnehmen als die Gebühr für ihre Überfahrt ins Land der Toten.«

»Sie werden Rechenschaft ablegen nach den Maßstäben von uns, ihren Vorfahren«, sagte Tai Men. »Sie werden Weisheit, Barmherzigkeit und Gerechtigkeit nach dem beurteilen, was wir hier und jetzt für weise, barmherzig und gerecht erklären.«

Sein Ausdruck war plötzlich niedergeschlagen, als ob er seine eigenen Worten in der Erinnerung gehört und begriffen hätte, welch eine Last er auf sich genommen hatte.

»Die Mutter von allen, die Kali ist«, sagte Parvati, »wurde von Raserei ergriffen und tötete ihren Mann. Aber auch ihr Zorn war göttlich. Es gibt den Schöpfer, es gibt den Erhalter, es gibt den Zerstörer. Alle drei sind eins, und die Zeit der Zerstörung ist gekommen.« In ihrer Stimme lag eine schreckliche Autorität, wie Dennis sie nie von einem menschlichen Wesen zu hören erwartet hatte: die Autorität, die das Schicksal von Welten diktiert. »Wir müssen hingehen und zerbrechen und brennen. Wir müssen ihre Nahrung vergiften und zerquetschte Pflanzenstengel in ihr Wasser tauchen. Und was dann geschehen wird, wird schrecklich sein.«

»Der Sommer ist vorbei«, sagte Abdul düster. »Es wird Stürme und Springfluten geben. Manche werden vielleicht nicht auf das hören, was Hunger und Durst ihnen sagen. Vielleicht werden wir sie überwältigen müssen. Aber dies ist ein hartes Universum, und wenn es ein Gesetz gibt, das sagt: ›Ihr sollt sterben!‹, dann muß es auch ein Gesetz geben, das sagt: ›Ihr sollt leben!‹«

Parvati legte ihre Fingerspitzen einen Augenblick an ihre Schläfen, doch dann lächelte sie plötzlich ganz normal und streckte ihre Hand aus, um sie auf Dennis' zu legen.

»Wir werden diesem Gesetz gehorchen«, sagte sie. »Und geben wir ihnen die Chance, werden es auch unsere Freunde tun. Und unsere Kinder, nicht wahr?«

»Heute nacht?« sagte Dennis. Er meinte zweierlei mit der Frage, und die Frau meinte zweierlei mit ihrem antwortenden Nicken.

Also machten die sieben sich im Schutz der Dunkelheit auf und töteten alle Erdenbewohner, die auf Asgard waren. Vor Morgengrauen war die Saat einer neuen Spezies gepflanzt, die den Planeten bewohnen sollte.

Und der Name dieser Spezies war auch Mensch.

## 22

Auszug aus dem Anhang des offiziellen Berichts der dritten bemannten Expedition nach Sigma Draconis:

»Trotz seiner offenkundigen Ähnlichkeit mit den Legenden verschiedener altertümlicher Kulturen der Erde wird der oben angeführte Test von den Bewohnern Asgards keineswegs als mythisch betrachtet. Sie akzeptieren in ihrer überwiegenden Mehrheit, daß die halb göttlichen Gestalten dieser pseudohistorischen Aufzeichnung – die Große Mutter Parvati, Kitty, die Schwester des Wintersturms, usw. – tatsächlich menschliche Wesen wie sie selbst waren, die nur auf einer anderen Wahrnehmungsebene lebten.

Vergleiche der erhaltenen Unterlagen über die zweite Expedition mit der Version der vorerwähnten Geschichten (die nach schriftlichen und mündlichen Überlieferungen aufgezeichnet wurde, wie sie in verschiedenen regionalen Abwandlungen auf allen 736 Inseln des Planeten existieren) legen nahe, daß jeder einzelnen namentlich genannten Gestalt eine reale Persönlichkeit aus der Gründungszeit der ersten Kolonie entspricht, obwohl die zugewiesenen Rollen nicht immer so logisch zugeordnet sind wie im Fall von ›Kitty, der Schwester des Wintersturms‹, bei der es sich vermutlich um die Meteorologin Kitty Minakis handelt.

Auf welche Weise etwa Parvati – wenn dies Parvati Chandra ist, wie man annehmen darf – zu dem Beinamen ›Große Mutter‹ gekommen ist, muß der Spekulation überlassen bleiben, wie auch die bemerkenswerte Verwandlung jener Gestalt, in der wahrscheinlich der historische Dennis Malone zu sehen ist, in eine Art Fusion von Odin, Osiris, Attis, Jesus und all der anderen Auferstehungssymbole irdischer Mythologie eine einstweilen unbeantwortete Frage bleibt. Daß eine solche Gleichung beabsichtigt ist, dürfte unbestritten sein; er ist der Gemahl der Großen Mutter, der Vater des ersten auf Asgard lebendig geborenen Kindes und der Schutzpatron der Seefahrergilde, weil er nach der Überlieferung neue Inseln erschlossen hat. Der gegenwärtige Vorsitzende dieser Gilde behauptet, in direkter Linie von ihm abzustammen.

Und er, wie die meisten seiner Zeitgenossen, hält es für selbstverständlich, daß ›Dennis‹ ein Mensch wie er selbst war und daß er starb und wieder auferstand. Ferner behauptete er, daß dieser altruistische Erlöser einen Massenmord beging, indem er einhundertvierundsiebzig (die Zahl ist immer gleich und darum wahrscheinlich authentisch) seiner Gefährten heimlich bei Nacht vergiftete, unterstützt von seinen ›Jüngern‹, wie Diplompsychologe Nefre-Bell meint, während sein Kollege Jensen-Juarez, der mit ihm die Untersuchung führte, darauf hinweist, daß sie viele von den Attributen einer Göttergemeinschaft haben, in der Dennis keineswegs eine herausragende Rolle zufiel.

Infolge dieser Vergiftung wurden die anderen von einem heiligen Wahnsinn ergriffen (siehe Abschnitt IV der Erzählung). Wir neigen der Ansicht zu, daß diese äußerst dramatische Passage Erinnerungen an ein reales Ereignis enthält, möglicherweise die Entdeckung, daß bestimmte auf Asgard beheimatete Pflanzen nach einer Akklimationszeit von Menschen genossen werden können. Es ist auch denkbar, daß hier ein Prozeß mitspielt, der in der Vergöttlichung oder Heiligsprechung von Menschen, die den primitiven Kulturen der Erde nützliche Künste (z. B. die Schrift) brachten, seine Analogie findet. Nefre-Bell hat es das ›Prometheus-Syndrom‹ genannt, aber nicht alle an den Untersuchungen beteiligten Psychologen schließen sich seiner Meinung an, daß die Motivation hinter diesem Ereignis die Rettung der Kolonie vor einem sonst unvermeidlichen Verhängnis sei.

Tatsächlich gibt es keine Anhaltspunkte für ein solches Verhängnis. Abgesehen von dem Verlust eines der drei Schiffe –

bei dem es sich nach Untersuchung der auf dem Mond aufgefundenen Wrackteile vermutlich um die *Pinta* handelte – und den kurz nach der Landung eingetretenen Katastrophen, bei der die Informationsspeicher der Datenverarbeitungsanlagen gelöscht wurden und ein Feuer ausbrach, das einen Teil der ursprünglichen Siedlung zerstörte, scheint die Kolonie einen erstaunlichen und beständigen Aufschwung genommen zu haben.

Es war zu erwarten, daß die Verpflanzung von Menschen auf eine fremde Welt zu einer Art Kulturschock führen würde. So ist es auch nicht überzubewerten, daß wir verblüfft und bis zu einem gewissen Grad verständnislos vor dieser Mischung historischer Wahrheit und legendenhafter Übertreibung stehen, wie wir sie in Geschichten wie der vorliegenden finden. Die Sprache mag uns bei allen ihren isolationsbedingten Eigenheiten (siehe die philologische Untersuchung in Abschnitt V des Berichts) vertraut erscheinen, doch sollten wir im Auge behalten, daß sie von Menschen gebraucht wird, deren Lebenserfahrung sich völlig von der unsrigen unterscheidet. Dies ist eine Tatsache, die von den Bewohnern Asgards selbst durchaus erkannt wird, die – als wir unsere Unfähigkeit ausdrückten, die in einem bestimmten Satz enthaltenen Andeutungen und Bezüge zu verstehen – ohne Umschweife erklärten, sie seien nach unseren Gesichtspunkten alle völlig verrückt, so daß es nur folgerichtig sei, wenn wir Schwierigkeiten beim Verstehen hätten! (Diese Behauptung soll übrigens auf die Große Mutter Parvati und ihren Gemahl Dennis zurückgehen.)

Nefre-Bell vertritt die Ansicht, daß wir es auf Asgard mit einer menschlichen Kultur zu tun haben, die beginnt, wo unsere eigene aufhört – mit anderen Worten, daß die höchst komplizierten und intellektuellen Traditionen der Erde für die Bewohner dieses Planeten nur die Grundlinie darstellen, von der sie in einer neuen Richtung fortschreiten, die wir kaum erahnen können. Das ist eine faszinierende und zugleich quälende Konzeption, aber ihre Bestätigung durch empirische Forschungen würde weit erschöpfendere Felduntersuchungen erfordern, als wir sie während unseres kurzen dreimonatigen Aufenthalts leisten konnten.

Wie auch immer, die vorerwähnte Erzählung ist in sich selbst Beweis dafür, daß die tapferen Pioniere, die nun seit langem tot auf einem fremden Planeten liegen, einen durchaus lebenskräftigen Zweig der Menschheit hinterließen, ausgestattet sowohl mit animalischer Vitalität, um sich einen Platz unter den heimischen Arten zu erobern, als auch – was schließlich bei weitem bedeutsamer sein mag – hinreichend menschlich, um innerhalb von fünf oder sechs Generationen ihre eigenen Mythen, Legenden, Epen und Traditionen zu schaffen: summa summarum alles, was eine Kultur im herkömmlichen Sinne ausmacht. Wir dürfen zuversichtlich sein ...«

C. J. CHERRYH

# Brüder der Erde

Von Caroline Janice Cherryh erschienen in der Reihe
HEYNE SCIENCE FICTION & FANTASY:

Brüder der Erde · 06/3648
Weltenjäger · 06/3772
Pells Stern · 06/4038
Der Stolz der Chanur · 06/4039
Kauffahrers Glück · 06/4040
Der Biß der Schlange · 06/4081
Die letzten Städte der Erde · 06/4174

**Die Duncan-Trilogie:**

Kesrith – die sterbende Sonne · 06/3857
Shon'jir – die sterbende Sonne · 06/3936
Kutath – die sterbende Sonne · 06/3948

**Die Morgaine-Trilogie:**

Das Tor von Ivrel · 06/3629
Der Quell von Shiuan · 06/3732
Die Feuer von Azeroth · 06/3921

BRÜDER DER ERDE
erschien ursprünglich als HEYNE-BUCH Nr. 06/3648
Amerikanischer Originaltitel:
BROTHERS OF EARTH
Deutsche Übersetzung: Hans Maeter
Die Karte auf Seite 573 zeichnete Erhard Ringer

## 1

Die *Endymion* starb lautlos, ein künstlicher Stern, der aufglühte und erlosch.

Kurt Morgan beobachtete das Vergehen, bis nichts mehr zu sehen war, die Augen auf den Scanner seiner Überlebenskapsel gerichtet. Als es vorbei war, schaltete er das Gerät auf Vorwärtssicht um und konzentrierte sich auf das Überleben.

Achtzig Männer und Frauen hatten auf *Endymion* gelebt. Neunundsiebzig von ihnen waren jetzt zu Staub und Rauch geworden, genau wie ihr Raumschiff, das mit ihnen untergegangen war. Zwei Minuten sonnenwärts stand eine andere Rauchwolke. Das war der Gegner gewesen, weitere hundert Leben, die mit ihrem Schiff ausgelöscht worden waren, Elemente von Dutzenden von Welten, Zerstörer und Zerstörte, die sich noch immer auf Kollisionskurs befanden.

Die Zentrale würde von diesem Zusammenstoß niemals erfahren. Es gab keine Möglichkeit, eine Nachricht abzusetzen. Der Ursprungsplanet der Hanan, Aeolus, war jetzt nur noch eine ausgebrannte Schlacke, mehrere Lichtjahre entfernt, und die *Endymion,* ihr Raumschiff, das den Kreuzer der Hanan verfolgt und angegriffen hatte, ließ dem Oberkommando keinen Bericht zugehen. Sie hatten das Unternehmen auf eigene Faust durchgeführt, das andere Schiff verfolgt, angegriffen und vernichtet – und waren dabei selbst vernichtet worden. Kurt hatte als einziger überlebt – noch. Die Überlebenskapsel hatte keinen Star-Antrieb.

Ein namenloser Stern und sechs unbekannte Welten lagen unter dem Scanner. Die zweite sah aus, als ob ein Mensch dort vielleicht günstige Lebensbedingungen antreffen könnte.

Im Lauf von sieben Tagen wurde ihr Bild im Scanner größer und deutlicher: ein blauer Planet, der von Ringen ziehender Wolken umgeben war. Zwischen den Wolken wurden braune Teile des Bodens sichtbar. Der Planet besaß einen riesigen Mond. Die Sensoren stellten in allen Details erdengleiche Verhältnisse fest. Es war ein Planet, für dessen Eroberung die Allianz einhundert Schiffe geopfert haben würde – und den sie längst erobert haben würde, wenn sie von seiner Existenz gewußt hätte.

Der befürchtete Gegenschlag der Hanan blieb aus. Nirgends konnte er ein Raumschiff entdecken, das ihn bedrohte. Der Planet füllte den Bildschirm des Scanners jetzt völlig aus. Kurts Stimmung schwankte zwischen euphorischer Hoffnung und hoffnungsloser Angst. Hoffnung, weil er an sich mit seinem Leben abgeschlossen hatte und es nun so aussah, als ob er doch noch eine Chance haben würde, und Angst, weil ihm erst jetzt wirklich bewußt wurde, wie allein er war. Bis jetzt hatte er sich an der Möglichkeit aufgerichtet, wenigstens auf Feinde zu treffen, die ihm Gesellschaft leisten würden. Aber die *Endymion* war über die Grenzen des bekannten Raums hinausgeschossen, bevor sie unterging. Wenn keine Hanan hier waren, dann gab es auch keine anderen menschlichen Wesen so weit vom Sonnen-Zentrum entfernt.

Das bedeutete Alleinsein.

Absolutes Alleinsein.

Die keilförmige Kapsel setzte hart auf. Sie war glühendheiß geworden. Metallplatten verwarfen sich, platzten an den Nahtstellen auseinander. Der plötzliche Druckanstieg lastete wie ein tonnenschweres Gewicht auf Kurt. Vor seinen Augen tanzten Ringe, grau und rot und schwarz.

Er hing seitlich in den Gurten, die ihn davor bewahrten, in den Stauraum zu fallen. Er brauchte einige Zeit, um sich von ihnen zu befreien. Seine Nerven waren am Ende. Als er die Gurte endlich gelöst hatte, öffnete er das Luk, ohne sich vorher zu vergewissern, ob er in der Atmosphäre des unbekannten Planeten überleben konnte. Er hatte keine andere Wahl.

Atembar. Nachdem er die Überlebenskapsel verlassen hatte, stand er einige Zeit nur da und blickte sich um, von einem Horizont zum anderen. Niemals hatte er auf seinen Reisen zu anderen Planeten bisher Ähnliches gesehen. Von einem Horizont zum anderen erstreckten sich Wälder, unzerstörte Natur, die von Leben zu wimmeln schien. Er lachte zur Sonne hinauf. Tränen strömten über sein Gesicht, und er ließ sie von dem klaren Wind trocknen. Die Frische der Luft erlöste ihn von der erstickenden Hitze, die sich in seine Kleidung eingenistet hatte.

Als Kurt den Wald verließ, begann das Land sich merklich zu senken: eine Bergflanke, ein felsiger Abhang, ein schmaler Strand und dahinter die Unendlichkeit eines Ozeans. Die Sonne stand tief über dem Horizont, als er einen Weg durch die zerklüfteten Felsen zum Ufer gefunden hatte.

Dort warf er sein Zeug in den trockenen Sand und blickte verzückt auf die See hinaus, die blauer war, als er sie jemals gesehen hatte. Dicht vor dem Horizont lag eine kleine Inselgruppe. Der Sand war weiß und mit den Abfällen der See bedeckt: Treibholz, Tang und Muschelschalen von pastellfarbenem Gelb und Rosa.

Fröhlich wie ein Kind bückte er sich und tauchte die Hände ins Wasser, das seine Stiefel umspülte, kostete ein paar Tropfen des salzigen Naß und spuckte es aus. Er hätte wissen müssen, wie Meerwasser schmeckt, aber er hatte es noch nie probiert, er hatte noch nie den Geruch des Seewindes gespürt, noch nie einen Ozean gesehen. Er nahm ein Stück Treibholz auf, schleuderte es weit auf das Meer hinaus und sah zu, wie die Wellen es zum Ufer zurücktrieben. Irgend etwas in seinem Inneren kam zur Ruhe, als er erkannte, daß all die Legenden seiner Raumwandernden Vorfahren wahr und wirklich waren, selbst auf einem so abgelegenen Planeten wie diesem, den noch nie eines Menschen Fuß betreten hatte.

Er watete eine Weile durch das flache Uferwasser, barfuß und mit vorsichtigen Schritten, um nicht auf etwas Giftiges zu treten. Mit einem Stock stocherte er in den Boden und unter Steine, bevor er den nächsten Schritt machte, um dort lebendes Kleingetier aufzustöbern.

Aber es wurde rasch dunkel, und ein kalter Wind kam auf. Er dachte daran, daß er sich auf die Nacht vorbereiten mußte, sammelte eine große Menge trockenes Treibholz und machte ein Feuer.

Es war die Dunkelheit, die ihm am meisten zu schaffen machte und in der er sich so einsam fühlte wie in der Weite des Raums zwischen den Sternen. Er hatte Vögel gesehen, aber sie flogen zu hoch, um sie erkennen zu können; er hatte die Schalen von Mollusken am Strand gefunden, und im flachen Uferwasser waren Dutzende von kleinen Fischen und anderen Meerestieren von ihm aufgescheucht worden; einige Male waren auch kleinere Landtiere vor ihm geflohen, als er durch das hohe Gras gegangen war. Nichts hatte ihn bisher bedroht, und keine Schreie störten die Stille der Nacht. Aber seine Phantasie erfand Gefahrenbilder von einem Dutzend anderer Welten, und er zuckte bei jedem Geräusch zusammen. Die Wellen des Meeres klatschten in leisem Rhythmus ans Ufer, und kleine Raubkrebse kamen bis an die Grenze des Feuerkreises auf ihrer Suche nach Nahrung.

Schließlich stand er auf, warf eine große Ladung Holz in die Flammen und legte sich so nahe wie möglich an das Feuer, bevor er sich zusammenrollte und einschlief.

Steine knirschten. Sand raschelte. Kurt hob den Kopf und kniff die Augenlider zusammen, als er in die Flammen des halb niedergebrannten Feuers blickte. Hinter ihm reckte sich ein Drachenkopf aus dem Wasser und schwang mit den Wellen langsam auf und ab.

Er fuhr auf und griff nach seiner Waffe, wurde von mehreren Körpern zu Boden gerissen. Die Angreifer hatten Größe und Gestalt von Menschen und waren äußerst kräftig und agil. Er spuckte Sand, schlug um sich und versuchte, sich zu befreien. Ein harter Schlag traf ihn an die rechte Schläfe, und es wurde dunkel. Nur im Unterbewußtsein fühlte er, daß er mit harten Seilen gefesselt und durch Wasser geschleift wurde. Er schluckte etwas von der salzigen Brühe, bekam einen Erstikkungsanfall und wurde völlig bewußtlos.

Als er wieder zu sich kam, lag er durchnäßt auf harten Planken, die auf und ab schwangen. Er sprang auf und wurde sofort wieder zu Boden gerissen. Seine gefesselten Füße waren mit einer Kette an einem senkrechten, dicken Rundholz befestigt. Als er den Kopf drehte und an ihm hinaufblickte, erkannte er ein Gewirr von Tauwerk und voraus einen Drachenkopf, der sich als scharfe Silhouette gegen das helle Mondlicht abzeichnete. Er befand sich auf einem Schiff aus Holzplanken mit einem Mast für das Segel.

Er hörte die Stimmen von Männern und das rhythmische Eintauchen von Rudern ins Wasser. Die Bewegung des Schiffes änderte sich, wurde ruhiger, und dann wurde das große, quadratische Segel aufgezogen. Kurt starrte in die riesige Leinwand, die jetzt vom Wind gebläht wurde und den Himmel verdunkelte. Die Decksplanken fühlten sich jetzt anders an, als der Wind das Schiff vorwärtstrieb.

Ein Mann stieß im Dunkeln gegen ihn. Kurt stemmte sich mühsam auf die Füße, die mit einer Kette an den Mast gefesselt waren. Andere Männer waren jetzt in seiner unmittelbaren Nähe. Im unsicheren Licht der Sterne sah er, daß die Gesichter, die ihn neugierig anstarrten, alle gleich geschnitten waren: breite Backenknochen, flache, gut geformte Nasen mit weiten Nüstern, dunkle, große Augen, breite Stirnen – Gesichter von altklugen Kindern, die in einem Ausdruck arroganter Neugier fixiert zu sein schienen. Die Körper waren wie die von Menschen: groß, schlank und sehnig.

Sie berührten ihn nicht. Sie starrten ihn nur an. Schließlich sagte einer von ihnen etwas mit autoritärer Stimme, und sie ließen Kurt allein. Er setzte sich wieder auf die Planken, zitternd vor Angst und Übelkeit. Einer der Männer kam zurück und warf ihm einen dicken Mantel zu. Er wickelte sich in den wärmenden, rauhen Stoff, aber er fand keinen Schlaf.

Niemand kümmerte sich um ihn, bis das erste Licht des neuen Tages den Dingen wieder Farben verlieh. Dann trat einer der Männer zu ihm und stellte eine große Schale und eine Tasse neben ihn auf die Planken. Dankbar schlürfte Kurt die warme Suppe und den heißen, gezuckerten Tee.

Es wurde hell, und Kurt stellte fest, daß die Männer des Schiffes nicht unsympathisch wirkten. Sie hatten eine bräunliche bis goldfarbene Hauttönung und blauschwarzes Haar. Sie bewegten sich in der Enge des Schiffes mit Geschick und gegenseitiger Rücksichtnahme. Sie lachten oft, und der Umgangston schien freundlich und freundschaftlich. Kurt konnte schon ein paar von ihnen unterscheiden: den Mann, der ihm das Essen gebracht hatte, den stämmigen, älteren Mann, der der Mannschaft die Befehle des jungen, schmaläugigen Offiziers übermittelte, und der Junge, der überall herumschwirrte und von allen anderen Befehle zu erhalten schien, hieß anscheinend Pan, denn das war das Wort, das die anderen riefen, wenn sie etwas von ihm wollten.

Sie waren eine saubere, stolze Rasse und hielten ihr Schiff in erstklassigem Zustand. Er wußte nicht, ob sie Menschen waren oder nicht, aber auf jeden Fall waren sie eine bessere Crew als manche Gruppe von *homo sapiens,* die er befehligt hatte.

Gesättigt und von den Strahlen der Morgensonne durchwärmt, begann Kurt sich mit seiner Lage abzufinden. Der junge Offizier trat auf ihn zu und ließ die Kette lösen, die ihn an den Mast fesselte. Kurt erhob sich langsam, um jedes Anzeichen von Feindseligkeit zu vermeiden, und der junge Offizier deutete mit einem Kopfnicken auf den niedrigen Kajütenaufbau im Heck des Schiffes.

Kurt stieg einen kurzen Niedergang hinab, und der junge Offizier öffnete die Tür für ihn.

Ein anderer junger Mann saß an einem niedrigen Schreibtisch. Der Hocker war so niedrig, daß er die Beine kreuzen mußte. Er sagte etwas zu Kurts Begleiter, der daraufhin die Kajüte verließ und die Tür hinter sich schloß. Der Mann am Schreibtisch gab Kurt durch eine Geste zu verstehen, daß er sich setzen solle. Da es keinen zweiten Stuhl oder Hocker in dem kleinen Raum gab, setzte sich Kurt mit gekreuzten Beinen auf die gewebte rote Matte, auf der er stand.

»Ich bin der Kapitän dieses Schiffes«, sagte der Mann, und Kurt spürte einen Schauer über den Rücken laufen, denn er sprach in Hanan, der Sprache seiner Feinde. »Ich heiße Kta t'Elas u Nym. Der Mann der dich an Bord brachte, ist mein Zweiter, Bel t'Osanef.« Er sprach mit einem starken Akzent, und die Sprachform war archaisch. Als Kommunikations-Offizier der *Endymion* verstand Kurt genügend, um zu begreifen, was der andere ihm sagen wollte, obwohl er den Dialekt nicht identifizieren konnte.

»Wie heißt du?« fragte Kta.

»Kurt. Kurt Morgan. *Was* bist du?« setzte er rasch hinzu, bevor Kta seine weiteren Fragen stellen konnte. »Was willst du von mir?«

»Ich bin ein Nemet«, sagte Kta, der jetzt die Hände in seinem Schoß gefaltet hatte. Bevor er antwortete, blickte er auf seine gefalteten Hände hinab. »Wolltest du, daß wir dich finden? War das Feuer ein Notsignal, das Hilfe herbeiholen sollte?«

Kurt erinnerte sich an das Feuer und verfluchte seinen Leichtsinn. »Nein«, sagte er.

»Die Tamurlin sind Menschen, genau wie du. Du hast dich auf ihrem Land niedergelassen, als ob du in deinem eigenen Hause wärst. Das war sehr leichtsinnig.«

»Davon wußte ich nichts.« Neue Hoffnung erfüllte ihn. Ktas

Kenntnisse der menschlichen Sprache hatten damit ihre Erklärung gefunden, es gab eine Basis der Hanan auf diesem Planeten, und etwas in Ktas Tonfall bei dem Wort ›Tamurlin‹ sagte Kurt, daß die Beziehungen zwischen dieser Hanan-Basis und den Nemet alles andere als freundschaftlich waren.

»Wo sind deine Freunde?« sagte Kta in einem Versuch, ihn zu überrumpeln.

»Tot ... alle tot. Ich bin allein gekommen.«

»Woher?«

Kurt fürchtete sich, die Wahrheit zu sagen, wollte aber auch nicht lügen.

Kta zuckte die Achseln, nahm die Karaffe, die vor ihm auf der Tischplatte stand, und schenkte zwei winzige Porzellantassen voll.

Kurt hatte keine Lust, den Drink anzunehmen. Er traute dieser plötzlichen Gastfreundschaft nicht. Erst als Kta seine Tasse leergetrunken hatte, folgte Kurt seinem Beispiel. Der Drink war glasklar, schmeckte fruchtig und brannte wie Feuer.

»Es ist *telise*«, sagte Kta. »Ich hätte dir auch Tee anbieten können, aber *telise* wärmt besser.«

»Ich danke dir«, sagte Kurt. »Würdest du mir sagen, wohin wir fahren?«

Kta hob nur die Tasse, als ob er sagen wollte, daß sie darüber reden würden, wenn er dieses Gespräch für beendet hielt.

»Wohin fahren wir?« wiederholte Kurt hartnäckig.

Die Brauen des Nemet zogen sich zusammen. »Zu meinem Hafen. Aber du willst sicher wissen, was dich in meinem Hafen erwartet, nicht wahr? Wir Nemet sind zivilisiert. Du bist ebenfalls zivilisiert, im Gegensatz zu den Tamurlin, das habe ich sofort erkannt. Du brauchst dich nicht zu fürchten. Aber beantworte mir eine Frage: Warum bist du hergekommen?«

»Mein Schiff ... ist vernichtet worden. Ich habe am Strand Rettung und Sicherheit gesucht.«

»Ein Schiff vom Himmel? Ich weiß von solchen Dingen. Wir haben viele menschliche Dinge gesehen.«

»Ihr kämpft gegen die Tamurlin?«

»Immer. Es ist ein uralter Krieg. Sie kamen vor langer, langer Zeit. Wir haben sie von ihren Maschinen vertrieben, und sie wurden wie Tiere.«

»Wann war das?«

»Vor dreihundert Jahren.«

Kurt bemühte sich, seine Freude nicht zu zeigen. »Ich versichere dir«, sagte er, »daß ich nicht gekommen bin, um irgend jemand etwas Böses zu tun.«

»Dann werden auch wir dir nichts tun.«

»Also bin ich frei?«

»Tagsüber ja ... es tut mir leid, aber meine Männer brauchen sicheren Schlaf. Bitte versuche die Notwendigkeit zu verstehen.«

»Ich verstehe.«

*»Hei yth«*, sagte Kta und legte die Fingerspitzen vor seiner Brust zusammen, eine Geste, die Dankbarkeit auszudrücken schien, »deine Weisheit hebt dich in meiner Achtung, Kurt Morgan.«

Mit diesen Worten entließ Kta ihn an Deck und in die Freiheit. Keiner der Männer zeigte irgendwelche Feindseligkeiten, selbst wenn er ihnen aus Unkenntnis des Bordlebens bei der Arbeit in den Weg kam. In solchen Fällen gab ihm nur jemand einen Wink, beiseite zu treten – niemand berührte ihn –, oder rief ihm zu: *»Umanu, o-eh«*, was Kurt als Bezeichnung seiner Spezies und eine Bitte, aus dem Weg zu gehen, auffaßte. Und nachdem ein Teil dieses Tages vergangen war, beschloß Kurt, die Höflichkeitsgesten der Crew, ihre Verbeugungen und den zu Boden gerichteten Blick, zu imitieren, wodurch sich sein Status erheblich erhöhte, denn jetzt verneigten sich die Männer auch vor ihm und nannten ihn in einem respektvollen Ton *umanu-ifhan*.

Aber als es dunkel wurde, kam der junge Offizier Bel t'Osanef und bedeutete ihm, daß er seinen Platz am Mast wieder einzunehmen habe. Der Seemann, der Bels Befehl ausführte und Kurt wieder mit der Kette an den Mast fesselte, tat es überaus behutsam und rücksichtsvoll und kam später zurück, um ihm eine dicke Decke und eine große Tasse mit Tee zu bringen. Die Situation war wirklich grotesk, und Kurt mußte schallend lachen. Der Nemet schien die Lächerlichkeit ebenfalls zu sehen, er grinste Kurt an und sagte: *»Tosa, umanu-ifhan.«*

Seine Hände waren nicht gefesselt, er trank den Tee und streckte sich dann dicht am Mast aus, damit niemand im Dunkel über ihn stolperte. In dieser Nacht war er bedeutend ruhiger, obwohl es ihn schauderte bei dem Gedanken an das Schicksal, vor dem ihn die Nemet bewahrt hatten. Wenn die Tamurlin, von denen Kta ihm berichtet hatte, tatsächlich hanaischen Ursprungs waren, war er nur mit knapper Not einem entsetzlichen Tod entronnen.

Er würde alle Bedingungen, die die Nemet ihm stellen mochten, akzeptieren, bevor er sich in die Hände der Hanan geben würde. Wenn Ktas Worte der Wahrheit entsprachen und die Hanan machtlos und barbarisch geworden waren, dann war er frei. Es gab keinen Krieg mehr. Zum erstenmal in seinem Leben gab es keinen Krieg.

Nur ein Zweifel nagte noch in seinem Gehirn: Warum war ein modernes Raumschiff der Hanan von der zerstörten Welt von Aeolus zu diesem von degenerierten Menschen bewohnten Planeten entsandt worden? Er hatte keine Lust, darüber nachzudenken. Er wollte nicht glauben, daß Kta ihn belogen hatte oder daß die Freundlichkeit dieser Leute eine Nebenabsicht haben könnte. Es mußte eine andere Erklärung dafür geben. Seine Hoffnung, sein Überleben hingen davon ab.

Während der folgenden zwei Tage überprüfte er das ganze Schiff auf Hinweise von Hanan-Technologie und kam zu dem Schluß, daß es keine gab. Das Schiff war von Bug bis Heck aus Holz gebaut, die Planken waren handgefertigt, es wurde allein von Segel und Rudern angetrieben.

Die Geschicklichkeit, mit der die Männer ihr Schiff bedienten, beeindruckte ihn. Bel t'Osanef konnte ihm nichts erklären, da er nur ein knappes Dutzend Worte der menschlichen Sprache beherrschte. Aber wenn Kta an Deck war, befragte Kurt ihn nach den kleinsten Details. Als der Nemet-Kapitän am Ende die Ernsthaftigkeit seines Interesses erkannte, versuchte er ihm alles zu erklären, wobei er oft nach Worten suchen mußte, die seit langem aus der menschlichen Umgangssprache verschwunden waren. Er und Kurt entwickelten zwischen sich ihr eigenes Patois von Hanan-Nechai. Nechai war die Sprache der Nemet.

Und Kta fragte Kurt nach menschlichen Dingen, die Kurt nicht immer in Ausdrücken beantworten konnte, die Kta verstand. Manchmal verwirrten ihn Kurts Erklärungen, und oft schockierten sie ihn, und als Kurt endlich begriff, wie sehr seine Worte Kta verstörten, sagte er sich, daß er genug erklärt hatte. Die Nemet waren erdverbunden, sie begriffen außerplanetarische Dinge nicht wirklich. Sie störten ihren Glauben. Und Kurt wollte auf jeden Fall vermeiden, daß in Kta Mißtrauen gegenüber seinem Ursprung aufkeimte.

Ein dritter Tag verging mit solchen Diskussionen, und bei Morgendämmerung des vierten Tages rief Kta Kurt zu sich, als er an Deck kam. Er wirkte wie ein Mann, der einen Entschluß gefaßt hatte. Kurt näherte sich ihm abwartend und verneigte sich leicht vor ihm.

»Kurt«, sagte Kta, »zwischen uns herrscht Vertrauen, ja?«

»Ja«, stimmte Kurt ihm zu und fragte sich, was der andere mit dieser Frage bezweckte.

»Heute laufen wir in den Hafen ein. Ich möchte dich nicht erniedrigen, indem ich dich in Ketten an Land bringe. Aber wenn ich dich als freien Mann heimbringe und du unschuldigen Menschen Schaden zufügen solltest, bin ich dafür verantwortlich. Was soll ich tun, Kurt Morgan?«

»Ich habe nicht die Absicht, irgendeinem Menschen zu schaden. Aber was ist mit deinen Leuten? Wie werden sie mich behandeln? Gib mir eine Antwort darauf, bevor ich mich zu irgend etwas entscheide.«

Kta öffnete die Hände. »Glaubst du, ich würde dich in diesen Dingen belügen?«

»Woher soll ich das wissen? Ich weiß nichts als das, was du mir sagst. Also erkläre mir in kurzen, klaren Worten, warum ich dir vertrauen soll.«

»Ich bin von Elas«, sagte Kta mit gerunzelter Stirn, als ob dies Erklärung genug wäre; aber als Kurt ihn weiter fragend anblickte, setzte er hinzu: »Kurt, ich schwöre es bei dem Licht des Himmels, und das ist ein heiliger Schwur. Es ist die Wahrheit.«

»In Ordnung«, sagte Kurt. »Dann werde ich alles tun, was du mir sagst, und die keine Ungelegenheiten bereiten. Sage mir nur noch, wohin wir gehen.«

»Nach Nephane.«

»Ist das eine Stadt?«

Kta runzelte nachdenklich die Stirn. »Ja, es ist eine Stadt, die Stadt des Ostens. Sie herrscht von Tamur-Mouth bis Yvorst Ome, am Rand des Eismeers.«

»Gibt es auch eine Stadt des Westens?«

Die Runzeln auf Ktas Stirn vertieften sich. »Ja«, sagte er, »sie heißt Indresul.« Dann wandte er sich um und ging. Kurt fragte sich, was er getan haben mochte, um den Nemet zu verärgern.

Gegen Mittag kam der Hafen in Sicht. Eine weite, langgestreckte Bucht lag vor einem riesigen, steil aufragenden Felsen. Zu Füßen dieses Felsens und an seinen flacheren Flanken befanden sich Gebäude und Mauern, die sich bis zum Gipfel hinaufzogen.

*»Bel-ifhan«*, rief Kurt Ktas Stellvertreter, und der Offizier trat sofort zu ihm und verbeugte sich leicht, obwohl er offensichtlich gerade etwas anderes hatte tun wollen. *»Bel-ifhan, taen Nephane?«*

*»Lus«*, sagte Bel zustimmend und deutete auf den Berggipfel. *»Jaen Afen, sthages Methine.«*

Kurt blickte zur Bergspitze hinauf, die Bel den Afen genannt hatte, und verstand nicht, was er damit hatte sagen wollen.

*»Methi«*, sagte Bel, und als Kurt noch immer nicht verstand, zuckte der junge Offizier hilflos die Achseln. *»Ktas unnetha«*, sagte er. *»Ktas, uleh?«*

Er wandte sich um und ging. Irgendwo im Heck hörte Kurt ihn einen Befehl geben, und Männer liefen auf ihre Stationen, um das Segel einzuholen. Die langen Riemen wurden ausgelegt und schlugen in langsamem Takt ins Wasser. Das Schiff glitt auf das jetzt deutlich erkennbare Dock am Fuß der Klippen zu.

»Kurt.«

Kurt wandte den Kopf und blickte Kta an, der neben ihn getreten war.

»Bel sagte, du hättest eine Frage.«

»Entschuldige, daß ich dich damit behellige. Ich habe versucht, mit ihm zu sprechen, aber er hat mich nicht verstanden.«

»Macht nichts. Wie gefällt dir Nephane?«

»Sehr gut«, sagte Kurt, und das war die Wahrheit. »Die Gebäude auf der Bergspitze – den Afen hat Bel sie genannt ...«

»Der Afen ist eine Festung, die Festung von Nephane.«

»Eine Festung? Gegen welche Feinde? Menschen?«

Wieder erschien die leichte Falte zwischen Ktas Brauen. »Du überraschst mich. Du bist kein Tamurlin. Dein Schiff ist zerstört, deine Freunde tot, wie du sagst. Aber was willst du bei uns?«

»Ich weiß nichts. Ich vertraue dir. Und wenn ich deinem Wort nicht mehr trauen kann, habe ich alles Vertrauen verloren.«

»Du lügst nicht, Kurt Morgan. Aber du gehst jeder Antwort auf meine Frage aus dem Weg. Warum bist du zu uns gekommen?«

An der Pier hatte sich eine große Menschenmenge versammelt. Fröhlich bunte Kleider glänzten im Licht der Sonne. Die Riemen wurden eingezogen, als das Schiff an die Pier glitt. Pan stand neben Kurt, das Bugtau wurfbereit in beiden Händen.

»Wie kommst du darauf«, fragte Kurt, »daß ich mich in dieser Welt auskenne?«

»Die anderen kannten sich aus.«

»Die – *anderen?*«

»Die *neuen* Menschen. Die ...«

Ktas Stimme erstarb, und Kurt wich ein paar Schritte zurück. Der Nemet wirkte plötzlich verängstigt. »Kurt«, sagte er bittend, »warte. Nein. Wir werden ...«

Kurt schlug ihm die Faust unter das Kinn und flankte über die Reling, als die Backbordseite des Schiffes gegen die Pier scheuerte.

Er schlug hart auf das Wasser auf, und eine Sekunde später traf ein zweiter Schlag seinen Kopf, als der Bug des Schiffes über ihn hinwegglitt.

Er gab den Kampf auf und ließ sich in der Tiefe der dunkler werdenden See treiben, und wenig später verlor er das Bewußtsein.

Er hatte das Gefühl, zu ersticken. Er rang nach Luft und erbrach Meerwasser. Als er erneut versuchte, Luft zu holen, übergab er sich wieder und rollte sich auf den Kopfsteinen des Pflasters zusammen. Als er endlich wieder atmen konnte, hob jemand seinen Kopf an, bettete ihn in seinen Schoß und wischte mit einem Tuch über sein Gesicht.

Er lag auf der Pier in der Mitte einer großen Menge neugieriger Nemet. Kta hielt ihn fest und redete in einer Sprache, die er nicht verstand, beruhigend auf ihn ein, während Bel und Val sich über Ktas Schulter beugten. Kta und die beiden anderen Männer waren völlig durchnäßt, und Kurt wußte, daß sie ihm nachgesprungen sein mußten.

»Kta«, sagte er, aber aus seiner wunden Kehle kam nur ein heiseres Flüstern.

»Du kannst nicht schwimmen«, sagte Kta in anklagendem Ton. »Du wärst fast gestorben. Wolltest du sterben? Wolltest du dich umbringen?«

»Du hast gelogen«, flüsterte Kurt.

»Nein«, widersprach Kta energisch. Aber er schien Kurt endlich zu verstehen. »Du bist kein Feind für uns.«

»Hilf mir«, bat Kurt, aber Kta wandte den Kopf ab, eine Geste des Versagens. Dann gab er Val ein Zeichen, und der kräftige Seemann brachte eine aus Planken improvisierte Bahre heran. Trotz Kurts Protesten und Gegenwehr hoben die beiden Männer ihn auf die Trage.

Er war im Schock, durchgefroren und zitterte am ganzen Körper. Irgendwo übernahmen zwei andere Männer die Bahre, und Kta verließ ihn.

Der Weg durch die kopfsteingepflasterten Straßen von Nephane war ein Alptraum, ein wirres Kaleidoskop von Gesichtern, die sich über ihn neigten, vom Schwanken und Rütteln der Bahre, daß ihm fast übel wurde. Sie passierten ein riesiges Tor und kamen in den Afen, die Festung mit ihren von Dreiecksgewölben getragenen Decken, deren Räume von Fackeln erhellt wurden, und schließlich in eine fensterlose Zelle.

Kurt wäre zufrieden gewesen, wenn sie ihn hier verlassen hätten, damit er allein leben oder sterben konnte. Aber sie hoben ihn von der Bahre, zogen ihm die durchnäßte Kleidung aus, legten ihn auf ein richtiges Bett und breiteten mehrere Decken über ihn.

Es war völlig still, aber während der langen Stunden in der Zelle spürte er, daß immer jemand vor der Tür stand.

Schließlich – es mußte gegen Mittag des folgenden Tages gewesen sein – brachten ihm zwei Männer neue Kleidung und halfen ihm beim Anziehen. Die Kleidung war ihm fremd, und er hatte das erniedrigende Gefühl, den letzten Rest der ihm verbliebenen Würde zu verlieren, als sie ihm angelegt wurde. Über der Unterkleidung trug er nun das *pel,* eine langärmelige Tunika, die über der Brust übereinandergeschlagen und von einem Gürtel zusammengehalten wurde. Die beiden Männer erlaubten ihm nicht einmal, sich die Sandalen selbst zu schnüren, sondern taten es für ihn, und als sie damit fertig waren, reichten sie ihm eine winzige Tasse mit *telise,* in ihren Augen anscheinend eine Kur für sämtliche Übel.

Dann führten sie ihn, wie er befürchtet hatte, in die A-förmigen Hallen des oberen Afen. Er widersetzte sich ihnen nicht. Er brauchte nicht noch mehr Feinde in Nephane.

## 2

Auf der dritten Etage befand sich eine riesige Halle. Ihre Wände bestanden aus unbehauenen Steinen wie die der äußeren Hallen, aber ihr Fußboden war mit dicken Teppichen bedeckt. Die Wachen blieben beim Eingang zurück und schickten ihn allein zu einer Tür in der gegenüberliegenden Wand.

Der Raum, der hinter dieser Tür lag, entstammte seiner eigenen Welt, er bestand aus Metall und synthetischem Material. Die Wände waren silberfarben, die Möbel kristallisch-schwarz. Lediglich ein Schrank an der linken Wand und die Tür gehörten nicht in dieses Bild: Sie waren aus geschnitztem Holz, dessen Dekor Drachen und Fische darstellte.

Irgendwo surrten Maschinen. Er blickte nach links. Eine Frau in Nemet-Kleidung war in den Raum getreten. Ihr langes Kleid war goldfarben, ihr Haar blond. Sie war ein Mensch.

Hanan.

Sie behandelte ihn mit mehr Respekt, als es die Nemet getan hatten, blieb reserviert und distanziert. Sie konnte sein Denken verstehen, so wie er das ihre verstand. Er sagte nichts. Er wollte erst wissen, was sie von ihm wollte.

»Guten Tag, Mr. Morgan – Lieutenant Morgan.« In ihrer rechten Hand hielt sie eine schmale Erkennungsmarke. Plötzlich wurde ihm bewußt, daß er seine verloren hatte. »Kurt Liam Morgan, Pylan – so steht es hier.«

»Kann ich sie zurückhaben?« Es war seine Erkennungsmarke, die er seit dem Tag seiner Geburt getragen hatte, und es machte ihn nervös, sie in den Händen dieser Frau zu sehen, es war, als ob ein Stück seines Lebens in ihren Händen hinge. Sie zögerte einen Augenblick, dann warf sie sie ihm aber zu. Er fing sie auf.

»Einen Namen wissen wir also nun«, sagte sie. »Ich bin Djan. – Wo sind Ihre Kameraden vom Raumschiff, Kurt Morgan?«

»Tot. Ich habe von Anfang an die Wahrheit gesagt. Es gab keine anderen Überlebenden.«

»Wirklich?«

»Ich bin allein«, sagte er und fühlte Angst in sich aufsteigen. Er kannte die Methoden der Hanan, mit denen sie andere zum Reden brachten. »Unser Schiff wurde im Gefecht vernichtet. Die Überlebenskapsel der Kommunikationsabteilung war die einzige, die freikam, die einzige auf unserer wie auf Ihrer Seite.«

»Wie sind Sie hierhergekommen?«

»Reiner Zufall.«

Ihre Lippen zitterten. Ihre Augen blickten ihn mit kalter Wut an. »Das glaube ich Ihnen nicht. Noch einmal: Wie sind Sie hergekommen?«

»Wir sind auf eins Ihrer Schiffe gestoßen«, sagte er, und sein Mund war plötzlich trocken; er wußte, daß sie ihm nicht glaubte und daß sie nicht eher aufgeben würde, bis sie die ganze Wahrheit herausgebracht hatte. Es war leichter, nachzugeben und darauf zu hoffen, daß diese Aeoliden ihn rasch und schmerzlos töten würden. »Aeolus war Ihr Planet, nicht wahr?«

»Einzelheiten«, sagte sie. Ihr Gesicht war blaß, aber ihre Stimme klang ruhig und selbstsicher. Gegen seinen Willen mußte er ihre Beherrschung bewundern. Die Hanan waren kühle Menschen, aber es gehörte mehr als Kühle dazu, die Nachricht vom Untergang seiner Welt so ruhig aufzunehmen. Er wußte das aus Erfahrung. Pylos war ebenfalls ein toter Planet. Er erinnerte sich an den Anblick Aeolus', als die Oberfläche des Planeten von riesigen Feuern zerstört wurde. Selbst ein Feind mußte bei diesem Bild des Vergehens einer Welt Mitleid empfinden.

»Zwei IST-Schiffe der Allianz sind in die Zonen von Aeolus eingedrungen. Unser Schiff gehörte dazu. Eins Ihrer Schiffe ist unmittelbar nach dem Angriff im Luftraum aufgetaucht und ergriff sofort die Flucht, als man die Lage erkannte. Wir standen in seiner Nähe und nahmen die Verfolgung auf. Es brachte uns hierher. Es kam zum Kampf. Aber den haben Sie bestimmt auf Ihren Monitoren verfolgt, nicht wahr? Also wissen Sie auch, daß es keine anderen Überlebenden gab.«

»Reden Sie weiter.«

»Es gibt nichts mehr zu sagen. Wir haben uns gegenseitig vernichtet. Wir erhielten den ersten Treffer, und meine Station kapselte sich ein. Das ist alles, was ich weiß. Ich habe nach anderen Kapseln Ausschau gehalten, konnte aber keine entdecken. Es gab keine anderen, und das wissen Sie auch.«

Sie versteckte einen kleinen Gegenstand in ihrer Hand. Er konnte einen kurzen Blick darauf werfen, als sie ihre Hand in den Falten ihres Kleides bewegte. Er sah, wie sich ihre Finger schlossen, dann wieder öffneten. Fast hätte er in diesem Moment einen Angriff riskiert. Aber sie war eine Hanan und von Kindheit an zum Kämpfen trainiert. Ihre Reflexe würden so schnell sein, daß er keine Chance hatte, und vielleicht hatte sie die Pistole auch nur auf Betäubung geschaltet.

»Ich weiß«, sagte sie, »daß es keine anderen Schiffe und keine anderen Überlebenden gab.« Ihre Stimme klang jetzt tief und spöttisch. »Willkommen in meiner Welt, Kurt Morgan. Wir sind anscheinend die einzigen menschlichen Waisen in dieser Welt an der Grenze des Nichts, wenn man von den Tamurlin absieht, aber die kann man nicht mehr als Menschen betrachten.«

»Sind Sie allein?«

»Mr. Morgan. Für den Fall, daß Sie mir etwas antun sollten, habe ich den Nemet den Befehl gegeben, Sie so nackt und bloß, wie Sie bei Ihrer Geburt waren, am Strand der Tamurlin auszusetzen. Diese anderen Menschen des Planeten wissen schon, wie sie Sie zu behandeln haben.«

»Ich bedrohe Sie nicht.« Neue Hoffnung ließ ihn jeden Stolz verlieren. »Geben Sie mir eine Chance, mein eigenes Leben zu führen, dann werden Sie mich nie wiedersehen.«

»Falls Sie nicht doch ein Vorbote von anderen sind.«

»Es gibt keine anderen«, sagte er mit Nachdruck.

»Welche Sicherheiten geben Sie mir für Ihr Wort?«

»Wir waren allein. Es gab keine Möglichkeit, unseren Kurs zu verfolgen. Es waren keine anderen Schiffe in unserer Nähe, und wir flogen blind, ohne Koordinaten.«

»Gut«, sagte sie und schien ihm endlich zu glauben, »aber dann haben Sie eine lange Wartezeit vor sich. Aeolus hat diesen Planeten vor dreihundert Jahren kolonisiert. Aber der Krieg ... Alle Unterlagen wurden verstreut oder vernichtet, das Versorgungsschiff ging irgendwie verloren. Wir erfuhren von der Existenz dieses Planeten aus jahrhundertealten Archiven und sind gekommen, um ihn zurückzuerobern. Aber das hat Ihre Intervention auf Aeolus anscheinend für immer unmöglich gemacht. Unser Schiff ist zerstört – es kann nur das Schiff gewesen sein, von dem Sie behaupten, es zerstört zu haben –, Ihr Schiff ist vernichtet, und Sie behaupten, daß Ihr Kurs nirgends verfolgt und aufgezeichnet worden ist. Aeolus und seine Archive sind zu Staub und Asche geworden. Forschungsexpeditionen in diesen Sektor des Raums haben vor über hundert Jahren aufgehört. Wie hoch schätzen Sie nun die Chance, daß jemand uns finden könnte?«

»Der Krieg ist beendet. Lassen Sie mich gehen.«

»Wenn ich Sie gehen ließe«, sagte Djan, »würden Sie vielleicht draußen sterben. Oder Sie könnten zurückkommen. Sie könnten zurückkommen, und ich könnte nicht wissen, wann das geschehen wird. Ich müßte mich für den Rest meines Lebens vor Ihnen fürchten. Ich hätte keine Ruhe mehr.«

»Ich werde nicht zurückkommen.«

»Doch, Sie würden zurückkommen. Es ist sechs Monate her, seit meine Crew gestorben ist, und schon nach dieser kurzen Zeit komme ich mir wie eine Fremde vor, wenn ich in den Spiegel blicke. Ich habe Angst vor Spiegeln. Nach einer gewissen Zeit bekommt man Sehnsucht, ein anderes menschliches Gesicht zu sehen. Und Ihnen würde es genauso gehen.«

Sie hatte nicht die Waffe gehoben, die er in ihrer Hand gesehen hatte. Sie wollte sie nicht gebrauchen. Hoffnung ließ seine Handflächen feucht werden. Sie wußte, daß es nur einen sicheren Weg für sie gab, und doch zögerte sie, ihn zu beschreiten, und ihr Gesicht wirkte bedrückt.

»Kta t'Elas war hier«, sagte sie, »und hat um Ihre Freiheit gebeten. Ich habe ihm gesagt, daß man Ihnen nicht trauen darf.«

»Ich schwöre, daß ich nur ein Ziel habe: am Leben zu bleiben. Ich würde zu ihm gehen und bei ihm leben. Ich würde jede Bedingung akzeptieren, die Sie mir stellen.«

Sie legte ihre Hände aufeinander und umschloß die Pistole mit ihren schlanken Fingern. »Angenommen, ich würde auf Sie hören ...«

»Sie brauchten es nicht zu bereuen.«

»Ich hoffe, daß Sie sich an Ihre Worte erinnern, wenn Sie sich etwas eingelebt haben. Ich hoffe, Sie erinnern sich daran, daß Sie nackt und bloß hier angekommen sind und daß Sie mich darum gebeten haben, Ihnen meine Bedingungen zu nennen.« Sie blickte ihn ein paar Sekunden lang abschätzend an. »Ich muß verrückt sein. Aber ich behalte mir das Recht vor, Ihre Schuld bei mir eines Tages einzutreiben, in welcher Form und für welche Zeitspanne es mir gefällt. Sie sind hier nur von mir geduldet. Ich gebe Ihnen eine Chance: Ich werde Sie zu Kta t'Elas schicken und Sie zwei Wochen lang in seiner Obhut belassen. Dann werde ich Sie zurückrufen, und wir werden uns erneut über Ihre Situation unterhalten.«

Er verstand diese Worte als Entlassung. Mit weichen Knien vor Erleichterung und von neuen Zweifeln befallen, verließ er den Raum. Djan befand sich allein mit einem vermutlichen Feind auf diesem Planeten und hatte einen völlig unverständlichen Entschluß gefaßt. Gefühle waren noch nie eine Schwäche der Hanan gewesen, und er begann eine subtile Frage zu fürchten, die sie ihm gestellt haben mochte.

Oder aber die Einsamkeit besaß sogar über die Hanan Gewalt und erwies sich selbst für ihren Überlebenswillen als destruktiv.

Und dieser Gedanke war nicht weniger beunruhigend als der andere.

## 3

Wenn man nach der Größe des Hauses und seiner Nähe zum Afen urteilen wollte, mußte Kta ein bedeutender Mann sein. Von der Straßenseite aus gesehen, war das Haus ein riesiger Steinkubus, dessen A-förmige Tür direkt auf den Gehweg führte. Es war zwei Stockwerke hoch und lehnte sich mit seiner Rückfront an den Felsen, auf dem sich der Afen befand.

Die Wachen, die ihn begleiteten, läuteten eine Glocke, die sich neben der Tür befand, und kurz darauf wurde die Tür von einem weißhaarigen Nemet in einer schwarzen Tunika geöffnet.

Bei dem folgenden kurzen Dialog fielen häufig die Worte Kta und Djan-Methi. Er endete damit, daß der alte Mann die Hände an den Mund legte, sich verbeugte und Kurt mit einer Geste ins Haus bat. Auch die beiden Wachen verbeugten sich höflich, bevor sie sich zurückzogen. Der alte Mann schloß die Flügeltür und sicherte sie mit einem Querbalken.

»Hef«, stellte er sich mit einer Geste vor. »Komm.«

Hängelampen aus Bronze beleuchteten ihren Weg in die weiter zurückliegenden Räume des Hauses bis zu einer dämmerigen Halle, die Y-förmig hinter einem dreieckigen Eingang lag. Links und rechts führten Treppen zu den Räumen des oberen Stockwerks. Hef führte Kurt in den rechten Teil des Y-förmigen Raums. An seinem Ende befand sich eine geschlossene Tür. Hef klopfte an.

Kta öffnete und blickte Kurt erstaunt an. Hef sprach eine ganze Weile auf ihn ein, und die Worte schienen auf Kta einen ernüchternden Effekt zu haben. Dann öffnete er die Tür weit und bat Kurt einzutreten.

Kurt ging mit unsicheren Schritten in das geräumige Zimmer, gleichermaßen verwirrt vor Erschöpfung wie von der fremdartigen Geometrie des Hauses. Kta bat ihn, auf einem der Stühle Platz zu nehmen. Auch sie waren niedriger, als Kurt es gewohnt war. Die Teppiche, die den Boden bedeckten, zeigten reiche geometrische Muster, und die Möbel waren mit geschnitzten Figuren verziert.

Kta setzte sich Kurt gegenüber und lehnte sich zurück. In der privaten Sphäre seines Zimmers war er nur mit einem Kilt und Sandalen bekleidet. Er war ein kräftiger, muskulöser Mann, und seine goldbraune Haut glänzte wie die Oberfläche einer antiken Götterstatue, die plötzlich zum Leben erwacht war. Er war von einer Aura der Macht und des Reichtums umgeben, die Kurt auf dem Schiff nicht bemerkt hatte. Er empfand plötzlich Ehrfurcht vor diesem Mann und erkannte, daß Freundschaft nicht die richtige Bezeichnung für eine Verbindung zwischen einem reichen Nemet-Kapitän und einem menschlichen Flüchtling war, der abgerissen und mittellos auf seiner Türschwelle gelandet war.

Und auch das Wort ›Gast‹, überlegte Kurt bedrückt, war hier kaum angebracht.

»Kurt-ifhan«, sagte Kta, »die Methi hat dich in meine Obhut gestellt.«

»Ich bin dir dankbar«, sagte Kurt, »daß du zu ihr gegangen bist und für mich gesprochen hast.«

»Es war notwendig. Eine Sache der Ehre. Elas hat seine Tür für dich geöffnet. Aber du mußt verstehen: Falls du etwas Unrechtes tun solltest, fällt die Strafe auf mich. Wenn du fliehen solltest, setzt du meine Freiheit damit aufs Spiel. Ich sage dir das, damit du Bescheid weißt. Die Wahl liegt jetzt bei dir.«

»Du hast eine so große Verantwortung auf dich genommen«, sagte Kurt, »ohne mich wirklich zu kennen?«

»Ich habe einen Eid abgelegt«, sagte Kta. »Ich wußte damals nicht, daß dieser Eid ein Fehler war. Ich habe einen Eid auf deine Sicherheit abgelegt. Um der Ehre Elas' willen mußte ich die Methi um dich bitten. Es war notwendig.«

»Ihr Volk und das meine haben seit über zweitausend Jahren Krieg gegeneinander geführt. Du gehst ein größeres Risiko ein, als du ahnst. Ich möchte dich nicht in Schwierigkeiten bringen.«

»Du bist vierzehn Tage lang mein Gast«, sagte Kta. »Ich danke dir für deine Offenheit, aber ein Mann, der zum Herdfeuer der Elas kommt, wird nie wieder als Fremder vor unserer Tür stehen. Bringe Frieden mit dir und sei willkommen. Achte unsere Bräuche, und Elas steht dir offen.«

»Ich bin dein Gast«, sagte Kurt, »ich werde tun, was immer du von mir verlangst.«

Kta legte die Fingerspitzen zusammen und neigte den Kopf. Dann stand er auf und schlug auf einen Gong, der neben der Tür hing.

»Ich werde die Familie in den *rhmei* bitten. Der *rhmei* ist das Herz des Hauses. – Bitte.« Er berührte seine Lippen mit den Fingerspitzen und verneigte sich. »Man verbeugt sich bei einer Begrüßung. Ich weiß, daß Menschen einander berühren, um Freundschaft zu bezeugen. Hier darf man das nicht. Es wäre eine Beleidigung, besonders gegenüber Frauen, und eine Beleidigung von Frauen des Hauses kann nur mit Blut reingewaschen werden. Senke den Blick vor Fremden. Strecke einem Mann nicht die Hand entgegen. Wenn du diese wenigen Regeln beachtest, wirst du nirgends anstoßen.«

Kurt nickte, aber er hatte plötzlich Angst vor den Nemet, Angst vor dem Entdecken einer dunklen Seite ihrer sanften, kultivierten Natur – oder vor der Gefahr, von ihnen als Wilder verachtet zu werden. Das wäre die schlimmste der beiden Möglichkeiten.

Er folgte Kta in einen riesigen Raum, dessen Decke von Säulen getragen wurde. Der schwarze Marmor der Wände und Säulen reflektierte die Flammen des Feuers, das in einer großen, dreifüßigen Kupferschale in der Apex des dreieckigen Raums brannte.

An einer der drei Wände standen zwei mit reichem Schnitzwerk verzierte Stühle. Auf dem linken saß eine Frau, die Füße auf einem weißen Schafsfell. Auf dem rechten saß ein älterer Mann. Zu Füßen der beiden hockte ein Mädchen auf einem weißen Schafsfell. Hef stand neben dem Feuer an der Seite einer jungen Frau.

Kta kniete sich vor der älteren Frau auf den Boden und sprach mit ernstem Ton auf sie ein. Kurt stand mit einem unbehaglichen Gefühl vor den anderen, da er wußte, daß er das Thema von Ktas Erläuterungen war. Sein Herz schlug rascher, als der Mann sich erhob und ihm einen kühlen, prüfenden Blick zuwarf.

»Kurt-ifhan«, sagte Kta und sprang auf, »ich möchte dich meinem verehrten Vater vorstellen, Nym t'Elas u Lhai, und meiner Mutter, der Lady Ptas t'Lei e Met sh'Nym.«

Kurt verneigte sich tief, und Ktas Eltern honorierten seine Höflichkeit durch freundlichere Mienen. Das junge Mädchen, das zu Füßen der beiden hockte, stand ebenfalls auf und verbeugte sich.

»Meine Schwester Aimu«, stellte Kta sie vor. »Und du mußt auch Hef und seine Tochter Mim kennenlernen, die Elas mit ihrem Dienst ehren.«

Die beiden traten auf Kurt zu und verneigten sich tief. Kurt erwiderte den Gruß, obgleich er nicht wußte, ob man sich vor der Dienerschaft verneigen sollte oder nicht.

»Hef«, sagte Kta, »ist ein Freund Elas'. Seine Familie steht seit dreihundert Jahren in unseren Diensten. Mim-lechan spricht die menschliche Sprache. Sie wird dir helfen.«

Mim warf ihm einen raschen, verstohlenen Blick zu. Sie war klein, hatte eine kindhaft schmale Taille und wirkte in ihrem engen, durch mehr als ein Dutzend Knöpfe geschlossenen Mieder gleichzeitig steif und verwirrend feminin. Ihre Augen waren groß und dunkel, und in dem Blick, den sie Kurt zuwarf, lagen Haß und Aggression.

Er starrte sie verwirrt an, bevor ihm die Höflichkeitsregeln der Nemet wieder einfielen und er zu Boden blickte.

»Ich bin geehrt«, sagte Mim kalt, »dem Gast meines Lord Kta zur Hand gehen zu dürfen. Mein verehrter Vater und ich werden uns nach besten Kräften um dich kümmern.«

Die Gästeräume befanden sich im oberen Stockwerk über denen des Hausherrn, wie Kurt von Mim erfuhr. Sie erteilte ihm diese Auskunft in einem Ton, als ob sie ihn ermahnen wollte, keinen Lärm zu machen.

Es war ein luxuriös eingerichtetes Apartment. In einem gekachelten Bad befand sich ein Holzofen zum Erhitzen des Badewassers. Die Badewanne und alle anderen Gefäße waren aus gehämmerter Bronze.

Das Bett, das mit Daunendecken und weichen Fellen bedeckt war, stand unter einem Fenster aus wolkigem, von Luftblasen durchzogenem Glas. Kurt warf einen sehnsüchtigen Blick auf das Bett. Seine Beine zitterten, und seine Augen brannten vor Erschöpfung, und es gab keinen Muskel in seinem Körper, der nicht weh tat. Aber Mim lief geschäftig hin und her, trug Stapel von Leintüchern und Kleidung dahin und dorthin und bestand dann auch noch darauf, das Bett neu zu beziehen. Und als er endlich glaubte, daß sie fertig sei, begann sie auch noch Staub zu wischen.

Kurt war fest auf dem Stuhl eingeschlafen, als Kta ins Zimmer trat. Er warf einen prüfenden Blick in die Runde und sagte etwas zu Hef, der ihn begleitete.

Der alte Diener machte ein betroffenes Gesicht und nahm dann eine kleine Bronzelampe aus einer dreieckigen Nische in der Westwand.

»Es ist Religion«, erklärte Kta. »Du darfst solche Dinge nicht berühren, das gilt auch für die *phusmeba,* die Feuerschale im *rhmei.* Deine Anwesenheit ist eine Störung. Ich muß dich bitten, unsere religiösen Bräuche zu beachten.«

»Ist es, weil ich ein Fremder bin«, fragte Kurt, bereits von Mims kleinen Feindseligkeiten verärgert, »oder weil ich ein Mensch bin?«

»Du bist ohne Beginn auf diesem Planeten. Ich habe gebeten, die *phusa* aus dem Zimmer zu nehmen, weil ich die Ahnen von Elas nicht beleidigen will. Ich habe mit meinem Vater über diese Frage gesprochen. In diesem Raum sind die Augen von Elas jetzt geschlossen. Ich halte es für das beste. Bitte sei mir deshalb nicht böse.«

Kurt verneigte sich, durch Ktas offensichtliche Verlegenheit besänftigt.

»Verehrt ihr eure Vorfahren nicht?« erkundigte sich Kta.

»Ich verstehe die Frage nicht«, sagte Kurt, und ein betroffener Ausdruck trat auf Ktas Gesicht, als ob seine Befürchtungen sich bestätigt hätten.

»Trotzdem werde ich es versuchen«, sagte Kta. »Vielleicht werden die Ahnen von Elas auch Gebete für dein so weit entferntes Haus erhören. Leben deine Eltern noch?«

»Ich habe überhaupt keine Angehörigen«, sagte Kurt, und Kta murmelte ein Wort, das mitleidig klang.

»Dann«, sagte der Nemet, »bitte ich dich um deinen vollen Namen, den Namen deines Hauses und den deines Vaters und deiner Mutter.«

Kurt nannte ihm alle gewünschten Namen, um endlich Ruhe zu haben. Der Nemet wiederholte die langen, ungeläufigen Namen mehrere Male, um sie sich einzuprägen und richtig auszusprechen. Kta war entsetzt darüber, daß Kurts Eltern einen gemeinsamen Familiennamen trugen, und Kurt erklärte ihm ungeduldig, fast wütend, die menschlichen Heiratsbräuche. Er war zu Tode erschöpft, und diese blödsinnige Fragerei verlängerte seine Qualen.

»Ich werde es den Ahnen erklären«, sagte Kta. »Habe keine Angst. Elas ist ein Haus, das mit Fremden und ihren Bräuchen viel Geduld hat.«

Kurt verbeugte sich in der Hoffnung, daß die Diskussion damit abgeschlossen sein würde. Ihm war klar, daß er nur um Ktas willen in diesem Haus geduldet wurde. Es ging um Ktas Ehre.

Ihm war eiskalt, als Kta und Mim ihn endlich allein ließen. Er kroch zwischen die kalten Laken und zog fröstelnd die Decken über den Kopf.

Er war der einzige seiner Art auf diesem Planeten mit Ausnahme von Djan, die ihn haßte.

Für die Nemet war er nicht einmal jemand, den sie haßten. Er war ihnen lediglich unbequem.

Spät am Abend erschien Hef und brachte das Essen. Kurt zwang sich zum Aufstehen und zog sich an, was ihm äußerst zuwider war, aber er wollte nichts tun, was ihn in den Augen der Nemet herabsetzen konnte.

Kurz darauf erschien Kta, um mit ihm zu essen.

»An sich ist es Brauch, das Dinner im *rhmei* einzunehmen, im Kreis der Familie«, erklärte Kta, »aber ich möchte vermeiden, daß du, ohne es zu wollen, meine Familie beleidigst. Du mußt erst Tischmanieren lernen.«

Kurt wurde es allmählich zuviel. »Ich habe meine eigenen Tischmanieren«, schrie er. »Es tut mir leid, dein Haus entweiht und verunreinigt zu haben. Schicke mich doch zurück zum Afen, zu Djan. Es ist noch nicht zu spät dazu.« Er wandte dem gedeckten Tisch und Kta den Rücken zu, trat an das dunkle Fenster und starrte hinaus. Es dämmerte ihm, daß es eine subtile Grausamkeit Djans gewesen war, ihn nach Elas zu schicken. Sie erwartete, daß er zurückkehren würde mit gebrochenem Stolz.

»Ich wollte dich nicht beleidigen«, sagte Kta.

Kurt wandte sich um und blickte in die dunklen fremden Augen des Nemet. Ktas Gesicht wirkte völlig verstört.

»Kurt-ifhan«, sagte er, »ich wollte dich wirklich nicht beschämen. Ich möchte dir helfen, damit du dich nicht vor meinem Vater und meiner Mutter blamierst. Ich will deine Würde schützen.«

Kurt neigte den Kopf und kam widerstrebend zurück. Aber er dachte an Djan und war entschlossen, nicht bei ihr unterzukriechen und das aufzugeben, worum er sie so gebeten hatte. Und vielleicht wollte sie auch dem Haus Elas eine Lektion erteilen und ihm zeigen, was für eine schwere Last es sich mit ihm aufgebürdet hatte. Er gab nach. Es gab Schlimmeres als wie ein Kind auf dem Boden zu hocken und sich von Kta zeigen zu lassen, wie man mit fremdartigem Besteck umzugehen hatte.

Er begriff jetzt, warum Kta ihn nicht mit an den Familientisch genommen hatte. Mit dem ungewohnten Besteck konnte er kaum essen und mußte, hungrig wie er war, immer wieder den Impuls unterdrücken, einfach mit den Händen zuzulangen.

Man trinkt nur mit der linken Hand, ißt nur mit der rechten. Die Schüssel wird fast an den Mund geführt, darf die Lippen jedoch nie berühren. Immer wieder rutschte ihm der Bissen von der einzinkigen Gabel. Das Messer darf nur mit der linken Hand benutzt werden.

Kta war nach Kurts Ausfall überaus taktvoll und nachsichtig, und allmählich begann Kurt der Situation eine gewisse Komik abzugewinnen. Zwischen Instruktionen und Anweisungen unterhielten sie sich, und Kta befragte Kurt hin und wieder nach menschlichen Bräuchen. Aber er ließ dabei außer Zweifel, daß andere Ansichten und Gewohnheiten wohl möglich sein mochten, nicht aber unter dem Dach Elas'.

»Und was würdest du tun, wenn du dich unter Menschen befändest?« fragte Kurt ihn direkt.

Kta machte ein Gesicht, als ob allein die Vorstellung ihn erschreckte. »Ich weiß nicht. Die einzigen Menschen, die ich kenne, sind die Tamurlin.«

»Ist nicht ...« – er hatte lange gebraucht, um den Mut zu dieser Frage aufzubringen –, »die Methi mit anderen Menschen hergekommen?«

Der erschreckte Ausdruck blieb auf Ktas Gesicht. »Ja. Die meisten sind wieder fort. Die anderen hat Djan-Methi getötet.«

Er wechselte rasch das Thema und sah aus, als ob es ihn reute, Kurt eine so freimütige Antwort gegeben zu haben.

Sie sprachen von anderen, weniger wichtigen Dingen, und es wurde sehr spät. Das Haus war jetzt völlig still, und sie sprachen mit gedämpfter Stimme, um die anderen nicht zu stören. Die Lampen verbreiteten warmes, ruhiges Licht, und die Luft roch nach ihrem Öl. Sie tranken Tee und *telise*. Der Alkohol und die späte Stunde schufen eine Atmosphäre von Irrealität.

Kurt erfuhr einige Dinge, zumeist Familienklatsch, denn Djan und Elas waren die einzigen Personen in Naephanen, die sie beide kannten, und Kta, der vorübergehend so freigiebig mit der Wahrheit umgegangen war, schien sich daran zu erinnern, daß das nicht ungefährlich war. Sie unterhielten sich über Elas.

Nym war die absolute Autorität, der Lord von Elas. Kta besaß so gut wie keine Autorität, obwohl er schon über dreißig Jahre alt war und ein Kriegsschiff kommandierte. Solange Nym lebte, würde er ihm untergeben bleiben. Der älteste Mann war immer der Lord des Hauses. Wenn Kta heiratete, mußte er seine Frau in das Haus seines Vaters bringen. Das Mädchen würde Teil der Familie werden und Ktas Vater und Mutter gehorchen müssen, als ob sie im Hause geboren worden wäre. Aimu würde es bald verlassen. Sie war mit Ktas Zweitem, Bel t'Osanef, verlobt. Die drei, Kta, Bel und Aimu, waren seit ihrer Kindheit Freunde gewesen.

Kta besaß nichts. Aller Familienbesitz gehörte seinem Vater, der auch entschied, wann und wen seine Kinder heiraten würden, da das Erbe von diesen Ehen abhing. Der Besitz ging vom Vater ungeteilt auf den ältesten Sohn über, und der älteste Sohn mußte dann alle Verantwortung für die jüngeren Brüder, Vettern und unverheirateten Mädchen des Hauses übernehmen. Ein Patriarch wie Nym hatte seine Räume rechts vom Hauseingang. Dieser Brauch, erklärte Kta, stammte aus den kriegerischen Perioden der Nemet, als ein Mann auf der Schwelle seines Hauses schlief, um es vor Überfällen schützen zu können. Aus diesem Grund befanden sich dort auch die Zimmer der erwachsenen Söhne. Das Zimmer, in dem Kurt jetzt wohnte, war früher einmal Ktas gewesen, als er noch ein Junge war.

Die Lady des Hauses, in diesem Fall Ktas Mutter Ptas, hatte ihre Räume hinter der Basiswand des *rhmei.* Sie war die Hüterin religiöser Angelegenheiten des Hauses. Sie bewachte das heilige Feuer der *phusmeba,* leitete den Haushalt und stand nach dem Patriarchen auf der zweiten Stelle der Rangliste des Haushalts.

Bei den Nemet gab es einen komplexen Kodex von Respekt und Gehorsam, erklärte Kta. So galt es als grober Verstoß, wenn ein erwachsener Sohn vor seine Mutter trat, ohne sich auf den Boden zu knien, aber solange er noch ein Junge war, wurde ihm diese Ehrerbietung erlassen. Umgekehrt war es bei dem Verhältnis zwischen Sohn und Vater: Der Junge kniete vor seinem Vater nieder, bis er erwachsen war, dann trat er ihm als fast Gleichberechtigter mit einer leichten Verbeugung gegenüber. Eine Tochter dagegen wurde im Haus als ein geliebter Gast betrachtet und behandelt, als ein Gast, den das Haus eines Tages an einen Ehemann verlieren würde. Sie trat ihren Eltern mit nur förmlichem Respekt gegenüber und zeigte im Umgang mit ihren Brüdern die gleiche bescheidene Zurückhaltung, die für den Verkehr mit Fremden vorgeschrieben war.

Von Hef und Mim, die Elas dienten, wurde nur formeller Gehorsam verlangt, obwohl sie fast wie gleichberechtigte Familienangehörige behandelt wurden.

»Und was ist mit mir?« fragte Kurt, »was muß ich tun?«

Kta runzelte die Stirn. »Du bist Gast, mein Gast. Also stehst du mit mir auf einer Stufe. Aber ...«, setzte er nervös hinzu, »es gehört sich, daß ein Mann gelegentlich mehr Respekt zeigt, als von ihm erwartet wird. Das tut deiner Würde keinen Abbruch, meistens erhöht sich dein Ansehen sogar. Ich gebe dir den Rat, immer höflich zu sein. Zu allen. Bitte ... beschäme Elas nicht. Die Leute werden dich genau beobachten und dich für einen Tamurlin in Nemet-Kleidung halten. Du mußt ihnen beweisen, daß dem nicht so ist.«

»Kta«, sagte Kurt, »bin ich für die Nemet ein gleichwertiges Geschöpf?«

Kta preßte die Lippen aufeinander und runzelte die Stirn, als ob er wünschte, Kurt hätte ihm diese Frage nicht gestellt.

»Also nicht«, schloß Kurt und konnte nicht einmal wütend werden, weil er sah, wie verstört Kta war.

»Das habe ich noch nicht entschieden«, sagte Kta. »Manche von uns ... würden es verneinen. Es ist eine religiöse Frage. Aber ich mag dich, Kurt, auch wenn du ein Mensch bist.«

»Du warst sehr gut zu mir.«

Sie schwiegen eine Weile. Das Haus schlief. Es war totenstill. Kta blickte ihn mit einem Ausdruck von Bedauern und Mitleid an, der ihn beunruhigte.

»Du hast Angst vor uns«, sagte Kta.

»Hat Djan dich zu meinem Bewacher ernannt, weil du sie darum gebeten hast, oder vertraut sie dir auf eine besondere Weise?«

Kta hob den Kopf. »Elas ist der Methi treu und ergeben. Aber du bist unser Gast.«

»Gibt es viele Nemet, die die menschlichen Sprachen beherrschen? Du sprichst fließend Hanan, genau wie Mim. Deine ... Bereitwilligkeit, einen Menschen in dein Haus aufzunehmen ... ist das nicht außergewöhnlich für einen Nemet?«

»Ich habe für die *umani* den Dolmetscher gespielt, als sie nach Nephane kamen. Vorher hatte ich ihre Sprache von Mim gelernt, und Mim mußte sie erlernen, weil sie Gefangene der Tamurlin war. Was für eine Bösartigkeit vermutest du denn hinter der einfachen Tatsache, daß wir beiden deine Sprache sprechen? Worauf beruht eigentlich der Streit zwischen dir und der Methi?«

»Wir stammen von verschiedenen Nationen ab, die seit Jahrtausenden Krieg gegeneinander geführt haben. Misch dich da nicht ein, Kta, jedenfalls nicht um meinetwillen. Falls ich den Frieden dieses Hauses oder seine Sicherheit bedrohen sollte, so sage es mir offen. Dann gehe ich zurück. Ich meine es ernst.«

»Das ist unmöglich«, sagte Kta. »Nein. Elas hat noch nie einem Gast die Tür gewiesen.«

»Elas hat auch noch nie einen Menschen zu Gast gehabt.«

»Das stimmt«, gab Kta zu. »Aber die Ahnen waren verwegene Männer. Das ist der Charakter von Elas. Die Ahnen führen uns durch solche Situationen, und Nephane und die Methi können uns keine großen Überraschungen bereiten.«

Das Leben der Nemet verlief ruhig und friedlich. Kurt ertrug vier Tage in den stillen, matt erleuchteten Räumen, vier Tage voller gedämpfter Stimmen, endloser Verbeugungen, vier Tage der ständigen Wachsamkeit, um keine Gegenstände oder Personen zu berühren, deren Berührung ihm verboten war, bevor er am Ende seiner Nervenkraft angelangt war.

Eines Tages ging er nach oben und schloß sich in sein Zimmer ein. Er zog auch die Vorhänge vor das Fenster, damit ihm selbst der Ausblick auf diese fremde Welt erspart blieb. Er weinte sogar ein bißchen vor Verzweiflung und saß stundenlang reglos im dunklen Zimmer, bis es Nacht geworden war. Dann ging er leise hinunter und setzte sich in den leeren *rhmei*, um zu versuchen, seinen Frieden mit diesem Haus zu schließen.

Mim trat herein. Sie blieb bei der Tür stehen und blickte ihn schweigend an. Ihre vor der Brust verschränkten Hände zuckten nervös. Schließlich durchquerte sie den Raum, nahm eins der weißen Schafsfelle und brachte es zu Kurt, der auf dem kalten Boden saß. Sie legte es neben ihn und blickte ihm kurz in die Augen, als sie sich wieder aufrichtete. In ihren Blicken standen Fragen, Besorgnis – sogar nackte Angst.

Er nahm ihr Friedensangebot an und setzte sich auf das weiche Fell.

Sie verneigte sich tief und verließ den Raum. Im Hinausgehen löschte sie nacheinander alle Lichter bis auf das Feuer der *phusmeba*, das niemals verlöschen durfte.

Kta kam kurz darauf herein, aber er vergewisserte sich nur, daß alles in Ordnung war, und ging dann wieder. Aber er ließ die Tür seines Zimmers während der ganzen Nacht offen.

Als Kurt am nächsten Morgen den *rhmei* verließ, blieb er vor der offenen Zimmertür stehen, um sich bei Kta für sein Benehmen zu entschuldigen. Kta war wach, sprang sofort aus dem Bett und blickte Kurt besorgt an. Kurt fand nicht die richtigen Worte, um sein Verhalten zu erklären, also verbeugte er sich nur schweigend und ging in sein Zimmer hinauf, um sich auf die Zeremonie des Frühstücks mit der Familie vorzubereiten.

Der sanftmütige Kta, immer freundlich, selten wütend, war über sechs Fuß groß und stark wie ein Bär, aber Kurt bezweifelte, daß er jemals seine Würde vergessen und gewaltsam gegen jemanden vorgehen könnte. Kurt begriff immer weniger, wie dieser Mann es über sich gebracht hatte, im Angesicht ganz Nephanes über die Schiffsreling zu springen, um einen ertrinkenden Menschen zu retten, und ihm auch noch beigestanden hatte, als er hilflos und von Übelkeit gepackt auf der Pier lag. Es schien nichts zu geben, das Kta für längere Zeit aus dem Gleichgewicht bringen konnte. Frustration überwand er, indem er sich für einige Zeit zurückzog und über das Problem meditierte, bis er sein *yhia* wiedergefunden hatte, sein seelisches Gleichgewicht, und diese Philosophie erwies sich offensichtlich selbst für den Umgang mit Menschen als adäquat.

Kta beherrschte auch die *aos*, eine kleine Harfe mit Metallsaiten, und sang mit einer weichen, angenehmen Stimme zu ihrer Begleitung, eine Gabe, die besonders Lady Ptas an stillen Abenden zu schätzen wußte. Manchmal sang er schnelle, fröhliche Lieder, die den *rhmei* zum Lachen brachten, manchmal lange, getragene Balladen, die von kleinen Tassen *telise* unterbrochen wurden, damit er seine Stimme ausruhen konnte, klagende und oft atonale Tonfolgen, denen alle Mitglieder des Hauses ergriffen lauschten.

»Was hast du vorhin gesungen?« fragte Kurt ihn einmal, als sie in Ktas Zimmer bei einer Tasse Tee saßen. Es war ihnen zur Gewohnheit geworden, vor dem Schlafengehen noch eine Weile beisammenzusitzen, und dies war einer der letzten Abende, die Kurt im Haus Elas verbringen würde. Die zwei Wochen waren fast um, und deshalb wollte er noch möglichst viel über die Nemet erfahren, da er nicht wußte, ob er in Zukunft noch Gelegenheit dazu haben würde.

Sie hatten einen wunderbaren, stillen Abend im *rhmei* verbracht bei den Klängen der *aos*, denen Lady Ptas mit verzücktem Gesicht gelauscht hatte. Er sah das ruhig-würdevolle Gesicht Nyms vor sich, die gesenkten Köpfe von Aimu und Mim, die sich über ihre Handarbeiten beugten, die schwarzgekleidete Gestalt des alten Hef, der etwas abseits saß mit zurückgelegtem Kopf und träumenden Augen. Die Ruhe Elas war heute nacht in seine Seele eingezogen. Bis jetzt hatte er sich gegen sie gewehrt, jetzt hatte er sie akzeptiert und in sich aufgenommen.

»Der Text der Ballade hat keine Bedeutung für dich«, sagte Kta. »Außerdem kann ich ihn nicht in menschliche Worte übersetzen.«

»Versuche es wenigstens.«

Der Nemet hob die Schultern, lächelte ein wenig gequält, nahm die *aos* in die Hände und ließ seine Finger über die Metallsaiten gleiten. Ein paar Sekunden lang schien er zu schwimmen, doch dann erklang dieselbe Melodie, die er im *rhmei* gespielt hatte.

»Es ist unser Ursprung«, sagte Kta leise, ohne Kurt anzublikken, und seine Finger glitten sanft über die Metallsaiten, als ob die Begleitung für seine Gedanken notwendig sei.

»Im Anbeginn war Wasser. Aus dem Wasser kamen die neun Geister der Elemente, und die mächtigsten von ihnen waren Ygr, der irdisch ist, und Ib, der himmlisch ist. Von Ygr und Ib kamen die tausend Jahre der Schöpfung, des Chaos und des Krieges der Elemente, bis Qas, der Geist des Lichts, und Mur, der Geist der Finsternis, ihre Brüder Phan, den Sonnengott, und Thael, den Erdgott dazu überredeten, sich zu trennen.

So wurde die erste Ordnung gebildet. Aber Thael liebte Phans Schwester Ti und entführte sie. Phan tötete Thael in seiner Wut, und aus Thaels Rippen entstand dieser Planet. Ti gebar Thael einen Sohn.«

*Zehnmal tausend Jahre kamen und vergingen,*
*Aem wurde alt, und Ti sah, daß ihr Sohn zum Jüngling wurde.*
*Sie hatten schwere Sünden begangen. Aus diesen Sünden kam Yr,*
*Yr, die Erdschlange, Yr, die Mutter aller Tiere.*
*Der Rat der Götter beschloß, Aem und Ti sterben zu lassen,*
*und im Sterben schufen sie Kinder, Männer und Frauen.*

»Ich habe diese Sage noch nie aus menschlicher Sicht betrachtet«, sagte Kta kopfschüttelnd. »Es ist sehr schwierig.«

Kurt bat ihn mit einer Geste, fortzufahren, und Kta griff wieder in die Saiten.

»Die ersten Sterblichen waren Nem und Panet, ein Mann und eine Frau, Zwillinge. Auch sie begingen die große Sünde. Der Rat der Götter nahm ihnen deshalb die Unsterblichkeit und verkürzte ihr Leben. Besonders Phan haßte die beiden. Er begattete Yr, die Erdschlange, und sie gebar Raubtiere und andere Bestien, welche die Menschen jagten.«

*Dann forderte Qas, Phans Schwester, seinen Zorn heraus,*
*sie stahl das Feuer und ließ Blitze auf die Erde herabregnen.*
*Die Leute nahmen das Feuer und töteten Yrs Tiere, erbauten Städte.*
*Zehnmal tausend Jahre kamen und vergingen.*
*Die Völker mehrten sich, ihre Könige wurden stolz,*
*ihre Söhne von Yr, der Erdschlange,*
*ihre Söhne von inim, den Windgeistern.*
*Die Leute verehrten diese Gott-Könige,*
*beteten sie an und erbauten ihnen Städte*
*und vergaßen ihre ursprünglichen Götter.*

»Dann kam eine Prophezeiung«, sagte Kta, »und Phan erwählte Isol, eine sterbliche Frau, und zeugte mit ihr einen halbgöttlichen Sohn. Qavur führte die Waffen Phans, um die Welt durch Brand zu vernichten. Er tötete die Gott-Könige, aber Isol, seine Mutter, flehte ihn an, die anderen Bewohner zu verschonen, und er folgte ihren Bitten. Doch Phan nahm sein Pestschwert, kam vom Himmel herunter und tötete alles Volk. Aber als er Isol töten wollte, lief sie zu ihrem Herdfeuer und ließ sich neben ihm nieder. Damit stand sie im Schutz der Götter. Ihre Tränen rührten Phan, und er zeugte mit ihr einen zweiten Sohn, Isem, welcher der Gatte von Nae, der Meeresgöttin, und der Urahn aller Seeleute wurde. Und Qavur machte Phan unsterblich. Er ist der Morgenstern, der Vorbote der Sonne.

Um Naes Kinder davor zu bewahren, Unrecht zu tun, gab Phan Qavur die *yhia*, um sie den Leuten zu bringen. Alles Gesetz kommt aus der *yhia*, und von ihr kennen wir unseren Platz im Weltall. Alles, was höher ist, ist Gottes Gesetz, aber das ist zu hoch, um besungen zu werden. Die Ballade heißt *Ind*. Sie ist uns heilig. Mein Vater hat sie mich gelehrt und die sieben Strophen, die sich ausschließlich mit Elas befassen. So hat sie sich seit Generationen erhalten.«

»Du hast einmal gesagt, daß du noch nicht entschieden hast, ob ich ein gleichwertiges Geschöpf bin oder nicht. Hast du jetzt eine Entscheidung getroffen?«

Kta legte die *aos* beiseite und runzelte nachdenklich die Stirn. »Vielleicht«, sagte er, »sind einige Kinder Nems der Pest entkommen. Aber du bist ja kein Nemet. Vielleicht seid ihr Sprößlinge von Yr, die auf einer anderen Welt ausgesetzt worden sind. Wie ich von Menschen hörte, soll unser Planet viele Brüder haben. Aber ich glaube es nicht.«

»Ich habe nichts gesagt.«

»Dein Blick sagt mir, daß du damit nicht einverstanden bist.«

»Ich möchte dich nicht kränken«, sagte Kurt, »wenn ich dir sage, daß ich dich als Menschen betrachte.«

In den Augen des Nemet stand nacktes Entsetzen. Dann blickte er Kurt an, als ob er sich einen schlechten Scherz erlaubt hätte. Allmählich aber wurde sein Gesicht nachdenklich, und er machte eine abwehrende Geste.

»Bitte«, sagte Kta, »das darfst du nicht sagen.«

Kurt neigte verstehend den Kopf. Seine Worte hatten den Nemet ernstlich erschüttert.

»Ich habe mit den Hütern von Elas über dich gesprochen«, sagte Kta. »Du bist ein Störfaktor in diesem Haus, aber ich glaube nicht, daß du unseren Ahnen unwillkommen bist.«

Kurt kleidete sich am nächsten Morgen besonders sorgfältig. Am liebsten hätte er die Sachen getragen, die er bei seiner Ankunft auf diesem Planeten angehabt hatte, aber Mim hatte sie weggeworfen, weil sie eines Gastes von Elas unwürdig seien, wie sie sagte. Dafür stand ihm jetzt eine große Auswahl nemetischer Kleidung zur Verfügung, die wahrscheinlich Kta gehörte. An diesem Morgen wählte er die wärmsten und strapazierfähigsten Sachen, weil er nicht wußte, was der Tag ihm bringen würde, und die Nächte waren kalt. Auch die Räume des Afen waren kalt, und er hatte die Befürchtung, daß er sie nicht mehr verlassen würde, wenn er sie einmal betrat.

Wieder schien die Welt der Nemet und Elas' ihm zunehmend fremder zu werden, und die sterile Modernität des Afen rückte mehr und mehr in den Vordergrund seines Denkens, als er sich daran erinnerte, daß er sich mit Djan auseinanderzusetzen hatte und nicht mit den Nemet.

Um für alle Gelegenheiten gerüstet zu sein, hatte er sich einen kleinen Dolch mit einem drachenförmigen Griff eingesteckt. Er hatte ihn zwischen Ktas Papieren entdeckt und war sicher, daß er nicht vermißt werden würde.

Jetzt zog er ihn noch einmal heraus und betrachtete die schmale, scharfe Klinge. Er würde sie an Djan gebrauchen – oder an sich selbst.

Aber man würde leicht herausfinden, daß die Waffe aus dem Haus Elas stammte, fiel ihm ein.

Er legte den Dolch auf den Frisiertisch, damit Kta ihn dort finden konnte. Der Nemet würde über den Diebstahl verärgert sein, aber das war nun nicht mehr zu ändern.

Kurt befestigte den *ctan*, den Übermantel, an seinen Schultern. Er nahm eine Bronzespange dazu. Er stand schon tief genug in Elas' Schuld und wollte nicht eine der silbernen und goldenen Spangen nehmen, die man ihm zur Verfügung gestellt hatte.

Es klopfte leicht an die Tür.

»Herein.«

Mim trat ins Zimmer, einen Stapel frischer Wäsche auf den Armen. Sie verneigte sich vor Kurt, bevor sie die Laken und Handtücher ablegte und mit ihrer Arbeit begann. Schon lange stand kein Haß mehr in den Augen des Mädchens. Kurt hatte inzwischen auch den Grund für ihren Haß begriffen. Sie war Gefangene der Tamurlin gewesen. Doch sie hatte eingesehen, daß nicht alle Menschen für die barbarischen Sitten der Tamurlin verantwortlich zu machen waren, und ihre feindliche Haltung aufgegeben. Kurt hatte sich seitdem bemüht, besonders nett und freundlich zu ihr zu sein.

»Zumindest hast du von jetzt an in diesem Haus weniger Wäsche zu waschen«, sagte er.

Sie schien diese Art von Humor nicht zu schätzen. Sie blickte ihn eine Sekunde lang schweigend an, dann senkte sie den Blick, wandte sich um und fuhr mit ihrer Arbeit fort.

Sie zuckte zusammen, als sie den Frisiertisch abstauben wollte. Zögernd griff sie nach dem Messer und wandte sich langsam Kurt zu. In ihren großen Augen stand die nackte Angst.

»Lord Kta hat dir das nicht gegeben«, sagte sie.

»Nein. Aber du kannst es ihm zurückgeben.«

Sie umklammerte den Dolch mit beiden Händen, als ob sie Angst hätte, er könnte ihn ihr wegnehmen, und starrte ihn an. »Wenn du eine Waffe in den Afen nimmst, tötest du uns Kurt-ifhan. Das ganze Haus Elas würde sterben.«

»Ich habe sie zurückgegeben«, sagte er. »Ich bin unbewaffnet, Mim. Es ist die Wahrheit.«

Sie schob den Dolch in den Gürtel, den sie unter ihrem Überrock trug, und strich die Falten glatt. Sie war eine kleine, zierliche Frau. Sie hatte eine fast kindlich schmale Taille, und ihr schlanker Hals wurde durch die aus winzigen, hinter den Ohren aufgerollten Zöpfen bestehende Frisur wirkungsvoll betont. Sie war so klein, so sanft, und doch spürte Kurt ihr gegenüber eine ständige Spannung, fast Ehrfurcht.

Zum erstenmal sah er jetzt den Ausdruck von Besorgnis, sogar Zärtlichkeit in ihrem Blick.

»Kta möchte, daß du nach Elas zurückkommst«, sagte sie.

»Ich bezweifle, daß man mir dies erlauben wird.«

»Warum hat dich die Methi dann überhaupt hierher geschickt?«

»Das weiß ich nicht. Vielleicht wollte sie Kta damit einen Gefallen tun. Vielleicht sollte ich mich hier so wohl fühlen, daß ich die Rückkehr in den Afen fürchte.«

»Kta wird niemals zulassen, daß man dir ein Leid zufügt.«

»Kta sollte sich lieber da heraushalten. Sag ihm das, Mim. Er könnte sich sonst die Methi zur Feindin machen.«

Er hatte Angst. Sie hatte ihn von Anfang an begleitet, und jetzt, wo Mim einen offenen Nerv berührt hatte, fiel es ihm schwer, mit der Ruhe zu sprechen, welche die Nemet als Würde bezeichneten. Das Zittern seiner Stimme beschämte ihn.

Mims Augen füllten sich mit Tränen – die kleine, nichtmenschliche Mim, die Kurt so hinreißend weiblich fand trotz ihres nicht-menschlichen Gesichts. Er hatte noch nie jemanden gekannt, dem so viel an ihm lag, daß er seinetwegen geweint hätte, und plötzlich erschien ihm der Gedanke, Elas verlassen zu müssen, unerträglich.

Er nahm ihre kleinen, goldfarbenen Hände in die seinen und wußte sofort, daß er das nicht tun durfte, denn das kleine Nemet-Mädchen zuckte bei seiner Berührung zusammen. Aber sie blickte ihn an und zog ihre Hände nicht zurück.

»Kurt-ifhan«, sagte sie, »ich werde Lord Kta berichten, was du gesagt hast, denn es ist ein guter Rat. Aber ich glaube nicht, daß er auf mich hören wird. Elas wird für dich sprechen. Elas spricht mit der Stimme einer großen Familie, und die Methi wird auf Elas hören. Sie hat es schon früher getan. Sie weiß, daß Elas mit der Macht der großen Familie spricht. Bitte geh jetzt zum Frühstück. Ich habe dich aufgehalten. Entschuldige.«

Er nickte und ging zur Tür. Dort blieb er noch einmal stehen und wandte sich um.

»Mim«, sagte er, weil er wollte, daß sie ihn ansah. Er wollte ihr Gesicht sehen, um es in sein Gedächtnis einzugraben, um an sie denken zu können, so wie er alles, was in Elas war, in seinem Gedächtnis festhalten wollte. Aber als Mim sich umwandte und ihn ansah, wußte er nicht, was er ihr sagen sollte.

»Danke«, murmelte er rasch und ging.

## 4

Während des ganzen Weges zum Afen wog Kurt seine Chancen ab, den drei Nemet-Wachen, die ihn eskortierten, zu entkommen. Die Straßen von Nephane waren eng und gewunden, und wenn er bis zum Dunkelwerden allen Nachstellungen entgehen konnte, würde es ihm vielleicht gelingen, einen Weg in die Wälder zu finden.

Aber Nym hatte ihn den Wachen persönlich übergeben und ihnen offensichtlich aufgetragen, ihn gut zu behandeln, denn sie zeigten ihm gegenüber die größtmögliche Höflichkeit. Die Hand Elas' lag auch jetzt noch schützend über ihm, und um Elas' willen versagte er sich das, wonach alle seine Instinkte schrien: wegzulaufen und zu töten, wenn es sein mußte.

Sie betraten die kühlen Hallen des Afen, und damit war es zu spät für eine Flucht. Sie stiegen die Treppen hinauf in den dritten Stock, den die Methi bewohnte.

Djan erwartete ihn in der modern eingerichteten Halle. Sie trug die bescheiden-unauffällige Kleidung der Nemet-Damen. Ihr blondes Haar war mit Goldschnüren zu Zöpfen geflochten, die zu einer Krone aufgesteckt waren.

Sie entließ die Wachen und wandte sich Kurt zu. Es war seltsam, wie sie ihm vorausgesagt hatte, nach langer Zeit wieder ein menschliches Gesicht zu sehen. Er begann zu verstehen, was dieses Alleinsein für sie bedeutete, dieses allmähliche Hinübergleiten von einer menschlichen Realität in die der Nemet. Er entdeckte Dinge in einem menschlichen Gesicht, die ihm früher nie aufgefallen waren. Wie seltsam eben seine Flächen, wie hell die Augen, wie metallisch schimmernd das Haar. Der Krieg, die jahrtausendealte Feindschaft zwischen ihnen, selbst sie erschien ihm in diesem Augenblick willkommen als Teile eines gewohnten Bezugsrahmens. Elas versank hinter diesen Wänden aus Metall und synthetischem Material.

»Willkommen«, begrüßte sie ihn, ließ sich auf einen Stuhl fallen und deutete auf einen anderen. »Elas möchte Sie zurückhaben«, sagte sie, als er sich gesetzt hatte. »Ich bin beeindruckt.«

»Und ich«, sagte er, »möchte nach Elas zurückkehren.«

»Das habe ich Ihnen nicht versprochen«, sagte sie. »Aber Ihr Aufenthalt dort hat keine besonderen Schwierigkeiten hervorgerufen.« Sie stand abrupt auf, trat zu einem Wandkabinett und öffnete es. »Mögen Sie einen Drink, Mr. Morgan?«

»Gerne«, sagte er. »Danke.«

Sie füllte zwei kleine Gläser und reichte ihm eins. Es war *telise*. Sie setzte sich wieder, lehnte sich zurück und nahm einen kleinen Schluck. »Ich möchte gleich zu Anfang ein paar Punkte klarstellen«, sagte sie. »Erstens: Dies ist meine Stadt, und ich werde dafür sorgen, daß es meine Stadt bleibt. Zweitens: Dies ist eine Stadt der Nemet, und auch das wird so bleiben. Unsere Spezies hat ihre Chance gehabt. Sie ist erledigt. Wir haben es uns selbst zuzuschreiben. Pylos, Ihr Planet, Aeolus, meine Welt – beide ausgebrannte Schlacken. Es ist Wahnsinn. Ich habe während der letzten Monate auf den Tod gewartet, weil ich meine Befehle nicht befolgt habe, und mich gefragt, was aus den Nemet werden würde, wenn das Schiff zurückkehren würde mit der Autorität und der Feuerkraft, um mich zu erledigen. Sie werden verstehen, daß mich der Tod meiner Landsleute und ihres Schiffes nicht sonderlich berührt. Ich ... bedaure den Untergang von Aeolus. Aber Ihre Intervention kam gerade zur rechten Zeit – auch für die Nemet. Aber das soll nicht heißen«, setzte sie rasch hinzu, »daß ich Ihnen dafür besonders dankbar bin.«

»Es ist doch Irrsinn«, sagte er, »daß wir beide diesen Krieg hier weiterführen. Keiner von uns kann dabei wirklich etwas gewinnen.«

»Jeder Krieg ist Irrsinn«, sagte sie. »Analysieren Sie doch einmal den unseren: Wir haben ihn zweitausend Jahre lang geführt. Wahrscheinlich ist alles, was meine Seite oder die Ihre über seine Ursachen und Anfänge behaupten, erlogen. Aber darauf kommt es nicht an. Nur das *Jetzt* zählt, und jeder Krieg lebt von seinen eigenen Opfern. Aber wir haben unsere Grenzen erreicht – und überschritten. Wir haben begonnen, indem wir Raumschiffe in einem kleinen System zerstörten, und jetzt vernichten wir Welten. *Welten!* Wir lassen leeren Raum hinter uns zurück. Wir zählen die Opfer nach Zonen. Wir Hanan – wir waren nie so zahlreich und vermehrungsfreudig wie ihr – konnten nicht einmal genügend Soldaten aufbringen, um die gefallenen zu ersetzen. Wir begannen, sie zu produzieren, Embryoniten, im Labor gezeugte und ausgetragene Soldaten, genetisch gezüchtete Offiziere – unsere letzte Hoffnung. Und die haben Sie zerstört. Ich möchte Ihnen etwas sagen, mein Freund, etwas, das Ihnen Ihre Allianz sicher niemals gesagt hat: Durch die Zerstörung von Aeolus haben Sie dem Krieg nur neue Nahrung gegeben. Ich fürchte, Ihr Angriff war eine schwere Fehlkalkulation.«

»Wieso?«

»Aeolus war das Zentrum, das große Zentrum des Embryonen-Projekts. Milliarden sind in seinen Laboratorien gestorben. Die Anlagen, die Arbeiter, die Unterlagen, unwiederbringlich vernichtet. Sie haben uns zu hart geschlagen, Mr. Morgan. Die Hanan werden von jetzt an ohne jede Rücksicht kämpfen. Sie haben den potenzierten Wahnsinn auf die Menschheit losgelassen. Und das haben wir auch verdient, wir alle, die ganze menschliche Rasse.«

»Ich glaube nicht«, sagte er, um das ihn bedrückende Thema zu wechseln, »daß Sie Ihre Isolation auch nur halb so genießen, wie Sie vorgeben.«

»Ich bin Aeolitin. Denken Sie daran.«

Er brauchte einen Augenblick, um den Sinn Ihrer Worte zu verstehen. Dann wußte er, was sie damit gemeint hatte, und ihm wurde fast übel vor Ekel. Von allen Dingen, die Hanan darstellten und die er haßte, waren ihm die Laboratorien am widerwärtigsten.

Djan lächelte. »Keine Sorge, ich bin ein Mensch, ich bestehe aus menschlichen Zellen. Und überlegen. Sonst wäre ich vernichtet worden. Sorgfältig für höchste Intelligenzleistung konstruiert und ausgebildet, um dem Staat zu dienen. Meine Intelligenz verriet mir eines Tages, daß ich ausgenutzt wurde, und das gefiel mir nicht. Ich wartete auf eine Gelegenheit und stellte mich dann gegen den Staat.« Sie trank ihr Glas leer und stellte es auf den Tisch. »Aber Sie wollen sich nicht auflehnen. Gut. Das bewahrt Sie vielleicht davor, mir eines Tages an die Kehle zu springen.«

»Ich darf also gehen?«

»Nicht so eilig, nicht so eilig. Ich habe daran gedacht, Ihnen Quartier im Afen zu geben. Es gibt einen Stock höher ein paar Räume, die nur von hier aus zugänglich sind. In so einer Isolation könnten Sie bestimmt keinen Schaden anrichten. Mein Instinkt – oder irgend etwas – sagt mir, daß das die einzig richtige Lösung ist.«

»Bitte«, sagte er ohne jedes Schamgefühl, weil er längst eingesehen hatte, daß er nichts gewinnen würde, wenn er sich Djan zur Feindin machte, »bitte, lassen Sie mich nach Elas zurückgehen.«

»Ich werde es mir in ein paar Tagen überlegen. Ich möchte nur, daß Sie die Alternativen kennenlernen.«

»Und was ist bis dahin?«

»Sie werden die Nemet-Sprache lernen. Ich habe alles vorbereiten lassen.«

»Nein«, sagte er sofort. »Ich brauche keine mechanischen Hilfen.«

»Ich bin Medizinerin – unter anderem. Es gibt keine Möglichkeit, eine Lehrmaschine zu mißbrauchen, ohne Dauerschäden zu verursachen. Nein. Es wäre Verschwendung, das Gehirn des einzigen anderen menschlichen Wesens, das es hier gibt, zu zerstören. Ich stelle Ihnen das Gerät zur Verfügung. Sie können Ihr Lerntempo selbst bestimmen.«

»Warum bestehen Sie denn so darauf?«

»Weil Ihre Einwände ein unnötiges Problem für Sie hervorrufen und ich darauf bestehe, daß es gelöst wird. Ich gebe Ihnen die Chance, an einem Ort Ihrer Wahl zu leben. Es ist eine faire und ehrliche Chance, und ich wünsche, daß Sie Erfolg haben. Ich stehe nicht mehr im Dienst der Hanan, deshalb weigere ich mich, mich für Handlungen programmieren zu lassen, die ich nicht selbst gewählt habe. Desgleichen wenn ich erkennen sollte, daß Sie für mich störend werden, glauben Sie nur nicht, daß Sie Unwissenheit vorschieben und den Konsequenzen ausweichen können. Ich nehme Ihnen im voraus alle Entschuldigungen, verstehen Sie. Wenn es sich als notwendig erweisen sollte, werde ich Sie zurückrufen – oder Sie töten. Daran dürfen Sie nicht einen Moment lang zweifeln.«

»Das ist großzügiger, als ich es von Ihnen erwartet habe«, sagte Kurt. »Aber es wäre für mich leichter, wenn ich Ihre Motivationen verstehen würde.«

»Alle meine Motive sind egoistisch«, sagte sie, »zumindest in dem Sinn, daß sie meinen Interessen dienen. Falls ich einmal feststellen sollte, daß Sie sich gegen meine Interessen stellen, sind Sie erledigt. Wenn ich merke, daß Sie ihnen förderlich sind, haben Sie keinerlei Schwierigkeiten. Ich denke, ich habe mich doch klar genug ausgedrückt, Mr. Morgan.«

## 5

Kta war nicht im *rhmei*, wie Kurt es erwartet hatte, als er die Geborgenheit von Elas erreichte. Aber Hef und Mim fand er dort. Mim lief ihm voraus die Treppe hinauf, um das Fenster zu öffnen und sein Zimmer zu lüften.

»Wir sind so glücklich«, sagte sie, und ihre Augen glänzten. Mehr Zeit blieb ihr nicht, um mit ihm zu reden, denn Kta trat herein. Mim verneigte sich vor den beiden Männern und verließ das Zimmer.

»Es hat in diesem Haus in den letzten Tagen viele Tränen gegeben«, sagte Kta und blickte Mim nach, die die Treppe hinabeilte. Dann blickte er Kurt an und lächelte ein wenig. »Aber das ist ja nun vorbei. Setz dich doch, Kurt. Bitte. Du siehst aus wie ein Mann, den man gerade wieder zum Leben erweckt hat.«

Kurt fuhr mit der Hand durch sein Haar und ließ sich auf einen Stuhl fallen. Seine Arme und Beine zitterten, sein Gesicht war bleich. »Sprich Nechai«, sagte er, »das ist leichter.«

Kta blinzelte überrascht. »Wie kommt es, daß du plötzlich unsere Sprache sprichst?« Mißtrauen schwang in seiner Stimme.

»Vertraue mir«, sagte Kurt heiser. »Die Methi hat Maschinen, die das zustande bringen.«

»Du bist blaß«, sagte Kta, »und du zitterst. Bist du verletzt?«

»Nur müde«, sagte Kurt. »Kta ... danke. Danke, daß du mich wieder aufgenommen hast.«

Kta neigte leicht den Kopf. »Selbst mein verehrter Vater hat das Wort für dich ergriffen, und so etwas ist in der langen Geschichte des Hauses Elas noch nie passiert. Aber du gehörst jetzt zu uns. Wir sind froh und glücklich, dich wieder bei uns zu haben.«

»Ich danke dir.«

Kurt stand auf und versuchte, sich zu verbeugen. Er mußte sich am Tisch festhalten, um nicht zu Boden zu stürzen. Er schaffte es gerade noch bis zum Bett und ließ sich darauf fallen. Er schlief bereits, bevor er die Beine auf das Bett gezogen hatte.

Etwas zerrte an seiner Ferse. Er glaubte, er sei in die See gefallen und etwas versuchte, ihn hinabzuziehen, aber er war zu schwach, um sich zu wehren.

Dann wurde seine Ferse plötzlich freigegeben, und kalte Luft strich über seinen Fuß. Er öffnete die Augen und sah Mim, die gerade dabei war, ihm die andere Sandale auszuziehen. Er lag völlig angezogen auf seinem Bett, und ihm war kalt. Seine Arme und Beine waren wie Eis.

Mim blickte auf und erkannte, daß er wach war. »Kta kümmert sich nicht genug um dich«, sagte sie vorwurfsvoll. »Wie konnte er dich so liegen lassen. Du hast geschlafen wie ein Toter.«

»Sprich Nechai«, bat er sie. »Ich habe eure Sprache gelernt.«

Sie blickte ihn überrascht an. Dann akzeptierte sie diese menschliche Seltsamkeit mit einer leichten Verbeugung, wischte die Hände an ihrem *chatem* ab und zog die Bettdecke über ihn.

»Es tut mir leid, daß ich dich geweckt habe«, sagte sie, »aber die Nacht ist kühl, und mein Lord Kta hat das Fenster offengelassen.«

Er seufzte tief und griff nach ihrer Hand, als sie die Bettdecke über ihn zog. »Mim ...«

»Bitte.« Sie befreite ihre Hand, löste die Bronzespange an seiner Schulter und zog den zerdrückten *ctan* unter ihm hervor. Dann zog sie die Decke bis zu seinem Kinn hinauf.

»Jetzt wirst du besser schlafen«, sagte sie.

Er griff wieder nach ihrer Hand. »Mim ... wie spät ist es?«

»Spät ... spät.« Sie wollte ihm ihre Hand wieder entziehen, aber er gab sie nicht frei. Sie blickte an ihm vorbei. Ihre schwarzen Wimpern kontrastierten mit ihrer goldfarbenen Haut. »Bitte ... bitte lassen Sie mich gehen, Lord Kurt.«

»Ich habe Djan gebeten, dir eine Nachricht übermitteln zu lassen, damit du dir keine Sorgen um mich machst.«

»Die Nachricht ist eingetroffen. Aber wir wußten nicht, wie wir sie verstehen sollten. Sie besagte nur, daß du in Sicherheit seist. Nur das.« Sie versuchte wieder, ihre Hand seinem Griff zu entziehen. »Bitte ...«

Ihre Lippen zitterten, und in ihren Augen stand Angst. Als er ihre Hand freigab, sprang sie zurück und lief zur Tür. Sie ließ sich kaum Zeit, sie hinter sich zu schließen.

Wenn er die Kraft dazu gehabt hätte, wäre er aus dem Bett gesprungen und ihr nachgelaufen. Er hatte Mim nicht verletzen wollen, vor allem nicht am Tag seiner Rückkehr. Er lag wach und war wütend auf die konservativen nemetischen Sitten und auf sich selbst, aber sein Kopf schmerzte ihn unerträglich, und er fühlte sich schwindelig. Er schloß die Augen und ließ sich wieder in den Schlaf hinübergleiten. Es gab ja ein Morgen. Mim würde jetzt auch zu Bett gehen, und er würde das ganze Haus gegen sich aufbringen, wenn er versuchte, jetzt mit ihr zu sprechen.

Der Morgen begann wie immer mit Tee. Aber keine Mim erschien fröhlich und mit frischen Leintüchern auf den Armen, um emsige Unordnung zu schaffen. Sie bediente später beim gemeinsamen Frühstück im *rhmei,* mied jedoch seinen Blick, als sie ihm Tee einschenkte.

»Mim«, flüsterte er, und sie vergoß ein paar Tropfen auf seine Hand. Der heiße Tee brannte. Mim wandte sich rasch ab, um Kta zu bedienen. Auch bei ihm goß sie etwas Tee daneben. Der Nemet schüttelte seine verbrannte Hand und blickte Mim fragend an, sagte jedoch nichts.

Es gab die üblichen Formalitäten. Kurt verneigte sich tief vor Nym, Ptas und Aimu und dankte dem Lord von Elas in seiner eigenen Sprache für seine Fürsprache bei Djan.

»Du sprichst sehr gut«, sagte Nym anerkennend.

»Ich danke Ihnen, Sir«, sagte Kurt mit einer erneuten Verbeugung. »Ich habe die Sprache mit Hilfe einer Maschine gelernt. Noch spreche ich ziemlich langsam und nicht fließend, aber ich verstehe alles, was man mir sagt. In ein paar Tagen werde ich sie bestimmt besser beherrschen.«

Der ehrenwerte Nym nickte lächelnd, ein wenig amüsiert,

wie es Kurt vorkam. Er drückte die gefalteten Hände an seine Brust und verneigte sich leicht.

»Zum zweiten Male heiße ich dich auf Elas willkommen, Freund meines Sohnes. Du bringst Freude in dieses Haus. Heute sehe ich Lächeln auf den Gesichtern, in denen bisher Angst und Sorge um dich standen.

Das Ritual des Tees begann. Lady Ptas saß in ihrer Mitte, und wenn Kurt später an Elas dachte, fiel ihm als erstes immer diese gütige, liebevolle Frau ein, das Herz der Familie, wie es bei den Nemet selbstverständlich war. Nyms Frau war die Quelle des Lebens und der Liebe, Hüterin der Ahnenverehrung. Seiner Frau vertraute ein Mann seinen Herd an, in die Hände seiner Schwiegertochter gab er seine Hoffnung auf sein ewiges Leben. Kurt begann zu verstehen, warum die Väter die Frauen ihrer Söhne auswählten. Und wenn er die Liebe und Zuneigung zwischen Nym und Ptas sah, konnte er nicht mehr glauben, daß solche Verbindungen bar jeden Gefühls sein mußten. Es war richtig, es war sittlich, erkannte er, als er mit gekreuzten Beinen auf seinem weißen Schafsfell saß, gleichrangig mit Kta, ein Sohn des Hauses, und den stark gesüßten Tee trank. Er war wirklich nach Hause gekommen. Nach dem Tee erhob sich Lady Ptas, verbeugte sich tief vor dem Herdfeuer und streckte ihm die offenen Handflächen entgegen. Die anderen standen respektvoll auf, und ihre sanfte Stimme rief die Hüter des Hauses Elas.

»Ahnen von Elas, auf diesem Ufer und auf dem anderen, jenseits der trennenden See, blickt gnädig auf uns herab. Kurt t'Morgan ist zu uns zurückgekehrt. Friede sei zwischen dem Gast unseres Hauses und den Wächtern von Elas. Friede sei unter uns allen.«

Kurt war von ihren Worten tief gerührt, und als sie zu Ende gesprochen hatte, verneigte er sich tief vor ihr.

»Lady Ptas«, sagte er, »ich möchte Ihnen meine höchste Verehrung ausdrücken.« Er hatte sagen wollen, daß er die Verehrung eines Sohnes für sie empfinde, aber er wußte nicht, ob eine Nemet-Lady das als Kompliment auffassen würde.

Sie lächelte ihn an mit der mütterlichen Zuneigung, die sie ihren Kindern entgegenbrachte, und von diesem Augenblick an hatte sie Kurts Herz gewonnen.

»Kurt«, sagte Kta, als sie nach dem Frühstück allein in der Halle waren. »Mein Vater läßt dir sagen, daß du so lange bleiben möchtest, wie es dir gefällt. Er hat mich ausdrücklich gebeten, dir das auszurichten.«

»Ich danke ihm, und ich danke dir, Kta«, sagte Kurt. »Du warst mir längst nicht so viel schuldig, wie du mir gegeben hast. Dein Eid hat dich nicht so weit gebunden.«

»Nur wenige haben den Herd von Elas mit uns geteilt«, sagte Kta, »aber diese wenigen werden wir niemals vergessen. Wir nennen es Gastfreundschaft. Sie bindet dein Haus und das meine für alle Zeiten aneinander.«

Kurt verbrachte die Tage auf Elas größtenteils in der Gesellschaft von Kta. Sie sprachen miteinander, ruhten sich aus und genossen die Sonne im Innenhof des Hauses, wo sich ein kleiner Garten befand.

Nur eins bedrückte Kurt: Mim vermied es, mit ihm zusammenzutreffen. Sie kam nicht mehr in sein Zimmer, wenn er dort war. Ganz egal, wie oft er seine tägliche Routine änderte, es gelang ihm nie, sie zu treffen. Wenn er nach einer noch so kurzen Abwesenheit in sein Zimmer zurückkam, fand er das Bett gemacht, den Raum gesäubert und aufgeräumt. Und wenn er irgendwo auf ihr Erscheinen wartete, war es immer vergebens.

»Sie ist zum Markt gegangen«, sagte ihm Hef eines Morgens, als er den Mut aufbrachte, ihn direkt nach Mim zu fragen.

»Sie hat sich bei mir seit Tagen nicht blicken lassen«, bemerkte Kurt.

Hef hob die Schultern. »Das stimmt, Lord Kurt.« Der alte Mann musterte ihn mit einem seltsamen Blick, als ob Kurts Fragen seinen Morgenfrieden gestört hätten.

Kurt war entschlossen, diesem Versteckspiel ein Ende zu bereiten. Als er gegen Mittag das Schließen der Haustür hörte, sprang er auf und lief die Treppe hinab, aber er erhaschte nur einen flüchtigen Blick auf Mim, die eilig im Frauenquartier hinter dem *rhmei* verschwand. Das Frauenquartier war Ptas Reich, und kein Mann außer Nym durfte es betreten.

Verbittert ging er in den Garten, setzte sich in die Sonne und malte sinnlose Krakel in den losen Sand.

Er hatte sie verletzt. Mim hatte mit niemandem darüber gesprochen, dessen war er sicher, sonst hätte Kta ihn bestimmt deshalb zur Rede gestellt.

Er wünschte verzweifelt, daß er irgend jemand bitten könnte, sich bei ihr für ihn zu entschuldigen, aber das war etwas, worum er weder Kta noch Hef bitten konnte und erst recht nicht jemand anderen.

An diesem Abend bediente sie beim Dinner wie immer, und wie immer wich sie seinen Blicken aus. Anzusprechen wagte er sie nicht. Kta saß neben ihm.

Spät an diesem Abend setzte er sich in die Halle und wartete, bis die Familie längst schlafen gegangen war, denn die letzte Aufgabe der *chan* von Elas bestand darin, das Frühstücksgedeck für den nächsten Tag aufzulegen und die Lampen in der Halle zu löschen.

Sie sah ihn, als er ihr in den Weg trat. Einen Augenblick befürchtete er, daß sie schreien würde. Ihre Hand preßte sich auf ihren Mund. Aber sie blieb stehen, verängstigt und fluchtbereit.

»Mim, bitte ... Ich möchte mit dir sprechen.«

»Ich will nicht mit dir sprechen. Bitte laß mich vorbei.«

»Bitte.«

»Berühre mich nicht. Laß mich vorbei. Willst du das Haus aufwecken?«

»Das ist mir egal. Ich werde dich nicht gehen lassen, bevor ich nicht mit dir gesprochen habe.«

Sie blickte ihn an. »Kta würde das nie erlauben.«

»Es führen keine Fenster auf den Garten, und niemand kann uns dort sehen oder hören. Bitte komm hinaus, Mim. Ich schwöre dir, daß ich nur mit dir reden will.«

Sie überlegte ein paar Sekunden lang, und ihr hübsches Gesicht sah so verängstigt aus, daß er Mitleid mit ihr bekam. Aber schließlich gab sie nach und ging ihm voraus in den Garten. Der Mond dieses Planeten warf lange, verschwommene Schatten. Sie trat an eine Stelle, wo sein Licht am hellsten war, und verschränkte die Arme vor der Brust, um sich vor der Nachtkühle zu schützen.

»Mim«, sagte er, »ich wollte dich an dem Abend nicht erschrecken. Es war nicht bös gemeint.«

»Ich hätte niemals allein in dein Zimmer kommen dürfen. Es war mein Fehler. Bitte, Lord Kurt, sieh mich nicht so an. Laß mich gehen.«

»Weil ich kein Nemet bin, hast du gemeint, jederzeit zu mir

ins Zimmer kommen zu können, ohne gegen die Sitten zu verstoßen. War es nicht so, Mim?«

»Nein.« Ihre Zähne klapperten so stark, daß sie kaum sprechen konnte, und das kam nicht nur von der Kälte. Er löste die Spange von seinem *ctan* und reichte ihn ihr. Aber sie nahm den Übermantel nicht an, sondern wich ängstlich zurück.

»Warum darf ich nicht mit dir sprechen?« fragte er. »Wie kann ein Mann überhaupt mit einer Nemet-Frau sprechen? Dies darf man nicht tun, und das darf man nicht, ich darf nichts berühren, nichts ansehen, nichts denken. Wie kann ich da ...«

»Bitte.«

»Wie soll ich mit dir sprechen?«

»Lord Kurt, ich habe bei dir den Eindruck hervorgerufen, daß ich ein leichtes Mädchen sei. Ich bin *chan* dieses Hauses. Ich darf es nicht entehren. Bitte laß mich jetzt hineingehen.«

»Gehörst du ihm?« fragte er aus einer plötzlichen Eingebung heraus. »Gehörst du Kta?«

»Nein.«

Gegen ihren Willen legte er ihr seinen *ctan* um die Schultern. Sie schlang den wärmenden Stoff um sich. Er stand ihr jetzt nahe genug, um sie berühren zu können, aber er tat es nicht. Selbst als sie nicht vor ihm zurückwich, faßte er das nicht als Ermunterung auf. Er wußte, daß sie auf keinen Fall das Haus wecken würde, ganz egal, was er tun mochte. Das würde zu einer Auseinandersetzung zwischen ihrem Lord Kta und seinem Gast führen, und er verstand die Nemet-Mentalität gut genug, um sicher zu sein, daß Mim schweigen würde. Aber sie würde ihn hassen, wenn er seine Grenzen überschritt.

Resigniert verneigte er sich kurz vor ihr und wandte sich zum Gehen.

»Lord Kurt«, flüsterte sie hinter ihm her, und Trauer klang in ihrer Stimme.

Er blieb stehen und blickte zurück.

»Lord Kurt, du verstehst mich nicht.«

»Ich verstehe, daß ich ein Mensch bin«, sagte er. »Ich habe dich beleidigt. Bitte entschuldige.«

»Ob du ein Nemet bist oder nicht ...« Sie schwieg verstört und hob mit einer bittenden Geste die Hände. »Lord Kurt, such dir eine Frau. Mein Lord Kta wird dich beraten. Du hast gute Verbindungen zur Methi und mit Elas. Du könntest jederzeit eine Frau finden, die dich heiratet. Wenn Nym das richtige Haus ansprechen würde ...«

»Und wenn du es wärst, die ich haben will?«

Sie stand schweigend, bis er zu ihr zurückkam und seine Hand nach ihr ausstreckte. Doch dann drückte sie seine Hand zurück. »Bitte. Ich habe dir schon genug Unrecht getan.«

Er überhörte ihre Worte, übersah die abwehrende Geste ihrer Hände und nahm ihr Gesicht in seine Hände, zart und behutsam, jederzeit gewärtig, daß sie sich entsetzt von ihm losreißen könnte. Aber sie hielt still. Er beugte sich über sie und berührte ihre Lippen mit den seinen, sanft, fast keusch, weil er befürchtete, daß dieser menschliche Brauch sie abstoßen könnte.

Ihre schlanken Hände ruhten auf seinen Armen. Tränen glänzten im Mondlicht, als er von ihr zurücktrat.

»Lord Kurt«, sagte sie leise, »ich verehre dich. Ich würde alles tun, was du von mir verlangst, aber es würde Schande über meinen Vater bringen und über Kta, und das will ich nicht.«

»Und was ist«, sagte er und stellte fest, daß er kaum atmen konnte, »wenn ich eines Tages beschließen würde, mit deinem Vater zu sprechen? Ist das der richtige Weg hier?«

»Um zu heiraten?«

»Das wäre sicher das beste.«

Er spürte, wie sie zitterte. Tränen rannen über ihre Wangen.

»Mim, sagst du ja oder nein? Ist es für dich so schwer, einen Menschen anzublicken? Du brauchst mir keine Antwort zu geben. Sage mir nur: ›Laß mich gehen‹, und ich werde versuchen, dich nie wieder zu belästigen.«

»Du kennst mich doch nicht, Lord Kurt.«

»Und du willst, daß ich dich niemals kennenlerne?«

»Du verstehst mich nicht. Ich bin nicht die Tochter Hefs. Wenn du ihn um mich bittest, muß er dir das sagen, und dann wirst du mich nicht mehr wollen.«

»Es ist mir gleich, wessen Tochter du bist.«

»Lord Kurt, Elas weiß es. Und du mußt jetzt auf mich hören. Du hast von den Tamurlin gehört. Ich wurde von ihnen gefangengenommen, als ich dreizehn Jahre alt war. Drei Jahre war ich als Sklavin bei ihnen. Hef nennt mich nur seine Tochter, und ganz Nephane glaubt, daß ich von hier stamme. Aber das stimmt nicht, Lord Kurt. Ich bin Indras aus Indresul. Sie würden mich töten, wenn sie es wüßten. Elas hat das Geheimnis bewahrt. Aber du sollst dir eine so schwere Last nicht aufbürden. Die Leute sollen dich nicht ansehen und denken: Tamurlin – es würde dir in dieser Stadt sehr schaden –, und wenn sie mich an deiner Seite sehen, müssen sie so denken.«

»Glaubst du wirklich, daß mir das etwas ausmacht?« sagte er. »Ich bin ein Mensch. Das können sie leicht erkennen.«

»Verstehst du mich wirklich nicht, Lord Kurt? Ich war das Eigentum jedes Mannes in dem Tamurlin-Dorf. Kta muß es dir sagen, wenn du Hef um mich bittest. Ich bin nicht mehr unberührt und ehrbar. Kein Mann würde sich bereitfinden, Mim h'Elas zu heiraten. Bringe keine Schande über dich und Kta, indem du Kta dazu zwingst, dir das zu sagen.«

»Und wenn er es mir gesagt hat«, erwiderte Kurt, »wird er sich dann einverstanden erklären?«

»Du kannst doch ehrbare Frauen haben. Sufakis haben keine Angst vor Menschen wie die Indras. Du kannst eine Tochter aus einem der großen Häuser heiraten. Ich bin nur *chan*, und davor war ich gar nichts.«

»Mich interessiert nur eins: Würdest du dich weigern, mich zu heiraten?«

»Nein.« In ihrem schmalen Gesicht standen Hoffnung und Verwirrung. »Kurt-ifhan, wenn du es dir eine Nacht lang überlegt hast, wirst du anders darüber denken.«

»Ich werde mit Hef sprechen«, sagte er. »Geh ins Haus, Mim. Und gib mir meinen Mantel zurück. Es wäre nicht gut, wenn man dich darin sehen würde.«

»Lord Kurt, überlege es dir, bevor du etwas tust, was du später bereuen könntest.«

»Ich werde mir den morgigen Tag dazu Zeit lassen«, sagte er, »und ich bitte dich, dasselbe zu tun. Wenn du bis morgen abend nicht zu mir gekommen bist und mir klar und deutlich gesagt hast, daß du mich nicht willst, werde ich mit Hef sprechen.«

Er dachte die ganze Nacht und den ganzen folgenden Vormittag darüber nach, aber seine Gedanken waren wirr und zerfahren. Er wollte Mim. Er kannte sie nicht so gut, um sagen zu können, daß er sie liebte oder daß sie ihn liebte.

Er wollte sie. Sie hatte ihre Bedingungen genannt, und er

konnte nicht mit ihr unter einem Dach leben, ohne sie zu wollen.

Er versuchte, sich zur Vernunft zu zwingen, aber als er am Morgen beim Frühstück in ihr Gesicht blickte, fühlte er nur noch Sehnsucht nach ihr.

*Hast du es dir anders überlegt?* schien ihr Blick ihn zu fragen. *War es doch nicht mehr als die Laune einer Nacht?* Und plötzlich wußte er, wenn er Mim verlieren sollte, würde er etwas Unersetzliches verlieren. Er konnte nicht einfach schweigen.

Schließlich, am Abend dieses Tages, brachte er den Mut auf, an die Tür Hefs zu klopfen, der Elas diente.

»Hef«, sagte er zurückhaltend, als der alte Mann ihm die Tür öffnete, »kann ich mit dir über Mim sprechen?«

»Mylord?« Hef verneigte sich tief.

»Ich möchte sie heiraten«, sagte Kurt. »Was muß ich tun?«

Der alte Nemet blickte ihn überwältigt an, dann verbeugte er sich mehrere Male. »Lord Kurt, sie ist nur *chan.*«

»Muß ich mit dir sprechen? Bist du derjenige, der ja oder nein sagt?«

»Möge der Lord nicht böse sein, aber ich muß zuerst Mim fragen.«

»Mim ist einverstanden«, sagte Kurt. Dann jedoch fiel ihm ein, daß er nicht das Recht dazu hatte, Mim zu fragen, daß er sie beschämt und Hef gedemütigt hatte. Aber Hef blickte ihn verständnisvoll und sogar mit einer gewissen Freundlichkeit an.

»Ich muß Mim fragen«, sagte Hef. »So ist es der Brauch. Und dann muß ich mit Kta-ifhan sprechen und mit Nym und Lady Ptas.«

»Muß denn das ganze Haus sein Einverständnis erklären?« sagte Kurt aufgebracht, ohne nachzudenken.

»Ja, Lord Kurt. Ich werde mit der Familie sprechen und mit Mim. Es gehört sich, daß ich Mim frage, ob sie einverstanden ist.«

»Ich bin geehrt«, murmelte Kurt die gewohnte Höflichkeitsfloskel und ging nach oben in sein Zimmer, um wieder zu sich selbst zu finden.

Er war erleichtert, daß es vorbei war. Hef würde sich einverstanden erklären. Er war sicher, daß Mim ihn haben wollte, und das würde Hef reichen.

Er wollte gerade zu Bett gehen, als Kta die Treppe heraufkam und an die Tür klopfte. Der Nemet sah bedrückt aus, und Kurt wußte sofort, weshalb er gekommen war. Am liebsten hätte er ihn gebeten, sofort wieder zu gehen, aber er war Gast in diesem Haus und besaß nicht das Recht dazu.

»Du hast mit Hef gesprochen«, sagte Kurt ohne jede Einleitung, um es ihm leichter zu machen.

»Laß mich eintreten, mein Freund.«

Kurt trat von der Tür zurück und bot Kta einen Stuhl an. Es hätte sich gehört, ihm auch einen Tee anzubieten. Aber dazu hätte er Mim rufen müssen, und das wollte er nicht.

»Kurt«, sagte Kta, »bitte setz dich auch. Ich muß mit dir sprechen ... Und ich bitte dich, mich anzuhören.«

»Vielleicht ist es einfacher, wenn du klipp und klar sagst, was du mir sagen willst.« Kurt setzte sich auf einen anderen Stuhl. »Ja oder nein?«

»Ich mache mir Sorgen um Mim. Es ist nicht so einfach, wie du zu glauben scheinst. Wirst du mich anhören? Wenn du dafür zu erregt bist, werden wir nach unten gehen, eine Tasse Tee trinken und auf einen günstigeren Zeitpunkt warten, aber ich bin verpflichtet, dir gewisse Dinge zu sagen.«

»Mim hat mir schon ziemlich alles gesagt, was du mir jetzt erklären willst«, sagte Kurt. »Mich stört es nicht. Ich weiß von den Tamurlin und woher sie stammt.«

Kta atmete tief durch. »Nun, das erleichtert die Sache erheblich. Du weißt also, daß sie Indras ist?«

»Ich weiß es, und es ist mir gleichgültig. Nemet-Politik interessiert mich nicht.«

»Du versteckst dich hinter deiner Unwissenheit, und das ist immer gefährlich, Kurt. Bei den Nemet ist es eine sehr bedeutende Frage, ob jemand von der Indras-Rasse abstammt oder von den Sufaki, und du lebst unter Nemet.«

»Der einzige Unterschied, den ich bisher festgestellt habe, ist, als Mensch unter Nemet zu leben«, sagte Kurt aufgebracht. »Ich würde Schande über euch bringen. Ist dir das wichtiger, als daß Mim und ich glücklich werden?«

»Mims Glück liegt uns sehr am Herzen«, sagte Kta ernst. »Und wir wissen auch, daß du ihr nicht weh tun willst, aber die Art der Menschen ...«

»Also siehst du keinen Unterschied zwischen mir und den Tamurlin.«

»Bitte. Bitte. Das kann nicht dein Ernst sein. Sie sind nicht wie du. Und so habe ich es auch nicht gemeint. Die Tamurlin sind – schmutzig und schamlos. Sie kleiden sich in Felle und brüllen wie wilde Tiere, wenn sie kämpfen. Sie kennen keine Zurückhaltung und keine Scham im Umgang mit ihren Frauen. Sie begatten sie, wann und wo es sie gerade überkommt, ohne sich zurückzuziehen. Ein mächtiger Häuptling kann zwanzig oder mehr Frauen haben, während schwächere ohne Frauen leben müssen. Sie gewinnen ihre Frauen durch Siege im Kampf. Ich spreche dabei nur von den Tamurlin-Frauen. Sklaven wie Mim gehören allen, die sie wollen. Und als ich sie fand ...«

»Davon will ich nichts hören.«

»Kurt, hör mich an. Ich will dir nicht zu nahe treten. Aber als wir die Tamurlin angriffen, um ihre ständigen Überfälle zu unterbinden, haben wir alle getötet, die wir erwischen konnten. Wir wollten das Dorf gerade niederbrennen, als ich ein Kind weinen hörte. Ich fand Mim in der Ecke einer Hütte. Sie trug nur einen schmalen Fellstreifen um den Leib und war genauso verdreckt wie alle anderen. Im Augenblick konnte ich nicht einmal erkennen, daß sie ein Nemet-Kind war. Sie war völlig abgemagert, und ihr Körper war voller Striemen und Narben. Als ich versuchte, sie aufzuheben, griff sie mich an – nicht wie eine Frau, sondern mit einem Messer, mit Zähnen und Knien. Ich mußte sie bewußtlos schlagen, um sie aus der Hütte tragen zu können. Als sie auf dem Schiff war, versuchte sie, in die See zu springen, bis wir keine Landsicht mehr hatten. Dann versteckte sie sich unter den Ruderbänken und war nicht herauszubringen, bis meine Crew die Riemen bemannte. Wenn wir ihr zu essen gaben, riß sie uns die Nahrung aus der Hand und rannte damit fort, und sie konnte nicht reden außer ein paar Worten der menschlichen Sprache.«

»Das kann ich einfach nicht glauben«, sagte Kurt ruhig. »Wie lange ist das her?«

»Vier Jahre. Seit vier Jahren ist sie in Elas. Ich brachte sie mit nach Hause und habe sie meiner Mutter und meiner Schwester übergeben und Hefs Frau Liu, die damals noch lebte. Und schon nach wenigen Tagen überraschte meine Schwester Aimu sie, als sie mit erhobenen Händen vor dem heiligen Herdfeuer stand, wie es Sufaki niemals tun würden. Aimu war damals jünger und unerfahrener; sie rief laut, daß Mim eine Indra sein müsse.

Mim lief wie gehetzt aus dem Haus. Ich ergriff sie auf der Straße zur Erheiterung von ganz Nephane und zu unserer Schande. Ich mußte sie mit Gewalt ins Haus schleppen. Als sie dann allein mit uns war, begann sie zu sprechen mit dem Akzent von Indresul. Das war der Grund, warum sie vorher immer geschwiegen hatte. Aber wir von Elas sind auch Indras wie alle großen Familien auf dem Berge, die Nachkommen von Kolonisten aus Indresul, die vor tausend Jahren an diesem Ufer landeten. Obwohl wir jetzt Feinde von Indresul sind, haben wir doch dieselbe Religion, und Mim war noch ein Kind. Also hütete Elas das Geheimnis ihrer Abstammung, und die Leute von Nephane kannten sie nur als Hefs Adoptivtochter von Sufaki-Geblüt, die aus den Händen der Tamurlin gerettet worden war. Sie spricht nicht wie eine Sufaki, aber die Leute sind überzeugt, daß sie die Sprache bei uns gelernt hat; sie sieht nicht wie eine Sufaki aus, aber das ist nicht ungewöhnlich in den Küstendörfern, wo Seeleute ... Jedenfalls gilt sie als Sufaki, und sie gereicht uns heute zur Ehre. Es wäre jedoch ein Fehler, die öffentliche Aufmerksamkeit wieder auf sie zu lenken. Kein Mann würde Mim heiraten. Entschuldige meine Offenheit, aber es ist nun einmal so, und sie weiß es. Eine Heirat mit einem Menschen würde den Stadtklatsch wahrscheinlich in Gang setzen, und das kann weder in Mims noch in deinem Interesse liegen.«

Kurts Instinkt sagte ihm, daß Ktas Argumente logisch und richtig waren. Aber er wollte sie nicht befolgen. »Ich würde mich um sie kümmern«, sagte er.

Kta blickte bedrückt zu Boden. Dann hob er den Kopf und blickte Kurt wieder an. »Sie ist Nemet. Versteh mich richtig: *Sie* ist Nemet. Sie hat sehr viel durchmachen müssen. Die menschlichen Bräuche sind ... Entschuldige, wenn ich ganz offen spreche – ich weiß nicht, wie Menschen ihre Frauen behandeln. Djan-Methi jedenfalls ist in diesen Sachen ... äußerst freizügig. Im Gegensatz zu uns. Ich bitte dich, denke an Mim. Wir werfen unsere Frauen nicht fort, wenn wir ihrer überdrüssig geworden sind. Bei uns ist die Ehe unauflösbar.«

»Das habe ich nicht anders erwartet.«

Kta lehnte sich zurück. »Kurt, ihr könnt keine Kinder haben. Es ist noch nie geschehen, und die Tamurlin haben schon häufig Nemet-Frauen entführt oder vergewaltigt.«

»Wenn wir Kinder haben sollten«, sagte Kurt, obwohl ihn das, was Kta ihm eben gesagt hatte, zutiefst getroffen hatte, »so werde ich sie lieben. Wenn es nicht sein soll, werde ich mit Mim allein glücklich sein.«

»Aber würden auch die anderen sie lieben, Kurt?« fragte Kta. »Sie würden sich sehr schwer tun.«

Es tat weh. Manche Dinge, die Kta ihm sagte, amüsierten ihn, andere irritierten ihn, aber dies war eine simple Feststellung aus Ktas Welt, und sie tat ihm sehr weh. Ein paar Sekunden lang vergaß Kurt, daß es zur Nemet-Höflichkeit gehörte, den Blick zu senken und mit seinem Schmerz allein fertig zu werden. Er blickte Kta direkt ins Gesicht, und es war der Nemet, der den Blick senkte.

»Glaubst du wirklich, daß solche Kinder Monster wären?« sagte er grob.

»Ich würde die Kinder meines Freundes lieben können«, sagte Kta zögernd, aber Kurt spürte, wie es ihn innerlich schüttelte.

»Auch wenn sie zu sehr deinem Freund glichen?«

»Bitte entschuldige«, sagte Kta mit heiserer Stimme. »Ich habe Angst um dich und um Mim.«

»Ist das alles?«

»Ich verstehe nicht.«

»Willst du sie haben?«

»Mein Freund«, sagte Kta, »ich liebe Mim nicht, aber sie steht mir sehr nahe, und ich bin für sie verantwortlich genau wie mein verehrter Vater. Ich wäre verpflichtet, Mim irgendwann zur Konkubine zu nehmen, denn sie ist *chan* und unverheiratet. Es würde mir nicht schwerfallen, weil sie mir eine liebe Freundin ist, und ich würde sie schwängern, damit sie Kinder bekäme, die Hefs Namen weiterführen können. Wenn du Hef um sie bittest, forderst du ein großes Opfer von ihm. Hef hat keine Kinder. Mim ist zwar nur seine Adoptivtochter, aber wir haben ihm versprochen, daß ihre Kinder in Elas bleiben und seinen Namen weiterführen sollen, damit seine Seele Ruhe findet, wenn er stirbt. Mim muß ihm Söhne gebären, und du kannst keine mit ihr zeugen. Du forderst von Hef sein ewiges Leben und das all seiner Ahnen. Seine Familie hat Elas gut und treu gedient. Was soll ich tun, mein Freund? Wie soll ich dieses Problem lösen?«

Kurt schüttelte hilflos den Kopf. Er wußte nicht, ob Kta glaubte, daß es eine Lösung geben könnte, oder ob dies nur eine langsame und quälende Methode war, um ihm nein zu sagen.

»Ich weiß nicht«, sagte Kurt nach einer Weile, »ob ich in Elas bleiben kann, ohne Mim zu heiraten. Mich verlangt nach ihr, Kta, und ich glaube nicht, daß sich das morgen oder übermorgen ändern wird – oder überhaupt jemals.«

»Es gibt«, sagte Kta behutsam, »einen alten Brauch: Wenn der Ehemann der *lechan* stirbt und das Haus der *chan* vom Untergang bedroht wird, so ist es die Pflicht eines Lords des Hauses, der ihr im Alter am nächsten steht, für die Nachfolge zu sorgen. Manchmal wird dieser Brauch sogar angewandt, wenn der Ehemann der *lechan* lebt, sich jedoch nach einer gewissen Periode kein Nachwuchs eingestellt hat.«

Kurt wußte nicht, ob sein Gesicht in diesem Moment blaß wurde oder rot anlief. Er spürte nur, daß er sich sekundenlang nicht rühren konnte und in die mitleidigen Augen des Nemet starrte. Endlich hatte er sich wieder so weit in der Gewalt, daß er den Blick senken konnte. »Ich könnte sogar«, wiederholte er Ktas Worte, »das Kind meines Freundes lieben.«

Kta zuckte zusammen. »Vielleicht ist es bei dir und Mim anders«, sagte er. »Ich merke, wie sehr dein Herz an ihr hängt, und werde mit Hef sprechen und ihm mein eigenes Versprechen in dieser Angelegenheit geben. Wenn ich Hef gewinnen kann, wird es leichter sein, das Einverständnis meines Vaters und meiner Mutter zu gewinnen. Ich werde auch mit Mim über unseren Brauch sprechen, den wir *iquun* nennen.«

»Das werde ich erledigen«, sagte Kurt.

»Nein«, widersprach Kta behutsam. »Es wäre viel schwerer für sie, wenn du es ihr sagen würdest. Glaube mir, daß es so besser ist. Es muß einer Frau schmerzlich sein, es von ihrem zukünftigen Mann zu erfahren. Und sicher können wir die Dinge ein paar Jahre auf sich beruhen lassen, bevor wir uns ernsthaft mit ihnen befassen müssen. Unser Freund Hef ist noch nicht so alt. Falls er krank werden sollte oder die Jahre vergehen, ohne daß ihr ein Kind bekommt, dann wird es Zeit, *iquun* zu vollziehen. Ich würde in einem solchen Fall deine Ehre sowie die Ehre Hefs und Mims natürlich in jeder Weise schützen.«

»Du bist mein Freund«, sagte Kurt. »Und ich weiß, daß du

auch Mims Freund bist. Wenn sie einverstanden ist, dann soll es so sein.«

»Dann«, sagte Kta, »werde ich jetzt mit Hef sprechen.«

Die Verlobung war notwendigerweise eine sehr stille Angelegenheit. Sie fand am Abend des dritten Tages nach Kurts Unterredung mit Kta statt. Hef bat Lord Nym formell um die Erlaubnis, seine Tochter dem Gast von Elas zur Frau geben zu dürfen, und Kta verzichtete auf seinen Anspruch auf die Person von Mim. Die Zeremonie fand vor den dazu notwendigen zwei Zeugen statt. Es waren Freunde der Familie, Han t'Osanef u Mur, der Vater von Bel, und der alte Ulmar t'Ilev ul Imetan, die mit ihren Familien erschienen waren.

»Mim-lechan«, wandte sich Nym nun an das Mädchen, »ist diese Ehe nach deinem Wunsch?«

»Ja, Lord Nym.«

»In Abwesenheit von Mitgliedern deiner Familie fordere ich dich, Kurt t'Morgan, auf, für dich selbst zu antworten: Betrachtest du diesen Kontrakt als bindend, in vollem Wissen, daß du nach deinem Eid verpflichtet bist, diese Frau zu heiraten oder vor den hier anwesenden Familien einen Grund darzulegen, warum du die Heirat nicht vollziehen willst? Bist du bereit, die Verlobung zu schließen? Freund Kurt t'Morgan?«

»Ja.«

»Es gibt noch die Klausel des *iquun* in dem Kontrakt«, setzte Nym mit ruhiger Stimme hinzu. »Sie betreffen Mim und Kurt und dich, mein Sohn Kta, und Hef, dessen Name erhalten bleiben soll. Es wird eine Frist von drei Jahren gesetzt, bevor *iquun* zur Anwendung kommt. Sind alle Beteiligten damit einverstanden?«

Einer nach dem anderen neigte zustimmend den Kopf.

Zwei Pergamentbögen lagen auf dem Tisch, und sie wurden nacheinander von Nym, t'Osanef und t'Ilev mit ihren Ringen besiegelt.

Dann drückte Lady Ptas ihren angefeuchteten Zeigefinger in das Wachs und siegelte beide Dokumente. Anschließend nahm sie eins davon, trug es zur *phusmeba* und ließ es in die Flammen gleiten.

Sie hob die Arme, streckte die offenen Handflächen dem Feuer entgegen und sprach ein Gebet, das so alt war, daß Kurt nur einen Teil der Worte verstehen konnte. Er begriff jedoch, daß Ptas die Ahnen von Elas um ihren Segen für diese Ehe anflehte.

»Die Verlobung ist besiegelt«, sagte Nym. »Kurt Liam t'Morgan u Edward, blicke Mim h'Elas e Hef an, deine Braut.«

Er sah Mim an und mußte sich zusammennehmen, um nicht nach ihrer Hand zu greifen, was ein grober Verstoß gegen die Sitten gewesen wäre. Mims Gesicht strahlte vor Glück.

Dann wurden sie voneinander getrennt und auf entgegengesetzte Seiten des Raums geleitet. So wollte es der Brauch. Die Nemet machten eine Zeremonie daraus, junge Männer und Frauen bei ihrer Verlobung zu frustrieren. Die männlichen Gäste, besonders Bel und Kta, zerrten Kurt in eine Richtung, während Aimu, Ptas und die anderen Damen sich Mims bemächtigten.

In das fröhliche Lachen der Leute klang das Läuten der Türglocke. Hef ging hinaus, um zu öffnen. Die Pflicht ging ihm selbst bei einer auch für ihn so wichtigen Feier über alles.

Das Lachen erstarb. Die Nemet lachen oft und gern, wenn sie unter sich sind, unter Familienangehörigen und Freunden. Aber jetzt waren Fremde an der Tür, und die Mitglieder der Elas-Familie und ihre Gäste verstummten.

Sie hörten Stimmen. Hef, der immer höflich und ruhig blieb, argumentierte mit jemandem, schwere Schritte kamen durch die Halle.

Es war still im *rhmei*. Mim klammerte sich angstvoll an Ptas Arm. Nym trat in die Halle und ging den Besuchern entgegen, gefolgt von Kurt und Kta und den männlichen Gästen.

Es waren Männer der Methi in den gestreiften Roben, wie sie die meisten von ihnen trugen. Sie hatten die schmalen Augen, die man bei manchen der Einwohner von Nephane bemerken konnte, so auch bei Bel und seinem Vater Han t'Osanef.

Die Männer der Methi traten nicht in den *rhmei*, in dem das Herdfeuer brannte. Nym trat ihnen in den Weg, und obwohl er grauhaarig und ein Senior-Mitglied des Upei war, des Rats von Nephane, wagte sich keiner der Männer einen Schritt näher.

»Dies ist Elas«, sagte Nym. »Überlegt euch, wo ihr euch befindet. Ich habe euch nicht hergebeten, und ich habe auch nicht gehört, daß der *chan* von Elas euch aufgefordert hat, hereinzukommen.«

»Wir kommen im Auftrag der Methi«, sagte einer der vier Männer herrisch. »Wir sollen den Menschen in den Afen bringen. Diese Verlobung ist nicht gestattet.«

»Dann seid ihr zu spät gekommen«, sagte Nym. »Wenn die Methi die Verlobung verhindern wollte, so war das ihr Recht, aber jetzt ist die Verlobung besiegelt.«

Sie starrten Nym betroffen an. Trotzdem sagte dann einer von ihnen, der anscheinend ihr Führer war: »Wir müssen ihn in den Afen bringen.«

»Elas wird ihm erlauben, in den Afen zu gehen«, sagte Nym, »falls er es will.«

»Er muß mitkommen«, sagte der Mann.

Han t'Osanef trat neben Nym und blickte die vier Männer zornig an. »t'Senife«, sagte er zu dem Führer, »du wirst heute abend in das Haus Osanef kommen und ihr anderen auch. Bringt eure Väter mit. Wir müssen etwas besprechen.«

»Wir tun nur unsere Pflicht«, sagte der Mann, der t'Senife hieß. »Und wir können den Afen nicht verlassen. Aber wir werden unseren Vätern berichten, was t'Osanef uns im Haus von Elas gesagt hat.«

»Dann geht zurück in den Afen«, sagte t'Osanef. »Ihr beleidigt Elas.«

»Ich werde mitgehen«, sagte Kurt und trat vor. Er hatte das Gefühl, als ob es um viel mehr als um seine Verlobung und um ihn ginge. Kta legte eine Hand auf seinen Arm.

»Der Gast von Elas«, sagte Nym drohend, »wird dieses Haus verlassen, wenn es sein freier Wille ist, und auch die Methi selbst hat nicht die Macht, Fremde in diese Halle eindringen zu lassen. Wartet auf der Türschwelle. Und du, Freund Kurt, sollst nicht gegen deinen Willen gehen. Das ist gegen das Gesetz.«

»Wir werden draußen warten«, sagte t'Senife. Sie verneigten sich nicht, als sie gingen.

»Mein Freund«, sagte Han t'Osanef erregt zu Nym, »ich schäme mich für diese jungen Männer.«

»Es sind *junge* Männer«, sagte Nym mit bebender Stimme. »Elas wird ebenfalls mit ihren Vätern sprechen. Geh nicht, Kurt t'Morgan. Niemand kann dich dazu zwingen, mit ihnen zu gehen.«

»Ich glaube«, sagte Kurt, »daß mir letzten Endes keine andere

Wahl bleibt. Es ist sicher besser, wenn ich in den Afen gehe und mit der Djan-Methi selbst spreche, falls das möglich ist.« Aber er glaubte nicht an diese Möglichkeit. Er blickte Mim an, die verängstigt und schweigend an der Seite Ptas stand. Er durfte sie nicht berühren. Selbst in einer solchen Situation würden die anderen es nicht verstehen, wußte er. »Ich komme zurück, sobald ich kann«, sagte er zu ihr.

Kta begleitete ihn zur Tür. Und bevor Kurt hinaustrat, um sich den Männern der Methi zu überantworten, sagte er: »Gib auf Mim acht. Und ich möchte nicht, daß du oder dein Vater in den Afen kommt. Ich möchte euch nicht in meine Angelegenheiten verstricken. Ich habe Angst um euch alle.«

»Du mußt nicht gehen«, sagte Kta noch einmal.

»Irgendwann werde ich gehen müssen«, antwortete Kurt. »Du hast mich selbst gelehrt, daß es eine Tugend ist, sich den Notwendigkeiten zu beugen. Gib auf sie acht.« Und weil er Kta so gut kannte, streckte er ihm instinktiv die Hand entgegen. Erst im letzten Augenblick zog er sie zurück.

Es war Kta, der seine Hand ergriff, eine unsichere, ungewohnte Geste, die den Nemet völlig fremd war. »Du hast jetzt Freunde und Verwandte bei uns. Denke daran.«

## 6

»Das ist nicht nötig«, rief Kurt erregt und schüttelte die Hände der Wachen ab, als sie ihn durch das Tor des Afen drängten. Ganz egal, wie schnell er ging, sie mußten ihn drängen und stoßen, so daß die Menschen auf den Straßen stehenblieben und ihn anstarrten, eine Schande für Elas. Es war eine Revanche an Nym, wußte er, und um nicht noch schlimmere Szenen heraufzubeschwören, hatte er sich alles gefallen lassen, bis sie den Hof des Afen erreicht hatten, wo es keine Zeugen mehr gab.

Ein weiter Hof lag zwischen dem eisernen Außentor und dem Hauptportal des Afen. Die vier Männer führten ihn auf die Tür zu und versuchten gleichzeitig, ihn vor ihr abzudrängen.

Er kannte das Spiel. Sie wollten seinen Widerstand herausfordern, und als er ihnen den Gefallen nicht tat, fingen sie an, auch ohne Vorwand auf ihn einzuschlagen.

Er lief in die einzige Richtung, die ihm offenstand: zum Ende des Hofs, der von der Südwand des Felsens abgeschlossen wurde, auf dem der Afen stand. Dort vor der steilen Basaltwand waren sie sogar vor den Blicken zufälliger Passanten sicher, die den Hof des Afen überquerten.

Sie hatten ihn absichtlich in diese Richtung gedrängt. Er wußte es, aber das war ihm gleichgültig, solange er Raum genug zum Rückzug hatte. Und wenn der Kampf unvermeidlich wurde, würde er ihnen das Doppelte austeilen, was er einstecken mußte. t'Senife, der Nym beleidigt hatte, würde sein Opfer werden, dieser schlitzäugige Bursche mit der angeborenen Arroganz. Ihn würde er töten.

Aber das würde Elas in Gefahr bringen, also durfte er es nicht tun und wußte, wie es enden würde. Er setzte das Leben anderer aufs Spiel, wenn er auch nur gegen sie kämpfte.

Er entdeckte eine schmale Tür in der Wand an der Stelle, wo Felsen und Umfassungsmauer aneinanderstießen. Er rannte darauf zu und riß den schweren Eisenriegel zurück.

Hinter der Tür lag ein weiter, mit Marmorplatten ausgelegter Hof, an dessen anderem Ende ein weißes Gebäude stand, ein riesiger Kubus mit hohen, dreiseitigen Pylonen neben dem A-förmigen Eingang.

Er lief über den Platz, entdeckte die vertraute Mauerstraße zu seiner Rechten, die auf die Hauptstraße von Nephane führte, wo er wieder unter Leuten sein würde.

Aber um Elas' willen durfte er diese Angelegenheit nicht vor den Augen der Öffentlichkeit austragen. Er kannte Nym und Kta und wußte, daß sie sich in diese Auseinandersetzung einmischen würden zu ihrem eigenen Schaden und ohne die Macht, ihm wirklich helfen zu können.

Also lief er zum Ende des langen, weißen Hofs auf den Tempel zu. Seine Verfolger erhöhten plötzlich ihr Tempo, und er tat es auch, als er erkannte, daß sie ihn auf jeden Fall daran hindern wollten, den heiligen Tempelbezirk zu erreichen, in dem er in Sicherheit war.

Er lief die Marmorstufen hinauf, stolperte in seiner Eile und vor Erschöpfung.

Ein Feuer brannte im Inneren des Tempels, und seine Hitze füllte den Raum; eine *phusmeba*, so riesenhaft, daß der Widerschein ihres Feuers den weiten Saal in goldenes Licht tauchte.

Ohne zu überlegen, nur von Angst getrieben, stürzte er

hinein in den Saal, in die Helligkeit und die Hitze und das dumpfe Prasseln des Feuers. Er war in Sicherheit.

Seine Verfolger waren ebenfalls stehengeblieben, nur wenige Schritte vor den Stufen, die zu dem Podest führten, auf dem die *phusmeba* stand. t'Senife winkte ihm.

»Komm herunter«, sagte er. »Wir haben Befehl, dich zur Methi zu bringen. Wenn du nicht freiwillig herunterkommst, machst du es dir nur schwerer.«

Kurt wußte, daß er keine andere Wahl hatte. Zu spät war ihm eingefallen, daß die Anwesenheit eines Menschen an einer geheiligten Stätte ein Sakrileg darstellte. Hier gab es keine Sicherheit für einen Menschen – keine freundliche Ptas, die ihm das *rhmei* öffnete und ihn willkommen hieß.

Langsam stieg er zu ihnen hinunter. Sie packten ihn brutal bei den Armen und zerrten ihn quer über den Marmorhof zu der Tür, die auf den Hof des Afen führte. Dann verriegelten sie die Tür.

Sie drängten ihn gegen die Wand und nahmen ihre Rache an ihm, grausam, geschickt und routiniert, so daß keine Spuren zurückblieben.

Sie waren sicher, daß er sich nicht beschweren würde. Einmal wegen der eigenen Schande und weil er damit seine Freunde, besonders Kta, zwingen würde, seine Ehre zu rächen.

Kurt richtete sich stöhnend auf, und t'Senife zog ihm seinen *ctan* zurecht, der bei der einseitigen Prügelei verrutscht war. Dann packten sie ihn wieder bei den Armen.

Sie brachten ihn zu einer Seitentür des Afen und führten ihn eine Treppe hinauf, die ihm fremd war. Doch anschließend kamen sie in Kurt bekannte Hallen im Zentrum des Afen.

Ein anderer Mann in der gleichen gestreiften Robe trat auf sie zu. Er war jung und sah gut aus. Er hatte eine gewisse Ähnlichkeit mit Bel, aber aus seinen schmalen Augen glühte Haß. Die anderen Nemet zeigten ihm gegenüber großen Respekt. Sie nannten ihn Shan t'Tefur.

Sie berichteten Shan t'Tefur von Kurts Verlobung und daß sie zu spät gekommen seien.

»Das muß die Methi sofort erfahren«, sagte t'Tefur, und seine Augen blickten zu einer schmalen Tür in der Wand der Halle. »Bringt ihn in das Zimmer, bis ich wieder zurückkomme.«

Sie taten es. Kurt setzte sich auf einen harten Stuhl unter

einem schmalen, schießschartenähnlichen Fenster. Er vermied die Blicke der vier Wachen, indem er ihnen den Rücken zuwandte. Er wollte ihnen keinen Vorwand liefern, ihre Mißhandlungen zu wiederholen.

Endlich kam t'Tefur zurück und sagte, daß die Methi ihn jetzt zu sprechen wünschte.

Sie wollte ihn alleine sprechen. t'Tefur protestierte und warf Kurt einen wütenden Blick zu, aber Djan sah ihn so vernichtend an, daß er sich verbeugte und den Raum verließ.

Dann sah die Methi Kurt genauso verärgert an.

»Es war ein schwerer Fehler, den Tempelbezirk zu betreten«, sagte sie. »Wenn Sie in den Tempel selbst eingedrungen wären, hätte ich Sie wahrscheinlich nicht retten können.«

»Das habe ich mir auch gedacht«, sagte er.

»Wer hat Ihnen eigentlich erlaubt, alle möglichen Kontakte in Nephane herzustellen und sich mit diesem Nemet-Mädchen zu verloben?«

»Niemand hat mir gesagt, daß ich es nicht darf. Und auch Elas ist nicht davon unterrichtet worden, sonst hätte man es mir nicht gestattet. Sie sind Ihnen treu ergeben. Obwohl sie nicht gut behandelt werden.«

»Diese Respektlosigkeit für Elas ist nicht das kleinste der Probleme, die Sie mir geschaffen haben.« Sie ging zur gegenüberliegenden Seite des Raums und zog eine Täfelung zurück, hinter der eine eingeglaste Terrasse lag. Es war Nacht geworden. Man konnte von hier aus weit auf die See hinausblicken. Sie stand eine ganze Weile auf der Terrasse und blickte auf den Hafen hinunter. Aber Kurt war sicher, daß sie nachdachte und daß er und Elas der Gegenstand ihres Nachdenkens waren.

Schließlich wandte sie sich wieder um und blickte ihn an. »Es tut mir leid, daß ich Elas Ungelegenheiten bereiten mußte!« sagte sie. »Ich werde ihnen Nachricht schicken, daß Sie in Sicherheit sind. Sie haben noch nicht gegessen, nicht wahr?«

Er verspürte in dieser Situation nicht den geringsten Appetit. Sein Magen war leer und schmerzte, und ihr unerwarteter Stimmungswechsel trug auch nicht dazu bei, seine Furcht einzudämmen. »Sie haben meine Verlobte fast zu Tode geängstigt, mich vor allen Leuten durch die Straßen schleifen zu lassen, und ich erwarte nur ...«

»Ich denke«, sagte Djan bestimmt, »daß wir unser Gespräch besser auf einen späteren Zeitpunkt verschieben sollten. Ich jedenfalls werde mein Dinner einnehmen. Falls Sie mir dabei nicht zusehen wollen, wird Shan Sie solange in einen sicheren Raum bringen, wo Sie sich alles in Ruhe überlegen können. Aber sie werden den Afen erst verlassen – *falls* Sie den Afen überhaupt wieder verlassen sollten –, wenn ich es bestimme und Sie fortschicke.«

Sie rief nach einem Mädchen namens Pai, das ihre Befehle mit einer tiefen Verbeugung entgegennahm.

»Sie«, sagte Djan, als das Mädchen wieder gegangen war, »ist *chan* des Afen. Ich habe sie sozusagen geerbt. Sie ist sehr loyal und sehr verschwiegen, beides große Tugenden. Ihre Familie hat der letzten Methi gedient vor etwa hundert Jahren. Und auch vorher war Pais Familie schon *chan* bei Methis gewesen, bereits vor der Besetzung Nephanes durch die Menschen und auch während der Besetzung. Es gibt nichts in Nephane, das keine Wurzeln hat, außer uns beiden. Also vergessen Sie Ihre Verstimmung, mein Freund. Ich weiß, daß ich heute meine Beherrschung verloren habe. Das kommt selten vor, es tut mir leid.«

»Dann sagen Sie mir, was Sie zu sagen haben, und lassen Sie mich nach Elas zurückgehen.«

»Lassen Sie sich Zeit«, sagte sie ruhig, ohne seine Verärgerung zu beachten. »Kommen Sie heraus auf die Terrasse und setzen Sie sich. Ich bin zu müde, um herumzustehen und mich mit Ihnen zu streiten.«

Er trat auf die Terrasse hinaus. Sie war dunkel, und sie ließ sie dunkel. Sie saß auf dem Fenstersims und blickte auf die See hinaus. Es war wirklich ein herrlicher Ausblick auf ganz Nephane, dessen Lichter zu Füßen des Afen lagen. Der hohe Berg warf einen dunklen Schatten auf das Meer hinaus. Ein einzelnes Schiff verließ gerade den Hafen.

»Wenn ich klug wäre«, sagte Djan, als er ein Stück von ihr entfernt auf dem Fenstersims Platz genommen hatte und sie anblickte, »wenn ich auch nur einen Funken Verstand besäße, würde ich Sie irgendwo ins Meer werfen lassen. Unglücklicherweise habe ich mich dagegen entschieden. Ich frage mich noch immer, was Sie an meiner Stelle getan hätten.«

Das fragte er sich selbst. »Ich hätte an dieselben Dinge gedacht, die auch Ihnen eingefallen sind«, sagte er.

»Und wären zu den gleichen Antworten gelangt?«

»Ich denke schon«, gab er zu. »Ich mache Ihnen keine Vorwürfe.

Sie lächelte ironisch und amüsiert. »Dann haben wir vielleicht eine hellere Zukunft vor uns als alle anderen Menschen, die in Nephane gewesen sind. Sie haben diesen Teil des Afen erbaut, müssen Sie wissen. Aus diesem Grund gibt es hier keinen *rhmei,* kein Herz des Hauses. In diesem Sinn ist der Afen einmalig: eine Festung ohne Herz, ein Gebäude ohne Seele. Hat Kta Ihnen erzählt, was aus den Menschen geworden ist?«

»Die Nemet haben sie vertrieben. Das weiß ich.«

»Die Menschen haben etwa zwanzig Jahre lang über Nephane geherrscht. Aber sie haben sich zu stark mit den Nemet eingelassen. Die Mätresse eines Basis-Kommandanten gehörte zu einer der großen Indras-Familien, zu Irain. Die Menschen waren gegenüber den Nemet sehr grausam und machten sich einen Spaß daraus, die großen Familien zu demütigen. Doch eines Nachts ließ die Mätresse ihre Brüder in den Afen, und ganz Nephane erhob sich in Rebellion gegen die Menschen. Die feierten gerade ein Fest, und die meisten von ihnen waren betrunken. Deshalb verloren sie ihre Waffen und Maschinen, flohen nach Süden und wurden zu den Tamurlins. Innerhalb weniger Generationen waren sie zu Wilden degeneriert, die sich wie Tiere benahmen. Nur Pais Vorfahr On t'Erefe verteidigte die Menschen im Afen, weil er *chan* war und es für seine Pflicht hielt, seinen menschlichen Herrn beizustehen. Die menschliche Methi und er starben gemeinsam dort draußen in der Halle. Die anderen Menschen, die nicht fliehen konnten, wurden im Hof niedergemacht.

Ich habe Berichte studiert über die Zeit vor dem Fall des Afen. Das Versorgungsschiff war nicht zurückgekommen. Wahrscheinlich wurde es von einem gegnerischen Schiff vernichtet. Die Jahre vergingen, und die Menschen brachten die Nemet immer mehr gegen sich auf. Zwanzig Jahre lang haben die Menschen ihnen immer wieder mit der unmittelbar bevorstehenden Rückkehr des Versorgungsschiffes gedroht, aber mit der Zeit verlor diese Drohung ihre Wirkung. So kam es zum Ende der menschlichen Herrschaft über Nephane. Aber als wir hier eintrafen, glaubten die Nemet, daß die alte Drohung nun doch wahr geworden sei und daß wir sie alle töten würden.

Meine Begleiter waren auch dafür, Nephane zu zerstören, um unsere Basis zu sichern. Aber ich habe es nicht zugelassen. Und als ich die Nemet von der unmittelbaren Bedrohung durch meine Gefährten befreit hatte, ernannten sie mich zur Methi. Einige von ihnen sind der Ansicht, daß ich vom Schicksal zu ihnen gesandt worden sei, und von Ihnen denken sie dasselbe. Für einen Indras gibt es keine Zufälle, nichts geschieht ohne einen logischen Zweck. Ihr Universum ist völlig rational. Ich bewundere das an ihnen. Es gibt vieles an diesen Leuten, was meinen Einsatz wert ist. Ich denke, in dem Punkt stimmen Sie mit mir überein. Anscheinend haben Sie sich in Elas ausgezeichnet eingewöhnt.«

»Sie sind meine Freunde«, sagte er.

Djan lehnte sich zurück und blickte über die Schulter aufs Meer hinaus. Das auslaufende Schiff hatte jetzt fast den Wellenbrecher erreicht. »Dies ist eine Welt, in der es keine Hetze und viel Nachdenken gibt. Können Sie sich vorstellen, daß zwei solcher Schiffe einander zur Schlacht entgegenfahren? Unsere Schiffe sind schneller, als der Verstand es erfassen kann, aber diese Schiffe mit ihren Segeln und Rudern ... bis sie sich auf Sichtweite genähert haben, gibt es unendlich viel Zeit, um nachzudenken. Es gibt eine entsetzliche Zielstrebigkeit in den Nemet: Sie agieren so langsam, aber wenn sie einmal einen Kurs festgelegt haben, dann halten sie ihn auch.«

»Sie reden nicht von Schiffen«, sagte er.

»Wissen Sie, was auf der anderen Seite der See liegt?«

Sein Herz setzte einen Schlag lang aus. Er dachte an Mim, und er befürchtete, daß Djan das Geheimnis ihrer Geburt kannte.

»Indresul«, sagte er. »Eine Stadt, die mit Nephane verfeindet ist.«

»Ihre Freunde in Elas sind Indras. Haben Sie das gewußt?«

»Ich habe es gehört.«

»Genau wie die meisten großen Familien von Nephane. Die Indras haben diese Stadt als Kolonie gegründet, als sie die Inland-Festung Chteftikan eroberten und die Sufakis zu Sklaven machten. Indresul haßt die Indras von Nephane, aber sie hat niemals vergessen, daß sie durch die hiesigen Indras einen Anspruch auf diese Stadt besitzen, und den will sie jetzt geltend machen. Sie sehen, daß ich äußerst vorsichtig agieren muß, Kurt Morgan, und Ihre Indras-Freunde in Elas und Ihre Einmischung in Angelegenheiten der Nemet sind Störungen, die ich mir gerade jetzt am allerwenigsten leisten kann. Ich brauche Ruhe in dieser Stadt, und ich werde alles tun, was nötig ist, um das zu erreichen.«

»Ich habe in dieser Stadt nichts getan«, sagte er, »lediglich in Elas.«

»Unglücklicherweise«, sagte Djan, »kann Elas nichts tun, was nicht auch seine Konsequenzen in Nephane hätte. Das ist der Nachteil von Macht und Reichtum. Das Schiff dort draußen ist auf dem Weg nach Indresul. Die Methi von Indresul hat bisher alle meine Angebote, über ausstehende Probleme zu sprechen, zurückgewiesen. Sie können sich nicht vorstellen, wie sehr sie Sufakis und Menschen verabscheut. Nun, wenigstens werden sie jetzt einen Botschafter zu uns schicken, Mor t'Uset ul Orm, einen Mann von großem Einfluß in Indresul. Er wird mit diesem Schiff eintreffen, wenn es zurückkehrt. Ich kann nur hoffen, daß Ihre Verlobung, das heute Hauptgesprächsthema auf dem Markt war, ihm nicht zu Ohren kommt.«

»Ich hatte nie die Absicht, sie publik zu machen«, sagte er.

Der Blick, mit dem sie ihn ansah, war eisig. Doch in diesem Augenblick traten Pai und ein zweites Mädchen in die Halle und brachten Tee, *telise* und ein leichtes Mahl. Sie stellten alles auf einen kleinen Tisch vor dem Fenster der Veranda.

Djan entließ die beiden sofort, obwohl die Etikette es erfordert hätte, daß sie ihnen das Essen servierten. Die beiden *chan* verneigten sich und gingen.

»Leisten Sie mir Gesellschaft«, sagte Djan, »wenigstens bei Tee und *telise*, wenn Sie schon nichts essen mögen.«

Doch sein Appetit war zurückgekehrt. Er hatte sogar echten Hunger. Er aß eine volle Portion, und Djan trug das Geschirr selbst hinaus, als sie fertig waren. Dann kam sie zurück und setzte sich neben ihn auf den Fenstersims. Das Schiff hatte den Hafen längst verlassen.

»Es ist spät«, sagte er. »Ich möchte jetzt nach Elas zurückgehen.«

»Dieses Nemet-Mädchen«, sagte Djan, »wie heißt sie?«

Plötzlich lag ihm das Mahl wie ein Stein im Magen.

»Wie ist ihr Name?«

»Mim«, sagte er, griff nach einem Glas mit *telise* und kippte das feurige Getränk mit einem Zug herunter.

»Haben Sie das Mädchen kompromittiert? Ist das der Grund für diese überstürzte Verlobung?«

Die Tasse in seiner Hand zitterte. »Ich liebe sie.«

Djans kühle Augen sahen ihn abschätzend an. »Die Nemet sind außerordentlich schöne Geschöpfe«, sagte sie. »Sie verfügen über einen gewissen Reiz, muß ich zugeben. Und ich glaube, daß die Nemet-Frauen auf einen Mann Ihrer Art besonders anziehend wirken. Bei ihnen hat der Mann immer recht.«

»Ich will Sie nicht länger stören«, sagte er.

»Sie stören mich nicht.« Sie hob die Schultern. »Ich habe persönlich nichts gegen dieses Kind. Ich glaube nicht, daß es für mich jemals zu einem Problem werden wird. Dazu halte ich Sie für zu intelligent. Heiraten Sie sie. Hin und wieder werden Sie genau wie ich feststellen, daß Gedanken, Aussehen und Benehmen der Nemet – und ihre Vorurteile – Ihnen unerträglich werden. Allein diese Einsicht hat mich dazu veranlaßt, Sie nicht den Tamurlin zu überlassen oder zu den Fischen zu schicken. Ich möchte, daß wir Gefährten werden, wir sind schließlich Menschen und einigermaßen zivilisiert. Diese Mim ist nur *chan*, aber sie kann Ihnen eine gewisse Respektabilität verleihen, wenn Sie vorsichtig sind. Vielleicht war es gar keine so schlechte Wahl, und ich glaube nicht, daß diese Ehe mich besonders stören wird. Sie verstehen doch, was ich damit meine, Kurt.«

Die Tasse zitterte in seiner Hand. Er stellte sie ab, um sie nicht zwischen seinen Fingern zu zerdrücken.

»Sie spielen um Ihren Hals, Djan. Ich lasse mich nicht umherstoßen.«

»Ich stoße Sie nicht umher«, sagte sie. »Ich will nur, daß Sie mich verstehen. Und ich glaube, wir verstehen einander inzwischen sehr gut.«

## 7

Das graue Licht der Morgendämmerung lag über Nephane, drang durch den Nebel, der über der ganzen Stadt hing und nur die oberen Teile des Afen freiließ. Die kopfsteingepflasterte Straße, die vom Außentor des Afen zur Stadt hinabführte, war feucht, und die wenigen Leute, die um diese Zeit unterwegs waren, hatten sich in Mäntel und Umhänge gehüllt.

Kurt trat zur Haustür von Elas, drückte auf die Klinke in der Hoffnung, daß die Tür nicht abgeschlossen sei, und klopfte dann leise an, um nicht das ganze Haus zu wecken.

Schneller als er es erwartet hatte, hörte er leise Schirtte, die sich der Tür näherten und verhielten.

Der Riegel flog zurück, die Tür wurde aufgerissen, und Mim stand vor ihm, nur mit ihrem Nachthemd bekleidet. Mit einem Seufzer der Erleichterung warf sie sich in seine Arme und drückte ihn fest an sich.

»Alles in Ordnung«, sagte er leise, »alles in bester Ordnung, Mim.«

Sie standen in der offenen Tür. Er brachte sie hinein und schob den schweren Riegel vor. Mim fuhr mit dem weiten Ärmel des Nachthemds über ihre Augen.

»Ist das Haus wach?« flüsterte er.

»Sie haben bis spät in die Nacht gewartet, sind dann aber schlafen gegangen«, antwortete Mim. »Ich habe im *rhmei* gewartet. Ich hoffte ... ich hoffte, daß du zurückkommen würdest. Ist alles in Ordnung, Lord Kurt?«

»Ja, ich bin nur müde.« Nach den Stunden, in denen er nur die menschliche Sprache gesprochen hatte, war es schwer, wieder Nechai zu gebrauchen. Er nahm ihren Arm und führte sie in die Wärme des *rhmei*. Dort im Licht und in der Wärme des Feuers blickten ihre großen Augen ihn prüfend an, und ihre Hände drückten die seinen.

»Du zitterst«, sagte sie. »Ist es die Kälte?«

»Kälte und Müdigkeit.«

»Was hat sie von dir gewollt?«

»Sie hat mir einige Fragen gestellt. Bitte, Mim, ich möchte jetzt nach oben gehen und schlafen. Ich war die ganze Nacht über wach.«

»Lord Kurt«, sagte sie mit tränenerstickter Stimme, »vor der *phusmeba* darf man nicht lügen. Vergib mir, aber ich weiß, daß du lügst.«

»Laß mich in Ruhe, Mim. Bitte.«

»Es ging nicht nur um Fragen. Wenn es wirklich so gewesen sein sollte, dann sieh mir in die Augen und sage es mir.«

Er versuchte es, aber es gelang ihm nicht. Tiefe Trauer füllte Mims dunkle Augen.

»Es tut mir leid«, war alles, was er sagen konnte.

Der Blick ihrer Augen ließ ihn nicht los. »Willst du den Kontrakt brechen, Lord Kurt?«

»Willst du es?«

»Wenn es dein Wunsch ist ...«

Mit seiner kalten Hand strich er ihr eine Haarsträhne aus dem Gesicht und wischte Tränen von ihrer Wange. »Ich liebe sie nicht«, sagte er und setzte hinzu: »Aber ich weiß, was sie fühlt, Mim. Manchmal habe ich auch dieses Gefühl. Manchmal ist Elas mir fremd, und ich sehne mich nach menschlicher Gesellschaft, und sei es nur für eine kurze Zeit. Genauso geht es auch ihr.«

»Sie könnte dir Kinder schenken, und du wärst der Herr von ganz Nephane.«

Er preßte sie an sich, roch den leichten Duft von *aluel*-Blättern in ihrer Kleidung, die Frische ihrer Haut und erinnerte sich an das nach synthetischen Stoffen und Alkohol riechende Parfüm Djans, menschlich und – für kurze Zeit – reizvoll. Djan konnte zärtlich sein, und das machte sie gefährlich, weil es ihren Stolz bedrohte.

Weil es Elas bedrohte.

»Wenn Djan heiraten wollte – was nicht der Fall ist –, so würde ich auch nicht anders empfinden, Mim. Aber ich kann nicht versprechen, daß dies mein letzter Besuch bei ihr gewesen ist. Wenn du das nicht ertragen kannst, dann sage es mir jetzt.«

»Ich würde auch deine Konkubine sein und nicht deine Frau, wenn du es so willst.«

»Nein«, sagte er. »Nein, Mim. Ich würde dich nur verlassen, um dich zu schützen.«

Sie richtete sich auf die Zehenspitzen auf, nahm sein Gesicht in ihre Hände und küßte ihn voller Zärtlichkeit. Dann trat sie einen Schritt zurück, die Hände immer noch erhoben, als ob sie nicht wüßte, wie er reagieren würde. Sie sah verängstigt aus.

»Mein Herr Ehemann«, sagte sie, eine Anrede, zu der sie nach der Verlobung berechtigt war. Die Worte klangen seltsam in seinen Ohren, und Mim nahm sich Freiheiten heraus, die keine ehrbare Nemet-Lady gegenüber ihrem Verlobten gewagt hätte. Aber Mim verstieß gegen den Sittenkodex, um seine Wünsche zu erfüllen und vielleicht, wie er befürchtete, um auf ihre Weise um ihn zu kämpfen.

Er drückte sie fest an sich. »Bitte, Mim, geh jetzt, bevor

jemand aufwacht und dich hier sieht. Ich muß mit Kta sprechen.«

»Wirst du ihm sagen, was geschehen ist?«

»Ja.«

»Bitte bringe keinen Streit in dieses Haus.«

»Geh jetzt, Mim.«

Sie blickte ihn mit von Trauer erfüllten Augen an, tat aber, was er von ihr verlangte.

Er klopfte nicht an, als er in Ktas Zimmer trat. Er hatte schon zuviel Lärm in diesem schlafenden Haus verursacht. Statt dessen drückte er die Tür lautlos auf, trat ins Zimmer und ging auf das Bett zu.

»Kta«, sagte er leise.

Der Nemet war sofort wach, blickte Kurt mit verschlafenen Augen an und schwang die Beine aus dem Bett. »Bei allen Göttern«, rief er, als er seinen Kilt überzog, »du siehst aus wie der Tod, mein Freund. Was ist passiert?«

»Ich habe die Situation gerade Mim erklärt«, sagte Kurt und merkte, daß seine Beine zitterten, eine verspätete Reaktion auf die Erlebnisse der vergangenen Nacht. »Kta, ich brauche deinen Rat.«

Kta deutete auf einen Stuhl. »Setz dich, mein Freund. Sammle deine Gedanken, und ich werde dir helfen, wenn ich dein Problem verstanden habe. Soll ich uns etwas zu trinken holen?«

Kurt setzte sich und senkte den Kopf. Er verschränkte die Hände in seinem Nacken und versuchte, sich der Ruhe, die zu Elas gehörte, wieder einzufügen. Der Geruch von Weihrauch, das matte Licht der *phusa*, das Gefühl der Stille, alles wirkte beruhigend auf ihn, und die Panik fiel von ihm ab. Die Angst jedoch blieb.

»Es geht schon«, sagte er. »Nein, bemühe dich jetzt nicht um ein Getränk.«

»Bist du erst jetzt zurückgekommen?« fragte ihn Kta.

Kurt nickte, blickte Kta in die Augen, und Kta atmete tief durch.

»Eine persönliche Angelegenheit?« fragte er taktvoll.

»Ganz Elas hat die Situation anscheinend besser begriffen als ich, als ich in den Afen gerufen wurde. War es so offensichtlich? Weiß inzwischen ganz Nephane Bescheid, oder gibt es doch so etwas wie eine Privatsphäre in dieser Stadt?«

»Mim zumindest hat es gewußt. Kurt, Kurt, das war doch wirklich nicht schwer zu erraten. Als die Männer der Methi zurückkamen und uns sagten, daß du in Sicherheit seist, war eigentlich alles klar – vor allem nach ihrer Reaktion auf deine Verlobung. Du brauchst dich nicht zu schämen, mein Freund. Wir haben immer gewußt, daß dein Leben mit dem der Methi verbunden sein würde. Das war seit dem Tag deiner Ankunft für Nephane selbstverständlich. Es war deine Verlobung mit Mim, die alle schockierte. Ich bin ganz offen. Ich denke, es ist immer von Vorteil, die Wahrheit zu sagen, auch wenn sie manchmal bitter schmeckt. Ja, ganz Nephane weiß es, und niemand ist überrascht.«

Kurt stieß einen leisen Fluch aus und blickte aus dem Fenster, unfähig, Kta in die Augen zu sehen.

»Liebst du die Methi?« fragte ihn der Nemet geradeheraus.

»Nein«, sagte Kurt entschieden.

»Du bist freiwillig zu ihr gegangen«, erinnerte ihn Kta, »als Elas bereit war, für dich zu kämpfen.«

»Elas hat nichts mit dieser Sache zu tun.«

»Wir besäßen keine Ehre, wenn wir zulassen würden, daß du uns auf diese Weise schützt. Aber wir wissen noch immer nicht, was du wirklich willst. Sollen wir eingreifen, Kurt?«

»Nein«, sagte er hart.

»Ist das dein ehrlicher Wunsch, oder glaubst du noch immer, uns schützen zu müssen? Du schuldest uns die Wahrheit, Kurt. Sage uns ja oder nein, und wir werden dir glauben und das tun, was du willst.«

»Ich liebe die Methi nicht«, sagte Kurt ruhig, »aber ich möchte auch nicht, daß Elas sich zwischen uns stellt.«

»Das sagt mir nichts.«

»Ich fürchte«, sagte er und fand es schwer, in Ktas dunkle Augen zu blicken, »daß dies nicht mein letzter Besuch im Afen gewesen ist. Ich stehe in ihrer Schuld, Kta. Falls mein Verhalten die Ehre Elas' oder Mims verletzen sollte, so sage es mir ganz offen. Nichts liegt mir ferner, als Leid über dieses Haus zu bringen, und schon gar nicht über Mim. Bitte sage mir, was ich tun soll.«

»Das Leben«, sagte Kta, »ist der stärkste aller Triebe. Du behauptest, die Methi zu hassen, und vielleicht haßt sie dich, aber der Überlebenstrieb, das Verlangen, eure Art zu erhalten und zu vermehren, ist vielleicht ein Ehrenkodex, der über allem anderen steht. Mim hat mit mir über diese Fragen gesprochen.«

Sein Magen krampfte sich zusammen, wenn er daran dachte. Im Augenblick wünschte er nicht einmal sein eigenes Überleben.

»Mim verehrt dich«, sagte Kta, »sie verehrt dich sehr. Falls sich deine Gefühle ihr gegenüber geändert haben mögen, Kurt, so bist du doch noch immer an sie gebunden. Ich habe diese Entwicklung befürchtet, und Mim hat sie vorausgeahnt. Ich bitte dich, nicht den Kontrakt zu brechen, den du mit Mim geschlossen hast. Sie würde dadurch entehrt werden. Mein Freund, wir sind ein Volk, das nichts von überstürzten Ehen hält. Trotzdem haben wir uns einmal von unseren Gefühlen leiten lassen, von unserem Wunsch, dich und Mim glücklich zu machen. Jetzt kann ich nur hoffen, daß er sich nicht als Grausamkeit herausstellt. Du kannst jetzt nicht mehr zurück.«

»Das will ich auch gar nicht«, sagte Kurt. »Auf gar keinen Fall.«

»Dann ist alles gut.«

»Ich muß in dieser Stadt leben«, sagte Kurt. »Wie werden die Leute es aufnehmen? Wie wird Mim es aufnehmen?«

Kta hob die Schultern. »Das ist das Problem der Methi. Es ist normal, daß ein Mann Verpflichtungen gegenüber mehreren Frauen hat. Natürlich kann man die Methi von Nephane nicht als gewöhnliche Konkubine halten. Aber es ist Sache der Frau und ihres Hauses, das Dekorum zu wahren. Eine ehrenhafte Frau sorgt dafür. Und wenn sie dazu nicht in der Lage sein sollte, so übernimmt ihr Haus diese Aufgabe, so wie wir sie für Mim übernommen haben. Auf jeden Fall ist dies ein Problem, das die Methi zu lösen hat. Obwohl einer Methi auf diesem Gebiet ziemlich alles erlaubt ist, und das ist eine Schwierigkeit, die wir bisher mit allen Methis gehabt haben, besonders mit denen menschlichen Ursprungs. Die verstorbene Tehal-Methi von Indresul war für ihre Ausschweifungen berüchtigt. Djan-Methi ist sehr tüchtig. Sie ist eine gute Methi. Die Leute haben Brot und Frieden, und solange das so ist, kann es dir nur zur Ehre gereichen, wenn sie deine Gesellschaft sucht. Das einzige, was mich bedrückt, ist die Befürchtung, daß deine Gefühle sich wieder menschlichen Dingen zuwenden könnten und Mim nur zu einem der seltsamen Lebewesen wird, die für einige Zeit deine Gefährten waren.«

»Niemals«, sagte Kurt entschieden.

»Ich wünsche, daß es wirklich nie dazu kommt.«

»Darauf kannst du dich verlassen.«

»Entschuldige, mein Freund, ich habe dich verletzt«, sagte Kta. »Ich weiß, daß du zum Nemet geworden bist, und diesem Teil deiner Persönlichkeit vertraue ich. Aber entschuldige meine Offenheit, ich weiß nicht, ob ich die andere Hälfte verstehe.«

»Ich würde alles tun, um Mim zu schützen – und Elas.«

»Dann«, sagte Kta ernst, »denke als Nemet, nicht als Mensch. Tue nichts ohne deine Familie. Verberge nichts vor deiner Familie. Die Familie ist heilig. Selbst die Methi kann dir nichts anhaben, wenn du zu uns hältst und wir zu dir.«

»Du kennst Djan nicht.«

»Es gibt das Gesetz, Kurt. Solange du nicht die Waffe gegen sie erhebst oder sie beleidigst, sind ihre Hände durch das Gesetz gebunden. Sie muß vor dem Upei klagen, und eine Auseinandersetzung – vergib mir – mit einem Liebhaber ist sicher das letzte, das sie dem Upei offenzulegen wünscht.«

»Sie könnte dich und die *Tavi* ans andere Ende der Welt schikken«, sagte Kurt. »Sie hat Alternativen.«

»Ein Streit mit Elas wäre ein denkbar unweiser Entschluß für die Methi«, sagte Kta. »Elas bestand, bevor die Methi kam, bevor die ersten Menschen ihren Fuß auf diesen Planeten setzten. Wir kennen unsere Stadt und unser Volk, und unsere Stimme wird in den Räten auf beiden Seiten der Trennenden See gehört. Wenn Elas im Upei spricht, hören die großen Familien auf seine Stimme, und besonders jetzt kann die Methi es nicht wagen, die großen Familien gegen sich aufzubringen. Ihre Position ist nicht so sicher, wie es den Anschein hat, mein Freund, und das weiß sie sehr genau.«

## 8

Das Schiff aus Indresul machte im Hafen fest. Es war eine Bireme mit rotem Segel, dem internationalen Emblem. Kta erklärte Kurt den Brauch, als sie an der Pier standen. Das rote Segel schützt ein Schiff vor jedem Angriff. Es würde eine Beleidigung der Götter sein, ein Schiff mit diesem Emblem anzugreifen, wie es auch Blasphemie wäre, dieses Immunitätszeichen unberechtigt zu führen.

Die Menge, die sich im Hafen versammelt hatte, war ruhig und ablehnend, als der Botschafter Indresuls an Land ging. Charakteristischerweise gab es keine wilden Demonstrationen des Hasses, aber die Leute ließen sich Zeit, zurückzutreten und dem Botschafter und seiner Eskorte den Weg freizugeben, um ihn merken zu lassen, daß er in Nephane nicht willkommen war.

Mor t'Uset ul Orm, ein weißhaariger, ernster Mann, stieg zu Fuß den Berg hinan, auf dem der Afen stand, ohne sich um die feindseligen Blicke und die leisen Flüche zu kümmern, die die Bewohner von Nephane ihm nachsandten.

»Das Haus von Uset«, sagte Kta, als er und Kurt die ansteigende Straße hinaufgingen, »das Haus von Uset auf dieser Seite der Trennenden See wird heute seine Türen geschlossen halten. Sie werden sich auch nicht im Upei zeigen, weil sie sich zu sehr schämen.«

»Vor Mor t'Uset oder vor den Leuten von Nephane?« fragte Kurt.

»Vor beiden. Es ist ein entsetzlicher Zustand, wenn ein Haus gespalten ist. Die Hüter Usets auf beiden Seiten der See sind miteinander im Konflikt. Glaube mir, ein Kampf gegen die Tamurlin ist wirklich nicht einfach, und es ist schlimmer, wenn zwei verschiedene Rassen gegeneinander Krieg führen, aber wenn man sich vorstellt, einen Krieg gegen die eigene Familie zu führen, die gemeinsame Götter und Ahnen haben, deren Herdfeuer einmal mit gemeinsamer Flamme brannten – bei allen Göttern, der Himmel bewahre uns vor diesem Übel.«

»Ich glaube nicht, daß Djan diese Stadt in den Krieg führen wird. Sie weiß zu gut, was das bedeutet.«

»Keine der beiden Seiten will den Krieg«, sagte Kta, »und die Indras-Nachkommen von Nephane am allerwenigsten. Unser Streit mit ...«

Kta schwieg, als sie sich dem Tor in der unteren Stadtmauer näherten. Ein Mann, der von der anderen Seite auf das Tor zukam, starrte sie feindselig an. Er war groß und kräftig und trug den gestreiften Überhang, den Kurt häufig bei den Wachen der Methi festgestellt hatte. Sein Haar war zu einem Zopf geflochten, der ihm auf den Rücken hing.

Kurt erkannte ihn sofort wieder. Shan t'Tefur. Glühender Haß stand in den schmalen, schrägen Augen des Mannes. Ein paar Sekunden lang schlug Kurts Herz rascher, und seine Muskeln spannten sich an. t'Tefur war im Stadttor stehengeblieben, und es sah aus, als ob er ihnen den Weg versperren wollte.

Kta packte Kurt beim Arm und zog ihn weiter durch das Stadttor und die Straße hinauf.

»Dieser Mann«, sagte Kurt und widersetzte sich dem Verlangen, den Kopf zu wenden, »der Mann ist vom Afen.«

»Geh weiter«, drängte Kta, der noch immer Kurts Arm umspannt hielt.

Sie blieben erst stehen, als sie die Hohe Straße erreicht hatten, die in der Nähe des Afen lag und zu den Häusern der Familien führte, unter denen das von Elas eins der größten war. Hier erst ließ Kta Kurts Arm los.

»Dieser Mann«, sagte Kurt, »kam in den Saal, als ich zur Methi gebracht wurde. Er führte mich anschließend in ihre Räume. Sein Name ist Shan t'Tefur.«

»Ich kenne seinen Namen.«

»Er scheint die Menschen zu hassen.«

»Nein«, widersprach Kta, »das ist kein persönlicher Haß. Er mag keinen von uns beiden. Er ist Sufaki.«

»Ich habe die gestreifte Robe bemerkt und den Zopf. Das ist also nicht die Uniform der Wachen der Methi?«

»Nein, die der Sufaki.«

»Osanef ... Osanef ist Sufaki. Aber weder Bel noch sein Vater tragen ...«

»Nein. Die Osanefs sind zwar Sufaki, aber sie legen keinen Wert darauf, diese Tatsache besonders zu betonen. Der *jafikn*, der geflochtene Zopf im Nacken, war früher das Zeichen des Sufaki-Kriegers. Seit der Eroberung hat ihn niemand mehr getragen. Es war den Sufaki früher verboten. Aber in letzter Zeit hat der rebellische Geist diesen alten Brauch wiedererweckt und auch die gestreiften Roben, deren Farben die verschiedenen Häuser identifizieren. Drei Häuser der Sufaki-Aristokratie haben überlebt, und t'Tefur ist eins davon. Shan ist ein gefährlicher Mann und ein erbitterter Feind Elas'. Und auch der deine, und nicht nur um Elas willen.«

»Weil ich ein Mensch bin? Ich hatte immer geglaubt, daß die Sufaki die Menschen nicht hassen und ...« Plötzlich ging ihm ein Licht auf, und er spürte, wie ihm die Röte in die Wangen stieg.

»Ja«, sagte Kta. »Er war viele Monte lang der Liebhaber der Methi.«

»Und was sagen eure Bräuche dazu? Was müssen er und ich jetzt tun?«

»Nach den Bräuchen der Sufaki kann er versuchen, dich zum Kampf herauszufordern. Aber du darfst nicht mit ihm kämpfen, auf gar keinen Fall.«

»Kta, ich mag den meisten Dingen eures Lebens ziemlich hilflos gegenüberstehen, aber wenn er mit mir kämpfen will, so ist das etwas, was ich verstehe. Bedeutet das nur einen Kampf, oder meinst du einen Kampf auf Leben und Tod? Ich habe keine Lust, ihretwegen zu töten, aber andererseits will ich auch nicht ...«

»Hör mich an, Kurt: Du mußt einen Kampf mit ihm auf jeden Fall vermeiden. Ich bezweifle nicht deinen Mut oder deine Fähigkeiten, aber ich bitte dich um Elas' willen, dich nicht herausfordern zu lassen. Shan t'Tefur ist ein sehr gefährlicher Mann.«

»Soll ich mich einfach abschlachten lassen? Ist er in diesem Sinn gefährlich oder wie sonst?«

»Er ist eine Macht unter den Sufaki, und er will noch mehr Macht, die die Methi ihm hätte geben können. Du hast ihn beleidigt und seine Führungsposition bedroht. Du lebst in Elas, und wir sind Indras-Nachkommen. Bis jetzt hat die Methi mehr auf der Seite der Sufaki gestanden. Sie hat sich mit Sufaki umgeben, ausgewählten Freunden Shan t'Tefurs, was für die Sufaki einen erheblichen Machtzuwachs bedeutet. So erheblich, daß die großen Familien beunruhigt sind. Und plötzlich entdeckt Shan t'Tefur, daß seine Position durch dich ziemlich wackelig zu werden droht.«

Sie gingen eine Weile schweigend. Kurt wurde von Erinnerungen bedrängt, die zunehmend bitterer und peinlicher wurden. Er blickte Kta an. »Du hast mich aus dem Wasser gezogen. Du hast mir alles gegeben, was ich habe. Du bist zu Djan gegangen und hast um mich gebeten. Wenn du das nicht getan hättest, wäre ich ... auf jeden Fall würde ich jetzt nicht als freier Mann mit dir die Straße entlanggehen. Also mißverstehe die Frage nicht, die ich dir jetzt stellen möchte. Du hast mir gesagt, daß die Leute seit meiner Ankunft in Nephane wußten, daß ich auf irgendeine Weise mit der Methi verbunden sein würde. Bin ich dazu gedrängt worden, Kta? Bin ich auf sie angesetzt worden, eine Waffe der Indras gegen Shan t'Tefur?«

Zu seiner Enttäuschung beantwortete Kta die Frage nicht sofort.

»Es ist also die Wahrheit?«

»Kurt, du wirst bald in mein Haus einheiraten.«

»Ist es wahr?« wiederholte Kurt.

»Ich weiß nicht, wie ein Mensch solche Dinge hört und auffaßt«, sagte Kta. »Du unterstellst mir Motive, die jedem Nemet völlig fremd sind, und begreifst nicht, was für einen Nemet selbstverständlich ist. Bei allen Göttern, Kurt ...«

»Antworte mir.«

»Als ich dich zum erstenmal sah, dachte ich: Er ist von derselben Art wie die Methi. Das läßt sich doch nicht verleugnen. Und ich dachte: Wir wollen ihn gut behandeln, da er ein nettes Wesen zu sein scheint, und vielleicht wird er eines Tages mehr sein, als er heute ist. Und dann kam mir ein Gedanke, dessen ich mich heute schäme: Er könnte deinem Haus Nutzen bringen, Kta t-Elas. Das war nicht richtig, Kurt. Aber damals warst du für mich nur ein Mensch, und für einen Nemet ist das keine Verpflichtung, sich an die Vorschriften der Moral zu halten. Ich weiß, daß ich dich verletze, daß ich dir weh tue, aber so war es nun einmal. Heute sehe ich die Dinge anders und schäme mich für mein damaliges Verhalten.«

»Also hat Elas mich nur aufgenommen, um mich zu benutzen.«

»Nein«, sagte Kta sofort. »Niemals hätten wir dir unsere Tür geöffnet, wenn ...«

Er brach ab, als Kurt ihn unentwegt anstarrte. »Sprich weiter«, sagte Kurt, »oder habe ich dich schon richtig verstanden?«

Kta hielt seinem Blick stand. »Elas ist uns heilig. Ich schulde dir die Wahrheit. Wir hätten niemandem unsere Tür geöffnet, weder dir noch einem anderen ... Gut, ich will es geradeheraus sagen: Es ist einfach undenkbar, daß ich meinen Herd um irgendeines Vorteils willen einem Menschen zugänglich gemacht haben würde, ganz egal, welche Vorteile uns das bei der Methi bringen würde. Die Gastfreundschaft ist uns heilig. Ich habe dir mein Wort gegeben, und das Wort von Elas ist ebenfalls heilig. Mein Freund, ich habe dich um deinetwillen bei uns aufgenommen. Laß unsere Freundschaft diese Wahrheit überdauern: Als die anderen Familien Elas Vorwürfe machten, weil es einen Menschen in ihren *rhmei* aufgenommen hatte, haben wir ihnen einfach geantwortet, daß es besser sei, wenn ein Mensch in einem Haus der Indras lebe als in einem Haus der Sufaki, weil der Einfluß der Sufaki bereits gefährlich angewachsen sei. Und ich glaube, daß es für die Methi noch einen Grund gab, auf mich zu hören: Sie erkannte, daß dein Leben in einem Sufaki-Haus ständig in Gefahr sein würde, um der Ehre Shan t'Tefurs willen. Deshalb hat sie dich nach Elas geschickt. Ich glaube, sie hat eingesehen, daß sie dich nicht vor Shan t'Tefur schützen konnte, selbst wenn du im Afen wohnen würdest.«

»Ich verstehe«, sagte Kurt, weil es sich gehörte, daß er irgend etwas sagte. Ktas Eröffnungen schmerzten ihn. Er traute sich nicht, mehr zu sagen.

»Elas liebt und verehrt dich«, sagte Kta, als Kurt schwieg. Er blickte hinab, und nach einer Weile und anscheinend langer Überlegung legte er behutsam seine Hand auf Kurts Arm. Es war eine ungewöhnliche Geste für einen Nemet, sie war einstudiert, kopiert, ein Symptom seiner Verzweiflung.

Kurt blieb stehen und biß die Zähne zuammen, weil er Tränen in seine Augen steigen fühlte.

»Hüte dich vor Shan t'Tefur«, bat Kta. »Wenn der Hausfreund von Elas den Erben Tefurs tötet – oder wenn er dich töten sollte –, wird das Töten nicht aufhören. Er wird versuchen, dich herauszufordern. Sei klug. Laß dich nicht von ihm reizen.«

»Ich verstehe. Ich habe es dir schon einmal gesagt.«

Kta senkte den Blick und machte die Andeutung einer Verbeugung. Seine Hand glitt von Kurts Arm. Sie gingen auf Elas zu.

»Habe ich eigentlich eine Seele?« fragte Kurt plötzlich und blickte Kta an.

Das Gesicht des Nemet wirkte schockiert, ängstlich.

»Habe ich eine Seele?« fragte Kurt noch einmal.

»Ja«, sagte Kta, und es schien ihm schwerzufallen, das Wort auszusprechen.

Das war ein Zugeständnis, sagte sich Kurt, das Kta schon einen guten Teil seines Seelenfriedens gekostet hatte.

Der Upei, der Rat Nephanes, trat an diesem Tag im Afen zusammen. Die Sitzung wurde bei Sonnenuntergang auf den nächsten Morgen vertagt, wie es durch das Gesetz vorgeschrieben wurde.

Nym kam kurz nach Sonnenuntergang nach Hause und wurde von Lady Ptas und Hef an der Tür begrüßt. Als er ins *rhmei* trat, wo es hell war, sahen die anderen, wie erschöpft und müde er aussah. Aimu lief sofort hinaus, um ihm Wasser zum Waschen zu bringen, Ptas bereitete den Tee zu.

Während des Essens wurde nicht über geschäftliche Dinge gesprochen. Alles, was Nym bedrücken mochte, hatte Zeit bis zum Tee, der dem Abendessen folgte. Statt dessen fragte Nym interessiert nach Mims Vorbereitungen für die Hochzeit und auch nach Aimus. Beide Mädchen verbrachten ihre Tage mit Nähen, Planen und Diskutieren der anstehenden Hochzeiten und hielten das Haus mit ihrer fröhlichen Aufregung – und manchmal mit ihren Tränen – in Atem. Aimu senkte den Blick und sagte, daß ihre Aussteuer bereits fertig sei und sie jetzt gemeinsam an Mims arbeiteten, weil sie glaube, daß Mim und ihr menschlicher Verlobter sicher nicht die lange, formelle Verlobungszeit einhalten würden, wie sie unter Nemet üblich war.

»Ich habe heute unseren Freund, den älteren t'Osanef, getroffen«, sagte Nym, den Gesprächsfaden aufgreifend, »und es ist nicht ausgeschlossen, Aimu, daß wir deine Hochzeit vorverlegen werden.«

»So?« Ihre Augen weiteten sich. »Und um wieviel, verehrter Vater?«

»Vielleicht wird sie schon in diesem Monat stattfinden.«

»Warum diese Eile?« fragte Ptas erschrocken.

»Immer die besorgte Mutter«, sagte Nym lächelnd. »Aimu, mein Kind, du und Mim könnt uns noch eine Kanne Tee holen. Und dann beschäftigt euch wieder mit euren Handarbeiten. Wir haben über Geschäfte zu sprechen.«

»Soll ich auch ...« Kurt wollte sich erheben.

»Nein, nein, unser Gast. Bitte bleib bei uns. Diese Angelegenheiten betreffen das Haus, zu dem auch du bald gehören wirst.«

Die beiden Mädchen brachten den Tee und servierten ihn mit der üblichen Zeremonie. Dann zogen sie sich zurück und ließen die Männer des Hauses und Ptas allein.

Nym nahm einen Schluck Tee und blickte seine Frau an. »Du hattest eine Frage, Ptas?«

»Wer hat darum gebeten, den Hochzeitstermin vorzuverlegen, Osanef oder du?«

»Ptas, ich fürchte, es wird bald Krieg geben.« Und in die Stille, die dieser furchtbaren Eröffnung folgte, fuhr er fort: »Wenn wir diese Ehe wollen, müssen wir die Hochzeit so bald wie möglich festsetzen. Eine Heirat zwischen einem Sufaki und einer Indras könnte helfen, die Feindschaft zwischen den Familien und den Söhnen des Ostens zu beseitigen. Das ist unsere Hoffnung. Aber wir müssen rasch handeln.«

Die Lady von Elas weinte lautlos und wischte die Tränen mit einem Zipfel ihres Schals ab. »Es ist nicht recht, Nym, es ist nicht recht, daß sie diese Last auf sich nehmen müssen.«

»Was sollen sie denn tun? Die Verlobung lösen? Das ist unmöglich. Und wenn wir diese Heirat wollen, dann ist Eile geboten. Uns droht ein Krieg, und Bel will bestimmt einen Sohn haben, der den Namen Osanef weiterführt. Und auch du, mein Sohn Kta, solltest dich bald darum kümmern. Ich bin jetzt über sechzig Jahre alt, und heute ist es mir eingefallen, daß ich nicht unsterblich bin. Schon vor Jahren hättest du mir einen Enkelsohn vor die Füße legen sollen.«

»Ja, verehrter Vater«, sagte Kta leise.

»Du kannst nicht in alle Ewigkeit um die Toten trauern, und ich wünschte, du würdest deine Wahl treffen, damit ich weiß, wen ich ansprechen soll. Wenn es irgendeine Tochter bei den Familien gibt, die dir besonders gefällt ...«

Kta zuckte die Achseln und blickte zu Boden.

»Vielleicht«, schlug sein Vater vor, »die Töchter von Rasim oder Irain ...«

»Tai t'Isulan«, sagte Kta.

»Ein hübsches Mädchen«, meinte Ptas, »und sehr gut erzogen.«

Wieder hob Kta die Schultern. »Noch ein Kind. Aber zumindest kenne ich sie und denke, daß ich ihr nicht unangenehm bin.«

»Sie ist – wie alt? – siebzehn?« fragte Nym, und als Kta nickte: »Isulan ist ein sehr gutes, religiöses Haus. Ich werde es mir merken und vielleicht bald mit Ban t'Isulan sprechen, falls du in einigen Tagen immer noch an ihr interessiert sein solltest. Es tut mir leid, mein Sohn, daß ich dieses Problem so plötzlich und überraschend angeschnitten habe, aber du bist mein einziger

Sohn, und dies ist eine Zeit voller Überraschungen. Bitte, Ptas, gieß uns *telise* ein.«

Sie tat es. Die ersten Schlucke wurden schweigend getrunken, wie es sich gehörte. Dann sagte Nym leise: »Es ist schön, zu Hause zu sein, Ptas. Möge es immer so friedlich sein wie an diesem Abend.«

»Es möge so sein«, sagte Ptas, und Kta wiederholte ihre Worte.

»Wie war es heute im Rat?« erkundigte sich Ptas dann. »Was ist beschlossen worden?«

Nym runzelte die Stirn und blickte eine Weile schweigend zu Boden. »t'Uset ist nicht gekommen, um uns Frieden zu bringen«, sagte er dann, »sondern um uns neue Forderungen der Ylith-Methi zu übermitteln. Djan-Methi war heute nicht im Upei, und ich vermute ...« Sein Blick wanderte zu Kurt und blickte ihn prüfend an. Kurt fühlte, daß er rot wurde. Wieder wollte er aufstehen und gehen, aber Nym gebot ihm durch eine Geste zu bleiben, und er setzte sich wieder, den Kopf gesenkt, um Nym nicht in die Augen blicken zu müssen.

»Unsere Worte können dich verletzen«, sagte Nym. »Ich bitte dich, sie nicht falsch zu verstehen.«

»Ich habe erfahren, daß die Menschen alles getan haben, um sich wenig beliebt zu machen«, sagte Kurt.

»Freund meines Sohnes«, sagte Nym lächelnd, »deine weise und friedliche Haltung ist eine Zierde für dieses Haus. Ich will dich nicht dadurch kränken, indem ich t'Usets Worte wiederhole. Jedes vernünftige Argument hat ihm gegenüber versagt. Die Indras der Mutter-Stadt hassen Menschen und weigern sich, mit der Djan-Methi zu verhandeln. Und das ist noch nicht alles.« Sein Blick suchte den seiner Frau. »t'Tefur hat eine bittere Diskussion hervorgerufen, indem er uns aufforderte, bei der Anrufung der Götter t'Uset nicht zuzulassen.«

»Licht des Himmels«, murmelte Ptas entsetzt, »doch nicht etwa in t'Usets Gegenwart?«

»Er stand bei der Tür.«

»Wir haben heute den jungen t'Tefur getroffen«, sagte Kta. »Es wurden keine Worte gewechselt, aber er benahm sich Kurt gegenüber äußerst herausfordernd und provokativ.«

»Wirklich?« fragte Nym besorgt und blickte Kurt an. »Hüte dich, ihm in die Hände zu fallen. Und fordere ihn nicht heraus, unser Freund.«

»Ich bin schon gewarnt worden«, sagte Kurt.

»Heute«, sagte Nym, »ist ein Fluch zwischen dem Haus t'Tefur und dem Haus Elas vor dem Upei ausgesprochen worden, und wir alle müssen von nun an auf der Hut sein. t'Tefur hat die Götter gelästert, indem er ihre Anrufung durch Zwischenrufe störte, und ich habe ihm die Antwort gegeben, die er verdient hat. Er nennt es Verrat, daß wir bei unseren Gebeten immer noch den Namen Indresuls anrufen. Und das sagte er im Beisein t'Usets.«

»Und wegen Männern dieser Art«, sagte Lady Ptas, »müssen wir erdulden, von den Herdfeuern Elas-in-Indresuls verflucht zu werden.«

»Mutter«, sagte Kta und verneigte sich tief vor ihr, »nicht alle Sufaki fühlen so. Auf gar keinen Fall steht Bel auf der Seite dieser Leute.«

»Die Zahl von t'Tefurs Anhängern wächst ständig«, sagte Ptas, »und seine Macht muß groß sein, daß er es wagt, im Upei solche Dinge zu sagen.«

Kurt blickte verwirrt von einem zum anderen. Nym übernahm es, ihm die Situation zu erklären: »Wir sind Indras«, sagte er. »Vor tausend Jahren gründete Nai-Methi von Indresul auf den Inseln südlich dieses Ufers Kolonien und legte später den Grundstein der Festung Nephane, welche die Küste vor den Sufaki-Piraten schützen sollte. Die Indras zerstören Chteftikan, die Hauptstadt des Sufaki-Reiches, und die Kolonisten verwalteten die neuen Provinzen von der Zitadelle aus. Fast tausend Jahre lang beherrschten wir die Sufaki, doch mit der Ankunft der Menschen wurde unsere Verbindung zu Indresul unterbrochen, und als diese dunkle Epoche vorbei war, haben wir all die alten grausamen Gesetze abgeschafft, durch die die Sufaki fast zu Sklaven gemacht worden waren, und nahmen ihre Vertreter in den Upei auf. Aber für t'Tefur ist das nicht genug. Er will mehr, und das ist die Wurzel der Verbitterung.«

»Es ist die Religion«, sagte Ptas. »Sufaki haben viele Götter und glauben an Magie und Dämonen. Nicht alle. Die Familie Bels ist aufgeklärter. Aber kein Indras wird jemals seinen Fuß in ihren Tempelbezirk setzen, das sogenannte Orakel Phans. Und in Zeiten wie diesen ist es sogar gefährlich, sich nachts in die Nähe der Mauerstraße zu wagen. Wir beten an unseren eigenen Herdfeuern und rufen die Ahnen an, die wir mit den Häusern jenseits der Trennenden See gemeinsam haben. Wir wollen nichts von ihnen, wir tun ihnen nichts Böses, aber sie hassen uns.«

»Warum einigt ihr euch denn nicht mit den Indresul?« fragte Kurt.

»Weil es unmöglich ist«, antwortete Nym. »Wir sind von Nephane. Wir haben lange unter Sufaki gelebt; wir mußten mit den Menschen fertig werden. Wir können die Dinge nicht widerrufen, die wir als Wahrheit erkannt haben. Wir werden kämpfen, wenn man uns dazu zwingt, auch gegen Indresul. Die Sufaki scheinen das nicht zu glauben, aber es ist so.«

»Nein«, sagte Kurt leidenschaftlich. »Nein. Zieht nicht in den Krieg.«

»Das ist ein sehr guter Rat«, sagte Nym nach einer kurzen Pause, »aber vielleicht sind wir nicht in der Lage, den Gang der Dinge selbst zu bestimmen. Wenn ein Mann vor einem unlösbaren Problem steht, wenn seine Existenz nicht mehr mit dem Himmel im Einklang steht und allein sein Dasein eine Störung des *yhia* darstellt, dann muß er den Tod wählen, um die Ordnung wiederherzustellen. Und er trifft die richtige Wahl, wenn er es ohne Gewalt erledigt. In den Augen des Himmels sind auch die Völker dieser Logik unterworfen. Selbst Völker werden manchmal zum Selbstmord gezwungen. Sie haben ihre eigenen Methoden dafür – da sie aus vielen Köpfen bestehen und nicht nur aus einem, können sie ihr Ende nicht mit der Würde eines Einzelwesens vorausbestimmen – aber das Ende ist das gleiche.«

»Bitte, verehrter Vater«, sagte Kta, »rede nicht von solchen Dingen.«

»Glaubst du auch an Omen wie Bel? Ich nicht, zumindest glaube ich nicht, daß Worte, in böser Absicht oder leichtfertig geäußert, Gewalt über die Zukunft haben. Die Zukunft existiert bereits in unseren Herzen und wartet darauf, Wirklichkeit zu werden, wenn es an der Zeit ist. Unsere eigene Natur ist unser Schicksal. Du bist noch jung, Kta, du verdienst ein besseres Los, als mein Alter es dir geben kann.«

Lange herrschte Schweigen im *rhmei*. Plötzlich beugte sich Kurt tief zu Boden, eine Geste, die die Erlaubnis um eine Frage bedeutete. Nym blickte ihn an.

»Ihr habt doch eine Methi«, sagte Kurt, »die keinen Krieg will.

Gebt mir den Auftrag, mit ihr zu sprechen als ein Mensch zum anderen.«

Eine Weile herrschte bedrücktes Schweigen. Kta öffnete den Mund zu einem Protest. Aber Nym nickte zustimmend.

»Geh zu ihr«, sagte er.

Kurt stand auf und zog seinen *ctan* zurecht. Er verbeugte sich und wandte sich zum Gehen. In der Halle hörte er Schritte hinter sich. Er glaubte, es sei Hef, dessen Pflicht es war, ihm die Tür zu öffnen. Aber es war Kta, der ihn kurz vor der Tür einholte.

»Sei vorsichtig«, warnte Kta. Und als er die Tür öffnete und in das Dunkel hinausblickte, setzte er hinzu: »Kurt, ich werde dich zum Afen begleiten.«

»Nein«, sagte Kurt. »Dann müßtest du dort auf mich warten, und um diese Stunde würde man dich bemerken. Wir wollen doch nicht mehr Aufsehen erregen, als unbedingt nötig ist.«

Aber als sich die Tür hinter ihm geschlossen hatte und er auf die dunkle Straße hinaustrat, überkam ihn ein unsicheres Gefühl. Es war stiller als sonst. Ein Mann mit einer gestreiften Robe stand in einem Hauseingang auf der gegenüberliegenden Straßenseite. Kurt ging rasch die Straße hinauf, die zum Afen führte.

Djan lehnte sich an das Fenster, das auf die See hinausging. An diesem Abend trug sie menschliche Kleidung, ein enganliegendes Kleid aus schimmerndem Synthetikmaterial, das ihre schlanke Figur betonte. Es wirkte so provokativ, daß sie es in Gegenwart der zurückhaltenden Nemet sicher nicht tragen würde.

»Der Botschafter Indras reist morgen wieder ab«, sagte sie. »Verdammt, hättest du nicht warten können? Ich bin selbst der Sitzung des Upei ferngeblieben, um ihn so wenig wie möglich durch den Anblick von Menschen zu provozieren, und du läufst hier einfach durch sämtliche Hallen! Er wohnt einen Stock tiefer. Wenn er oder einer seiner Leute zufällig aus ihren Gemächern kommen ...«

»Dies ist kein privater Besuch.«

Djan atmete langsam aus und deutete auf einen Stuhl. »Elas und der Vorfall im Upei. Ich habe davon gehört. Warum haben sie dich zu mir geschickt?«

»Sie haben mich nicht geschickt. Aber wenn du irgendeine

Möglichkeit haben solltest, die Situation unter Kontrolle zu bringen, dann solltest du etwas unternehmen, und zwar sehr bald.«

Ihre kühlen grünen Augen musterten ihn. »Du hast Angst. Elas muß dir eine Menge erzählt haben.«

»Wenn die Entwicklung hier so weitergeht, braucht Indresul eines Tages nur noch die Scherben zusammenzukehren. Bis jetzt gab es hier ein Gleichgewicht der Kräfte, Stabilität. Du hast sie zerstört und ...«

»Ist das Nyms Ansicht?«

»Nein. Hör mir zu.«

»Ja, es gab ein Gleichgewicht der Kräfte«, sagte Djan zustimmend, »ein Gleichgewicht zum Vorteil der Indras und zum Nachteil der Sufaki. Ich habe nichts weiter getan, als da einen Ausgleich zu schaffen. Und das paßt den Indras natürlich nicht.«

»Ausgleich? Schaffst du diesen Ausgleich mit Shan t'Tefur?«

Sie hob den Kopf, und ihre Lider zogen sich etwas zusammen, aber sie lächelte. Sie hatte ein wunderbares Lächeln, selbst wenn kein Humor darin lag. »Verstehe«, sagte sie. »Ich hätte dir vorher von ihm erzählen sollen, meinst du. Jetzt ist dein empfindlicher Stolz verletzt.«

»Mein Stolz steht hier nicht zur Debatte«, sagte er und wollte noch etwas hinzufügen, bedauerte dann aber, überhaupt auf ihre Bemerkung eingegangen zu sein. Immerhin hatte er sie irgendwie gemocht, und vielleicht hatte auch sie irgendein Gefühl für ihn.

»Shan«, sagte sie, »ist ein Freund. Seine Familie hat einmal über große Teile dieses Landes geherrscht. Er glaubt, daß er mich benutzen kann, um seine Ziele zu erreichen, die sehr ehrgeizig sind. Aber er lernt allmählich, daß ich mich nicht benutzen lasse. Er ist natürlich wütend, daß du hier aufgetaucht bist, aber er wird sich irgendwann an den Zustand gewöhnen. Ich vertraue ihm nicht mehr als dir, sobald seine eigenen Interessen auf dem Spiel stehen. Ich versuche, jedes eurer Worte abzuwägen und herauszufinden, wo euer Interesse liegt.«

»Aber du selbst bist natürlich perfekt.«

»In dieser Regierung muß es nicht unbedingt eine Methi geben. Methis erfüllen eine Aufgabe, wenn es von Vorteil ist, eine zu haben: in Krisenzeiten, um die gesamte zivile und militärische Organisation zu einem einzigen, schlagkräftigen Instrument zusammenzufassen. Mein Daseinszweck ist ein anderer. Ich bin nur aus einem einzigen Grund die Methi von Nephane: Ich bin weder Indras noch Sufaki. Ja, es stimmt, daß die Sufaki mich unterstützen. Wenn ich zurücktreten würde, wäre meine Nachfolgerin mit Sicherheit eine Indras, dafür würden die großen Indras-Familien schon sorgen. Der Upei wird völlig von ihnen beherrscht: Adel ist Voraussetzung für Sitz und Stimme im Rat, und von den Sufaki gibt es nur noch drei Adelshäuser, die anderen wurden vor tausend Jahren von den Indras ausgerottet. Nun heiratet eine Elas-Tochter in ein Sufaki-Haus, damit auch Osanef zu den Familien zählt. Der Upei macht die Gesetze. Die Ratsversammlung mag zwar Sufaki sein, aber sie kann die Gesetzesvorlagen, die ihr vom Upei vorgelegt werden, nur annehmen oder verwerfen. Die Ratsversammlung hat seit dem Tag ihrer Gründung nicht einmal den Mut aufgebracht, auch nur ein einziges Gesetz durch ihr Veto zu Fall zu bringen. Was also haben die Sufaki außer der Methi? Sollen sie sich den Familien durch ein Veto in der Ratsversammlung widersetzen? Das ist kaum möglich, solange das Einkommen der Sufaki von den großen Reedereien wie Irain, Ilev und Elas abhängig ist. Heute ist es zu ein paar emotionellen Ausbrüchen gekommen. Das ist bedauerlich. Aber vielleicht tragen diese Ereignisse dazu bei, den Familien den Ernst der Lage klarzumachen, und dann ist es gut.«

»Es ist *nicht* gut«, sagte Kurt. »Weder der Zeitpunkt noch der Ort waren gut gewählt. Der Botschafter Indresuls war Zeuge der Vorfälle. Haben deine Informanten dir alle Einzelheiten berichtet? Djan, deine selektive Blindheit wird diese Stadt in ein Chaos stürzen. Hör auf die Familien. Ruf ihre Oberhäupter zu dir. Hör auf sie, so wie du auf t'Tefur hörst.«

»Der scheint dich wirklich zu stören.«

Kurt stand auf. Es paßte ihr nicht, daß er ihr Ratschläge erteilte. Er wollte gehen, aber dann würde sie alles vergessen, was er ihr gesagt hatte. Er schluckte seinen Stolz hinunter. »Djan, ich habe nichts gegen dich. Trotz ... oder wegen gewisser Dinge, die zwischen uns geschehen sind, mag ich dich. Ich hatte gehofft, daß du eines Tages zumindest auf mich hören würdest, zum Besten aller Beteiligten.«

»Ich werde mir deine Worte überlegen«, sagte sie. »Ich werde tun, was in meiner Macht steht.« Und als er sich zum Gehen wandte, setzte sie hinzu: »Ich höre wenig von dir. Bist du glücklich in Elas?«

Er blieb stehen und blickte zurück, überrascht von der Anteilnahme in ihrer Stimme. »Ich bin glücklich«, sagte er.

Sie lächelte. »Irgendwie beneide ich dich.«

»Auch dir steht dieser Weg offen.«

»Nein«, sagte sie. »Nicht nach dem Gesetz der Nemet. Vergleiche doch mich mit deiner kleinen Mim, dann wirst du verstehen, was ich meine. Ich bin die Methi. Ich tue, was ich will. Sonst würde diese Welt mich in Ketten legen, und das könnte ich nicht ertragen.«

»Ich verstehe«, sagte er. »Ich wünsche dir Glück, Djan.«

Ihr Lächeln wurde traurig. Sie wandte den Kopf und blickte eine Weile aus dem Fenster auf die Lichter von Nephane hinab. Kurts Anwesenheit schien sie völlig vergessen zu haben.

»Ich mag nur sehr wenige Leute«, sagte sie dann. »Irgendwie stehst du mir sehr nahe, näher als Shan, näher als die meisten anderen, die ihre Gründe dafür haben, mich zu benutzen. Geh jetzt, geh zurück zu Elas. Aber paß auf, daß dich niemand sieht. Geh!«

## 9

Die Hochzeitsfeier war ein stilles Ereignis und fand im engsten Familienkreise statt. Gäste und Zeugen waren auf die von den Gesetzen vorgeschriebene Anzahl beschränkt. Von Osanef waren Han t'Osanef u Mur, seine Frau Ia t'Nefak und Bel anwesend, von dem Haus Ilev Ulmar t'Ilev ul Imetan und seine Frau Tian t'Elas e Ben, eine Kusine von Nym, ihr Sohn Cam und ihre Schwiegertochter Yanu t'Pas. Es waren alles Leute, die Mim gut kannte, und Osanef und Ilav, vermutete Kurt, waren zwei der wenigen Nemet-Familien, die sich dieser Heirat nicht aus religiösen Gründen widersetzten.

Falls sie dennoch gewisse Bedenken haben sollten, so verbargen sie sie taktvoll aus Liebe zu Mim und aus Respekt gegenüber ihrem Mann.

Die Zeremonie fand im *rhmei* statt. Kurt kniete vor dem alten Hef und schwor, daß die beiden ersten Söhne, die dieser Verbindung entspringen sollten, den Namen h'Elas tragen und *chani* des Hauses werden würden, um Hefs Namen weiterzuführen.

Dann schwor Kta auf den Brauch des *iquun,* durch den er für die Zeugung der versprochenen Söhne sorgen würde, falls es sich als notwendig erweisen sollte.

Dann erhob sich Nym, streckte die offenen Handflächen den Flammen der *phusmeba* entgegen und rief die Hüter des Hauses Elas an. Draußen sank gerade die Abenddämmerung herab. Es war ungesetzlich, eine Hochzeitszeremonie abzuhalten, nachdem Phan das Land verlassen hatte.

»Mim«, sagte Nym und nahm ihre Hand, »genannt Mim-le-chan h'Elas e Hef, du bist nun nicht länger *chan* dieses Hauses, sondern wirst zu dessen geliebter Tochter, Mim h'Elas e Hef. Bist du willens, deine beiden erstgeborenen Söhne deinem Stiefvater zu überlassen?«

»Ja, Lord von Elas.«

»Erklärst du dich mit allen Bedingungen des Ehekontrakts einverstanden?«

»Ja, Lord von Elas.«

»Bist du willens, Tochter von Elas, dich durch diesen letzten und unwiderruflichen Eid zu binden?«

»Ja, Lord von Elas.«

»Und du, Kurt Liam t'Morgan u Patrick Edward, bist auch du gewillt, dich durch den gleichen, unwiderruflichen Eid zu binden, diese freie Frau, Mim h'Elas e Hef, zu deiner rechtmäßigen und ersten Ehefrau zu nehmen, sie vor allen anderen zu lieben, sie zur Hüterin deiner Ehre zu machen und sie mit all deiner Kraft zu beschützen?«

»Ja, Lord von Elas.«

»Hef h'Elas«, sagte Nym, »der Segen dieses Hauses und seiner Hüter mögen auf dieser Verbindung ruhen.«

Der alte Mann trat vor und beendete die Zeremonie, indem er Mims Hand in die Kurts legte und jeden der beiden zur Ablegung des Eides aufforderte. Dann entzündete Ptas eine Fackel am Feuer der *phusmeba* und übergab sie Kurt, der sie seinerseits Mim überreichte.

»In Reinheit habe ich dich empfangen«, sagte sie leise, »in Ehrfurcht werde ich dir gehören bis zum Ende meines Lebens, Kurt Liam t'Morgan u Patrick Edward, mein Lord, mein Ehemann.«

Mit Mim an seiner Seite, unter den rituellen Tränen der

Frauen und den Gratulationen der Männer, verließ Kurt den *rhmei*. Mim trug die brennende Fackel, als sie hinter ihm die Treppe hinaufstieg zu seinem Zimmer, in dem sie nun zusammen wohnen würden.

Er trat ein und sah zu, als sie das Licht der Fackel an den vor vielen Wochen gelöschten Docht der dreieckigen Lampe, der *phusa*, hielt, und er hörte ihren Seufzer der Erleichterung, denn es wäre ein schlechtes Omen gewesen, wenn die heilige Lampe nicht sofort gebrannt hätte. Das Licht Phans leuchtete mit ruhiger Flamme. Mim löschte die Fackel, während sie eine kurze Gebetsformel murmelte, und kniete vor der brennenden Lampe nieder, als Kurt die Tür schloß.

»Meine Ahnen, ich, Mim t'Nethim e Sel shu-Kurt, die von ihren geliebten Freunden Mim h'Elas genannt wird, ich, Mim, bitte euch um Vergebung, daß ich unter einem Namen geheiratet habe, der nicht der meine ist, und schwöre nun bei meinem richtigen Namen, alle Eide zu halten, die ich unter einem anderen Namen abgelegt habe. Meine Ahnen, blickt auf diesen Mann, meinen Ehemann Kurt t'Morgan, und wer immer seine in unendlicher Ferne lebenden Geister sein mögen, lebt in Frieden mit ihnen um meinetwillen. Frieden erflehe ich von meinen Ahnen, laßt Friede herrschen in den Häusern von Elas zu beiden Seiten der Trennenden See, laßt es nicht zum Krieg kommen zwischen unseren beiden Ländern. Möge Liebe in diesem Haus herrschen und uns beiden ein ständiger Gefährte sein. Mögen auch die Wächter von Nethim mich hören und den Eid, den ich ablegte, zur Kenntnis nehmen. Und mögen die Hüter des Hauses Elas mich gnädig empfangen, denn wir beide gehören jetzt zu diesem Haus und stellen uns unter ihren Schutz.«

Sie hob den Kopf. Kurt ergriff ihre Hand und zog sie auf die Füße.

»Mim t'Nethim«, sagte er. »Das war das erstemal, daß ich deinen richtigen Namen gehört habe.«

Sie blickte ihn an. »Nethim hat kein Haus in Nephane, und in Indresul sind wir seit vielen Generationen die geschworenen Feinde der Elas. Ich wollte Kta nicht damit belasten, indem ich ihm meinen richtigen Namen nannte. Er hat mich danach gefragt, aber ich habe ihm nicht geantwortet. Natürlich vermutet er, daß ich aus einem Haus stamme, das mit Elas verfeindet ist, aber mein Schweigen schadet ja niemandem. Ich habe deinen Namen vor den Hütern des Hauses Nethim viele Male genannt, und ich habe nicht gefühlt, daß sie dich ablehnen, mein Lord Kurt.«

Er wollte sie in seine Arme nehmen, aber jetzt zögerte er, weil er plötzlich eine Anwandlung von Furcht vor Mims Fremdartigkeit hatte. Ihr Hochzeitskleid war wunderschön und hatte sie tagelange Arbeit gekostet. Aber er wußte nicht, wie man es auszog und ob das jetzt von ihm erwartet wurde. Und Mim selbst war so komplex und undurchschaubar, tief verwurzelt in fremden Riten und Bräuchen, auf die Kta ihn nicht vorbereitet hatte.

Er dachte an das verängstigte Kind, das Kta in einer Hütte der Tamurlin gefunden hatte, und fürchtete, daß sie ihn als Menschen, als ein degeneriertes Wesen von ihrer Art, sehen und Ekel vor ihm empfinden könnte, sowie er die Kleidung ablegte, die ihn – äußerlich – zum Nemet machte.

»Mim«, sagte er, »ich werde nie zulassen, daß jemand dir weh tut.«

»Warum sagst du mir das?«

»Weil ich Angst um dich habe. Mim, ich liebe dich.«

Sie lächelte ein wenig, dann lachte sie und blickte verlegen zu Boden. Er mochte es, wenn sie lachte. Wenn Mim lachte, war sie am schönsten. Sie legte seine Hände um ihre schmale Taille und drückte sich fest an ihn.

»Kurt«, sagte sie, »Kta ist mir ein guter Freund, und ich verehre ihn. Ich weiß, daß du mit ihm über mich gesprochen hast. Stimmt das?«

»Ja«, sagte er.

»Kta hat auch mit mir über dich gesprochen. Er hat Angst um mich. Er hat Angst um uns beide. Aber ich vertraue deinem Herzen, wo ich deine Gedanken nicht begreife. Ich weiß, daß du mir niemals weh tun wirst, und wenn es doch geschehen sollte, so ohne Absicht und gegen deinen Willen.« Sie legte ihre warmen Hände auf die seinen. »Wir wollen jetzt Tee trinken, mein Ehemann, um unseren Herd anzuwärmen.«

An Tee hatte er eigentlich jetzt nicht gedacht, aber er widersprach ihr nicht. Sie steckte den kleinen Herd an, der den Raum auch heizte, machte Wasser heiß und goß den Tee auf. Sie setzten sich nebeneinander auf das Bett, als sie ihn tranken.

Er hatte vieles auf dem Herzen, wußte jedoch nicht, wie er es ihr sagen sollte. Und auch Mim schwieg. Aber sie blickte ihn immer wieder verstohlen an.

»Hatten wir jetzt nicht genug Tee?« fragte er schließlich mit der geduldigen Höflichkeit, die er auf Elas gelernt hatte.

Mim lächelte schüchtern. »Was ist jetzt der Brauch bei euch?« fragte sie ihn.

»Was ist der eure?«

»Ich weiß es nicht«, gab sie zu, blickte zu Boden und schien ratlos. Dann begriff er zum erstenmal den Grund dafür und war entsetzt, nicht eher daran gedacht zu haben: Sie war noch nie mit einem Mann ihrer eigenen Art zusammengewesen oder überhaupt mit einem anständigen Mann.

»Stell die Teetassen fort«, sagte er, »und komm her, Mim.«

Das Morgenlicht fiel durch das Fenster, und Kurt erwachte. Seine Hand glitt über die glatte Haut Mims, die neben ihm lag, und er blickte sie an. Ihre Augen waren geschlossen, ihre schwarzen Wimpern kontrastierten zu ihrer goldbraunen Haut, ihr Mund war im Schlaf leicht geöffnet. Auf ihrer rechten Schläfe war eine kleine Narbe. Andere, nicht so kleine Narben zerrissen ihre Hüften und ihren Rücken. Daß jemand Mim so brutal mißhandelt haben konnte, war ein Gedanke, den er nicht ertragen konnte.

Er beugte sich über sie, küßte sie sanft auf die Lippen, strich ihr eine Haarsträhne aus dem Gesicht und lächelte sie an.

»Guten Morgen, Mim.«

Sie schlug die Augen auf, und ihr Arm schlang sich um seinen Hals. Dann blinzelte sie rasch ein paar Tränen fort, die ihr plötzlich in die Augen stiegen.

»Mim?« Er blickte sie erschrocken an, aber sie lächelte und lachte sogar ein wenig.

»Lieber Kurt«, sagte sie und nahm sein Gesicht in beide Hände. Dann ließ sie ihn plötzlich wieder los, befreite sich aus seinen Armen und sprang aus dem Bett. »Oh, mein Lord. Ich muß mich beeilen. Und du auch. Die Gäste werden schon auf uns warten.«

»Die Gäste?« fragte er bestürzt. »Mim ...«

Sie hatte bereits ihren Morgenmantel übergeworfen und lief ins Bad. Er hörte, wie sie Holz in das Feuerloch des Ofens steckte.

»Das ist so Brauch«, sagte sie und steckte den Kopf aus der Badezimmertür. »Sie kommen gleich nach Sonnenaufgang zurück und nehmen das Frühstück mit uns ein. Bitte, Kurt, beeil dich, damit du rechtzeitig fertig bist. Sie werden schon im *rhmei* sein, es ist lange nach Sonnenaufgang, und sie werden über uns lachen.«

Es war eben der Brauch, sagte sich Kurt ergeben, als er aufstand und sich dazu zwang, die Füße auf den eisigen Boden zu setzen. Er hatte sich diesen Morgen viel angenehmer und wärmer vorgestellt. Er ging zu Mim ins Bad, und sie wusch ihm den Rücken. Das Wasser war angenehm heiß, und Dampf erfüllte den kleinen Raum. Mim machte es nichts aus, daß sie ihren Morgenmantel völlig durchnäßte.

Sie war zufrieden und glücklich mit ihm.

Das sagten ihm auch ihre Blicke und die zärtlichen Berührungen ihrer Hände.

Es schien Mim äußerst unangenehm zu sein, die Treppe hinunterzugehen. Kurt spürte, daß sie sogar zitterte. Er griff nach ihrem Arm, um sie zu stützen, aber sie befreite sich von seinem Griff und ging wie eine richtige Nemet-Lady, allein und unabhängig, zwei Schritte hinter ihm.

Gäste und Familienmitglieder erwarteten sie am Fuß der Treppe und führten sie in den *rhmei*. Dabei lachten sie ausgelassen und machten zweideutige Anspielungen, wie sie Kurt bei den zurückhaltenden Nemet noch nie erlebt und nicht für möglich gehalten hatte. Er wurde beinahe ärgerlich, aber als Mim darüber lachte, wußte er, daß auch dies zum Ritual gehörte, und lachte mit.

Nach der förmlichen Begrüßung im *rhmei* trug Aimu den heißen, süßen Morgentee auf. Die Älteren saßen auf Stühlen, während die Jungen, Kurt und Mim eingeschlossen, auf Fellen hockten, ihren Tee tranken und den Gesprächen der Älteren zuhörten. Kta spielte für das Hochzeitspaar eine Ballade auf der *aos*, es war eine Ballade ohne Worte, nur Musik zur Unterhaltung.

Mim war jetzt Ehrengast des Hauses und für die nächsten Tage von allen Hausarbeiten befreit. Danach würde sie wieder zusammen mit Ptas und Aimu die gewohnten Arbeiten verrichten. Jetzt aber stand sie im Mittelpunkt und nahm die Aufmerksamkeiten, Komplimente und guten Wünsche aller Anwesenden entgegen. Mim, die niemals erwartet hatte, mehr als eine Konkubine des Lords von Elas zu werden, stand heute im Zentrum des Geschehens.

Es war ihre Stunde.

Kurt gönnte ihr die Aufmerksamkeiten, die ihr entgegengebracht wurden, und ertrug sogar den Nemet-Humor. Er blickte sie an und sah, daß ihr Gesicht vor Stolz und Glück leuchtete – und in einer Liebe, die sie ihm auch für geringere Eide geschenkt haben würde, hätte er es so gewollt. Er lächelte sie an und drückte ihre Hand, und die anderen besaßen so viel Takt, keine anzüglichen Bemerkungen darüber zu machen.

## 10

Zehn Tage vergingen, bevor die Welt wieder in die Abgeschlossenheit des Hauses Elas eindrang.

Sie erschien in der Person von Bel t'Osanef u Han, den Mim in den Garten führte, wo Kta Kurt in der Kunst des *ypan*-Fechtens unterwies, dem Kampf mit der langen, schmalen, gebogenen Klinge, der beliebtesten Waffe der Indras in Kampf und Sport.

Kurt sah Bel in den Garten kommen, umfaßte seine Klinge mit beiden Händen und hielt sie über den Kopf, um Halt zu signalisieren. Kta verhielt mitten in einem Schlag, wandte den Kopf und erkannte den Grund für die Unterbrechung. Mit dem komplizierten Ritual, das den sportlichen Gebrauch dieser scharfen Waffen erforderte, berührte Kta die Klinge mit der linken Hand und verneigte sich vor Kurt, der seinen Gruß erwiderte. Die Nemet hielten dieses Ritual für notwendig, um das seelische Gleichgewicht zwischen Freunden zu wahren, die sich in einem Kampfsport messen. In den Häusern der Familien hingen die *ypai-sulim*, die Großen Waffen, die in einer erschreckenden Zeremonie den Hütern des Hauses zugeeignet und mit Blut getauft worden waren. Diese Schwerter wurden niemals gezogen, ohne daß man die Absicht hatte, zu töten oder selbst zu sterben, und sie durften nicht wieder in die Scheide zurückgesteckt werden, bis sie ein Leben ausgelöscht hatten. Selbst diese leichteren Klingen mußten sorgfältig gehandhabt werden, damit die immer wachsamen Hausgeister nicht jemandes Absicht mißdeuteten und Blutzoll forderten.

Früher hatte es einen Sufaki das Leben gekostet, ein *ypan* zu berühren oder die Großen Waffen auch nur anzublicken, und die Kunst des Fechtens beherrschten sie nicht. Die Waffen der Sufaki waren der Speer und der Pfeil.

Bel wartete respektvoll, bis die *ypai* in ihre Scheiden zurückgesteckt und beiseite gelegt worden waren, dann trat er zu den beiden Männern und verneigte sich vor ihnen.

»Meine Lords«, sagte Mim, »soll ich Tee bringen?«

»Bitte, Mim«, sagte Kta. »Bel, mein zukünftiger Schwager ...«

»Kta«, unterbrach Bel, »mein Anliegen ist ziemlich dringend.«

»Bitte setz dich«, sagte Kta verwundert. Im Garten gab es mehrere Steinbänke. Sie setzten sich.

Aimu trat aus dem Haus. Sie verbeugte sich vor ihrem Bruder und sagte: »Bel, du kommst nach Elas, ohne mir auch nur einen Gruß zu entbieten? Was ist geschehen?«

»Kta«, sagte Bel, »gestatte deiner Schwester, sich zu uns zu setzen.«

»Gestattet«, sagte Kta, eine gemurmelte Formalität. Aimu setzte sich auf eine Bank ihnen gegenüber. Es wurde nichts gesprochen. Sie warteten auf den Tee, und bis dahin durfte kein ernsthaftes Gespräch geführt werden. Wenig später trat Mim mit einem Tablett aus dem Haus, auf dem das Teeservice stand.

Aimu stand auf und half ihr beim Eingießen, dann setzten sich beide Frauen wieder, und die ersten Schlucke Tee wurden schweigend getrunken, wie es die Etikette forderte.

»Mein Freund Bel«, sagte Kta, als das Ritual beendet war, »ist es Unglück, Ärger oder Not, die dich in dieses Haus geführt haben?«

»Mögen die Geister unserer Häuser in Frieden miteinander leben«, sagte Bel. »Ich bin hier, weil ich dir am meisten vertraue. Ich befürchte, daß in Nephane bald Blut fließen wird.«

»t'Tefur«, rief Aimu bitter.

»Bitte, Aimu, laß mich zu Ende reden, bevor du mich unterbrichst.«

»Sprich weiter Bel«, sagte Kta, »aber ich fürchte, dies ist ein Thema, das wir am besten mit unseren Vätern besprechen sollten.«

»Unsere Väter mögen sich um den alten t'Tefur kümmern. Shan steht weit unter ihnen, aber er ist es, der uns gefährlich wird. Shan und ich – wir waren Freunde. Das weißt du. Und vielleicht kannst du dir vorstellen, wie schwer es mir fällt, in ein Indras-Haus zu kommen und das zu sagen, was ich zu sagen habe. Ich vertraue dir mein Leben an, Kta.«

»Bel«, sagte Aimu erschrocken, »Elas steht hinter dir.«

»Sie hat recht«, bestätigte Kta. »Aber Kurt ... mag vielleicht nichts von dieser Angelegenheit hören.«

Kurt stand auf, um zu gehen.

»Nein, er soll bleiben«, sagte Bel mit mehr Gefühl, als die Höflichkeit erforderte. »Es geht auch ihn an.«

Kurt setzte sich wieder. Bel schwieg eine ganze Weile und starrte auf seine Hände.

»Kta«, sagte er schließlich, »ich muß jetzt als Sufaki sprechen. Du weißt, daß es einmal eine Zeit gab, als wir dieses Land vom Felsen von Nephane bis zum Tamur, landeinwärts bis ins Herz von Chteftikan und ostwärts bis zur Grauen See beherrschten. Diese Zeit ist unwiederbringlich vorbei, das wissen wir. Ihr habt uns unser Land genommen, unsere Götter, unsere Sprache, unsere Bräuche. Ihr akzeptiert uns als eure Brüder nur, wenn wir aussehen und sprechen wie ihr, und ihr verachtet uns als Wilde, wenn wir anders sind als ihr. So ist es, Kta. Sieh mich an. Ich bin ein Fürst von Osanef, und ich schneide mir das Haar ab, trage Indras-Kleidung und spreche mit den klaren, runden Vokalen von Indresul wie ein guter, zivilisierter Bürger, und deshalb werde ich akzeptiert. Shan ist tapferer. Er tut, was viele von uns gerne tun würden, wenn wir das Leben zu euren Bedingungen nicht so angenehm und bequem finden würden. Ihm aber hat Elas eine Lehre erteilt, die ich nicht bekommen habe.«

»Er ist im Zorn von hier fortgegangen, aber du bist hiergeblieben. Ich habe diesen Tag nicht vergessen.«

»Ich war elf Jahre alt, Shan zwölf. Damals hielten wir es für eine große Ehre, mit einem Indras befreundet zu sein und von einer der großen Familien eingeladen zu werden. Ich war schon häufig hier gewesen, aber an jenem Tag brachte ich Shan t'Tefur mit, und zufällig war damals auch Ian t'Ilev hier. Ian machte kein Hehl daraus, daß er unser Benehmen komisch fand, und Shan verließ sofort dieses Haus. Du hast mich damals überredet, zu bleiben, da wir enger und länger befreundet waren. Von diesem Tag an sind Shan t'Tefur und ich auf mehr als eine Weise verschiedene Wege gegangen. Es gelang mir nicht, ihn umzustimmen. Am folgenden Tag versuchte ich, ihn zu überreden, sich mit dir auszusöhnen, aber er hat es abgelehnt. Er schlug mir ins Gesicht und verfluchte mich als Lakai der Indras – er drückte es mit anderen Worten aus – und hat mich von der Zeit an verachtet und gehaßt.«

»Es war ein unschöner Zwischenfall«, sagte Kta, »und ich habe Ian deswegen hart zurechtgewiesen. Mein Vater hat wegen dieser Sache sogar mit seinem Vater gesprochen. Ich versichere dir, daß er es getan hat. Ich habe es dir niemals gesagt, weil sich keine Gelegenheit dazu fand.«

»Hätte sich eine Gelegenheit dazu gefunden, wenn ich Indras wäre, Kta?«

Kta runzelte die Stirn und blickte verlegen zu Boden. »Wenn du Indras gewesen wärst, Bel, wäre dein Vater voller Zorn zu Elas gekommen, und ich hätte mich mit meinem Vater auseinandersetzen müssen. Ich habe der Angelegenheit damals keine zu große Bedeutung beigemessen, da unsere Bräuche verschieden sind. Aber die Zeiten ändern sich. Du wirst bald zu Elas gehören. Zweifelst du daran, daß wir gerecht zu dir sind?«

»Ich zweifle deine Freundschaft nicht an«, sagte er und blickte zu Aimu hinüber. »Die Zeiten haben sich wirklich geändert, wenn ein Sufaki eine Indras heiraten kann, während er früher nicht in den *rhmei* gelassen wurde, wo er die Töchter einer Familie kennenlernen konnte. Und doch gibt es noch immer Diskriminierungen, Kta. Wir versuchen Geschäftsleute zu sein und werden ständig von dem Kombinat der großen Indras-Häuser ausmanövriert und überboten. Informationen werden von Herd zu Herd weitergegeben, in einem Kommunikationssystem, zu dem wir keinen Zugang haben. Wenn wir zur See fahren, dann stehen wir unter dem Kommando von Indras-Kapitänen, so wie ich unter dir stehe, mein Freund, weil wir nicht genügend Vermögen besitzen, um Kriegsschiffe unterhalten zu können, und selbst für ein Handelsschiff reicht unser Geld meistens nicht aus. Ein Mann wie Shan – der anders ist als wir, der den *jafikn* und die Gestreifte Robe trägt und mit unserem Akzent spricht – wird von euch insgeheim belächelt. Weißt du eigentlich, Kta, mein Freund, der mich seit vielen Jahren kennt, daß ich eigentlich gar kein Sufaki bin? Überrascht dich das? Ihr habt uns so gründlich vernichtet, daß ihr nicht einmal unseren richtigen Namen kennt. Die Leute an dieser Küste hießen Sufaki nach dem Namen, den diese Provinz unter unserer Herrschaft hatte, aber das Haus Osanef und das Haus Tefur sind Chteftik, benannt nach unserer alten Hauptstadt. Mein Name, den ich korrumpiert habe, um ihn für Indras-Zungen leichter aussprechbar zu machen, ist nicht Bel t'Osanef u Han, sondern Hanu Belaket Osanef, und vor neunhundert Jahren waren wir Rivalen der Insu-Dynastie um die Macht in Chteftikan. Vor tausend Jahren, als deine Vorfahren als Kolonisten ums Überleben kämpften, waren wir Könige, denen sich andere nur auf den Knien zu nähern wagten. Ich habe meinen Namen geändert, um zu zeigen, daß ich zivilisiert bin. Kta, mein Freund, ich bin nicht verbittert. Ich sage dir dies alles nur, damit du uns verstehst, weil ich weiß, daß Elas ein Indras-Haus ist, das vielleicht auf uns hört. Man mißtraut den Indras. Man spricht von geheimen Vereinbarungen, die ihr mit euren Landsleuten in Indresul getroffen haben sollt, und behauptet, daß all eure Schwüre, lieber gegen Indresul zu kämpfen als euch zu ergeben, nur leeres Gerede seien, daß ihr nur schreit wie die Fischer auf dem Markt, um den Preis für euer Abkommen mit Indresul in die Höhe zu treiben.«

»Nun hör aber auf!« Zum erstenmal sah Kurt Wut in Ktas Augen. »Wenn du dich schon entschlossen hast, mir gegenüber offen und ehrlich zu sprechen, möchte auch ich dir meine ehrliche Meinung sagen. Wenn Indresul uns angreifen sollte, werden wir kämpfen. Es war schon immer ein Fehler des Sufaki-Denkens, anzunehmen, daß Indresul uns liebt wie verlorene Kinder. Ganz im Gegenteil. Wir werden jährlich von Indresul verflucht, von den Familien, mit denen wir gemeinsame Wurzeln haben. Bis vor tausend Jahren haben wir unsere Herdfeuer und unsere Ahnen miteinander geteilt, aber seit dieser Zeit haben wir getrennte Herde und verschiedene Ahnenreihen, und wir sind vor allem Nephaniten. Gerade durch die Herd-Loyalität, die du so zu fürchten scheinst, sind wir Nephaniten, und ich schwöre dir beim Licht des Himmels, daß es kein Komplott der Familien gibt. Ja, wir haben euch das Land genommen, ja, es gab grausame Gesetze, das gebe ich alles zu, aber diese Dinge gehören jetzt der Vergangenheit an, Bel. Sollen wir unsere Bräuche und unseren Lebensstil ändern und Sufaki werden?

Lieber würden wir sterben. Und wir zwingen euch auch nicht unseren Lebensstil auf. Wir verlangen nicht, daß ihr unsere Kleidung und unsere Bräuche kopiert, und ihr selbst zeigt die größte Achtung gegenüber den Sufakis, die sich den Indras am meisten angepaßt haben. Ihr haßt einander zu sehr, um euch gegen die Handelsmacht der großen Häuser zu vereinigen. Shan t'Tefur selbst hat zugegeben, daß es ihm nicht gelungen ist, euch zu Kartellen zu vereinigen, die uns im Handel Konkurrenz machen könnten. Warum tut ihr es nicht? Es würde das Los der Armen verbessern, für die wir jetzt sorgen müssen.«

»Warum nicht?« erwiderte Bel. »Ihr nehmt an, daß wir um jeden Preis euer Niveau erreichen wollen. Aber habt ihr euch schon einmal überlegt, daß wir vielleicht gar nicht so sein wollen wie ihr?«

»Siehst du einen anderen Weg? Manche von euch, wie zum Beispiel Shan, wollen sämtliche Probleme lösen, indem sie alle Indras töten. Glaubst du, daß das etwas ändern wird?«

»Nein. Es gibt keinen Weg zurück. Unsere Nation ist untergegangen, unser Volk mit dem euren vermischt. Aber ich bezweifle, daß wir eure Lebensart akzeptieren würden, selbst wenn die Verhältnisse umgekehrt wären, wenn wir euch beherrschen würden.«

»Bel!« rief Aimu entsetzt. »Das kannst du doch nicht im Ernst meinen. Du bist erregt. Du wirst deine Ansichten ändern.«

»Nein. Sie sind nie anders gewesen. Ich habe immer gewußt, daß dies eine Indras-Welt ist, daß meine Söhne und deren Söhne mehr und mehr Indras werden, bis sie Männer wie mich überhaupt nicht mehr verstehen können. Ich liebe dich, Aimu, und ich bereue meine Wahl nicht, aber vielleicht tust du es. Ich glaube nicht, daß deine wohlerzogenen Indras-Freunde es dir verübeln, wenn du deine Verlobung mit mir löst. Die meisten werden sicher froh sein, daß du endlich vernünftig geworden bist, glaube ich.«

Kta richtete sich auf. »Achte auf deine Worte, Bel! Meine Schwester hat deinen Spott nicht verdient. Mir kannst du sagen, was du willst, aber du gehst zu weit, wenn du sie angreifst.«

»Entschuldigt«, murmelte Bel und warf Aimu einen raschen Blick zu. »Wir waren viele Jahre lang Freunde, bevor wir uns verlobten, Aimu. Ich denke, daß du mich verstehst, und ich fürchte, daß es dir jetzt leid tut, dich an mich gebunden zu haben. Ein Sufaki-Haus ist ohnehin fremd für dich. Ich möchte nicht, daß jemand dir weh tut.«

»Ich stehe zu unserer Verlobung«, sagte Aimu. Ihr Gesicht war blaß. »Kta, sei ihm nicht böse.«

Kta senkte den Blick, ein Zeichen unwilligen Nachgebens. Dann blickte er wieder auf und sagte: »Was willst du von mir, Bel?«

»Deinen Einfluß. Sprich mit deinen Indras-Freunden, daß sie verstehen ...«

»Was sollen sie verstehen? Daß sie aufhören sollen, Indras zu sein, und die Sufakis kopieren müssen? Das ist nicht die Ordnung dieser Welt, Bel. Und was die Gewalt angeht, so wird sie niemals von unserer Seite kommen. Das ist nicht unsere Art, und das weißt du sehr genau. Versuche du, deine Leute zu überreden, den Frieden zu bewahren.«

»Ihr habt einen Shan t'Tefur geschaffen«, sagte Bel, »und er findet eine Menge Anhänger, die genauso denken wir er. Jetzt wissen wir, die wir Freunde der Indras sind, nicht mehr, was wir tun sollen.« Bel zitterte. Er beugte sich vor und schlang die verschränkten Hände um die Knie. »Es gibt keinen Frieden mehr, Kta. Aber du mußt jetzt dafür sorgen, daß die Indras nicht Gewalt mit Gewalt vergelten, oder die Straßen Nephanes werden rot von dem vielen Blut, das vergossen wird, wenn der Monat Nermotai kommt und die heiligen Tage. Entschuldigt, Freunde.« Er stand auf und zog seine Robe zurecht. »Ich kenne den Weg. Du brauchst mich nicht zu begleiten, Kta. Ich habe dir meine Meinung gesagt, alles andere liegt jetzt bei dir.«

»Bel«, sagte Aimu. »Elas läßt dich nicht fallen wegen Shan t'Tefurs Drohungen.«

»Aber Osanef muß diese Drohungen fürchten. Erwartet nicht, daß ich mich in der nächsten Zeit hier sehen lasse. Aber ich betrachte euch trotzdem als meine Freunde. Ich habe Vertrauen in deine Ehrenhaftigkeit und deinen Verstand, Kta. Enttäusche meine Hoffnungen nicht.«

»Laß mich ihn zur Tür bringen«, sagte Aimu, obwohl diese Bitte allen Regeln des Anstands widersprach. »Bitte, Kta.«

»Geh mit ihm«, sagte Kta. »Bel, mein Freund, wir werden tun, was wir können. Gib auf dich acht.«

## 11

Nephane wurde zu Recht die Stadt der Nebel genannt. Sie rollten von der See herein, wenn es wärmer wurde, und lagen oft tagelang über der Stadt. Das Kopfsteinpflaster der Straßen glänzte vor Nässe, und die Schiffe krochen langsam und vorsichtig in den Hafen. Der Klang ihrer Glocken war in der stillen Luft manchmal bis nach Nephane hinauf zu hören.

Kurt wandte sich um und blickte zurück. Warum hörte er die Schritte nicht mehr, die ihn seit Verlassen des Hauses verfolgt hatten?

Ein Schatten tauchte neben ihm aus dem Nebel. Kurt stolperte über die Bordsteinkante, unsichtbar in den dichten ziehenden Schwaden, fand sein Gleichgewicht wieder und sah jetzt auch vor sich mehrere Gestalten im Nebel auftauchen, unkenntlich, anonym.

Er wich ein paar Schritte zurück. Das Knirschen von Leder auf Stein warnte ihn, daß weitere hinter ihm lauerten. Sein Magen krampfte sich zusammen, und er spannte die Muskeln stark an.

Ein Schatten kam auf ihn zu. Dann näherten sich auch die anderen, versuchten ihn zu umzingeln. Er senkte den Kopf, stieß zwei der Männer zur Seite und lief los. Amüsiertes Lachen verfolgte ihn. Sonst geschah nichts.

Das Tor des Afen tauchte vor ihm auf. Er drückte den schweren Torflügel nach innen. Als er das Haupttor erreichte, hatte er sich wieder einigermaßen gefangen. Die Posten blieben heute im Schutz des Gebäudes. Sie blickten von ihrem Spiel auf, sprachen ihn aber nicht an, als er hineintrat. Er schüttelte seinen *ctan* zurecht und stieg die Treppe hinauf. Hier wollten die Wachen ihn aufhalten. Er drängte sich an ihnen vorbei und trat in den großen Saal. Einer der Posten lief voraus in den privaten Teil der Räume, um seine Ankunft zu melden.

Er ging ein paarmal unruhig auf und ab und trat dann ans Fenster. Dichter Nebel lag über der ganzen Stadt, und er konnte nicht einmal die Konturen der Häuser ausmachen, die unmittelbar unterhalb des Afen lagen.

Eine Tür öffnete sich mit einem hydraulischen Zischen, und er trat in Djans Zimmer. Sie trug einen dünnen, enganliegenden Morgenrock aus silbergrünem Plastikmaterial, ihr blondes

Haar fiel ihr offen über die Schultern, und sie blinzelte verschlafen.

»Er ist fast Mittag«, sagte er.

»So«, murmelte sie und blickte an ihm vorbei aus dem Panoramafenster. »Verdammter Nebel. Ich hasse ihn. Magst du mit mir frühstücken?«

»Nein, danke.«

Djan zuckte die Achseln, trat an einen geschnitzten Schrank und bereitete Tee. Sie bot ihm eine Tasse an. Er akzeptierte. Aus Höflichkeit und weil er seine Hände beschäftigen konnte.

»Ich nehme an«, sagte sie, als sie sich gesetzt hatte, »daß du nicht nur hergekommen bist, um mir einen guten Morgen zu wünschen.«

»Ich hätte es beinahe nicht geschafft, herzukommen, und wegen dieser Situation möchte ich mit dir sprechen. Die Straßen um Elas sind jetzt nicht einmal mehr bei Tage sicher. Überall stehen Sufaki herum, die dort nichts zu suchen haben.«

»Sie sind freie Bürger. Ich kann es ihnen nicht verbieten.«

»Sind es deine Männer? Ich wäre erleichtert, wenn es so wäre. Das heißt, wenn deine Männer und die Shan t'Tefurs nicht die gleichen sind. Aber ich nehme an, das ist nicht der Fall. Eine ganze Weile sind sie nur nachts aufgetaucht, aber seit dem ersten Nermotai kommen sie auch am Tag.«

»Haben sie jemanden verletzt?«

»Noch nicht. Die Leute bleiben in ihren Häusern, die Kinder dürfen nicht auf die Straße. Es ist eine häßliche Atmosphäre. Ich weiß nicht, ob die Überwachung nur mir gilt oder Elas im allgemeinen, aber es wird Zeit, daß endlich etwas geschieht.«

»Hast du irgend etwas getan, um diese Sache zu provozieren?«

»Nein. Ich versichere dir, daß dies nicht der Fall ist. Aber das geht nun schon seit drei Tagen so, und ich habe heute beschlossen, es zu riskieren. Wirst du etwas unternehmen?«

»Ich werde die Angelegenheit überprüfen lassen. Und wenn es einen Grund dafür gibt, sorge ich dafür, daß diese Leute entfernt werden.«

»Gut. Aber beauftrage nicht Shan t'Tefur damit.«

»Ich habe gesagt, ich werde mich um die Sache kümmern. Bitte mich nicht um einen Gefallen und mache mir dann Vorschriften.«

»Entschuldige. Aber ich habe wirklich Angst, daß du ihm zu sehr vertraust.«

»Ich bin nicht blind, mein Freund. Aber du bist nicht der einzige, der sich bei mir beschwert. Shans Leben ist bedroht worden.«

»Von wem?«

»Das geht dich nichts an. Aber du weißt so gut wie ich, daß es unter den Indras sehr konservative Kräfte gibt.«

»Die Indras halten nichts von Gewalttätigkeiten. Falls einer von ihnen so etwas gesagt haben sollte, so ist es reine Rhetorik. Wenn du Shan seinen Willen läßt, hast du bald einen Bürgerkrieg in den Straßen von Nephane.«

»Das bezweifle ich. Ich will dir gegenüber ganz ehrlich sein, weil ich dir bis zu einem gewissen Grad vertraue. Shan gebraucht seine Aggressivität als taktisches Mittel. Aber er ist ein intelligenter Mann, und seine Gegner täten gut daran, mit seiner Intelligenz zu rechnen.«

»Ist er auch dafür verantwortlich, daß du so lange im Bett bleibst?«

Sie lächelte amüsiert. »Heute morgen, meinst du?«

»Entweder bist du wirklich naiv, oder du hältst ihn für naiv. Er ist gefährlich, Djan.«

Ihr Lächeln erlosch. »Gerade du hast Grund, dich über meine Beziehungen zu Nemets aufzuregen.«

»Wir stehen vor einer Invasion durch Indresul. Du brauchst die Unterstützung der Indras-Familien, aber du bist mit einem Mann zusammen, der davon spricht, die Indras zu töten und die Flotte zu vernichten.«

»Leere Worte. Wenn die Indras sich Sorgen machen, kann mir das nur recht sein. Ich habe diese Situation nicht geschaffen. Ich habe sie so übernommen, wie ich sie vorgefunden habe. Ich versuche, diese Stadt zusammenzuhalten. Es wird keinen Krieg geben, wenn wir zusammenstehen. Und wir können zusammenstehen, wenn die Indras endlich Vernunft annehmen und die Sufaki gerecht behandeln.«

»Das würden sie auch, wenn ihnen Shan t'Tefur dabei nicht im Weg stünde. Schicke ihn doch auf eine möglichst weite, lange Reise. Wenn er in Nephane bleibt und jemanden tötet – was früher oder später geschehen muß und wird –, bist du gezwungen, ihn der ganzen Strenge des Gesetzes zu unterwerfen. Und das würde dich in eine ziemlich schwierige Lage bringen, nicht wahr?«

»Kurt.« Sie stellte ihre Tasse ab. »Willst du einen Bürgerkrieg in dieser Stadt? Dann brauchen wir nur das zu tun, was du vorschlägst: ein Ultimatum an Shan und eins an Nym Elas, um der Gerechtigkeit willen – und in ganz Nephane bleibt nicht ein Stein auf dem anderen.«

»Verschließe wenigstens dein Schlafzimmer vor Shan t'Tefur«, sagte er. »Deine Glaubwürdigkeit bei den Familien ist gleich Null, solange du Shan t'Tefurs Mätresse bist.«

Das traf. Sie war wahrscheinlich empfindlicher, als er angenommen hatte.

»Du hast mir deinen Rat gegeben«, sagte sie kühl, »geh jetzt nach Elas zurück.«

»Djan ...«

»Verschwinde!«

»Djan, du sprichst oft von der Heiligkeit der lokalen Kultur, vom Gleichgewicht der Kräfte, aber du scheinst zu glauben, daß du dir die Spielregeln selbst machen kannst. In gewisser Weise verstehe ich Shan t'Tefur. Du wirst sein Untergang werden, bevor du mit ihm fertig bist. Du spielst mit seinen Ambitionen und seinem Stolz, und dann weigerst du dich, die Regeln und Bräuche einzuhalten, die er kennt. Weißt du eigentlich, was du ihm antust? Weißt du, was es für einen Nemet-Mann bedeutet, wenn du ihn zum Liebhaber nimmst und ihn dann für deine politischen Spiele gebrauchst?«

»Ich habe ihm offen erklärt, daß er keinen Anspruch auf mich besitzt. Er hat frei gewählt.«

»Bist du der Ansicht, daß ein Nemet so etwas wirklich glaubt? Daß er jetzt nicht einen Anspruch auf die Loyalität der Methi hat, ganz egal was er in deinem Namen tut? Er wird dich eines Tages so weit bringen, daß du es bist, die wählen muß. Er wird nicht ewig mit sich spielen lassen.«

»Er weiß, wie die Dinge liegen.«

»Dann frage dich doch einmal, warum er immer angelaufen kommt, wenn du ihn in dein Bett rufst, und wenn du entdecken solltest, daß es nicht deine persönliche Anziehungskraft ist, behaupte bitte nicht, ich hätte dich nicht gewarnt. Ein Nemet läßt sich so eine Behandlung nicht gefallen, jedenfalls nicht ohne einen sehr zwingenden Grund. Wenn du glaubst, dadurch die

Sufaki unter Kontrolle zu bekommen, hast du dir den falschen Mann dazu ausgesucht.«

»Trotzdem«, in ihrer Stimme lag ein leichtes Zittern, das sie zu unterdrücken versuchte, »auch über meine Fehler habe nur ich zu entscheiden.«

»Ändert das etwas daran, wenn jemand stirbt?«

»Meine Entscheidung«, sagte sie so heftig, daß er eine Weile schwieg.

»Aber du liebst ihn nicht?« Es war eine Frage und eine Bitte. »Du bist zu klug, um ihn zu lieben, Djan. Du hast einmal selbst gesagt, daß die Welt dir diese Möglichkeit nicht gibt. Entweder wirst du ihn töten oder er dich, früher oder später.«

Sie zuckte die Achseln, und ihr alter Zynismus gewann wieder die Oberhand. »Ich wurde geschaffen, um einem Staat zu dienen. Das ist mir zur unerläßlichen Gewohnheit geworden. Andere Leute – wie du, mein Freund –, normale Leute, dienen nur den eigenen Interessen. Verbindungen, die dem eigenen Interesse oder den Interessen anderer dienen, liegen außerhalb meiner Erfahrungen. Ich habe immer geglaubt, egoistisch zu sein, aber ich beginne einzusehen, daß dieses Wort andere Dimensionen hat. Ich finde persönliche Beziehungen langweilig, diese ewig wiederholten Spiele von ich und du. Ich mag unverbindliche Kameradschaft. Trotzdem ... liebe ich dich. Und ich liebe auch Shan. Aber das ist nicht dasselbe wie Nephane zu lieben. Diese Stadt gehört mir – *mir!* Bitte erspare mir jede Demonstration persönlicher Zuneigung. Ich würde jeden von euch beiden töten, wenn ich erkennen müßte, daß es für das Überleben dieser Stadt notwendig ist. Denke daran.«

»Du tust mir leid«, sagte er.

»Verschwinde!«

In ihren Augen glänzten Tränen und straften alles Lügen, was sie eben gesagt hatte. Sie kämpfte um Haltung – und verlor. Die Tränen rannen ihr über die Wangen, ihre Lippen zitterten in unkontrollierbarem Schluchzen. Sie preßte die Lippen zusammen, wandte sich von ihm ab und winkte ihm zu gehen.

»Es tut mir leid«, sagte er diesmal voller Mitleid. Sie schüttelte den Kopf und blieb mit dem Rücken zu ihm stehen, bis sie den Anfall überwunden hatte.

Er nahm ihre Arme, versuchte sie zu beruhigen, und hatte ein Schuldgefühl gegenüber Mim. Aber er fühlte sich auch gegenüber Djan schuldig und befürchtete, daß sie es ihm nicht vergeben würde, Zeuge ihrer Schwäche geworden zu sein. Sie war länger hier als er, viel länger. Er kannte den Alptraum, in der Nacht aufzuwachen und erkennen zu müssen, daß die Wirklichkeit zu einem Traum geworden war und der Traum so real wie die Fremde, die neben ihm lag, das nicht-menschliche Gesicht, das er anblickte und in dem er Häßlichkeit entdeckte, wo er kurz vorher noch Schönheit gesehen hatte.

»Ich bin müde«, sagte sie und lehnte sich an ihn. Ihr Haar duftete nach einem Aroma, das in dieser Welt exotisch war, einem Laborprodukt, wie es Djan selbst war, ein Duft, der ihn an zu Hause erinnerte, an tausend weit verstreut liegende Welten, von denen die Nemet nicht einmal träumten. »Kurt, ich arbeite, ich lerne, ich versuche. Ich bin zu Tode erschöpft.«

»Ich würde dir helfen«, sagte er, »wenn du dir helfen lassen willst.«

»Du bist an andere gebunden und schuldest ihnen Loyalität«, sagte sie entschieden. »Ich wünschte, ich hätte dich nie nach Elas geschickt, damit du lernst, Nemet zu werden, zu ihnen zu gehören. Du willst mich für deine Sache benutzen, er für die seine. Ich weiß das, nur gelegentlich versuche ich, es zu vergessen. Eine menschliche Schwäche. Darf ich nicht auch eine haben? Du bist hergekommen, damit ich dir einen Gefallen tue. Ich wußte, daß es so kommen würde, früher oder später.«

»Ich würde dich nie um etwas bitten, was gegen deine Interessen verstößt. Ich stehe in deiner Schuld genau wie in der von Elas.«

Sie stieß ihn von sich. »Und ich hasse dich am meisten, wenn du von deiner Schuld sprichst. Deine Sorge ist rührend, aber ich traue dir nicht.«

»Nephane bringt dich um.«

»Ich passe schon auf mich auf.«

»Wahrscheinlich. Aber ich würde dir trotzdem gerne helfen.«

»Wirklich? Genauso wie Shan mir hilft? Aber dir paßt es nicht, daß er auf der Gegenseite steht, nicht wahr? Verdammt, ich habe dir erlaubt, zu heiraten, und du hast es getan. Du hast deine Wahl getroffen, auch wenn es sehr verlockend war, mit mir ...«

Sie sprach den Satz nicht zu Ende, und das irritierte ihn. Djan hatte nicht die Gewohnheit, unüberlegt darafloszureden.

»Als ich hierherkam«, sagte er, »und wann immer ich jetzt

hierherkomme, versuche ich, meine Verbindung zu Elas hinter mir zu lassen. Du hast niemals versucht, mich gegen Elas auszuspielen, Djan, und ich habe auch dich niemals benutzt.«

»Deine kleine Mim«, sagte sie. »Wie ist sie? Eine typische Nemet?«

»Nicht typisch.«

»Elas benutzt dich«, sagte Djan, »ob du es merkst oder nicht, es ist nun einmal so. Ich könnte dem einen Riegel vorschieben. Ich könnte dich hier im Afen unterbringen. Einen Haftbefehl kann ich ohne Zustimmung des Upei ausstellen. *Diese* Macht der Methi ist absolut.«

Sie schien diese Möglichkeit wirklich zu erwägen. Ein kalter Schauer lief über seinen Rücken, als er einsah, daß sie es wirklich tun konnte und auch tun würde, und er erkannte plötzlich, daß sie auf diese Weise eine kleinliche Rache an ihm nehmen könnte. Die Unruhe, in die sie ihn jetzt versetzte, war die Revanche für die Schwäche, die sie vor einigen Minuten gezeigt hatte. Stolz war einer ihrer stärksten Charakterzüge.

»Willst du, daß ich dich bitte, es nicht zu tun?« fragte er.

»Nein«, sagte sie. »Wenn ich beschließen sollte, dich einzusperren, so werde ich es auch tun, und wenn nicht, dann werde ich es nicht tun. Um was du mich bittest, hat darauf überhaupt keinen Einfluß. Aber ich möchte dir den guten Rat geben, daß du und Elas Ruhe bewahrt.«

## 12

Der Nebel hob sich nicht. Er hing auch am nächsten Morgen noch über der Stadt, und das leise Läuten der Schiffsglocken erklang aus dem Hafen. Kurt öffnete die Augen und blickte aus dem Fenster in das Grau hinaus. Dann wandte er den Kopf und sah zum Fußende des Bettes, wo Mim saß und ihr langes schwarzes Haar kämmte, das ihr bis zu den Hüften fiel, wenn sie es nicht aufsteckte. Sie gab seinen Blick zurück und lächelte.

»Guten Morgen, Lord Kurt.«

»Guten Morgen«, murmelte er.

»Wir haben noch Nebel. Hörst du die Glocken im Hafen?«

»Wie lange kann das dauern?«

»Manchmal mehrere Tage lang, besonders im Frühling, wenn

es wärmer wird.« Sie teilte ihr Haar und begann, einen Zopf zu flechten, den sie dann wie eine Krone um ihren Kopf legen und feststecken würde. Es war ein Ritual, das Kurt immer wieder faszinierte.

»Wir sagen«, fuhr Mim fort, »daß der Nebel der Mantel der *imiine* ist, der Himmels-Elfe Nue, die hin und wieder zu uns herabsteigt. Sie sucht ihren Geliebten, den sie vor langer, langer Zeit verloren hat, als noch die Gott-Könige regierten. Es war ein Sterblicher und hat einen dieser Gott-Könige beleidigt, einen Sohn Yrs, der Knyha hieß. Der Arme wurde von Knyha erschlagen und sein Körper über ganz Nephane verstreut, damit Nue niemals erfuhr, was aus ihm geworden ist. Sie sucht noch immer nach ihm und zieht über das Land und über die See, besonders im Frühling.«

»Glaubst du wirklich daran?« fragte Kurt, aber nicht sarkastisch. Mit Mim konnte man nicht sarkastisch sein.

Mim lächelte. »Nein, nicht wirklich. Aber es ist eine hübsche Geschichte, findest du nicht auch? Es gibt Wahrheiten und Wahrheiten, pflegt mein Lord Kta immer zu sagen, und dann gibt es noch die Wahrheit selbst, die *yhia*. Da wir Sterblichen die große Wahrheit nicht erkennen können, finden wir die kleinen Wahrheiten, die auf ihre Weise auch wirklich sind. Aber du bist so klug in diesen Dingen. Ich glaube, du weißt wirklich, woher die Nebel kommen. Sind es Wolken, die sich auf das Meer setzen, um auszuruhen, oder sind sie etwas anderes?«

»Ich denke«, sagte Kurt, »mir gefällt die Geschichte von Nue am besten. Auf jeden Fall klingt sie hübscher als Wasserdampf.«

»Du hältst mich wohl für sehr dumm und glaubst, daß ich so etwas nicht verstehe?«

»Würde es dich klüger machen, wenn du wüßtest, woher der Nebel kommt?«

»Ich wünschte, ich könnte mit dir über all die Dinge sprechen, die dir wichtig sind.«

Er runzelte die Stirn, aber er erkannte, daß sie es völlig ernst meinte. »Du bist für mich wichtig, Mim. Dieses Haus ist mir wichtig, diese Welt.«

»Ich weiß so wenig.«

»Was willst du denn wissen?«

»Alles.«

»Aber erst machst du mir Frühstück, ja?«

Mim lächelte ihn an, steckte den letzten Kamm in ihre komplizierte Frisur und warf den *chatem* über. »Ich habe den Tee fertig, wenn du herunterkommst«, sagte sie, während sie das Oberteil des *chatem* zuknöpfte. »Ich denke, daß Aimu ...«

Ein dumpfes Dröhnen tönte durch die Straßen der Stadt. Mit einem leisen Fluch sprang Kurt aus dem Bett und trat zum Fenster. Es war das Klingen eines riesigen Gongs, erkannte er.

»Ach ja«, sagte Mim. »Heute ist *Intaem-Inta*. Es ist der Beginn des Cadmisan.«

Der Gong tönte weiter. Fünf Schläge dröhnten durch die nebelverhangene Luft. Dann war es wieder still.

»Wir haben heute den vierten Nermotai«, sagte Mim, »den ersten der heiligen Tage der Sufaki. Während der nächsten sieben Tage wird der Gong im Tempel jeden Morgen und jeden Abend geschlagen, und die Sufaki rufen die *intain* an, die Geister ihrer Götter.«

»Was geschieht noch?« fragte Kurt.

»Es hat alles mit der alten Religion zu tun«, antwortete Mim. »Ich weiß auch nicht genau, was sie tun, und ich will es auch gar nicht wissen. Ich habe gehört, daß sie sogar die Gott-Könige anrufen, und das im Tempel Phans! Die Sufaki beten noch immer zu den alten Göttern Chteftikans, grausamen und bösen Göttern der Ersten Tage, und während der heiligen Tage rufen sie sie an und werfen sich vor ihnen nieder, um sie darüber zu versöhnen, daß die Sufaki das ganze Land an Phan verloren haben. Wir Indras nehmen die Namen dieser Götter nicht einmal in den Mund.«

»Bel hat gesagt«, erinnerte sich Kurt, »daß es während der heiligen Tage zu Unruhen kommen könnte.«

Mim runzelte die Stirn. »Kurt, ich bitte dich, gib jetzt besonders auf dich acht, und verlasse während dieser sieben Tage nicht nach Einbruch der Dunkelheit das Haus.«

Er senkte den Blick. Sie hatte es bestimmt nicht mit Bezug auf die Methi gemeint. Wenn Mim ihm etwas sagen wollte, dann tat sie es klar und deutlich.

»Ich habe nicht vor, bei Dunkelheit aus dem Haus zu gehen«, sagte er. »Gestern nacht ...«

»Es ist immer gefährlich«, sagte sie hoheitsvoll, bevor er den Satz zu Ende bringen konnte, »während Cadmisan nachts auf der Straße zu sein. Die Götter der Sufaki sind Erdgeister, aus Yr geboren und grausam. Es wird sehr viel getanzt und getrunken.«

»Ich werde auf deinen Rat hören«, sagte er.

Sie trat zu ihm und legte ihm leicht den Finger auf die Lippen. »Ich muß jetzt hinunter«, sagte sie, »und mich um meine Pflichten kümmern. Lieber Ehemann, du bringst mich in den Ruf eines leichten Mädchens, wenn du mich immer so lange festhältst, daß ich zu spät komme, um den Morgentee zu bereiten.«

»Wohin willst du?«

Mim blieb in der matt erleuchteten Eingangshalle stehen und wandte sich um. »Zum Markt, Lord Kurt.«

»Allein?«

Sie lächelte und zuckte die Achseln. »Willst du heute abend fasten? Ich muß ein paar Sachen fürs Abendessen einkaufen. Sieh doch, der Nebel hat sich aufgelöst, die Sonne scheint, und die Männer, die immer auf der anderen Straßenseite herumstanden, sind seit gestern verschwunden.«

»Du wirst nicht allein gehen.«

»Kurt, Kurt, laß dich doch nicht von Bels Schwarzmalerei anstecken. Beim Licht des Himmels, hörst du nicht, daß Kinder auf der Straße spielen? Warum sollte ich mich fürchten, am hellen Nachmittag auf die Straße zu gehen? Nach Einbruch der Dunkelheit ist es eine andere Sache. Ich glaube, du nimmst Bels Warnungen zu ernst.«

»Ich habe meine Gründe dafür, Mim.«

Sie blickte ihn geduldig an. »Und wir sollen heute hungern? Oder willst du und mein Lord Kta mich mit blanken Waffen zum Markt eskortieren?«

»Nein, aber ich werde dich hin- und auch wieder nach Hause bringen.« Er öffnete ihr die Tür. Mim wartete draußen auf ihn, den Einkaufskorb am Arm und offensichtlich verlegen.

Kurt blickte nervös nach allen Richtungen die Straße entlang und in die Hauseingänge gegenüber, in denen sich nachts t'Tefurs Männer aufhielten. Sie waren wirklich verschwunden, stellte er erleichtert fest. Indras-Kinder spielten Verstecken. Es gab keine Bedrohungen, selbst Wachen der Methi waren nicht zu erblicken, aber Djan tat nichts offensichtlich. In der vorhergehenden Nacht hatte er keinerlei Schwierigkeiten gehabt, nach Elas zurückzukehren. Wahrscheinlich, erkannte er jetzt, hatte sie entsprechende Maßnahmen getroffen.

»Bist du sicher, daß der Markt an einem Feiertag geöffnet ist?« fragte er Mim.

Sie blickte zu ihm auf. »Natürlich ist er offen. Ich habe meine Einkäufe immer wieder aufgeschoben wegen des Nebels und wegen der Unruhe auf den Straßen, und es tut mir leid, daß ich dir diese Mühe mache, aber wir sind wirklich mit unseren Vorräten am Ende, und vielleicht haben wir morgen wieder Nebel. Es ist besser, die Sache heute zu erledigen.«

»Ich könnte es dir doch abnehmen und die paar Sachen einkaufen, die wir brauchen«, meinte er.

»Aber Cadmisan ist so lustig auf dem Markt. Die Leute aus den Dörfern kommen in die Stadt, es gibt Musikanten und Seiltänzer. Außerdem …«, setzte sie hinzu, als sein Gesicht verschlossen blieb, »würdest du nicht wissen, was du kaufen sollst und was du dafür zahlen mußt. Ich glaube, du hast unser Geld noch nie in der Hand gehabt. Und die anderen Frauen würden über mich lachen und sich fragen, was für eine Ehefrau ich bin, daß ich meinen Mann meine Arbeit tun lasse. Oder sie denken, ich sei eine so flatterhafte Frau, daß mein Mann sich nicht traut, mich aus dem Haus zu lassen.«

»Die anderen Frauen sollen sich um ihre eigenen Angelegenheiten kümmern«, sagte er, ohne auf ihren scherzhaften Ton einzugehen.

Ihr Gesicht nahm einen entschlossenen Ausdruck an. »Wenn du allein auf den Markt gehst«, sagte sie, »werden die Leute glauben, daß Elas sich fürchtet, und das wird den Feinden Elas' Auftrieb geben.«

Er begriff ihre Logk, aber sie trug nicht dazu bei, ihn zu beruhigen. Er verstärkte seine Aufmerksamkeit, als sie den Wohnbezirk der Aristokraten um den Afen verließen. Aber auch im Sufaki-Viertel der Stadt gingen die Leute ruhig ihren Geschäften nach. Er sah ein paar Männer in Gestreiften Roben, aber sie gingen an ihnen vorbei, ohne sie zu beachten.

»Du siehst«, sagte Mim, »ich wäre hier völlig sicher gewesen.«

»Ich wünschte, ich wäre so sicher wie du.«

»Sieh mal, Kurt, ich kenne alle diese Leute. Dort ist Lady Yafes, und der kleine Junge ist Edu t'Rachik u Gyon. Das Rachik-Haus ist sehr zahlreich. Sie haben so viele Kinder, daß man Witze darüber macht. Der alte Mann am Bordstein ist t'Pamchen. Er glaubt, ein Gelehrter zu sein. Er sagt, daß er die alte Sufaki-Schrift wieder zum Leben erwecken will, und behauptet, die Inschriften auf den antiken Steinen lesen zu können. Sein Bruder ist Priester und hält nicht viel von diesem alten Mann. Glaube mir, diese Leute sind nicht gefährlich. Sie sind unsere Nachbarn. Du läßt dich von t'Tefur und seiner kleinen Piratenbande zu sehr einschüchtern. t'Tefur wäre entzückt, wenn er dich jetzt sehen könnte. Und das ist wirklich die einzige Befriedigung, die er zu suchen wagt, solange du ihn nicht direkt herausforderst.«

»Vielleicht«, sagte Kurt ohne Überzeugung.

Sie näherten sich dem unteren Teil der Stadt. Die Straße führte jetzt ziemlich steil abwärts zum Tor der Stadtmauer. Außerhalb der Mauer lagen die ärmeren Häuser, der Markt und der Hafen. Mehrere Schiffe lagen an der Pier und vor der Werft, zwei breite, dickbauchige Handelsschiffe und drei schlanke Galeeren. Die Riemen waren eingeholt, die Masten ohne Segel, und lautes Hämmern tönte von ihren Decks. Eine der Galeeren war an der Backbordseite mit hellen neuen Planken belegt worden.

Die Schiffe wurden für den eventuellen Kriegsfall seetüchtig gemacht. Die ›Tavi‹, Ktas Schiff, ankerte auf der Außenreede, einer kleinen Bucht auf der anderen Seite des Haichema-tleke. Das ständige Hämmern und Sägen, eine Erinnerung an den Ernst der Lage, überschattete die Fröhlichkeit der Leute, die sich auf dem Markt drängten.

»Das ist Ilevs Schiff, nicht wahr?« fragte Kurt und deutete auf das zunächst liegende Handelsschiff, das am Bug einen weißen Vogel trug, das Emblem dieses Hauses.

»Ja«, sagte Mim. »Aber das Schiff, das neben ihm liegt, kenne ich nicht. Lord Kta kennt alle Häuser und Schiffe, sogar die von Indresuls vielen Kolonien. Ein Kapitän muß so etwas wissen. Aber natürlich kommen diese Schiffe nicht nach Nephane. Das dort drüben muß ein Handelsschiff aus dem Norden sein, vielleicht von Yvorst Ome, wo das Meer aus Eis ist.«

Die Menge drängte sich durch die engen Gassen zwischen den Buden und Ständen des Markts. Sie verloren den Hafen aus der Sicht und beinahe auch einander. Kurt ergriff Mims Arm.

Sie protestierte mit einem schockierten Blick. Selbst Eheleute berührten einander nicht in der Öffentlichkeit.

»Bleib nahe bei mir«, sagte er, ließ sie aber los.

Sie gingen zwischen den Reihen der Marktstände entlang. Mim blieb immer wieder stehen, wenn irgend etwas ihre Aufmerksamkeit erregte wie zum Beispiel die Stände der Blechschmiede. Nachbildungen schuppiger Fische hingen von langen Stangen, und die Blechschuppen klirrten, wenn ein Windhauch sie streifte.

»Dafür sind wir nicht hergekommen«, sagte Kurt irritiert. »Nun komm schon. Was willst du mit so einem albernen Ding anfangen?«

Mim seufzte ein wenig pikiert und führte ihn zu dem Teil des Markts, auf dem die Bauern ihre Produkte feilboten, die Fischer und die Schlächter.

Mim bemängelte die Qualität der Fische, die ihre Pläne für das Abendessen zunichte machten, und kaufte von einem Gemüsestand seltsame gelbe, korkenzieherartig gewundene Wurzeln, die *lat* genannt wurden. Sie kannte die Frau des Gemüsehändlers, die ihr zu ihrer kürzlichen Hochzeit gratulierte und Kurt wohlgefällig musterte – trotzdem schien sie innerlich zu schaudern. Dann begann sie Mim eine lange, komplizierte Geschichte zu erzählen, bei der es um die Enkelin einer gemeinsamen Bekannten ging.

Es war Frauenklatsch. Kurt stand neben den beiden, völlig vergessen. Jetzt, wo er sicher war, daß Mim unter diesen vielen Leuten nichts passieren würde, trat er ein paar Schritte zur Seite an die Tische des nächsten Standes und betrachtete die fremdartigen Fische und Gemüse. Mit Unbehagen dachte er daran, daß er zweifellos so etwas schon öfters gegessen hatte, ohne zu wissen, wie es in ungekochtem Zustand aussah.

Vom Hafen ertönte das ständige Hämmern und Sägen. Jemand rempelte ihn an. Er blickte auf und starrte in das Gesicht eines Sufaki, der die Gestreifte Robe trug. Der Mann sagte nichts. Kurt murmelte eine Entschuldigung, auf die der andere nicht einging, und wandte sich ab, um wieder zu Mim zurückzugehen.

Ein anderer Mann vertrat ihm den Weg. Kurt versuchte, an ihm vorbeizukommen. Der Sufaki machte einen Schritt zur Seite, so daß er wieder genau vor ihm stand. In seinen schmalen

Augen lag eine unmißverständliche Drohung. Zwei weitere Männer kamen von links auf ihn zu und drängten ihn in die andere Richtung ab.

Jetzt erst reagierte er und versuchte, sich zwischen ihnen hindurchzuzwängen. Sie drängten ihn von Mim ab! Er konnte sie nicht mehr sehen! Die Menschenmenge schob sich zwischen ihn und die Verkaufsstände. Er wollte sich nicht auf einen Kampf einlassen, solange Mim in unmittelbarer Nähe war, wo man ihr weh tun konnte.

Sie drängten ihn immer weiter ab bis zum Ende des Marktes und an die Mauer eines Lagerhauses. Er sah eine enge Gasse und rannte hinein.

Die Männer in den Gestreiften Roben verfolgten ihn. Plötzlich tauchten auch vor ihm mehrere Sufaki auf und versperrten ihm den Weg. Ohne zu überlegen, griff er sie an. Er wich einem Messerstoß aus, rammte dem Angreifer beide Fäuste in den Leib, trat einem zweiten in die Hoden und schleuderte einen dritten gegen die Hauswand, bevor seine Verfolger heran waren.

Ein harter Schlag traf ihn zwischen die Schulterblätter, ein zweiter an den Kopf. Er wurde von dem Gewicht der Leiber, die sich auf ihn warfen, zu Boden gerissen. Jemand drehte ihm die Arme auf den Rücken und fesselte sie.

Einem der Männer hatte er den Arm gebrochen, erkannte er mit Befriedigung. Zwei von ihnen kümmerten sich um den Verletzten, die anderen rissen Kurt auf die Füße und schleppten ihn tiefer in die Gasse hinein.

Die Gassen Nephanes sind ein Labyrinth von einer fremdartigen Geometrie. Seltsam geformte Gebäude standen wie Mauern zu beiden Seiten der engen Gassen, die sich in engen Kurven und Winkeln ineinanderschoben. Kurt verlor bald jede Orientierung.

Sie erreichten die Hintertür eines Lagerhauses, stießen Kurt hinein, folgten ihm und schlossen die Tür, so daß nur durch ein winziges Fenster Licht hereinfiel.

Kurt drückte sich in den Schatten der Wand. Er war jetzt sicher, daß man ihn am nächsten Morgen mit durchschnittener Kehle irgendwo auffinden würde ohne jede Spur von seinen Mördern.

Sie packten ihn, bevor er mehr als ein paar Schritte von ihnen entfernt war, stießen ihn auf den staubigen Boden und fesselten seine Füße. Dann drückten sie ihm die Kiefer auseinander, stopften ihm einen Stoffballen in den Mund und banden ihn mit einem Stoffstreifen fest.

»Holt ein Licht«, sagte einer von ihnen.

Bevor jemand den Befehl ausführen konnte, öffnete sich die Tür, und die beiden Sufaki, die draußen geblieben waren, führten den Mann mit dem gebrochenen Arm herein. Als eine Lampe brannte, brachten sie den gebrochenen Knochen in die richtige Lage und schienten den Arm. Der Verletzte schrie gellend auf.

Kurt drängte seinen Rücken gegen einen großen Segeltuchballen und zuckte bei jedem Aufschrei des Verletzten zusammen. Sie würden sich dafür an ihm rächen, bevor sie ihn erledigten.

So jedenfalls würden Menschen handeln. In diesem Punkt hoffte er, daß sie wie Nemet reagieren würden.

Mehrere Stunden vergingen. Kurt versuchte, die Knoten seiner Fesseln zu lösen, aber er konnte sie nicht mit den Fingern erreichen. Er mußte sich darauf beschränken, die Schnüre zu dehnen. Seine Finger waren angeschwollen und taub. Der Schmerz kroch jetzt die Arme herauf. Seine Füße spürte er nicht mehr. Mit dem Knebel im Mund konnte er kaum atmen.

Aber zumindest hatten sie ihn nicht geschlagen. Sie hockten in einiger Entfernung auf dem Boden und spielten *bho*, ein Kartenspiel. Die Lampe stand neben ihnen und warf ihre Schatten lang und schmal über den Boden.

Kurt hörte von draußen leise Schritte, die sich der Tür näherten. Er schöpfte neue Hoffnung. Wahrscheinlich war es Kta, der nach ihm suchte.

Aber diese Hoffnung wurde enttäuscht. Zwei Männer traten herein. Einer von ihnen trug Indras-Kleidung, der andere die Gestreifte Robe. Dolche steckten in ihren Gürteln.

Einen von ihnen hatte Kurt vor Elas gesehen, als er das Haus überwachte.

Auch der Mann mit der Indras-Kleidung war Sufaki, erkannte Kurt an den schmalen Augen. »Stellt ihn auf die Beine«, sagte er zu den anderen.

Zwei Männer rissen Kurt hoch und zerschnitten den Strick,

mit dem seine Beine zusammengebunden waren. Er konnte nicht stehen. Sie schüttelten und schlugen ihn, aber er sackte immer wieder zusammen, wenn sie ihn losließen. Als sie schließlich einsahen, daß er sich wirklich nicht auf den Beinen halten konnte, packten sie seine Arme und schleppten ihn hinaus durch das verwirrende Labyrinth der Hafengassen von Nephane.

Es ging ständig bergab, und Kurt ahnte ihr Ziel: Er würde für immer in dem dunklen Wasser der Bucht verschwinden, ohne jeden Hinweis darauf, daß er von den Sufaki ermordet worden war. Niemand würde es wissen.

Niemand außer Mim, die vielleicht sogar in der Lage war, die Männer zu identifizieren.

Dieser Gedanke ließ ihn nicht mehr los. Elas hätte inzwischen die ganze Stadt auf den Kopf gestellt, wenn Mim nach Hause gekommen war und von seiner Entführung berichtet hatte.

Sie gingen um eine Ecke. Der Mann mit der Laterne, der einige Schritte voraus war, ließ sie einige Sekunden lang im Dunkeln. Die beiden anderen Männer mußten Kurt fast tragen. Obwohl das Gefühl allmählich in seine Beine zurückkehrte, sah er doch keinen Grund, es ihnen leichter zu machen.

Sie beschleunigten ihr Tempo, bis sie den Mann mit der Laterne eingeholt hatten, und beschimpften ihn wegen seiner Eile.

Gleichzeitig rissen sie brutal an Kurts Armen, um ihn zu einem schnelleren Tempo anzutreiben.

Am linken Straßenrand führten Stufen in die Tiefe. Kurt stieß den Mann zur Linken mit der Schulter die steile Treppe hinunter.

Der andere hielt ihn am Arm und an seinem Mantel fest. Kurt riß sich los und rammte seine Schulter in den Magen des Mannes mit der Laterne.

Der Mann stürzte zu Boden, Öl rann auf das Pflaster. Eine Flamme züngelte auf, erfaßte die Kleidung des Sufaki. Der Mann schrie und versuchte, sich die brennende Robe vom Leib zu reißen.

Jetzt warf sich der dritte Mann auf Kurt. Ein Messer blitzte auf und stieß auf Kurts Bauch zu.

Er warf sich zur Seite, und die Klinge fuhr an seinen Rippen entlang. Er rammte dem Sufaki das Knie in den Unterleib. Die

Flammen hatten jetzt im Schmutz und Abfall der Gasse neue Nahrung gefunden.

Kurt war frei. Er warf sich herum und lief in das Dunkel hinein. Es stank nach verbranntem Stoff und angesengtem Fleisch.

Erst nachdem er um mehrere Ecken der verwinkelten Gassen gebogen war, wagte er es, stehenzubleiben. Er lehnte sich gegen eine Hauswand und hatte das Gefühl, an dem Knebel ersticken zu müssen.

Nachdem sein Atem wieder ein wenig ruhiger geworden war, kniete er sich auf den Boden und tastete mit den fast gefühllosen Fingern auf dem Boden umher, bis er etwas fand, das sich wie eine Tonscherbe anfühlte. Sie schien scharfkantig genug zu sein, um mit ihrer Hilfe seine Handfesseln zerreiben zu können. Er lehnte sich gegen die Hauswand und begann mit der Arbeit. Sein Herz schlug von der Anstrengung, und das Blut rauschte in seinen Ohren. Angespannt lauschte er in die Nacht, um näherkommende Verfolger rechtzeitig zu hören.

Es dauerte eine ganze Weile, bis es ihm gelang, eine Schnur der harten Fesselung so weit aufzureiben, daß er sie zerreißen konnte. Der Rest war dann einfach. Mit seinen gefühllosen Händen riß er den Stoffstreifen herunter, mit dem der Knebel befestigt worden war, und spuckte den faustgroßen Stoffballen aus. Erleichtert sog er die kühle, nebelfeuchte Nachtluft in die Lungen.

Jetzt konnte er sich endlich frei bewegen, und in der Dunkelheit und dem Nebel hatte er wieder eine Chance. Sein Weg führte bergan. Ihm blieb keine andere Wahl. Das Stadttor war der günstigste Ort, an dem seine Feinde auf ihn warten und ihn überfallen konnten. Das Tor war der einzige Durchlaß in der Stadtmauer, die den oberen Teil der Stadt umschloß.

Doch als er die Mauer erreichte, entdeckte er zu seiner Erleichterung, daß es doch eine andere Möglichkeit gab, in den oberen Teil der Stadt zu gelangen. Große Schutthaufen waren an der alten Mauer aufgeschüttet, und er sah auch einige halbverfallene Hütten und Schuppen, die sich an sie lehnten. Über eine Schutthalde und das Dach eines dieser Schuppen gelangte er auf die Mauerkrone, mußte dann jedoch feststellen, daß es auf der anderen Seite weniger günstig aussah. Er ging auf der Mauerkrone entlang und scheute sich vor dem Sprung in die Tiefe. Endlich fand er eine Stelle, wo die Erosion von Jahrhunderten etwa fünf Fuß der Mauerhöhe hatte abbröckeln lassen. Er glitt über die Kante und ließ sich fallen.

Der harte Aufprall raubte ihm zwar nicht völlig das Bewußtsein, betäubte ihn jedoch so sehr, daß er nur auf Händen und Füßen in den Schutz des Mauerschattens kriechen konnte. Es dauerte eine Weile, bis er wieder so weit bei Kräften war, daß er sich aufrichten und gehen konnte, und selbst jetzt noch verlor er hin und wieder die Orientierung und fragte sich, wo er eigentlich war und warum er hier war.

Er erreichte die Hauptstraße. Sie war verlassen. Kurt hielt sich im Schatten der Häuser, als er weiterging. Erst als er das Haus von Osanef vor sich sah, begann er zu laufen. Er atmete auf, als er die Tür erreichte, und zog am Glockenstrang.

Niemand öffnete. Durch den Nebel sah er undeutlich Licht auf dem oberen Teil des Berges schimmern, wahrscheinlich vom Tempel oder vom Afen. Er erinnerte sich an die Feiertage der Sufaki. Wahrscheinlich waren selbst die von Indras beeinflußten Osanef jetzt im Tempel.

Er trat wieder auf die Straße hinaus und begann zu laufen. Er war nur noch einige Minuten von Elas entfernt und wagte nicht, an den Türen der anderen Indras-Häuser zu klopfen. Sie hatten keine sonderliche Vorliebe für Menschen, hatte Kta ihm erklärt.

Er befand sich im Endspurt auf Elas zu, als ihm plötzlich einfiel, daß das Haus wahrscheinlich bewacht wurde. Aber es war zu spät, um innezuhalten. Er erreichte das dreieckige Portal und hämmerte mit der Faust gegen die Tür.

»Wer ist da?« hörte er Hef fragen.

»Kurt. Laß mich hinein! Laß mich hinein, Hef!«

Der Riegel wurde zurückgerissen. Kurt stürzte ins Haus und lehnte sich schweratmend an die Wand.

»Mim«, sagte Hef. »Lord Kurt, was ist geschehen? Wo ist Mim?«

»Nicht ... nicht hier?« keuchte Kurt atemlos.

»Nein. Wir hatten gehofft – ganz egal, was geschehen sein mochte –, daß ihr wenigstens zusammen wärt.«

Kurt rang nach Luft und stieß sich von der Wand ab. »Rufe Kta.«

»Er ist draußen. Er und Ian t'Ilav und Val t'Ran suchen euch. Oh, mein Lord, was können wir tun? Ich werde Nym rufen ...«

»Sage Nym ... sage ihm, daß ich in den Afen gegangen bin, um die Methi um Hilfe zu bitten. Gib mir eine Waffe, irgend etwas.«

»Ich darf es nicht, Lord Kurt. Ich darf es nicht. Man hat mir ausdrücklich befohlen ...«

Kurt stieß einen leisen Fluch aus, riß die Tür auf und lief auf die Straße zu, die zum Tor des Afen führte.

Als er sie erreichte, fand er beide Torflügel verschlossen, und die Mauerstraße, die zum Tempel führte, war voller Sufaki, die meisten von ihnen waren betrunken. Kurt stemmte sich gegen das Gitterwerk der Torflügel und rief nach den Wachen. Aber seine Stimme ging unter in dem Lärmen der Menge. Alle Sufaki von Nephane schienen sich auf dem Platz und auf der Mauerstraße versammelt zu haben. Ein paar von ihnen, die betrunkener waren als die anderen, begannen ebenfalls an den Torgittern zu rütteln und nach den Wachen zu schreien. Falls irgendwelche Posten in der Nähe waren, so zogen sie es vor, den Lärm zu überhören.

Kurt lehnte sich an das Tor, erschöpft und ausgepumpt. Weder von Kta noch von Djan konnte er jetzt Hilfe bekommen. Doch dann fiel ihm die kleine Seitentür am Zusammenstoß von Afen-Mauer und Bergflanke ein, die auf den Tempelplatz führte. Vielleicht war sie offen, und wenn sie verschlossen sein sollte, wurden sie bewacht, und die Wachen würden ihn hören.

Er lief die Mauer entlang durch die immer dichter werdende Menge der Sufaki. Ein paar Betrunkene lachten amüsiert und rissen an seiner Kleidung. Andere fluchten und versuchten, ihm den Weg zu versperren.

Empörte Schreie erklangen, ein Protest gegen seine Anwesenheit. Irgend jemand rempelte ihn an und hätte ihn beinahe zu Boden geworfen.

Er lief weiter, aber sie wollten ihn nicht entkommen lassen. Auf dem Platz sah er eine Reihe von Männern in Gestreiften Roben, t'Tefurs Männer.

Autorität, wirkliche, vernünftige Autorität, würde so etwas nicht zulassen, dachte er. Der Tempel tauchte vor ihm auf, und er lief auf ihn zu. Frauen kreischten hysterisch, Männer fluchten und schlugen nach ihm.

Immer wieder griffen Hände nach ihm, versuchten ihn festzuhalten. Doch immer wieder gelang es ihm, sich loszureißen, und er hatte fast die Stufen des Tempels erreicht, als ein halbes Dutzend Sufakis sich auf ihn stürzte und ihn festhielt.

»Das ist Elas' Werk!« schrie eine hysterische Stimme. »Tötet den Menschen!«

Kurt fuhr herum, um zu sehen, wer da seinen Tod verlangte, und blickte in ein Meer fremdartiger Gesichter, verschwommen im vagen Licht der Fackeln und den ziehenden Nebelschwaden. »Wo ist Shan t'Tefur?« schrie er zurück. »Wohin hat er meine Frau verschleppt?«

Das Geschrei verstummte ein paar Sekunden lang. Die Nemet hatten große Achtung vor ihren Frauen. Kurt atmete tief durch und schrie: »Shan t'Tefur! Wenn du hier bist, komm hervor und tritt mir gegenüber! Wo ist meine Frau? Was hast du mit ihr getan?«

Einen Augenblick herrschte schockierte Stille. Dann brach dumpfes Gemurmel los, als ein uralter Priester sich mit seinem Amtszeichen, einem langen Stab, einen Weg durch die Menge bahnte. Er blieb einige Schritte vor Kurt stehen, richtete die Spitze des Stabes auf ihn und murmelte ein paar unverständliche Worte.

Auf dem Tempelplatz war es jetzt totenstill. Nur aus der Mauerstraße hörte man trunkenes Lachen. Die Menge stand völlig reglos. Der alte Priester streckte seinen Stab noch weiter vor. Kurt bog den Kopf zurück, um der Berührung auszuweichen. Ihn ekelte vor ihr, vor dem murmelnden Priester mit seinen betrunkenen Erd-Göttern. Aber die Männer hielten ihn fest, und das Ende des Stabes stieß gegen seine Wange.

»Gotteslästerer!« sagte der Priester. »Von Elas abgesandt, um unsere Riten zu entweihen. Lügner. Ich verfluche dich bis in alle Ewigkeit, im Angesicht der alten Götter, der wirklichen Götter, der lebenspendenden Söhne Thaels.«

»Und ich verfluche diese ganze Bande«, schrie Kurt ihm ins Gesicht, »wenn ihr irgendwie in t'Tefurs Komplott verwickelt seid! Meine Frau Mim hat keinem von euch etwas Böses getan. Wo ist sie? Ihr Leute, die ihr heute auf dem Markt wart, die ihr ruhig mit ansaht, wie Mim und ich auseinandergedrängt und verschleppt wurden, steckt ihr alle mit in dieser Sache? Was haben sie mit ihr getan? Wohin haben sie sie gebracht? Ist sie am Leben? Bei euren eigenen Göttern, das zumindest könntet ihr mir sagen. Lebt sie noch?«

»Niemand weiß etwas von dieser Frau, Mensch«, sagte der alte Priester, »und du bist schlecht beraten, daß du hierherkommst und uns deine trunkenen Anklagen entgegenschleuderst. Wer würde Mim h'Elas etwas antun, einer Tochter Sufaks? Du dringst hier ein, entheiligst die Mysterien, da du in Elas keine Ehrfurcht vor den Göttern gelernt hast. Verflucht seist du, Mensch, und wenn du nicht sofort gehst, werden wir die Verunreinigung mit deinem Blut von diesen Steinen waschen. Laßt ihn gehen, laßt den Menschen gehen!«

Sie ließen ihn los. Kurt schwankte und starrte in die Masse der Gesichter vor den Tempelstufen, suchte nach einem, das ihm bekannt war. Dann blickte er den Priester an. »Sie ist irgendwo in der Stadt, tot oder verletzt«, sagte er bittend. »Sie sind doch ein religiöser Mann. Unternehmen Sie etwas.«

Sekundenlang schien etwas wie Mitleid die harten Züge des alten Gesichts zu mildern. Die aufgerissenen Lippen öffneten sich und schienen eine Antwort formen zu wollen.

»Da ist das Werk der Indras!« schrie plötzlich eine Stimme aus der Menge. »Elas sucht schon lange nach einer Entschuldigung, gegen die Sufaki vorzugehen, und jetzt wollen sie eine schaffen! Der Mensch ist eine Kreatur Elas'!«

Kurt fuhr herum, und zum erstenmal entdeckte er ein bekanntes Gesicht.

»Das ist einer von ihnen!« schrie er. »Das ist einer der Männer, die am Markt waren, als meine Frau entführt wurde! Sie haben versucht, mich zu ermorden, und sie haben meine Frau ...«

»Lügner!« schrie ein anderer Mann. »Ver ist seit Ertönen der *Inta* hier beim Tempel gewesen. Ich habe ihn mit eigenen Augen gesehen. Der Mensch will einen unschuldigen Mann anklagen.«

»Tötet ihn!« schrie eine andere Stimme, und der Schrei pflanzte sich durch die Menge fort. Ein Dutzend Männer drängten sich auf den Tempel zu, Männer in Gestreiften Roben, t'Tefurs Männer.

»Nein!« rief der alte Priester und stieß seinen Stab auf die Marmorplatten der Tempelstufen. »Nein. Bringt ihn fort von hier, entfernt ihn aus dem Tempelbezirk.«

Kurt stieß mit Armen und Beinen um sich, als ein gutes Dutzend Männer ihn packten, von den Füßen rissen und durch die tobende Menge trugen.

Er wehrte sich verbissen, rang nach Luft und versuchte, seine Arme und Beine zu befreien, die von den Männern fest umklammert wurden, als sie ihn über den Tempelplatz und in die Mauerstraße schleppten.

Jetzt stand das Tor des Afen offen, und fünf Männer von Djans Wache standen dort, brennende Fackeln in den Händen, deren Licht geisterhaft durch die dichten Nebelschwaden schimmerte.

»Übergebt ihn uns«, rief einer von ihnen.

»Verräter!« schrie ein junger Mann in der Gestreiften Robe.

»Übergebt ihn uns«, wiederholte der Mann von der Torwache. Es war t'Senife, erkannte Kurt.

Wütend warfen sie Kurt zu Boden. Er landete hart auf den Kopfsteinen zu Füßen der Wachen. In ihrer Hast behandelten diese ihn fast genauso brutal wie die anderen Männer. Sie rissen ihn empor und schleppten ihn durch das Tor in den Hof des Afen.

Hysterische Wutschreie erklangen aus der Menge, als sie die Torflügel zuwarfen und verriegelten. Fäuste rüttelten an den Gittern, die die tobende Menge aussperrte, und dann prasselte ein Hagel von Steinen gegen das Tor.

Die Wachen der Methi packten Kurt an den Armen und rissen ihn mit sich über den Hof und in den Schutz des Gebäudes.

## 13

»Setz dich«, sagte Djan scharf.

Kurt ließ sich auf den zunächst stehenden Stuhl fallen. Djan blieb stehen. Sie blickte über seinen Kopf hinweg zu den Wachen, die bei der Tür warteten.

»Wie sieht es draußen aus?« fragte sie.

»Ich glaube nicht, daß sie es wagen, den Afen zu stürmen«, sagte t'Senife.

»Wecke die Tageswache. Verdopple alle Posten, besonders am Tor. t'Lised, bringe h'Elas zu mir.«

Kurt blickte auf. »Mim ...«

»Ja, Mim.« Djan entließ die Wachen mit einer Handbewegung und setzte sich auf einen Stuhl. In ihrem Gesicht stand auch nicht der Anflug von Sympathie, als Kurt mit zitternden

Händen über sein schweißnasses Gesicht fuhr und versuchte, seine Nerven wieder unter Kontrolle zu bringen.

»Wie geht es ihr?« fragte er.

»Sie wird es überstehen. Nym hat mir euer Verschwinden gemeldet, als ihr nicht nach Elas zurückkehrtet. Meine Männer haben sie im Hafen gefunden. Sie wanderte dort ziellos umher, und als man sie zu mir brachte, konnte ich kein vernünftiges Wort aus ihr herausbekommen – sie verlangte nur immer wieder, nach Elas gebracht zu werden –, bis ich schließlich aus ihr herausbrachte, daß du ebenfalls verschwunden seist. Dann erschien Kta hier und sagte mir, daß du zurückgekommen und sofort zum Afen gegangen seist, um mit mir zu sprechen. Er ist in Begleitung einiger meiner Männer gekommen, sonst hätte er es bestimmt nicht geschafft. Die Stimmung der Leute ist äußerst gespannt. Ich habe Kta von einer Eskorte nach Elas zurückbringen lassen und ihm gesagt, er solle dort warten. Ich hoffe, daß er das auch getan hat. Nach dem Aufruhr, den du auf dem Tempelplatz angestiftet hast, war es dann nicht schwer, dich zu finden.«

Kurt neigte den Kopf, erleichtert, daß Mim in Sicherheit war, und zu müde, um sich auf eine Diskussion einzulassen.

»Hast du eigentlich eine Ahnung, was du angerichtet hast? Meine Männer dort draußen sind in Lebensgefahr. Nur deinetwegen.«

»Es tut mir leid.«

»Was ist dir eigentlich passiert?«

»t'Tefurs Männer haben mich auf dem Markt überfallen und in ein Lagerhaus verschleppt. Dort hielten sie mich bis zum Dunkelwerden fest und brachten mich dann zum Hafen – wahrscheinlich, um mich dort verschwinden zu lassen. Ich bin geflohen. Vielleicht ... es könnte sein, daß ich einen oder zwei von ihnen getötet habe.«

Djan stieß einen leisen Fluch aus. »Was noch?«

»Einer der Männer, die mich vom Tempelplatz hierhergeschleppt haben, gehört zu der Gruppe, die mich auf dem Markt überfallen hat. Ein anderer hat früher das Haus von Elas überwacht. Es waren t'Tefurs Leute, Djan.«

»Soll ich Shan herrufen lassen? Wenn du diese Beschuldigungen in seiner Gegenwart wiederholst ...«

»Ich werde ihn umbringen.«

»Das wirst du nicht tun«, schrie Djan, am Ende ihrer Geduld. »Du hast mir schon genug Ärger gemacht, du und deine kleine eingeborene Frau. Ich kenne deine Sturheit, aber meine Geduld hat ihre Grenzen, und die hast du jetzt erreicht. Eins verspreche ich dir: Wenn du mir noch einmal in die Quere kommen solltest, ziehe ich dich und ganz Elas zur Verantwortung.«

»Was soll ich denn tun? Einfach warten, bis sie mich wieder überfallen? Soll meine Frau sich aus Angst vor ihnen verstekken? Willst du mir verbieten, die Männer zur Rechenschaft zu ziehen, die für alles verantwortlich sind?«

»Du wolltest in Elas leben. Du hast mich fast darum angefleht. Du hast freiwillig alle Probleme auf dich genommen, die das Leben in einem Nemet-Haus und mit einer Nemet-Frau mit sich bringt. Jetzt sieh zu, wie du mit ihnen fertig wirst.«

»Ich verlange, daß du etwas unternimmst.«

»Und ich verlange, daß du mich mit deinen Problemen endlich in Ruhe läßt. Du wirst mir allmählich sehr lästig.«

Die Tür wurde langsam geöffnet, und Mim trat herein. Sie blieb auf der Schwelle stehen und starrte Kurt an, der von seinem Stuhl aufsprang. Sie brach in Tränen aus und stand ein paar Sekunden lang reglos. Dann fiel sie vor Djan auf die Knie und berührte mit ihrer Stirn den Boden.

Kurt trat auf sie zu, zog sie hoch und nahm sie in seine Arme. Sie legte ihren Kopf an seine Schulter und begann zu schluchzen. Ihr Kleid war bis zur Hüfte aufgerissen, der *pelan* mit Straßenschmutz und Blut besudelt.

»Wenn du klug bist, wirst du etwas unternehmen«, sagte Kurt heiser, »denn wenn ich einem von diesen Männern irgendwo begegnen sollte, bringe ich ihn um.«

»Falls du glauben solltest, ich hätte es vorhin nicht ernst gemeint, irrst du dich«, sagte Djan scharf.

»Was sind das für Zustände, wenn einer Frau so etwas passieren kann? Wieso soll ich eure Gesetze respektieren, wenn man einer Frau so etwas ungestraft antun kann?«

»h'Elas«, sagte Djan, ohne seine Worte zu beachten, »hast du gesehen, wer dir das angetan hat?«

»Bitte«, sagte Mim schluchzend, »beschäme meinen Mann nicht.«

»Dein Mann hat Augen im Kopf und kann sehen, was dir passiert ist. Er hat gedroht, das Recht in seine eigenen Hände zu nehmen, und das wäre ein Unglück für Elas – und für ihn. Also versuche dich zu erinnern, h'Elas.«

»Methi, ich ... ich weiß nicht mehr, als ich dir schon gesagt habe. Sie haben mir etwas über den Kopf geworfen ... einen Mantel, glaube ich. Ich habe niemanden gesehen ... kein Gesicht ... ich erinnere mich nur, daß sie mich fortgeschleppt haben. Ich versuchte, mich zu befreien, aber sie ... sie haben mich geschlagen. Sie ...«

»Genug«, sagte Kurt scharf. »Laß sie in Ruhe, Djan!«

»Wie lange bist du schon in Nephane, h'Elas?«

»Vier ... vier Jahre.«

»Und du hast keine der Stimmen erkannt? Kein Gesicht gesehen, auch nicht zu Beginn des Überfalls?«

»Nein, Methi. Vielleicht ... waren sie von außerhalb.«

»Wo haben sie dich festgehalten?«

»Ich weiß nicht, Methi. Ich kann mich nicht genau erinnern. Es war dunkel ... ein Gebäude ... und ich konnte nicht sehen. Ich weiß nicht ...«

»Es waren t'Tefurs Männer«, sagte Kurt. »Laß sie in Ruhe.«

»Es gibt auch noch andere Radikale«, sagte Djan. »Leute, die es darauf abgesehen haben, die Stadt in Aufruhr zu versetzen. Und du hast ihnen die Munition dazu geliefert, indem du zwei von ihnen getötet und den Tempel geschändet hast.«

»Sollen sie doch herauskommen und mich anklagen«, sagte Kurt heftig. »Aber dazu haben sie nicht den Mut. Wenn sie mich noch einmal angreifen sollten ...«

»Ich warne dich ein letztes Mal, Kurt. Du wirst *nichts* unternehmen.«

»Ich werde alles tun, was nötig ist, um meine Frau zu schützen.«

»Reize mich nicht. Glaube nur nicht, daß dein Leben oder das ihre mir mehr bedeutet als diese Stadt.«

»Beim nächstenmal«, sagte Kurt und drückte Mim fest an sich, »bin ich bewaffnet. Wenn du nicht bereit bist, mich unter den Schutz der Gesetze zu stellen, nehme ich die Sache selbst in die Hand. Mit allen mir zur Verfügung stehenden Mitteln. Verlaß dich drauf.«

»Lord Kurt«, flehte Mim, »bitte streite dich nicht mit ihr.«

»Du solltest auf sie hören«, sagte Djan. »Frauen haben solche Sachen seit Tausenden von Jahren durchgemacht und überlebt. Sie wird auch darüber hinwegkommen. Die Ehre ist ein schwacher Trost, wenn man tot ist, das haben sie die Erfahrungen bei den Tamurlin sicher gelehrt.«

»Sie versteht dich schon!« schrie Kurt zornbebend und preßte Mim an sich. Mim zitterte. Ihre Hände waren eiskalt.

»Du mußt jetzt gehen, h'Elas«, sagte Djan.

»Ich werde sie nach Hause bringen«, sagte Kurt.

»Du wirst heute nacht nirgendwo hingehen«, sagte Djan und rief nach der Wache.

»Ich werde sie nach Hause bringen«, wiederholte Kurt trotzig.

»Nein«, sagte Djan. »Es war ein Fehler, dich nach Elas gehen zu lassen, und ich habe dich gewarnt. Von heute an wirst du im Afen bleiben, und es gehört mehr als Ktas Überredungskunst dazu, um meinen Entschluß umzustoßen. Du hast einen Aufruhr verursacht und diese Stadt gespalten. Meine Geduld ist zu Ende, Kurt. – t'Udin«, wandte sie sich an einen Mann der Wache, die ins Zimmer getreten war, »begleite h'Elas nach Hause.«

»Es gehört mehr als dein Befehl dazu, mich hier festzuhalten«, sagte Kurt.

Mim legte die Hand auf seinen Arm und blickte zu ihm auf. »Bitte, nicht. Ich werde nach Hause gehen. Ich bin so müde. Ich habe Schmerzen, Lord Kurt. Bitte laß mich nach Hause gehen und streite dich um meinetwillen nicht mit der Methi. Sie hat recht: Es ist nicht sicher für dich oder für Elas. Für dich wird es nie mehr sicher sein. Ich möchte nicht, daß du meinetwegen in Schwierigkeiten kommst.«

Kurt beugte sich über sie und küßte sie leicht auf die Stirn. »Ich komme später nach Hause, Mim. Sie wird es sich überlegen. Gehe mit t'Udin und sage deinem Vater, er soll die Haustür verschlossen halten.«

»Ja, Lord Kurt«, sagte sie leise und griff nach seiner Hand. »Mach dir keine Sorgen um mich. Bitte, mach dir keine Sorgen.«

Sie verbeugte sich vor der Methi. Djan entließ sie mit einem flüchtigen Wink. Kurt wartete, bis sich die Tür hinter Mim geschlossen hatte, dann trat er Djan gegenüber und starrte sie wütend an.

»Falls du noch einmal wagen solltest, so mit meiner Frau zu sprechen ...«

»Sie ist vernünftiger als du. Sie würde niemals einen Krieg beginnen, nur weil jemand ihren Stolz verletzt hat.«

»Du hast sie hier festgehalten, ohne Elas davon zu benachrichtigen ...«

»Ich habe Kta Bescheid gesagt, als er herkam, und wenn du geblieben wärst, wo du hingehörst, wäre die ganze Angelegenheit längst erledigt. Und jetzt muß ich mich um andere Dinge kümmern als um deine verletzte Eitelkeit.«

»Du mußt t'Tefurs Hals retten, wolltest du sagen.«

»Ich muß diese Stadt vor dem Blutbad retten, das du beinahe angerichtet hast. Meine Männer sind fast gesteinigt worden. Wenn sie schon wagen, die Wachen der Methi anzugreifen, schrecken sie bald auch nicht mehr davor zurück, anderen Menschen die Gurgel durchzuschneiden.«

»Frag doch deine Wachen, wer diese Männer waren. Oder hast du Angst vor der Wahrheit?«

»Heute nacht fliegen viele Anklagen durch die Stadt, aber keine ist bewiesen.«

»Ich werde die Beweise liefern. Vor dem Upei.«

»Das wirst du nicht tun. Wenn du diese Anklagen vor dem Upei vorbringst, werden viele Leute – deine kleine Ex-Sklavin eingeschlossen – mit hineingezogen und unter Eid verhört. Wenn man das Gesetz anruft, mein Freund, gibt das Gesetz nicht eher Ruhe, als bis es die ganze Wahrheit ans Tageslicht gebracht hat. Und zu diesem Zeitpunkt würde das Nephane zerreißen. Das werde ich nie zulassen. Deine Frau würde am meisten darunter zu leiden haben, und das hat sie anscheinend sehr gut verstanden.«

»Hast du ihr damit gedroht?«

»Ich habe ihr die Situation erklärt. Diese Burschen werden ihre Schuld nicht einfach zugeben, wenn du sie vor den Upei bringst. Sie werden Gegenbehauptungen aufstellen, die alles andere als schön sind. Mims Ehre und Mims Vergangenheit würden zur Debatte gestellt werden, und die Tatsache, daß sie nach ihren Erlebnissen bei den Tamurlin die Ehe mit einem Menschen eingegangen ist, würde weder ihr noch Elas zur Ehre gereichen. Und glaube mir, wenn es sein muß, würde ich keine Sekunde lang zögern, sie oder dich den Sufakis zum Fraß vorzuwerfen. Also reize mich nicht noch mehr.«

»t'Tefurs Stadt ist es nicht wert, gerettet zu werden«, sagte er bitter.

»Wo willst du hin?«

Er ging auf die Tür zu, blieb stehen und blickte sie an. »Ich gehe nach Elas zu meiner Frau. Wenn ich mich davon überzeugt habe, daß sie sicher zu Hause angekommen ist, komme ich zurück, und wir können weiterreden. Aber wenn du vermeiden willst, daß noch mehr Leute getötet oder verletzt werden, solltest du mir eine Eskorte mitgeben.«

Sie starrte ihn an. Er hatte sie noch nie so wütend gesehen. Aber vielleicht konnte sie in seinem Gesicht lesen, was er in diesem Moment empfand. Ihr Gesichtsausdruck wurde ruhiger, vorsichtiger.

»Ich gebe dir Zeit bis morgen früh«, sagte sie. »Ordne deine Angelegenheiten dort. Meine Wachen werden dich nach Elas eskortieren. Aber ich werde sie nicht ein zweites Mal losschicken, damit sie dich den Sufaki als Köder vor die Nase halten können. Also bleibe bis morgen früh im Haus. Wenn du mir heute nacht noch mehr Ärger machen solltest, Kurt, so wirst du es bereuen, das schwöre ich dir.«

Kurt drückte die schwere Haustür auf, sowie Hef den Riegel zurückgeschoben hatte, drückte sie wieder zu und wandte sich an Hef.

»Mim«, sagte er, »sie ist hier, nicht wahr?«

Hef neigte den Kopf. »Ja, Lord Kurt. Sie ist vor wenigen Minuten angekommen, auch von Wachen der Methi begleitet. Entschuldige, Lord Kurt, aber was ...?«

Kurt ließ ihn stehen und lief an ihm vorbei in den *rhmei*. Er war leer.

Kurt lief die Treppe hinauf in sein Zimmer.

Es war dunkel. Das einzige Licht kam von der Flamme der *phusa*. Er atmete erleichtert auf, als er Mim vor der heiligen Lampe knien sah. Er kniete sich neben sie und umfaßte ihre Schultern.

Ihr Kopf sank an seine Brust. Mit halbgeschlossenen Augen blickte sie zu ihm auf. Ihre Lippen waren leicht geöffnet, und Schweißtropfen glänzten auf ihrem Gesicht. Dann sah er ihre Hände, die sie auf ihr Herz preßte, und den dunklen Fleck, den sie halb verdeckten.

»Nein!« schrie er, als sie zur Seite fiel. Ihre Hände glitten von dem Drachengriff des Dolches, der tief in ihrer Brust steckte.

Sie war noch nicht tot. Der Dolchgriff bewegte sich mit ihrem

Atem, aber er fand nicht den Mut, ihn zu berühren. Er preßte seine Lippen auf ihre Wange. Sie stöhnte leise. In ihren Augen stand ein kindlicher, verwunderter Ausdruck.

»Mein Lord Kurt«, hörte er sie flüstern. Mit diesen Worten verströmte ihr letzter Atemzug, und ihre Augen brachen. Plötzlich lastete ihr Körper als schweres Gewicht auf ihm. Mit einem erstickten Schluchzen preßte er sie an sich.

Rasche Schritte kamen die Treppe herauf, und er wußte, daß es Kta war. Der Nemet blieb in der offenen Tür stehen. Kurt wandte ihm sein tränennasses Gesicht zu.

»Beim Licht des Himmels«, flüsterte Kta erschüttert.

Kurt ließ Mim behutsam zu Boden gleiten, drückte ihr die Augen zu und zog die Klinge aus ihrer Brust. Es war derselbe Dolch, den er einmal heimlich an sich genommen und den Mim zurückgegeben hatte. Er hielt ihn in der Hand wie einen lebendigen Feind, und sein Arm zitterte.

»Kurt!« rief Kta und lief auf ihn zu. »Nein, Kurt! Gib ihn mir. Gib ihn mir.«

Kurt kam taumelnd auf die Füße, den Dolch noch immer in der Hand. Durch seine Tränen sah er Kta nur als vage, schattenhafte Gestalt, die ihm eine Hand entgegenstreckte. Er blinzelte, und sein Blick wurde wieder klar. Er blickte auf Mim hinab.

»Kurt, ich bitte dich ...«

Kurts Hand umklammerte den Griff des Dolches, daß seine Knöchel weiß hervortraten. »Ich habe noch etwas zu erledigen. Im Afen.«

»Dann mußt du mich töten, um aus diesem Zimmer zu kommen«, sagte Kta. »Denn du tötest Elas, wenn du die Methi angreifst.«

Ktas Familie. Kurt sah die Liebe und die Angst in seinen dunklen Augen und konnte ihm nicht böse sein. Kta würde ihn mit allen Mitteln aufzuhalten versuchen, das wußte er. Er blickte auf die blutige Klinge.

»Kurt.« Kta nahm seine Hand und entwand ihm die Waffe. Nym stand im Schatten hinter ihm; Nym, Aimu und Hef. Hef weinte lautlos, unauffällig selbst in dieser Stunde der Trauer.

»Komm«, sagte Kta, »komm nach unten.«

»Rühre sie nicht an!«

»Wir werden sie in den *rhmei* hinunterbringen«, sagte Kta. »Komm, mein Freund.«

Kurt schüttelte den Kopf und riß sich zusammen. »Ich werde sie hinuntertragen«, sagte er. »Sie ist meine Frau.«

Kta nickte, und Kurt kniete sich auf den Boden und nahm Mim auf seine Arme. Sie fühlte sich nicht mehr an wie Mim, sie war ein totes Gewicht wie eine zerbrochene Puppe.

Schweigend versammelte sich die Familie im *rhmei:* Ptas und Nym, Aimu, Kta und Hef. Kurt legte seine Last zu Füßen Ptas' nieder. Ptas weinte, als sie sich neben Mim niederkniete und ihre Hände über ihrer Brust faltete. Niemand sprach ein Wort. Die einzigen Geräusche waren das Schluchzen der Frauen und Hefs. Kurt konnte nicht mehr weinen. Als er Nym anblickte, las er in seinem Gesicht eine kalte, furchtbare Wut.

»Wer hat sie dazu gebracht?« fragte Nym, und Kurt zitterte unter dem Gewicht seiner Schuld.

»Ich habe sie nicht schützen können«, sagte er. »Ich konnte ihr nicht helfen.« Er blickte auf sie hinab und atmete tief durch. »Die Methi hat sie dazu getrieben.«

Nym blickte ihn mitleidig an. Dann wandte er sich um und trat an das lodernde Feuer. Ein paar Sekunden lang stand der Lord von Elas schweigend mit gesenktem Kopf. Dann richtete er sich auf, hob beide Arme empor und streckte die offenen Handflächen dem heiligen Feuer entgegen.

»Geister unserer Ahnen«, betete er, »empfangt diese Seele, die nicht von unserem Blut ist, empfangt Mim h'Elas, Geister unserer Ahnen. Sie soll zu euch gehören, so wie sie zu uns gehört hat, liebend und geliebt. Friede war im Herzen dieses Kindes von Elas, Tochter von Minas, von Indras, aus dem strahlenden Indresul.«

»Geister von Elas«, betete Kta und streckte auch seine Hände den Flammen entgegen, »Geister unserer Ahnen, erwacht und blickt auf uns herab. Hüter von Elas, seht dieses Unrecht, das uns angetan wurde. Rächt dieses Unrecht an euren Kindern. Erwacht und blickt auf uns herab.«

Kurt stand schweigend, verloren, unfähig, um Mim so zu trauern, wie sie um sie trauerten, ein Fremder selbst noch angesichts ihres Todes. Er sah, wie Ptas den Dolch mit dem Drachengriff aus Ktas Händen nahm. Sie trat zu Mim, beugte sich über sie und hob den Dolch. Kurt schrie entsetzt auf, aber Ptas schnitt der Toten nur eine Haarsträhne ab und warf sie in die Flammen des heiligen Feuers.

Aimu schluchzte laut. Kurt konnte es nicht länger ertragen. Er warf sich herum und lief aus dem *rhmei.*

»Es ist vorbei.« Kta kniete sich neben Kurt, der in der Eingangshalle in einer Ecke hockte. Er legte Kurt die Hand auf die Schulter. »Es ist vorbei. Wir werden sie zur Ruhe betten. Möchtest du dabeisein?«

Ein Zittern fuhr durch Kurts Körper. Er drehte sein Gesicht zur Wand. »Ich kann nicht.« Unwillkürlich fiel er wieder in seine Muttersprache zurück. »Ich kann nicht. Ich habe sie geliebt, Kta.«

»Dann werden wir uns darum kümmern, mein Freund.«

»Ich habe sie geliebt«, sagte Kurt noch einmal und fühlte den Druck von Ktas Hand auf seiner Schulter.

»Gibt es ... irgendwelche Riten, die du dir dafür wünschst? Ich bin sicher ... daß unsere Ahnen nichts dagegen haben würden.«

»Was hatte sie denn mit meinen Leuten zu tun?« Kurt schüttelte den Kopf. »Macht es so, daß sie es versteht.«

Kta erhob sich und wollte gehen, kniete sich dann wieder neben Kurt. »Mein Freund, komm zuerst in mein Zimmer. Ich werde dir etwas geben, das dich schlafen läßt.«

»Nein«, sagte Kurt. »Laß mich in Ruhe. Laß mich.«

»Ich habe Angst um dich.«

»Kümmere dich um Mim. Tu mir den Gefallen.«

Kta zögerte. Dann stand er wieder auf und ging fort.

Kurt blieb hocken, bis seine leisen Schritte verklungen waren. Er hörte, daß die Familie den *rhmei* verließ und in die hinteren Räume des Hauses ging. Kurt richtete sich auf, öffnete die Tür und zog sie lautlos hinter sich wieder zu.

Die nächtliche Straße war ohne Leben. Er trat hinaus und schritt den Gehsteig entlang. Nicht auf den Afen zu, sondern in die andere Richtung, zum Hafen.

# 14

Das erste Sonnenlicht brach durch die Nebelschwaden, und eine leichte Brise kam auf.

Kurt umging die äußeren Wälle von Nephane, sah mehrere Schiffe im Hafen liegen, geisterhafte, skelettartige Gebilde ohne ihre Segel. Niemand bewachte dieses Ende des Hafens, wo der alte Wall gegen den unteren Teil des Haichema-tleke stieß.

An dieser Stelle war die Stadt zu Ende, und das offene Land begann. Ein Trampelpfad verlief in südliche Richtung, ausgefahren von den Rädern handgezogener Karren. Kurt folgte ihm eine Weile, dann verließ er den Weg und ging querfeldein in die unbekannte Wildnis.

Er wußte noch nicht, wohin er eigentlich wollte. Elas war ihm für immer verschlossen. Wenn er jetzt Djan oder t'Tefur begegnen sollte, würde er sie umbringen, und das wäre das Ende für Elas.

Er lief und hoffte im stillen, daß t'Tefur ihn verfolgen würde, daß er ihm gegenüberstehen möge hier draußen, ohne Zeugen.

Aber auch das würde Mim nicht wieder zurückbringen. Mim war jetzt begraben in der kalten Erde. Er konnte es sich nicht vorstellen und wollte es auch gar nicht wahrhaben, aber es war so.

Er hatte keine Tränen mehr. Er lief, bis ihm die Luft ausging und seine Muskeln gegen die Mißhandlung protestierten, bis der körperliche Schmerz größer wurde als der Schmerz um Mim und die Erschöpfung ihn zusammenbrechen ließ.

Als er wieder klar denken konnte, war sein Kopf seltsam klar. Zum erstenmal erkannte er, daß er eine blutende Wunde am Brustkorb hatte. Er hatte sie seit dem vorigen Abend, seit die Klinge des Sufaki ihn getroffen hatte. Sie begann zu schmerzen. Die Wunde war nicht tief, aber sie zog sich fast über die ganze rechte Brustseite. Er hatte nichts, womit er sie verbinden konnte. Aber er würde daran nicht verbluten. Seine Hand- und Fußgelenke waren von den Fesseln aufgescheuert und schmerzten. Er war beinahe glücklich über diese Schmerzen, da sie den tiefer liegenden Schmerz um Mim betäubten. Er versuchte, nicht an seinen Verlust zu denken, stand auf und ging weiter, anfangs mit unsicheren, schwankenden Schritten, dann kräftiger ausgreifend.

Er wollte keinem Menschen begegnen, deshalb verließ er immer wieder die Karrenwege und Trampelpfade, die sich hier durch das Land zogen. Die Stunden vergingen, die Sonne stieg höher, und es wurde warm. Er ging nach Süden, der mittäglichen Sonne entgegen.

Hin und wieder kam er an bestellten Feldern vorbei. Die neue Saat war gerade aufgegangen, und an den Bäumen sah er die ersten Blüten.

Als es dunkelte, spürte er einen wütenden Hunger. Seit dem gestrigen Frühstück hatte er nichts mehr gegessen, fiel ihm ein. Er kannte das Land nicht, und es erschien ihm zu riskant, wilde Pflanzen zu essen. Er sah ein, daß er sich Nahrung stehlen mußte, so schwer es ihm auch fallen mochte. Die Landbevölkerung war freundlich und arm.

Voller Bitterkeit erkannte er, daß seine Anwesenheit den unschuldigen, anständigen Menschen dieses Planeten nur Kummer gebracht hatte. Aber seinen Feinden konnte er nichts anhaben.

Mim war ständig bei ihm. Selbst wenn er zu den Sternen hinaufblickte, hörte er ihre Stimme, die ihm die Namen nannte, die sie ihnen gegeben hatte: Ysime, der Polarstern, Mutter der Nordwinde; die blaue Lineth, der Stern, der den Frühling ankündigte, Schwester von Phan. Seine Trauer hatte sich in stilles Leid verwandelt.

Durch die Dunkelheit wehte der Nordwestwind den Geruch eines Holzfeuers in seine Nase.

Er ging darauf zu, roch andere Dinge, den Geruch von Tieren und das köstliche Aroma von kochender Nahrung. Er ließ sich auf Hände und Knie hinab und kroch vorsichtig weiter auf den flachen Hügel zu, von dem der Geruch kam.

Von der Hügelkuppe blickte er in eine kleine, runde Senke hinab. Ein Haus konnte er nirgends entdecken. Zwei Männer und ein Junge hockten um ein Feuer. Es waren *cachiren*, Hirten. Aus dem Dunkel hörte er das leise Blöken von Schafen.

Ein wütendes Knurren zerriß die Stille. Ein zottiger *tilof*, der Hütehund, hob seinen Kopf, und sein Nackenfell sträubte sich. Die *cachiren* sprangen auf und griffen nach ihren Waffen. Der *tilof* kam mit gefletschten Zähnen auf Kurt zugerast.

Kurt sprang auf und lief zurück auf eine steile Felsklippe zu, die aus der Bergflanke wuchs. Als er sich schon fast in Sicherheit glaubte, packte das Tier seinen linken Fuß. Er riß sich los und kletterte höher hinauf.

»Komm herunter!« schrie der Junge und bedrohte ihn mit dem wurfbereiten Speer. »Komm herunter!«

»Wenn du diese Bestie festhältst, gerne«, rief Kurt zurück.

Die beiden Männer hielten ihn mit ihren Speeren in Schach, während der Junge den wütend knurrenden *tilof* beim Genick packte und festhielt.

Kurt stieg langsam herab. Dabei sprach er ununterbrochen auf sie ein. Mit ihren Speeren stießen sie ihn in das Licht des Lagerfeuers.

Er hielt den Kopf gesenkt, als er sich vor das Feuer kniete. Die Spitze eines Speers wurde ihm in den Rücken gedrückt. Die beiden anderen Nemet traten um ihn herum und musterten ihn.

»Ein Mensch!« rief einer von ihnen überrascht. Die Speerspitze bohrte sich schmerzhaft in seinen Rücken, und er verzog das Gesicht.

»Wo sind die anderen?« fragte einer der Männer, ein weißhaariger Alter.

»Ich bin kein Tamurlin«, sagte Kurt, »und ich bin allein. Bitte, ich brauche etwas zu essen. Ich gehöre zu den Leuten der Methi.«

»Er lügt«, schrie der Junge.

»Vielleicht«, sagte der Weißhaarige, »aber er spricht unsere Sprache.«

»Ich verlange nicht eure Gastfreundschaft«, sagte Kurt. Das Teilen von Brot und Feuer schuf religiöse Bande, wenn es nicht vorher ausdrücklich anders vereinbart worden war. »Ich bitte euch nur um Nahrung und Wasser. Ich habe seit zwei Tagen nichts mehr gegessen.«

»Woher kommst du?« fragte der alte Mann.

»Aus Nephane.«

»Er lügt«, schrie der Junge wieder. »Die Methi hat sie alle getötet.«

»Vielleicht ist er ihr entkommen.«

»Oder auch mehr als einer«, sagte der weißhaarige Mann.

»Möge das Licht Phans freundlich auf euch scheinen«, zitierte

Kurt die allgemeine Grußformel. »Ich schwöre, daß ich nicht gelogen habe und daß ich kein Feind bin.«

»Jedenfalls ist er kein Tamurlin«, sagte der jüngere Mann. »Bist du ein Hausfreund der Methi, Fremder?«

»Von Elas«, sagte Kurt.

»Von Elas?« sagte der alte Mann verwundert. »Die Söhne des Sturms haben einen Menschen als Hausfreund? Das ist schwer zu glauben, Fremder. Die Abkömmlinge der Indras sind zu stolz dafür.«

»Wenn du den Namen von Elas ehrst«, sagte Kurt, »oder den von Osanef, das dem Haus von Elas in Freundschaft verbunden ist, dann gib mir etwas zu essen. Ich falle fast um vor Hunger.«

Der alte Mann dachte ein paar Sekunden lang nach, dann lud er Kurt mit einer Geste ein, sich an dem Essen, das über dem Feuer kochte, zu beteiligen. »Aber nicht in Gastfreundschaft, Fremder, da wir dich nicht kennen. Nimm uns nicht zuviel. Wir sind arme Leute. Jedoch wir wollen dir das Essen nicht verweigern, wenn du so hungrig bist, wie du sagst. Möge das Licht Phans auf dich scheinen, dir zum Segen oder dir zum Fluch, wie du es verdienst.«

Kurt rutschte vorsichtig näher zum Feuer. Die Speerspitze wurde noch immer in seinen Rücken gedrückt. Er kniete sich vor den flachen Stein nieder, der diesen Männern Herd und Tisch zugleich war, brach ein Stück von einem der drei flachen Brote ab, die darauf lagen, und nahm sich ein paar Krümel von dem weichen Käse, der daneben auf einem Lederstück lag.

Als er gegessen hatte, stand er auf und verneigte sich. »Ich werde jetzt wieder gehen«, sagte er.

»Nein, Fremder«, sagte der jüngere Mann. »Ich halte es für besser, wenn du hierbleibst und am Morgen mit uns ins Dorf zurückgehst. In dieser Gegend sehen wir nicht oft Reisende aus Nephane, und bei uns bist du sicher. Andere Leute mögen dich für einen Tamurlin halten und dich mit dem Speer durchbohren, bevor sie ihren Irrtum erkennen.«

»Ich habe dringende Geschäfte zu erledigen«, sagte Kurt und verbeugte sich erneut. »Ich danke dir für deine Sorge um mich, aber ich werde jetzt gehen.«

Der alte Mann hielt seinen Speer in beiden Händen. »Ich glaube, mein Sohn hat recht. Du bist irgendwo weggelaufen, so viel ist sicher, und ich bezweifle, daß du ein Hausgenosse von

Elas bist. Ich glaube eher, daß du der Methi entkommen bist, als sie alle anderen tötete, und hier auf dem Land wissen wir, wie Menschen sind.«

»Ich komme von der Djan-Methi«, erwiderte Kurt, »und du wirst dir nicht ihren Dank verdienen, wenn du mich aufhältst.«

»Schickt die Methi neuerdings ihre Diener ohne Vorräte über Land?«

»Mein Auftrag ist sehr dringend«, sagte Kurt. »Ich hatte einen Unfall. Ich habe mich auf die Gastlichkeit der Landbevölkerung verlassen.«

»Fremder, du bist nicht nur ein Lügner, du bist auch noch ein schlechter Lügner. Wir werden dich in unser Dorf zurückbringen und sehen, was der Afen zu dieser Angelegenheit zu sagen hat.«

Kurt fuhr herum und rannte ins Dunkel hinein. Erschrocken sprangen ihm die *cachin* aus dem Weg und rannten in wilder Panik nach allen Richtungen. Die wütenden Schreie des *tilof* schallten durch die Nacht. Kurt wußte, daß er weder das Tier noch die drei Männer zu fürchten brauchte. Die hatten jetzt alle Hände voll zu tun, um die auseinanderstiebende Herde wieder zusammenzutreiben.

Kurt kletterte eine steile Bergflanke hinauf. Mit Fingern und Zehen suchte er Halt in dem bröckelnden Gestein und schickte kleine Geröllawinen zu Tal. Eine halbe Stunde später erreichte er ein Plateau, das mit Büschen und Gestrüpp bewachsen war, und lief weiter. Die Verfolgung durch die drei Hirten war zwar verzögert worden, aber er konnte sich nicht darauf verlassen, daß sie ihm nicht doch noch folgen würden.

Durch diesen Zwischenfall würde jedoch Nachricht von seinem Verbleib nach Nephane gelangen und zu Djan. Schiffe, die an der Küste entlangsegelten, konnten ihn leicht einholen.

Wenn es ihm nicht gelang, seine Rettungskapsel zu finden, mit der er auf diesem Planeten gelandet war, und sich mit dem Lebensnotwendigen zu versorgen, hatte er in diesem Land keine Überlebenschancen. Djan würde ahnen, was er vorhatte, und wenn sie von den drei Hirten Gewißheit erhielt, in welche Richtung er geflohen war, konnte sie in aller Ruhe einen Hinterhalt aufbauen.

Wenn sie den genauen Standort seiner Rettungskapsel kannte, hatte er keine Chance.

Die Sonne stieg über das mit Gras und Büschen bewachsene Hochland, durch das er nun schon seit mehreren Tagen zog, durch trockenes Gras und aufgewirbelten Staub.

Kurt lehnte sich auf seinen Stock, einen knorrigen Ast, von dem er die Zweige abgerissen hatte, und blickte nach Süden. Von seiner Rettungskapsel war nichts zu sehen. Nichts. Noch ein weiterer Tag in dieser sengenden Sonne mit den Schmerzen und dem fiebrigen Pochen einer Infektion in seiner Wunde. Er ging weiter, stützte sich auf den Stock, und jeder Schritt jagte einen Schmerz durch seinen Körper. Sein Mund war so trokken, daß ihm das Schlucken weh tat.

Ab und zu legte er kurze Pausen ein, in denen er sich immer wieder der Versuchung widersetzen mußte, sich einfach hinzulegen und den Kampf gegen den Durst aufzugeben. Aber sein Lebenswille zwang ihn immer wieder auf die Füße.

Phan war ein schrecklicher Herr über dieses Land: sengend und blendend hell während des Tages, und wenn er das Land verließ, wurde es schneidend kalt. Kurt rieb die sich abschälende Haut von der Nase, von den Händen. Seine nackten Beine und besonders die Knie waren vom Sonnenbrand angeschwollen, voller winziger Blasen, die aufplatzten und bluteten.

Der Durst wurde unerträglich, als die Sonne den Zenit erreichte. Es gab kein Wasser. Zum letztenmal hatte er getrunken, als er tags zuvor einen kleinen Bach überquerte – aber es konnte auch vorgestern gewesen sein. Seit er in diesem Land war, hatte er jedes Zeitgefühl verloren. Er begann sich zu fragen, ob er nicht längst an seiner Rettungskapsel vorbeigegangen war. Das wäre der Gipfel der Ironie: Er hatte überlebt, weil es ihm gelungen war, diesen einen bewohnbaren Planeten in der Weite des Alls zu erkennen und zu erreichen, und jetzt würde er sterben, weil er die Rettungskapsel nicht fand, die vielleicht hinter einem der vielen flachen Hügel versteckt lag.

Schließlich wandte er sich nach Westen, dem Meer zu. Das jedenfalls konnte er nicht verfehlen, und er hatte die Hoffnung, in dem niedriger liegenden Terrain auf Wasser zu stoßen.

Der Wechsel der Jahreszeit hatte ihn irritiert. Er konnte sich erinnern, daß er in einer grünen Landschaft gelandet war. Grün im Winter? Sollte er so weit südlich heruntergekommen sein? Die Fahrt mit dem Schiff ... er konnte sich nicht mehr erinnern, wie viele Tage sie unterwegs gewesen waren.

Am Nachmittag war er so erschöpft, daß es ihm egal wurde, in welche Richtung er ging. Er wußte, daß er dabei war, sich umzubringen, und auch das war ihm egal. Er rutschte einen steilen Hang hinab, zu müde, um sich einen leichteren Abstieg zu suchen, glitt aus und rollte zu Tal. Steine und dornige Büsche rissen sonnenverbrannte, entzündete Haut von seinen Armen und Beinen.

Die Schmerzen ließen nach einiger Zeit wieder nach, oder er gewöhnte sich an sie, er wußte nicht, welche der beiden Erklärungen zutraf. Als er wieder einigermaßen klar denken konnte, war er wieder auf den Beinen. Er konnte sich nicht erinnern, aufgestanden zu sein. Aber das war auch nicht mehr wichtig, genausowenig wie die Rettungskapsel und die See, Leben oder Tod. Er bewegte sich, also lebte er, also bewegte er sich.

Die Sonne senkte sich auf den Horizont, und Kurt schritt auf sie zu. Sie war sein Richtpunkt, sein Leitstern in dieser endlosen Weite. Sie führte ihn jetzt ständig bergab in ein Land, dessen Konturen und Bäume freundlicher und vertrauter wirkten.

Es wurde Nacht. Er stand auf dem runden Gipfel eines Berges und lehnte sich auf seinen Stab. Er hatte Angst, sich zu setzen, weil er glaubte, nicht mehr die Kraft zu haben, um wieder aufstehen zu können. Am Fuß des Berges erkannte er die dunklen Konturen eines Waldes. Er ging weiter den langen, sanft abfallenden Hang hinab.

Ein Licht leuchtete aus dem Dunkel. Kurt blieb stehen und rieb sich die Augen, um sicherzugehen, daß er es wirklich sah. Es war ein Lagerfeuer, erkannte er.

Er ging darauf zu, getrieben von einer wilden Hoffnung, entschlossen, zu töten, wenn es nötig sein sollte, um sich Wasser und Nahrung zu verschaffen.

Das Licht verschwand, als er durch eine lange, flache Senke ging, und er fürchtete, es verloren zu haben. Aber als er den anderen Rand der Senke erreichte, sah er es wieder, viel näher jetzt, hinter einer dünnen Wand von Büschen und Gestrüpp. Dann hörte er Stimmen, undeutlich, leise, aber es waren Nemet-Stimmen, mehrere Männer in ruhigem Gespräch.

Plötzlich Stille. Das leise Rascheln von Zweigen. Das Feuer flackerte. Er zögerte, spürte Panik in sich aufsteigen, als er das Gefühl hatte, daß jemand an ihn heranschlich.

Ein Zweig zerbrach krachend dicht neben ihm, ein Arm umspannte von hinten seinen Hals, riß seinen Kopf zurück. Er stürzte zu Boden. Zwei Männer hielten ihn fest, einer umklammerte seinen rechten Arm, der andere kniete auf seinem linken. Die Klinge eines Messers preßte sich an seine Kehle.

Einer der beiden Männer griff nach der Hand des anderen, die ihm das Messer an den Hals preßte.

»Halt! Es ist t'Morgan«, sagte er leise. Behutsam tasteten sie ihn nach Waffen ab, fanden keine und halfen ihm vorsichtig auf die Füße.

»Bist du allein?« fragte einer von ihnen.

»Ja«, versuchte Kurt zu sagen.

Sie mußten ihn fast tragen. Als sie in den Lichtkreis des Feuers traten, traten weitere Nemet aus dem Schatten.

Einer von ihnen war Kta. Kurt entdeckte sein Gesicht unter den anderen und glaubte, endgültig verrückt geworden zu sein. Er schüttelte die Hände ab, die ihn hielten, und wollte auf Kta zugehen.

Er stürzte zu Boden. Als er sich aufzurichten versuchte, kniete Kta neben ihm. Der Nemet wusch Kurt das Gesicht mit Wasser aus einem Fellschlauch. Dann drückte er ihm die Öffnung des Schlauchs in den Mund und zog ihn wieder fort, bevor Kurt zuviel Wasser hinunterwürgen konnte.

»Wie kommt ihr hierher?« Kurt konnte kaum seine eigenen Worte verstehen.

»Wir haben nach dir gesucht«, sagte Kta. »Ich habe das Feuer angezündet, damit es dich anlockt, und diesen Zweck hat es ja auch erfüllt, den Göttern sei Dank. Ich war auf dem Weg zu deinem Raumschiff und wollte dort auf dich warten, habe es aber bis jetzt nicht finden können. Bei allen Göttern, niemand geht hier quer durch das Land. Du mußt verrückt geworden sein.«

»Es war ziemlich hart«, gab Kurt zu. Kta strich ihm das verfilzte Haar aus dem Gesicht und träufelte Wasser auf die verbrannte Haut seines Gesichts.

»Dein Gesicht ist wie gekocht«, sagte er. »Du solltest dich nur sehen.«

Kurt fuhr sich über die tagelangen Bartstoppeln, die seine untere Gesichtshälfte bedeckten, und sah ein, daß er in den Augen der Nemet wie ein wildes Tier wirken mußte. Die Nemet hatten kaum Gesichts- und Körperhaare. Er richtete sich stöhnend auf. Als er die Knie beugte, hatte er das Gefühl, als ob die verbrannte Haut reißen würde. »Essen«, sagte er heiser, und jemand gab ihm ein kleines Stück Käse. Er konnte es kaum hinunterschlucken und nahm einen Schluck *telise* von Ktas Flasche.

Damit waren seine Kräfte endgültig erschöpft. Er sank wieder zu Boden, und die Nemet brachten ihm Mäntel, um ihn gegen die Nachtkühle zu schützen. Kta entdeckte die eiternde Wunde auf seinem Brustkorb, wusch sie mit Wasser aus – und dann mit *telise*.

Kurt schrie auf, als der hochprozentige Alkohol mit dem entzündeten Fleisch in Berührung kam.

»Entschuldige, mein Freund, entschuldige«, murmelte Kta. »Mein armer Freund, es ist schon vorbei, du wirst wieder gesund werden.«

Kurt sank in einen tiefen Erschöpfungsschlaf.

Er erwachte bei Sonnenaufgang, als einer der Männer Holz in das verglimmende Feuer warf. Kta hockte neben ihm und blickte ihn besorgt an.

Kurt stöhnte, als er sich aufrichtete. »Bitte Wasser, Kta«, murmelte er.

Kta gab Pan, dem Jungen, einen Wink, der Kurt sofort den Wasserschlauch brachte. Nachdem er seinen Durst gelöscht hatte, aß Kurt ein Stück *stas*. Es war schon am Abend zuvor gebacken worden und war kalt, aber mit etwas Salz schmeckte es recht gut.

»Geht es dir besser?« fragte Kta.

»Ich bin wieder ganz in Ordnung«, antwortete Kurt. »Du hättest mir nicht folgen sollen.« Und dann kam ihm ein erschreckender Gedanke: »Oder hat Djan dich ausgeschickt, um mich zurückzuholen?«

Ktas Gesicht verdunkelte sich. Kurt hatte noch nie einen solchen Ausdruck kalter Wut bei ihm gesehen. »Ich bin geflohen. Die Methi hat meinen Vater und meine Mutter getötet.«

»Nein!« Kurt schüttelte entsetzt den Kopf, als ob sein Protest das Geschehene rückgängig machen könnte. »Nein, Kta.« Aber es war die Wahrheit. Das Gesicht des Nemet sah furchtbar aus in seiner Wut. »Ich bin schuld daran«, sagte Kurt erschüttert. »Es ist meine Schuld.«

»Djan hat sie getötet«, sagte Kta, »genauso wie sie Mim getötet hat. Wir kennen Mims Schilderungen aus dem Mund von Djan selbst, als sie mit meinem Vater sprach. Meine Familie kann nicht ohne Ehre leben, und deshalb sind meine Eltern gestorben. Mein Vater hat die Methi vor dem Upei wegen Mims Tod und wegen anderer Verbrechen angeklagt, und sie hat ihn aus dem Upei gewiesen, wozu sie das Recht hat. Mein Vater und meine Mutter haben daraufhin den Tod gewählt und Hef ebenfalls. Er wollte sie nicht ohne seine Dienste im Reich der Schatten leben lassen.«

»Und Aimu?« fragte Kurt und hatte Angst vor der Wahrheit.

»Ich habe sie Bel zur Frau gegeben. Was hätte ich sonst tun sollen? Welche andere Hoffnung gab es noch für sie? Elas existiert nicht mehr in Nephane. Sein Herdfeuer ist erloschen. Ich bin ein Ausgestoßener. Ich will der Methi nicht länger dienen, aber ich will leben, um meinen Vater und meine Mutter ehren zu können genau wie Hef und Mim. Ich bin der einzige, der das kann, nachdem Aimu die Hüter von Elas nicht mehr anzurufen vermag.«

Ktas Lippen zitterten. Kurt spürte Mitleid mit ihm und mit seiner Familie.

»Falls du jemals das Gefühl hattest, bei mir eine Schuld zu haben, so hast du sie mehr als beglichen«, sagte Kurt. »Ich kann in diesem Land überleben, wenn du mir nur Waffen, etwas Nahrung und Wasser gibst. Kta, ich könnte verstehen, wenn du mich nie mehr wiedersehen wolltest. Ich könnte sogar verstehen, wenn du mich töten würdest.«

»Ich bin gekommen, um dich zu finden«, sagte Kta schlicht. »Du bist auch von Elas, obwohl du weder unsere Riten vollziehen noch unser Blut weitergeben kannst. Als die Methi nach dir schlug, traf sie uns. Wir gehören zu einem Haus, du und ich. Bis einer von uns beiden stirbt, sind wir die rechte Hand und die linke Hand von Elas. Ich erlaube dir nicht, einfach fortzugehen.«

Er sprach als Lord von Elas, was jetzt sein Recht war. Die Verbindung, die Mim geschaffen hatte, war nicht zu zerbrechen. Kurt neigte den Kopf.

»Wohin wollen wir jetzt?« fragte er Kta. »Was sollen wir tun?«

»Wir gehen nach Norden«, sagte Kta. »Beim Licht des Himmels, ich wußte sofort, wohin du geflohen warst, und ich bin sicher, daß es die Methi auch weiß. Es wäre viel günstiger gewesen, wenn du dein Schiff im hohen Norden gelandet hättest. Der Ome Sin ist wie ein Flaschenhals, in dem die Schiffe der

Methi uns auflauern können. Wenn wir nicht durchbrechen und die nördliche See erreichen können, sind wir beide erledigt, mein Freund, wir und all diese tapferen Männer, die mit mir gekommen sind.«

»Ist Bel auch hier?« fragte er, als er viele bekannte Gesichter um sich sah. Er befürchtete jedoch, daß Bel t'Osanef und Aimu es vorgezogen hatten, in Nephane zu bleiben, und t'Tefur konnte seine Rache an ihnen nehmen.

»Nein«, sagte Kta. »Bel ist Sufaki, und sein Vater braucht ihn gerade jetzt sehr dringend. Alle, die wir hier sind, dürfen uns in Nephane nicht mehr blicken lassen, jedenfalls nicht, solange Djan die Stadt regiert. Aber sie hat keinen Erben. Und da sie ein Mensch ist ... kann sie hier keine Dynastie gründen. Wir haben Zeit, zu warten.«

Kurt hoffte, daß er ihr nicht einen Erben gezeugt hatte. Es wäre der Gipfel bitterer Ironie, wenn er diese tapferen, anständigen Männer dadurch um ihre einzige Hoffnung betrügen würde.

»Wir wollen aufbrechen«, sagte Kta. »Wir werden ...«

Kurt hörte ein scharfes Zischen, einen dumpfen Schlag, und im nächsten Augenblick brach das Chaos los.

»Kta!« schrie ein Mann warnend, bevor er zu Boden sank, einen gefiederten Pfeil im Hals. Eine Horde wilder, heulender Kreaturen stürmte die Lichtung. Einer der Nemet stürzte neben Kurt zu Boden, das Gesicht eine unförmige, blutige Masse, und im nächsten Augenblick fühlte Kurt einen harten Schlag in seinem Rücken, der ihn über den Nemet schleuderte.

Mit einem rohen Griff wurde er hochgerissen und starrte in ein bärtiges, menschliches Gesicht. Der Mann schien von der unerwarteten Begegnung nicht weniger überrascht und senkte die Axt, mit der er Kurt den Schädel einschlagen wollte.

Er rief einen Befehl. Der Kampf hörte auf, der Lärm verstummte.

Der Bärtige streckte seine blutverschmierte Hand aus und betastete Kurts Gesicht. In seinen fahlen Augen standen Staunen und Verwirrung.

»Zu welcher Bande gehörst du?« fragte er.

»Ich bin mit einem Schiff gekommen«, sagte Kurt, »mit einem Raumschiff.«

Die fahlen Augen des Tamurlin verengten sich. Er stieß einen knurrenden Laut aus und riß Kurt die Nemet-Kleidung vom Leib, als ob er durch sie als Lügner überführt würde. Die anderen Tamurlin stießen erstaunte Rufe aus und drängten sich um Kurt. Einer von ihnen hielt seinen sonnengebräunten Arm gegen Kurts blasse Schulter.

»Ein Mann aus den Schatten«, rief er, »ein Schiffsbewohner.«

»Das Schiff! Das Schiff! Das Schiff!« schrien sie wieder und wieder, tanzten um Kurt herum und schwangen ihre Waffen. Kurt blickte auf das schreckliche Blutbad, das sie auf der Lichtung angerichtet hatten, und ihm wurde fast übel, als er mehrere Männer, die er gekannt hatte, tot auf dem Boden liegen sah. Er hoffte, daß es Kta gelungen war, zu entkommen. Er hatte mehrere Männer ins Unterholz fliehen sehen.

Aber er war nicht entkommen. Kurt entdeckte Kta neben dem Feuer. Er lag ausgestreckt auf dem Boden, war aber anscheinend nur bewußtlos. Kurt sah, wie sich seine Brust mit dem Atem hob und senkte.

»Tötet die anderen!« rief der Führer der Tamurlin. »Den Menschen nehmen wir mit.«

»Nein!« schrie Kurt und versuchte, sich loszureißen. Fieberhaft suchte er nach einem Argument, um die Ermordung seiner Freunde zu verhindern. »Einer von ihnen ist ein Lord der Nemet. Er kann euch sehr nützlich sein.«

»Welcher ist es?«

»Der dort.« Kurt deutete mit einer Kopfbewegung auf Kta. »Der Mann neben dem Feuer.«

»Wir sollten sie alle mitnehmen«, sagte ein anderer Tamurlin grinsend. »Wir können sie dann in aller Ruhe im Lager erledigen.«

»Sehr gut!« heulten die anderen, und der Häuptling stimmte widerwillig zu, weil die Idee nicht von ihm gekommen war. »Bringt alle her, die noch leben. Wir werden sehen, ob dieser Mensch wirklich von dem Schiff ist. Und wenn nicht, werden wir herausbringen, wer es ist.«

Die anderen schrien ihre Zustimmung und kümmerten sich um die am Boden liegenden Nemet. Zwei der Tamurlin rissen Kta hoch und schlugen ihm brutal ins Gesicht, bis er sich zu wehren begann, dann rissen sie ihm die Arme auf den Rücken und fesselten ihn.

Zwei andere Nemet, die nicht schwer verletzt waren, wurden

der gleichen Behandlung unterzogen. Ein dritter Mann brach zusammen, als sie ihn auf die Füße rissen. Sein rechtes Bein war von einem Pfeil durchbohrt. Sie stießen ihn wieder zu Boden und zerschmetterten seinen Kopf mit einer Axt.

Kurt wandte den Kopf und blickte Kta an.

Zwei weitere Nemet wurden auf diese Weise umgebracht, und bei jedem dumpfen Schlag der Axt zuckte Kta zusammen, aber sein Blick blieb auf die grausige Szene gerichtet. Sein Gesicht sah aus, als ob man ihn selbst mit seinen Männern tötete.

## 15

Die Rettungskapsel lag so, wie Kurt sie in Erinnerung hatte, etwas zur Seite geneigt, das Luk offen. Etwa hundert Tamurlin kampierten jetzt unmittelbar neben ihr. Eine der aus Ästen und Gras gefertigten Hütten lehnte sich an die metallschimmernden Landebeine der Kapsel.

Halbnackte Männer, Frauen und Kinder kamen angerannt, um zu sehen, was für eine Beute die Jäger mitgebracht hatten. Sie stießen obszöne Drohungen gegen die Nemet aus, verstummten jedoch voller Scheu, als sie Kurt als Menschen erkannten. Einer der jungen Männer trat vorsichtig an ihn heran – obwohl Kurts Hände auf den Rücken gefesselt waren – und betrachtete ihn neugierig. Andere taten es ihm nach. Einer gab Kurt einen Stoß und schlug ihm dann ins Gesicht. Der Häuptling stieß ihn fluchend beiseite. Kurt war sein Eigentum.

»Von welcher Bande ist er?« fragte einer der Männer.

»Er gehört nicht zu uns«, sagte der Häuptling.

»Aber er ist ein Mensch«, schrien mehrere der Tamurlin.

Der Häuptling packte Kurt beim Kragen und riß ihm die Kleidung herunter. »Er ist nicht von uns«, wiederholte er und wies auf Kurts blasse Haut. »Was immer er sein mag, er ist nicht von uns.«

Ihre Reaktion grenzte an Panik. Sie streckten ihre dreckverschmierten Hände aus und verglichen ihr Aussehen mit dem seinen. Die Haut der Tamurlin war sonnenverbrannt und wettergegerbt. Sie betasteten Kurt mit den Fingern, zupften an seiner Kleidung und heulten vor Vergnügen, wenn er fluchte und nach ihnen trat.

Es war ein Spiel. Sie versuchten, ihn zu berühren und zu reizen und sprangen zurück, sowie er sich verteidigte. Doch als es ihm zu albern wurde und er ihre Neckereien einfach über sich ergehen ließ, wurden sie wütend und schlugen ihn. Einer von ihnen stieß ihn zu Boden und trat ihm mehrmals in die Rippen. Die anderen lachten schallend, und sie amüsierten sich noch mehr, als ein kleiner Junge herbeilief und es dem Erwachsenen nachmachte. Kurt warf sich auf die Knie und versuchte aufzustehen. Der Häuptling packte ihn und riß ihn empor.

»Woher kommst du?« schrie er ihn an.

»Von einer anderen Welt«, sagte Kurt mit blutigen Lippen. Über die Schulter des Häuptlings hinweg sah er seine Rettungskapsel, ein rettendes Asyl aus seiner eigenen Zeit, das er nicht erreichen konnte. Er schämte sich vor den Nemet wegen des Benehmens dieser degenerierten Menschen, die einmal die Herren dieses Planeten gewesen waren. »Das Raumschiff dort hat mich hergebacht.«

»Das Schiff«, riefen die Tamurlin, »das heilige Schiff!«

»Das ist *nicht* das heilige Schiff!« schrie der Häuptling und deutete mit seiner vor Erregung zitternden Hand auf die Kapsel. »Das Zeichen des Fluchs ist auf seinen Flanken. Dieser Mann ist nicht das, was die Artikel voraussagen.«

Das Emblem der Allianz. Kurt hatte vergessen, daß die Kapsel mit dem Sonnenzeichen der Allianz markiert war. Die Tamurlin waren Hanan. Mit einem flauen Gefühl im Magen fragte er sich, wie weit diese Wilden sich noch an den galaktischen Krieg erinnerten.

»Ein Mann von den Sternen!« rief einer der jungen Männer trotzig. »Ein Mann von den Sternen! Das Schiff wird kommen!«

Die anderen wiederholten seine Worte mit frenetischem Geheul. »Das Schiff! Das Schiff! Die Maschinen und die Armee!«

»Sie kommen!«

»Das Warten ist vorbei!«

Der Häuptling schlug Kurt zu Boden und trat ihn mit den Füßen, um den anderen seine Verachtung zu demonstrieren. Die Tamurlin heulten erschrocken auf. Ein Junge lief auf den Häuptling zu, der ihn mit einem Faustschlag zu Boden streckte.

»Ich bin noch immer der Häuptling dieses Stammes!« brüllte er seine Leute an. »Und ich kenne die Artikel und die Schriften. Wer will sich mit mir darüber streiten?«

Einer der Männer trat einen Schritt vor, als ob er die Herausforderung annehmen wolle, aber als der Häuptling auf ihn zutrat, senkte er den Blick und versteckte sich hinter den anderen.

»Ihr habt das Zeichen des Fluchs gesehen«, sagte der Häuptling und deutete auf die Rettungskapsel. »Vielleicht ist die Ankunft des Schiffes nahe. Aber das kleine Ding ist nicht das, was die Schriften voraussagen.« Er blickte drohend auf Kurt hinab. »Wo sind die Maschinen? Wo ist das Schiff, das so groß ist wie ein Berg? Wo sind die Armeen, die die Städte der Nemet erobern werden?«

»Sie sind unterwegs«, sagte Kurt. »Ich wurde von Aeolus als Kundschafter vorausgeschickt, um euch zu finden. Ist das eure Art, einen Abgesandten eures Heimatplaneten willkommen zu heißen? Wenn ihr mich tötet, werdet ihr niemals das Schiff sehen.«

Der Häuptling schien verwirrt.

»Mutter Aeolus!« schrie einer der Männer. »Die Große Mutter! Er hat die Große Mutter aller Menschen gesehen!«

Der Häuptling starrte unter gerunzelten Brauen auf Kurt hinab. Aber er war unsicher geworden. »Und was hat die Große Mutter zu dir gesagt?«

Seine Lüge mußte neue Lügen gebären, wenn er sich aus dieser Situation retten wollte. Aeolus – Heimatplanet –, die Voraussage, daß von dort einmal ein Schiff kommen würde, um sie wieder zu Herren dieser Welt zu machen. »Das Schiff . . . hat den Kontakt mit euch verloren«, improvisierte er und stand auf. »Die Boten, die ausgeschickt wurden, kamen nicht zurück, und euch schrieb man die Schuld dafür zu. Aber jetzt nach Hunderten von Jahren will man noch einmal versuchen, mit euch in Verbindung zu treten. Das Schiff wird kommen – wenn ich einen günstigen Bericht über euch abgebe.«

»Und warum trägt dein kleines Schiff das Zeichen Phans?« verlangte der Häuptling zu wissen. »Du bist ein Lügner.«

Das Sonnenzeichen auf der Rettungskapsel. Kurt mußte sich zusammennehmen, um nicht dem anklagend deutenden Finger des Häuptlings mit dem Blick zu folgen. »Ich bin kein Lügner«, sagte er. »Und wenn ihr nicht auf mich hört, werdet ihr das Schiff niemals zu sehen kriegen.«

»Du kommst von Phan«, schrie der Häuptling, »von Phan! Du willst uns an die Nemet verraten!«

»Ich bin ein Mensch. Siehst du das nicht?«

»Du hast mit den Nemet kampiert. Du warst nicht ihr Gefangener.«

Kurt nahm die Schultern zurück und blickte dem Mann in die Augen. »Wir waren der Ansicht, daß ihr die Nemet beherrscht. Das war schließlich die Aufgabe, die man euch gestellt hatte, und ihr hattet immerhin dreihundert Jahre Zeit, sie durchzuführen. Also sah ich keinen Grund, mich vor den Nemet zu fürchten, und sie konnten mich überrumpeln und mir meine Waffen wegnehmen. Ich habe lange Zeit gebraucht, um aus Nephane zu entkommen und euch zu suchen. Diese Leute ...« – er deutete auf Kta und die anderen Nemet –, »haben mich eingeholt und wieder gefangengenommen. Aber da sie den strikten Befehl hatten, mich lebend nach Nephane zurückzubringen, ließen sie mir gewisse Freiheiten. Das besagt jedoch nicht, daß unsere Beziehungen freundschaftlich waren. Ich habe keine besondere Vorliebe für die Nemet, aber ich rate euch, diese drei Überlebenden zu verschonen. Wenn das Schiff hier eintrifft, wird mein Kapitän einige dieser Leute verhören wollen, und dazu wären diese gerade recht.«

Der Häuptling zog seinen Schnurrbart zwischen die Zähne und kaute nervös darauf herum. Er warf einen haßerfüllten Blick auf die drei Nemet und stieß einen leisen Fluch aus. Dann schüttelte er den Kopf. »Wir werden sie töten.«

»Nein«, widersprach Kurt. »Wir brauchen sie lebend und gesund.«

»Drei Nemet?« knurrte der Häuptling. »Einen. Einen können wir übriglassen. Du kannst wählen, welcher von ihnen am Leben bleiben soll.«

»Alle drei«, sagte Kurt entschieden.

Der Häuptling riß seine Streitaxt aus dem Gürtel und schleuderte sie auf die drei Nemet zu. Die Axt sauste knapp an Ktas Gesicht vorbei und blieb zitternd in einem Baumstamm stekken.

»Wähle!« schrie der Häuptling. »Wähle, Mensch von den Sternen! Einen Nemet kannst du haben. Wir nehmen die beiden anderen.«

Die Tamurlin heulten begeistert. Ein kleiner Junge lief auf die Nemet zu und schlug mit einem Prügel auf sie ein.

»Welchen?« fragte der Häuptling noch einmal.

Kurts Magen krampfte sich zusammen. Er sah Kta an, der seinen Blick erwiderte, las Verzweiflung und Wut in den Augen des Nemet und sah wieder den Häuptling an.

»Den dort«, sagte er und deutete mit einer Kopfbewegung auf Kta. »Den Mann zur Linken, ihren Führer.«

Einer der beiden Nemet starb vor Einbruch der Dämmerung. Die Hinrichtung fand in der Mitte des Lagers statt, und Kurt mußte die grausame Prozedur vom Anfang bis zum Ende mitansehen, denn die Blicke des Häuptlings waren häufiger auf ihn als auf den sterbenden Nemet gerichtet und beobachteten mißtrauisch seine Reaktionen. Kurt versuchte, alle seine Gefühle und Empfindungen abzuschalten, und verschränkte die Arme vor der Brust, um sein Zittern zu verbergen.

Der Nemet war ein tapferer Mann, und sein letzter Blick vor dem Sterben galt Kta, nicht verzweifelt, sondern mit der Bitte um Anerkennung. Kta war auf den Beinen, die Hände auf den Rücken gebunden. Der Lord von Elas blickte dem sterbenden Mann fest in die Augen, als ob er ihm auf dem Deck seines Schiffes einen Befehl gäbe, und der Nemet starb mit so viel Würde, wie die Tamurlin ihm ließen. Sie machten ein Schlachtfest daraus und heulten wie wilde Tiere, bis der Nemet auf die Folterungen nicht mehr reagierte. Dann spalteten sie ihm mit der Axt den Schädel. Als die Klinge herunterfuhr, verlor Kta seine Selbstbeherrschung. Tränen liefen über sein Gesicht. Die Tamurlin deuteten mit Fingern auf ihn und lachten schallend.

Nach der Exekution befahl der Häuptling, Kurt in seine eigene Hütte zu bringen. Dort verhörte er ihn, drohte ihm und nannte ihn immer wieder einen Lügner. Der Häuptling war ein schlauer Fuchs. Kurt versuchte mehrmals, ihn durch geschickt formulierte Antworten oder Gegenfragen in die Irre zu führen, aber der Häuptling kam immer wieder auf seine Fragen zurück. Er zitierte aus den Artikeln und den Schriften der ›Gründer‹, wie er sie nannte, und fragte Kurt immer wieder nach dem Woher und dem Grund seines Hierseins.

Sein Name war Renols oder so ähnlich, und er war der einzige Mann im Camp, der wenigstens eine rudimentäre Bildung zu haben schien. Sein Wissen war seine Macht, und in dem Augenblick, in dem Renols seinen Glauben oder seine Angst verlor, würde Kurt sterben.

Die Hütte roch nach Rauch, Schweiß und dem durchdringenden Aroma der Blätter, die die Tamurlin kauten. Eine der Frauen lag an der gegenüberliegenden Wand der Hütte und schob sich ein Blatt nach dem anderen in den Mund. Ihre Augen hatten einen glasigen, fiebrigen Ausdruck. Der Häuptling stand auf, nahm ihr ein paar der Blätter aus der Hand und begann ebenfalls zu kauen. Nach kurzer Zeit bildeten sich Schweißtropfen auf seiner Stirn, und er wurde ruhiger.

Er streckte Kurt ein paar der Blätter entgegen und bestand darauf, daß er sich bediente. Kurt nahm eins der silberig schimmernden Blätter, steckte es in den Mund und schob es in die Backentasche, wobei er sorgfältig darauf achtete, es nicht zu zerbeißen. Trotzdem verursachte es ein brennendes Gefühl in seinem Mund und übte eine leicht betäubende Wirkung aus, die ihn ängstigte.

Wenn diese Blätter eine Art Rauschwirkung hatten, konnte er möglicherweise etwas sagen, was er nicht sagen wollte. Sicher konnte er viel weniger von der Droge vertragen als Renols.

»Wann wird das Schiff kommen?« fragte Renols.

»Ich habe dir doch schon einige Male gesagt, daß es in meinem Schiff Maschinen gibt, mit denen ich den Kapitän des Großen Schiffes anrufen kann.«

Renols kaute und starrte ihn prüfend an, die buschigen Augenbrauen zusammengezogen. In seinen Augen stand ein gefährlicher Ausdruck. Er steckte wieder ein Blatt in den Mund und zwang Kurt, auch eins zu nehmen. Kurt schob es vorsichtig mit der Zunge zu dem anderen in die Backentasche.

Der berechnende Ausdruck im Gesicht des Häuptlings blieb. »Was für ein Mann ist dein Kapitän?«

Er begann die Lage zu verstehen. Wenn wirklich ein Schiff kommen sollte, wenn Mutter Aeolus die Weissagung wahrmachen und sich die Behauptungen seines Gefangenen als wahr erweisen sollten, würde Renols sich mit einem Mann auseinandersetzen müssen, der größere Autorität besaß als er. Vielleicht würde er jede Vormachtstellung verlieren. Renols mußte die Ankunft des Schiffes fürchten. Es lag in seinem Interesse, daß es dieses Schiff nicht gab.

Es war aber sehr gut möglich, daß es wirklich unterwegs war und sein Gefangener sehr bald ein bedeutender Mann sein würde, also mußte Renols sich vor ihm in acht nehmen.

»Mein Kapitän«, sagte Kurt und spann seine Lüge weiter aus, »heißt Ason, und Aeolus hat ihm alle Waffen mitgegeben, die ihr braucht, um die Nemet endgültig zu vernichten. Er wird euch die Waffen übergeben und euch in ihrem Gebrauch unterrichten, bevor er wieder nach Aeolus zurückkehrt und seinen Bericht macht.«

Diese Aussicht schien Renols mehr zu gefallen, als Kurt angenommen hatte. Er grunzte zufrieden.

Dann gab er einer Frau, die in ihrer Nähe saß und ihr Kind stillte, einen Befehl. Sie legte das Kind auf den Boden neben die andere Frau, die von der Wirkung der Blätter eingeschlafen war, ging hinaus und brachte ihnen etwas zu essen.

Kurt fischte ein fetttriefendes Fleischstück aus dem Topf und zögerte, als ihm einfiel, daß die Tamurlin vielleicht auch nicht vor Kannibalismus zurückschreckten. Aber der Hunger und Renols mißtrauische Blicke zwangen ihn, seine Bedenken zurückzustellen, und er aß das unidentifizierbare Fleisch. Dabei mußte er darauf achten, die in die linke Backentasche geschobenen Blätter nicht zu zerkauen oder hinunterzuschlucken. Das Fleisch hatte einen muffigen, fauligen Geschmack. Ihm wurde beinahe übel. Er hielt die Luft an und schuckte es rasch hinunter, ohne es zu zerkauen. Dann wischte er die fettigen Hände auf dem Boden ab.

Der Häuptling wollte ihm ein zweites Stück anbieten, kam aber nicht dazu. Von draußen drangen lautes Lärmen und Lachen in die Hütte, dann ein gellender Schrei.

Renols stellte den Topf auf den Boden, trat hinaus und sprach mit einem anderen Mann.

»Du hast mir geschworen, ihn nicht zu töten«, sagte Kurt, als Renols wieder in die Hütte kam.

»Deiner lebt ja noch«, sagte er. »Der andere gehört uns.«

Das Lärmen und Schreien wurde lauter. Renols fummelte nervös an seinem Schnurrbart herum, hin- und hergerissen zwischen dem Ärger, daß sein Gespräch mit Kurt unterbrochen worden war, und seiner Neugier, selbst zu sehen, was draußen vor sich ging.

Er sprang auf, lief zum Eingang und rief einem der Männer zu, er solle Kurt in eine andere Hütte schaffen.

Es war wieder ruhig geworden. Kurt lauschte mit zusammengebissenen Zähnen, um sich nicht übergeben zu müssen. Im Dunkel der Hütte, in die sie ihn gestoßen hatten, hatte er die Blätter unbemerkt ausspucken können. Seine Hände waren um eine der beiden Stangen gefesselt, die das Dach der Hütte trugen. Er hockte sich auf den Boden und scharrte mit den Händen eine flache Grube, in der er die ausgespuckten Blätter vergrub.

Er hatte jetzt einen bitteren Geschmack im Mund, und sein Puls raste. Eine unwiderstehliche Müdigkeit ließ ihn eine Weile schlafen.

Schritte vor der Hütte weckten ihn wieder. Lange Schatten fielen in den Eingang. Zwei Männer schleiften einen Körper herein. Es war Kta. Sie fesselten den halb bewußtlosen Nemet an die andere Stange und gingen wieder hinaus.

Nach einer Weile hob Kta den Kopf und lehnte ihn an die Stange. Er sprach nicht, und er blickte Kurt nicht an.

»Kta«, sagte Kurt schließlich. »Was ist mit dir?«

Kta antwortete nicht.

»Kta«, sagte Kurt noch einmal.

»Bist du es«, sagte der Nemet mit heiserer Stimme, »dem ich mein Leben verdanke? Habe ich das richtig verstanden? Oder muß ich das glauben, was du den Tamurlin erzählt hast?«

»Ich habe getan, was ich konnte.«

»Was willst du von mir?«

»Ich versuche, unsere Leben zu retten«, sagte Kurt. »Ich versuche, dich hier herauszubringen. Du kennst mich doch, Kta. Nimmst du etwa ein Wort von dem ernst, was ich diesen Leuten gesagt habe?«

Eine ganze Weile herrschte Schweigen. »Bitte«, sagte Kta endlich mit gebrochener Stimme, »verschone mich von nun an mit deiner Hilfe.«

»Hör mir zu. Im Schiff sind Waffen. Wenn ich sie irgendwie dazu bringen kann, mich an Bord zu lassen, zünde ich die Triebwerke und brenne das ganze Nest aus.«

»Ich werde dir alles vergeben, wenn du das tust«, sagte Kta.

»Bist du schwer verletzt?« fragte Kurt nach einer Weile.

»Ich lebe noch«, sagte Kta. »Soll ich dir beschreiben, wie sie den Jungen umgebracht haben?«

»Ich habe es nicht verhindern können. Hör mir zu, Kta. Können wir irgendwie auf die *Tavi* hoffen? Falls es uns gelingen sollte, uns zu befreien, gibt es irgendeinen Weg, um an Bord des Schiffes zu kommen?«

Kta antwortete nicht.

»Kta, wo ist dein Schiff verankert?«

»Warum willst du das wissen? Damit du auch die anderen Männer für unser Überleben opfern kannst?«

»Glaubst du etwa im Ernst, ich würde ...«

»Sie sind von deiner Art: *Menschen.* Sie könnten dich am Leben lassen ... wenn du sie entsprechend bezahlst.«

Gegen so viel Verbitterung gab es kein Argument. Kurt schluckte die Enttäuschung und die Kränkung, die er in diesem Augenblick empfand, und schwieg. Er wollte keine weiteren Wahrheiten von Kta hören.

Das Schweigen währte lange Zeit. Schließlich wandte Kta den Kopf und sagte: »Um was kämpfst du eigentlich?«

»Ich dachte, du hättest deine Schlüsse längst gezogen.«

»Ich frage dich noch einmal: Was hast du vor?«

»Ich will dein Leben retten. Und das meine.«

»Und was haben wir davon unter diesen Bedingungen?«

Kurt blickte ihn an. »Was haben wir davon, wenn wir uns einfach abschlachten lassen? Was für ein Sinn liegt darin, wenn du dich töten läßt, und nicht einmal versuchst, dich zu wehren?«

»Hör auf, mich zu beschützen. Es wäre besser, wenn ich tot wäre.«

»Willst du so sterben, wie die beiden anderen gestorben sind?«

»Beweise mir«, sagte Kta mit zitternder Stimme, »daß du in der Lage bist, irgend etwas gegen diese blutgierigen Kreaturen zu unternehmen. Gib mir eine Waffe in die Hand oder befreie mich wenigstens von diesen Fesseln, dann will ich gerne kämpfend untergehen. Was für ein Sinn liegt in einem so würdelosen Dasein? Nenne mir einen Grund, so weiterleben zu wollen. Sage mir etwas, das ich meinen beiden Männern mit ins Reich der Schatten hätte geben können, als man sie auf scheußlichste Weise ermordete. Sage mir, warum ich leben soll, wo es meine Pflicht gewesen wäre, mit ihnen zu sterben.«

»Hör zu, Kta. Haben wir irgendeine Chance, *Tavi* zu erreichen?«

»Die Küste ist meilenweit von hier entfernt. Sie würden uns einholen.« Er machte eine kurze Pause. »Dieses Schiff, mit dem du gekommen bist ... ist es wahr, was du vorhin gesagt hast, daß du sie alle verbrennen kannst?«

»Sie würden alle sterben, Kta. Und du auch.«

»Du weißt, daß der Tod mir nichts bedeutet. Beim Licht des Himmels, von was für einer Welt kommst du? Warum mußtest du dich einmischen?«

»Ich habe nach bestem Wissen gehandelt.«

»Dann hast du dich geirrt.«

Kurt wandte den Kopf ab und schwieg. Kta hatte auch keine Lust, weiter mit ihm zu reden. Er hatte genügend Gründe, alle Menschen zu hassen. Fast alle, die ihm nahestanden, waren durch Menschen umgekommen, sein Haus war verloren, sein Herdfeuer erloschen, und jetzt hatte man sogar zwei seiner Freunde vor seinen Augen abgeschlachtet. Elas lag im Sterben. Das hatte die Freundschaft mit einem Menschen dem Lord von Elas eingebracht.

Ein Schatten kroch durch das Mondlicht, das in den Eingang der Hütte fiel. Kurt schreckte aus dem Schlaf und wollte einen Warnungsschrei ausstoßen. Der Schatten schnellte auf ihn zu, und eine schwielige Hand preßte sich auf seinen Mund.

Jetzt war auch Kta wach. Eine Klinge blitzte im Mondlicht, als der Eindringling mit seinem Messer nach Ktas Kehle stach.

Kurt warf sich herum und trat mit den Beinen nach dem Mann. Der harte Stoß warf ihn zu Boden. Er richtete sich wieder auf, und Kurt sah ein bärtiges menschliches Gesicht, das von ihm zu Kta blickte. Sein Messer hielt der Mann noch immer in der Hand.

»Still«, zischte er und hielt Kurt die Klinge dicht vor das Gesicht. »Still.«

Kurt fühlte einen Schauer über seinen Rücken laufen, die verspätete Reaktion auf den Mordversuch an Kta. Der Nemet war unverletzt und starrte den bärtigen Menschen an.

»Was willst du?« flüsterte Kurt.

Der Bärtige kroch näher und tastete nach den Knoten in Kurts Fesseln. »Ich bin Garet«, sagte er. »Ich will dir helfen.«

»Mir helfen?« fragte Kurt erstaunt, noch immer zitternd. In den Augen des Mannes stand ein irrer Ausdruck. Er roch stark nach den Blättern. Seine Hände tasteten über Kurts Schultern.

»Du darfst Renols nicht trauen«, sagte er dicht an Kurts Ohr.

»Er wird dich töten. Noch ist er nicht sicher, ob er sich das leisten kann, aber irgendwann wird er dich töten. Ich könnte dich heute nacht in dein Schiff bringen. Ja, das könnte ich.«

»Schneide mich los«, sagte Kurt und griff nach der Chance, die sich ihm hier unverhofft zu bieten schien.

»Ich *könnte* es tun.«

»Was willst du dafür?«

»Du hast Waffen in dem kleinen Schiff. Damit kannst du Renols töten. Ich werde dir dabei helfen, und ich werde dir auch weiter helfen ...«

»Du willst an Renols Stelle Häuptling werden?«

»Du könntest mich zum Häuptling machen, wenn ich dir helfe.«

»Einverstanden«, sagte Kurt rasch und hielt den Atem an, während der Mann sich die Sache zum letztenmal überlegte. Er wagte nicht, auch um Ktas Freiheit zu bitten. Er konnte auch nicht riskieren, Garet sofort nach seiner Befreiung zu überfallen. Er durfte diese winzige, einmalige Chance, die sich ihm hier bot, nicht durch unüberlegte Handlungen gefährden. Sowie er mit Garet in der Kapsel war, würde er ihn erledigen, ihn und Renols.

Die Klinge zerschnitt die harten Fiberstränge, mit denen seine Hände gefesselt worden waren. Blut schoß in die abgeschnürten Adern, und ein brennender Schmerz ließ ihn zusammenzucken. Er stand auf, langsam und ohne jede hastige Bewegung, denn Garet hielt ihm wieder das Messer vor das Gesicht.

Dann blickte der Tamurlin zu Kta hinüber und trat auf ihn zu, die Klinge stoßbereit.

Kurt packte seinen Arm. »Der gehört mir«, sagte er.

»Wir können eine Menge Nemet fangen«, sagte Garet grinsend. »Was bedeutet dir dieser?«

»Ich kenne ihn«, sagte Kurt, »und er tut, was ich ihm sage. Er wird nicht schreien, wenn wir die Hütte verlassen, weil er weiß, daß er dann sterben wird. Er weiß, daß ich der einzige bin, der ihn am Leben erhält, und er wird mir alles sagen, was ich von ihm wissen will.«

Kta blickte zu den beiden Menschen auf. Er hatte ihr Gespräch genau verstanden. Ob es Angst vor Garet war oder Angst vor menschlichen Intrigen: Er blickte verstört und furchtsam von einem zum anderen. Er war unter Fremden. Vielleicht hielt er es sogar für möglich, daß Kurt ihn von Anfang an betrogen haben könnte.

Garet runzelte unwillig die Stirn, steckte jedoch sein Messer in den Gürtel und führte Kurt aus der Hütte.

»Wachen?« flüsterte Kurt kaum hörbar, als sie zwischen den dunklen Hütten auf die Rettungskapsel zuschlichen.

Garet schüttelte den Kopf und zog ihn weiter auf die Landebeine der Kapsel zu. Kurt sah die ausgefahrene Aluminiumleiter. Und er sah den Posten, der dort stand.

Garet zog das Messer aus dem Gürtel, bog den Arm zurück, um es dem Mann in den Rücken zu schleudern …

Kurt hörte ein scharfes Zischen und einen dumpfen Schlag. Ein Pfeil fuhr in Garets Brust, und er sank zu Boden. Der Posten fuhr herum, und Männer liefen von allen Seiten auf Kurt zu. Sie rissen ihn zu Boden und warfen sich auf ihn. Dann rissen sie ihn wieder hoch und schleppten ihn auf die Aluminiumleiter der Kapsel zu.

Renols stand dort, die Axt in der Hand. Er stieß Kurt damit vor den Bauch. Sein Gesicht war eine Maske der Wut.

»Warum?«

»Er kam in die Hütte«, sagte Kurt und deutete auf den toten Garet. »Und er drohte, mich zu töten, wenn ich nicht mit ihm käme. Dann sagte er mir, daß du mich töten wolltest. Ich wußte nicht, was ich glauben sollte. Aber er hatte ein Messer und zwang mich, mit ihm zu gehen.«

»Wachen sind tot«, berichtete ein anderer Mann. »Sechs Männer sind tot. Kehle durchgeschnitten. Einer von unseren Spähern ist auch nicht zurückgekommen.«

»Garets Brüder«, sagte Renols und blickte die Männer an, die sich um ihn drängten. »Das ist das Werk seiner Familie. Sucht seine Frau und seine Gören und gebt sie den Familien der getöteten Männer. Die sollen mit ihnen machen, was sie wollen.«

»Häuptling«, sagte einer der Männer und biß sich nervös auf die Lippe, »die Garets sind eine sehr große Familie. Verwandte von ihm sind sogar in der Roten Bande. Wenn sie denen von dieser Sache berichten …«

»Holt sie«, sagte der Häuptling, »sofort.«

Die Männer verschwanden. Nur die drei, die Kurt festhielten, blieben zurück. Renols blickte zum offenen Luk der Rettungskapsel hinauf, schien eine Weile zu überlegen, dann gab er den drei Männern einen Wink, und sie führten ihn durch das Camp. Sie sprachen kein Wort, und auch in den Hütten blieb es still. Sie kamen zu der Hütte, aus der er entkommen war. Renols bückte sich und blickte in die Öffnung.

»Der Nemet lebt noch«, sagte er, als er sich wieder aufrichtete, und blickte Kurt mißtrauisch an. »Warum hat Garet ihn nicht getötet?«

Kurt hob die Schultern. »Garet hat ihn bewußtlos geschlagen. Er hatte es ziemlich eilig.«

Renols furchte die Stirn. »Das sieht Garet aber gar nicht ähnlich.«

»Vielleicht befürchtete er, daß sein Plan heute fehlschlagen könnte, und wollte keinen toten Nemet als Beweis zurücklassen.«

Renols dachte ein paar Sekunden lang nach. »Und wie konnte er sicher sein, daß du keinen Alarm schlagen würdest?«

»Sicher sein konnte er nicht. Aber ich hielt es für das Beste, ruhig zu bleiben. Woher sollte ich wissen, wessen Worte ich glauben sollte?«

Renols gab ihm einen Stoß. »Bringt ihn hinein und bindet ihn fest. Sowie wir einen von den Garets erwischen, werden wir weitersehen.«

Renols und die anderen Tamurlin verließen die Hütte. Kurt prüfte die neuen Fesseln, die unnötig fest angezogen worden waren und die Blutzirkulation in seinen Armen zum Stocken brachten – ein Zeichen ihrer Wut auf ihn. Er seufzte und lehnte sich gegen den Pfahl, an den er gefesselt war, und zog es vor, Kta nicht zu beachten.

Es war zu gefährlich, über ihre Lage zu sprechen, und Kta schien das ebenfalls zu wissen. Er schwieg. Ein Posten stand nur drei Schritte vom Eingang entfernt, und der Mond warf seinen Schatten auf das Geflecht der Hüttenwand.

Wahrscheinlich, überlegte Kurt, hatte Kta bereits seine Schlüsse gezogen. Ob sie richtig waren oder nicht, konnte Kurt allerdings nicht beurteilen.

Das erste Licht der Morgendämmerung sickerte durch das Geflecht der Hüttenwand. Kta war eingeschlafen. Kurt blieb wach.

Plötzlich entstand Unruhe im Camp. Kurt hörte, daß Männer

auf die Hütte des Häuptlings zuliefen, erregte Stimmen waren zu hören, und kurze Zeit später war das ganze Lager in Aufruhr.

Vier Männer traten in die Hütte und schleppten die beiden Gefangenen zu Renols.

»Wir haben Garets Brüder gefunden«, sagte der Häuptling und blickte Kurt an.

Kurt erwiderte seinen Blick und schwieg. Die Nachricht war für ihn weder beruhigend noch alarmierend. »Garets-Brüder sind mir egal«, sagte er schließlich.

»Wir haben sie tot aufgefunden. Alle. Mit durchschnittenen Kehlen. Und die Spuren im Sand waren Abdrücke von Sandalen – Nemet-Spuren.«

Kurt warf Kta einen raschen Blick zu. Seine Bestürzung über diese Nachricht brauchte er nicht zu spielen.

»Zwei unserer Späher sind nicht zurückgekehrt«, sagte Renols. »Du hast behauptet, daß dieser da ein Häuptling der Nemet ist, ein Lord. Vielleicht stecken seine Leute dahinter. Frage ihn.«

»Du hast verstanden«, sagte Kurt auf Nechai zu Kta. »Sage irgend etwas.«

Ktas Gesicht verfinsterte sich. »Falls du glauben solltest, dir durch meine Aussage Zeit erkaufen zu können, so hast du dich geirrt.«

»Er hat nichts dazu zu sagen«, übersetzte Kurt.

Renols schien das nicht zu überraschen. »Er wird bald etwas dazu sagen«, versprach er. »Astin, laß alle Wachen verdoppeln. Keine Frau darf das Camp verlassen. Raf, bring den Nemet auf den Platz.«

Es wäre ihm möglich, erkannte Kurt schaudernd, dieses Spiel bis zum Ende zu spielen. Kta würde ihn nicht verraten, so wie auch er die *Tavi* nicht verraten würde. Wenn er Kta opferte, würde ihm das vielleicht ein paar Stunden Zeit einbringen, vielleicht die entscheidenden Stunden bis zur Rettung. Und wahrscheinlich würde Kta ihm das nicht einmal verübeln. Es war immer schwer, sich darüber klarzuwerden, was Kta als eine vernünftige Handlungsweise betrachtete.

Er wurde von seinen Bewachern ebenfalls zu dem Platz in der Mitte des Lagers geschleppt. Kta ging stolz aufgerichtet, schweigend, würdevoll. Kurt selbst verzichtete auf jede Geste von Stolz oder Widerstand und paßte sich dem Schritt seiner Bewacher an. Um den kleinen Platz begann sich eine feindselig schweigende Menge zu sammeln.

Der Sand auf dem Platz war noch immer mit dunklen Flecken gesprenkelt, Spuren der gestrigen Massaker. Kurt fürchtete, daß er nicht den Mut zu einer so sinnlosen Selbstaufopferung haben und ihrer beider Leben kampflos aufgeben würde. Aber als sie Kta in der Mitte des Platzes zu Boden stießen, setzte seine Überlegung aus. Er riß sich los, schlug einen der Männer zu Boden, riß ihm die Axt aus der Hand und schwang sie gegen die beiden Tamurlin, die Kta festhielten.

Der Nemet reagierte sofort. Er stieß einen Mann unter die niedersausende Axt, rammte dem anderen das Knie in den Unterleib, riß ihm den Dolch aus dem Gürtel und ging damit auf die anderen los, wobei er die kurze Waffe blitzschnell und mit derselben Geschicklichkeit benutzte, die er beim Kampf mit dem *ypan* gelernt hatte. Männer gingen heulend und blutend zu Boden.

»Bogenschützen!« brüllte Renols. Die Mitte des Platzes war plötzlich menschenleer. Kurt und Kta standen Rücken an Rükken, während die letzten Tamurlin eilig außer Reichweite zu kommen suchten.

Renols war der einzige, der noch auf der Platzmitte stand. Kurt sprang ihn an, schwang die Axt über dem Kopf. Das Blatt drang tief in seine Brust. Renols ging zu Boden, eine klaffende Wunde in der linken Seite. Kurt schwang die Axt erneut und lief auf ein paar andere Männer zu. Und jetzt war auch Kta an seiner Seite. Schreiend stoben die letzten Tamurlin auseinander.

»Tötet sie!« schrie jemand.

Plötzlich brach das Chaos los. Heisere Schreie tönten aus dem Waldrand auf der anderen Seite der Lichtung.

Schreiend vor Panik stoben die Tamurlin davon, als zwischen den Hütten ein wilder Kampf zu toben begann.

Kta packte Kurts Arm und deutete auf die Gruppe von Nemet, die mit blitzenden Schwertern unter den Tamurlin aufräumten. Es gab keinen Widerstand, die Überlebenden des einseitigen Kampfes suchten ihr Heil in der Flucht, und kurze Zeit später waren nur noch Nemet im Lager. Alle Tamurlin waren entweder tot oder in den Busch geflohen.

Kta stand in der Mitte der Lichtung, den Dolch in der Hand,

Kurt an seiner Seite, die toten Tamurlin zu seinen Füßen, und die Nemet jubelten ihm zu.

»Lord Kta!« schrien sie immer wieder. »Lord Kta!« Sie traten auf ihn zu, die blutigen Schwerter in den Händen, und knieten vor ihrem fast nackten und mißhandelten Lord nieder. Kta hob den Arm, ließ den blutigen Dolch in den Sand fallen und streckte seine Handfläche dem reinigenden Licht der Sonne entgegen.

»Gut gemacht, meine Freunde«, sagte er. »Gut gemacht, meine Freunde.«

Val t'Ran, der Offizier, der jetzt Bel t'Osanefs Stelle einnahm, erhob sich und blickte Kta an, als ob er ihn am liebsten umarmen würde, wenn solche Impulse unter den Nemet nicht streng verpönt gewesen wären. Tränen standen ihm in den Augen. »Ich danke dem Himmel, daß wir noch rechtzeitig gekommen sind, Kta-ifhan.«

»Ihr wart es, die die Tamurlin außerhalb des Lagers getötet habt, nicht wahr?«

»Ja, Lord Kta, aber wir hatten schon befürchtet, daß dadurch unser Überfall vorzeitig entdeckt werden könnte. Deshalb haben wir uns heute nacht besonders vorsichtig an das Lager herangepirscht.«

»Ihr habt es sehr gut gemacht«, sagte Kta und streckte seine Hand dem jungen Pan entgegen, der mit den Rettern ins Lager gekommen war. »Du hast sie alarmiert und hergeführt, nicht wahr?

»Ja, Lord Kta«, sagte der Junge. »Ich bin die ganze Strecke gelaufen. Ich wollte dich nicht verlassen. Tas und ich – wir glaubten, dir mehr helfen zu können, wenn wir zum Schiff zurückliefen. Tas ist unterwegs an seinen Wunden gestorben.«

Kta nickte ernst. »Das tut mir leid, Pan. Mögen die Hüter eures Hauses ihn freundlich bei sich aufnehmen.« Er hob den Kopf. »Laßt uns gehen. Laßt uns diesen elenden Ort so rasch wie möglich verlassen.«

Kurt fühlte ein ungewohntes Gewicht in seiner rechten Hand und sah, daß er noch immer den Stiel der Axt umklammert hielt. Sein rechter Arm war bis zur Schulter voller Blut. Er ließ die Axt fallen und begann plötzlich zu zittern. Er taumelte hinter eine Hütte und erbrach sich, bis er seinen Magen von allem geleert hatte, was er bei den Tamurlin zu sich genommen hatte:

von ihrem Essen und ihren Drogen. Aber die Bilder, die sich in sein Gehirn drängten, konnte er nicht so einfach loswerden. Er nahm eine Handvoll Sand vom Boden auf und scheuerte damit das Blut von seinem Arm und von seinen Händen, bis seine Haut brannte. In einer der verlassenen Hütten fand er eine Kürbisflasche mit Wasser, trank etwas davon und wusch sich das Gesicht. Das Innere der Hütte stank nach den Blättern, die die Tamurlin kauten. Er trat taumelnd wieder ins Freie und blinzelte in das helle Sonnenlicht.

»Lord Kurt«, rief einer der Nemet, der ihm über den Weg lief. »Komm schnell, Kta-ifhan hat den Verstand verloren! Bitte komm rasch.«

Feuer loderte an der Wand einer Hütte empor, und die Hitzewelle versengte ihm fast die Haut. Sie hatten das Lager in Brand gesteckt. Er starrte in die Flammen wie ein Mann, der aus einem Traum erwacht.

Er hatte früher auch getötet. Er hatte dazu beigetragen, einen ganzen Planeten in ausgebrannte Schlacke zu verwandeln. Aber das waren nur tote Bilder auf dem Schirm seines Scanners gewesen, statistische Ziele auf Bildschirmen.

Er sah den erstaunten Ausdruck in Renols Augen, als er starb. Er hatte ihn an Mim erinnert.

Er lag im Sand. Seine Lippen und seine Wange waren aufgeschrammt. Er konnte sich nicht daran erinnern, zu Boden gefallen zu sein. Hilfreiche Hände drehten ihn auf den Rücken und wischten ihm den Sand aus dem Gesicht.

»Er hat Fieber«, hörte er die klare Stimme Pans sagen. »Die Verbrennungen, die Sonne, der lange Marsch ...«

»Helft ihm«, sagte Kta. »Tragt ihn, wenn er nicht gehen kann. Wir müssen so rasch wie möglich fort von hier. Es gibt noch andere Stämme in dieser Gegend.«

Der Marsch war ein verschwommenes Bild von Braun und Grün. Zeitweise ging er allein, aber er hatte keine andere Erinnerung daran, als den Rücken eines anderen Mannes vor sich zu sehen, dem er folgte. Als die Sonne sank und es kühler wurde, als sich das Land dem Meeresufer zu senkte, begann er seine Umgebung wieder bewußt wahrzunehmen. Er übergab sich ein zweites Mal. Es nahm ihm viel von dem bißchen Kraft, das ihm noch geblieben war, aber hinterher fühlte er sich befreit, und sein Kopf war klarer. Er trank einen Schluck *telise*, und der freundliche Nemet, der es ihm anbot, forderte ihn auf, die Flasche zu behalten. Erst später fiel ihm ein, daß es dem Mann wahrscheinlich widerlich war, aus einer Flasche zu trinken, die ein kranker Mann am Mund gehabt hatte. Aber darauf kam es nicht an. Er war gerührt, daß der Nemet ihm den Rest seines *telise* überlassen hatte.

Von nun an weigerte er sich, sich helfen zu lassen. Er stand wieder einigermaßen sicher auf den Beinen, und er konnte sogar wieder klar denken, und da fiel ihm ein, daß sie seine Rettungskapsel und all seine Ausrüstung zurückgelassen hatten. Er war beim Aufbruch zu benommen gewesen, um daran zu denken, und die Nemet, die allen Maschinen mißtrauten, hatten sich absichtlich nicht darum gekümmert.

»Wir müssen zurückgehen«, sagte er zu Kta.

»Nein«, antwortete der Nemet entschieden. »Ich werde nicht noch mehr von meinen Männern opfern. Wir müssen damit rechnen, daß inzwischen bereits andere Stämme die Verfolgung aufgenommen haben.«

Und das war das Ende dieser Angelegenheit.

Als die Dämmerung hereinbrach, lag die Küste vor ihnen, und sie sahen die *Tavi* in einer kleinen Bucht ankern. Ein Mann der Besatzung kam den Hang heraufgelaufen. Keuchend blieb er vor Kta stehen.

»Ein Schiff der Methi«, meldete er atemlos. »Der Ausguck hat es von dem Berggipfel aus entdeckt.« Er deutete auf eine steile Felsklippe am Rand der Bucht. »Sie – sie suchen die ganze Küste ab – jede Bucht, jeden Fjord. – Wir haben schon erwogen, den Anker zu lichten. Aber mit so wenigen Ruderern ... Dem Himmel sei Dank, daß du wieder bei uns bist, Lord Kta.« Er verbeugte sich tief.

»Wir müssen uns beeilen«, sagte Kta, und sie begannen den Hang hinabzulaufen, der zum Ufer führte.

»Kta-ifhan«, sagte der Seemann, »ich glaube, daß es die *Edrif* ist. Ihr Segel ist grün.«

*»Edrif.«* Kalte Wut trat in Ktas Augen. »Das ist t'Tefurs Schiff! Hast du gehört, Kurt?«

»Ich habe gehört.« Das Verlangen nach Rache ergriff plötzlich von ihm Besitz, obwohl er eben noch geschworen hätte, nie wieder zu kämpfen. Er fröstelte in dem kühlen Seewind, wickelte sich fester in den geliehenen *ctan* und folgte den anderen den Hang hinab, so schnell ihn seine zitternden Füße trugen.

»Wir haben nicht genügend Männer, um die *Edrif* zum Kampf zu stellen«, murmelte Kta. »Was würde ich nicht darum geben, wenn wir eine vollzählige Crew hätten. Dann würden wir diesen Sohn Yrs in Kalyts grüne Hallen hinabschicken, damit sich seine schuppigen Töchter mit ihm amüsieren können. Beim Licht des Himmels, wenn ich jetzt eine volle Crew hätte ...«

Aber er hatte sie nicht und verfiel in ein Schweigen, hinter dem sich Schmerz und Frustration verbargen.

## 16

Die blauen Segel der *Tavi* blähten sich im Nachtwind, und Val t'Ran rief den Ruderern zu, die Riemen einzuziehen. Das rhythmische Schlagen verstummte, die langen Riemen wurden aus dem Wasser gehoben und in die Duchten gezogen. Die schwitzenden Ruderer laschten sie fest und ruhten sich ein paar Minuten von der Anstrengung aus.

Irgendwo im Dunkel suchte die *Edrif* noch immer die Küste ab, aber das war ein zeitraubendes Unternehmen, da die Küste hier sehr zerklüftet war. Es gab Hunderte von Buchten und Fjorden, und hier in flachen Gewässern war die *Tavi* klar im Vorteil. Die größere *Edrif* hatte zwar mehr Ruderer und war entsprechend schneller, mußte sich aber an tieferes Wasser halten.

Die *Tavi* lag vor dem Wind, und das Wasser strömte rasch an ihren Flanken entlang. Steuerbord ragte eine steile Klippe aus dem dunklen Wasser, eine Warnung, daß andere Felsen unter der Oberfläche liegen mochten. Deutlich hörten sie das Rauschen der Brandung an der ausgewaschenen Klippe, aber sie segelten an ihr vorbei und passierten auch unbeschädigt eine andere, die kaum über die Wasseroberfläche hinausragte.

Dies waren Gewässer, die Kta kannte. Die Besatzung blieb auf den Ruderbänken sitzen, jederzeit aktionsbereit.

»Geh nach unten«, sagte Kta zu Kurt. »Du bist schon viel zu lange auf den Beinen. Ich habe keine Lust, dich ein zweites Mal aus dem Wasser ziehen zu müssen. Geh weg von der Reling.«

»Sind wir jetzt klar?«

»Es gibt einen Kanal zwischen diesen Felsen, und der Wind trägt uns genau die Mitte dieser Fahrrinne entlang. Der Himmel steht auf unserer Seite.« Er winkte einen Mann der Besatzung heran. »Bringe Lord Kurt nach unten, bevor er sich hier den Tod holt.«

Die Kajüte war warm und hell. Der alte Seemann führte ihn zur Koje und stützte ihn, als er sich hinlegte. Das Schwanken des Schiffes irritierte ihn wie nie zuvor. Er schloß die Augen und fiel in einen leichten Schlaf, aus dem er erst erwachte, als Lun wieder hereinkam und ihm eine Tasse Suppe an die Lippen hielt. Er konnte nicht einmal trinken, ohne zu zittern. Lun hielt ihm die Tasse geduldig an die Lippen, bis er ausgetrunken hatte. Die warme Suppe schien ihm neue Kraft zu geben. Er bat Lun um eine zweite Tasse. Jetzt konnte er schon wieder ohne Hilfe trinken. Es ging ihm dabei nicht einmal um die Suppe selbst, sondern um die belebende Wärme und um das Bewußtsein, daß die Zeit des Hungers vorbei war.

Die Tür wurde aufgestoßen, und mit Kta kam ein Schwall kalter Seeluft herein. Kta schüttelte das Salzwasser von seinem Mantel und gab ihn Lun.

»Suppe ist fertig, Kta-ifhan«, sagte Lun und goß auch ihm eine Tasse davon ein. Kta dankte ihm und setzte sich auf den Rand der zweiten Koje. Lun ging hinaus und schloß die Tür leise hinter sich.

Kurt starrte die Wand an. Er hatte nicht den Mut zu einer weiteren Auseinandersetzung mit Kta. Als Kta seine Suppe ausgetrunken hatte, atmete er tief durch und blickte Kurt an.

»Wie geht es dir?« fragte er, und in seiner Stimme lag die gewohnte Güte, die Kurt so lange vermißt hatte.

»Danke.«

»Die Nacht ist unsere Verbündete. Ich denke, daß wir von der Küste frei sein werden, bevor die *Edrif* merkt, was los ist.«

»Und wir segeln nach Norden?«

»Ja. Mit t'Tefur dicht hinter uns.«

»Haben wir eine Chance, das Schiff zu nehmen?«

»Wir haben zehn leere Ruderbänke und keine Ablösung. Hast du vor, den Rest meiner Leute auch zu töten?«

Kurt zuckte zusammen und senkte den Blick. Er wollte sich nicht mit Kta streiten.

»Das war nicht persönlich gemeint«, sagte Kta. »Kurt, diese

Männer haben meinetwegen alle Brücken hinter sich verbrannt, sie haben ihre Familien und ihre Herde verlassen ohne Hoffnung, jemals zurückzukehren. Sie kamen im Dunkel der Nacht zu mir und flehten mich an, mit ihnen Nephane zu verlassen. Ich hätte sonst gegen den Wunsch meines Vaters meinem Leben in jener Nacht ein Ende gesetzt. Jetzt habe ich zwölf von ihnen an dieser Küste zurückgelassen. Ich bin schließlich verantwortlich für ihren Tod. Meine Männer sind tot, und ich lebe.«

»Ich habe versucht, *alle* zu retten, Kta«, sagte Kurt. »Ich habe getan, was ich konnte.«

Kta trank den Rest der Suppe und stellte die Tasse zur Seite. Dann saß er eine Weile reglos mit zitternden Lippen und starrte dumpf vor sich hin.

»Mein armer Freund«, sagte er schließlich, als er sich wieder gefaßt hatte, »ich weiß, ich weiß. Es gab eine Zeit, als ich dessen nicht so sicher war. Es tut mir leid. Schlafe jetzt.«

»Nach dem, was du mir eben gesagt hast?«

»Was hätte ich dir denn sonst sagen sollen?«

»Das weiß ich auch nicht.« Kurt stellte seine Tasse beiseite und lehnte den Kopf auf die Kissen zurück. Sein Körper war jetzt durchwärmt, und die Schmerzen setzten ein, das Brennen der versengten Haut, die Erschöpfung der überbeanspruchten Nerven.

»*Yhia* ist für mich unerreichbar«, sagte Kta nach einer Weile. »Es gibt für alles Gründe, Kurt. *Ich* hätte sterben sollen, aber die anderen, die überhaupt nicht in Gefahr waren, sind gestorben. Mein Herd ist erloschen, und ich hätte dort sterben sollen, aber sie ... Das ist es, was mich bedrückt, Kurt. Ich weiß nicht, warum es so geschehen ist.«

Bei einem Menschen hätte Kurt das als sinnlose Grübelei abgetan, bei Kta war das etwas anderes. Für ihn war es belastend, auf so eine Frage keine Antwort zu finden. Es widersprach allem, an das die Nemet glaubten. Er blickte Kta an und empfand großes Mitleid mit ihm.

»Du warst unter Menschen«, sagte Kurt. »Wir sind eine chaotische Rasse.«

»Nein«, widersprach Kta. »Die ganze Schöpfung ist nach einem Plan entstanden. Wir leben nach einem Plan. Und jetzt kann ich keinen Plan erkennen.«

»Wieso nicht?«

»Tod über Tod. Tod und Sterben. Niemand von uns ist sicher mit Ausnahme der Toten. Und was aus uns werden wird – steht noch in den Sternen.«

»Du bist müde. Denke morgen darüber nach, Kta. Dann sieht alles klarer aus.«

»Meinst du, daß die Toten morgen wieder leben werden? Wird Indresul morgen Frieden mit meinem Volk machen? Wird Elas morgen wiedererstanden sein? Nein. Morgen wird alles genauso sein wie heute.«

»Oder besser. Geh jetzt schlafen, Kta.«

Kta stand plötzlich auf, ging zu der *phusa,* die in einer kleinen Nische in der Heckwand stand, und zündete ihren Docht an. Das Licht Phans beleuchtete die Kabine, Kta kniete sich vor die Gebetslampe und streckte ihr seine geöffneten Hände entgegen.

Mit leiser Stimme rief er seine Ahnen an, dann ließ er die Arme sinken und verschränkte die Hände in seinem Schoß. Es war einer der Augenblicke, in denen Kurt die religiösen Nemet beneidete, die Schmerzen und Sorgen einfach abschalten konnten. Sie konzentrierten ihre Gedanken zunächst auf das heilige Licht und dann auf andere Dinge, die jenseits der Grenze des menschlich Erfaßbaren lagen.

Die Ruhe, die in Elas heimisch gewesen war, fand sich plötzlich auch in dieser kleinen Kajüte. Man hörte das Knarren von Holz, das Rauschen des Wassers am Schiffsrumpf, das Klatschen der Brecher auf das Deck. Die Stille drang nach innen vor, und Kurt konnte endlich die Augen schließen.

Er schreckte aus einem Traum auf und sah, daß das Licht der *phusa* mit den letzten Öltropfen brannte.

Kta kniete noch immer davor.

Kurt richtete sich erschrocken auf. Mim fiel ihm ein. Auch sie hatte damals so reglos vor der *phusa* gesessen. Bei Ktas seelischer Verfassung war es durchaus möglich, daß auch er ... Kurt sprang aus dem Bett.

Ktas Gesicht und sein halbnackter Oberkörper waren schweißnaß, obwohl es nicht zu warm in der Kajüte war. Seine Augen waren geschlossen, seine Hände lagen locker in seinem Schoß.

»Kta«, rief Kurt. Eine Störung der Meditation galt bei den Nemet als schwerer Verstoß, aber Kurt packte Kta bei den Schultern und schüttelte ihn.

Ein Zittern lief durch Ktas Körper, und er atmete tief durch.

»Kta. Alles in Ordnung?«

Kta atmete aus und öffnete die Augen. »Ja«, murmelte er kaum hörbar, versuchte aufzustehen und schaffte es nicht.

»Hilf mir auf, Kurt.«

Kurt zog ihn auf die Füße und stützte ihn, bis seine eingeschlafenen Beine ihn wieder trugen. Der Nemet fuhr mit der Hand durch sein schweißfeuchtes Haar und hob den Kopf.

Wortlos taumelte er zu seiner Koje und ließ sich darauf fallen, völlig entspannt wie ein schlafendes Kind. Kurt blickte ihn eine Weile besorgt an, erkannte dann aber, daß alles in Ordnung war. Er zog eine Decke über Kta, löschte das Licht, ließ aber die *phusa* brennen, bis ihr letztes Öl verbraucht sein würde.

Er legte sich wieder auf seine Koje und blickte im Halbdunkel in das Gesicht des Nemet. Er hörte wieder seine Anrufung der Hüter von Elas, dieser geheimnisvollen und nun ärgerlichen Geister, die das Haus behüteten. Er glaubte nicht an sie, und doch hatte er eine gewisse Schwere in der Luft gespürt, als Kta sie angerufen hatte, und er fragte sich, mit was Ktas Bewußtsein oder Unterbewußtsein im Rapport gewesen war.

Er erinnerte sich an die Orakel-Computer in der Kommandozentrale der Allianz, die analysierten, vorausberechneten, Politik machten ... weissagten. Er fragte sich, ob diese Computer und die Nemet nicht die Gabe einer Perzeption besaßen, die jenseits des menschlichen Auffassungsvermögens lag, ob diese von Menschen konstruierten Maschinen nun funktionierten, weil die Nemet recht hatten und es wirklich ein Planungsmuster gab, das die Nemet erkennen konnten.

Er blickte in Ktas Gesicht. Es war friedlich und entspannt.

Kurt fuhr zusammen, als Lun einen Eimer Seewasser über ihn ausgoß. Das Wasser war eisig, und das Salz brannte in seinen Wunden, aber es tat gut. Er war wieder sauber, rasiert, zivilisiert. Lun reichte ihm eine Decke, und Kurt schlang sie dankbar um seinen Körper. Es störte ihn nicht, daß das grobe Gewebe seine wunde Haut scheuerte. Kta, der an der Reling lehnte, blickte ihn mitfühlend an. Seiner bronzefarbenen Haut konnten die Strahlen Phans nichts anhaben. Selbst die Blutergüsse, die er bei den Mißhandlungen durch die Tamurlin davongetragen hatte, fielen in der dunkleren Haut kaum auf. Sein langes glattes Haar trocknete im scharfen Wind und fiel automatisch in die gewohnte Ordnung, während Kurts leichteres und jetzt sonnengebleichtes Haar ihm wild um den Kopf wehte. Kta wirkte gottähnlich, unzerstörbar, und sein Körper sah im Morgenlicht so neu und frisch aus wie der einer eben gehäuteten Schlange.

»Das muß doch scheußlich weh tun«, sagte er und deutete auf Kurts blutende Knie, Handgelenke und Fußknöchel. »Du solltest Öl drauftun.«

»Ich werde es nachher versuchen.« Kurt zog sich an. Er trug nur den *ctan,* und selbst die Berührung mit dem lose sitzenden Übermantel war eine Tortur für seine verbrannte Haut.

»Wie lange wird es dauern, bis wir die Inseln erreichen?« fragte er Kta, der ihm gleich nach dem Aufstehen erklärt hatte, daß sie ihr Ziel seien.

Kta hob die Schultern. »In einem Tag vielleicht, wenn uns der Himmel und die Winde günstig gesinnt sind. In diesen Gewässern gibt es noch andere Gefahren außer der *Edrif*. Indresul besitzt eine Kolonie westlich von hier, Sidur Mel, mit einer ziemlich starken Flotte. Das ist eine Gefahr, der ich gerne aus dem Weg gehen möchte. Und auch auf den Inseln wird die große Kolonie von dem Haus Lur beherrscht, alten Feinden und Handelsrivalen von Elas. Aber die Insel Actori wird von Freunden regiert, und ich hoffe, daß wir dort eine Weile ausruhen können.«

Das Segel knallte gegen den Mast. Kta blickte hinauf, gab Val ein Zeichen, und die Mannschaft trat in Aktion.

»Der Wind wird uns nicht mehr lange günstig sein«, sagte Kta. »Seeleute sollten immer respektvoll von den himmlischen Kräften sprechen und nichts als selbstverständlich nehmen.«

»Dreht der Wind?«

»Nicht nur das.« Kta deutete auf eine dunkle Wolkenbank über dem nördlichen Horizont. »Ich hatte gehofft, die Inseln zu erreichen, bevor das Unwetter losbricht. Die Frühlingswinde sind launisch, und der Sturm weht direkt vom ewigen Eis des Yvorst Ome. Wir werden ihn zu spüren bekommen, bevor dieser Tag vorbei ist.«

Kta hatte recht, wenn er die Frühlingswinde als launisch bezeichnete. Bis zum Mittag stand das Segel zeitweise prall oder hing schlaff am Mast, und dann schlief der Wind ganz ein. Das Schiff dümpelte ohne Fahrt in den kabbeligen Wellen, und das Segel klatschte an den Mast. Val brüllte Befehle, Kta stand im Bug des Schiffes und blickte besorgt zu der Wolkenbank, die rasch näher trieb.

»Du solltest dich wärmer anziehen«, sagte er zu Kurt. »Wenn der Sturm losbricht, spürst du ihn bis in die Knochen.«

Aus der Nähe wirkten die Wellen finster und drohend.

»Der Sturm wird uns zurücktreiben«, sagte Kurt.

»Wir werden versuchen, wenigstens unsere Position zu halten«, sagte Kta. »Du kennst dich in diesen Dingen nicht aus. Du hast diese Frühjahrsstürme noch nicht erlebt. Du solltest unter Deck sein, wenn es losgeht.«

Am Nachmittag war der Himmel im Nordwesten mit schwarzen Wolken bedeckt, aus denen grelle Blitze zuckten, und die ersten scharfen Böen trafen das Schiff.

Kta blickte zu den Sturmwolken auf und fluchte leise. »Ich glaube, daß die Dämonen des alten Chteftikan uns dieses Unwetter geschickt haben«, sagte er. »Sufak liegt jetzt in Lee, und die Küste ist voller verborgener Riffe. Der einzige Trost ist, daß Shan t'Tefur ihr noch näher liegt, und wenn wir auflaufen, hängt er schon vor uns auf den Klippen. – He, Tkel! Leg noch ein Reff in das Segel, oder willst du aufentern, nachdem der Sturm losgebrochen ist?«

Tkel grinste und umklammerte mit beiden Händen die Halteleine, als die *Tavi* in der ersten schweren See weit überholte.

»Kurt«, rief Kta, »sei vorsichtig. In ein paar Minuten kommen die ersten Brecher über das Deck und könnten dich über Bord waschen.«

»Wie halten sich deine Männer auf den Beinen?«

»Sie machen keinen Schritt, der nicht notwendig wäre. Du bist kein Seemann, mein Freund. Du solltest jetzt nach unten gehen. Ich möchte nicht, daß du heute nacht Kalyts grünäugigen Töchtern Gesellschaft leistest. Ich weiß nicht, wie ihre Einstellung gegenüber Menschen ist.«

Kurt kannte die Legende. Ertrunkene Seeleute kamen in das Reich von Kalyt, des Vaters der Meere, und mußten dort bleiben, bis die richtigen Riten ihre Seelen aus den Klauen seiner gierigen Töchter befreit und sie zum Herd der Ahnen gesandt hatten.

Er nahm sich Ktas Warnung zu Herzen, hatte aber keine Lust, in die Kajüte zu gehen. Er ging zum Heck, als plötzlich eine schwere See das Schiff packte und ihn beinahe über Bord gespült hätte. Blindlings griff er nach einem Halt und klammerte sich am Mast fest, bis die Woge über die *Tavi* hinweggerollt war. Er vermied es, Kta anzusehen, als er vorsichtig zu dem niedrigen Kajütaufbau ging und auf seiner Leeseite Schutz vor dem Wetter suchte.

Es wurde Schwerarbeit, das Schiff auf Kurs zu halten. Sein Bug hob und senkte sich mit den heranrollenden Wellen, und das Deck schwankte gefährlich. Viel zu früh brach die Dämmerung herein, und der Geruch von Regen lag in der Luft.

Plötzlich wirbelte eine harte Bö das Wasser auf und drückte das Schiff nach Lee. Eine Welle brach sich schäumend am Bug, überflutete das Vorschiff und gischtete bis zum Heck.

Kurt wischte sich das brennende Salzwasser aus den Augen und klammerte sich mit beiden Händen an der Sicherheitsleine fest. Die *Tavi* war plötzlich eine zerbrechliche, hölzerne Schale geworden, ein winziges Spielzeug der Naturkräfte.

Planken und Tauwerk knarrten unter der Belastung, und eine zweite Welle, die über das Schiff hinwegbrandete, hätte Kurt beinahe ins Ruderdeck geworfen. Regen und Salzwasser vermischten sich zu einem dichten, undurchsichtigen Nebel. Blitze zuckten aus den dunklen Wolken, und ohrenbetäubender Donner rollte über die aufgewühlte See. Kurt preßte sich gegen die Wand des Kajütaufbaus, umklammerte die Sicherheitsleine und fürchtete, daß das Schiff sich nicht mehr aufrichten würde, wenn es von einer Woge erfaßt und überrollt wurde. Unaufhörlich zuckten Blitze und grollte Donner, und bei jedem Donnerschlag preßte Kurt die Augen zu und erwartete den Tod. Mehr als ein Dutzend Kämpfe in Raumschiffen hatte er überlebt, aber die Konfrontation mit diesem Sturm war ein viel schwererer Kampf. Halb ertränkt klammerte er sich an das Sicherungsseil, erschauderte in dem heulenden Sturm, und die grünäugigen Töchter Kalyts erschienen ihm jetzt sehr real und bedrohlich. Er konnte fast ihre Stimmen im Heulen des Sturms hören.

Es schien eine Ewigkeit zu dauern, bis der Regen wieder aufhörte, und schließlich rissen auch die Wolken auf, und der Sturm flaute ab. An der Steuerbordseite kam Land in Sicht, das

Land, das sie so gerne möglichst weit hinter sich gelassen hätten, die dunklen, drohenden Klippen von Sufak. Kta übergab das Ruder an Tkel, trat an die Reling und blickte ostwärts. Wasser troff aus seinen Haaren und rann ihm über das Gesicht.

»Wieviel haben wir verloren?« fragte Kurt.

»Sehr viel, sehr viel. Und der Wind steht immer noch gegen uns. Der Frühling ist ein ständiger Kampf zwischen dem Nordwind und dem Südwind, aber zuletzt gewinnt der Südwind immer. Es ist nur eine Zeitfrage und eine Frage des himmlischen Beistands.«

»Der Himmel hätte diesen Sturm verhüten sollen«, sagte Kurt. Kälte und Erschöpfung ließen ihn sarkastisch werden, aber Kta schien die scharfe Bemerkung nicht zu stören.

»Woher wollen wir wissen, ob es nicht zu unserem Besten war?« sagte er. »Vielleicht liefen wir geradewegs in unser Verderben, und der Wind hat uns in Sicherheit zurückgetrieben. Vielleicht hatte der Sturm auch gar nichts mit uns zu tun. Der Mensch soll nicht zu eitel sein.«

Kurt blickte ihn prüfend an und klammerte sich wieder am Sicherheitsseil fest, als eine Welle den Bug der *Tavi* anhob und klatschend in die See zurückfallen ließ. Es freute ihn, daß Kta über ihn lachte. So war es in Elas gewesen. An den Abenden, an denen sie diskutierend zusammengesessen und ihre Differenzen durch Lachen und scherzhafte Bemerkungen überbrückt hatten. Es war gut, daß Kta noch immer dazu in der Lage war.

»Schiff achteraus!« schrie Val.

Kurt wandte sich um und entdeckte im grauen Nebel einen kleinen, dunklen Fleck, der weder Teil der See noch Teil des Landes war. Kta fluchte leise.

»Sie werden uns einholen, Kta-ifhan!«

»Das ist sicher«, sagte Kta. Dann wandte er sich der Crew zu. »Männer! Wenn das Schiff achteraus die *Edrif* sein sollte, steht uns ein Kampf bevor. Überprüft eure Waffen und legt sie bereit. Später haben wir vielleicht keine Zeit mehr dafür.« Dann wandte er sich an Kurt. »Kurt, mein Freund, wenn sie näher kommen, geh in Deckung. Die Sufaki sind gefährliche Bogenschützen. Wenn wir gerammt werden sollten, springe über Bord und halte dich an einem Trümmerstück fest. Gebrauche das Schwert oder die Axt, wie du willst, aber ich beabsichtige nicht, zu entern oder die *Tavi* entern zu lassen, wenn ich das verhindern kann. So sehr wir beide auch Shan t'Tefur haben wollen, ich kann es nicht riskieren.«

Das andere Schiff holte langsam auf. Als es näher heran war, identifizierte Kta es als die *Edrif*, ein Langschiff mit sechzig Riemen. Die *Tavi*, die schlanker gebaut und schneller war, konnte nur vierzig Ruderbänke besetzen. Zur Zeit wurde es nur von zwanzig Riemen vorwärtsgetrieben. Die anderen zwanzig Männer saßen einsatzbereit auf ihren Bänken, und sechs Männer der Deck-Crew würden einspringen, um die Rudermannschaft zumindest fast auf ihre normale Stärke zu bringen, falls es notwendig werden sollte.

»Haltet den Schlag, Männer«, rief Kta ihnen zu, »und hört her. Die *Edrif* verfolgt uns, und es kommt jetzt allein auf unsere Geschicklichkeit an. Niemand darf einen Fehler machen oder zögern. Wir haben nur eine einzige Chance, und nur seemännisches Geschick kann uns retten. Geschick, Disziplin und Erfahrung, darin kann sich kein Sufaki-Schiff mit uns messen. Und jetzt fahrt die anderen Riemen aus, Männer.«

Val gab den zwanzig Ruderern den Befehl, die Riemen aus dem Wasser zu nehmen, bis die anderen sechsundzwanzig ausgelegt worden waren. Kta selbst gab den Takt an, als die Riemen wieder ins Wasser tauchten, einen fast gemächlichen Takt. Die *Edrif* holte ständig auf. Ihre sechzig Riemen schlugen die See zu Gischt. Jetzt waren schon die Gestalten auf dem Deck auszumachen.

Kurt ging rasch in die Kajüte und nahm ein Schwert aus dem Waffenschrank. Nach kurzem Überlegen hängte er es jedoch wieder zurück und zog eine kurzstielige Axt heraus, wie sie zum Zerschlagen von Tauen verwendet wird. Er bildete sich nicht ein, daß die paar Übungsstunden mit Kta ihn zu einem so erfahrenen Kämpfer machten, wie es die Nemet waren, die schon in ihrer Kindheit mit dem *ypan* vertraut gemacht wurden, und er war nicht sicher, ob die Sufaki wirklich auf den *ypan* verzichteten und sich im Kampf auf Pfeile und Messer verließen.

Er ließ sich auch Zeit, sich wärmer anzuziehen und einen *pel* unter seinen *ctan* zu gürten. Der Wind war eisig, und er hatte keine Lust, halb nackt in den Kampf zu gehen.

Als er an Deck zurückkam, hatte die *Edrif* so weit aufgeholt, daß der grüne Drachenkopf über dem kupferüberzogenen Rammsteven deutlich erkennbar war. Ein Offizier in der Gestreiften Robe stand im Bug und brüllte Befehle.

»Fertigmachen zur Wende!« rief Kta seiner Crew zu. »Steuerbord-Ruder klar zum Einziehen. – Hart Steuerbord!«

Die *Tavi* kam so hart herum, daß ihre Planken ächzten. Backbordriemen und Ruderausschlag brachten sie vor den Wind, und Kta rief Pan einen Befehl zu.

Das dunkelblaue Segel mit dem Emblem von Elas blähte sich im Wind. Die *Tavi* wurde lebendig und schoß unter dem Druck des Windes und seiner sechsundvierzig Riemen auf die *Edrif* zu.

Auf dem anderen Schiff brach eine hektische Aktivität aus. Die *Edrif* begann nach Backbord zu drehen, stand ein paar Sekunden lang mit der Breitseite zur *Tavi* und drehte ihr dann das Heck zu. Das dunkelgrüne Segel wurde aufgezogen, aber sie konnte nicht mit der Schnelligkeit der *Tavi* manövrieren, und Kta hatte das Überraschungsmoment auf seiner Seite.

»Steuerbord-Riemen einziehen!« schrie Kta, als die *Tavi* auf das größere Schiff zuschoß.

Angstschreie ertönten vom Deck der *Edrif*. Polternd kamen die Steuerbord-Riemen herein, kurz bevor die beiden Schiffe kollidieren mußten.

Kta riß das Ruder nach Backbord, und die *Tavi* scheuerte an der Backbordseite der *Edrif* entlang. Splitternd zerbrachen alle Ruder der Backbordseite, und hysterische Angst- und Schmerzensschreie ertönten aus dem Ruderdeck.

»Segel einholen!« rief Kta, und das blaue Segel der *Tavi* kam herunter. Sie verlor rasch an Geschwindigkeit.

»Steuerbord-Riemen zu Wasser – und durchziehen!«

Kta legte das Ruder hart backbord, und der einseitige Antrieb durch die Steuerbordriemen brachte sie herum. Ein harter Knall und ein Schrei. Einer der langen Riemen war unter der Belastung gebrochen und hatte einen Mann blutend auf die nächste Bank geschleudert. Ein Mann der Decks-Crew sprang ins Ruderdeck und zog den Verletzten heraus. Pfeile schwirrten über das Deck. Die Bogenschützen der Sufaki traten in Aktion.

»Backbord-Riemen«, rief Kta, und die gut trainierte Mannschaft fuhr sie bereits aus. »Halt Steuerbord-Riemen! Alle Riemen zu Wasser – und durchziehen!«

Fünfundvierzig Riemen schlugen gleichzeitig ins Wasser und trieben die *Tavi* immer weiter von der hilflosen *Edrif* fort, deren

Ruderwerk mit zersplittertem Holz und verwundeten Männern bedeckt war. Ein paar Bogenschützen schickten ihnen noch ihre Pfeile herüber, aber sie fielen harmlos ins Wasser.

»Erste Schicht: Riemen einholen!« befahl Kta, als sie mehr als eine halbe Meile von der *Edrif* entfernt waren. Er wartete, bis die Riemen eingeholt und festgelascht worden waren. »Zweite Schicht: Neuer Takt. Eins – zwei – drei ...«

Die Riemen tauchten jetzt langsamer ins Wasser. Kta atmete erleichtert auf und blickte auf die Männer im Ruderdeck hinab. Die Männer der ersten Schicht saßen noch auf ihren Bänken, erschöpft von der Anstrengung, und versuchten, ihren keuchenden Atem zu beruhigen. Ein paar von ihnen husteten und zogen ihre abgeworfenen Mäntel über die Schultern.

»Gut gemacht, meine Freunde!« sagte Kta. »Sehr gut gemacht.«

Lun und ein paar andere hoben schweigend die Hand. Zum Sprechen hatten sie noch keine Luft.

»Pan, hole Decken und Mäntel für die Männer an den Riemen und auch Wasser. Kurt wird dir helfen, nicht wahr, Kurt?«

Kurt nickte, froh, sich nützlich machen zu können. Er holte einen Krug mit Wasser und trug ihn ins Ruderdeck. Zwei der Männer waren völlig ausgepumpt und mußten von ihren Bänken gehoben werden. Kurt und Pan legten sie auf Decken neben den Mann, dem der zersplitternde Riemen den Bauch aufgerissen hatte. Es war eine häßliche Wunde, aber die Bauchhöhle war nicht verletzt.

Der Mann schwor, am nächsten Tag wieder fit zu sein, aber Kta verordnete ihm eine längere Ruhe.

Die *Edrif* lag jetzt weit achteraus und war nur noch ein winziger dunkler Punkt auf dem Grau der See. Val übergab das Ruder an Pan und trat zu Kta und Kurt.

»Kein Leck im Rumpf«, sagte er. »Chal hat ihn untersucht und mir eben Meldung gemacht. Aber bei der *Edrif* wird es einige Zeit dauern, bis alle Schäden behoben sind.«

»Shan t'Tefurs Haß auf uns wird dadurch sicher nicht gemildert«, sagte Kta lächelnd. »Sobald sie ihre Schäden behoben haben, werden sie uns wieder verfolgen.«

»Es war ein blutiges Chaos im Ruderdeck«, sagte Val zufrieden. »Shan t'Tefur hat sicher allen Grund, uns zu jagen, aber vielleicht haben seine Männer genug. Sie wissen, daß wir ihr

Schiff hätten versenken können, wenn wir es gewollt hätten.«

»Die Erkenntnis mag ihnen gekommen sein«, sagte Kta, »aber ich bezweifle, ob uns das zu größerer Beliebtheit verhilft. Wir müssen sehen, daß wir unseren Vorsprung so weit wie möglich vergrößern.« Er blickte in das Ruderdeck hinab. »Ich habe seit Jahren keinen Riemen mehr in der Hand gehabt, aber ein bißchen Übung kann mir nicht schaden. Und du, mein Freund Kurt, solltest dich nach all den Strapazen, die du durchgemacht hast, eigentlich schonen. Aber wir brauchen dich.«

Kurt nickte. »Ich werde es schon lernen.«

»Bandagiere dir die Hände«, sagte Kta. »Du hast ohnehin nur noch wenig Haut darauf und sollst den Rest nicht auch noch verlieren.«

## 17

Am Morgen waren die Wolken verschwunden, und Phans Licht schien auf eine spiegelglatte See. Die *Tavi* lag fast bewegungslos im Wasser. Ihre Crew hatte sich auf dem Deck ausgestreckt, wo immer die Männer Platz fanden.

Kurt ging zum Heck und rieb sich die Augen, um wach zu bleiben. Sein Wachgefährte, der Junge Pan, stand am Ruder. Er hatte die Augen geschlossen und schwankte leicht hin und her.

»Pan«, sagte Kurt leise und legte ihm die Hand auf die Schulter. Pan schreckte auf und blickte Kurt verlegen an. »Entschuldige, Kurt-ifhan.«

»Lege dich ein wenig hin«, sagte Kurt. »Ich werde am Ruder bleiben. Bei der ruhigen See braucht man dazu keine Erfahrung.«

»Eigentlich sollte ich es nicht, Kurt-ifhan. Es ist . . .«

Die Augen des Jungen blickten zum Himmel hinauf, und jetzt spürte Kurt es auch: Ein leichter Südwind kam auf. Er fuhr durch ihr Haar und ihre *ctans* und kräuselte das ruhige Wasser der See.

»Der Wind!« schrie Pan über das Deck, und überall fuhren die Männer aus dem Schlaf. »Der Wind! Der Südwind ist da!«

Die Männer sprangen auf, und Kta erschien im Einstieg der Kajüte. Er gab Val einen Wink, der den Männern befahl, das Segel zu setzen.

Kurze Zeit später blähte sich das nachtblaue Tuch in der Brise, und die Männer jubelten.

»Volle Rationen, meine Freunde«, rief Kta lachend, »und Erlaubnis zum Trinken. Aber mäßig, wenn ich bitten darf. Ich möchte später keine Klagen über Kopfschmerzen hören. Dieser Wind ist auch der *Edrif* günstig, also haltet scharfen Ausguck.«

Der Wind wehte stetig, und die erschöpften Ruderer waren froh, auf Deck ausruhen zu können, heißes Öl in ihre schmerzenden Muskeln zu massieren und ihre blasenbedeckten Hände verbinden zu können.

Gegen Abend befahl Kta plötzlich einen Kurswechsel nach Nordwest auf die Inseln zu. Am westlichen Horizont tauchte ein Schiff auf und verursachte eine momentane Unruhe. Aber die Farbe seines Segels identifizierte es kurze Zeit später als ein Handelsschiff des Hauses Ilev.

Das Handelsschiff zog achteraus vorbei und verschwand am östlichen Horizont.

Kurz nach Einbruch der Dunkelheit kamen die Lichter an der Küste der Insel in Sicht. Die Männer saßen auf den Ruderbänken und trieben das Schiff auf die hell erleuchtete Stadt zu: Acturi, Heimathafen von Hnes, einer mächtigen Indras-Familie.

»Gan t'Hnes«, sagte Kta, als sie in den Hafen von Acturi einliefen, »läßt sich durch Drohungen der Sufaki nicht beeindrucken. Hier sind wir sicher für die Nacht.«

An Land begann eine Glocke zu läuten. Männer mit Fackeln liefen auf die Pier, als die *Tavi* heranglitt und die Riemen eingezogen wurden.

*»Hya!«* rief eine Stimme von der Pier. »Was für ein Schiff?«

»Die *Tavi* von Nephane. Sage Gan t'Hnes, daß Elas um seine Gastfreundschaft bittet.«

»Mach fest, mach fest und kommt an Land. Wir sind Freunde. Ihr braucht nicht erst anzufragen.«

»Bist du sicher, daß sie auf unserer Seite stehen?« fragte Kurt, als die Leinen ausgeworfen und festgemacht wurden. »Was ist, wenn ein Schiff der Methi bereits vor uns hier war?« Unruhig blickte er auf die anderen Schiffe, die anonym im Dunkel des kleinen Hafens lagen, die Segel eingerollt. »Hnes könnte gezwungen werden ...«

»Nein. Wenn Gan t'Hnes die Hausfreundschaft nicht mehr

achtet, dann geht die Sonne morgen im Westen auf. Ich kenne diesen Mann, seit ich als kleiner Junge zu seinen Füßen spielte, und Hnes und Elas sind seit tausend Jahren befreundet ... nun, zumindest seit neunhundert Jahren.«

»Und was ist, wenn es nicht Hnes Wort war, das man dir eben gab?«

»Still, mißtrauischer Mensch, still. Wenn Acturi Hnes die Herrschaft entglitten wäre, hätte man den Schock von Küste zu Küste gespürt. Val«, wandte er sich an den Offizier, »laß die Planke auslegen. Kurt und ich werden an Land gehen. Du bleibst an Bord und sorgst dafür, daß keiner der Männer das Schiff verläßt, bevor ich von Gan die Erlaubnis habe, die Crew an Land zu bringen.«

Gan t'Hnes war ein grauhaariger, hochgewachsener Mann, der einen zuverlässigen und vertrauenswürdigen Eindruck machte. Er war der Patriarch von Acturis Handels-Imperium. Sein Haus auf dem Hügel war groß und gastfreundlich, sein Herdfeuer stand unter der Obhut von Lady Na t'Ilav e Ben sh'Kma, der Frau des ältesten der drei Söhne. Lord Gan war Witwer und der älteste Nemet, den Kurt bisher gesehen hatte. Wenn man bedachte, daß die Nemet sehr langlebig waren und nur selten Alterserscheinungen zeigten, mußte er steinalt sein.

Natürlich gingen dem Gespräch die üblichen Formalitäten voraus. Eine junge Frau, die Enkelin des *chan* von Hnes, servierte den Tee. Ihre grazile Figur, ihre Haltung und ihr langes blauschwarzes Haar erinnerten Kurt an Mim. Selbst das Gesicht war dem Mims ähnlich, und als sie sich vor ihn niederkniete und ihm den Tee servierte, verspürte er einen Schmerz, der ihm die Tränen in die Augen trieb.

Das Mädchen senkte den Kopf, als sie seinen Blick spürte. Kurt nahm ihr die Tasse aus den Händen und blickte rasch fort. Die friedliche Stille dieses Indras-Hauses rief Erinnerungen wach, die er seit jener letzten Nacht in Nephane tot geglaubt hatte. Ihm war, als sei er nach Hause gekommen. Er hatte nicht erwartet, jemals wieder seinen Fuß in ein freundlich gesinntes Haus zu setzen. Aber trotzdem: ›Zu Hause‹ waren Elas und Mim, und beide hatte er für immer verloren.

Hnes war eine vielköpfige Familie, die von Gan und seinem ältesten Sohn Kma geführt wurde. Ein anderer Sohn befand sich gerade auf See. Gans zweitältester Sohn Lei, dessen Frau Pym und die Konkubine Tekje h'Hines wohnten ebenfalls im Haus. Außerdem gab es noch den *chan* Dek mit seinen zwei Töchtern und mehreren Enkeln.

Die erste Tasse Tee wurde bei allgemeinen, ruhigen Gesprächen getrunken. Die Nemet waren natürlich neugierig, etwas über Kurt zu hören, doch die Etikette verbot ihnen, ihm direkte Fragen zu stellen.

Als die zweite Tasse Tee serviert wurde, verließen die Damen den *rhmei*. Nur Lady Na, die Hausfrau der Hnes, deren Wort das gleiche Gewicht hatte wie das der Männer, blieb bei ihnen zurück.

»Kta«, begann der Lord von Hnes das Gespräch, »wann hast du Nephane verlassen?«

»Vor fast fünfzehn Tagen.«

»Dann hast du also die tragischen Ereignisse miterlebt, von denen wir Kunde erhalten haben?«

Kta nickte. »Elas existiert nicht mehr in Nephane, und ich bin ein Ausgestoßener. Meine Eltern und der *chan* sind tot.«

»Du bist hier bei Freunden«, sagte Gan t'Hnes. »Ich habe deinen Vater sehr gern gehabt, Kta, und du bist für mich wie ein Sohn. Sage mir, wer für diese Tragödie verantwortlich ist.«

»Ihre Namen sind zu hoch, um sie zu verfluchen.«

»Niemand steht so hoch, daß er sich dem Zorn des Himmels entziehen könnte.«

»Ich möchte nicht, daß ganz Nephane meinetwillen verflucht wird. Die Verantwortlichen sind die Methi Djan und ihr Sufaki-Liebhaber Shan t'Tefur. Ich habe ewige Feinschaft zwischen Elas und der Auserwählten des Himmels geschworen und Blutfehde zwischen Elas und dem Haus von Tefur, habe aber das Exil gewählt. Wenn ich den Krieg gewollt hätte, wäre es in jener Nacht in den Straßen von Nephane zu einem Blutbad gekommen. Diese Alternative stand auch meinem Vater offen, aber er hat statt dessen den Tod gewählt. Ich bewundere seine Selbstdisziplin.«

Gan neigte den Kopf in Trauer um seinen Freund. »Vor zwei Tagen ist ein Schiff hier eingelaufen«, sagte er. »*Dkelis* vom Haus Irain in Nephane. Die Botschaft, die man uns übermittelte, kam von der Auserwählten des Himmels selbst: Elas hätte sie beleidigt und sei geflohen. Der eigentliche Täter – vergebt mir, meine Gäste – sei jedoch ein Mensch gewesen, der Bürger Nephanes ermordet habe, während er sich in der Obhut von Elas befand.«

»Ich habe zwei von t'Tefurs Männern getötet«, sagte Kurt bitter. »War es das, Kta? War das der Grund für alles?«

»Du weißt, daß es viele andere Gründe gab«, sagte Kta finster. »Das war nur ihr Vorwand, um jemandem die Schuld zuschieben zu können. Lord Gan, war das die ganze Botschaft der Methi?«

»So ziemlich. Bis auf die Konsequenzen: Elas wird seines gesamten Besitzes für verlustig erklärt, und alle Bürger Nephanes sind gehalten, Mitglieder von Elas als Feinde zu betrachten und zu behandeln. Du, Kta, und alle, die bei dir sind, sollen auf der Stelle getötet werden – mit Ausnahme von Lord Kurt, der lebend und unversehrt dem Gericht der Methi auszuliefern ist.«

»Ich hoffe«, sagte Kta, »daß Hnes sich nicht an diese Order halten wird.«

»Natürlich nicht. Irain hat das gewußt. Ich bezweifle, ob er selbst sich danach gerichtet hätte, wenn er dir begegnet wäre.«

»Ist es dir lieber, wenn wir die Nacht an einem anderen Ort verbringen? Bitte sage es mir ganz offen. Ich möchte dir keine Unannehmlichkeiten bereiten.«

»Sohn meines Freundes«, sagte Gan und hob die Hände, »es gibt Gesetze, die älter sind als Nephane, älter selbst als die strahlende Stadt Indresul, und es gibt ein Recht, das höher steht als das Dekret der Methi. Nein. Soll sie sehen, wie sie ihr Dekret durchsetzt. Du und deine Freunde bleiben bei uns. Ich werde die Insel in eine Festung verwandeln, wenn sie den Kampf wollen.«

»Nein, mein Freund, nein. Das wäre entsetzlich für dein Volk. Wir bitten dich lediglich um Nahrungsmittel und Wasser. Beim Morgengrauen wird die *Tavi* den Hafen wieder verlassen. Niemand außer Ilev hat uns kommen sehen, und sie sind Hausfreunde unserer beiden Familien. Ich werde auch dafür sorgen, daß niemand uns sieht, wenn wir diesen Hafen verlassen. Elas ist gefallen. Das ist schlimm genug. Ich möchte nicht auch noch Freunde ins Unglück stürzen.«

»Alles, was du brauchst, sollst du haben: einen sicheren Hafen und eine Eskorte von Galeeren, wenn du willst. Aber bleibe hier, Kta, ich bitte dich darum. Ich bin noch nicht so alt, um nicht für meine Freunde kämpfen zu können. Die ganze Kraft von Acturi steht zu deiner Verfügung. Mit dem Krieg gegen Indresul vor der Tür wird die Methi es nicht wagen, eine von Nephanes Kolonien auf den Inseln gegen sich aufzubringen.«

»Ich habe auch nicht geglaubt, daß sie es wagen würde, gegen Elas vorzugehen«, sagte Kta, »und Shan t'Tefurs Schiff ist uns dicht auf den Fersen. Wir sind bereits mit ihm zusammengestoßen, und ich zweifle nicht, daß er auch dich ohne Zögern angreifen würde. Ich weiß nicht, welche Autorität die Methi ihm gegeben hat, aber selbst wenn sie es nicht riskieren sollte, dich anzugreifen, so würde Shan t'Tefur vollendete Tatsachen schaffen, bevor sie davon erführe. Nein, Lord Hnes. Nein.«

»Die Entscheidung liegt bei dir«, sagte Gan bedauernd. »Aber ich glaube, daß wir es mit ihnen aufnehmen könnten.«

»Nahrungsmittel und Wasser sind alles, was ich brauche«, sagte Kta entschieden, »und vielleicht ein paar Waffen.«

»Kümmert euch darum, meine Söhne. Versorgt die *Tavi* mit allem, was sie braucht.«

Die beiden Söhne Hnes' standen auf und verneigten sich vor den Anwesenden. Dann verließen sie den *rhmei*, um die Anweisungen ihres Vaters auszuführen.

»Diese Sachen sind ein Abschiedsgeschenk von Hnes«, sagte Gan. »Hast du Männer genug, Kta? Ein paar von meinen Leuten würden sicher gern mit dir segeln.«

»Ich will die Verantwortung für sie nicht übernehmen.«

»Also hast du keine volle Crew?«

»Wohin willst du, Kta?«

»Zum Yvorst Ome. Das liegt außerhalb des Machtbereichs der Methi und ihrer Gesetze.«

»Hartes Land liegt um diese See, mein Freund Kta. Aber die Schiffe von Hnes segeln oft in diesem nördlichen Gewässer. Du wirst ihnen von Zeit zu Zeit begegnen. Durch sie wollen wir miteinander in Verbindung bleiben. Beim Licht des Himmels, in was für Zeiten leben wir. Meine Augen sind nicht mehr so gut wie in früheren Jahren, aber sie sehen nichts, das mich versöhnen könnte. Wenn ich jünger wäre, würde ich mit dir segeln, Kta, weil ich mutlos werde, wenn ich daran denke, was hier geschehen wird.«

»Nein, Lord Gan, wenn du so jung wärst wie ich, würdest du nach Nephane segeln und dich zum Kampf stellen, so wie es mein Vater getan hat und wie ich es auch tun würde, wenn ich nicht Rücksicht auf Aimu nehmen müßte und alle, die zu ihr gehören.«

»Die kleine Aimu. Ich habe nicht gewagt, nach ihr zu fragen, weil ich noch mehr schlimme Nachrichten befürchtete.«

»Nein, Lord Gan. Ich habe sie einem Ehemann gegeben, der mir geschworen hat, sie zu beschützen.«

»Wie heißt sie jetzt?« fragte Lady Na.

»Ihr Name ist Aimu t'Elas e Nym sh'Bel t'Osanef.«

»t'Osanef«, murmelte Gan in einem bedauernden Ton, als er den Sufaki-Namen hörte.

»Sie haben sich seit ihren Kindertagen geliebt«, sagte Kta. »Es war der Wunsch meines Vaters und der meine.«

»Dann ist es gut«, sagte Gan. »Möge das Licht des Himmels freundlich auf sie scheinen.« Von einem orthodoxen Indras war das ein unglaubliches Zugeständnis. »Er ist ein guter Mann, dieser t'Osanef. Es gehört einiger Mut dazu, in diesen Zeiten der Mann unserer Aimu zu werden.«

»Das ist wahr«, sagte Kta. Er wandte sich an Lady Na: »Bete für sie. Sie können es brauchen.«

»Das werde ich tun, und ich werde auch für dich beten und für alle, die mit dir segeln«, sagte sie und schloß auch Kurt damit ein, indem sie ihn anblickte. Er senkte den Kopf in dankbarer Anerkennung.

»Danke«, sagte Kta. »Euer Haus wird auch in meinen Gebeten sein.«

»Ich wünschte«, sagte Gan, »daß du deine Meinung ändern und hierbleiben würdest. Aber vielleicht hast du recht. Vielleicht werden die Dinge eines Tages wieder anders aussehen, da die Methi ohne Ehegefährten ist. Eines Tages wird es dir sicher möglich sein, nach Nephane zurückzukehren.«

»Vielleicht«, sagte Kta, »falls sie keinen Sufaki zu ihrem Nachfolger bestimmt. Wir reden nicht viel darüber, aber ich fürchte, daß es keine Rückkehr gibt, jedenfalls nicht in unserer Generation.«

Gans Gesicht bekam einen entschlossenen Ausdruck. »Ich denke, wir werden heute nacht Schiffe aussenden.«

»Kämpfe nicht gegen t'Tefur«, bat Kta.

»Sie werden zumindest eine Warnung für die *Edrif* sein.«

»Wenn die Methi davon erfährt ...«

»Dann wird sie die Stimmung auf den Inseln richtig einschätzen«, sagte Gan, »und vielleicht ihre Ambitionen etwas zügeln.«

»Bitte, Lord Gan«, sagte Kta. »Ich will das nicht.«

»Diese Entscheidung liegt bei mir, mein Freund. Elas hat seine Ehre zu schützen, ich die meine.«

»Freund meines Vaters, diese Inseln liegen zu nahe bei Indresul. Du weißt, was du mit einer derartigen Aktion auslösen kannst. Es ist zu gefährlich.«

»Die Entscheidung liegt bei mir«, wiederholte der Lord von Hnes.

Kta senkte den Kopf. Dies war Gan t'Hnes Land, und nur er hatte zu entscheiden. Aber in dieser Nacht lag er lange wach.

Kurt beobachtete ihn schweigend und unterließ es, ihm Fragen zu stellen. Außerdem hatte er genügend eigene Probleme. Er begann die Mosaiksteine zusammenzusetzen, um sich ein Bild von den wirklichen Vorgängen in Nephane machen zu können, die Kta ihm nie geschildert hatte: die Szene im Upei, als Nym Gerechtigkeit für den Tod Mims gefordert hatte, während die Methi die Aktionen des Gastes von Elas zum willkommenen Vorwand nahm, um Elas zu vernichten.

Also war Nym gestorben und Elas gefallen.

Und Djan konnte behaupten, daß Kurt an allem schuld war, daß seine Heirat mit Mim und seine Loyalität gegenüber Elas die Ursachen dieser Ereignisse waren.

*Mit Ausnahme von Lord Kurt, der lebend und unversehrt dem Gericht der Methi auszuliefern ist.*

Dem Gericht der Hanan!

Dem Gesetz persönlicher Rache. Sie würde alle töten, die er liebte, ihn aber würde sie nicht aus ihren Klauen lassen. Als Hanan glaubte sie nicht an ein Jenseits. Sie würde ihm keinen leichten Tod gönnen.

Er lag auf der weichen Daunenmatratze und starrte in das Dunkel. Erst kurz vor Morgengrauen schlief er ein, gequält von Träumen, an die er sich beim Aufwachen nicht mehr erinnern konnte.

Der Wind war warm und wehte von Süden aus der Tamur-Bucht. Das blaue Segel blähte sich, und der Bug der *Tavi* zerteilte die blauen Wasser.

Kta blickte immer wieder achteraus, und Kurt war nicht sicher, ob er nach Shan t'Tefur Ausschau hielt oder nach den Schiffen Gan t'Hnes.

»Es liegt außerhalb unserer Macht«, sagte Kurt schließlich.

»Ja, es liegt außerhalb unserer Macht«, stimmte Kta zu und blickte wieder über das Heck des Schiffes auf das Meer hinaus. Es war nichts zu sehen. Er biß sich auf die Lippe. »Nun, zumindest wird er uns nicht stören, wenn wir durch die Thiaden segeln.«

Die Thiaden, das Halsband, die Kleineren Inseln. Kurt hatte von ihnen gehört, kahle Felsen, die sich wie eine Barriere durch die engste Stelle der Sunds zwischen Indresul und Nephane legten und von beiden Seiten beansprucht wurden. Schon bei gutem Wetter war die Passage gefährlich, bei Stürmen wurden die Felseninseln zu Killern. »Segeln wir zwischen ihnen hindurch oder umfahren wir sie?« fragte Kurt.

»Wir segeln hindurch, wenn das Wetter günstig ist«, sagte Kta, »und wir halten uns an das Ufer von Nephane – der Kanal ist dort breiter –, wenn wir rauhe See bekommen sollten. Ich bewege mich in den Gewässern Indresuls nicht mit der Selbstverständlichkeit der Inselbewohner. Aber wenn wir die Barriere hinter uns haben, mein Freund, sind wir frei. So frei, wie es im Nordmeer mit seinen schäbigen Häfen möglich ist.«

»Ich habe gehört«, sagte Kurt, »daß es auch dort oben eine Art Zivilisation geben soll und einige größere Städte.«

»Es gibt zwei Städte, und die sind äußerst primitiv. Die eine ist Haithen. Alle ihre Häuser sind aus Holz gebaut, ihre Straßen gefroren. Yvesta, die Mutter des Schnees, hat das Land in ihrer Gewalt. Es gibt keine Felder, nur öde, eisige Ebenen, hohe Gebirge und zugefrorene Flüsse. Eisberge, zwischen denen Schiffe zermahlen werden können, treiben im Yvorst Ome, und es gibt riesige Meerestiere, wie man sie in den blauen Wassern des Südens nicht kennt. Es ist in keiner Beziehung wie Nephane.«

»Bereust du deinen Entschluß?« fragte Kurt leise.

»Es sind seltsame Breiten, in die wir segeln«, sagte Kta, »aber es wäre schlimmer, Schande über Elas zu bringen. Ich denke, daß Haithen noch immer besser ist als das Gesetz der Methi. Wahrscheinlich ist es sogar besser als das Nephane der Methi. Aber wenn wir zum letztenmal an der Küste Nephanes entlangsegeln, werde ich an Aimu und Bel denken und wünschen, daß ich etwas von ihnen hörte. Das ist das Schlimmste: die Erkenntnis, daß ich nichts unternehmen kann. Elas ist an Hilflosigkeit nicht gewöhnt.«

En t'Siran, Kapitän der *Rimaris*, sprang auf das Deck des Kurierschiffes *Kadese*. Er war so in Eile, daß er sich nicht einmal Zeit nahm, mit dem Kapitän der *Kadese* eine Tasse Tee zu trinken, bevor er seine Nachricht übermittelte. Er nahm nur einen Höflichkeitsschluck, ohne sich zu setzen, gab die Tasse einem der Männer und verbeugte sich kurz vor dem ranghöheren Kapitän.

»t'Siran«, sagte der Kapitän des Kurierschiffes, »du hast dringende Nachrichten?«

»Eine Konfrontation«, sagte t'Siran, »zwischen einem Schiff von den Inseln und einem Schiff von Nephane.«

»Wirklich?« Der Kapitän stellte jetzt auch seine Tasse ab und winkte einen Schreiber heran, der das Gespräch aufzeichnen sollte. »Was ist geschehen? Konntest du eins der Schiffe identifizieren?«

»Das Schiff von den Inseln führte das Mondemblem von Acturi auf seinem Segel – es war einer von Gan t'Hnes' Söhnen, vermute ich. Das andere Schiff führte ein Segel, das mir unbekannt ist: dunkelgrün mit einem goldenen Drachen.«

»Ich kenne das Emblem auch nicht«, sagte der Kapitän. »Es muß eins von diesen Sufaki-Zeichen sein.«

»Sicher«, stimmte t'Siran zu, weil der Drache Yr bei den Indras nicht als glückbringendes Symbol galt. »Vielleicht ein Schiff der Methi.«

»Eine Konfrontation, sagtest du. Mit welchem Ausgang?«

»Ein gegenseitiges Belauern. Dann drehte das Schiff mit dem Drachensegel ab und lief auf die Küste von Sufak zu.«

»Und die Männer von Acturi?«

»Sind noch eine Weile auf Position geblieben. Dann liefen sie wieder zu den Inseln zurück. Wir lagen beigedreht. Wir hatten keine Order, einen Konflikt mit den Inseln herbeizuführen.«

»Ein wichtiger Bericht«, sagte der Kapitän der *Kadese*.

»Ich danke Ihnen«, antwortete En t'Siran auf die übliche Anerkennungsfloskel, mit der der Bericht eines Kurierkapitäns entgegengenommen wird, und verließ das Schiff.

Der Kapitän der *Kadese* wartete nicht, bis die *Rimaris* das Segel aufgezogen hatte. Er rief seiner Mannschaft Befehle zu und nahm Kurs auf Indresul.

Die Entwicklung, die man vorausgesehen hatte, schien sich zu verwirklichen. Nephane stand unmittelbar vor einer Spaltung. Die Methi von Indresul war an dieser Bestätigung ihrer Prognose persönlich interessiert, da sie die Politik Indresuls beeinflussen und Nephane seinem Untergang näherbringen konnte.

Von nun an, sagte sich der Kapitän der *Kadese*, würde die Methi Ylith auf ihre Kapitäne hören, die ihr schon immer gesagt hatten, daß sich eine so günstige Gelegenheit, Nephane zu unterwerfen, nie wieder bieten würde. Der Himmel war Indresul günstig gestimmt.

»Ruderer auf die Bänke«, sagte er zu seinem Zweiten, »Ablösung in kurzen Intervallen. Alle an die Riemen.«

Mit vier Schichten von Ruderern und hundertzehn Riemen war die *Kadese* eines der schnellsten Schiffe Indresuls. Der Wind wehte von achtern, und ihr rotes Segel blähte sich wie ein Ballon. Es gab kein schnelleres Schiff als die *Kadese* diesseits und jenseits des Ome Sin.

Ein paar Wolken standen am Himmel, weiß mit grauen Rändern, und sie wurden nach Osten hin größer. Die Crew der *Tavi* beobachtete ständig den Himmel. Die Männer fürchteten, daß der Wind sich drehen und sie in diesen gefährlichen Gewässern festhalten könnte.

Westlich voraus ragten die dunklen, kahlen Felsen der Thiaden aus der See. Die Sonne stand dicht über dem Horizont und färbte die Wolken rosa.

Die Wellen klatschten an den Bug der *Tavi*, als das Schiff gefährlich nahe an einem Felsen vorbeiglitt, der nur einige Fuß aus dem Wasser ragte. Auf der Steuerbordseite lag eine Insel, ein langgestreckter, kahler Felsrücken.

Es war die letzte der gefürchteten Thiaden.

»Wir sind durch!« rief Mneck, als die Insel achteraus lag. »Jetzt liegt nichts mehr zwischen uns und Yvorst Ome.«

In dem Moment erschien ein Segel am dunklen östlichen Horizont.

Val t'Ran fluchte nicht einmal, als ihm die Sichtung gemeldet wurde. Wortlos legte er das Ruder nach Backbord und drehte nach Westen ab. Das Schiff glitt gefährlich nahe an den nördlichen Ausläufern der Thiaden vorbei. Pan lief zur Kajüte, um Kta zu benachrichtigen. Kta eilte zum Heck.

»Riemen besetzen!« rief er sofort, und die Männer der Freiwache sprangen ins Ruderdeck.

Er trat neben Val und gab ihm Order, den anliegenden Westkurs beizubehalten.

»Tkel!« rief er dem Ausguck im Mast zu. »Kannst du das Segel erkennen?«

»Nein, Lord Kta. Die Entfernung ist zu groß.«

»Wir wollen versuchen, sie zu halten«, murmelte Kta und warf einen mißtrauischen Blick auf die kaum aus dem Wasser ragenden Klippen, die gefährlich nahe backbord voraus lagen. »Laß sie etwas nach Steuerbord abfallen«, sagte er zu Val. »Wir sind zu nahe an den Felsen.«

Val brachte das Schiff um ein paar Grade herum.

»Schiff hat Kurs auf uns genommen!« rief Tkel kurz darauf aus dem Mast. »Wahrscheinlich glauben sie, daß wir von Indresul sind.«

»Der Junge scheint eine lebhafte Phantasie zu haben«, murmelte Val.

»Trotzdem, wahrscheinlich hat er recht.«

»Ich werde mit der Decks-Crew arbeiten oder als Reserve auf der Ruderbank«, bot Kurt sich an.

»Du gehörst zu Elas«, sagte Kta. »Es verunsichert die Leute, wenn du zuviel Eile oder Besorgnis zeigst. Aber wenn du etwas brauchst, um deine Nerven zu beruhigen, tu dir keinen Zwang an.«

Kta hatte selbst Angst, und am liebsten hätte er sich auch auf die Ruderbank gesetzt oder in den Wanten gearbeitet, irgend etwas getan, um die Geschwindigkeit der *Tavi* zu vergrößern. Kurt kannte den Nemet gut genug, um den Ausdruck seiner Augen richtig interpretieren zu können. Er brannte darauf, irgend etwas zu tun. Sie hatten miteinander gefochten. Kurt kannte Ktas Ungeduld. Seine Ahnen, hatte Kta ihm einmal gesagt, waren Draufgänger gewesen. Das war der Charakter von Elas.

Kurt saß auf einer der Ruderbänke, zog den schweren Riemen im Takt mit den anderen durch und blickte zu Kta hinauf, der reglos neben Val beim Ruder stand und zum Horizont hinüberstarrte.

Plötzlich rief Tkels Stimme aus dem Mast: »Segel Backbord voraus!«

*Tavi* änderte wieder den Kurs. Die Decks-Crew riß das Segel herum, die Riemen schlugen mit einer etwas schnelleren Kadenz ins Wasser, ohne daß jemand den Befehl dazu gegeben hätte. Kurts Hände brannten, die Muskeln schmerzten von der ungewohnten Anstrengung, und er rang nach Luft.

»Es sind drei Segel!« rief Tkel.

Es war bezeichnend für die Disziplin auf der *Tavi*, daß keiner der Männer seine Arbeit unterbrach, um selbst nach den Schiffen zu sehen. Kta blickte eine ganze Weile zu den Segeln hinüber und trat dann an den Rand des Ruderdecks, so daß die Männer auf den Bänken ihn sehen konnten.

»Wir liegen auf Nordkurs«, sagte er. »Die Schiffe vor uns sind von Indresul. Wenn wir unsere jetzige Position halten können und sie sich für das andere Schiff interessieren, ist alles in Ordnung. Chal, nimm etwas Tempo zurück. Die Männer sollen ihre Kräfte schonen. Vielleicht werden sie sie sehr bald brauchen.«

Chal gab den Ruderern einen langsameren Schlag an. Kta ging wieder zum Heck zurück und starrte zum Horizont. Was draußen vor sich ging, ging die Männer auf den Ruderbänken nichts an. Sie zogen die langen Riemen durch, das Denken abgeschaltet, und starrten auf den schweißglänzenden Rücken ihres Vordermannes.

»Sie verfolgen uns«, sagte Sten, der auf der letzten Bank der Backbordseite saß.

Gleichmäßig schlugen die Riemen ins Wasser.

»Es sind Triremen«, sagte Kta schließlich, »und sie halten auf uns zu. »Wir können ihnen nicht davonlaufen. Hart Steuerbord. Wir müssen ans Ufer von Nephane zurück.«

Die Triremen hatten mindestens hundertzehn Riemen und doppelte Besegelung.

Als die *Tavi* nach Steuerbord abdrehte, sah Kurt durch das Riemenloch sekundenlang die Schiffe, die auf sie zuliefen: zweimastig, ein großes und ein kleineres Segel, drei Ruderdecks, von denen die Riemen ins Wasser getaucht und angehoben wurden wie die Schwingen eines flatternden Schwimmvogels. Und mit jedem Ruderschlag kamen sie ein Stück näher.

Die *Tavi* mußte den Wettlauf verlieren. Sie hatte keine zweite Schicht, die die ausgepumpten Männer auf den Ruderbänken ablösen konnte. Kurt rang keuchend nach Luft, während er den schweren Riemen durchzog, und seine Umgebung verschwamm ihm vor den Augen.

»Wir müssen beidrehen!« schrie Val, der am Ruder stand. »Wir müssen beidrehen und uns ergeben, Lord Kta!«

Kta warf einen Blick zurück. Eine der drei Triremen löste sich aus dem Verband. Ihr gold-weißes Segel stand prall im Wind. Das Tempo der Riemen verdoppelte sich plötzlich.

»Schnellerer Schlag!« rief Kta, und Chal schrie die Order den Ruderern zu, die jetzt ihren Körpern die letzten Kraftreserven abverlangten.

Und dann schlief der Wind ein.

Der Atem des Himmels erstarb, und das Segel klatschte schlaff an den Mast.

Die Trireme kam jetzt noch schneller heran.

»Halt!« rief Kta und trat an den Rand des Ruderdecks. »Ruder einziehen!«

Der Rhythmus erstarb. Die Ruder polterten durch die Duchten. Die Männer hockten mit krummen Rücken völlig ausgepumpt auf den Bänken und rangen nach Luft. Ein paar von ihnen husteten keuchend.

»Pan! Tkel!« rief Kta in die Wanten hinauf. »Segel einholen!«

Zum erstenmal zögerten die Leute, schwankend zwischen dem gewohnten Gehorsam und innerem Widerstand gegen diesen Befehl.

»Bewegt euch!« schrie Kta wütend. »Holt das Segel ein! Alle Ruderer an Deck! Verdammt, verderbt unsere Freundschaft nicht durch eine Meuterei! Heraus mit euch!«

Kurt taumelte mit den anderen Männern vom Ruderdeck herauf. Pan und Mnek schrien: »Aufpassen da unten!«, und das Segel rauschte herunter.

Kta übernahm das Ruder selbst und legte es hart steuerbord, so daß die *Tavi* das bißchen Fahrt, das sie noch hatte, verlor.

Die führende Trireme fiel ein wenig ab und hielt jetzt nicht mehr direkt auf sie zu. Die Spannung an Deck der *Tavi* verebbte.

Vom Deck der hinteren Trireme blitzte ein Lichtsignal, und das Führungsschiff änderte wieder seinen Kurs. Es war jetzt nahe genug, um die Männer auf seinem hohen Oberdeck erkennen zu können. Das Tempo der Ruderschläge verdoppelte sich, und die Blätter wirbelten das Wasser auf.

»Bei allen Göttern«, murmelte Val ungläubig, »sie wollen uns rammen!«

»Alles von Bord!« rief Kta. »Los, Val, nun mach schon! Und du, Kurt ...«

Es war zu spät. Der dunkle Rammsteven der Trireme aus Indresul bohrte sich in die Backbordseite der *Tavi*. Planken zersplitterten, die *Tavi* legte sich hart nach Steuerbord über und wurde von dem breiten Bug der Trireme eingedrückt.

Kurt klammerte sich an der Steuerbordreling fest, gegen die er beim Anprall geschleudert worden war. Das Deck kam langsam wieder in die Waagerechte, als die Ruderer der Trireme rückwärts schlugen, um den Rammsteven ihres Schiffes von den Trümmern der *Tavi* zu befreien. Tote lagen über das ganze Oberdeck verstreut. Verletzte Männer schrien. Blut und Wasser rannen über die zersplitterten Decksplanken.

»Spring Kurt!« schrie Kta. »Spring!«

Kurt blickte den Nemet hilflos an. Er hatte genausoviel Angst vor der See wie vor den Waffen der Feinde. Die zweite Trireme hielt jetzt auf die Steuerbordseite der *Tavi* zu, die mit schwerer Schlagseite langsam wegsackte. Ein paar von den Überlebenden, die ins Wasser gesprungen waren, wurden von den klatschenden Riemen erschlagen oder von dem breiten Bug der Trireme unter Wasser gedrückt.

Kta packte Kurt beim Arm und stieß ihn über die Reling. Kurt knallte hart aufs Wasser und strampelte mit Armen und Beinen, eine instinktive Überlebensreaktion.

Sein Kopf kam über die Wasseroberfläche, er zog Luft in seine Lungen und sank wieder unter, schluckte Seewasser und griff nach etwas, an dem er sich festhalten konnte.

Dicht neben ihm klatschte ein schwerer Körper ins Wasser, und als er wieder an die Oberfläche kam, sah er Kta neben sich.

»Du mußt dich entspannen«, sagte Kta, als er ihn unter die Arme packte. »Ich kann dich nur halten, wenn du dich nicht wehrst.«

Kurt gehorchte. Kta wechselte den Griff und faßte Kurt unter das Kinn. Ein- oder zweimal kam Kurts Kopf unter Wasser, und es kostete ihn alle Willenskraft, nicht aus Angst um sich zu schlagen. Mehrere Male spülten Wellen über sein Gesicht hinweg, er schluckte Wasser und rang nach Luft. Und dann glaubte er, Kta hätte ihn losgelassen. Doch der Nemet hatte nur noch einmal seinen Griff gewechselt und schob Kurt jetzt auf ein großes Trümmerstück zu.

Kurt klammerte sich mit beiden Armen daran fest, hustete und rang nach Luft.

»Halt dich fest!« rief Kta, und Kurt schlang gehorsam seine Arme um die zersplitterten Planken. Jetzt kam der Wind wieder auf, und Regentropfen sprühten ihm ins Gesicht. Blitze zuckten über den dunklen Himmel. Donner grollte.

Jetzt war auch die Galeere heran. Jemand an Deck deutete mit ausgestrecktem Arm auf sie.

»Hinter dir«, sagte Kurt zu Kta. »Sie wollen etwas von uns.«

Kurt stemmte sich stöhnend vom Deck der Trireme, hockte auf den Knien und blickte Kta an, der neben ihm lag. Der Nemet atmete noch. Blut floß aus einer klaffenden Kopfwunde und rann über das regennasse Deck. Kurz darauf versuchte er, sich aufzustemmen.

Kurt nahm ihn beim Arm und warf einen Blick auf den Indras-Offizier, der zwischen seiner Mannschaft stand und die beiden Männer desinteressiert betrachtete. Kurt half Kta auf die Knie. Kta wischte sich das Blut aus dem Gesicht und hustete.

»Auf die Beine«, sagte der Indras-Kapitän.

Kta wollte sich nicht helfen lassen. Er stemmte sich hoch und kam schwankend auf die Beine.

»Dein Name?« fragte der Indras-Offizier.

»Kta t'Elas u Nym.«

»t'Elas«, wiederholte der Mann mit einem zufriedenen Nikken. »Ich wußte doch, daß wir eine fette Beute machen würden. Legt die beiden in Eisen. Und dann Kurs auf Indresul.«

Kta blickte Kurt niedergeschlagen an. Es gab keine andere Möglichkeit, als sich in das Schicksal zu fügen. Sie wurden in einen Kielraum geführt. Die Trireme hatte unter Deck erheblich mehr Raum als die kleine *Tavi*. Es war kalt und dunkel dort. Sie wurden in Ketten gelegt, und man gab ihnen nicht einmal eine Decke, um sich gegen die Nachtkälte zu schützen.

»Was jetzt?« fragte Kurt und preßte die gefesselten Hände vor die Brust, um ein wenig von der Körperwärme festzuhalten.

»Ich weiß nicht«, sagte Kta. »Aber es wäre sicher besser gewesen, wenn wir mit all den anderen ertrunken wären.«

## 18

Indresul, die strahlende Stadt, lag am Rand einer weiten Bucht. Es war eine große und alte Stadt. Ihre weißen Häuser wirkten dauerhaft und sicher. Kriegsschiffe und Handelsschiffe waren im Hafen vertäut. Die breiten Straßen waren voller Leben. Im höher gelegenen Zentrum der Stadt hinter der inneren Ringmauer erhoben sich große Gebäude aus weißem Stein, ein riesiger Tempel-Festungs-Komplex, das Indume, Herz und Nervenzentrum von Indresul. Der Tempel war der Schrein, den alle Nachkommen Indras als das Herdfeuer des Universums verehrten.

»Die Heimat meiner Ahnen«, sagte Kta leise, als sie an Deck der Trireme standen und darauf warteten, daß ihre Wachen sie abholten. »Unser Land, das wir in all unseren Gebeten anrufen. Ich bin froh, daß ich es sehen darf, aber ich glaube nicht, daß wir seinen Anblick lange genießen können, mein Freund.«

Kurt antwortete nicht. Worte würden ihre Lage auch nicht verbessern. Während der drei Tage, die sie in Ketten unter Deck gelegen hatten, war genügend Zeit zu langen Gesprächen mit Kta gewesen, zu Gesprächen, wie sie sie früher in Elas geführt hatten, lange Dialoge, teils ernsthaft, teils belanglos, und ein paarmal hatten sie sogar gelacht. Aber das Lachen hatte einen bitteren Beigeschmack gehabt.

Ein Thema jedoch hatte Kta peinlich vermieden: was mit Kurt geschehen würde. Er selbst würde wohl dem Haus Elas-in-Indresul übergeben werden. Kta ahnte wohl Kurts Schicksal, wollte jedoch nicht darüber reden.

Das Echo der zufallenden Tür rollte durch das Gewölbe der dreieckigen Halle, und durch den Rauch von Lampen und Weihrauch sahen sie das Feuer der *phusmeba* der Festung Indume. Kurt blieb unwillkürlich stehen, verwirrt von dem Licht des Feuers und den vielen Gesichtern.

Aus einer Tür, die hinter dem Rauch und dem Feuer unsichtbar blieb, trat eine Frau, eine Gestalt in Brokat, flankiert von zwei bewaffneten Männern.

Die Wachen, die Kta und Kurt in die Festung gebracht hatten, stießen sie mit ihren Speerschäften vor. Die Frau stand reglos. Sie war groß und schlank, ihr blauschwarzes Haar wurde von einem helmartigen Kopfschmuck aus Goldketten gekrönt. Sie war Nemet und von einer atemberaubenden Schönheit: Ylith t'Erinas ev Tehal, Methi von Indresul.

Ihr Blick richtete sich auf die beiden Männer, und Kta fiel vor ihr auf die Knie. Die Methi zuckte nicht mit der Wimper. Dies war die Ehrfurcht, die man ihr schuldig war. Kurt ließ sich jetzt ebenfalls auf die Knie fallen und blickte auf die polierten Platten des Bodens.

»Nemet«, sagte die Methi, »sieh mich an.«

Kta hob den Kopf, stand aber nicht auf.

»Dein Name«, sagte sie. Ihre Stimme war klar und klangvoll.

»Methi, ich bin Kta t'Elas u Nym.«

»Elas. Elas von Nephane. Wie geht es deinem Haus, t'Elas?«

»Vielleicht hat die Methi davon erfahren. Ich bin der letzte.«

»Was? Elas ist gefallen?«

»So haben es der Himmel und die Methi von Nephane gewollt.«

»Ich verstehe. Und wie kommt es, daß ein Mann von Indras-Geblüt sich in Gesellschaft eines Menschen befindet?«

»Er gehört zu meinem Haus, Methi, und er ist mein Freund.«

»Du bist ein Ärgernis, t'Elas, ein Affront für meine Augen und für das klare Licht des Himmels. Laßt t'Elas von dem Haus aburteilen, das er entehrt hat, und unterrichtet mich von seinem Spruch.«

Sie klatschte in die Hände. Die Wachen rissen Kta auf die Beine. Kurt wollte ebenfalls aufstehen, hielt aber mitten in der Bewegung inne, als sich eine Speerspitze in seine Seite bohrte. Kta blickte ihn an mit dem Gesicht eines Mannes, der weiß, daß sein Schicksal besiegelt ist, dann wurde er von den Wachen fortgeführt.

Kurt warf Ylith einen raschen Blick zu, und eine kalte Wut stieg in ihm auf. Der Schlag eines Speerschafts in sein Genick warf ihn halb betäubt zu Boden, und er erwartete, im nächsten moment von der Speerspitze durchbohrt zu werden. Aber der Stoß erfolgte nicht.

»Mensch.« Es lag nicht die geringste Sympathie in diesem Wort. »Setz dich aufrecht.«

Kurt stemmte sich hoch. Einem der Wachen ging es nicht schnell genug, er packte ihn beim Arm und riß ihn auf die Knie.

»Hast du einen Namen, Mensch?«

»Mein Name«, sagte er bewußt arrogant, »ist Kurt Liam t'Morgan u Patrick Edward.«

Ylith musterte ihn von Kopf bis Fuß und sah ihm schließlich ins Gesicht. »Morgan«, sagte sie. »Das ist sicher der Name deines Hauses.«

Er antwortete nicht.

»Ich habe noch nie einen lebenden Menschen gesehen«, sagte Ylith. »Dieser sieht intelligenter aus als die Tamurlin, nicht wahr, Lhe?«

»Ich glaube nicht, daß er ein Tamurlin ist, Methi«, sagte der schlanke Mann, der links von ihr stand.

»Aber er ist von ihrem Blut.« Sie runzelte die Stirn. »Es ist eine Schändung der Natur. Man könnte ihn fast für einen Nemet halten, wenn er nicht diese ekelhafte blasse Hautfarbe hätte. Er soll aufstehen. Ich möchte ihn mir genauer ansehen.«

Die Wachen packten Kurt bei beiden Armen und rissen ihn auf die Füße. Er kochte vor Wut und Scham, aber wenn es etwas gab, das das Schicksal von ganz Nephane, Freund oder Feind, besiegeln würde, so war es ein Angriff eines Freundes von Elas auf diese Frau. Er wandte den Kopf zur Seite, bis die Klinge einer Speerspitze gegen seine Wange schlug und sein Gesicht der Methi zuwandte.

»Wie die *inim*-Geborenen«, stellte die Methi fest. »So etwa stellte man sie sich vor, die Kinder der Lüfte, irgendwie vogelartig mit einem Anflug von Irrsinn im Auge. Aber ich sehe auch eine gewisse Intelligenz. Lhe, ich möchte diesen Menschen noch eine Weile aufbewahren und ihn studieren.«

»Der Wille der Methi geschehe.«

»Haltet ihn in Gefangenschaft, bis ich die Zeit finde, mich mit ihm zu befassen.« Ylith wandte sich zum Gehen, blieb aber noch einmal stehen und musterte Kurt noch einmal von Kopf bis Fuß, als ob allein seine Existenz ihr unglaublich wäre. »Gewährt ihm einige Bequemlichkeit. Er ist in der Lage, uns zu verstehen, also macht ihm klar, daß er weniger Bequemlichkeiten zu erwarten hat, falls er Schwierigkeiten machen sollte.«

Einige Bequemlichkeit, so wie Lhe sie verstand, war das äußerste Maß an Bescheidenheit. Kurt saß gegen die Wand gelehnt auf einem Strohsack, der ihn nur notdürftig gegen die Kälte des Steinbodens schützte, und zitterte in dem Zugwind, der durch einen Spalt unter der Tür in seine Zelle wehte.

Um sein rechtes Fußgelenk war eine Eisenmanschette geschraubt, deren Kette in der Wand festgeschmiedet war. Es war unmöglich, sie aus ihrer Verankerung zu reißen. Und sinnlos. Wohin hätte er denn fliehen sollen?

Er streckte die Beine aus. Die Kette klirrte. Er legte sich auf den Strohsack und verschränkte seine frierenden Arme unter sich.

Nichts, was die Tamurlin mit ihm getan hatten, kam der Erniedrigung gleich, die er jetzt empfand. Die schlimmsten Schläge, die er erduldet hatte, waren nicht so entehrend wie der Blick, mit dem Ylith t'Erinas ihn gemustert hatte. Sie hatten darauf bestanden, ihn zu waschen, was er gerne selbst getan hätte, weil er sich nach der Gefangenschaft im Kielraum des Schiffes schmutzig fühlte, aber sie zwangen ihn mit vorgehaltenen Speeren, sich an die Wand zu stellen und die wenigen Fetzen, die er noch auf dem Leibe hatte, auszuziehen, und schrubbten ihn dann mit einer streng riechenden Seife. Dann gossen sie einen Eimer eiskaltes Wasser über ihn. Sie gaben ihm nichts, womit er sich abtrocknen konnte, sondern warfen ihm nur eine Leinenhose zu. Die Hose, der Eisenring um sein Fußgelenk und ein Krug mit Wasser waren die Bequemlichkeiten, die Lhe ihm zugestand.

Die Stunden vergingen, und die Öllampe auf dem Sims erlosch. Nur durch das kleine, vergitterte Türfenster fiel jetzt noch etwas Licht von der Flurbeleuchtung herein. Es gelang ihm, ein wenig zu schlafen. Er warf sich von einer Seite auf die andere und wärmte abwechselnd seine frierenden nackten Arme.

Plötzlich drangen mehrere bewaffnete Männer in die Zelle, rissen ihn hoch, lösten die Kette seiner Fußfessel und stießen ihn durch halbdunkle Korridore und Hallen. Die lange Kette klirrte bei jedem Schritt.

Sie brachten ihn die Treppe hinauf und in einen kleinen Raum irgendwo im Zentrum der Festung. Seine Decke wurde von einem dreikantigen Pfeiler getragen, und in einem Kamin flakkerte ein Feuer. Sie fesselten ihm die Hände auf den Rücken und befestigten die Kette der Fußfessel um den Pfeiler, bevor sie gingen.

Fast eine Stunde lang war er allein, aber es machte ihm nichts aus. Der Raum war warm, und seine kältestarren Glieder tauten wieder auf. Er hockte sich neben den Pfeiler, lehnte sich mit dem Rücken dagegen und schloß die Augen.

»Mensch!«

Er fuhr aus einem leichten Schlaf auf und blinzelte in das matte Licht. Ylith war eingetreten. Sie setzte sich auf den Sims des schmalen, hohen Fensters und blickte ihn prüfend an. Sie war jetzt ohne den Kopfschmuck, den sie am Nachmittag getragen hatte. Ihr Haar war zu zwei dicken Zöpfen geflochten, die zu beiden Seiten ihres Gesichts auf die Brust hingen.

»Du bist einer der Begleiter dieser Menschen-Frau, den sie nicht getötet hat«, sagte Ylith.

»Nein«, antwortete er, »ich bin allein gekommen.«

»Du bist ein *gebildeter* Mensch, genau wie sie.«

»So gebildet, wie Sie es sind, Methi.«

Ylith blickte ihn verärgert an, dann wurde ihr Gesichtsausdruck amüsiert. »Aber du bist kein zivilisierter Mensch und scheinst dir auf deinen Mangel an Manieren sogar noch etwas einzubilden.«

»Meine Zivilisation ist über zwölftausend Jahre alt«, sagte er, »und ich habe in dieser Stadt keine Spuren Ihrer Zivilisation entdecken können.«

Die Methi lachte amüsiert. »Noch nie hat jemand gewagt, mir solche Antworten zu geben. Du willst anscheinend, daß ich dich töte. Sieh mich an, Mensch! Sieh mich an!«

Er tat es.

»Es fällt mir schwer, mich an den Anblick deines Gesichts zu gewöhnen«, sagte Ylith. »Aber du kannst denken, das habe ich erkannt. Woher stammen die Menschen? Weißt du das?«

Es war eine religiös gefährliche Frage. »Wir sind«, sagte er nach einigem Überlegen, »Kinder eines Nachbarplaneten der Erde.«

»Aber nicht lichtgeboren«, sagte Ylith, »also unheilig und gesetzlos. Sage mir eins, Mensch: Strahlt das Licht Phans auch auf euer Land?«

»Nein, einer der Brüder Phans scheint in unserer Welt.«

Sie hob die Brauen. »Wie? Eine zweite Sonne?«

Plötzlich sah er die Falle, in die er geraten war, als ihm einfiel, daß die Indras der Strahlenden Stadt nicht so tolerant und kosmopolitisch dachten wie die des von einem Menschen beherrschten Nephane.

»Phan«, sagte sie, »hat keine Brüder.«

Er unterließ es, ihr zu widersprechen. Sie war nicht wütend. Der Blick, mit dem sie ihn musterte, wirkte eher verstört, bedrückt. Die Methi von Indresul war alles andere als naiv. Sie schien über das Problem ernsthaft nachzudenken und keine Antwort zu finden, die sie akzeptieren konnte. »Es scheint«, sagte sie, »daß du Häresien anhängst, die für Nephane typisch sind. Die Sufaki glauben an solche Irrlehren.«

»Die *yhia* ist jenseits jeden Verstehens«, wagte er einen gefährlichen Vorstoß, »ist es nicht so, Methi? Und wenn ein Sterblicher versucht, sie zu verstehen, versucht er es innerhalb der Begrenzungen, die einem Sterblichen gesetzt sind, und findet *seine* Wahrheit in einfachen Begriffen und unter dem Deckmantel ihm bekannter Worte, die seine Aufnahmefähigkeit jedoch nicht über das gewohnte Maß hinweg ausweiten. Wir alle – alle Sterblichen – denken in Modellen der Realität, werden Opfer der Simplifizierung.«

Es war eine These, die Nym ihm einmal bei einer Tasse Tee gegeben hatte in der ruhigen, friedlichen Atmosphäre des *rhmei* von Elas, als sich ihr Gespräch ernsthaften Dingen zugewandt hatte, der Religion, der Humanität. Sie hatten diskutiert, waren verschiedener Meinung gewesen, aber sie hatten gelächelt und sich an die Regeln der Logik gehalten. Die Nemet mochten intelligente Diskussionen. An jedem Nachmittag zur Teestunde wurde eine Frage zur Diskussion gestellt, wenn es keine dringenden geschäftlichen Angelegenheiten zu besprechen gab, und sie hatten das Problem erschöpfend behandelt.

»Du interessierst mich«, sagte Ylith. »Ich glaube, ich werde dich den Priestern übergeben, damit sie dieses Wunder mit eigenen Augen sehen können: einen Menschen, der denken kann.«

»Wir sind eine denkende Rasse«, sagte Kurt.

»Bist du von derselben Art wie Djan-Methi?«

»Von derselben Art, aber nicht von derselben Denkweise.«

»So?«

»Wir haben große Meinungsverschiedenheiten gehabt.«

Ylith blickte ihn interessiert an. »Sag mir, ist es wahr, daß ihr Haar wie Metall glänzt?«

Er nickte.

»Du warst ihr Liebhaber.«

Er spürte, daß ihm das Blut ins Gesicht stieg. »Du bist sehr gut informiert«, sagte er agressiv. »Wo versteckst du deine Spione?«

»Hat dich die Frage schockiert?« fragte sie mit einem amüsierten Lächeln. »Besitzen Menschen auch eine Art Schamgefühl?«

»Und auch andere Gefühle, wie sie die Nemet haben«, erwiderte er scharf. »Ich habe dein Volk *geliebt*. Ist das der Kern deiner Philosophie? Haßt du mich, weil ich dein Weltbild störe, weil du mich nicht darin einordnen kannst?«

Solche Worte hätte er früher niemals außerhalb von Elas gebraucht. Die Nemet waren zu xenophobisch dazu. Nur mit Kta hätte er über so eine Frage sprechen können. Er fühlte sich müde und erschöpft. Es war spät in der Nacht. Er fühlte Tränen in seine Augen steigen und schämte sich dann dieser Schwäche.

Ylith legte den Kopf auf die Seite und runzelte die breite Stirn. »Du bist wirklich ganz anders als alles, was ich über Menschen gehört habe«, sagte sie nach einer Weile. Sie glitt vom Fenstersims und ging zur Tür, hinter der ein alter Mann auf sie wartete, ein alter Mann, dessen weißes Haar bis auf seine Schultern reichte und dessen *ctan* und *pel* aus weißem, goldbesticktem Stoff waren.

Der alte Mann verneigte sich tief vor der Methi, kniete jedoch nicht nieder. Daraus schloß Kurt, daß Ylith ihn erwartet hatte.

»Priester«, sagte sie und deutete auf Kurt. »Blicke dieses Geschöpf an und sage mir, was du siehst.«

Der Priester richtete sich auf und blickte mit seinen wässerigen Augen Kurt an. »Steh auf«, sagte er.

Kurt stemmte sich mit den gefesselten Händen gegen die Säule und kam schwerfällig auf die Füße. Plötzlich faßte er wieder Hoffnung. Er wußte nicht, warum gerade dieser Nemet-Priester sie in ihm erweckte, aber die Stimme des alten Mannes klang sanft, und in dem Blick der schwarzen Augen lag so etwas wie Güte.

»Priester«, drängte die Methi.

»Große Methi«, sagte der Priester, »dies ist ein schwieriges Problem. Ob dieses Wesen ein Kind der Schöpfung ist, so wie wir es verstehen, kann ich nicht sagen. Aber er ist kein Tamurlin. Es liegt in den Händen der Methi, das zu tun, was sie für richtig und gerecht hält, aber es ist durchaus möglich, daß wir es hier mit einem denkenden und fühlenden Geschöpf zu tun haben, auch wenn es nur ein Mensch ist.«

»Ist die Kreatur gut oder böse, Priester?«

»Was sind die Nemet, Große Methi?«

»Die Nemet«, sagte die Methi ungeduldig, »sind die Kinder Naes'. Wessen Kind ist er, Priester?«

»Das weiß ich nicht, Große Methi.«

Ylith senkte den Blick, sah Kurt verstohlen an und sagte: »Priester, ich beauftrage dich, diese Frage im Priester-Kollegium zu klären und mir eine Antwort zu bringen. Nimm den Menschen mit, wenn du es für notwendig erachtest.«

»Methi, ich will das Kollegium konsultieren, und wir werden ihn holen lassen, falls seine Anwesenheit nötig werden sollte.«

»Dann bist du jetzt entlassen«, sagte sie, und der Priester ging.

Nach ihm verließ auch die Methi den Raum, und Kurt hockte sich wieder auf den Boden, verwirrt und todmüde. Er war allein und war froh darüber.

Er lehnte sich an die Säule, schloß die Augen und versuchte zu schlafen. Im Schlaf verging die Zeit. Im Schlaf brauchte er nicht zu denken.

Im Schlaf erinnerte er sich aber manchmal auch an Mim und an Elas.

Türen krachten auf und wurden zugeworfen. Leute trampelten in den Raum und rissen ihn aus seinem Dämmerschlaf.

Die Methi war zurückgekommen.

Und sie brachten Kta.

Kta sah ihn und atmete erleichtert auf, konnte aber nichts sagen. Die Methi forderte seine Aufmerksamkeit. Kta kniete sich vor ihr auf den Boden und drückte sein Gesicht auf den kalten Stein. Seine Bewegungen wirkten mühsam und angestrengt. Er schien sehr mitgenommen zu sein.

Ylith ignorierte ihn. Sie blickte über ihn hinweg einen hochgewachsenen, grauhaarigen Mann an, der sich steifbeinig auf den Boden kniete und sofort wieder aufstand.

»Vel t'Elas«, sagte Ylith, »was hat das Haus Elas-in-Indresul über diesen Mann Kta beschlossen?«

Ktas entfernter Verwandter verbeugte sich kurz. Er strahlte große Würde aus und erinnerte Kurt ein wenig an Nym. »Wir überantworten ihn der Gerechtigkeit der Methi. Sie möge über Leben oder Tod entscheiden.«

»Zu welchem Urteil seid ihr hinsichtlich seines Verhaltens gegenüber Elas gekommen?«

»Wir bitten um die Gnade der Methi. Er hat unsere Gesetze beachtet und verehrt unsere Ahnen. Wir haben ihm nur zweierlei vorzuwerfen: seine Beziehungen zu diesem Menschen und daß er aus Nephane stammt.«

»Kta t'Elas u Nym«, sagte Ylith.

Kta hob den Kopf und hockte sich auf die Fersen.

»Kta t'Elas, euer Volk hat eine Fremde zur Regentin gewählt. Warum?«

»Sie wurde vom Himmel auserwählt, Methi, nicht von unserem Volk, und nach den Sprüchen unserer Orakel war es eine gute Wahl.«

»Die vom Upei und den Familien in aller Form bestätigt wurde?«

»Ja, Methi.«

»Dann«, sagte sie zu den Männern, die mit Kta in den Raum gekommen waren, »hat der Himmel entschieden, daß Nephane wieder uns gehören soll. Wo, Kta t'Elas, der du Indras-geboren bist, liegt deine Loyalität?«

»Im Land meines Vaters, Ylith-Methi, und bei den Freunden meines Hauses.«

»Also fühlst du keine Loyalität gegenüber diesem Haus von Elas, aus dem deine Ahnen stammen?«

»Große Methi«, sagte Kta mit gebrochener Stimme, »ich verehre dich und das Haus meiner Ahnen, aber meine Bindungen an Nephane sind genauso stark. Ich kann nicht mich und die Ahnen Elas' entehren, indem ich mich gegen die Stadt wende, die mich geboren hat. Elas-in-Indresul würde mich verachten, wenn ich es täte.«

»Wie ist der Name deiner Mutter, Kta t'Elas? War sie Indras oder Sufaki?«

»Methi, sie war Lady Ptas t'Lei e Mat sh'Nym.«

»Ein sehr gutes Haus, das Haus Lei. Dann bist du also in beiden

Linien Indras und sicher aus einem orthodoxen Haus. Trotzdem hast du dir Sufaki und Menschen zu Freunden gewählt. Ich finde das sehr schwer verständlich, Kta t'Elas.«

Kta verneigte sich, ohne zu antworten.

»Vel t'Elas«, wandte sich die Methi an den Vertreter von Elas-in-Indresul, »ist dieser Sohn eueres Hauses ein Anhänger der Sufaki-Häretik?«

»Große Methi, Elas hat festgestellt, daß er Kenntnisse von fremdem Wissen und fremden Irrtümern besitzt, aber seine Erziehung war orthodox.«

»Kta t'Elas«, sagte die Methi, »was ist der Ursprung der Menschen?«

»Das weiß ich nicht, Methi.«

»Würdest du sagen, daß sie eine Seele besitzen und daß sie den Nemet gleich sind?«

Kta hob den Kopf. »Ja, Methi«, sagte er entschieden, »das glaube ich.«

»So, so.« Ylith runzelte die Stirn und stand auf. Dann blickte sie die Wachen an. »Lhe, bringe diese beiden Gefangenen in das obere Gefängnis und gibt ihnen, was zu ihrem Wohlbefinden nötig ist. Aber bringe sie getrennt unter und sorge dafür, daß sie nicht in Kontakt miteinander treten können.«

»Jawohl, Methi.« Er verbeugte sich.

Sie blickte angewidert auf den halbnackten Kurt. »Und sorge dafür, daß er anständig gekleidet ist. Wenn er schon glaubt, mit den Nemet auf einer Stufe zu stehen, soll er auch so behandelt werden.«

Licht flammte auf.

Kurt blinzelte und rieb sich die Augen, als das Öffnen der Tür und der Eintritt von Männern mit Fackeln ihn aus dem Schlaf riß und in neue Panik stürzte. Gesichtslose Schatten traten auf ihn zu.

Er warf die Decke ab und sprang aus dem Bett der neuen Zelle, die man ihm gegeben hatte.

»Du mußt mitkommen«, sagte Lhes Stimme aus dem Licht der Fackeln.

Kurt zwang sich zu einer höflichen Verbeugung und zog sich an.

Als er fertig war, packten ihn zwei Wachen bei den Armen.

»Lord Lhe«, sagte Kurt und blickte den Nemet vorwurfsvoll an. Und der würdige, elegante Lhe war wirklich der Gentleman, für den Kurt ihn hielt, zu sehr Nemet und Indras, um die Regeln der Höflichkeit zu verletzen.

»Ich denke, er wird freiwillig mitkommen«, sagte er zu den Wachen; die ließen ihn widerwillig los.

»Danke«, sagte Kurt mit einer knappen Verbeugung. »Kannst du mir sagen, warum ...«

»Nein, Mensch«, sagte Lhe. »Wir wissen es nicht. Wir sollen dich in die Gerichtshalle bringen.«

»Finden bei euch die Gerichtsverhandlungen in der Nacht statt?« fragte Kurt schockiert. Selbst in dem liberalen Nephane wurden keine Rechtsgeschäfte mehr erledigt, nachdem Phan das Land verlassen hatte.

»Du kannst nicht vor Gericht gestellt werden«, sagte Lhe. »Du bist ein Mensch.«

Irgendwie überraschte ihn diese Eröffnung nicht, aber er hatte sich bisher noch keine Gedanken über seinen legalen Status gemacht. Anscheinend zeigte sich seine Unsicherheit auf seinem Gesicht, denn Lhe blickte ihn verlegen lächelnd an, hob die Schultern und machte eine hilflose Geste.

»Du mußt jetzt mitkommen«, sagte er.

Kurt ging mit ihnen durch mehrere Hallen, Treppen hinauf, bis sie eine Halle aus altem Mauerwerk erreichten.

Die hohe Decke war im Licht der einzigen Fackel, die in einem Wandsockel steckte, kaum sichtbar. Die Einrichtung bestand nur aus einem langen Tisch für das Gericht und den dazugehörigen Stühlen.

Vor dem Richtertisch war ein schwerer Eisenring in den Boden eingelassen, an dem eine Kette befestigt war. Lhe bat ihn höflich, sich neben die Kette zu stellen, die einer seiner Männer dann an Kurts Fußfessel befestigte.

Er starrte Lhe an, wütend, aggressiv, und Lhe vermied seinen Blick.

»Kommt«, sagte Lhe zu seinen Männern. »Wir werden hier nicht mehr gebraucht.« Und zu Kurt: »Mensch, du wirst durch Bescheidenheit mehr erreichen als durch Stolz.«

Vielleicht hatte er das als guten Rat gemeint, vielleicht hatte er dabei innerlich gelacht. Kurt starrte den Männern nach, als sie den Saal verließen, von Wut und Angst geschüttelt.

In einem plötzlichen Wutanfall stieß er einen gellenden Schrei aus und stieß mit dem Fuß nach der Kette, riß daran und trampelte auf ihr herum. Es war ihm egal, ob er sich den Fußknöchel brach oder nicht. Aber er erreichte nur, daß er dabei das Gleichgewicht verlor und hart zu Boden fiel. Die Kette war nicht lang genug für solche Eskapaden, und die Eisenschelle um seinen Knöchel riß ihm die Haut auf. Er blieb ein paar Sekunden lang reglos liegen, halb betäubt von Schmerz und Wut, dann stemmte er sich stöhnend auf Hände und Knie und ließ den Kopf hängen.

»Fühlst du dich jetzt wohler?« fragte die Methi.

Er wandte sich um und sah sie im engen Lichtkreis der Fackel stehen. Sie trug ein dunkelblaues Kleid, und ihr Haar fiel lose um ihre Schultern wie eine nachtblaue Wolke. Sie trat an das linke Ende des langen Tisches und blickte Kurt mit einem leicht amüsierten Lächeln an.

»Das ist nicht das Benehmen eines intelligenten Wesens«, sagte sie.

Er hockte sich auf den Boden und verschränkte die Hände in seinem Schoß, die korrekte Haltung für einen Besucher an einem fremden Herd.

»Das ist auch nicht ein Willkommen, wie man es mir in Nephane bereitet hat«, antwortete er. »Es tut mir leid, daß ich dein Mißfallen erregt habe, Methi.«

»Dies ist nicht Nephane«, sagte sie, »und ich bin nicht Djan.« Sie setzte sich auf den äußersten Stuhl hinter dem Richtertisch und verschränkte die Hände auf der Tischplatte. »Wenn du einen meiner Männer schlagen solltest ...«

Er verneigte sich leicht. »Du warst gütig zu mir. Ich habe nicht die Absicht, irgend jemanden zu schlagen.«

Sie blickte ihn lächelnd an. »Jetzt versuchst du, mich zu beeindrucken.«

»Ich gehöre zu Elas«, sagte er und hoffte, damit Kta keine Schwierigkeiten zu bereiten. »Ich habe die Formen der Höflichkeit gelernt. Man hat mir erklärt, daß der Ehre eines Hauses durch Höflichkeit am besten gedient wird.«

»Das ist eine recht gute Antwort.«

Es war die erste Anerkennung, die er von ihr hörte.

»Warum hast du mich hierher rufen lassen?« fragte er nach einer kurzen Pause.

»Du hast meine Träume gestört«, sagte sie. »Also fand ich es nur gerecht, auch die deinen zu stören.« Sie blickte ihn nachdenklich an. »Hast du auch Träume?«

Das war kein Witz, erkannte er, sondern eine für einen Nemet ernsthafte religiöse Frage.

»Ja«, sagte er, und sie dachte eine Weile darüber nach.

»Die Priester können mir nicht sagen, was du bist«, sagte sie schließlich. »Ein paar von ihnen plädieren dafür, dich einfach zu töten, andere drängen mich, dich nach dem Ritus der *atia* töten zu lassen. Weißt du, was *atia* ist, t'Morgan?«

»Nein«, sagte er und erkannte, daß es eine Frage war und keine Drohung.

»Es bedeutet, daß sie dich für eine Kreatur der Niederen Regionen halten, die auf irgendeine Weise von dort entkommen ist, und daß man dich unter Flüchen und großen Schmerzen zurückschicken sollte, damit nie wieder ein Wesen deinesgleichen in unsere Region kommt. So groß ist ihre Verwirrung über deine Existenz. *Atia* ist seit Jahrhunderten nicht mehr angewandt worden, und man müßte in alten Dokumenten nachschlagen, um die korrekten Riten anzuwenden. Ich glaube, daß ein paar der Priester sich bereits damit befassen. Aber Kta t'Elas besteht auf der Behauptung, daß du eine Seele hast, obwohl er für diese Häresie seine eigene verlieren könnte.«

»Kta ist ein gütiger und religiöser Mann«, sagte Kurt durch seine aufkeimende Angst. »Er ist ...«

»t'Morgan«, unterbrach die Methi, »im Augenblick interessiere ich mich nur für dich. Ich will wissen, was du bist.«

»Du willst es nicht wirklich wissen«, sagte er bitter. »Du wirst mir so lange Fragen stellen, bis du daraus eine Antwort konstruieren kannst, die mit dem übereinstimmt, das du hören willst, das ist alles.«

»Du hast das Aussehen eines Vogels«, sagte sie nachdenklich, »eines Raubvogels. Die anderen Menschen, die ich gesehen habe, waren wie wilde Tiere. Ich habe allerdings noch nie einen von ihnen lebend gesehen. Sage mir, wenn du nicht an diese Kette gefesselt wärst, was würdest du tun?«

»Ich würde gerne aufstehen«, sagte er. »Der Boden ist kalt.«

Das war dreist und ungehörig, aber es schien sie zu amüsieren. Ihr Lachen klang sogar ein wenig teilnehmend. »Bei einem Nemet würde ich diese Antwort nicht durchgehen lassen«, sagte sie. »Aber ernsthaft, was denkst du wirklich? Was würdest du tun, wenn du frei wärst?«

Er hob die Schultern und starrte zu Boden. »Ich ... würde um Ktas Freilassung bitten«, sagte er. »Wir würden Indresul verlassen und irgendwohin gehen, wo man uns aufnimmt.«

»Du hängst sehr an ihm«, stellte sie fest.

»Kta ist mein Freund. Ich gehöre zu Elas.«

»Du bist ein Mensch. Wie Djan. Wie die Tamurlin.«

»Nein«, sagte er, »ich bin anders als beide.«

»Und worin liegt der Unterschied?«

»Wir sind verschiedener Abstammung.«

»Du warst ihr Liebhaber, t'Morgan. Woher kommst du?«

»Das weiß ich nicht.«

»Du weißt es nicht?«

»Ich weiß nicht mehr, wer ich bin und wo meine Heimat ist.«

Sie blickte ihn nachdenklich an wie ein abstraktes Kunstwerk, dessen Sinn sie nicht verstand. »Das Herdfeuer deiner Art – vorausgesetzt, daß du tatsächlich zivilisiert bist – liegt in weiter Ferne. Es müßte schrecklich sein, unter Fremden zu sterben mit Riten, die nicht deine eigenen sind, ohne Angehörige, die dich der Obhut deiner Ahnen anempfehlen können, in einem Grab, das nicht einmal deinen richtigen Namen trägt.«

Kurt senkte den Kopf und sah plötzlich einen anderen halbdunklen Raum, in dem Mim vor dem Herdfeuer von Elas lag, Mim, die nicht unter ihrem richtigen Namen in Nephane begraben worden war, in einer fremden Welt, die von fremden Göttern beherrscht wurde, und er erinnerte sich wieder an die Hilflosigkeit, die er damals empfunden hatte. Er hatte plötzlich Angst, und ihre Worte hatten seiner Angst einen Namen gegeben. Er dachte an seinen Tod, an ein Begräbnis unter Anrufung von Göttern und unter Anwendung von Riten, die ihm fremd waren und die er nicht verstand. Er wünschte fast, sie würden ihn in die See werfen zu den Fischen und zu Kalyts grünäugigen Töchtern.

»Habe ich eine wunde Stelle berührt?« fragte Ylith leise. »Haben die Hüter von Elas Anstoß an dir genommen, oder hattest du geglaubt, ein Nemet zu sein?«

»Elas war mein Zuhause«, sagte er.

»Du hast dort geheiratet.«

Er blickte überrascht auf. »Wer ... woher weißt du es?«

»Elas-in-Indresul hat mit Kta über dein Leben in Elas gesprochen. War die Frau mit dieser Ehe einverstanden, oder wurde sie dazu gezwungen?«

»Sie ist freiwillig zu mir gekommen.« Er schluckte seine Wut hinunter und beschloß um Mims willen höflich und bescheiden zu bleiben. »Methi, sie war eine Tochter deines Volkes, in Indresul geboren. Ihr Name war Mim t'Nethim e Sel.«

Ylith runzelte verstört die Stirn. »Hast du mit Lhe darüber gesprochen?«

»Bitte?«

»Er ist aus dem Haus Nethim. Lhe t'Nethim u Kma, der zweite Sohn von Lord Kma. Nethim ist mit Elas verfeindet. t'Elas hat in seinem Verhör den Hausnamen Mims nicht erwähnt.«

»Er hat ihn nicht gekannt. Nur mir hat sie sich offenbart. Sie ist auch nicht unter ihrem richtigen Namen begraben worden. Es wäre eine große Güte, wenn du Lord Kma von ihrem Tod benachrichtigen würdest, damit er für sie beten kann. Ich glaube nicht, daß es gut wäre, wenn ich ihm diese Nachricht selbst übermitteln würde.«

»Sie werden fragen, wer schuld an ihrem Tod ist.«

»Shan t'Tefur und Djan von Nephane.«

»Nicht Kurt t'Morgan?«

»Nein.« Die Erinnerungen an den Alptraum, die er bei Tageslicht aus seinem Gedächtnis verdrängen konnte, drängten sich jetzt wieder an die Oberfläche: das Halbdunkel, das Feuer, Nym vor der *phusmeba* stehend, die tote Mim zu seinen Füßen, als er die Ahnen von Elas anflehte, sie bei sich aufzunehmen. Nun, jetzt konnte er seine Bitte den Ahnen persönlich vortragen. Nym und Ptas und Hef ... In jener Nacht hatten sie noch gelebt, und jetzt waren sie bei Mim. Im Reich der Schatten ...

»Ich werde mit Kma t'Nethim und mit Lhe sprechen«, sagte die Methi.

»Vielleicht solltest du ihnen nicht sagen, daß Mim mit einem Menschen verheiratet war«, sagte Kurt.

Ylith schwieg ein paar Sekunden lang. »Ich habe das Gefühl, daß du sehr um sie trauerst«, sagte sie dann. »Unsere Gesetze sagen, daß die Menschen keine Seele besitzen und daß Mim eine schwere Sünde auf sich geladen hat, als sie freiwillig die Ehe mit dir einging.«

»Sie ist tot. Laß sie in Frieden ruhen.«

»Wenn ich zugeben würde, daß es keine Sünde war«, sagte sie nach kurzem Überlegen, »dann wäre das ein Eingeständnis, daß viele weise Männer einem Irrtum erlegen sind, daß unsere Priester eine Irrlehre predigen, daß unser ganzes Staatswesen auf einem Irrtum beruht. Ich müßte zugeben, daß es in einem geordneten Universum Kreaturen gibt, die nicht in diese Ordnung passen. Ich müßte zugeben, daß diese Welt nicht die einzige ist, daß Phan nicht der einzige Gott ist. Ich müßte Dinge zugeben, für die man wegen Häresie zum Tode verurteilt wird. Sieh mich an, Mensch. Sieh mich an!«

Er tat es, und nackte Angst lag in seinem Blick, weil er plötzlich die Tragweite ihrer Worte erkannte. Sie ahnte die Wahrheit. Es hatte keinen Sinn, mit ihr zu argumentieren. Es war aus politischen und religiösen Gründen nicht opportun, daß diese Wahrheit publik wurde.

»Du bestehst also darauf«, fuhr sie fort, »daß es zwei Universen gibt, das meine und das deine, und daß du auf irgendeine Weise von dort in das meine gekommen bist. Nach unseren Gesetzen bist du ein Tier. Selbst ein Tier kann die Gaben des Sprechens und des aufrechten Gangs besitzen. Aber in anderen Dingen bist du wie die Nemet. Ich habe geträumt, t'Morgan. Ich habe geträumt, und in meinem Traum warst du tot. Ich habe in dein Gesicht geblickt, und der Anblick hat mich verwirrt, sehr verwirrt, t'Morgan. Ich dachte daran, daß du eine Nemet geliebt hast und darum eine Seele besitzen mußtest. Ich wachte auf und war noch immer verwirrt – und bedrückt.«

»Kta hat nichts weiter getan als das, was du auch getan hast: Er war verwirrt und bedrückt. Deshalb hat er mir geholfen. Du mußt ihn freilassen.«

»Du verstehst mich nicht. Er ist Nemet. Er ist unseren Gesetzen unterworfen. Du ... kannst gehalten werden wie ein Tier. Über ihn muß ich einen Urteilsspruch fällen. Wäre es dir lieber, mit Kta zu sterben, als in Gefangenschaft zu leben? Man könnte dir eine Reihe von Bequemlichkeiten einräumen. Es wäre kein allzu hartes Leben.«

Zu seiner eigenen Überraschung fiel ihm die Antwort sehr leicht, und in diesem Augenblick verspürte er nicht einmal Angst. »Ich stehe in Ktas Schuld«, sagte er. »Er hat niemals Anstoß an meinem Menschsein genommen, und das – sehe ich jetzt ein – ist bei einem Nemet ein seltenes Zeichen von wirklicher Freundschaft.«

Ylith schien ein wenig überrascht. »Nun«, sagte sie dann, stand auf und strich ihren Rock glatt, »dann will ich dich jetzt weiterschlafen lassen, t'Morgan. Ich werde deine Bitte erfüllen und Nethim von Mims Tod unterrichten, damit man für sie beten kann.«

»Ich danke dir dafür, Methi.«

»Brauchst du irgend etwas?«

»Ich muß mit Kta sprechen«, sagte er. »Das ist das einzige, was ich brauche.«

»Das kann ich dir leider nicht erlauben.«

## 19

Schlüssel rasselten. Kurt schreckte aus der Lethargie langen Wartens. Plötzlich erkannte er, daß sie nicht gekommen waren, um sein Frühstück zu bringen. Dazu waren zu viele Leute auf dem Korridor. Er hörte ihre Schritte, Fetzen leiser Gespräche, dann drehte sich der Schlüssel im Schloß. Wahrscheinlich wieder eine der Launen der Methi, dachte er.

Oder es war ein Exekutionskommando, und er würde gleich über Ktas Schicksal hören.

Lhe war der Führer der kleinen Gruppe. Seine Augen waren dunkelumrandet, er wirkte müde, und sein sonst untadelig gekämmtes Haar war strähnig. Ein *tai*, ein kurzes Schwert, steckte in seinem Gürtel.

»Wartet draußen«, sagte er zu den anderen.

Sie zögerten. Er wiederholte seinen Befehl, diesmal schreiend, und sie flohen aus der Zelle.

Lhe schloß die Tür und trat Kurt gegenüber, die rechte Hand auf dem Knauf des *tai*.

»Ich bin t'Nethim«, sagte Lhe. »Mein Vater wird sich um Vel t'Elas kümmern. Ich kümmere mich um dich. Mim hat mit dir gelebt. Sie war meine Kusine.«

Kurt verneigte sich und zog es vor, den drohenden Ausdruck in Lhes Gesicht zu übersehen. »Ich habe sie verehrt«, sagte er.

»Nein«, erwiderte Lhe, »das hast du nicht getan.«

»Bitte betet für sie.«

»Das haben wir schon getan und ihre Seele den Hütern unseres Hauses anempfohlen. Um ihretwillen haben wir zu unseren Ahnen zum erstenmal Gutes über Elas gesagt, zum erstenmal seit Jahrhunderten. Weil sie Mim bei sich aufgenommen und unter ihren Schutz gestellt haben, auch wenn sie nicht wußten, daß sie eine t'Nethim war. Aber andere Dinge werden wir nicht vergeben. Es gibt keinen Frieden zwischen den Hütern Nethims und dir, Mensch. Sie werden die Schande niemals verzeihen, die du über unser Haus gebracht hast.«

»Mim war sicher, daß sie mit ihrer Wahl einverstanden seien«, sagte Kurt. »Friede war in ihrer Seele. Sie liebte Nethim, und sie liebte Elas.«

Das gefiel Lhe überhaupt nicht. Er preßte seine Lippen zusammen und runzelte die Stirn.

»Sie war mit der Ehe einverstanden?« fragte er erstaunt. »Elas hat sie nicht dazu gezwungen und sie dir gegeben?«

»Sie haben sich unserer Verbindung anfangs sogar widersetzt, und ich habe Mims Zustimmung eingeholt, bevor ich mit Nym und Ptas t'Elas gesprochen habe. Falls es dich nicht beleidigt, es zu hören: Ich habe Mim geliebt.«

In Lhes Schläfe begann eine Ader zu pulsieren. Er schwieg eine Weile, als ob er sich erst wieder in seine Gewalt bekommen wollte, bevor er sprach. »Wir sind beleidigt worden. Aber ich weiß, daß sie dir vertraute, da sie dir im Haus unserer Feinde ihren wahren Namen nannte. Sie hat dir mehr vertraut als Elas.«

»Nein. Sie wußte, daß ich ihr Geheimnis wahren würde, aber sie hat ihren Namen nicht aus Angst vor Elas verschwiegen. Sie hat Elas zu sehr geliebt, um es mit der Kenntnis ihres Hausnamens zu belasten.«

»Ich danke dir, daß du der Methi ihren wahren Namen genannt hast, damit wir für sie beten konnten. Ich habe es niemals für möglich gehalten«, setzte er kühl hinzu, »daß ich einmal gezwungen sein würde, einem Menschen zu danken.«

»Ich weiß, daß es dir sehr schwer fällt«, sagte Kurt und verbeugte sich leicht. Höflichkeit war ihm schon zur Gewohnheit geworden. Er warf einen raschen Blick in Lhes Gesicht. Der Ausdruck von Härte hatte sich nicht gemildert.

Rasche Schritte näherten sich der Tür. Eine der Wachen klopfte vorsichtig an, öffnete die Tür einen Spalt breit und verbeugte sich entschuldigend. »Lord Lhe, die Methi wartet auf den Menschen. Bitte, Lord Lhe, sie hat t'Iren geschickt, um zu fragen, warum man ihn nicht bringt.«

»Raus!« schrie Lhe. Der Kopf wurde eilig zurückgezogen. Lhe stand Kurt eine Weile schweigend gegenüber, die rechte Hand auf den Knauf des *tai* gestützt. Plötzlich wies er auf die Tür. »Geh, Mensch. Mir steht es nicht zu, über dich zu richten. – Geh!«

Diesmal brachten sie ihn in den *rhmei* der Festung, in dem sich die Lords von Indresul versammelt hatten, schattenhafte Gestalten im flackernden Licht des Feuers. Ylith stand direkt neben den lodernden Flammen. Sie trug wieder den Kopfschmuck aus Goldketten, und ihr Kleid hatte die Farbe der Flammen.

Kurt fiel auf die Knie und verneigte sich bis auf den Boden, bevor man ihn dazu auffordern konnte. Trotzdem stieß ihm eine der Wachen den Speerschaft in den Rücken.

»Laß ihn sitzen«, sagte die Methi. »Er darf mich ansehen.«

Kurt hockte sich auf den Boden unter dem unwilligen Gemurmel der Lords von Indresul, die gegen die Gewährung dieser Gunst protestierten. In ihren Augen war er nicht würdig, der Methi gegenüberzutreten. Er verschränkte seine Hände im Schoß, wie es sich für einen Mann geziemte, dem man die Höflichkeitsform eines Willkommens verweigerte, und hielt den Kopf gesenkt trotz der Erlaubnis der Methi, sie anblicken zu dürfen. Er wollte die Lords von Indresul nicht noch mehr herausfordern. Es gab keine Argumente gegen ihre Vorurteile. Für sie war er ein Tier, und weder Worte noch Taten würden sie vom Gegenteil überzeugen können.

»t'Morgan«, sagte Ylith leise.

Er hielt den Kopf gesenkt und weigerte sich, sie anzusehen. Sie ließ ihn in Ruhe und befahl mit ruhiger Stimme, Kta herbeizuholen.

Es dauerte nicht lange. Kta kam ungefesselt in den Raum, kniete sich neben Kurt und verneigte sich tief vor der Methi. Kurt bemerkte, daß Kta auch nicht den Ring der Fußfessel um seine Knöchel trug, die man ihm selbst nicht abgenommen hatte.

Wenn sie sterben müßten, dachte Kurt wütend, irrational, würde er darauf bestehen, daß man sie auch ihm abnahm. Er konnte nicht sagen, warum ihm das wichtig war, aber es war so;

die Fessel verletzte seinen Stolz mehr als alle anderen Demütigungen, denen er bisher ausgesetzt gewesen war.

»t'Elas«, sagte die Methi, »du hattest einen ganzen Tag Zeit, deinen Entschluß zu überdenken.«

»Große Methi«, sagte Kta mit leiser, aber fester Stimme, »ich habe dir die einzige Antwort gegeben, die ich jemals geben werde.«

»Aus Liebe zu Nephane?«

»Ja.«

»Und aus Liebe zu der Frau, die dort deinen Herd zerstört hat?«

»Nein. Nur aus Liebe zu Nephane.«

»Kta t'Elas«, sagte die Methi. »Ich habe lange mit Vel t'Elas gesprochen. Er ist bereit, dich am Herd deiner Ahnen aufzunehmen, und ich würde ihm die Erlaubnis dazu geben, wenn du dich daran erinnertest, daß du ein Indras bist.«

Kta zögerte lange mit seiner Antwort. Kurt spürte seine Unentschlossenheit, wollte aber seine Würde nicht verletzen, indem er ihn zu einer Entscheidung drängte.

»Ich gehöre zu Nephane«, sagte Kta schließlich.

»Du schlägst also mein Angebot aus, t'Elas, obwohl du genau weißt, was diese Ablehnung für dich bedeutet?«

»Methi«, sagte Kta bittend, »laß mich in Frieden. Zwinge mich nicht, dir zu antworten.«

»Du bist erzogen worden, die Gesetze Indras' zu achten, nicht wahr?«

»Ja, Methi.«

»Und du gibst zu, daß ich das Recht habe, deinen Gehorsam zu verlangen? Daß ich dich von Herd und Stadt verfluchen kann, dir alle heiligen Riten versagen, selbst die eines Begräbnisses? Daß ich die Macht habe, deine unsterbliche Seele für alle Ewigkeit in die Verdammnis zu schicken?«

»Ja«, sagte Kta, und seine Stimme war kaum mehr als ein Hauchen in der tödlichen Stille.

»Dann, t'Elas, beschließe ich hiermit, dich und den Menschen den Priestern zu überstellen. Denke nach, t'Elas, und überlege dir gründlich alle Antworten, die du ihnen geben wirst.«

Der Tempel lag auf der anderen Seite eines weiten Hofes innerhalb der Mauern des Indume, eines Kubus aus weißem Marmor, riesenhaft und imposant. Allein das Tor hatte gigantische Ausmaße, und in dem dreieckigen *rhmei* loderte das Feuer der *phusmeba,* des größten Heiligtums der Nemet, das Herdfeuer des ganzen Planeten.

Kta blieb an der Schwelle des inneren Schreins stehen. Das flackernde Licht fiel auf sein schweißfeuchtes Gesicht und spiegelte sich in seinen Augen. Noch nie hatte Kurt ihn so voller Angst erlebt. Er konnte sich nicht dazu zwingen, weiterzugehen. Die Wachen packten ihn bei den Armen und schleppten ihn in den inneren Schrein. Das Prasseln des Feuers übertönte ihre Schritte.

Kurt wollte ihm folgen. Ein Speerschaft knallte ihm gegen den Bauch. Er stieß einen gellenden Schrei aus und krümmte sich vor Schmerz zusammen.

Als ihn die Wachen wieder hochrissen, sah er Kta vor dem Feuer auf dem Boden liegen. Die Wachen verneigten sich vor dem heiligen Feuer und zogen sich zurück, als weißgekleidete Priester den inneren Schrein betraten.

Einer von ihnen war der alte Priester, der Kurt vor der Methi verteidigt hatte, der einzige, dem er vertraute, auf den er seine Hoffnung setzte.

Er riß sich los und rief nach dem Priester, aber auch sein Schrei ging unter im Prasseln des riesigen Feuers. Kta hatte sich erhoben und stand vor den Priestern.

Die Wachen packten Kurt und rissen ihn brutal zurück.

»Der Priester«, rief er immer wieder, »der weißhaarige Priester. Ich muß mit ihm sprechen. Warum laßt ihr mich nicht mit ihm sprechen?«

»Sei still im heiligen Bezirk«, sagte einer der Männer scharf. »Wir wissen nicht, welchen Priester du meinst.«

»Den dort!« schrie Kurt, riß sich los, stieß einen seiner Wächter zu Boden und lief in den *rhmei.* Vor der riesigen *phusmeba* warf er sich zu Boden, so nahe beim Feuer, daß es ihm fast die Haut versengte.

Er wußte nicht, wie lange er dort lag. Er war fast bewußtlos vor Angst und Erleichterung. Vor seinen Augen tanzten rote Ringe, und die Luft war fast zu heiß zum Atmen. Aber er hatte das Asyl des heiligen Feuers beansprucht wie einst Mutter Isoi, als Phan herunterkam, um alles Leben zu töten.

Weißrobige Priester standen um ihn herum, und schließlich

streckte sich eine runzelige Hand nach ihm aus, und als er den Kopf hob, sah er das Gesicht, das er zu sehen gehofft hatte.

Er weinte. »Priester«, sagte er, da er nicht wußte, welche Anrede ihm gebührte, »bitte hilf uns.«

»Ein Mensch«, sagte der Priester, »darf sich nicht unter den Schutz des heiligen Feuers stellen. Das ist ungesetzlich. Du verunreinigst diese heiligen Steine. Gehörst du unserer Religion an?«

»Nein«, sagte Kurt.

Die Lippen des alten Mannes zitterten, und seine wässerigen Augen wirkten furchterregend.

»Wir müssen diesen Ort reinigen«, murmelte er, und einer der jüngeren Priester sagte: »Wer wird der Methi davon berichten?«

»Bitte gewährt uns den Schutz des Tempels«, bat Kurt.

»Er meint Kta t'Elas«, sagte einer der anderen, als ob es etwas Außergewöhnliches wäre.

»Er ist ein Hausfreund von Elas«, sagte der alte Mann.

»Beim Licht des Himmels«, stöhnte einer der anderen. »Elas ... und dies ...«

»Nethim ist auch darin verwickelt«, sagte der alte Mann.

»Bei allen Göttern ...«

Sie hoben Kurt vom Boden auf und nahmen ihn mit sich, während sie erregt miteinander sprachen. Dabei entfernten sie sich von dem Feuer, und ihre Schritte hallten von den Wänden wider.

Ylith wandte sich langsam um. Die Goldketten ihres Kopfschmucks glänzten im Licht der Fackeln, die den Raum erhellten. Ihr flackernder Schrein warf tanzende Schatten gegen die Wände. Nach einem Blick auf den alten Priester setzte sie sich auf ihren Stuhl, lehnte sich zurück und blickte auf Kurt hinab, der sich vor ihr zu Boden geworfen hatte.

»Priester«, sagte sie schließlich, »ich bin sicher, daß ihr nach drei Tagen zu einem Ergebnis gekommen seid.«

»Große Methi, das Priester-Kollegium ist geteilter Meinung.«

»Mit anderen Worten, auch nach drei Tagen ist es ihm nicht möglich, eine endgültige Schlußfolgerung zu ziehen.«

»Es hat mehrere Möglichkeiten als wahrscheinlich in Betracht gezogen, aber ...«

»Priester«, unterbrach die Methi irritiert, »ja oder nein?«

Der alte Priester verbeugte sich tief. »Methi, einige Mitglieder des Kollegiums sind der Ansicht, daß die Menschen Abkömmlinge der früheren Gott-Könige sind, die Kinder der großen Erdschlange Yr und des Zornes Phans, als er Monster zeugte, um die Welt zu vernichten.«

»Das ist eine sehr alte Theorie. Die Gott-Könige haben vor vielen Tausenden von Jahren gelebt und konnten mit den Sterblichen Nachkommen zeugen. Hat es jemals eine Vermischung von menschlichem Blut mit dem der Nemets gegeben?«

»Nein, große Methi, jedenfalls gibt es keinen Nachweis darüber. Aber wir kennen den Ursprung der Tamurlin nicht, und sie sind zweifellos von der gleichen Art. Du erwartest von uns, daß wir mit deiner Frage auch das Tamurlin-Problem lösen, und wir verfügen nicht über genügend Wissen, um das zu tun.«

»Ihr habt *ihn*. Ich habe ihn euch überlassen, damit ihr ihn untersuchen und befragen konntet. Hat er euch denn nichts gesagt?«

»Das, was er uns gesagt hat, ist unannehmbar.«

»Lügt er? Einem Lügner kann man immer eine Falle stellen.«

»Wir haben es versucht, große Methi, aber er weicht von seinen Behauptungen nicht ab. Er spricht von einer anderen Welt und von einer anderen Sonne. Ich bin fast sicher, daß er wirklich daran glaubt.«

»Und glaubst du auch daran, Priester?«

Der alte Mann neigte den Kopf und faltete seine runzeligen Hände. »Ich bitte um die Gnade der Methi, aber dies ist eine äußerst schwierige Frage, sonst hättest du nicht das Kolleg konsultiert. Das Problem ist doch dieses : Wenn er kein Nemet ist, was ist sein Ursprung? Unsere Schiffe kreuzen auf allen Meeren, aber noch nie haben sie eine ähnliche Kreatur gefunden. Wenn die Menschen es wollen, kommen sie in unsere Welt und bringen Maschinen und Kräfte mit, die unser Wissen nicht versteht. Auch wenn er nicht von einem Ort stammt, der innerhalb unseres Wissenskreises liegt, so muß er doch – bitte vergib die Simplifizierung – von irgendwoher stammen. Er nennt es die ›Erde‹. Vielleicht ist es eine falsche Bezeichnung, da er unsere Sprache nicht völlig beherrscht, oder wir haben ihn mißverstanden. Aber in welchem aller Länder, die wir kennen, könnte seine Heimat sein?«

»Und wenn es wirklich eine andere Welt und eine andere Sonne gäbe, wie würde unsere Religion das interpretieren?«

Die wässerigen Augen des Priesters blickten Kurt an, der vor ihm und der Methi kniete. »Das weiß ich nicht«, sagte er.

»Ich verlange eine Antwort, Priester. Ich will, daß du mir antwortest.«

»Ich ... würde eher daran glauben, daß er sterblich ist, als ihn für unsterblich zu halten, und ich kann nicht wirklich glauben, daß er ein Tier ist. Vergib mir, Methi, was ich hier sage, mag Häresie sein, aber Phan war nicht der älteste Sohn von Ib. Es gab andere Wesen, deren Natur unklar ist. Vielleicht gab es wirklich Brüder Phans, Sonnen von seiner Art. Aber selbst wenn es Tausende davon geben sollte, schmälert das doch nicht die Wahrheit der *yhia*.«

»Das ist Häresie, Priester.«

»Das stimmt«, gab der alte Mann zu. »Aber anders gelange ich zu keiner Antwort.«

»Priester, wenn ich den Menschen anblicke, finde ich keine logische Erklärung für seine Existenz, und ich beginne Fragen zu stellen, wo mir keine Fragen erlaubt sind. Wenn unsere Welt die Welt Phans ist und es daneben noch eine andere geben sollte, was hat dieses ... Eindringen ... von Menschen in unsere Welt zu bedeuten? Es gibt eine Macht, die größer ist als die Phans, ja; aber wo liegt die Notwendigkeit dafür, die ganze Natur so völlig umzukrempeln? Wohin führen uns diese Ereignisse?«

»Das weiß ich nicht. Aber wenn wir uns gegen das Schicksal auflehnen, wird das Schicksal uns vernichten.«

»Verlangt die *yhia* nicht von uns, nur die Dinge zu akzeptieren, die wir mit unserem beschränkten Verstand erfassen können?«

»Es ist unmöglich, anders zu handeln, Methi.«

»Und fordert die Natur deshalb nicht von uns, gewisse Probleme ungelöst zu lassen?«

»So wird es ausgelegt, Methi, obwohl sich nicht alle Mitglieder des Kollegiums mit dieser Exegese einverstanden erklären.«

»Aber wenn wir uns gegen das Schicksal auflehnen, werden wir vernichtet?«

»Darüber besteht kein Zweifel, Methi.«

»Und eines Tages könnte es unser Schicksal sein, vernichtet zu werden?«

»Das ist möglich.«

Sie schlug mit der Hand auf die Stuhllehne. »Ich weigere mich, eine solche Möglichkeit zu akzeptieren. Ich weigere mich, vernichtet zu werden, Priester, oder mein Volk in ein unaufhaltsames Verderben zu führen. Kurz gesagt: Das Kollegium hat keine Antwort finden können.«

»Nein, Methi, das müssen wir zugeben.«

»Ich besitze selbst eine gewisse geistige Autorität.«

»Du bist die Vizekönigin Phans auf diesem Planeten.«

»Werden die Priester das respektieren?«

»Die Priester«, sagte der alte Mann, »sind nicht begierig darauf, daß dieses Problem in ihre Hände zurückgelegt wird. Sie werden deine Entscheidung über das Problem des Ursprungs der Menschen willkommen heißen.«

»Es ist gefährlich für das Volk, wenn solche Gedanken außerhalb dieses Raums erörtert werden«, sagte Ylith. »Du wirst also nichts von dem widergeben, was wir innerhalb dieser Mauern besprochen haben. Du bürgst mir mit deinem Leben, Priester, und mit deiner Seele, daß nichts, was ich hier gesagt habe, weitergegeben wird.«

Der alte Priester wandte den Kopf und blickte Kurt bedrückt an. »Ich bitte die Methi um Gnade. Diese Kreatur hat nichts Unrechtes getan und deshalb keine Strafe verdient.«

»Der Mensch hat den heiligen *rhmei* entweiht.«

»Er hat dort Asyl gesucht.«

»Hast du es ihm gewährt?«

»Nein«, sagte der alte Priester.

»Dann ist es gut«, sagte Ylith. »Du bist nun entlassen, Priester.«

Der alte Mann verneigte sich tief und zog sich zurück. Die schwere Tür wurde von waffenklirrenden Wachen aufgezogen und wieder geschlossen. Die Wachen blieben im Raum, nachdem der Priester gegangen war. Kurt hörte sie und wußte, daß sie da waren, aber er zwang sich, nicht den Kopf nach ihnen zu wenden. Er wußte, daß seine Zeit sehr kurz bemessen war, er wollte sie nicht noch mehr verkürzen. Die Methi blickte noch immer auf ihn herab. Die dünnen Goldkettchen schwangen um ihren Kopf, ihr Gesicht war kühl und nachdenklich.

»Du schaffst nur Schwierigkeiten, wohin du auch gehst«, sagte sie leise.

»Wo ist Kta, Methi? Sie wollen es mir nicht sagen. Wo ist er?«

»Sie haben ihn gestern an uns zurückgegeben.«

»Ist er …«

»Ich habe mein Urteil über ihn noch nicht gesprochen«, sagte sie, ohne den Blick von ihm zu wenden. »Ich möchte ihn nicht töten. Er könnte für mich sehr wertvoll sein. Und das weiß er. Ich könnte ihn den anderen Kindern Indras' in Nephane vorweisen und ihnen sagen: Seht her, wir lassen Gnade vor Recht ergehen, wir vergeben die Sünden der anderen, wir sind von gleichem Blut. Kämpft nicht gegen uns.«

Kurt blickte zu ihr auf, verlor sich sekundenlang in dem Glanz ihrer dunklen Augen und glaubte ihren Worten genauso, wie viele andere ihnen Glauben geschenkt haben würden. Eine irrationale Hoffnung stieg in ihm auf. Es war der sanfte Ton ihrer Stimme, ihr Geschick, größte Hoffnungen zu wecken, die Ylith t'Erinas so anziehend machten – und so gefährlich. Gut oder böse, er konnte sich nicht entscheiden, was sie war.

Ganz anders als Djan, die ein Mensch und deshalb verständlich war, die ihre Macht mit der Rücksichtslosigkeit eines Generals gebrauchte. Ylith war eine Methi, wie sie sein sollte: eine irdische Göttin, die mit der Einsicht einer Göttin handelte und mit einer amoralischen Moralität Wahrheiten schuf.

Die Erkenntnisse so neu formulierte, wie sie wirklich sein sollten.

Er fühlte eine Ehrfurcht vor ihr, die er noch nie gegenüber einem Sterblichen gespürt hatte. Er wußte, daß sie ihn und Kta so auslöschen konnte, als ob es sie nie gegeben hätte. Er war im *rhmei* der Welt gewesen, hatte neben seinem Feuer gesessen – die Haut an seinen Armen brannte noch immer davon. Wenn Ylith zu ihm sprach, spürte er, wie die dröhnende Stille des Feuers ihn erstickte.

Er fieberte, und er war zu Tode erschöpft. Er erkannte die Zeichen und hatte Angst vor seiner eigenen Schwäche.

»Kta könnte dir sehr nützlich sein«, sagte er, »selbst gegen seinen Willen.« Er hatte ein schlechtes Gewissen, als er das sagte. Er kannte Ktas unbeugsamen Stolz. »Elas ist das Opfer einer Methi geworden. Es würde die Familien Nephanes beeindrucken, wenn die andere ihm Gnade erweisen würde.«

»Deine Worte haben eine gewisse Logik. Und was ist mit dir? Was soll ich mit dir tun?«

»Ich will leben«, sagte er.

Sie lächelte ihn mit ihrem Göttinnenlächeln an. »Deine Existenz ist beunruhigend für uns. Aber wenn ich dich töte, würde ich das Problem damit nicht lösen. Du würdest trotzdem existiert haben. Was sollte ich über deinen Tod schreiben? Daß wir an diesem Tag eine Kreatur vernichtet haben, die unmöglich existieren konnte, und damit die Ordnung des Universums wiederhergestellt ist?«

»Einige drängen auf eine solche Lösung«, sagte er.

Sie lehnte sich zurück und legte ihre ringgeschmückten Hände auf die Armlehnen. »Wenn wir dagegen zugeben, daß du existierst, wo existierst du? Wir haben die Sufaki immer verachtet, weil sie Nemet und Menschen als eine Rasse akzeptieren. Damit begann die Häresie, mit der sie die Reinheit der Religion pervertierten, und Häresien können wir nicht dulden.«

»Willst du sie deshalb töten? Das wird sie nicht ändern.«

»Häresie darf es nicht geben. Wenn wir dieses Gesetz nicht achten, würden wir unsere ganze Religion in Zweifel ziehen.«

»Sie sind noch nicht über das Meer gekommen und haben euch belästigt.«

Yliths Hand schlug hart auf die Armlehne. »Du bewegst dich sehr nahe an der Grenze, Mensch!«

Kurt senkte den Kopf.

»Du handelst aus Unkenntnis«, sagte Ylith, »das ist verständlich. Ich habe gehört, daß Djan-Methi ... gewissen Dingen nicht abgeneigt ist. Ich habe dich schon einmal gewarnt: Ich bin nicht wie sie.«

»Ich bitte dich ... höre mir zu. Höre mir nur eine Minute zu.«

»Zuerst beweise mir, daß du dich in Nemet-Dingen auskennst.«

Wieder verbeugte er sich, unwillig, mit ihr unnötig zu diskutieren.

»Was«, sagte sie nach einer kurzen Pause, »könntest *du* mir sagen, das meine Zeit wert wäre? Ich höre dir zu. Aber fasse dich kurz.«

»Methi«, sagte er ruhig, »was ich dir sagen wollte, sind Antworten auf Fragen, die deine Priester mir zu stellen vergessen haben. Meine Rasse ist sehr, sehr alt, Tausende und aber Tausende von Jahren voller Fehler und Irrtümer liegen hinter uns, die ihr nicht zu machen braucht. Aber vielleicht irre ich mich. Vielleicht ist es das, was ihr *yhia* nennt, wenn ich hier eingedrungen bin in eine Welt, in der ich nichts zu suchen habe, und du hörst nicht auf mich, weil du nicht auf mich hören kannst. Aber ich könnte dir mehr sagen, als du zu hören bereit bist. Ich könnte dir die Zukunft voraussagen, dir erklären, wohin dich dein kleiner Krieg gegen Nephane führen könnte. Ich könnte dir sagen, daß meine Welt nicht mehr existiert und auch Djans Welt nicht, und alles wegen eines Krieges, der solche Ausmaße angenommen und sich über so riesige Zeiträume erstreckt hat, daß ganze Welten darin zugrunde gegangen sind, so wie bei euch Schiffe auf den Meeresgrund geschickt werden.«

»Das ist Blasphemie!«

Er hatte es begonnen und mußte es nun auch zu Ende führen, bevor sie ihm das Wort verbot, und er wußte, daß sie erschrocken war über das, was er ihr sagte.

»Selbst wenn ihr auch den letzten Sufaki tötet, werdet ihr immer wieder Differenzen finden, über die ihr Kriege führen könnt. Ihr werdet vielleicht keine Leute mehr haben, um die Kriege führen zu können, aber die Differenzen werden euch nicht ausgehen. Methi, hör mich an! Du weißt – wenn du Verstand hast –, was ich dir sagen will. Du kannst auf mich hören, oder du kannst immer wieder Kriege führen, und die Nachkommen der Indras werden eines Tages da sitzen, wo ich jetzt sitze.«

Lhe packte ihn, riß ihn zurück und wollte ihn zwingen, aufzustehen. Ylith war aufgesprungen und stand neben ihrem Stuhl.

»Sei still!« zischte Lhe ihm zu und bohrte seine harten Finger in Kurts Arm.

»Bringt ihn hinaus!« sagte Ylith. »Sperrt ihn mit t'Elas zusammen. Sie sind beide verrückt. Sollen Sie einander ihre Verrücktheiten erzählen.«

»Methi!« schrie Kurt.

Lhe und seine Männer rissen Kurt hoch und schleppten ihn aus der Halle in einen Korridor. Dort endlich bekam er sich wieder in die Gewalt und hörte auf, sich zu wehren.

»Du warst so nahe daran, dein Leben zu gewinnen«, sagte Lhe.

Sie gingen eine Treppe hinauf zum oberen Gefängnis. Kurt kannte den Weg. Als sie vor der richtigen Tür angekommen waren, schickte Lhe seine Wachen außer Hörweite und sagte: »Du bist wirklich verrückt.« Er stieß den Schlüssel ins Schloß. »Ihr beide seid verrückt. Sie hat t'Elas Ehren angeboten. Er hat sie zurückgewiesen. Er hat einen Selbstmordversuch unternommen. Wir konnten ihn verhindern. Es war unsere Pflicht. Als er vom Tempel in seine Zelle zurückgebracht wurde, wollte er sich aus dem Fenster in den Tempelhof stürzen. Wir rissen ihn zurück, so daß er nur auf die Stufen fiel. Wir haben ihm Bequemlichkeiten angeboten, von denen er keinen Gebrauch machen will.«

Kurt hob den Kopf und blickte Lhe in die Augen. Er erkannte dort sowohl Zorn als auch Besorgnis. Leh t'Nethim wollte ihn um etwas bitten, erkannte er, aber er wußte nicht, was es war. Dann fiel ihm ein, daß es der Methi nicht passen würde, wenn Kta sich ihrem Urteilsspruch entzog. Elas hatte schon einmal seine Ehre und seine Existenz aufs Spiel gesetzt und einen Gefangenen bei sich aufgenommen – und hatte verloren. Das Gesetz der Methi.

Nethim war von der Angelegenheit betroffen. Der Priester hatte es gesagt. Die Ehre Nethims war in großer Gefahr. Sowohl Elas als auch die Methi hatten sie angerührt.

Die Tür öffnete sich, Lhe forderte ihn mit einer Handbewegung auf, einzutreten, und verschloß die Tür hinter ihm.

Zwei Pritschen standen in der Zelle und ein Tisch unter dem hohen, vergitterten Fenster. Kta lag völlig angekleidet auf einer der Pritschen, Gesicht und Kleidung mit Schmutz und angetrocknetem Blut bedeckt. Sie hatten ihn am Tag zuvor zurückgebracht und sich seitdem nicht um ihn gekümmert, genausowenig wie er selbst. Kurt spürte eine unbezähmbare Wut auf alles, was Nemet war, selbst auf Kta.

»Kta.« Er beugte sich über ihn. Kta starrte an die Decke, Leere im Blick. Kurt wußte, daß es in dem Zustand sinnlos war, ihn anzusprechen. Wortlos ging er zu dem kleinen Tisch, auf dem eine Waschschüssel und eine Kanne mit Wasser standen. Er fand auch saubere Tücher, neue Kleider und eine kleine Karaffe mit *telise*. Lhe hatte nicht gelogen. Es war Ktas freier Wille, daß er die gebotenen Annehmlichkeiten zurückwies.

Kurt breitete alles neben Ktas Pritsche aus, öffnete die Karaffe mit dem *telise*, hob Ktas Kopf etwas an und setzte ihm die Karaffe an die Lippen.

Kta schluckte etwas von dem scharfen Getränk, hustete ein wenig und schluckte noch einmal. Kurt verschloß die Karaffe wieder und stellte sie zur Seite. Dann tauchte er ein Tuch ins Wasser und begann, die Schmiere von Blut, Schweiß und Schmutz aus Ktas Gesicht zu wischen.

»Kta, was ist geschehen?«

»Nichts«, sagte der Nemet und blickte ihn nicht einmal an. »Sie haben ... sie haben mich zurückgebracht.«

Kurt blickte ihn mitleidig an. »Hör zu, mein Freund, ich werde alles tun, was ich tun kann. Aber wenn du ärztliche Hilfe brauchst, wenn etwas gebrochen sein sollte, mußt du es mir sagen. Dann werde ich sie um Hilfe bitten.«

»Es sind nur Kratzer.« Die Drohung, daß Fremde mit hereingezogen werden sollten, schien Kta neue Kräfte zu verleihen. Er versuchte, sich aufzurichten, und stützte sich auf einen aufgeschrammten Ellbogen. Kurt half ihm. Der *telise* begann zu wirken. Kta bewegte sich nicht wie jemand, der ernsthaft verletzt war. Kurt drückte ein Kissen an die Wand, und Kta lehnte sich mit einem Seufzer dagegen. Er blickte auf seine aufgeschlagenen Knie und Schienbeine.

»Ich bin gefallen«, sagte er.

»Ich habe davon gehört.« Kurt tauchte das Tuch wieder ins Wasser und begann, Ktas verletzte Knie und Beine zu säubern.

Er brauchte eine Weile, um die einen Tag alten Verletzungen zu reinigen, und es tat weh. Kurt bestand darauf, daß Kta von Zeit zu Zeit einen Schluck *telise* trank, obwohl der Nemet erst gegen Ende der Prozedur zeigte, daß sie ihm Schmerzen bereitete. Während der ganzen Zeit sprach er nur sehr wenig. Als seine Wunden gesäubert waren und nichts weiter zu tun blieb, setzte sich Kurt auf den Rand der Pritsche und blickte Kta hilflos an. Ktas Gesicht wirkte müde, und es schien nicht nur vom Schlafmangel und seinen Wunden zu kommen. Die Müdigkeit kam von innen und war tödlich.

Kurt half ihm, sich wieder flach auf den Rücken zu legen, und schob ihm ein Kissen unter den Kopf. Wenn er bedachte, daß auch er während der letzten drei Tage kaum zum Schlafen gekommen war, hielt er es für möglich, daß es bei Kta nur körperliche Erschöpfung sein konnte. Aber die Augen des Nemet starrten wieder blicklos zur Decke hinauf.

»Kta.«

Er rührte sich nicht. Kurt schüttelte ihn. Kta blinzelte nur.

»Kta, du hast mich gehört. Ich weiß, daß du mich gehört hast. Hör jetzt damit auf und sieh mich an. Wen willst du eigentlich bestrafen? Mich?«

Kta antwortete nicht, und Kurt schlug ihm ins Gesicht, nicht zu hart, aber doch hart genug, daß es weh tat. Ktas Lippen zitterten, und Kurt tat es sofort leid, ihn geschlagen zu haben. Damit hatte er die Last, die der Nemet zu tragen hatte, noch vergrößert. Der bevorstehende Zusammenbruch machte ihm Angst.

Todmüde und fast unfähig, die Augen offenzuhalten, hockte sich Kurt vor die Pritsche und blickte Kta hilflos an. Er hätte sich gern auf seine eigene Pritsche geworfen und geschlafen. Er war unfähig, noch einen klaren Gedanken zu fassen. Er wußte nur, daß Kta sterben wollte, und er konnte ihm nicht helfen.

»Kurt.« Die Stimme war so leise, daß Kurt ihn kaum verstand.

»Sag mir, wie ich dir helfen kann.«

Kta blinzelte, und sein Verstand schien im Augenblick wieder klar zu sein. »Kurt, mein Freund, sie haben ...«

»Was haben sie getan, Kta? Was haben sie getan?«

»Sie wollen meine Hilfe, und ... wenn ich mich weigere ... verliere ich mein Leben ... und meine Seele. Sie wird mich in alle Ewigkeit verfluchen ...« Er schluckte und schloß die Augen, wurde aber wieder ruhiger. »Ich habe Angst, mein Freund, eine tödliche Angst. Für alle Ewigkeit ... Aber wie kann ich tun, was sie von mir verlangt?«

»Was kann deine Hilfe schon gegen Nephane ausrichten?« fragte Kurt. »Djan hat genügend Waffen, Ylith hat genügend Schiffe. Sollen sie sich doch gegenseitig die Köpfe einschlagen. Was geht dich ihr Krieg an? Sie hat dir dein Leben und die Freiheit angeboten, und das ist mehr, als du von Djan bekommen hast.«

»Ich konnte Djan-Methis Bedingungen auch nicht akzeptieren.«

»Ist es die Sache wirklich wert, Kta? Sieh dich doch an und sage mir, ob es das wert ist. Du kannst dir wirklich keinen Vorwurf machen und andere auch nicht. Ganz Nephane weiß, wie du dort behandelt worden bist. Wer könnte es dir verübeln, wenn du dich für Indresul entscheidest?«

»Ich will deine Argumente nicht hören!« schrie Kta.

»Sie sind vernünftig.« Kurt packte seinen Arm und hinderte ihn daran, sich wieder zur Wand zu drehen. »Es sind vernünftige Argumente, Kta, und das weißt du sehr gut.«

»Ich verstehe die Vernunft nicht mehr«, sagte Kta. »Der Tempel und die Methi wollen mich dafür verdammen, was ich für richtig halte. Kurt, ich habe keine Angst vor dem Tod. Aber das ... das ist keine Gerechtigkeit. Wie kann der Himmel einen Mann vor eine solche Wahl stellen?«

»Tu, was sie von dir verlangen, Kta. Es schadet niemandem, und solange du lebst, kannst du dir auch noch später darüber Gedanken machen, ob es richtig oder falsch war.«

»Ich hätte mit meinem Schiff untergehen sollen«, murmelte der Nemet. »Dort habe ich meinen größten Fehler gemacht. Der Himmel gab mir die Chance, zu sterben: in Nephane, im Lager der Tamurlin, mit der *Tavi.* Ich hätte Frieden und Ehre, wenn ich gestorben wäre. Aber immer warst du da. Du bist die Behinderung meines Schicksals. Oder sein Helfer. Du bist immer da, und das gibt den Ausschlag.«

Kurt stellte fest, daß seine Hände zitterten, als er Ktas Decke glattzog, um ihn zu beruhigen. »Bitte, Kta«, sagte er. »Du mußt jetzt schlafen ...«

»Nicht deine Schuld ... Man muß logisch denken ... immer logisch denken ... damit man weiß ...«

»Sei still, Kta.«

»Wenn ich in Nephane mit meinem Vater gestorben wäre«, sagte Kta mit der Hartnäckigkeit eines Fiebernden, »hätten mich meine Freunde, meine Mannschaft gerächt. Ist es nicht so?«

»Ja«, sagte Kurt zustimmend und dachte an das feurige Temperament von Val und Tkel und ihren Kameraden. »Ja, sie hätten Shan t'Tefur getötet.«

»Und das hätte Nephane in ein Chaos gestürzt«, sagte Kta, »sie wären gestorben und wären zu Elas im Reich der Schatten gekommen. Jetzt sind sie auch gestorben – aber ich lebe ...«

»Sei still. Du mußt dich ausruhen.«

»Ich bin der letzte von Elas, anscheinend dazu bestimmt, das Schicksal von Nephane zu besiegeln. Wenn ich früher gestorben wäre, würde ich unschuldig sein an dem Blut, das in meiner

Stadt vergossen werden wird, und mein Blut wäre an den Händen der Methi. Aber ich lebe – und dafür verdiene ich mein Schicksal.«

»Bitte, Kta, du mußt schlafen. Du hast zuviel *telise* getrunken und nichts gegessen. Dein Geist ist verwirrt. Bitte schlafe jetzt.«

»Es ist wahr«, sagte Kta, »ich bin geboren worden, um meiner Stadt Verderben zu bringen. Und dazu wollen sie mich jetzt zwingen.«

»Warum lastest du nicht mir die Schuld an«, sagte Kurt. »Das wäre mir lieber als deine krankhaften Selbstvorwürfe. Sage mir, was ich bin, oder gib zu, daß du die Zukunft nicht voraussagen kannst.«

»Es ist logisch«, sagte Kta, »daß menschliches Schicksal dich hierhergebracht hat, um in menschliches Schicksal einzugreifen.«

»Du bist betrunken, Kta.«

»Du bist wegen Djan-Methi hergekommen. Ihretwegen bist du hier.«

Ktas dunkle Augen schlossen sich. Kurt stand auf und spürte einen harten Druck im Magen, ein Gefühl von Angst, von Furcht vor den Hütern und Ahnen Elas' und vor der Logik des Nemet.

Kta schlief endlich. Eine ganze Weile blickte Kurt auf sein Gesicht hinunter, dann ging er leise zu seiner Pritsche und ließ sich auf die Matratze fallen. Aber er schlief nicht, er wagte nicht zu schlafen. Er hatte Angst, Kta unbeobachtet zu lassen, aber irgendwann wurden seine Lider zu schwer, und er schloß die Augen.

Er fuhr hoch, aufgeschreckt durch ein Geräusch und die Erkenntnis, daß er eingeschlafen war.

Die Zelle war fast völlig dunkel, nur durch das vergitterte Fenster fiel ein wenig Licht herein. Kta war aufgestanden, trotz der Kälte war er splitternackt. Er hatte die Wasserkanne auf den Tisch gestellt und begann sich zu waschen.

Kurt blickte zum Fenster und stellte überrascht fest, daß es bereits dämmerte. Ktas Interesse für seine äußere Erscheinung schien ihm ein gutes Zeichen. Methodisch wusch er sich von Kopf bis Fuß, und als er fertig war, hob er die Kanne über den Kopf und ließ das kalte Wasser über seinen Körper rinnen.

Dann ging er zu seiner Pritsche zurück und wickelte sich in

die Decke. Er setzte sich mit dem Rücken an die Wand, schloß die Augen und bewegte lautlos die Lippen. Nach kurzer Zeit verfiel er in einen Trancezustand und saß völlig unbeweglich. Die ersten Strahlen der Morgensonne fielen durch das Gitterfenster auf sein Gesicht. Es sah entspannt und ruhig aus. Fast eine halbe Stunde lang blieb er so sitzen.

Es wurde Tag, helles Licht strömte durch das Gitterfenster. Kurt stand auf und strich seine Kleidung glatt, die er im Schlaf zerdrückt hatte.

Kta erhob sich kurze Zeit später ebenfalls und zog seine verschmutzte, aufgerissene Kleidung an. Die von der Methi geschickten Kleider ließ er unbeachtet. Er blickte Kurt an und lächelte.

»Alles in Ordnung?« fragte Kurt.

»Den Umständen entsprechend«, sagte Kta. »Mir fällt ein, daß ich einiges gesagt habe, das besser ungesagt geblieben wäre.«

»Es war der *telise*. Ich habe es sofort wieder vergessen.«

»Ich verehre dich wie einen Bruder«, sagte Kta.

»Ich dich ebenso.«

Er sagte sich, daß Kta ihm diese Versicherung deshalb gegeben hatte, weil er rasche Schritte auf dem Korridor hörte, und er gab hastig seine Antwort aus Angst, daß die Worte vielleicht ungesagt bleiben würden. Er wollte, daß Kta ihn verstand.

Die Schritte verhielten vor ihrer Tür.

Ein Schlüssel drehte sich im Schloß.

## 20

Diesmal war es nicht Lhe, der sie abholte, sondern ein anderer Mann, den sie nicht kannten. Und sie wurden nicht in den *rhmei* gebracht, sondern verließen die Festung.

Als sie den Hof erreichten, gingen sie am Tempel vorbei auf das Außentor des Indume-Komplexes zu. Kta warf Kurt einen besorgten Blick zu. »Wir gehen zum Hafen«, sagte er.

»So lautet der Befehl«, sagte der Offizier, der ihre Wachmannschaft befehligte. »Die Methi ist dort, und die Flotte liegt bereit zum Auslaufen. Bewege ich, t'Elas, oder ist es dir lieber, wenn wir dich in Ketten durch die Straßen schleifen?«

Kta hob den Kopf, und sekundenlang lag der herrische Blick von Nym t'Elas in seinen Augen. »Wie ist dein Name?«

Der Offizier schien seine harten Worte zu bedauern. »Sprich keinen Fluch über mich aus, t'Elas. Ich wiederhole nur die Worte der Methi. Sie glaubte nicht, daß wir euch in Ketten legen müßten.«

»Nein«, sagte Kta, »das ist unnötig.«

Er neigte leicht den Kopf und paßte seinen Schritt dem ihrer Bewacher an. Er war eine traurige, bemitleidenswerte Erscheinung im hellen Sonnenlicht. Seine Kleidung war schmutzig und zerrissen, er war unrasiert, und tiefe, dunkle Ringe umschatteten seine Augen.

In den Straßen, wo die Leute stehenblieben und sie anstarrten, blickte er weder links noch rechts. Kurt, der seinen Stolz kannte, konnte sein Gefühl der Erniedrigung ermesen, die Beschämung vor diesen Leuten. Wahrscheinlich hätte er weniger Aufsehen hervorgerufen, wenn er nicht noch die zusätzliche Schande auf sich geladen hätte, sich in Gesellschaft eines Menschen zu befinden. Einige der Kommentare erreichten Kurts Ohren: Wie häßlich er ist – wie behaart – wie kann sich ein Indras mit so etwas auf der Straße zeigen – man sollte das Haus von Elas bedauern, daß einer seiner ausländischen Söhne sich in einem solchen Zustand und in solcher Gesellschaft befindet.

Die Planke der ersten Trireme an der Pier war ausgelegt, Männer der Mannschaft liefen hin und her und überprüften die Ausrüstung. Auf dem Achterdeck war ein blaues Sonnensegel aufgespannt, das von goldbronzierten Stangen getragen wurde. In seinem Schatten saß Ylith, über Karten gebeugt, und sprach mit Lhe t'Nethim. Sie blickte nicht auf, als Kta und Kurt auf sie zugeführt wurden.

Als sie es endlich für richtig hielt, die Gegenwart der beiden Männer, die vor ihr knieten, zu beachten, schickte sie Lhe mit einer Handbewegung fort und wandte sich ihnen zu. Sie trug wieder den Kopfschmuck aus Goldketten, das Zeichen ihrer Würde, dazu *chatem* und *pelan* aus fahlgrüner Seide. Ihre Augen blickten Kta an, ruhig und ohne jede Emotion. Kta verbeugte sich tief und drückte seine Stirn auf die Decksplanken. Widerwillig folgte Kurt seinem Beispiel.

Ylith schnippte mit den Fingern. »Ihr habt die Erlaubnis, zu sitzen«, sagte sie, und beide Männer richteten sich auf. Ylith blickte nachdenklich von einem zum anderen, dann konzentrierte sie sich auf Kta.

»Nun, t'Elas«, sagte sie leise, »hast du deine Entscheidung getroffen? Bist du hier, um mich um Gnade zu bitten?«

»Nein, Methi«, sagte Kta.

»Kta!« rief Kurt erschrocken. »Du darfst nicht ...«

»Falls du versuchen solltest, diesem Sohn von Elas zu raten, seinen Entschluß zu revidieren«, sagte Ylith, »wäre er gut beraten, auf dich zu hören.«

»Methi«, sagte Kta, »ich habe nachgedacht. Aber ich kann mich nicht dazu bereitfinden, deine Forderung zu erfüllen.«

Ylith blickte ihn an, und Verärgerung stand in ihren Augen. »Willst du dich hier in Pose setzen, obwohl du auf meine Gnade hoffst? Oder lehren sie euch solchen Mangel an religiösem Respekt auf der anderen Seite der Trennenden See? Stehst du bereits so weit im Lager sufakischer Häresien, daß dir die dunklen Geister, die ich nicht nennen mag, vertrauter sind als unsere Götter?«

»Nein, Methi«, sagte Kta mit zitternder Stimme. »Wir von Elas sind ein frommes Haus, und doch erfahren wir keine Gerechtigkeit von dir.«

»Behauptest du, daß ich mich irre, t'Elas?«

Kta senkte den Kopf, hoffnungslos gefangen zwischen ja und nein, zwischen dem Begehen einer Blasphemie und ihrem Eingeständnis.

»t'Elas«, sagte Ylith, »ist es wirklich so schwer, unsere Wünsche zu erfüllen?«

»Ich habe der Methi meine Antwort darauf schon gegeben.«

»Und es vorgezogen, als Verfluchter zu sterben.« Die Methi wandte ihren Kopf und deutete auf die offene See hinaus. »Ein kaltes Grab, t'Elas, in den eisigen Armen von Kalyts grünäugigen Töchtern. Das Grab eines Gesetzlosen, die See, das Grab von Leuten, deren Leichnam kein Haus beansprucht, die ein so schandbares Leben geführt haben, daß niemand sie haben will, niemand um sie trauert, niemand sie zur Ruhe bettet. Dieses Schicksal ist für die Ungläubigen bestimmt, die sich dem Vater oder dem Upei widersetzen oder ihre eigenen Frauen entehren. Aber ich, t'Elas, stehe höher als der Upei. Wenn ich dich verfluche, verfluche ich deine Seele nicht nur von deinem Herd und deiner Stadt, sondern von der ganzen Welt. Nur die untersten Hallen des Todes stehen dir noch offen: Yeknis, die dunkelste Hölle, wo die Schatten leben, die unnennbaren Erstgeborenen des Chaos. Oder lehrt man euch diese Dinge in Nephane nicht mehr?«

»Doch, Methi.«

»Das Chaos ist das gerechte Schicksal für einen Mann, der sich nicht dem Willen des Himmels unterwerfen will. Hältst du mich für gerecht?«

»Methi«, sagte Kta, »ich glaube, daß du die Auserwählte des Himmels bist, und ich verehre dich und das Haus meiner Ahnen in Indresul. Vielleicht hat dich der Himmel geschickt, um mein Volk zu vernichten, aber wenn der Himmel auch meine Seele zerstören will, wenn ich mich weigere, dir dabei zu helfen, dann sind die Gesetze des Himmels unglaublich hart. Ich verehre dich, Methi. Ich glaube, daß du wie das Schicksal selbst irgendwie gerecht sein mußt. Deshalb will ich das tun, was ich für richtig halte, und dir nicht helfen.«

Ylith blickte ihn wütend an und schnippte mit den Fingern nach den Wachen.

»Unglücklicher«, sagte sie, »du bist blind für die Notwendigkeiten und behaftet mit dem störrischen Stolz von Elas. Dieser Stolz hat mir bisher gut gedient, und es fällt mir schwer, etwas zu verdammen, das ich bisher für eine der besten Qualitäten von Elas gehalten habe. Du dauerst mich, Kta t'Elas. Geh und denke noch einmal gründlich nach, ob dein Entschluß richtig ist. Die Götter gewähren uns einen Augenblick des Überlegens, eine Chance, nachzugeben, bevor man untergeht. Ich biete dir nach wir vor dein Leben an. *Das* ist die Gerechtigkeit des Himmels. – Tryn«, wandte sie sich an eine der Wachen, »schließe beide unter Deck ein. Der Sohn Elas' und sein menschlicher Freund werden uns begleiten, wenn wir gegen Nephane segeln.«

Das Luk krachte auf, und jemand kam die knarrenden Stufen herab in den Kielraum.

»t'Elas, t'Morgan.« Es war Lhe t'Nethim. »Habt ihr alles, was ihr braucht?« erkundigte er sich und hockte sich außerhalb der Reichweite ihrer Ketten auf den Boden.

Kta wandte den Kopf ab. Kurt, der sich ein wenig in der Schuld dieses Mannes fühlte, nickte ihm kurz zu. »Danke. Wir haben alles, was wir brauchen.« Und das stimmte auch unter den gegebenen Umständen.

Lhe preßte die Lippen aufeinander. »Ich bin nicht hergekommen, um mich an eurem Anblick zu weiden. Beide habt ihr … habt ihr meinem Haus Freundlichkeiten erwiesen, und ich möchte euch helfen, soweit ich kann.«

»Du hast mir schon sehr geholfen«, sagte Kurt mit Rücksicht auf Ktas Empfindlichkeit, »das ist genug.«

»Elas und Nethim sind Feinde, und das wird sich auch nicht ändern. Aber obwohl du ein Mensch bist – wenn Mim sich aus freiem Willen für dich entschieden hat, so mußt du ein außergewöhnlicher Mensch sein. Und t'Elas«, wandte er sich an Kta, »dir möchte ich danken, weil du sie aufgenommen hast. Wir wissen von Elas-in-Indresul, daß sie als Sklavin bei den Tamurlin gelebt hat. Es ist eine bittere Geschichte.«

»Wir haben sie gern gehabt«, sagte Kta und blickte ihn an.

Lhes Gesicht war hart. »Hast du sie genommen?«

»Nein«, sagte Kta. »Sie ist vom *chan* Elas' adoptiert worden. Kein Mitglied unseres Hauses ist ihr jemals zu nahe getreten und hat sie anders behandelt denn als eine ehrbare Frau. Es war ihr eigener Wille, daß wir sie meinem Freund gaben, der von ganzem Herzen versucht hat, sie glücklich zu machen. Elas-in-Nephane ist tot. Bis zu unserer Selbstaufgabe haben wir sie verteidigt. Wir wußten nicht, daß sie von Nethim stammte. Für uns war sie Mim, und sie gehörte zu unserem Haus, zu unserem Herd. Aber Elas würde sie auch verteidigt haben, wenn sie uns gesagt hätte, daß sie eine Nethim war.«

»Sie wurde von allen geliebt«, sagte Kurt, als er den schmerzlichen Ausdruck in Lhes Gesicht sah, »und sie hatte keine Feinde in Nephane. Es waren meine Feinde, die sie töteten.«

»Sage mir, wie es geschehen ist.«

Kurt senkte den Blick, unwillig, darüber zu berichten. Aber Lhe war Nemet, er würde verschiedenes nicht verstehen, ohne die ganze Wahrheit zu kennen. »Feinde von mir haben sie entführt«, sagte er, »und sie haben sie genommen. Die Methi von Nephane wollte sie demütigen. Sie ist von eigener Hand gestorben, t'Nethim. Ich spreche mich auch nicht frei von Schuld. Wenn ich Nemet wäre, hätte ich gewußt, daß sie sich nach dieser Schändung vielleicht das Leben nehmen würde, und hätte sie nicht allein gelassen.«

Lhes Gesicht war wie ein gemeißelter Stein. »Nein«, sagte er, »Mim hat das Richtige getan. Wenn du Nemet wärst, würdest du das wissen. Es wäre ein Unrecht gewesen, sie daran zu hindern. Nenne mir die Namen der Männer, die ihr das angetan haben.«

»Das kann ich nicht«, sagte Kurt. »Mim kannte sie nicht.«

»Waren sie Indras?«

»Sufaki«, sagte Kurt, »Männer von Shan t'Tefur.«

»Dann herrscht jetzt Blutfehde zwischen seinem Haus und Nethim. Mögen die Hüter Nethims über sie zu Gericht sitzen, so wie ich sie richten werde, wenn ich sie finde. Was ist das Emblem Tefurs?«

»Yr, die Große Schlange«, sagte Kta. »Gold auf Grün. Ich wünsche dir Glück in dieser Blutfehde, t'Nethim. Du wirst mit Mim auch Elas rächen, da ich es nicht kann.«

»Beuge dich den Wünschen der Methi«, sagte Lhe.

»Nein«, erwiderte Kta. »Aber Kurt kann tun, was er will.«

Lhe blickte Kurt an. Kurt schwieg. Lhe hob mit einer Geste der Verzweiflung die Arme.

»Du mußt zugeben«, sagte Lhe, »daß die Methi dir jede nur mögliche Chance geboten hat. Es ist ein Wunder, daß du jetzt nicht auf dem Meeresgrund liegst.«

»Nephane ist meine Stadt«, sagte Kta. »Und was euren Krieg angeht, so wird eure Arbeit nicht beendet sein, bevor ihr auch mich erledigt habt. Also erwartet nicht, daß ich deiner Methi gehorche. Es bleibt bei meinem Nein.«

»Wenn du deine Haltung nicht änderst«, sagte Lhe, »werde ich wahrscheinlich dein Henker sein müssen. Trotz der Fehde zwischen unseren Häusern würde ich es ungern tun, aber ich muß und werde den Befehl der Methi ausführen.«

»Für einen Sohn Nethims bist du ein sehr anständiger Mann«, sagte Kta. »Ich hätte das nicht erwartet.«

»Für einen Sohn Elas' bist auch du ein anständiger Mann«, sagte Lhe. »Und ich kann nicht einmal Schlechtes an deinem Hausgast finden«, setzte er mit einem Seitenblick auf Kurt hinzu. »Ich will euch nicht töten. Du und dieser Mensch würden mich bis in meine Träume verfolgen.«

»Eure Priester«, sagte Kurt, »sind nicht sicher, ob ich eine Seele habe und dich in deinen Träumen verfolgen kann.«

Lhe biß sich auf die Unterlippe. Er war einer Häresie gefährlich nahe gekommen. Kurt wurde t'Nethim immer sympathischer. Ihm war klar, daß er in seinen Augen nicht nur ein Tier war.

»t'Nethim«, sagte Kta. »Hat die Methi dich zu uns geschickt?«

»Nein, mein Rat kommt mir aus dem Herzen. Gib nach, t'Elas.«

»Sage deiner Methi, daß ich mit ihr zu sprechen wünsche.«

»Willst du sie um Gnade bitten? Das ist das einzige, was sie von dir hören will.«

»Frage sie, ob sie mit mir sprechen wird oder nicht. Die Entscheidung liegt bei ihr.«

Lhes Augen blickten angstvoll von Kta zu Kurt und wieder zurück. »Ich werde sie fragen«, sagte er nach einer Weile. »Ich riskiere bereits den Zorn meines Vaters. Der Zorn der Methi ist langsamer, aber ich fürchte ihn mehr. Wenn du zu ihr gehst, dann in diesen Ketten. Ich werde nicht das Leben Nethims um Elas' willen riskieren.«

»Einverstanden«, sagte Kta.

»Schwöre, daß du keine Gewalt anwenden wirst.«

»Wir beide schwören es«, sagte Kta, wozu er als Lord von Elas das Recht hatte.

»Das Wort eines Mannes, der vielleicht bald seine Seele verlieren wird, und eines Menschen, der vielleicht gar keine hat«, sagte Lhe kopfschüttelnd. »Beim Lichte des Himmels, ich kann Nethim die Verantwortung für euch nicht aufladen.«

Ohne die übliche Verbeugung wandte er sich um und floh aus dem Kielraum.

Ylith setzte sich bequem auf einen Stuhl, bevor sie von ihrer Anwesenheit Notiz nahm. Sie empfing sie in ihrer Kajüte, nicht auf dem windigen Achterdeck. Das gedämpfte Licht einer Öllampe, die pendelnd von der Decke hing, schuf eine warme, fast intime Atmosphäre.

»Ihr dürft sitzen«, sagte Ylith, als eine *chan* ihr eine Tasse Tee reichte und sie den ersten Schluck nahm. Für die beiden Männer gab es keinen Tee. Sie genossen nicht das Recht der Gastfreundschaft und durften nur reden, wenn sie angesprochen wurden. Ylith trank ihre Tasse Tee und blickte von einem zum anderen, ein Ritual, das der Nervenberuhigung und der Konzentration vor Inangriffnahme eines schwierigen Problems diente. Schließlich hatte sie die Tasse leergetrunken und reichte sie der *chan*.

»t'Elas und t'Morgan. Ich weiß wirklich nicht, warum ich diese Geduld mit euch habe und meine Zeit an euch verschwende, wenn meine eigenen gesetzestreuen Bürger oft tagelang auf eine Audienz warten müssen. Aber andererseits ist eure Zukunft sehr wahrscheinlich weitaus kürzer als die ihre. Überzeugt mich, daß ich meine Zeit nicht verschwende.«

»Methi«, sagte Kta, »ich bin gekommen, um für meine Stadt zu bitten.«

»Dann verschwendest du wirklich meine Zeit, t'Elas. Du solltest sie lieber dazu verwenden, um dein Leben zu bitten.«

»Methi, bitte hör mich an. Du bist dabei, eine große Zahl deiner eigenen Leute zu opfern. Das ist nicht nötig.«

»Was soll das? Was willst du damit sagen?«

»Ich wende mich an deine Vernunft.«

»An meine Vernunft?« wiederholte Ylith. »Du bist Nephane. Das ist verständlich. Aber Nephane hat dich ausgestoßen, dein Haus ermordet. Ich dagegen würde dich als einen der meinen aufnehmen. Handle ich wie ein Feind, t'Elas?«

»Du bist ein Feind meines Volkes.«

»Nephane muß mit Wahnsinn geschlagen sein«, sagte Ylith leise, »wenn es so einen Mann ausstößt, der es liebt und sogar denen die Treue hält, die das Volk gegeneinander aufbringen. Ich will diese Stadt nicht zerstören, ich bin dazu gezwungen. Wegen der Zustände, die dort herrschen: Krieg und die Gesetze der Menschen. Ich darf nicht zulassen, daß diese Infektion sich weiter ausbreitet.« Sie wandte den Kopf, blickte die *chan* an und entließ sie mit einem Kopfnicken. Dann wandte sie sich wieder den beiden Männern zu. »Nephane befindet sich bereits im Krieg«, sagte sie. »Ich will ihn lediglich beenden.«

»Was ... Krieg ...?« stammelte Kta verwirrt. Kurt ahnte jetzt, was geschehen sein mußte, und er war sicher, daß auch Kta es ahnte. Die Eröffnung der Methi war keine Überraschung.

»Bürgerkrieg«, sagte die Methi. »Der unvermeidliche Konflikt, und wir werden auf der Seite der Nachkommen Indras' eingreifen.«

»Du hast nicht die Absicht, den Familien zu helfen«, sagte Kta bitter. »Du wirst sie behandeln, wie du uns behandelst.«

»Ich werde sie so behandeln, wie ich euch zu behandeln versuche. Ich würde dich als Indras bei uns willkommen heißen, Kta t'Elas. Ich würde Elas-in-Nephane wieder zu seiner alten Macht verhelfen, vereinigt mit Elas-in-Indresul.«

»Meine Schwester«, sagte Kta, »ist mit einem Lord der Sufaki verheiratet. Mein Freund ist ein Mensch. Viele der Hausfreunde von Elas-in-Nephane haben Sufaki-Blut. Wirst du Elas-in-Indresul befehlen, unsere Verpflichtungen zu achten?«

»Eine Methi darf in den Angelegenheiten eines Hauses keine Befehle erteilen«, sagte Ylith.

Es war die legal korrekte Antwort.

»Ich könnte dir das Leben dieser Leute garantieren«, fuhr sie fort. »Eine Methi hat immer das Recht, auf der Seite des Lebens einzuschreiten.«

»Aber du kannst es nicht befehlen.«

»Nein.«

»Nephane«, sagte Kta, »ist Indras und Sufaki und Menschen.«

»Wenn ich dort fertig bin, ist dieses Problem gelöst«, sagte Ylith.

»Wenn du sie angreifst«, sagte Kta, »werden sie sich gegen dich vereinigen.«

»Was? Die Sufaki mit den Indras?«

»Es ist schon einmal passiert«, sagte Kta, »als Indresul versuchte, uns zu erobern.«

»Das war eine andere Sache«, sagte Ylith. »Damals waren die Familien stark und mächtig und verlangten mehr Freiheiten von der Mutter der Städte. Jetzt hat man den Familien ihre Macht genommen, aber ich bin bereit, sie allen zurückzugeben, die der Sufaki-Häresie abschwören. Ich habe nicht die Absicht, Indras zu töten.«

Kta verneigte sich kurz. »Methi, laß die Schiffe umkehren, und ich stehe dir uneingeschränkt zur Verfügung.«

Sie legte ihre Arme auf die Stuhllehnen. »Treibe es nicht zu weit, t'Elas.« Sie blickte Kurt an. »Du, t'Morgan, bist als Mensch geboren, stehst aber weit über den anderen Mitgliedern dieser Spezies. Ich könnte dich fast lieben für deine Anstrengungen, Nemet zu werden. Und deshalb verstehe ich die Sufaki nicht, die als Nemet geboren wurden und trotzdem die Wahrheit verleugnen, die alles entweihen, was uns heilig ist. Und noch weniger verstehe ich, wie ein Indras-Geborener wie du, t'Elas«, fuhr sie in schärferem Ton fort, »sich dafür einsetzt, eine Lebensart zu retten, die sich die Vernichtung der Indras zum Ziel gesetzt hat.«

»Sie wollen uns nicht vernichten.«

»Vielleicht wirst du mir auch noch erzählen, daß die Wiedererweckung der alten Bräuche durch die Sufaki nur ein Gerücht sind, daß sie nicht wieder den *jafikn* und die Gestreiften Roben tragen, daß im Upei von Nephane nicht Gebete gesprochen werden, die die Namen der Verdammten nennen und unsere Religion beleidigen. Mor t'Uset ul Orm hat diese Dinge selbst erlebt. Er war dabei, als Nym t'Elas im Upei aufstand und gegen t'Tefur und seine Blasphemien seine Stimme erhob. Hast du weniger Mut als dein Vater, oder willst du seine Wünsche entehren, t'Elas?«

Kurt warf Kta einen raschen Blick zu. Er wußte, daß diese Worte ihn sehr treffen würden, und war fast bereit, ihn festzuhalten, falls er etwas Unüberlegtes tun sollte. Aber Kta neigte nur den Kopf und ballte die Fäuste, daß die Knöchel weiß hervortraten.

»t'Elas?« sagte Ylith.

»Verlaß dich darauf«, sagte Kta und hob den Kopf wieder, »daß ich die Wünsche meines Vaters kenne. Es ist unser Glaube, daß wir nicht die Weisheit des Himmels in Frage stellen dürfen, die zwei Völker an den Ufern des Ome Sin angesiedelt hat, also haben wir nie versucht, die Sufaki zu vernichten. Ich bin Indras. Ich glaube, daß der Wille des Himmels siegen wird trotz aller Aktionen der Völker, und deshalb lebe ich in Frieden mit meinen Sufaki-Nachbarn. Ich will nicht über sie herrschen, Methi.«

Sekundenlang flammte Wut in Yliths Augen auf, wich dann einem fast traurigen Ausdruck. »Nein«, sagte sie, »nein, t'Elas.«

»Methi.« Kta verbeugte sich vor ihr und richtete sich wieder auf. Tiefe Trauer legte sich über sie.

»t'Morgan«, sagte die Methi leise, »willst du trotz allem bei diesem Mann bleiben? Du bist nur ein armer Fremder unter uns. Du bist nicht gebunden wie er.«

»Siehst du denn nicht«, sagte Kurt drängend, »daß er verzweifelt nach einer Möglichkeit sucht, dir zu dienen, Methi?« Er wußte, daß er Kta mit diesen Worten beschämte, aber letzten Endes stand hier Ktas Leben auf dem Spiel. Wahrscheinlich hatte er eben, sagte er sich, das seine ebenfalls verspielt.

Ylith sah für ein paar Sekunden mehr wie eine Frau als wie

eine Göttin aus, traurig und wütend zugleich. »Ich habe diesen Krieg, diese ultimative Irrationalität, nicht gewollt. Meine Generale und Admirale haben mich seit langem dazu gedrängt, aber ich habe ihn immer abgelehnt. Doch ich sah, daß die Zeichen der Gefahr sich ständig mehrten: die Rückkehr der Menschen; die Sufaki begannen, ihre alten Bräuche wiederaufleben zu lassen, die Menschen ermunterten sie dazu bis zu dem Punkt, wo die Familien, die Nephanes Identität als Stadt der Indras bewahrten, völlig entmachtet wurden. Ich tue, was getan werden muß. Djan allein ist schon eine gefährliche Bedrohung des Friedens, aber sie bildet noch eine zusätzliche Gefahr, weil sie die eigene Macht ausweitet, indem sie die Macht der Indras beschneidet. Und ein Sufaki-Nephane, ausgerüstet mit menschlichen Waffen, ist eine Gefahr, die nicht geduldet werden kann.«

»Nicht alle Sufaki bedrohen dich«, sagte Kurt. »Es ist nur ein einziger Mann. Du willst einen Krieg führen, um einen einzigen Mann zu vernichten, der eine wirkliche Gefahr darstellt.«

»Ich kenne Shan t'Tefur und seinen verstorbenen Vater. Ach, das habt ihr sicher noch nicht gehört: Tlefek t'Tefur ist tot, ein Opfer des Bürgerkrieges.«

»Wer?« fragte Kta sofort. »Wer hat ihn getötet?«

»Ein gewisser t'Osanef.«

»Oh, ihr Götter«, flüsterte Kta und wurde blaß. »Welcher t'Osanef?«

»Han t'Osanef«, antwortete die Methi. »Ich verstehe dich, t'Elas. Wenn meine Schwester mit einem t'Osanef verheiratet wäre, würde ich mir jetzt auch Sorgen machen. Sage mir: Warum sollte ein Sufaki einen anderen Sufaki töten? Ist es ein Machtkampf? Eine persönliche Fehde?«

»Eine Auseinandersetzung«, sagte Kta, »zwischen Sufakis, die Nephane lieben wie Osanef, und solchen, die seinen Untergang herbeiführen wollen wie t'Tefur. Und du bist Shan t'Tefur eine große Hilfe, Methi. Wenn es kein Nephane mehr gibt – was nach diesem Krieg sehr wahrscheinlich ist –, wird es ein neues Chteftikan geben und einen Krieg, dessen Ende nicht abzusehen ist. Es gibt viele Sufaki, die gelernt haben, mit den Indras zu leben. Aber von denen wird keiner übrigbleiben, wenn du den Angriff auf Nephane wirklich durchführst.«

Ylith legte ihre Hände gegeneinander und dachte eine Weile

nach. Dann blickte sie wieder auf. »Lhe t'Nethim wird euch wieder unter Deck bringen«, sagte sie. »Ich habe euch alle Zeit gegeben, die ich für euch opfern konnte. Du bist ein tapferer Mann, Kta t'Elas, aber leider hast du jede Beziehung zur Realität verloren. Du, Kurt t'Morgan, bist bewundernswert in deiner Loyalität zu diesem Verrückten. Irgend jemand muß zu ihm halten. Es ehrt dich, daß du ihn nicht verläßt.«

## 21

»Kurt!«

Kurt erwachte, als Kta ihn bei der Schulter packte und hart rüttelte. Über sich hörte er das Trampeln von Füßen auf den oberen Decks. Er blinzelte verwirrt. Jemand schrie: »Klar Schiff zum Gefecht!«

»Es sind Segel in Sicht«, sagte Kta. »Die Flotte von Nephane.«

Kurt rieb sich die Augen und versuchte ein paar der Worte zu verstehen, die oben geschrien wurden. »Wie sind die Chancen, daß Nephane diese Flotte aufhalten kann?«

Kta lachte bitter. »Wenn die Berichte der Methi stimmen, gleich Null. Wenn in Nephane Bürgerkrieg ist, hat die Flotte praktisch aufgehört zu existieren. Ohne die Sufaki können die Familien nicht einmal die größeren Schiffe aus dem Hafen bringen. Es wird ein Massaker geben.«

Sie hörten, wie auf den oberen Decks die Riemen ausgefahren wurden. Ein Kommando ertönte, und sie klatschten ins Wasser. Das Schiff wurde schneller.

»Wir greifen an«, murmelte Kurt und versuchte, seine Panik zu unterdrücken. Sie konnten nichts tun, als den Ausgang des Kampfes abzuwarten und vielleicht mit dem Schiff der Methi unterzugehen, an das sie gekettet waren. Im Weltraum oder auf dem Deck der *Tavi* hatte er vor Beginn eines Kampfes auch Angst kennengelernt, aber niemals ein Gefühl absoluter Hilflosigkeit.

»Setz dich zurück«, riet ihm Kta, preßte seinen Rücken gegen die Schiffswand und nahm seine Kette, mit der seine Fußfessel am Kiel befestigt war, in beide Hände. »Wenn wir rammen, kann es einen ziemlich starken Stoß geben. Stütz dich ab und nimm die Kette in die Hände. Es wäre schlimm, wenn wir uns bei allem Unglück auch noch die Knochen brächen.«

Kurt folgte seinem Beispiel und warf einen besorgten Blick auf die Massen von Ausrüstung, die im hinteren Teil des Kielraums gestapelt waren. Wenn sie nicht richtig festgelascht waren, könnte ein Aufprall die tonnenschwere Last auf sie zuschleudern. Und dagegen konnten sie sich nicht schützen. Das Poltern von dreihundert Riemen wurde schneller. Kein Mann konnte ein solches Tempo für längere Zeit durchhalten. Selbst in dem dunklen Kielraum spürten sie jetzt die Geschwindigkeit des Schiffes, hörten das Schlagen der Riemen und das Rauschen des Wassers am Schiffsrumpf.

Kurt preßte sich fester gegen die Planken. Man brauchte keine große Phantasie dazu, um sich vorstellen zu können, was passieren würde, wenn die Trireme ihrerseits von einem Schiff Nephanes gerammt würde und ein kupferbelegter Rammsteven sich durch die Planken bohrte. Er erinnerte sich an den Untergang der *Tavi*, an die Männer, die bei dem Rammstoß zu Brei zermalmt wurden, und versuchte, nicht daran zu denken, wie dick wohl die Planken sein mochten, gegen die er seine Schultern stemmte.

Das Schlagen der Riemen verstummte, und dann wurden die Backbord-Riemen donnernd eingeholt. Ein paar Sekunden lang glitt das Schiff unter seiner eigenen Schwerkraft vorwärts.

Holz splitterte krachend, das Schiff erschauerte unter einem harten Stoß und noch immer das Geräusch brechender, splitternder Planken.

Kurt und Kta wurden zu Boden geschleudert und versuchten, sich irgendwo festzukrallen, als immer wieder harte Schockwellen durch den Schiffsrumpf liefen. Von den oberen Decks hörten sie Rufe und Befehle und aus größerer Entfernung die Schmerzens- und Angstschreie anderer Männer, die von einem harten Poltern übertönt wurden, als die Ruderer ihre Riemen wieder ausfuhren.

Die Kadenz der Ruderschläge begann aufs neue, und die Trireme nahm wieder Fahrt auf. Man hörte nichts mehr als das Poltern und Knarren der Riemen, dazwischen die lauten Befehle von Offizieren. Plötzlich wurden die Riemen wieder aus dem Wasser gehoben. Die Stille war so absolut, daß die beiden Männer im Kielraum ihre eigenen Atemzüge hörten, das Knarren der Riemen in ihren Duchten, das Knarren der Schiffsplanken und weit entfernten Kampfeslärm.

»Dies ist das Schiff der Methi«, beantwortete Kta Kurts fragenden Blick. »Es ist ohne Zweifel aus dem Verband ausgeschert und wartet jetzt, daß die anderen aufholen. Sie werden dieses Schiff nicht unnötigerweise riskieren.«

Lange Minuten hockten sie gegen die Schiffswand gepreßt, starrten ins Dunkel und lauschten auf jedes Geräusch, das von oben in den Kielraum drang.

Neue Befehle ertönten. Männer liefen über das Deck, aber das Schiff lag nach wie vor fast ohne Fahrt.

Dann krachte das Luk auf, und Lhe t'Nethim stieg herein, gefolgt von drei bewaffneten Männern.

»Brauchst du neuerdings Waffen, um uns abzuholen?« fragte Kta.

»t'Elas«, sagte Lhe, ohne auf Ktas Frage einzugehen, »du sollst an Deck kommen.«

Kta stand auf. Einer der Männer löste die Kette von seiner Fußfessel.

»Nimm mich auch mit«, bat Kurt und erhob sich ebenfalls.

»Dazu habe ich keinen Befehl.«

»t'Nethim«, sagte Kurt bittend, und Lhe überlegte ein paar Sekunden lang. Dann gab er den anderen Männern einen Wink.

»Dein Wort, daß du nicht gewalttätig wirst«, sagte er warnend zu Kurt.

»Mein Wort.«

»Nehmt ihn auch mit«, sagte Lhe.

Kurt folgte Kta die Treppe hinauf ins Tageslicht. Nach dem langen Aufenthalt im Dunkel des Kielraums war es so blendend grell, daß er kaum etwas sehen konnte und auf der obersten Stufe des Aufgangs stolperte. An Deck eilten Männer hin und her. Die Wachen mußten sie wie Blinde zum Achterdeck des Schiffes führen.

Ylith saß unter dem blauen Sonnensegel. Kurts Augen hatten sich inzwischen an das helle Licht gewöhnt. Kta fiel auf die Knie. Kurt folgte seinem Beispiel. Er begann Kta zu verstehen, wenn er auch in einem solchen Moment – gerade in einem solchen Moment – auf die Formen der Höflichkeit achtete: Kta tat es mit selbstverständlicher Grazie, zeigte seinen Respekt wie ein

Gentleman, unberührt davon, daß er unter einer schweren Bedrohung stand. Seine Haltung wirkte ansteckend.

»Ihr dürft sitzen«, sagte die Methi leise. »t'Elas, blicke nach Steuerbord, dann wirst du erkennen, warum wir dich gerufen haben.«

Kta wandte den Kopf und Kurt ebenfalls. Ein Schiff hielt auf sie zu. Es kam langsam, da nur noch ein Teil seiner Riemen intakt war. Das schwarze Segel trug das weiße Vogelemblem des Hauses Ilev, und der rote Immunitätsstander wehte an seinem Mast.

»Wie du siehst«, sagte die Methi, »haben wir den Familien von Nephane die Chance zu einem Gespräch geboten, bevor wir sie auf den Grund des Meeres schicken. Ich habe außerdem meiner Flotte befohlen, alle Überlebenden aus der See zu fischen ohne Rücksicht auf ihre Volkszugehörigkeit – sogar die Sufaki, falls es welche darunter geben sollte. Wenn es deiner Überredungskunst jetzt gelingen sollte, sie zur Aufgabe zu bewegen, kannst du ihnen das Leben retten.«

»Dazu habe ich mich nicht bereiterklärt«, sagte Kta wütend.

»Dies ist deine große Chance, t'Elas«, sagte die Methi ruhig. »Nenn ihnen meine Bedingungen und überzeuge sie davon, daß jeder weitere Widerstand sinnlos ist – oder schweige und sieh zu, wenn diese letzten Schiffe uns aufzuhalten versuchen.«

»Was sind deine Bedingungen?« fragte Kta.

»Nephane wird wieder Teil des Imperiums, oder Nephane wird brennen. Falls eure Sufaki damit einverstanden sind, zum Imperium zu gehören ... nun, ich werde mich mit dem Wunder befassen, wenn es soweit ist. Ich gebe zu, noch nie einen Sufaki getroffen zu haben, so wie ich bisher auch noch keinen Menschen getroffen hatte. Es würde mich interessieren, einige von ihnen kennenzulernen – unter meinen Bedingungen. Also, t'Elas, überzeuge sie, daß es besser ist, sich nicht gegen mich zu stellen, und rette ihnen das Leben.«

»Schwöre mir, daß du sie am Leben lassen wirst«, sagte Kta. Die Wachen der Methi begannen unwillig zu murmeln. Hände griffen an die Knäufe der Schwerter.

Kta rührte sich nicht. Bescheiden kniete er vor der Methi. »Schwöre mir«, wiederholte er, »daß du den Männern der Flotte ihr Leben und ihre Freiheit läßt, wenn sie deine Bedingungen annehmen. Ich weiß, daß deine Worte Waffen sind, zweischneidig und scharf. Aber deinem Eid würde ich gewiß vertrauen.«

Eine kaum merkbare Geste hielt ihre Männer davon zurück, die Waffen zu ziehen und die Frechheit auf der Stelle zu ahnden, und sie blickte Kta mit einem seltsamen Ausdruck von Zufriedenheit an.

»Sie haben unsere Stärke im Kampf versucht, t'Elas«, sagte sie, »und du versuchst meine Geduld. Sieh dir doch die zerschlagenen Wracks an, die dort herumschwimmen, und allein die Tatsache, daß du noch am Leben bist, nachdem du mich immer wieder herausgefordert hast, sollte dir eigentlich genügen.«

»Du nimmst dir einfach«, sagte Kta, »was ich dir nicht geben wollte.«

Ylith senkte den Blick, sah ihn dann wieder an. »Du bist zu vernünftig«, sagte sie mit einem winzigen Anflug von Arroganz, »um diese Männer deinem eigenen Stolz zu opfern. Du wirst versuchen, sie zu retten.«

»Und weil auch die Methi vernünftig ist«, sagte Kta, »wird sie mir erlauben, an Bord dieses Schiffes zu gehen. Ich kann dort mehr erreichen als hier. Sie würden sich durch deine Gegenwart gehemmt fühlen.«

Sie überlegte ein paar Sekunden lang, dann nickte sie. »Nehmt ihm die Fesseln ab. Dem Menschen auch. Wenn sie dich töten sollten, t'Elas, werden wir dich rächen.« Und etwas leiser setzte sie hinzu: »Im Ernst, t'Elas, ich möchte es vermeiden, diese Männer töten zu müssen. Überzeuge sie davon oder werde schuld an ihrem Tod.«

Das Langschiff des Hauses Ilev trug die Spuren von Kampf und Feuer. Es war so stark beschädigt, daß es kaum noch dem Ruder gehorchte. Zerbrochene Riemen hingen aus den Duchten. Das Schanzkleid war zersplittert. Das Schiff sah bemitleidenswert aus, als es auf die Trireme der Methi zukroch; eine Nußschale neben dem riesigen Schiff.

Kta nickte Kurt zu, als das Langschiff festmachte, und die beiden Männer stiegen die Jakobsleiter hinab, die jemand von der Reling der Trireme hinabließ.

Sie landeten nacheinander auf den Decksplanken des Schiffes aus Nephane, und sie sahen nicht weniger mitgenommen und angeschlagen aus: verschmutzt und unrasiert. Bekannte

Gesichter starrten sie betroffen an. Es waren Männer von Irain und Isulan, und einer von ihnen war der Kapitän des Schiffes, Ian t'Ilev.

Kta verneigte sich vor ihm. t'Ilev zögerte etwas, bevor er den Gruß erwiderte.

»Bei allen Göttern«, murmelte er dann, »du bist in seltsamer Gesellschaft, Kta.«

»Die *Tavi* ist bei den Inseln versenkt worden«, sagte Kta. »Kurt und ich wurden aus dem Wasser gefischt. Anscheinend sind wir die einzigen Überlebenden. Seit dieser Zeit sind wir Gefangene der Methi von Indresul. Hast du das Kommando auf diesem Schiff, Ian?«

»Mein Vater ist tot. Seitdem bin ich der Kapitän.«

»Mögen die Hüter deines Hauses ihn gnädig bei sich aufnehmen.«

»Heute hat sich die Zahl der Ahnen vieler Häuser beträchtlich erhöht.« Ein Muskel zuckte in Ian t'Ilevs Wange. Er gab seinen Männern einen Wink, sich etwas zurückzuziehen, damit sie ihre Gespräche nicht mithören konnten. Er blickte Kta an. »Wenn ich richtig verstanden habe, will die Methi, daß wir uns kampflos ergeben, damit sie Nephane angreifen kann, und du bist anscheinend von ihr beauftragt worden, uns dazu zu überreden. Ist es so?«

»Ich habe erfahren, daß in Nephane Bürgerkrieg herrscht und ein effektiver Widerstand unmöglich ist«, sagte Kta. »Stimmt das, Ian?«

Schweigen.

»Die Methi soll ihre Fragen selbst stellen«, sagte t'Irain schließlich scharf. »Wir waren bereit, zu ihr an Bord zu gehen.«

Auch die anderen Männer machten unwillige Bemerkungen. Kta blickte von einem zum anderen. Sein Gesicht war ausdruckslos. In diesem Augenblick sah er aus wie sein Vater Nym, obwohl seine Kleidung verschmutzt war und sein sonst ordentliches Haar ihm in Strähnen um das Gesicht hing. In seinen Augen glänzten Tränen.

»Ich habe mein Schiff nicht aufgegeben«, sagte er, »obwohl ich dazu bereit war. Eine tote Mannschaft ist ein hoher Preis von dem Stolz des Hauses, ein Preis, den ich nicht bezahlt haben würde.« Er blickte von einem Mann zum anderen. »Ich sehe keine Sufaki unter euch.«

Das unwillige Gemurmel wurde stärker. »Ruhe«, sagte t'Ilev scharf. »Wollt ihr, daß die Männer von Indresul sehen, wie wir uns streiten? Kta, sage mir, was du mir im Auftrag der Methi sagen sollst, dann könnt ihr beide wieder gehen.«

»Ian«, sagte Kta, »wir sind seit unserer Kindheit Freunde gewesen. Du mußt deine Entscheidung selbst treffen und tun, was du für richtig hältst. Aber wenn ich richtig informiert bin, herrscht in Nephane Bürgerkrieg, und ihr habt keine Chance gegen Flotte und Armee der Methi von Indresul. Ich halte es für richtiger, ihre Bedingungen zu hören, als daß ihr euch sinnlos opfert.«

»Was veranlaßt sie zu diesem Großmut? Liebe zu den verlorenen Söhnen von Nephane? Vertrauen in dich? Warum hat sie ausgerechnet dich zu uns geschickt?«

»Ich glaube«, sagte Kta unsicher, »ich *glaube* – ich weiß es nicht –, daß sie uns bessere Bedingungen bieten wird, als wir sie von Shan t'Tefur erwarten können. Und ich glaube, sie ist zu Konzessionen bereit, weil Gespräche billiger sind als Kriege, selbst für Indresul. Es ist auf jeden Fall einen Versuch wert, Ian, sonst hätte ich mich nicht dazu bereit erklärt, mit euch zu sprechen.«

»Wir sind hier, um Zeit zu gewinnen, das solltest du wissen. Auch für uns – bei dem Zustand unserer Schiffe – sind Gespräche billiger als ein Kampf, aber wir sind nach wie vor bereit, uns zu stellen. Selbst die Aufgabe, unsere angeschlagenen Schiffe endgültig zu vernichten, wird sie eine Weile aufhalten. Und was die Zustände in Nephane angeht ...«

Die anderen Männer riefen ihm zu, zu schweigen. Ian blickte sie nur an, und sie verstummten. »t'Elas hat schließlich Augen im Kopf«, sagte er. »Die Sufaki sind nicht hier. Sie haben das Kommando über die Flotte verlangt. Ein paar von ihnen – mögen ihre Ahnen sie gnädig bei sich aufnehmen – haben versucht, Shan t'Tefurs Männer zur Vernunft zu bringen. Beim Licht des Himmels, wir mußten die Flotte *stehlen* und bei Nacht auslaufen, um unsere Stadt zu verteidigen. t'Tefur hofft auf unsere Vernichtung. Kennst du die Bedingungen, die die Methi uns stellen wird?«

Es war still an Deck. Die Männer warteten gespannt ohne Hoffnung und ohne Erregung.

»Ian«, sagte Kta. »Ich kenne ihre Bedingungen nicht. Ich werde aus Ylith-Methi nicht klug. Aber ich glaube, was sie einmal in der Hand hat, das gibt sie nicht wieder her. Trotzdem hoffe ich, daß sie fair und anständig ist. Sie ist schließlich Indras.«

Die Stille hielt an. Man hörte nur das Knacken der Planken und das Scheuern des Langschiffes gegen die Bordwand der Trireme.

»Er hat recht«, sagte Lu t'Isulan nach einer Weile.

»Du bist sein Hausfreund«, sagte ein Mann von Nechis. »Kta wollte deine Kusine heiraten.«

»Das macht mich nicht blind gegenüber der Wahrheit«, sagte t'Isulan. »Ich glaube, daß er recht hat. Ich habe diesen t'Tefur und die Drohungen seiner Banditen endgültig satt.«

»Richtig«, sagte sein Bruder Toj. »Wir mußten unsere Häuser fast ohne Verteidiger zurücklassen, um genügend Männer für die Flotte zusammenzubringen. Ich bin der Ansicht, daß im Augenblick die Bedrohung durch unsere Sufaki-Nachbarn größer ist als die Gefahr durch die Flotte Indresuls. Macht doch eure Augen auf«, sagte er scharf. »Isulan hat fünf Männer seines Hauptherdes in den Kampf geschickt und fünfzig von den kleineren Herden des Hauses, und ein Drittel von ihnen sind tot. Nur die Söhne des *chan* sind noch da, um das Tor von Isulan gegen die Piraten t'Tefurs zu verteidigen. Ich habe keine Lust, auch noch den Rest meiner Brüder und Vettern einer leeren Geste wegen zu verlieren. Wir werden nicht sterben, wenn wir uns die Bedingungen der Methi anhören, und wenn sie ehrenhaft sind, bin ich dafür, sie zu akzeptieren.«

Ylith lehnte sich zurück und blickte auf die kleine Gruppe von Männern hinab, die zu ihren Füßen kniete. »Ihr dürft euch erheben«, sagte sie, eine großzügige Geste gegenüber einem geschlagenen Gegner. »t'Elas, t'Morgan, ich bin froh, daß ihr sicher zurückgekehrt seid. Wer führt diese Delegation?«

t'Ilev verneigte sich leicht. »Ian t'Ilev uv Ulmar«, stellte er sich vor, »Lord von Ilev.« Seine Stimme klang bitter, als er seinen Titel nannte, der erst wenige Stunden alt war. »Ich bin nicht der Älteste von uns, aber die Flotte hat mich aus Respekt gegenüber meinem gefallenen Vater zum Führer dieser Delegation ernannt.«

»Bittest du mich, euch meine Bedingungen zu nennen?« fragte Ylith.

»Wir werden sie anhören.«

»Ich will mich kurz fassen«, sagte Ylith. »Wir werden in Nephane landen mit oder ohne eure Zustimmung. Ich werde diese Djan nicht an der Macht lassen. Ich werde weder mit ihr noch mit ihren Beauftragten verhandeln. Ich werde in Nephane die Ordnung wiederherstellen und eine Regierung einsetzen, in die ich Vertrauen habe. Die Stadt wird danach in ständiger Verbindung mit Indresul, der Mutter der Städte bleiben. Hast du Fragen dazu, t'Ilev?«

»Wir sind die Flotte, Methi, nicht der Upei, und wir können über nichts anderes verhandeln als über unsere eigenen Aktionen. Aber ich weiß, daß die Familien keine Lösung des Konflikts akzeptieren werden, die uns nicht unsere grundsätzlichen Freiheiten garantiert.«

»Und das werden auch die Sufaki verlangen«, fügte Kta unaufgefordert hinzu.

Ylith blickte ihn schweigend an. Lhe t'Nethim, der hinter ihr stand, griff nervös nach dem Knauf seines *ypan*. Kurt ballte die Fäuste und hoffte, daß Kta nicht vor allen anderen gedemütigt werden würde. Doch plötzlich begriff er, was für ein Spiel Kta unter Einsatz seines Lebens spielte, und sein Magen krampfte sich zusammen. Auch die Methi befand sich in Gegenwart von Zeugen, und jeder Fehler, den sie begehen mochte, konnte eine Wiederaufnahme der Seeschlacht bedeuten, einen blutigen und für die Flotte der Methi ehrenlosen Kampf.

Sie lächelte und musterte Kta von Kopf bis Fuß. »Ich habe deine Stadt studiert, t'Elas«, sagte sie und blickte ihm in die Augen. »Ich habe Informationen aus den unwahrscheinlichsten Quellen zusammengetragen, sogar von dir und dem Menschen t'Morgan.«

»Und welche Schlüsse ziehst du daraus?« fragte Kta ziemlich leise.

»Daß ein kluger Mann sich nicht gegen die Realitäten stellen sollte. Die Sufaki – sind eine Realität. Ihre Vernichtung ist also kaum praktikabel, da sie die ganze Küste von Sufak bevölkern. t'Morgan hat mir eine Fabel von den Kriegen der Menschen erzählt. Ich habe mir das Land mit ausgestorbenen Dörfern und verwüsteten Feldern vorgestellt, und diese Aussicht erschien mir ganz und gar nicht reizvoll. Deshalb habe ich mich dazu entschlossen – obwohl ich überzeugt bin, daß die Söhne des

Ostens für uns immer einen Unruheherd darstellen werden –, die Dinge so zu belassen, wie sie sind. Weil die Sufaki in Nephane und in ihren Dörfern weniger gefährlich sind, als wenn sie untertauchen oder in Horden durch das Land ziehen und mit Pfeilen auf meine Besatzungsarmee schießen. Was religiöse Fragen betrifft, so werde ich keinen Fußbreit zurückweichen. Aber mir ist eine Stadt lieber als ein Trümmerhaufen und eine Provinz wertvoller als eine Wüste. Wenn ihr euch überlegt, daß es sich dabei um eure Stadt und um euer Land handelt, werdet ihr mir sicher zustimmen.«

»Vielleicht«, sagte Ian t'Ilev nach kurzem Überlegen, »wenn du nicht den Ausdruck ›Besatzungsarmee‹ gebraucht hättest. Die Familien herrschen in Nephane.«

»Und nicht auch die Sufaki? Außerdem solltest du doch die Gesetze kennen, t'Ilev. Die Macht einer Methi reicht nicht in die Familien hinein. Die Präzedenzfrage müßte zwischen euren Herden und denen von Indresul entschieden werden. Wie ihr sie löst, ist allein eure Angelegenheit. Ich besitze da keinerlei Befugnis zum Eingreifen. Ich kann mir jedoch nicht vorstellen, daß Ilev-in-Indresul über das Meer segeln und sich in die Angelegenheiten von Ilev-in-Nephane einzumischen gedenkt. Ich glaube deshalb nicht, daß sich eine Besetzung Nephanes als notwendig erweisen wird.«

»Dein Wort darauf?« sagte Kta.

Die Methi blickte ihn mit einem leicht ironischen Lächeln an. Dann hob sie beide Arme und streckte ihre Handflächen dem Himmel entgegen. »Beim heiligen Licht Phans: Ich habe die Wahrheit gesprochen.« Sie lehnte sich zurück, ihr Gesicht kühl und geschäftsmäßig. »Meine Bedingungen«, sagte sie. »Absetzung von Djan, Auflösung von t'Tefurs Partei, der Tod t'Tefurs selbst, die Treue der Familien gegenüber Indresul und mir. Das ist alles, was ich verlange.«

»Und die Flotte?« fragte t'Ilev.

»Ihr könnt Nephane in etwa einem Tag erreichen«, sagte Ylith. »Ich gebe euch einen weiteren Tag, um das, was ich eben verlangt habe, selbst durchzuführen. Nach Ablauf dieser Frist werden wir in Nephane landen.«

»Du willst, daß wir Nephane für dich erobern?« sagte t'Ilev erschüttert. »Beim Licht des Himmels: niemals!«

»Friede, Herrschaft über eure eigene Stadt – oder Krieg.

Wenn wir Nephane selbst erobern, sind wir nicht an unsere Vereinbarungen gebunden.«

»Gib mir ein wenig Zeit«, bat t'Ilev. »Ich muß deine Bedingungen mit den anderen Familien besprechen. Ich kann darüber nicht allein entscheiden.«

»Tu das, t'Ilev. Wie immer eure Entscheidung ausfallen mag, wir geben euch einen Tag Vorsprung nach Nephane. Wenn ihr diese Frist dazu benutzen solltet, die Stadt zum Widerstand gegen uns zu rüsten, werden wir erst wieder auf den Ruinen der Stadt zu unserem nächsten Gespräch zusammentreffen. Wir sind nicht zweimal großzügig, t'Ilev.«

Die Männer verbeugten sich und wandten sich zum Gehen.

»Methi«, sagte Kta.

»Möchtest du mit ihnen nach Nephane segeln?«

»Mit deiner Erlaubnis, Methi.«

»Sie ist gewährt. Bring sie zur Vernunft, t'Elas. Du hast die Chance dazu. Du hast einen Tag Zeit, um dafür zu sorgen, daß deine Stadt überlebt. Ich wünsche dir Erfolg. Es täte mir leid, zu hören, daß es dir mißlungen ist. Möchtest du mit ihm gehen, t'Morgan? Es täte mir leid, wenn wir uns trennen müßten.«

»Ja«, sagte Kurt. »Mit deiner Erlaubnis.«

»Sieh mich an«, forderte sie ihn auf. Und als er den Kopf hob, studierte sie ihn wie eine Kuriosität, die sie vielleicht nicht wiedersehen würde. In ihren Augen stand eine faszinierte Furcht. »Du bist wie Djan-Methi«, sagte sie.

»Wir sind von einer Rasse.«

»Bring mir Djan«, sagte sie, »aber nicht als Methi von Nephane.«

Sie machte eine verabschiedende Geste, und sie traten einen Schritt rückwärts. Jetzt trat Lhe t'Nethim vor, warf sich auf die Knie und verbeugte sich vor der Methi.

»Methi«, sagte er, als sie ihn aufforderte, sich zu erheben, »laß mich mit diesem Schiff nach Nephane segeln. Ich habe dort etwas Dringendes zu erledigen. Mit t'Tefur.«

»Ich brauche dich hier, Lhe«, sagte die Methi leise.

»Methi, dies ist eine Angelegenheit meines Herdes. Du mußt mich gehen lassen.«

»Ich muß? Sie werden dich töten, bevor du Nephane erreichst, und wie willst du dann deine Schuld einfordern? Was soll ich deinem Vater sagen, t'Nethim, wenn ich seinen Sohn in sein Verderben gehen lasse?«

»Es geht um die Ehre der Familie.«

Die Methi biß sich auf die Unterlippe. »Wenn sie dich töten«, sagte sie, »dann wissen wir, wie sie zu unseren Vereinbarungen stehen. t'Elas, du bist Zeuge. Behandelt ihn ehrenhaft, ganz egal, wie eure Entscheidungen ausfallen sollten, ob ihr ihn tötet oder am Leben laßt. Du bist mir dafür verantwortlich.«

Lhe t'Nethim verbeugte sich dankbar vor der Methi. Zusammen mit Kta und Kurt ging er zur Reling der Trireme, wo Ian t'Ilev und seine Männer gewartet hatten, um den Ausgang des Gesprächs abzuwarten.

»Irgend jemand wird ihm den Hals durchschneiden«, zischte t'Ilev Kta zu, als sie sich über die Reling schwangen. »Wieso bestand er darauf, mitzukommen?«

»Er ist Mims Vetter«, sagte Kta.

»Beim Licht des Himmels. Seit wann stehst du schon auf der Seite Indresuls?«

»Vertraue mir. Oder laß uns wenigstens dieses Deck verlassen, bevor du mit mir streitest, Ian.«

t'Ilev biß sich auf die Lippen und begann die Jakobsleiter hinabzusteigen. »Die Götter stehen uns bei«, murmelte er. »Die Götter stehen uns bei, ich werde nicht mehr darüber sprechen. Aber lade mir nicht noch mehr auf, Kta.«

Er sprang von den letzten Sprossen der Jakobsleiter auf das Deck des Langschiffes, wo seine Crew gespannt auf ihn wartete.

Das Langschiff der Ilev glitt auf die anderen Schiffe der angeschlagenen Flotte zu. Neben dem roten Stander wehte jetzt auch die Signalflagge, die alle anderen Kapitäne an Bord des Langschiffes rief.

Sie beeilten sich, längsseits zu kommen und überzusteigen: Eta t'Nechis, Pan t'Ranek, Camit t'Ilev, ein Vetter Ians, und andere, zumeist junge Männer, deren Kapitänsposition ein Symptom der Tragödien war, die sich auf See oder in Nephane abgespielt hatten.

»Ist das alles?« schrie Eta t'Nechis, als t'Ilev den anderen das Ergebnis seiner Unterredung mit der Methi von Indresul mitgeteilt hatte. »Bei allen Göttern, t'Ilev, hast du etwa in unser aller

Namen entschieden? Oder hast du das Kommando Elas und seinen Begleitern überlassen?« Er blickte Kta mit wütend gerunzelter Stirn an. »An Elas, der uns durch seinen menschlichen Hausgast überhaupt erst ins Unglück gestürzt hat. Und jetzt bringt er uns auch noch einen Hausfreund aus Indresul!«

»Darüber können wir uns später unterhalten«, sagte Kta. »Jetzt geht es vor allem darum, ob ihr gegen Indresul kämpfen oder nach Nephane zurücksegeln wollt. Wenn ihr euch entschließt, den Bürgerkrieg in Nephane zu beenden und die Forderungen der Methi zu erfüllen, ist jede Minute kostbar.«

»Männer unserer Besatzungen treiben noch in der See«, rief t'Ranek, »und die Indras hindern uns daran, sie aufzufischen.«

»Sie kümmern sich selbst darum«, sagte Ian. »Und die Schiffe von Indresul machen das schneller, als wir es könnten. Kta hat recht. Segelt nach Nephane zurück.«

»Schickt der Methi ihre Leute zurück«, sagte t'Nechis, »alle drei, t'Elas, den Menschen und den Fremden.«

t'Nethims Gesicht war blaß, aber er stand hoch aufgerichtet. Erregtes Stimmengewirr brandete auf. Hände griffen zu den Knäufen der Waffen. Schließlich brachte Ian die Sache zu Ende, indem er seiner Mannschaft den Befehl gab, den Flottenstander zu setzen und nach Nephane zurückzusegeln.

Sie waren unterwegs, und die Schiffe der Methi blieben hinter ihnen zurück. Die Tatsache, daß die Methi Wort hielt und sie nicht verfolgte, gab den meisten Männern starken Auftrieb und brachte andere zum Schweigen, die Rache forderten.

»Warum sollte sie uns denn verfolgen?« sagte t'Nechis sarkastisch. »Wir nehmen ihr schließlich die Arbeit ab. Bei allen Göttern, was ist dies für eine Welt.«

Und wieder sprachen einige der Männer davon, den drei Emissären der Methi die Kehle durchzuschneiden und sie über Bord zu werfen, bis t'Ilev und seine Crew sich schützend vor sie stellten, die Waffen griffbereit.

»Hört auf mit dem Unsinn!« Obwohl Ian t'Ilev jünger war als seine Opponenten, legte er eine solche Autorität in seine Worte, daß die anderen sofort schwiegen.

»Es ist eine Schande«, sagte Lu t'Isulan, »wie wir uns vor diesem Fremden aus Indresul aufführen. Bringt Tee. Es ist eine lange Fahrt bis nach Nephane. Wenn wir bis zu unserer Ankunft nicht zu einer wohlüberlegten Entscheidung gekommen sind, verdienen wir unser Unglück. Laßt uns Frieden bewahren und nachdenken.«

»Wir werden nicht Feuer und Tee mit einem Mann aus Indresul teilen«, sagte t'Nechis hart. »Legt ihn in Ketten.«

t'Nethim trat ein paar Schritte zurück. »Ich werde Abstand von euch halten.« Es waren die ersten Worte, die er an Bord des Schiffes sprach. »Ich werde mich nicht in eure Angelegenheiten einmischen.«

Er verneigte sich und ging zum Bug, ein einsamer Mann unter so vielen Feinden seiner Stadt.

»Wenn ihr wollt, werde ich mich auch absetzen«, bot Kurt an.

»Du bist von Elas«, sagte Kta scharf. »Du bleibst hier.«

Einige der Männer murmelten unwillig und blickten Kta und Kurt feindselig an. Kurt sah ein, daß Elas mit der *Tavi* mehr verloren hatte als nur ein Schiff. Auch die zuverlässigen Freunde des Hauses waren mit ihm untergegangen. Von den anderen Familien hielten nur Ilev, Isulan und Irain wirklich zu Elas. Und selbst bei denen gab es einige, die Menschen haßten. Dazu gehörte sogar Ian t'Ilev. Kurt bemerkte bei ihm einen kleinen Schauer des Ekels, wann immer er mit ihm zusammentraf.

Nur Lu und Toj t'Isulan, Hausfreunde von Elas, fanden sich bereit, mit Kta zusammenzusitzen, als der Tee gebracht wurde. Sie saßen links von Kta, Kurt auf seiner rechten Seite.

Kurt nahm die Tasse dankbar in die Hand und nahm kleine Schlucke von dem heißen, süßen Tee. Es rief Erinnerungen an Elas wach, an eine Zeit, in der Friede und Vernunft herrschten und sie glaubten, daß es keiner Macht der Welt gelingen würde, diese Oase der Ruhe zu stören.

Doch jetzt war alles, ihr Leben und Nephane selbst, so zerbrechlich wie die Porzellantasse, die er in den Fingern hielt.

Die erste Runde Tee wurde schweigend getrunken und auch die zweite. Es war, wie die Nemet es ausdrückten, ein Problem der dritten Runde, eine so ernste Angelegenheit, daß niemand zu sprechen wagte, bevor nicht die dritte Tasse Tee eingeschenkt worden war.

»Ich bin sicher«, sagte Ian schließlich, »daß die Methi zu ihrem Wort steht. Bis jetzt hat sie es jedenfalls getan. Wir werden nicht verfolgt. Wir sollten uns immer vor Augen halten, daß sie die Methi unseres eigenen Volkes ist, und deshalb halte ich es für undenkbar, daß sie uns belügen könnte.«

»Der Meinung bin ich auch«, sagte t'Nechis. »Aber was bringt uns das?«

»Das Überleben von Nephane«, sagte Kta leise. »Und ich liebe diese Stadt, t'Nechis. Selbst wenn du mich haßt, das kannst du mir glauben.«

»Ich glaube dir«, sagte t'Nechis. »Ich halte es aber für möglich, daß du auch die Vorteile liebst, die die Methi dir versprochen haben mag.«

»Sie hat ihm nichts versprochen«, sagte Ian. »Mein Wort darauf.«

»Vielleicht hast du recht«, gab t'Nechis zu, warf aber einen verstohlenen Blick auf Kurt, als ob ein Nemet, der sich mit einem Menschen einließ, von vornherein suspekt wäre.

»Wie schlimm sieht es in Nephane wirklich aus?« fragte Kta.

»t'Elas«, sagte der jüngere Sohn von Uset-in-Nephane, »wir haben damals das Unglück von Elas zutiefst bedauert. Aber das war nur der Anfang. In mehreren Häusern – in Nechis und Ranek – sind Männer gestorben. *Ypai-sulim* sind gezogen worden. Du mußt ihnen einiges nachsehen.«

Die *ypai-sulim*, die Großen Waffen, wurden nur zum Töten gezogen und nicht wieder in die Scheide zurückgesteckt, bevor sie ein Leben ausgelöscht hatten. Kta verbeugte sich leicht vor t'Nechis und t'Ranek. Die beiden Männer erwiderten den Gruß. Eine Weile herrschte Schweigen, aber die Atmosphäre war leichter geworden.

»Dann«, sagte Kta schließlich, »stellt sich die Frage, ob es überhaupt noch eine Stadt gibt, die wir retten können. Ich habe ein Gerücht über Osanef gehört. Kann jemand mir darüber Näheres berichten?«

»Das ist eine schlechte Nachricht, Kta«, sagte Ian. »Han t'Osanef hat Tlefek t'Tefur getötet. Das Haus Osanef wurde bis auf die Grundmauern niedergebrannt als Warnung für andere Sufaki, sich nicht auf die Seite der Indras zu stellen. Sie haben während der Nacht zugeschlagen, als die Familie schlief. Sie sind in das Haus eingedrungen und haben die *phusmeba* mit dem Feuer umgestürzt, um das Haus in Brand zu setzen. Lady Ia, Hans Frau, ist in dem Feuer umgekommen.«

»Und Aimu?« unterbrach Kta. »Was ist mit Bel und meiner Schwester?«

»Bel ist zusammengeschlagen worden. Deine Schwester ist

von den *chan* der Osanef in Sicherheit gebracht worden. Wie wir zuletzt hörten, leben Bel und Aimu jetzt bei t'Isulan, bei der Schwester deines Vaters.«

»Wie ist Han gestorben?«

»Er hat sich selbst getötet, nachdem er Lady Ia gerächt hatte. Bei seinem Begräbnis hat es Unruhen und viele Tote gegeben. – Es tut mir leid, Kta.« Ktas Gesicht war blaß geworden.

»Das ist noch nicht alles«, sagte Toj t'Isulan. »Jeden Tag gibt es solche Begräbnisse. Han und seine Lady waren nicht die ersten und nicht die letzten, die durch t'Tefurs Banditen starben.«

»Er ist wahnsinnig«, sagte t'Nechis. »Er hat gedroht, die Flotte zu verbrennen – die Flotte zu verbrennen! –, bevor er sie unter dem Kommando von Indras-Kapitänen auslaufen lassen würde. Die Sufaki sprechen davon, Nephane in Brand zu stekken und sich in die Berge zurückzuziehen, in denen früher ihre Hauptstadt Chteftikan stand.«

»Das stimmt«, nickte der junge t'Irain. »Und deshalb wäre es mir lieber, die Stadt in den Händen Indresuls zu wissen als in den Händen t'Tefurs.«

Diese Ansicht wurde von den anderen durch zustimmendes Gemurmel bestätigt. t'Nechis runzelte die Stirn, aber selbst er schien diesen Standpunkt nicht ganz abzulehnen.

»Und was hat die Djan-Methi unternommen?« fragte Kurt und beteiligte sich mit dieser Frage zum erstenmal an der Diskussion. »Hat sie irgend etwas getan – kann sie irgend etwas tun –, um die Ordnung in der Stadt wiederherzustellen?«

»Sie hat die Macht dazu«, sagte t'Ranek. »Aber sie weigert sich, t'Tefur unter Kontrolle zu halten. Dieser Krieg ist ihr Werk. Sie wußte, daß wir uns niemals um Hilfe an Indresul wenden würden, also glaubte sie, es riskieren zu können, die Macht in die Hände derjenigen zu legen, die ihre ehrgeizigen Pläne unterstützen.«

»Ich möchte wissen«, sagte der jüngere t'Nechis, »warum wir überhaupt Fragen eines Landsmannes der Methi beantworten.«

Kta wollte aufspringen, und wenn der ältere t'Nechis seinen Vetter nicht mit einer herrischen Geste zur Ordnung gerufen hätte, wäre es zu einer harten Auseinandersetzung gekommen.

»Ich entschuldige mich«, murmelte t'Nechis und schien an seinen Worten zu ersticken.

»Ich kann verstehen«, sagte Kurt, »daß sich Menschen in Nephane nicht gerade beliebt gemacht haben. Aber hört mich trotzdem an. Ich habe euch einiges zu sagen.«

»Sprich«, sagte t'Nechis. »Dieses Recht werden wir dir nicht verweigern.«

»Ich würde euch raten, von der Methi entschiedene Aktionen zu fordern und Konzessionen für die Sufaki, die sich nicht Shan t'Tefur angeschlossen haben.«

»Du scheinst etwas für sie übrig zu haben«, sagte t'Ranek, »und eine Menge Vertrauen in sie zu setzen. Ich fürchte, wir haben einen Fehler begangen, als wir damals beim Tod vom Mim h'Elas Mitleid mit dir hatten.«

Kurt legte die Hand auf Ktas Arm, um ihn am Aufspringen zu hindern. Der Blick, mit dem er t'Ranek musterte, war so eisig, daß alle Nemet verstummten. »Meine Frau«, sagte Kurt, »war genauso ein Opfer von euch wie von der Djan-Methi. Ich schwöre, daß ich mich bemüht habe, Loyalität gegenüber den Familien zu empfinden, seit ich zu Elas gehörte. Ich bin ein Mensch. Ich war nicht willkommen, und das habt ihr mich spüren lassen, genauso wie ihr es Djan-Methi habt spüren lassen und vor ihr die Sufaki. Wenn diese Schismen nicht gewesen wären, würde meine Frau heute noch leben.«

Bevor ihn jemand hindern konnte, sprang er auf und ging zu t'Nethim im Bug des Schiffes.

Lhe blickte ihn fragend an, und in seinem Blick lag sogar ein wenig Mitleid.

Kurz darauf – wie Kurt es vorausgeahnt hatte – hörte er näher kommende Schritte. Kta schickte jemand, um ihn zu überreden, zu den anderen zurückzukehren.

Er hörte die Schritte näher kommen, wandte sich jedoch nicht um, bis jemand seinen Namen rief.

Er lehnte sich mit dem Rücken an die Reling und sah, daß t'Ranek selbst gekommen war.

»Kta t'Elas hat mir Blutfehde angedroht«, sagte t'Ranek. »Bitte akzeptiere meine Entschuldigung, t'Morgan. Ich bin kein Freund Elas', aber ich will keinen Kampf, und ich sehe ein, daß ich dir unrecht getan habe.«

»Kta wollte deswegen kämpfen?« fragte Kurt ungläubig.

»Es geht um seine Ehre«, sagte t'Ranek. »Er sagt, daß du zu Elas gehörst. Er hat auch t'Nethim gebeten, zurückzukommen«, sagte er mit einem scheuen Blick auf den Mann aus Indresul. »Er hat uns einiges über dich und die Lady Mim h'Elas erklärt. Bitte akzeptiere meine Entschuldigung, Kurt t'Morgan.«

Es fiel dem Mann nicht leicht. Kurt quittierte seine Entschuldigung mit einer steifen Verbeugung und blickte Lhe t'Nethim an. Lhe nickte, und die drei Männer kehrten schweigend zu den anderen zurück. Kurt setzte sich wieder neben Kta, t'Ranek neben seinen Bruder. Lhe stand unsicher in ihrer Mitte, bis Kta ihn mit einer ungeduldigen Geste aufforderte, sich zu setzen. Lhe hockte sich vor Kta auf den Boden, die Lippen zusammengepreßt, den Blick zu Boden gerichtet.

»Wir haben unter uns«, sagte Kurt in die Stille hinein, »meinen Bruder Kta und Lhe t'Nethim, der unter dem Schutz von Elas steht.«

Die Männer verneigten sich leicht.

»Ich möchte euch nur noch eins sagen«, Kurt musterte die Männer einem nach dem anderen, »und dann werde ich euch nicht mehr behelligen. Es sind Waffen im Afen. Waffen der Menschen. Wenn Djan-Methi sie nicht einsetzt, so deshalb, weil sie sie nicht einsetzen will. Wenn ihr sie bedroht oder unter Druck setzt, besteht die Gefahr, daß sie sie einsetzen wird. Mit diesen Waffen könnte sie nicht nur ganz Nephane zerstören, sondern auch Indresul, wenn sie das wollte. Ihr spielt mit eurem Leben, wenn ihr diese Gefahr unterschätzt.«

Stille. Niemand sprach ein Wort. Aber es war nicht mehr ein Schweigen des Hasses, es war ein Schweigen der Angst. Selbst Kta blickte ihn an wie einen Fremden.

»Ich sage die Wahrheit.« Er blickte Kta an.

»t'Morgan«, sagte t'Ilev. »Kannst du uns vorschlagen, was wir tun sollen?«

Es war eine Bitte, in bescheidenem Ton vorgetragen, aber zu seiner Schande wußte er nicht, wie er sie beantworten sollte. »Ich weiß nur eins«, sagte er nach kurzem Überlegen, »wenn Djan-Methi noch über den Afen herrscht, wenn Ylith-Methis Schiffe in den Hafen segeln, werdet ihr diese Waffen im Einsatz sehen. Noch schlimmer wäre es, wenn es Shan t'Tefur gelingen sollte, sie in seinen Besitz zu bringen. Sie will sie ihm nicht geben, sonst hätte sie es längst getan, aber es wäre möglich, daß sie nicht mehr die Macht besitzt, sie ihm vorzuenthalten – oder diese Macht verloren hat. Ich würde euch raten, daß ihr unter allen Umständen Frieden mit den Sufakis schließt, die den Frieden wollen. Macht jede nur mögliche Konzession, um das zu erreichen. Vor allem aber müßt ihr Djan-Methi die Herrschaft über den Afen nehmen. Ihr und Shan t'Tefur.«

»Der Afen«, protestierte t'Ranek, »ist bisher nur durch Verrat gefallen, niemals durch einen Angriff der Nemet. Haichematleke ist zu hoch, die Straßen zu eng und zu steil, und außerdem würden die Waffen der Menschen jeden Angriff von vornherein zum Scheitern verurteilen.«

»Die einzige Alternative wäre, mit der ganzen Flotte in die nördliche See zu segeln, um wenigstens das eigene Leben zu retten«, sagte Kta. »Und ich glaube, das hat keiner von uns vor.«

»Nein«, sagte t'Nechis. »Wirklich nicht.«

»Dann greifen wir den Afen an.«

## 22

Die Rauchfahne, die über Nephane stand, war schon aus mehreren Seemeilen Entfernung zu sehen. Der Rauch stieg senkrecht empor, bis er vom Westwind erfaßt und über die ganze Stadt gebreitet wurde wie die häufigen Seenebel, nur schwärzer und dichter. Er verdunkelte den Morgenhimmel und lag wie eine dunkle Wolke über dem Hafen.

Die Männer, die am Bug des Langschiffes standen, als es vor den anderen Schiffen der Flotte in den Hafen einfuhr, blickten schweigend auf die Stadt. Der Rauch kam von irgendwo auf dem Berg, aber niemand wagte zu raten, was da brannte.

Schließlich wandte Kta den Blick von dem Bild der Zerstörung. »Kurt«, sagte er, »halte dich nahe bei mir. Die Götter allein mögen wissen, was uns bevorsteht.«

Ruderschläge trieben das Langschiff an die Pier, ein paar Männer von t'Ilevs Mannschaft sprangen an Land, um die Taue festzumachen. Kurz hintereinander liefen auch die anderen Schiffe ein. Eine dichte Menge drängte sich durch das Tor und versammelte sich auf der Pier. Es waren fast ausnahmslos Sufaki, nicht wenige von ihnen in Gestreiften Roben, jung und drohend. Es waren auch ältere Leute da und Frauen mit Kindern, die nach Angehörigen fragten und entsetzt auf die beschädigten Schiffe starrten. Sufaki-Seeleute, die nicht mit hinausgefahren waren, liefen zu ihren Indras-Kameraden und begannen zu fluchen und die Götter anzurufen aus Gram über die zerschlagenen Schiffe und fragten nach Freunden und Bekannten.

Unter den Leuten verbreitete sich rasch das Gerücht, daß die Flotte die Schiffe Indresuls geschlagen hätte.

Ian t'Ilev und die anderen Kapitäne gaben Order, die Gangways auszulegen. Während der ganzen Überfahrt waren die akzeptierten und ausgearbeiteten Pläne von den Kapitänen den Mannschaften eingedrillt worden, soweit es der beengte Raum an Bord der Schiffe zuließ. Deshalb bewegten sich die Männer jetzt mit einer solchen Sicherheit und Entschlossenheit, daß die Sufaki, irritiert von dem Gerücht des Sieges über die Flotte Indresuls, zurückwichen.

Ein junger Revolutionär sprang vorwärts, schrie den Männern Schmähworte zu und versuchte die Menge aufzuwiegeln. Aber die Disziplin der Indras hielt, obwohl er einen der t'Nechis zu Boden schlug. Plötzlich wandte sich der Rebell um und rannte fort, weil niemand sich ihm angeschlossen hatte. Die Mannschaften der Schiffe ließen die Schwerter in den Scheiden und drangen in demselben Tempor vor, in dem die Menge zurückwich. Sie versuchten nicht, durch das Tor zu gelangen, sondern besetzten nur die Pier, und t'Isulan, der die lauteste Stimme hatte, hob die Arme und forderte Ruhe.

Die Leute hungerten nach Nachrichten, und nun, da sie ihnen angeboten wurden, mahnten sie sich gegenseitig zur Ruhe, um sie zu hören.

»Wir haben sie eine Weile aufgehalten«, rief t'Isulan. »Wir sind jedoch noch immer in Gefahr. Wo können wir die Methi finden? Ist sie noch im Afen?«

Manche der Leute wollten eine bejahende Antwort geben, aber die Antworten und Fragen verschmolzen zu einem unverständlichen Geschrei. Frauen begannen zu weinen, und alles redete durcheinander.

»Hört zu!« schrie t'Isulan durch den Lärm. »Geht zurück in die Stadt und besetzt die Mauern! Bringt eure Frauen in die Häuser und verbarrikadiert die Tore, besonders die zur Seeseite!«

Der Tumult begann erneut, und Kta, der sich im Mittelpunkt der ersten Linie der Indras befand, nahm Kurt beim Arm, als sie sich in Bewegung setzten. t'Nethim hielt sich an ihrer Seite.

Kurt hatte den Kragen seines *ctan* hochgeschlagen. Zwischen den vielen Verwundeten wirkte das nicht auffällig, und die grelle Sonne auf dem Meer hatte seine Haut so gebräunt, daß sie fast die Farbe der Nemet hatte. Trotzdem hatte er Angst, daß der Anblick eines Menschen den ganzen Plan zum Scheitern bringen und er in die Hände des Mobs fallen könnte. Man hatte ernsthaft erwogen, ihn auf dem Schiff zurückzulassen, aber Kta hatte sich dagegen ausgesprochen.

Sie passierten das Tor des äußeren Walles in lockerer Ordnung, als ob sie nichts anderes vorhätten, als nach der langen Seereise möglichst rasch zu ihren Häusern zu kommen. Es war ein einzigartiger Bluff, eine Idee t'Isulans, durch den sie hofften, die Sufaki aus ihrem Weg zu halten.

Und am Tor der Innenmauer warteten die Rebellen.

Sie johlten und fluchten. Sie hatten Dolche in den Händen. Steine flogen durch die Luft. Zwei der Männer stürzten zu Boden und wurden sofort von anderen aufgehoben. t'Nethim taumelte, als er von einem Stein getroffen wurde. Kta packte ihn und schleppte ihn weiter. Die Spitze der Kolonne brach das Tor auf, allein durch die Masse der Männer und durch ihre Entschlossenheit. Es war ausgemacht worden, daß sie nicht die Waffen ziehen würden, falls es nicht unvermeidlich werden sollte.

Das Kopfsteinpflaster und die Bohlen des Tors waren blutbesudelt, aber die Indras ließen keinen der ihren zurück. Sie erreichten die gewundenen Straßen, an denen die Häuser der Familien standen. Die Rebellen gerieten in Panik und stoben in allen Richtungen auseinander.

Jetzt sahen sie die Ursache der Rauchwolken, die über der Stadt hingen. Zwei Häuser dicht unterhalb des Afens standen in Flammen. Sufaki drängten sich auf den Straßen. Frauen rissen ihre schreienden Kinder an sich und wichen zurück, eingekeilt zwischen den brennenden Häusern, den fliehenden Rebellen und den vordringenden Indras. Eine junge Mutter preßte ihre beiden Kinder an sich und schluchzte vor Angst, als die Kolonne an ihr vorbeiging.

Sie befanden sich in dem Viertel, in dem die Häuser der reichsten Sufaki-Familien neben denen der Indras standen und wo die Straße ihre letzte Biegung vor dem Afen machte. Zwei Sufaki-Häuser, Rachik und Pamchen, standen im Flammen, und mit dicker Farbe aufgeschmierte Dreiecke, Zeichen, Phans, verrieten den religiösen Haß, der sich hier ausgetobt hatte. Dutzende von Sufaki flüchteten durch die dichten Rauchwolken vor den heranrückenden Indras.

»In Linie vorrücken!« rief t'Isulan und gab den Männern ein Zeichen, die Straße abzuriegeln. »Von allen Seiten sperren und sichern!«

Ein gefiederter Pfeil bohrte sich in die Brust des Mannes, der neben ihm stand. Tis t'Nechis fiel zu Boden. Ein roter Fleck bildete sich um den Pfeil, der ihm in die Brust gedrungen war. Zwei weitere Pfeile schwirrten auf sie zu. Einer traf einen Indras, der andere einen Sufaki, der zufällig in die Schußlinie gelaufen war.

»Da oben!« schrie Kta und deutete auf das Dach eines Hauses. »Hol den Mann herunter, t'Ranek! Die anderen in Deckung. Beeilt euch! Auf diese Seite!«

Der Ansturm der Indras versetzte die Sufaki in Panik, die ebenfalls auf der rechten Straßenseite Deckung gesucht hatten. Aber die Indras vertrieben keinen von ihnen. Ein verängstigter Junge wollte auf die Straße laufen. Ein Indras packte ihn und übergab ihn seinen Angehörigen.

»Nachbarn!« rief Kta zum brennenden Haus von Rachik hinüber. »Wir sind nicht gekommen, um euch anzugreifen. Im Namen des Himmels, Lady Shu t'Rachik, bring die Kinder zurück in die Gasse. Halte dich dicht an der Wand.«

Ein paar der Männer grinsten, denn Lady t'Rachik mit ihrer Brut wirkte wie ein verängstigter *cachin*. Ein halbes Dutzend Kinder klammerte sich an ihre Röcke, andere Rachiks waren ebenfalls da, Männer und Frauen, auch ein alter Opa. Sie waren erleichtert, aus der gefährlichen Gegend entkommen zu können, und der alte t'Rachik machte sogar eine flüchtige Verbeugung, um Kta zu danken. Obwohl sein Haus brannte, waren er und seine Familie doch in Sicherheit.

»Sucht euch Deckung in der Nähe von Elas«, rief Kta ihnen nach. »Kein Indras wird euch etwas antun. Sage auch den Pamchens Bescheid, Gyan t'Rachik.«

Ein gellender Schrei schallte vom Dach des Hauses. Ein Körper flog über die Balustrade auf einen Balkon, von dort auf die Kopfsteine der Straße. Der tote Sufaki-Bogenschütze lag zerschmettert inmitten seiner verstreuten Pfeile.

Ein Mädchen schrie hysterisch auf.

»Sperrt den ganzen Block ab«, sagte Kta zu den Männern.

»Ian! Camit! Ihr übernehmt die Mauerstraße beim Haus von Irain und stellt dort Wachen auf. Sufaki-Bürger«, rief er dann den Leuten zu, die sich noch immer in die Deckung der Hauswand drückten, »bringt das Feuer unter Kontrolle! Holt Eimer und Äxte, schnell! Du, t'Hsnet, hilfst t'Ranek, du und alle deine Vettern.«

Männer liefen nach allen Richtungen, um seine Befehle auszuführen. Aber die Sufaki, die zurückblieben, zumeist ältere Leute und Kinder, drängten sich verängstigt zusammen, zu verängstigt, um sich von der Hauswand fortzuwagen.

Von den Häusern, die etwas weiter oben an der Straße lagen, kamen Indras und ihre *chani*, die zurückgeblieben waren, um die Häuser zu bewachen, als die Flotte ausgelaufen war. Sufaki-Frauen schrien angstvoll auf, als sie mit dem tödlichen *ypan* bewaffnete Männer heranrücken sahen.

Kta trat ein paar Schritte von der Wand fort und setzte sich damit der Gefahr aus, von Sufaki-Bogenschützen getötet zu werden, da seine Männer noch nicht in Position waren. Er hob die Hand, um die heranstürmenden Indras aufzuhalten.

»Halt!« rief er ihnen zu. »Wir haben hier alles unter Kontrolle. Diesen Bürgern ist kein Vorwurf zu machen. Helft uns, das Gebiet zu sichern, und löscht die Feuer.«

»Die Sufaki haben die Brände in Häusern der Sufaki gelegt«, rief ein alter *chan* von Irain. »Sollen die Sufaki sie doch auch löschen.«

»Es kommt doch nicht darauf an, wer die Brände gelegt hat!« rief Kta wütend. »Helft sie zu löschen. Die Feuer müssen gelöscht werden, sonst besteht Gefahr, daß sie auf unsere Häuser übergreifen.«

Der *chan* schien plötzlich zu erkennen, wem er widersprochen hatte. Er starrte Kta mit offenem Mund an, und ein anderer Mann schrie: »Kta t'Elas! Kta t'Elas! Kta t'Elas!«

»Ja, er lebt noch, t'Kales«, sagte Kta. »Helft uns, die Feuer zu löschen.«

»Diese Leute«, sagte t'Kales, als er keuchend auf Kta zutrabte, »verdienen keine Milde. Sie haben t'Tefurs Männer gedeckt, selbst als ihre eigenen Häuser brannten.«

»Ganz Nephane hat den Verstand verloren«, sagte Kta, »und jetzt haben wir keine Zeit, darüber zu streiten, wer daran schuld ist. Helft uns oder geht aus dem Weg. Die Flotte von Indresul wird in einem Tag hier sein. Entweder wir bringen unsere Angelegenheiten bis dahin selbst in Ordnung, oder Nephane wird brennen.«

»Bei allen Göttern«, murmelte t'Kales. »Dann ist die Flotte ...«

»Geschlagen«, sagte Kta. »Wir müssen die Stadt wieder in Ordnung bringen.«

»Das ist unmöglich, Kta. Keiner dieser Leute ist vernünftigen Argumenten zugänglich. Wir sind in unseren eigenen Häusern belagert worden.«

»Kta!« rief Kurt. Ein Mann kam die Straße entlanggelaufen.

Es war Bel t'Osanef. Einer der Indras versperrte ihm den Weg mit gezogenem *ypan* und hätte ihn beinahe erstochen. t'Osanef wich dem Stoß mit einer geschmeidigen Bewegung aus.

»Beim Licht des Himmels!« schrie Kta den Mann an. »Laß ihn passieren!«

Der Indras blickte ihn betroffen an, und Bel kam auf sie zugelaufen.

»Kta! Bei allen Göttern! Kta!« rief er, außer Atem von dem schnellen Lauf. »Ich habe nicht mehr gehofft ...«

»Du bist verrückt, jetzt auf der Straße zu ein«, sagte Kta. »Wo ist Aimu?«

»In Sicherheit. Wir haben bei Irain Obdach gefunden. Kta ...«

»Ich habe gehört, mein Freund, ich habe gehört.«

»Bitte, Kta, diese Leute ... sie sind unschuldig an den Feuern. Ich weiß, daß eure Leute uns alle für schuldig halten ... aber das stimmt nicht, Kta, das stimmt nicht.«

»Beruhige dich, Bel. Bitte übernimm das Kommando hier. Die Leute sollen beim Löschen der Brände helfen oder aus diesem Gebiet verschwinden. Die Flotte von Indresul ist im Anmarsch, und uns bleibt nur wenig Zeit, die Ordnung wiederherzustellen und uns vorzubereiten.«

»Ich werde es versuchen«, sagte Bel und warf einen verzweifelten Blick auf die verängstigten Leute, die unentschlossen hin und her liefen. Dann sah er den toten Bogenschützen auf dem Pflaster liegen, kniete sich neben ihn und berührte sein Gesicht. Mit einem Kopfschütteln richtete er sich wieder auf.

Eine junge Frau – es war die Frau, die zuvor aufgeschrien hatte – rannte auf den Toten zu, kniete sich neben ihm nieder und begann verzweifelt zu schluchzen. Bel sagte ihr ein paar Worte, die niemand außer ihr hören konnte, obwohl es totenstill war und man nur das Knacken und Prasseln der Feuer aus den brennenden Häusern hörte. Dann nahm er den Toten auf die Arme und trug ihn zu einer Hauswand, wo er ihn zu Boden legte.

»Wir werden unsere Toten beklagen, wenn wir Zeit dazu haben«, sagte er. »Jetzt brauche ich die Hilfe aller Männer, um die Feuer zu löschen.«

»Die Indras haben sie gelegt!« schrie eine der jungen Frauen.

»Udafi Kafurtin«, sagte Bel mit bebender Stimme, »bei dem Chaos, in das wir Nephane gestürzt haben, kann man wirklich nicht sagen, wer was getan hat. Unsere einzigen identifizierbaren Feinde sind diejenigen unter euch, die nicht helfen, die Brände zu löschen. Kta, Kta! Deine Männer sollen ihre Waffen wegstecken. Wir haben genug von Waffen, von Gewalt und von Bedrohungen in dieser Stadt. Meine Leute sind nicht bewaffnet, also brauchen auch die deinen keine Waffen.«

»Deine Leute haben aus dem Hinterhalt auf uns geschossen!« rief einer der Indras.

»Tut, was er sagt.« Kta blickte die Männer so drohend an, daß sie wortlos gehorchten.

Kta trat auf t'Nechis zu, der den Tod eines Vetters zu beklagen hatte, verbeugte sich tief vor ihm und bot ihm seine Hilfe an. Kurt erschauerte innerlich und erwartete einen Ausbruch von Wut und Haß von dem trauernden t'Nechis.

Aber in einem solchen Ausnahmezustand war t'Nechis durch und durch Indras und ein Gentleman. Er erwiderte Ktas Verbeugung und sagte ruhig: »Kümmere dich um das, was du zu tun hast, Kta t'Elas. Wir werden ihn nach Hause bringen. Sowie wir ihn zur Ruhe gebettet haben, kommen wir wieder zurück.«

Gegen Mittag waren die Feuer gelöscht, und die Sufaki, die bei ihrer Bekämpfung geholfen hatten, gingen in ihre Häuser und verriegelten ihre Türen, um den Ausgang der Ereignisse abzuwarten.

Es war wieder Ruhe in der Straße der Familien. Bewaffnete Männer der Flotte riegelten sie an beiden Enden ab und standen auf den Hausdächern, von wo aus sie die ganze Länge der Straße überwachen konnten. Jetzt wurden die Narben sichtbar, die der Bürgerkrieg hinterlassen hatte: ausgebrannte Gemäuer von Häusern, Berge von Schutt auf den Straßen.

Kurt verließ Lhe t'Nethim in der Halle von Elas. Der Lord aus Indresul wirkte verstört und niedergedrückt, weil er seinen Fuß in das Haus einer verfeindeten Familie gesetzt hatte.

Kurt fand Kta vor dem Haus am Straßenrand. Ktas Gesicht war wie auch sein eigenes mit einer dicken Schicht von Ruß und Schweiß bedeckt.

»Sie haben t'Nechis begraben«, sagte Kta dumpf, ohne Kurt anzublicken. Sie waren schon so lange beisammen, daß sie die Gegenwart des anderen fühlten, auch wenn sie sich nicht sahen. Ohne Ktas Gesicht zu sehen, wußte Kurt, daß es müde und erschöpft aussah und einen Ausdruck von Schmerz und Trauer trug.

»Geh von der Straße«, sagte Kurt. »Du bist eine Zielscheibe für Bogenschützen.«

»t'Ranek steht auf dem Dach«, sagte Kta. »Es besteht keine Gefahr. Mehr als die Hälfte von Nephane befindet sich jetzt in unserer Hand, den Göttern sei Dank.«

»Du hast genug getan«, sagte Kurt. »Geh zu Irain. Aimu wird sicher schon lange auf dich warten.«

»Ich will nicht zu Irain gehen«, sagte Kta müde. »Bel ist dort, und ich habe keine Lust, ihn zu sehen.«

»Das wirst du aber früher oder später.«

»Was soll ich ihm sagen? Was soll ich ihm antworten, wenn er mich fragt, wie es weitergeht? Soll ich ihm sagen: Vergib mir, mein Bruder, aber ich habe einen Pakt mit Indresul geschlossen. Früher hätte ich geschworen, daß so etwas unmöglich ist. Soll ich ihm sagen: Vergib mir, mein Bruder, aber ich habe dein Heim meinen ausländischen Vettern ausgeliefert. Vergib mir, aber ich habe dich in die Sklaverei verkauft zu deiner eigenen Rettung.«

»Zumindest«, sagte Kurt finster, »werden die Sufaki dieselben Chancen haben, die ein Mensch unter den Indras hat, und das ist besser als der Tod, Kta, um sehr vieles besser als der Tod.«

»Ich hoffe«, sagte Kta, »daß Bel die Dinge auch so sieht. Ich habe Angst vor der Nacht in dieser Stadt. Es hat zu wenig Widerstand gegeben. Sie halten etwas zurück. Und ich habe gehört, daß t'Tefur im Afen sein soll.«

Kurt atmete langsam aus und blickte zum Tor des Afen hinauf.

»Wenn wir Glück haben«, sagte er, »gelingt es Djan, die Waffen unter Verschluß zu halten.«

»Du scheinst fest darauf zu vertrauen, daß sie ihm die Waffen nicht überlassen wird.«

»Nicht freiwillig«, sagte Kurt. »Ich kann mich natürlich irren, aber ich glaube, Djans Charakter und Denkweise gut genug zu kennen. Es müßte schon sehr viel passieren, bevor sie diese Todesmaschinen gegen Nemet einsetzt.«

Kta wandte den Kopf und sah ihn an, die Brauen ärgerlich zusammengezogen. »Sie ist zu allem möglichen fähig, aber das scheinst du vergessen zu haben. Dein Menschsein macht dich blind, mein Freund, und ich fürchte, du hast Mim tiefer begraben als die Erde, die sie zudeckt. Ich verstehe das nicht. Oder vielleicht doch.«

»Du kennst mich eben doch nicht richtig«, sagte Kurt und verspürte plötzlich Kälte.

Er trat wieder ins Haus, schritt an t'Nethim vorbei, ohne ihn zu beachten, und trat in den *rhmei*, dessen Feuer erloschen war. Er kniete sich auf eins der weißen Felle, wie er es an so vielen Abenden getan hatte, und starrte ins Halbdunkel.

Lhe t'Nethim trat mit kaum hörbaren Schritten in den *rhmei*. Es war ein forscher und mutiger Akt für einen orthodoxen Indras. Er verbeugte sich respektvoll vor der toten Feuerschale und kniete sich auf die nackten Steine.

Er wartete, so wie er stets gewartet hatte, seit er bei ihnen war.

»Was willst du von mir?« fragte Kurt ihn nach einer Weile irritiert.

»Ich stehe in deiner Schuld«, sagte Lhe t'Nethim leise, »für deine Gebete für Mims Seele. Ich bin gekommen, weil ich den Herd sehen wollte, den sie verehrt hat. Wenn ich sie gerächt habe, werde ich wieder frei sein.«

Das war verständlich. Kurt konnte sich vorstellen, daß Kta sich genauso für Aimu einsetzen würde.

Sogar für ihn.

Er hatte Kurt verletzt, sah er ein. Auch wenn seine harten Worte gerechtfertigt waren, taten sie ihm jetzt leid. Er war froh, als er Ktas Schritte in der Halle hörte. Sie waren etwas, das zu Elas gehörte und das Haus aus seiner Totenstarre riß.

Kta trat leise in den *rhmei* und kniete sich neben Kurt auf eins der Felle.

»Ich war ungerecht«, sagte Kurt. »Ich schulde dir eine Erklärung.«

»Nein«, sagte Kta mitfühlend. »Die Worte haben mich nicht getroffen. Du bist manchmal noch immer ein Fremder, und du hast keine *yhia* gefunden, seit du Mim verloren hast. Sie steht für dich noch immer im Mittelpunkt aller Dinge. Ein Mann ohne *yhia,* der einen so großen Verlust erlitten hat, kann sich nicht richtig erinnern, kann nicht richtig denken. Er ist eine Gefahr für seine ganze Umgebung. Ich habe Angst vor dir. Sogar du selbst weißt nicht, was du zu tun fähig bist.«

Er schwieg eine lange Weile. Kurt unterbrach die Stille nicht.

»Wir wollen uns waschen«, sagte Kta schließlich. »Und wenn ich meine Hände von Blut gereinigt habe, werde ich den Herd von Elas wieder anzünden und neues Leben in diese Hallen bringen. Falls du dich scheust, in dein Zimmer zu gehen, benutze das meine.«

»Danke«, sagte Kurt und stand auf. »Ich werde nach oben gehen.«

Das Zimmer, in dem er und Mim gelebt hatten, war fast unverändert. Der blutgetränkte Teppich war verschwunden, aber sonst war alles so wie früher: das Bett, die heilige *phusa,* vor der sie gekniet und gebetet hatte.

Er hatte befürchtet, daß es ihn bedrücken würde, diesen Raum zu betreten, in dem alles an Mim erinnerte, aber nun konnte er sich kaum noch an ihre Stimme erinnern. Das war die erste Erinnerung, die verlorengegangen war. Die dauerhafteste war ihr regloser Körper vor dem lodernden Herdfeuer und vor ihr Nym, der mit erhobenen Armen die Rache der Götter beschwor.

Sein Blick fiel auf den Toilettentisch, auf dem noch immer die Haarnadeln und Kämme lagen, die Mim gebraucht hatte, und als er die Schublade öffnete, sah er ihre Schals und roch den süßen Duft von *aluel.* Zum erstenmal nach langer Zeit erinnerte er sich bei Tageslicht an sie, an ihre sanfte Berührung, an das Licht in ihren Augen, wenn sie lachte, hörte ihre Stimme, wenn sie ihm einen guten Morgen wünschte.

Er ließ einen Schal durch seine schwielige Hand gleiten, faltete ihn zusammen und legte ihn wieder in die Schublade. Tränen traten ihm in die Augen, Tränen der Trauer um Mim und

Tränen der Freude, wieder in Elas zu sein. Elas war wieder sein Heim, er konnte hier leben und an sie denken und versuchen, nicht mehr um sie zu trauern.

t'Nethim, sein Schatten, stand unsicher auf dem Treppenabsatz. Kurt hörte ihn und bat ihn, ins Zimmer zu kommen. Der Indras trat unsicher herein und verneigte sich vor der erloschenen *phusa.*

»Hier ist neue Kleidung«, sagte Kurt und öffnete den Schrank. »Nimm dir, was du willst.«

Er zog seine eigenen schmutzigen Sachen aus, ging ins Bad, wusch und rasierte sich mit kaltem Wasser und zog saubere Kleidung an. Lhe t'Nethim tat dasselbe. Kurt stellte fest, daß er sich sehr verändert hatte. Er war sonnengebräunt und magerer als früher. Über seine Rippen liefen mehrere Narben, die noch immer empfindlich waren, wenn er sie berührte. Aber die Ereignisse, die sie verursacht hatten, lagen weit zurück, ausgelöscht von den freundlichen Wänden dieses Hauses.

Nur t'Nethim erinnerte ihn daran, daß sie sich noch immer im Krieg befanden.

Als sie beide fertig waren, gingen sie wieder nach unten und in den *rhmei.*

Kta hatte das heilige Feuer wieder entzündet, und sein warmes Licht scheuchte die Schatten in die dunklen Ecken der Halle. Elas war wieder zum Leben erwacht.

t'Nethim hatte jetzt eine Scheu, den *rhmei* zu betreten. Er ging in die Eingangshalle und hockte sich hinter die Tür, das Schwert neben sich wie ein selbsternannter Wachtposten.

Kurt trat zu Kta in den *rhmei* und wurde Zeuge, als Kta seine Arme hob und die Hüter von Elas um ihren Segen anflehte.

»Geister meiner Ahnen«, beendete er sein Gebet, »Geister von Elas, Geist meines Vaters, das Schicksal hat mich in die Ferne entführt, und das Schicksal hat mich wieder in die Heimat gebracht. Mein Vater, meine Mutter, meine Freunde im Reich der Schatten, noch ist kein Friede in Elas. Helft mir, ihn zu finden. Empfangt uns in unserem Haus und heißt uns willkommen und ertragt auch die Anwesenheit von Lhe t'Nethim u Kma, der an unserer Tür sitzt. Schatten Mims, einer der deinen ist gekommen.«

Ein paar Sekunden lang blieb er reglos stehen mit erhobenen Armen, die offenen Handflächen dem neu entfachten Feuer zugewandt, dann ließ er die Arme sinken und blickte Kurt an. »Ich fühle mich besser«, sagte er ruhig. »Aber es liegt eine Schwere in der Luft, etwas Drückendes. Spürst du es auch, Kurt?«

Kurt erschauderte, und der menschliche Teil von ihm analysierte, daß es vielleicht Zugluft war, die die Wärme des Feuers in ihre Richtung wehte.

Aber plötzlich wußte er, was Kta meinte. Ein Feind des Hauses saß auf seiner Schwelle, Sproß einer Familie, mit der schon die Ahnen verfeindet waren. Unruhe lag in der Luft, hockte in den dunklen Ecken des *rhmei.* t'Nethim war da. t'Nethim wartete in einer Stadt, in die er nicht hätte kommen dürfen, in einem Haus, das seinen Feinden gehörte.

Ein Stück der *yhia* war aus dem Gleichgewicht geraten – wartend ...

Wir wollen ihn bitten, in einem anderen Haus zu warten, hätte Kurt beinahe vorgeschlagen, aber es war ihm dann doch zu peinlich. Außerdem war er es, an den sich t'Nethim gehängt hatte, dem er an den Fersen klebte.

Jemand hämmerte an die Tür. Sie liefen in die Eingangshalle, nahmen ihre Waffen auf, die sie vor Betreten des *rhmei* abgelegt hatten, und nickten Lhe t'Nethim zu, als er sie fragend ansah. Lhe schob den Riegel zurück und öffnete die Tür.

Ein Mann und eine Frau standen davor: Aimu und Bel t'Osanef.

Aimu verschränkte die Arme vor ihrer Brust und verneigte sich. Kta erwiderte den Gruß. Als sie sich wieder aufrichtete, flossen Tränen über ihre Wangen.

»Aimu«, sagte Kta, »Bel. Seid willkommen.«

»Bin ich wirklich willkommen?« sagte Aimu. »Mein Bruder, ich habe den ganzen Nachmittag auf dich gewartet, aber du bist nicht nach Irain gekommen.«

»Aber, Aimu – du warst mein erster Gedanke, als ich nach Nephane kam. Wie könnte es auch anders sein, meine Schwester? Du bist doch alles, was Kurt und mir geblieben ist. Wie kannst du nur denken, daß ich mich nicht um dich kümmern würde?«

Aimu sah ihm ins Gesicht, ihre Tränen versiegten, und ein bedrückter, fast angstvoller Ausdruck trat in ihr Gesicht, als ob sie in Kta etwas entdeckte, vor dem sie sich gefürchtet hatte. »Lieber Bruder«, sagte sie, »es ist keine Frau in diesem Haus. Nimm uns als deine Gäste auf, und ich werde aus diesem Haus ein Heim für dich machen.«

»Das wäre mir sehr willkommen«, sagte er, »sehr willkommen, meine Schwester.«

Sie verneigte sich leicht und ging in den Teil des Hauses, der den Frauen vorbehalten war. Kta blickte Bel an, und die Augen des Sufaki gaben den Blick zurück, schweigend, fragend.

»Bel«, sagte Kta, »dieses Haus heißt dich willkommen. Ob es noch immer ein Willkommen ist, das du annimmst ...«

»Das mußt du mir sagen, Kta.«

»Ich werde den Streit zwischen uns und t'Tefur beenden, Bel.« Kta blickte Lhe t'Nethim eine Sekunde lang schweigend an, so daß der Indras spürte, daß seine Gesellschaft nicht erwünscht war. Lhe zog sich in die Schatten der Vorhalle zurück. Er wagte noch immer nicht, den *rhmei* zu betreten.

»Wer ist der Fremde?« fragte Bel. »Ist er von den Inseln?«

»Er ist aus Indresul«, gab Kta zu. »Beachte ihn nicht, Bel. Komm in den *rhmei*. Dort wollen wir reden.«

»Das können wir auch hier tun«, sagte Bel. »Ich will wissen, was du vorhast. Rache an t'Tefur. Dabei will ich dir gerne helfen. Ich habe dort ebenfalls eine Blutschuld zu begleichen. Aber warum sind die Straßen noch immer abgesperrt? Warum hast du uns nicht in Irain aufgesucht?«

»Bel, dränge mich nicht. Ich werde dir alles erklären.«

»Du hast ein privates Abkommen mit Indresul getroffen, das ist die einzig logische Erklärung für dein Verhalten. Sage es mir, wenn ich unrecht haben sollte. Ich will wissen, wie es kommt, daß du mit der Flotte zurückgekehrt bist, wer dieser Fremde in deinem Haus ist und eine ganze Reihe anderer Dinge, Kta.«

»Bel, die Flotte ist geschlagen worden. Wir haben Zeit gekauft.«

»Wie?«

»Bel, wenn du aus diesem Haus gehst und deine Leute gegen uns aufhetzt, lädtst du eine Blutschuld auf dich. Wir haben die Schlacht verloren. Die Methi Ylith hat versprochen, Nephane nicht zu zerstören, wenn wir ihre Bedingungen erfüllen.«

Bel wandte sich schweigend um und ging zur Tür.

»Geh hinaus, wenn du willst, brich das Vertrauen, dann kommen die Toten deines Volkes auf dein Gewissen, Bel.«

Bel blieb stehen, die Hand auf dem Türgriff. »Was willst du tun, um mich daran zu hindern?«

»Nichts«, sagte Kta. »Ich würde dich gehen lassen. Aber deine Leute würden sterben, wenn sie kämpfen, und sie würden alles wegwerfen, was wir für sie gewonnen haben. Ylith-Methi will die Sufaki nicht vernichten, Bel. Dazu hätten wir niemals unser Einverständnis gegeben. Ich kämpfte mit ihr um eure Freiheit, Bel. Und ich glaube, daß ich diesen Kampf gewinnen werde, wenn die Sufaki mir nicht in den Rücken fallen.«

Bels Blick war kühl. In seiner Wange zuckte ein Muskel.

»Du hast aufgegeben«, sagte er nach einer Weile. »Hast du mir nicht selbst einmal gesagt, daß die Nachkommen Indras' bis zum letzten Blutstropfen kämpfen würden, bevor sie zuließen, daß Fremde Nephane eroberten? Hältst du so die Versprechen, die du einmal gegeben hast? Ist das der Wert deiner Ehre?«

»Ich will, daß Nephane lebt, Bel.«

»Ich kenne dich, mein Freund. Kta t'Elas hat sich alles gut überlegt und tut nur, was ehrenhaft ist. Aber wenn die Indras von Ehre sprechen, sind die Sufaki immer die Leidtragenden.«

»Ich verstehe deine Bitterkeit, ich mache dir keine Vorwürfe. Aber du kannst mir glauben, daß ich alles gewonnen habe, was ich gewinnen konnte.«

»Ich weiß«, sagte Bel. »Ich weiß, daß es die Wahrheit ist. Wenn ich das nicht glaubte, würde ich ihnen helfen, t'Tefur deinen Kopf zu bringen. Bei allen Göttern, mein Freund, mein Schwager, von all unseren Feinden mußtest ausgerechnet du es sein, der mir erklärt, daß er uns verkauft hat, und das um der Freundschaft willen. Ehrenhaft. Weil das Schicksal es so wollte. Bei allen Göttern, Kta ...«

»Es tut mir leid, Bel.«

Bell lachte kurz auf, und es klang wie ein Schluchzen. »Sie haben mein Haus vernichtet, weil wir zu Elas hielten. Meine Leute ... ich habe versucht, sie zur Vernunft zu bringen, den goldenen Mittelweg zu nehmen. Ich habe wie ein Redner im Upei zu ihnen gesprochen und ... ja, mein Freund, und die ganze Zeit über habe ich gewußt – zumindest als ich hörte, daß die Flotte zurückgekehrt sei –, da wußte ich, was die Indras getan haben mußten, um so bald wieder zurückzukehren. Es war eine verständliche Lösung, nicht wahr, die logische, praktische, konservative Lösung. Aber erst als du dich nicht in Irain blicken ließest, wußte ich, daß du es warst, der uns das angetan hat.«

»t'Osanef«, sagte Kta, »die Zeiten ändern sich, selbst in Indresul. Kein Mensch hätte je die Hände der früheren Methis lebend verlassen. Kurt ist freigelassen worden.«

»Hast du Ylith-Methi Angesicht zu Angesicht gegenübergestanden?«

»Ja.«

Bel blickte ihn noch unsicherer an. »Bei allen Göttern ... ich könnte fast glauben ... Bist du von hier aus direkt nach Indresul gefahren? Hat t'Tefur am Ende doch recht gehabt?«

»Ist dies das Gerücht in der Stadt?«

»Ein Gerücht, das ich bis jetzt zurückgewiesen habe.«

»Shan t'Tefur weiß, wo wir waren«, sagte Kurt. »Er hat uns in der Nähe der Inseln zu versenken versucht. Kurz darauf sind wir von den Indras gefangengenommen worden. Das ist die Wahrheit. Kta hat für euch sein Leben riskiert, t'Osanef. Zumindest solltest du ihm dafür in Ruhe zuhören.«

Bel überlegte ein paar Sekunden lang. »Ja, das kann ich tun«, sagte er dann. »Etwas anderes bleibt mir gar nicht übrig, nicht wahr?«

»Darf ich Tee nachschenken?« fragte Aimu, als das Schweigen anhielt.

»Nein«, sagte Bel und gab ihr seine leere Tasse. Er blickte Kta und Kurt an. »Kta, jetzt habe ich endlich alles verstanden. Es tut mir leid ... daß du so viel leiden mußtest.«

»Du sagst, was dein Verstand dir diktiert«, sagte Kta, »aber nicht, was in deinem Herzen ist.«

»Ich habe dir zugehört. Ich mache dir keine Vorwürfe. Was hättest du denn tun sollen? Du bist ein Indras. Du hast das Überleben deines Volkes gewählt und die Vernichtung des meinen. Ist das nicht verständlich?«

»Ich werde nicht zulassen, daß den Sufaki ein Leid geschieht«, sagte Kta entschieden.

Bel blickte ihn an. Hinter dem harten Ausdruck seiner Augen verbarg sich Trauer.

»Würdest du dich für uns gegen Ylith-Methi stellen, so wie du dich gegen Djan-Methi gestellt hast?« fragte er mit heiserer Stimme.

»Ja, das würde ich tun«, sagte Kta. »Und das weißt du auch.«

»Ja, weil die Indras einen verrückten Ehrenkomplex haben«, sagte Bel. »Du würdest für mich sterben. Das würde dein Gewissen zufriedenstellen. Aber jetzt hast du schon die entscheidende Wahl getroffen. Beim Lichte des Himmels, Kta, ich liebe dich wie einen Bruder. Ich verstehe dich. Und deshalb tut es so weh.«

»Es tut auch mir weh«, sagte Kta, »weil ich weiß, daß es dich persönlich trifft. Aber ich tue, was ich tun kann, um Blutvergießen unter deinen Leuten zu verhindern. Ich bitte dich nicht um deine Hilfe, nur um dein Schweigen.«

»Das kann ich nicht versprechen.«

»Bel«, sagte Kurt scharf, als t'Osanef aufstehen wollte, »höre mich an. Solange ein Volk lebt, kann es hoffen, selbst das meine, das in dieser Welt so tief gesunken ist. Ihr werdet es überstehen.«

»Als Sklaven wie früher.«

»Trotzdem werden die Sufakis, ihre Kultur und ihre Lebensart überleben, und wenn ihr überlebt, könnt ihr eure Rechte zurückgewinnen. Wenn du kämpfst und Blut vergießt, vielleicht im Kampf fällst – am Ende ist das Resultat das gleiche: die Art der Sufaki wird von den Indras absorbiert, die der Indras von euch. Beuge dich den Notwendigkeiten – und der Vernunft. Hab Geduld.«

»Meine Leute werden mich als Verräter verfluchen«, sagte Bel bitter.

»Es ist zu spät, etwas anderes zu tun«, sagte Kurt.

»Sind die Familien einverstanden?« fragte Bel.

»Wir haben auf See abgestimmt«, sagte Kta. »Es waren genügend Vertreter der Familien bei der Flotte, um die Entscheidung auch für alle anderen bindend zu machen. Die Abstimmung im Upei wäre nur eine Formalität.«

»Das ist nicht ungewöhnlich«, sagte Bel und blickte Aimu an, die bei ihnen saß und alles mitanhörte, bedrückt und schweigend. »Aimu, kannst du mir einen Rat geben?«

»Nein«, sagte sie. »Ich kann dir keinen Rat geben. Du mußt tun, was du für richtig hältst. Wenn dein verehrter Vater hier wäre, könnte er dich sicher beraten, da auch er Sufaki ist und älter. Aber was könnte ich dir sagen?«

Bel senkte den Kopf, dachte eine Weile nach und machte

dann eine Geste der Resignation. »Das war eine gute Antwort, Aimu«, sagte er schließlich, »aber ich fürchte mich vor der Entscheidung. Heute nacht – heute nacht, wenn man sich wieder auf den Straßen bewegen kann, ohne befürchten zu müssen, daß einer deiner Männer mir die Kehle durchschneidet, mein Bruder Kta – werde ich versuchen, mit allen Leuten zu reden, die ich überzeugen zu können glaube. t'Tefur überlasse ich dir. Ich will keinen Sufaki töten. Ich nehme an, daß du den Afen stürmen willst?«

Kta antwortete nicht sofort, und Bel blickte ihn mit bitter herabgezogenen Mundwinkeln an. »Ja«, sagte Kta schließlich.

»Dann werden wir also heute nacht getrennte Wege gehen. Ich hoffe, daß deine Männer klug genug sind, sich nicht in der Hafengegend blicken zu lassen. Oder plant Indresul einen Nachtangriff?«

»Falls das geschehen sollte, weißt du, daß man uns hintergangen hat. Ich sage die Wahrheit, Bel, ich erwarte keinen Nachtangriff.«

Als es dunkel wurde, kamen immer wieder Männer an die Tür von Elas, Vertreter der anderen Häuser, die über Entscheidungen berichteten und Handeln forderten. Ian t'Ilev erschien und meldete, daß die Straße vor dem Tor des Afen endlich voll unter Kontrolle gebracht worden sei. Er brachte auch die unerfreuliche Nachricht, daß Res t'Benit bei einem Überfall im unteren Teil dieser Straße verwundet worden sei, ein böses Omen für das, was ihnen bevorstand, wenn die Nacht die Positionen der Familien verwundbar machte.

»Wo ist es passiert?« fragte Kta.

»Bei Imas«, sagte Ian. Das war das Haus, das an der Grenze des Sufaki-Bezirks lag. »Aber die Attentäter flohen, und wir konnten ihnen nicht folgen, als sie in den ...«

Er brach erschrocken ab, als er Bel t'Osanef im dreieckigen Eingang des *rhmei* stehen sah.

Bel trat auf ihn zu. »Hältst du mich für einen Feind, Ian t'Ilev?«

»t'Osanef.« Ian tarnte seine Verwirrung mit einer förmlichen Verbeugung. »Nein. Ich war nur überrascht, dich hier zu sehen.«

»Das ist eigenartig. Die meisten meiner Leute wären darüber nicht überrascht.«

»Bel!« wies Kta ihn zurecht.

»Du und ich wissen, wie die Dinge liegen«, sagte Bel. »Und jetzt müßt ihr mich bitte entschuldigen. Ich sehe, daß ihr geschäftlich zu reden habt, und die Sonne ist schon fast untergegangen. Ich denke, es wird Zeit, daß ich gehe.«

»Sei vorsichtig, Bel. Warte doch, bis es ganz dunkel geworden ist.«

»Ich werde vorsichtig sein«, sagte er, und in seiner Stimme schwang wieder etwas von der gewohnten Wärme. »Gib auf Aimu acht, Kta.«

»Willst du etwa sofort gehen?« fragte Kta betroffen. »Was soll ich ihr sagen?«

»Ich habe ihr alles gesagt, was notwendig ist.« Bel blieb noch einen Augenblick stehen, die Hand auf dem Türgriff. »Sie wäre dein stärkstes Argument gewesen. Ich bin dir dankbar, daß du keinen Gebrauch davon gemacht hast. Ich möchte es unterlassen, dir Erfolg zu wünschen, Kta. Und wundere dich nicht, wenn einige meiner Leute lieber sterben, als sich deinen Plänen zu fügen. Ich werde nicht einmal für den Tod t'Tefurs beten, weil es heute vielleicht der letzte Tag ist, an dem uns die Welt so sieht, wie wir waren. Der Name meines Volkes, mein Indras-Freund, war Chtelek, nicht Sufak. Aber darauf wird es sicher nach dieser Nacht nicht mehr ankommen.«

»Bel«, sagte Kta, »nimm wenigstens eine Waffe mit.«

»Gegen wen soll ich sie gebrauchen? Gegen deine Leute – oder gegen die meinen? Danke, nein. Ich werde dich im Hafen wiedersehen oder irgendwann morgen, wie es das Schicksal will.«

Die schwere Tür schloß sich hinter ihm, und Kta blickte Ian mit einem resignierten Ausdruck an.

»Du vertraust ihm sehr«, stellte t'Ilev fest.

»Keine Aktionen gegen die Sufaki unterhalb des Hauses von Imas«, sagte Kta. »Ich bestehe darauf, Ian.«

»Bleibt auch alles so, wie wir es abgesprochen haben?« fragte t'Ilev.

»Ich werde dort sein, so wie es dunkel geworden ist. Um eins möchte ich dich noch bitten: Nimm Aimu mit und bringe sie in ein Haus, das verteidigt werden kann. In Elas ist sie heute nacht nicht sicher.«

»In meinem Haus ist sie in Sicherheit«, sagte Ian. »Wir lassen alle Männer zurück, die wir entbehren können. Usets Frauen werden auch dort sein.«

»Das ist eine große Beruhigung für mich«, sagte Kta.

Aimu weinte, als sie ging. Bevor sie das Haus verließ, trat sie an die *phusmeba* und warf ihren seidenen Schal in die heilige Flamme. Dann erhob sie ihre Hände zu einem kurzen Gebet, bevor sie zu Ian t'Ilev trat.

Kurt tat sie sehr leid, und er konnte sich nicht denken, daß Kta sie ohne irgendeine Abschiedsgeste gehen lassen würde, doch er verbeugte sich nur kurz vor ihr, und sie erwiderte die Geste.

»Der Himmel schütze dich, mein Bruder«, sagte sie leise.

»Die Hüter Elas' mögen ihre Hände über dich halten, meine kleine Schwester, die einst zu diesem Haus gehörte.«

Das war alles. Ian öffnete die Tür und warf einen raschen Blick nach links und rechts. Dann trat er wieder ins Haus, nahm Aimus Arm und führte sie hinaus. Kta blickte zum Dach des gegenüberliegenden Hauses hinauf, wo noch immer ein bewaffneter Posten stand, bevor er die Tür schloß.

»Wie lange müssen wir noch warten?« fragte Kurt. »Es ist fast dunkel. Shan t'Tefur wird die Zeit nicht ungenutzt verstreichen lassen.«

»Wir werden gleich gehen.«

t'Nethim trat schweigend aus dem Dunkel der Halle. Kta machte ihm ein Zeichen, zu ihnen zu kommen. »Bleibe bei der Tür«, sagte er zu t'Nethim, »und verhalte dich ruhig. Was ich jetzt noch zu tun habe, betrifft dich nicht. Ich verbiete dir, in diesem Haus deine Ahnen anzurufen.«

t'Nethim blickte ihn unsicher an, verneigte sich jedoch und bezog seinen Posten bei der Tür. Sein Schwert legte er neben sich.

Kta und Kurt gingen in den vom Feuer erleuchteten *rhmei*, und Kurt erkannte, warum Kta t'Nethim zur Tür geschickt und vor der Anrufung seiner Ahnen gewarnt hatte. Kta ging zur linken Wand des *rhmei*, wo Isthain, das Schwert Elas', hing. Das *ypan-sul* hatte seit neun Generationen unverändert an seinem Platz gehangen, niemand hatte es berührt, seit die Nemet die Menschen aus Nephane vertrieben hatten. Die *ypan-sulim*, die Großen Waffen, gehörten zu ihren Häusern, waren ein Teil von ihnen und ihrer Geschichte. Isthain, vor fast tausend Jahren geschmiedet – damals war Nephane noch eine Kolonie Indresuls gewesen –, war mit dem Blut von Sufaki-Gefangenen geweiht worden und hatte elf Männer von Elas in den Kampf begleitet.

Ktas Hand zögerte, als sie nach dem altersdunklen Knauf griff, doch dann nahm er das Schwert herunter, ohne es aus der Scheide zu nehmen, und trat mit ihm zum Herdfeuer. Dort kniete er sich auf den Boden, legte das Schwert vor sich und streckte seine Hände dem heiligen Feuer entgegen.

»Hüter von Elas«, sagte er, »erwacht und hört mich an, all ihr Geister, die mich jemals gekannt oder dieses Schwert geschwungen haben. Ich, Kta t'Elas u Nym, der letzte dieses Hauses, rufe euch an. Blickt auf mich herab und auf Kurt Liam t'Morgan u Patrick Edward, den Freund dieses Hauses. Wisset, daß Lhe t'Nethim u Kma auf der Schwelle dieses Hauses sitzt, und tut ihm nichts an. Wir nehmen Isthain gegen Shan t'Tefur, und der Grund dafür ist euch wohlbekannt. Und du, Isthain, du sollst heute das Blut Shan t'Tefurs haben – oder das meine. Richte deinen Zorn gegen t'Tefur, und nicht gegen andere. Lange hast du ungestört geschlafen, und ich kenne den Tribut, den du forderst, wenn man dich aus dem Schlaf weckt. Es wird bezahlt sein, ehe es hell wird, und dann sollst du wieder schlafen. Seht mich an, ihr Hüter von Elas, und urteilt über mich. Wenn meine Sache gerecht ist, gebt mir Kraft. Bringt wieder Frieden nach Elas durch den Tod t'Tefurs oder den meinen.«

Bei seinen letzten Worten nahm er das Schwert und zog es aus der Scheide. Das rötliche Licht des heiligen Feuers spiegelte sich auf der Klinge, in die das Blitzemblem des Hauses eingraviert war. Er hielt die Klinge mit beiden Händen in das Licht der Flammen, stand auf, streckte das Schwert zur Decke empor und ließ es langsam sinken. Dann steckte er es in die Scheide zurück und befestigte es an seinem Gürtel.

»Es ist getan«, sagte er zu Kurt. »Nimm dich ab jetzt vor mir in acht. Deine menschliche Seele glaubt zwar nicht an diese geheimen Kräfte, aber Isthain hat zuletzt menschliches Blut getrunken und ist eine wilde Bestie und schwer wieder zum Schlafen zu bewegen, wenn man sie einmal geweckt hat. Es ist das älteste aller *sulim* von Nephane und hat einen eigenen Willen.«

Kurt nickte und schwieg. Ob das Schwert nun einen eigenen

Willen besaß oder nicht, er kannte das Temperament Ktas. Der stille, freundliche Kta hatte sich innerlich darauf vorbereitet, zu töten, und, ehrlich gesagt, er hatte nicht die Absicht, ihm zu nahe zu kommen.

Als sie zur Tür gingen, wo t'Nethim auf sie wartete, verneigte er sich tief, so daß seine Stirn die Steinfliesen des Bodens berührte, und ließ Kta aus der Tür treten, bevor er sich erhob. Als Kurt stehenblieb, um die Tür zu schließen und zu sichern, trat t'Nethim zögernd aus dem Haus. In seinem Gesicht stand ein Ausdruck, als ob er eben einem schrecklichen Wesen begegnet wäre, das ihm nach dem Leben trachtete.

»Er hat auch für deine Sicherheit gebetet«, sagte Kurt beruhigend.

»Manchmal«, sagte Lhe t'Nethim, »ist das nicht genug. Geh nur voraus, t'Morgan, aber nimm dich vor ihm in acht. Es sind die Toten von Elas, die in dem Schwert leben. Auch Mim, meine Kusine ...

Er brach ab und begann zu zittern. Kurt fühlte ebenfalls einen kalten Schauer über den Rücken rinnen aus Entsetzen darüber, daß der Name Mims irgendwie mit der blutigen Geschichte des Schwertes Isthain verbunden war.

Er lief, um Kta einzuholen, und wußte, daß sich t'Nethim in sicherem Abstand hinter ihnen hielt.

## 23

»Dort«, sagte Ian t'Ilev und deutete auf die Eisentore des Afen. »Sie haben mehrere Bogenschützen im Hof postiert. Wir werden einige Männer durch Pfeile verlieren. Du und Kurt müßt euch besonders in acht nehmen. Ihr geht direkt auf sie zu.«

Kta überprüfte die Situation von der Tür des Irain-Hauses. Es war dunkel, und man konnte nur vage, schattenhafte Umrisse erkennen. Die Mauer und der Afen waren eine dunkle Masse. »Das läßt sich nicht ändern«, sagte er. »Los!«

Ian t'Ilev verbeugte sich kurz, sprang aus der Deckung und lief über die Straße.

Ein lauter Schrei hallte durch die Nacht, und aus der Einmündung der Straße ergoß sich eine Masse von Männern, die Fakkeln und Schwerter in ihren Händen hielten. Die Indras unternahmen einen direkten Angriff auf das Tor des Afen und schleppten einen Rammbalken mit sich.

Grellweißes Licht fiel in den Hof des Afen. Das Krachen der Ramme gegen die Gittertore dröhnte durch die Nacht.

Kurt und Kta hielten sich etwas zurück, während die Männer von Isulan an ihnen vorbeistürmten. Dann lief Kta auf die Wand zu und tauchte in ihrem Schatten unter. Kurt und mehrere andere Männer folgten ihm. Stangen wurden an die Mauer gelegt.

Der erste Mann, der an ihnen hinaufkletterte, nahm ein Seil mit, an dem sie auf der Innenseite herabklettern konnten. Er erreichte die Mauerkrone und ließ sich auf der anderen Seite zu Boden fallen. Das Seil straffte sich in den Händen der Männer, die sein Ende an der Außenseite festhielten.

Der nächste Mann verschwand hinter der Mauerkrone, und dann war Kurt an der Reihe. Das grelle Licht von Scheinwerfern erfaßte sie, und Pfeile schwirrten auf sie zu. Einer zischte dicht über Kurts Kopf hinweg. Er hakte ein Bein über die Mauerkrone, packte die Leine und ließ sich hinabgleiten. Die rauhe Leine schürfte ihm Haut von den Händen.

Der nächste Mann schaffte es auch, aber ein anderer verlor den Halt, stürzte zu Boden und riß den folgenden mit sich. Sie hatten keine Zeit, den beiden zu helfen. Kta landete neben Kurt und zog Istahin aus der Scheide. Kurt zog seinen eigenen *ypan*, während sie über den Hof liefen und versuchten, dem grellen Licht der Scheinwerfer zu entrinnen.

An der Wand des Afens selbst fanden sie Deckung und warteten auf die anderen. Von den vierundzwanzig, mit denen sie den Angriff begonnen hatten, fehlten wenigstens sechs.

t'Nethim war der letzte, der die Deckung erreichte. Neunzehn.

Kta deutete auf das Tor des Afen, und sie eilten dicht an der Wand entlang darauf zu, auf die Wachen der Methi. Sie kannten diese Männer, aber ihre Pfeile hatten kein Erbarmen gekannt und schon ein großes Loch in ihre Reihen gerissen.

Die Tür mußte aufgebrochen werden.

Krachend sprang das Außentor unter den Schlägen der Ramme auf, und die Männer Ian t'Ilevs stürmten in einem Frontalangriff auf die Tür des Afen zu. Die Sufaki-Bogenschützen schossen stehend und kniend so schnell sie konnten. Ktas kleine Gruppe stieß aus der Flanke auf sie vor und gewann kostbare Sekunden der Verwirrung. Isthain schlug ohne Erbarmen zu, und Kurt schwang seine kleinere Klinge mit weniger Geschick, aber genausoviel Entschlossenheit.

Die Bogenschützen, die sich unerwartet zu einem Nahkampf gezwungen sahen, rissen ihre Dolche heraus. Aber gegen die *ypan* hatten sie nicht die geringste Chance. Sie wurden niedergehauen und überrannt. Die Wucht ihres Angriffs trug die Indras bis an die Tür des Afen. Über die Leichen der gefallenen Sufaki brachten sie die Ramme heran und ließen sie gegen die dicke, bronzebeschlagene Tür donnern.

Von innen hörte Kurt durch das Dröhnen und Schreien ein pfeifendes Geräusch. Kurt erkannte, was es war, und sein Herz setzte einen Schlag lang aus. Er packte Kta bei der Schulter, riß ihn zurück und schrie den anderen zu, sich zu Boden fallen zu lassen. Aber nur wenige hörten ihn.

Das Tor des Afen verschwand in Sekundenbruchteilen in einer grellen Stichflamme, die Ramme und die Männer, die sie hielten, zerstoben im gleichen Augenblick zu Asche. Die Indras, die noch auf den Beinen waren, waren vor Entsetzen völlig paralysiert und konnten nicht einmal fliehen. Ein leises Klicken und dann wieder der ansteigende Pfeifton, als die Laser-Waffe in der Eingangshalle des Afen sich für einen neuen Feuerstoß auflud.

Kurt rannte durch die qualmenden Reste der Tür und hechtete aus der Feuerlinie. Die Männer, die die Waffe bedienten, schwangen sie auf ihrer freibeinigen Lafette herum und richteten sie auf ihn. Er ließ sich zu Boden fallen und rollte sich blitzschnell zur Seite. Der tödliche Strahl fuhr über ihn hinweg. Er hörte das Knacken der gespannten Energie und fühlte die Hitze der Feuerzunge, die über ihn hinwegfuhr.

Die Wand stürzte zusammen, die Stützbalken verwandelten sich in Sekundenbruchteilen zu Asche. Kurt sprang auf, stieß einen gellenden Schrei aus und stürmte auf die Waffe los, bevor sie sich wieder aufladen konnte.

Er enthauptete den Mann, der sie bediente, mit einem mächtigen Streich seines *ypan*. Seine Ohren dröhnten, als sich die Waffe wieder auflud, ein wilder Pfeifton akkumulierender Energie. Ein anderer Mann wollte sie auf die Indras richten, die jetzt durch die offene Tür hereindrangen.

Kurt stieß ihm die Klinge in die Brust. Er übersah dabei den dritten Mann, der mit einem Speer nach ihm schlug. Der scharfe Stahl fuhr ihm über den Rücken. Er stürzte zu Boden und rollte sich in Deckung. Der Sufaki stand über ihm und richtete die Speerspitze auf sein Herz. Verzweifelt schlug er sie mit dem *ypan* zur Seite. Sie schlitzte seine Schulter auf und klirrte gegen den Steinboden der Halle.

Im nächsten Augenblick durchbohrte Isthain den Brustkorb des Sufaki. Kta streckte Kurt die Hand entgegen und half ihm auf die Füße.

»Geh zurück, da bist du sicherer«, sagte Kta.

»Ich bin ... NEIN!« schrie er, als er sah, daß die Indras die aufgeladene Laserkanone umstürzen wollten. Er taumelte auf die Waffe zu, in der die gespannte Energie leise summte, schwang sie herum und richtete sie auf die nächste Tür, die die Indras vergebens mit ihren Schultern und Schwertern zu zerschmettern versuchten. Hinter ihm bröckelten noch immer Steine, verkohlte Holzteile und Putz von der zerstörten Mauer herab und erinnerten daran, daß sie möglicherweise bald zusammenbrechen würde. Sie mußten behutsam vorgehen. Er stellte die Energiewaffe auf einen kleineren und schwächeren Laserstrahl ein.

»Sei vorsichtig«, sagte Kta. »Ich traue dem Ding nicht.«

»Die Männer sollen die Tür freimachen«, sagte Kurt. Kta rief ihnen den Befehl zu. Als sie erkannten, was Kurt vorhatte, hatten sie es sehr eilig, ihn zu befolgen.

Kurt drückte ab. Die Tür löste sich auf, ihre Reste hingen angesengt und verkohlt im Rahmen. Kurt schaltete den Energiesammler der Waffe aus, während die Indras durch die Türöffnung stürmten.

Jetzt lag der innere Afen offen vor ihnen. Die unteren Hallen waren leer ohne Verteidiger. An ihrem Ende sah Kurt die Treppe, die zu den Räumen der Methi hinaufführte, die sicher von ähnlichen Waffen gesichert wurde.

»Sie hat ihre Waffen den Sufaki übergeben«, sagte Kurt. »Man kann nicht wissen, wie es oben aussieht. Wir müssen das obere Stockwerk einnehmen. Helft mir. Wir brauchen diese Waffe.«

»Ich mache das schon«, sagte Ben t'Irain, ein kräftiger, untersetzter Mann, der ein Hausfreund von Elas war. Er hob die schwere Waffe auf seine Schultern und winkte einem seiner

Vettern, mit anzupacken. Kurt stieß die Dreibein-Lafette zur Seite.

»Wenn wir auf Widerstand stoßen, geh in die Knie und richte die Waffe auf das Ziel. Alles andere kannst du mir überlassen.«

»Ich verstehe«, sagte der Mann ruhig. Kurt nickte ihm anerkennend zu. Für einen Nemet, die Maschinen haßten, gehörte außerordentlicher Mut dazu, diese Aufgabe zu übernehmen. Er ging auf die Treppe zu und winkte den anderen Männern, ihm zu folgen.

Rasch und vorsichtig stiegen sie die Stufen hinauf, jederzeit auf einen Hinterhalt gefaßt. Kurt befürchtete Minen oder andere Sprengkörper, aber er sagte den anderen nichts davon.

Die Tür am oberen Ende der Treppe war verriegelt, wie Kurt es erwartet hatte. Ben kniete sich auf den Boden und richtete die Waffe auf die Tür. Kurt drückte ab, das Holz löste sich in Asche auf, und der Energiestoß kopierte die Umrisse der Marmoreinfassung der Tür auf die gegenüberliegende Wand. Die Waffe begann wieder Energie zu speichern. Das ansteigende Pfeifen ertönte, und Kurt legte eine kurze Pause ein. Es war zu gefährlich, die sich aufladende Waffe zu bewegen.

Sie durchquerten die Halle. Jetzt mußten sie nur noch die Tür überwinden, die zu Djans persönlichen Gemächern führte.

Kurt hob die Hand, um die anderen zur Vorsicht zu mahnen. Hier zumindest würden sie auf Widerstand stoßen.

Er wartete. Kta blickte ihn ungeduldig an.

Djan durfte man nicht unterschätzen, das wußte Kurt. Es könnte für sie alle tödlich sein.

»Ben«, sagte er zu t'Irain. »Jetzt setzen wir wahrscheinlich beide unser Leben aufs Spiel.«

»Und?« sagte Ben t'Irain ruhig.

Kurt deutete mit einem Nicken auf die Tür.

Ben t'Irain ging etwas näher heran und setzte sich auf die Knie. Kurt richtete die Waffe genau auf das Zentrum der Tür und drückte ab.

Die Tür explodierte in einer grellen Stichflamme. In der qualmenden Öffnung sahen sie verbogenes, zusammengeschmolzenes Metall, an der gegenüberliegenden Wand zwei helle Schatten, die vagen Umrisse von zwei Männern, die die Energie ihrer Waffe zermalmt hatte.

Kurt spürte eine Bewegung rechts von sich. Ein greller Lichtstrahl fuhr durch das Halbdunkel. Ben t'Irain schrie auf und brach unter der schweren Waffe zusammen.

Shan t'Tefur! Der Sufaki riß die Laser-Pistole herum und richtete sie auf Kurt. Kurt ließ sich fallen, und der Energiestrahl fuhr an der Stelle, an der er eben noch gestanden hatte, in die Wand. Im gleichen Augenblick stürzten sich zwei Indras auf den Sufaki-Führer. Einer brach von einem Laserstrahl getroffen im Sprung zusammen. Kta, der andere, wurde von dem zweiten Schuß nur gestreift.

Kta schwang sich über einen Tisch, der ihn von dem Sufaki trennte, und Isthain fuhr herab und spaltete ihm den Schädel. Im Fallen löste er noch einen Schuß aus. Der Laserstrahl fuhr an Ktas Bein entlang. Kta stolperte, fing sich wieder und stützte sich auf sein Schwert. Er wandte den Kopf und sah die anderen an.

Kurt hob die Laser-Pistole auf, die dem toten t'Tefur aus der Hand gefallen war, und schaltete den Energie-Sammler ab. Dann kniete er sich neben t'Irain und fühlte nach seinem Puls. Ben t'Irain war tot. Shan t'Tefurs erster Schuß hatte voll getroffen und ihm ein Loch durch die Brust gebrannt.

Seine Beine zitterten, als er sich aufrichtete. Er lehnte sich gegen den verkohlten Türrahmen. Die Hitze ließ ihn sofort wieder zurückfahren, und er stolperte auf Kta zu, vorbei an dem leblosen Körper Ian t'Ilevs. Er war der zweite Mann, den t'Tefur zu Boden gestreckt hatte.

Kta hatte sich nicht gerührt. Er stand noch immer neben dem toten t'Tefur, beide Hände auf den Knauf Isthains gestützt.

Kurt blickte den Toten an und empfand nicht die geringste Befriedigung, kein gestilltes Rachegefühl für Mim oder die anderen, die t'Tefur vor seinem Tod ins Reich der Schatten geschickt hatte.

Es war eine Tradition, die sie getötet hatten. Er war der letzte seines Hauses gewesen. Auch die Indras schwiegen.

Eine kleine, dunkle Gestalt brach hinter einer Couch hervor und lief auf die offene Tür zu. t'Ranek hielt sie auf.

»Es ist die *chan* der Methi«, rief Kta. Es war wirklich das Mädchen Pai t'Erefe, eine Sufaki. Als t'Ranek sie losließ, fiel sie auf die Knie, eine winzige, zitternde Gestalt unter den bewaffneten Männern.

»Wo ist die Methi?« fragte Kta.

Pai hatte sich wieder etwas gefaßt. Sie kniete mit erhobenem

Kopf und preßte die Lippen zusammen. Einer der Männer packte sie am Arm und preßte ihn zusammen.

»Nein«, sagte Kurt. Er hockte sich vor Pai auf ein Knie und blickte sie an. »Pai«, sagte er drängend, »du mußt es uns sagen. Du kannst ihr vielleicht das Leben retten, wenn du uns sagst, wo sie ist.«

Pais dunkle Augen blickten ihn flehend an. »Tut ihr nichts an«, sagte sie leise.

»Wo ist sie?«

»Im Tempel ...«

Als er sich aufrichtete, sprang sie auf die Füße und ergriff ihn am Arm. »Lord Kurt. Shan t'Tefur wollte ihre größeren Waffen. Sie hat sie ihm nicht gegeben. Lord Kurt, Lord Kurt, tötet sie nicht.«

»Die *chan* lügt wahrscheinlich«, sagte t'Ranek, »um der Methi Zeit zu gewinnen, damit sie uns einen noch schlimmeren Empfang bereiten kann.«

»Ich lüge nicht«, schluchzte Pai und klammerte sich an Kurts Arm fest. »Lord Kurt, du kennst sie doch. Ich lüge nicht.«

»Komm!« Kurt nahm sie beim Arm und blickte die anderen an, besonders Kta, dessen Gesicht bleich und verzerrt war. Die Laser-Wunde begann zu schmerzen. »Bleibt hier«, sagte er zu Kta. »Ich gehe in den Tempel.«

»Das ist Selbstmord«, sagte Kta. »Kurt, du darfst den Tempel nicht betreten. Selbst wir würden es nicht wagen, sie dort zu verfolgen. Kein Indras ...«

»Pai ist Sufaki, und ich bin ein Mensch«, sagte Kurt, »und wir verunreinigen den Tempel nicht mehr als Djan selbst. Haltet den Afen. Ihr habt gesiegt. Jetzt dürft ihr euren Sieg nicht verschenken.«

»Dann nimm mich mit«, sagte Kta fast flehend.

Kurt schüttelte schweigend den Kopf.

»Kurt, Elas will dich wiedersehen.«

»Ich werde mich daran erinnern.«

Er zog Pai mit sich an t'Irains Leiche vorbei und durch die zerstörte Tür, durch die Außenhalle und die Treppe hinab. Er hielt ihren Arm mit der linken Hand umspannt, in der rechten hielt er die Pistole des toten Shan t'Tefur.

Er zwang das Mädchen zu einem Tempo, daß ihr fast die Luft ausging. Pai schluchzte und stolperte immer wieder über ihren langen Rock, obwohl sie ihn mit einer Hand raffte. Er schüttelte sie, als sie die untere Halle erreicht hatten.

»Wenn die anderen sie zuerst finden«, sagte er, »werden sie sie töten, Pai. Wenn du sie wirklich liebst, bewege dich etwas schneller.«

Darauf trippelten ihre kleinen Füße rascher, und sie schluckte ihre Tränen hinunter.

Sie durchquerten die Haupthalle des Afen, in dem sich der Rest der Indras versammelt hatte. Die Männer starrten Kurt und das Mädchen an, aber niemand hielt sie auf. Jeder kannte Elas' Menschen. Pai starrte die bewaffneten Männer verängstigt an. Kurt zerrte sie zwischen ihnen hindurch, über die Trümmer der Außentür hinweg und zwischen den Toten hindurch, mit denen der Platz vor der Tür übersät war.

Der Nachtwind war kühl und erfrischend nach dem Gestank von verkohltem Holz und verbranntem Fleisch, der im Afen herrschte. Auf der anderen Seite des Hofs erhob sich die dunkle Silhouette des Haichema-tleke, darunter die Mauern mit der kleinen Pforte, die in den Hof des Tempels führte.

Sie rannten über den von Scheinwerfern erhellten Platz, aus Angst, daß sich noch irgendwo Bogenschützen versteckt halten könnten, und erreichten atemlos die kleine Pforte.

»Hoffentlich hast du die Wahrheit gesagt«, keuchte Kurt.

»Es ist die Wahrheit«, sagte Pai. Ihre Augen, die über seine Schulter blickten, weiteten sich plötzlich. »Lord Kurt! Da kommt jemand!«

»Weiter.« Mit der Laser-Pistole sprengte er das Schloß der Pforte und drückte sie auf. »Beeil dich!«

Das Tor des Tempels stand einen Spalt breit offen. Der goldene Schein von Nephanes Herdfeuer fiel heraus und färbte die Marmorstufen des Tempels golden.

Kurt atmete einmal tief durch, dann lief er die Stufen hinauf und riß Pai mit sich. Das Mädchen war jetzt so erschöpft, daß sie immer wieder strauchelte und er sie fast tragen mußte. Aber er wollte sie nicht zurücklassen. Er wußte nicht, wer sie verfolgte. Vom Haupttor hörte er lautes Rufen, wiederaufflammenden Kampfeslärm. Er wollte nicht wissen, was da vor sich ging.

Sie liefen in die Halle des Tempels und blieben keuchend stehen. In der riesigen Bronzeschale loderte das Große Feuer.

Kurt hielt Pais Arm fest umspannt, als er vorsichtig weiterging, eng an die Wand gepreßt. Das Brausen des riesigen Feuers machte seine Schritte unhörbar, und die lodernden Flammen verdeckten alles, was auf der anderen Seite der Tempelhalle sein mochte. Das erste Anzeichen von Djans Hiersein konnte ein Feuerstrahl sein, der tödlicher war als das Feuer, das zu Ehren Phans brannte.

»Mensch!«

Pai schrie auf, als er herumfuhr und sie zur Seite stieß. Er hielt die Laser-Pistole noch immer in der Hand, den Finger am Abzug.

Der alte Priester, der ihn einmal fast zum Tod verurteilt hatte, stand in einer Seitenhalle, seinen Stab in der Hand, und hinter ihm erschienen andere Priester.

Kurt zog sich unsicher zurück und warf ängstliche Blicke in die Schatten in Ecken und Nischen der Tempelhalle.

»Kurt«, rief Djan aus dem Schatten rechts von ihm.

Er wandte sich nach ihr um, sehr langsam, er wußte, daß sie eine Waffe haben würde.

Sie trat einen Schritt ins Licht der Flammen. Ihr blondes Haar schimmerte bronzen wie die Helme der Männer, die Kurt jetzt hinter ihr sah. Sie hielt eine Waffe in der Hand, wie er es erwartet hatte. Sie trug ihre Hanan-Offiziersuniform – er hatte sie nie zuvor darin gesehen – aus einem grünlich schimmernden Synthetikmaterial, das in dieser Zeit und an diesem Ort irreal wirkte.

»Ich wußte, daß du zurückkommen würdest«, sagte sie.

Er ließ die Waffe zu Boden fallen und hob die Hände, um zu zeigen, daß er unbewaffnet war. »Ich werde dich hier herausholen«, sagte er. »Es ist zu spät, um noch etwas retten zu können. Gib auf, Djan. Es ist schon zuviel Blut geflossen. Komm mit mir.«

»Was? Hast du mir vergeben? Hat Elas mir vergeben? Sie haben dich vorgeschickt, weil sie selbst nicht kommen wollen. Sie fürchten diesen Ort. Und Pai ... schäme dich, Pai.«

»Methi«, schluchzte Pai, die vor ihr auf die Knie gefallen war. »Methi, es tut mir leid ...«

»Ich mache dir keine Vorwürfe. Ich habe ihn seit Tagen erwartet.« Sie fragte ihn auf Nechai: »Und Shan t'Tefur?«

»Er ist tot«, sagte Kurt.

Sie zeigte keine Trauer, sie zuckte nur ein wenig zusammen.

»Ich konnte nicht mehr vernünftig mit ihm reden. Er sah Dinge, die gar nicht existieren konnten, die niemals existiert haben. Also haben andere ihre eigenen Lösungen gefunden, wurde mir gesagt. Ich habe erfahren, daß die Familien zu Ylith von Indresul übergelaufen sind.«

»Um die Stadt zu retten.«

»Und werden sie sie retten?«

»Zumindest besteht die Möglichkeit dazu.«

»Ich wollte sie zwingen, mich anzuhören«, sagte sie. »Ich verfüge über die Feuerkraft, um meinen Willen durchzusetzen.«

»Ich bin dankbar, daß du es nicht getan hast«, sagte Kurt.

»Du hast diesen Angriff im Vertrauen darauf durchgeführt.«

»Du hast ein zu großes Verantwortungsbewußtsein, um die Männer zu töten, die dich verteidigen. Ich helfe dir, von hier fortzukommen in die Berge. Dort in den Dörfern findest du Leute, die dir helfen. Du kannst später deinen Frieden mit Ylith-Methi machen.«

Sie lächelte traurig. »Mit einer ganzen Welt zwischen uns, wie haben wir das nur geschafft? Ylith wird keine Ruhe geben. Und Kta t'Elas auch nicht.«

»Laß mich dir helfen.«

Djan senkte die Pistole, die sie noch immer auf ihn gerichtet hielt, und schaltete die Energie mit einem Daumendruck ab. »Geht«, sagte sie zu ihren beiden Begleitern. »Bringt Pai in Sicherheit.«

»Methi«, protestierte einer der beiden. Es war t'Senife. »Wir werden dich nicht mit ihm allein lassen.«

»Geht«, wiederholte sie, und als sie der Aufforderung nicht folgten, trat sie einfach auf Kurt zu, streckte ihm die Hand entgegen und ging mit ihm auf die Tür zu. Die Priester in ihren weißen Roben wichen zurück, um ihr den Weg freizugeben.

Ein Schatten sprang auf sie zu.

Lhe t'Nethim.

Eine Klinge blitzte im Licht des heiligen Feuers.

Kurt erstarrte, als er sah, wie Djan ihre Laser-Pistole hochriß.

»Nicht!« schrie er beiden zu.

Der *apan* fuhr herab.

Kurt packte t'Nethims Arm und wurde zu Boden gerissen, als die Sufaki-Wachen sich auf ihn stürzten. Klingen wurden geschwungen, fuhren herunter. t'Nethim fiel auf die Treppe, rollte die Stufen hinab und ließ eine breite Blutspur hinter sich.

Kurt stemmte sich auf die Knie, sah Djans klaffende Schulter und wußte, daß keine Hoffnung mehr für sie bestand, obwohl sie noch lebte. Die Klinge war tief in ihre Brust gedrungen. Sein Magen krampfte sich zusammen. Ihre Augen blickten ihn an, und ein Ausdruck von Mitleid stand in ihren.

Dann brach ihr Blick. Die Reflexe des Feuers spiegelten sich in den starr gewordenen Augen. Als er Djan auf die Arme hob, war sie schlaff wie eine zerbrochene Puppe. Ihr Blut lief ihm über die Hände.

»Laß sie los!« rief jemand.

Er ging weiter, obwohl er fürchtete, daß sich im nächsten Moment ein Sufaki-Dolch in seinen Rücken bohren würde. Er drückte den toten Körper Djans an sich und hörte das hysterische Schluchzen Pais. Er hatte keine Tränen. Sie waren verschüttet unter dem Terror, der ihn erfüllte.

Ein ohrenbetäubendes Dröhnen erfüllte plötzlich die Tempelhalle. Der tiefe Bronzeton der *Inta* vibrierte durch die Nacht. Immer wieder dröhnten Schläge auf den riesigen Bronzegong, und sie schienen die Zeit anzuhalten. Kurt kniete sich auf den Boden und preßte den toten Körper Djans an seine Brust. Ein junger Priester erschien, kniete sich vor ihm nieder und streckte seine Arme nach der toten Methi aus.

»Mensch«, sagte der Priester, »bitte laß sie mich aus diesem heiligen Bezirk tragen.«

»Verunreinigt sie nun euren Schrein?« schrie er, vor Wut zitternd. »Sie hätte alles Leben an den Küsten des Ome Sin auslöschen können, aber sie hat niemanden getötet.«

»Mensch«, sagte t'Senife und kniete sich neben Kurt nieder. »Mensch, übergib sie den Priestern. Sie werden sie ehrenvoll behandeln.«

Kurt blickte in die schmalen Sufaki-Augen und entdeckte eine tiefe Trauer in ihnen. Die Priester nahmen ihm seine Bürde von den Armen, und er richtete sich auf. Seine Kleidung war mit ihrem Blut durchtränkt. Er zitterte so, daß er fast gefallen wäre, und starrte mit blicklosen Augen über den Tempelplatz, auf dem eine lange Reihe von Indras-Wachen Aufstellung genommen hatte. Und immer noch dröhnte die *Inta*, und die Luft vibrierte von dem tiefen, tremolierenden Ton.

Kleine Gruppen von Männern traten auf den Tempelplatz und kamen langsam auf den Schrein zu.

Sie waren Sufaki.

Er merkte, daß er plötzlich auf allen Seiten von Sufaki umgeben war. Bis auf die Reihe bewaffneter Indras, die den Zugang zum Tempel sperrten.

Er wandte sich um und blickte zurück. Sie hatten Djan fortgetragen, der einzige *Mensch* seines eigenen Universums, der einzige *Mensch*, dem er jemals begegnen würde, war für immer aus seinem Leben verschwunden. Er hörte das verzweifelte Schluchzen Pais. Mit einer mechanischen, fast unbewußten Bewegung zog er sie auf die Füße und übergab sie t'Senife.

»Kommt mit mir«, sagte er zu t'Senife. »Bitte. Die Indras werden euch nicht angreifen. Ich werde euch beide in Sicherheit bringen. Der Kampf ist vorbei.«

t'Senife nickte und gab seinem Kameraden ein Zeichen, Kurt und ihm zu folgen.

Sie stiegen die breite Freitreppe vor dem Tempel hinab. Indras wandten sich ihnen zu und wollten die drei Sufaki, die beiden Männer und die *chan* festnehmen. Kurt trat ihnen in den Weg und hob die Hand.

»Nein«, sagte er. »Das ist nicht nötig. Wir haben t'Nethim verloren, sie ihre Methi. Sie ist tot. Laßt sie in Ruhe.«

Einer der Indras war t'Nechis, der Kurts Nachricht schweigend entgegennahm und dann den anderen Männern befahl, sie ungehindert passieren zu lassen.

»Wenn du Kta t'Elas suchst«, sagte t'Nechis, »er muß in der Nähe der Mauer sein.«

»Geht eures Weges«, sagte Kurt zu den beiden Sufaki, »oder bleibt bei mir, wenn ihr wollt.«

»Ich werde bei dir bleiben«, sagte t'Senife, »bis ich weiß, was die Indras mit Nephane vorhaben.« Der Zynismus, der in seiner Stimme lag, verdeckte nicht die Angst, die er empfand.

Die beiden Wachen der Methi und die *chan* Pai begleiteten Kurt, als er die Absperrungslinie der Indras hinter sich ließ und sich auf die Suche nach Kta t'Elas machte.

Er fand Kta bei den Männern von Isulan. Sein rechtes Bein war bandagiert, und Isthain steckte wieder in seiner Scheide. Kta blickte überrascht auf, und seine Freude, Kurt wiederzusehen, wurde von Angst überschattet. Kurt blickte auf seine blutverschmierten Hände und stellte fest, daß sie zitterten.

»Djan ist tot«, sagte er.

»Bist du unverletzt?« fragte Kta.

Kurt nickte und deutete dann mit einer Kopfbewegung auf die Sufaki. »Sie waren ihre Leibwache. Sie verdienen Respekt für ihren Mut.«

Kta blickte sie ein paar Sekunden lang prüfend an, dann neigte er kurz den Kopf. »t'Senife, hilf uns. Stehe für einige Zeit auf unsere Seite, damit deine Leute erkennen, daß wir ihnen nichts tun wollen. Unser Streit muß endlich zu Ende sein.«

Das Gerücht vom Tod der Methi verbreitete sich rasch unter den Leuten. Noch immer vibrierte das mächtige Dröhnen der *Inta* durch die Straßen der Stadt. Die Menge auf dem Tempelplatz wuchs ständig an.

»Das ist Bel t'Osanef«, sagte Toj t'Isulan.

Es war wirklich Bel, der sich durch die Menge drängte, hier und da stehenblieb, um mit jemandem ein paar Worte zu wechseln. Bei einigen Sufaki rief sein Erscheinen unwilliges Gemurmel und böse Blicke hervor. Aber er war nicht allein. In seiner Begleitung befanden sich Männer, deren Anblick die anderen respektvoll zurückweichen ließ: die Ältesten der Sufaki-Familien.

Kta hob die Hand, um Bel auf sich aufmerksam zu machen. Kurt fiel ein, daß sie hier, wo aller Augen auf sie gerichtet waren, wunderbare Zielscheiben abgaben.

»Kta«, sagte Bel, als er zu ihnen trat. »Kta, ist es wahr, daß die Methi tot ist?«

»Ja«, sagte Kta und wandte sich an die Ältesten der Sufakis, unter denen die Nachricht betroffenes Murmeln auslöste. »Das war nicht geplant. Bitte kommt mit mir in den Afen. Ich garantiere für eure Sicherheit.«

»Das habe ich ihnen auch geschworen«, sagte Bel. »Sie werden dich anhören. Wir Sufaki sind daran gewöhnt, zuzuhören, genau wie ihr Indras daran gewöhnt seid, Gesetze zu machen. Diesesmal aber muß die Entscheidung zu unser beider Gunsten ausfallen, mein Freund, oder wir werden deinem Rat nicht folgen.«

»Wir würden bestimmten Kreisen in Indresul eine Freude machen, wenn wir euch versklavten. Aber das werden wir nicht tun. Wir werden der Ylith-Methi als eine einige Stadt gegenübertreten.«

»Wenn wir uns vereinigen, um uns zu ergeben«, sagte einer der Sufaki-Ältesten, »dann können wir auch kämpfen.«

Plötzlich schoß ein Gedanke duch Kurts Gehirn: die Waffen der Menschen in der Zitadelle!

Er fuhr herum und lief los. Kta starrte ihm verblüfft nach, und einer der Posten am Tor des Afen hätte ihn beinahe durchbohrt, bevor er ihn erkannte.

Aber Elas' Mensch hatte das Vorrecht, sich überall frei bewegen zu dürfen.

Keuchend lief Kurt über das Schlachtfeld auf dem Innenhof des Afen, durch die Haupthalle, die Treppe hinauf und in den oberen Teil der Festung.

Selbst die Wachen in der Halle der Methi hielten ihn nicht auf. Er schickte sie mit scharfen Worten hinaus und zog seinen *ypan,* um seinem Befehl Nachdruck zu verleihen.

»Ruft t'Elas«, rief einer von ihnen den anderen zu. »Der wird mit diesem Verrückten fertig.«

Kurt warf die Tür zu, verriegelte sie und schleppte Tische und andere Möbelstücke heran, die er an der Tür zu einer Barrikade übereinanderstapelte.

Sie begannen an die Tür zu hämmern, aber es bestand keine Gefahr, daß sie sie aufbrechen konnten.

Er sank zu Boden, keuchend und völlig entkräftet, unfähig, sich zu bewegen. Kurze Zeit später hörte er die Stimmen von Kta, Bel und sogar Pai, die ihn anflehte, doch die Tür zu öffnen.

»Was machst du dort?« rief Kta durch die geschlossene Tür. »Mein Freund, was hast du vor?«

Aber es war die Stimme eines Sufakis – nicht die Bels –, die ihn in seinem Vorsatz bestärkte.

»Du hast dort die Waffen, die die Flotte von Indresul vernichten und unsere Stadt befreien könnten. Ich verfluche dich, wenn du uns nicht hilfst!«

Er rief immer dasselbe zurück: »Geht fort. Laßt mich in Ruhe. Ich bleibe hier.«

Nach einer Weile gingen sie wirklich, und er wurde ruhiger. Bis er ein leises Geräusch an der Tür hörte.

»Wer ist da?« rief er.

»Lord Kurt«, sagte die ängstliche Stimme Pais. »Lord Kurt, du wirst diese Waffen nicht benutzen, nicht wahr?«

»Nein.«

»Sie werden dich dazu zwingen. Nicht Kta. Nicht Bel. Aber einige der anderen könnten dich dazu zwingen. Sie wollen die Flotte angreifen und vernichten. Kta hat sie überredet, fortzugehen. Bitte, darf ich hereinkommen?«

»Nein, Pai. Ich vertraue nicht einmal dir.«

»Dann werde ich hier draußen wachen, Lord Kurt. Ich werde dir Bescheid geben, wenn sie zurückkommen.«

»Du machst mir keine Vorwürfe, weil ich nicht tue, was sie von mir verlangen?«

Sie zögerte eine Weile. »Djan hat es auch nicht getan«, sagte sie schließlich. »Ich habe sie verehrt. Ich werde für dich wachen, Lord Kurt. Ruhe dich aus. Ich werde nicht schlafen.«

Er setzte sich auf den einzigen Stuhl, den er nicht für seine Barrikade gebraucht hatte, und lehnte den Kopf zurück. Obwohl er nicht schlafen konnte, nickte er doch für kurze Perioden immer wieder ein. Ab und zu fragte er Pai, ob sie schliefe, aber stets antwortete sie ihm sofort mit klarer, ruhiger Stimme.

Durch das Fenster fiel das erste Morgenlicht. Als er aufstand und hinausblickte, sah er eine große Flotte von Kriegsschiffen, die in den Hafen einlief.

Yliths Flotte war eingetroffen.

Er wartete, bis die Schiffe festgemacht hatten. Er konnte keine Anzeichen von Kämpfen erkennen. Schließlich schickte er Pai nach unten, um sich zu erkundigen, was los war.

»Es sind Indras-Lords in der unteren Halle«, berichtete sie, »Fremde. Man hat ihnen gesagt, daß du hier bist. Sie versuchen sich zu entscheiden, ob sie die Tür aufbrechen sollen oder nicht. Lord Kurt, ich habe Angst.«

»Geh jetzt von der Tür«, sagte er. Aber sie tat es nicht. Immer noch hörte er leise Geräusche, die ihre Anwesenheit verrieten.

Kurt machte einen Rundgang durch die anderen Räume von Djans Wohnung, bis er in einem die Waffen entdeckte. Dann begann er, sie systematisch zu zerschlagen, die empfindlichen Sensoren und Schaltkreise zu zerstören.

»Was tust du?« rief Pai, als die die Geräusche vernahm.

Er antwortete nicht. Er demontierte Maschinen, zerschmetterte die wenigen Handwagen, die er entdeckte, alles, was die Menschen mit auf diesen Planeten gebracht hatten.

Als er sein Zerstörungswerk beendet hatte, baute er die Barrikade vor der Tür wieder ab.

Pai starrte ihn an, als er heraustrat. In ihren Augen standen Angst und Verwirrung – und etwas wie ein Schock –, weil er schmutzig und blutverschmiert war und vor Erschöpfung taumelte.

»Sie haben dir nicht gedroht?« erkundigte er sich.

Sie senkte den Kopf. »Nein, Lord Kurt. Sie hatten Angst, dich wütend zu machen. Sie kennen die Macht der Waffen.«

»Laß uns nach Elas gehen.«

»Ich bin *chan* der Methi. Ich darf den Afen nicht verlassen.«

»Ich habe Sorge um dich, solange noch kein wirklicher Friede herrscht«, sagte er. »Besuche Elas mit mir.«

Sie verneigte sich tief vor ihm, richtete sich auf und ging an seiner Seite, als er die Halle durchquerte und die Treppe hinunterschritt.

Sein unerwartetes Auftauchen schien die Männer von Indresul fast zu paralysieren, die sich dort mit einigen Indras aus Nephane unterhielten. Die Anwesenheit von Mitgliedern der hiesigen Familien übte einen beruhigenden Einfluß auf ihn aus.

»Die Waffen sind zerstört«, sagte er. »Selbst ich bin nicht mehr in der Lage, sie wieder zu reparieren. Ich bin in Elas, falls ich gebraucht werden sollte.«

Zu seiner eigenen Überraschung ließen sie ihn unbehelligt passieren und die überraschten Wachen in der Straße der Familien ebenfalls. Ein Mann aus Indresul folgte ihnen in einigem Abstand, und seine Gegenwart schützte sie.

»Es darf dir nichts geschehen«, sagte der Mann schließlich, als sie die Tür von Elas erreichten. »Befehl der Methi Ylith.«

Kein Hef stand an der Tür, um ihnen zu öffnen. Kurt stieß sie selbst auf und trat, gefolgt von Pai, in die dämmerige Halle. Auf der Schwelle des *rhmei* blieb er stehen. Er hatte sich nach Beendigung der Kämpfe nicht gewaschen und wollte die Halle nicht verunreinigen.

Kta, der auf dem Platz von Nym saß, erhob sich. Tiefe Erleichterung erfüllte ihn, als er Kurt unversehrt auf der Schwelle des *rhmei* stehen sah. Zu seinen Seiten saßen Bel, Aimu, Älteste der Sufaki, und ein Fremder, Vel t'Elas-in-Indresul.

Kurt verneigte sich und erkannte, daß er Zeuge eines wichtigen Ereignisses war: Ein Indras aus der Strahlenden Stadt saß an diesem Herd.

»Ich habe im Afen alles erledigt«, sagte er. »Es gibt keine Waffen der Menschen mehr, die euren Frieden bedrohen könnten. Sag dies deiner Methi, Vel t'Elas.«

»Ich habe der Ylith-Methi bereits versichert, daß du das vorhast«, sagte Kta und hatte Mühe, das leichte Zittern seiner Stimme zu unterdrücken. »Ist das Pai t'Erefe, die bei dir ist?«

»Sie braucht vorübergehend ein Obdach«, sagte Kurt. »Ich hoffe, daß Elas sie als Gast aufnehmen wird.«

»Elas ist geehrt«, murmelte Kta. »Wasche dich und setze dich dann zu uns, mein Freund Kurt. Wir sind mitten in einer wichtigen Besprechung.«

Als Kurt zur Treppe ging, kam Kta ihm nachgeeilt. Er hinkte. »Mein Freund, mein Bruder Kurt, du hast ein gutes Werk getan. Geh jetzt und wasche dich und komm zu uns herunter. Wir sind dabei, die Probleme zu lösen. Es sind schwierige Probleme, aber die Methi hat versprochen, daß sie und die Flotte in Nephane bleiben, bis wir eine Lösung gefunden haben. Wir werden uns hier besprechen und dann zu ihr in den Hafen gehen und ihr unsere Beschlüsse mitteilen. Es sind noch andere unserer Vettern aus Indresul in den Häusern ihrer Familien, und jede Indras-Familie hat Sufaki aufgenommen und gewährt ihnen den Schutz ihres Herdes, bis alle Fragen geklärt worden sind. Nicht einem Sufaki wird etwas geschehen, wenn er die Gesetze der Hausfreundschaft achtet und den Frieden des *rhmei*.«

»Sind alle gekommen, die ihr geladen habt?«

»Nein, nicht alle. Die Radikalen sind wahrscheinlich in die Berge geflohen, oder sie trauen uns noch nicht und zeigen sich erst wieder, wenn sie sicher sind, daß wir es aufrichtig meinen. Aber an jedem Haus eines Sufaki hat eine Indras-Familie ihr Siegel befestigt; es wird keine Plünderungen geben. Und an jedem Herd sitzen Sufaki-Hausfreunde. Das alles haben wir getan, während du dich im Afen verbarrikadiert hast.«

Kurt lächelte. »Ich habe viel erreicht, Kta. Bin ich hier noch immer willkommen?«

»Du gehörst zu Elas«, sagte Kta empört. »Du bist *von* diesem Herd und nicht nur ein Gast neben ihm. Geh nach oben.«

»Ich muß t'Nethims Familie suchen«, sagte Kurt.

»Das ist auch erledigt. Ich brauche dich«, sagte Kta drängend. »Elas braucht dich. Wenn Ylith-Methi erfährt, was du getan hast – und es besteht kein Zweifel, daß sie es erfahren wird –, wird sie dich sprechen wollen. Du kannst nicht so zu ihr gehen, wie du bist, und du kannst nicht mir ihr sprechen, ohne die Angelegenheiten deines Herdes zu kennen.«

Kurt nickte müde und griff nach dem Geländer.

»Kta«, rief Bel leise. »Kümmere dich um ihn, wenn du willst. Wir halten den Frieden deines Herdes, bis ihr zurückkehrt. Vielleicht finden der Lord aus Indresul und ich sogar ein gemeinsames Thema, über das wir diskutieren können, wenn meine Frau uns noch eine Runde Tee bringt.«

Kta blickte von einem der beiden Männer zum anderen, von dem ernsten, alten Bel zu dem jungen Sufaki. Dann verneigte er sich leicht vor ihnen und führte Kurt die Treppe hinauf.

»Komm«, sagte er. »Du bist zu Hause, mein Freund.«

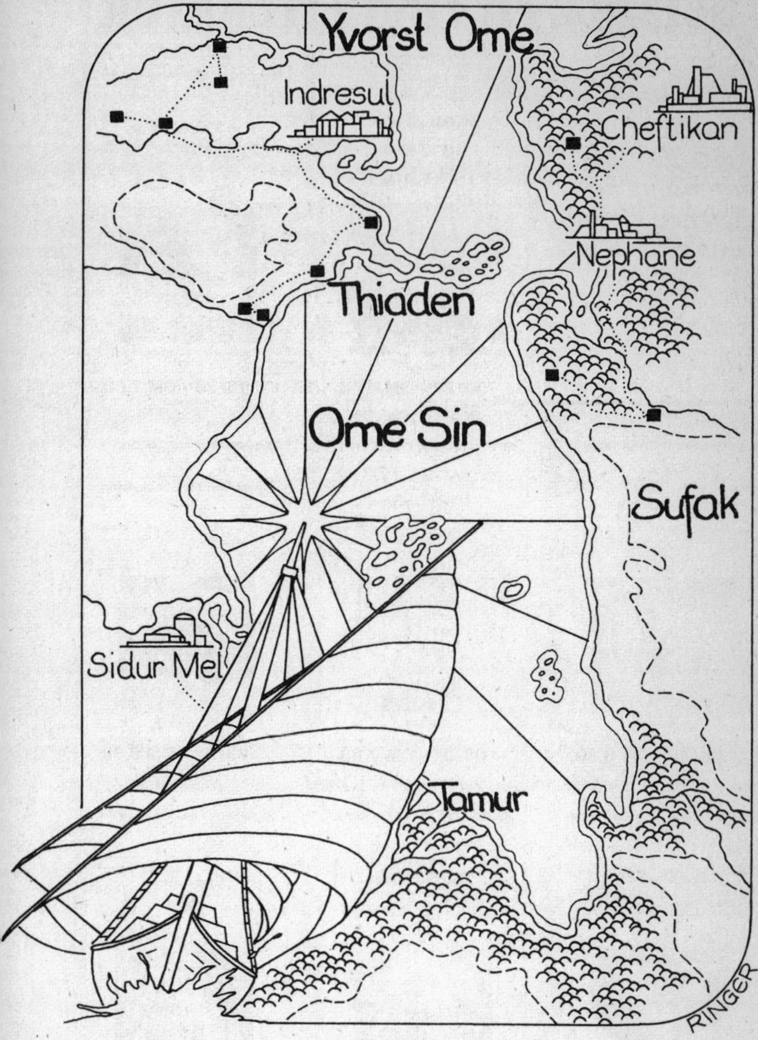

Yvorst Ome
Indresul
Cheftikan
Nephane
Thiaden
Ome Sin
Sufak
Sidur Mel
Tamur
RINGER